Maria Leitner

Eine Frau reist durch die Welt
Hotel Amerika

SEVERUS

Leitner, Maria: Eine Frau reist durch die Welt / Hotel Amerika
Hamburg, SEVERUS Verlag 2013

ISBN: 978-3-86347-712-7
Druck: SEVERUS Verlag, Hamburg, 2013

Der SEVERUS Verlag ist ein Imprint der Diplomica Verlag GmbH.

Bibliografische Information der Deutschen Nationalbibliothek:
Die Deutsche Nationalbibliothek verzeichnet diese Publikation in der Deutschen Nationalbibliografie; detaillierte bibliografische Daten sind im Internet über http://dnb.d-nb.de abrufbar.

Hotel Amerika

SEVERUS

1

Shirleys Kopf hängt schräg aus dem schmalen Bett. Eine unbequeme Lage. Doch ihre schlafenden Züge sind von einem Lächeln belebt. Shirley hat angenehme Träume ...

Sie tanzt und schwebt dahin auf einer Spiegelfläche, die tausendfach ihr Bild zurückwirft. Sie sieht sich so, wie sie es sich immer gewünscht hat: schön, strahlend, in einem wundervoll fließenden Kleid, geschmückt mit Steinen, in denen sich das Licht in allen Farben herrlich bricht.

Sie schwebt dahin am Arm eines jungen Mannes, der sie nun behutsam eine breite, glitzernde Marmortreppe hinabführt. Blumen leuchten an ihrem Wege.

Unten erwartet sie ein Auto – so groß, wie sie noch keines gesehen hat. Und Koffer sind hinten im Auto aufgetürmt! Sie haben die merkwürdigsten Formen; alle sind farbig, und Shirley weiß im Traum: sie sind vollgepackt mit den schönsten Sachen, die alle ihr, nur ihr gehören. Sie weiß, sie wird durch die ganze Welt jagen mit diesem Ungeheuer von Auto.

Shirley fühlt – jemand hält ihren Kopf zwischen den Händen und flüstert leise ihren Namen. Sie lächelt. Sie wird geliebt ...

Shirleys Kopf ruht wieder auf dem Kissen.

Ihr Name dringt jetzt lauter in sie.

„Shirley, du mußt aufstehen, du kommst zu spät zur Arbeit."

Sie möchte weiterträumen, will nichts hören von der Außenwelt, aber von allen Seiten rütteln die Geräusche an ihr – sie muß die Augen öffnen.

Zuerst sieht Shirley eine große, starke Hand, die sich warm und ein bißchen rauh auf ihren Arm gelegt hat, eine Hand mit vielen dicken Adern und einer von Lauge zerfressenen Haut. Die Hand streichelt leicht ihren Arm. Sie muß aufblicken und in das breite, ruhige Gesicht ihrer Mutter sehen.

Celestina trägt ein blauweiß gestreiftes Arbeitskleid, das die Art ihrer Beschäftigung hier im Hotel verrät; sie ist Scheuerfrau. Wieder flüstert sie Shirley aufmunternd zu.

„Komm, du mußt machen, daß du aus dem Bett kommst. – So ein Faulpelz!"

Wenn Shirley erwacht, ist das fast immer ihr erster Anblick: die Mutter, die an ihrem Bett sitzt und sie aus dem Bett zu jagen versucht.

Aber sie möchte weiterträumen und nicht dieses Zimmer sehen. Wie gut sie es kennt, wie sie es haßt!

Erst sieht sie die Fahnenstange auf dem flachen Vorsprung des Daches. Bei starkem Wind knarrt die Stange, und Shirley hat dann das Gefühl, als flöge das Zimmer wie der Raum eines Luftschiffes zwischen den Wolkenkratzern. Sie scheinen ganz nahe zu sein. Manche der Gebäude sind wie mächtige Berge, andere, die schmalen weißen Türme, ragen wie übergewaltige Eisblöcke in die Luft.

Das Zimmer ist sehr hell, hier im höchsten Stockwerk des Hotels Amerika. Der Trakt des Personals befindet sich in einem abseits gelegenen Teil des Dachgeschosses, fern vom pompösen Dachgarten.

Shirleys Augen kehren zurück von den Wolkenkratzern. Dicht neben dem Fenster bemerkt sie die alte Nanny, die älteste Scheuerfrau des Hotels. Auch diesen Anblick ist sie gewöhnt. Immer, wenn Shirley erwacht, sitzt Nanny da, aufrecht, mit steifem Rücken, als wäre sie aus Holz geschnitzt, aus einem dunkelbraunen, sehr harten Holz. Sie hält eine Tasse in der Hand und tunkt von Zeit zu Zeit langsam ein Stück Brot in den Tee. Nanny kocht schon um vier Uhr morgens ihren Tee und sitzt nun da, den Teetopf in der Hand, und wartet auf das Klingelzeichen, das sie zur Arbeit ruft. Dann erwacht sie erst wirklich. Nanny ist schon fünfzig Jahre Scheuerfrau, aber immer noch kann sie arbeiten; wie eine Maschine reibt und wischt und wringt und bürstet sie. Nach der Arbeit wird ihr Körper wieder hölzern; dann sitzt sie bewegungslos und starrt auf die Wolkenkratzer.

Shirleys Blicke fallen auf Patrizia. Jeden Morgen bietet auch diese Zimmergenossin den gleichen Anblick. Sie kniet, Gebete flüsternd, vor ihrer Kommode, auf der sich Heiligenbilder und eine Fotografie des Papstes befinden. Shirley kann die großen Füße in den ausgetretenen, schiefen Schuhen sehen und den dünnen, kleinen Haarknoten, der etwas verrutscht auf ihrem Kopf sitzt. Und jeden Morgen dringen die gleichen sägenden Laute aus der Richtung des Bettes, in dem das Nachtstubenmädchen Bessie, erlöst von der Arbeit und von einem alten Panzerkorsett, zufrieden seine Leibesfülle ausbreitet.

Celestina möchte Shirley wieder daran erinnern, daß es Zeit sei, aufzustehen, aber sie wagt es nicht.

So kalt, so voll Haß wandern die Augen Shirleys weiter.

Sie prüfen jetzt das Bett. Die Wäsche ist zerrissen. Das Personal auf der letzten Stufe in der Rangfolge der Angestellten bekommt Bettzeug, das nicht mehr ausgebessert werden kann. Die aufgerissene Matratze zeigt die Seegrasfüllung durch zerrissene Laken. Das Polster, hart wie Stein, blickt gleichfalls neugierig aus dem Überzug. Das Gestell des schmalen Bettes, das auf kleinen Rädern steht, ist verbogen.

Shirley muß lachen, wenn sie dieses Bett sieht, aber es ist ein hartes, ein bitteres Lachen. Im Zimmer hat sie nur auf dieses Bett und auf ein Fach des eisernen Schrankes ein Anrecht. Die Kommode dürfen nur die beiden ältesten Mitbewohnerinnen, Nanny und Patrizia, benutzen. Bessie hat einen Schaukelstuhl, in den sie sich nur mit Schwierigkeiten hineinzwängen kann; Celestina verfügt über einen kleinen Tisch.

Shirley muß sich schütteln. Hier hatte sie nun sechs Jahre lang gelebt!

Unter den Betten lagern dicke Staubflocken. Schaben wandern, trotz der Helligkeit, gemächlich umher. Kein Wunder! Das Personal hat wohl eine eigene Bedienung — jedoch eine Frau reinigt hundert Zimmer in sieben Stunden! Keine der Bewohnerinnen aber hat Lust, wenn sie von der Arbeit kommt, das Zimmer noch selbst in Ordnung zu bringen. Wozu? Und dann muß man noch um Besen betteln und um Scheuerlappen. Wozu? Hier ist ja nur der Trakt des Personals. Hier kann es schmutzig sein, hier darf es dreckig bleiben.

Shirley setzt sich plötzlich auf, verschränkt die Arme über dem Kopf und jauchzt: „Heute der letzte Tag. Gott sei Dank, der letzte Tag!"

Alle blicken sie erstaunt an, sogar Patrizia wendet den Kopf von den Heiligen ihr zu.

Celestina aber ist erst ganz starr, sie begreift nicht, worauf Shirley abzielt. Hat ihre Tochter etwas vor, was sie ihr nicht verraten will, verheimlicht sie etwas vor ihr?

Die Mutter beugt sich über Shirley, sie dringt in sie. „Was willst du denn tun, Shirley? Glaubst du, ich weiß nicht, du hast es schwer hier, daß ich dir nicht etwas Besseres gönne? Du kannst mir doch sagen, was du vorhast!“

Shirley bedauert schon, daß sie gesprochen hat. Sie hatte sich fest vorgenommen zu schweigen; nun, mehr wird man aus ihr nicht herausbekommen.

„Ich habe das nur so ohne Sinn hergesagt.“

Celestinas Mißtrauen ist damit nicht beseitigt, doch sie will nicht weiter fragen. Patrizia aber winkt Celestina mit den Augen, während sie weiter ihr Gebet murmelt. Ihre Augen schielen unter Shirleys Bett. Sie scheint mehr zu wissen als die Mutter.

Celestina folgt ihrem Blick und entdeckt nun auch einen Pappkarton.

Sie zieht ihn schnell hervor, bevor noch Shirley sie hindern kann, öffnet ihn und sieht ein mit Flitter dicht besätes Abendkleid, goldfarbene Abendschuhe und eine Fotografie, auf der Shirley lachend, am Arm eines jungen Mannes, in diesem verheimlichten Kostüm abgebildet ist.

Shirley springt blitzschnell aus dem Bett und reißt die Fotografie und das Kleid aus Celestinas Händen.

Dieses Kleid übrigens, das am Abend sie noch entzückt hatte, erscheint ihr hier im hellen Licht recht armselig, ja lächerlich; aber sie wird bald andere haben, die kein Tageslicht zu scheuen brauchen. Oh, man soll nur ruhig über sie lachen.

Celestina denkt angestrengt nach. Der junge Mann auf dem Bild scheint ihr bekannt, sicher ist es ein Gast aus dem Hotel. Was will der von Shirley?

„Kannst du hier nicht genug Männer finden, die deinesgleichen sind?“ Celestina versucht, Shirleys Blicke einzufangen.

Aber Shirley schaut in die Luft, während sie in das Zimmer hineinschreit:

„Soll ich vielleicht mit einem Tellerwäscher oder einem Hausmann dasselbe Leben weiterführen, das ich hier genieße? Danke, ich bin nicht ganz auf den Kopf gefallen."

Patrizia hat jetzt ihre Gebete beendet; in einem Ton, als murmele sie sie weiter, wendet sie sich an Celestina: „Du hättest deine Tochter heute früh sehen sollen, wie sie nach Hause kam. War die guter Laune! Ich wette, ihr Galan hat nicht mit Alkohol gespart. Ja, die Mädchen, die nur an ihr leibliches Wohl denken, können sich ein gutes Leben leisten. Aber was geschieht später mit ihrer Seele?"

Shirley hat ihr rosa Arbeitskleid mit dem großen weißen Kragen angezogen, die Uniform der Wäschermädchen. Ihre dunklen Haare fallen weich auf den Kragen, ihre Haut ist straff und jung, ihre Gestalt schlank. So steht sie vor Patrizia, die ein Gesicht wie eine alte gedörrte Pflaume hat, und sieht sie erst wütend aus dunklen Augen an, dann aber muß sie lachen.

„Du hast sicher Augen in deinem Dutt, denn nichts entgeht dir, obgleich du immer nur deine Heiligen anstarrst. Ich wette, ich werde nie soviel Sünden haben, daß ich die ganze Nacht beten muß, um sie abzubitten. Ihr seid ja nur neidisch, weil euch keiner mehr will."

Celestina versucht, Shirley an sich zu ziehen: „Shirley, du weißt, was ich von dem Geschwätz der Patrizia halte, aber wozu brauchst du mit Gästen auszugehen? Du lernst nichts Gutes von ihnen, sie lachen dich nur aus, ohne daß du was davon merkst. Du hast dir sicher was Dummes in den Kopf gesetzt."

Shirley verstopft sich mit den Fingern die Ohren. „Alle Mädchen gehen aus, wenn man sie einladet – wir wollen doch auch etwas vom Leben haben. Wie konnte ich es nur so lange zwischen euch vier alten Frauen aushalten? Überlaß nur mir, was ich tue! Ich will heraus aus diesem Dreck, ich will, und es wird auch gelingen."

Celestina ist hartnäckig. „Ich will nur wissen, was du vorhast."

Aber Shirley bearbeitet schon ihr Gesicht mit Creme, pudert sich und zeichnet ihre Lippen nach, während sie einen halberblindeten Spiegel vor das Gesicht hält.

Sie ist froh, als Ingrid, das kleine schwedische Stubenmädchen, das mit Celestina auf der gleichen Etage arbeitet, ins Zimmer tritt.

„Heute arbeitest du in meiner Sektion, Celestina." Ingrid ist noch nicht lange in Amerika. Sie sucht Wärme wie ein kleines verlassenes Tier.

„Komm her, Ingrid, ich zeige dir, wie man sich schminken muß", ruft Shirley. „Hast du dich noch nie geschminkt? Willst du, daß alle Leute gleich sehen, daß du eine Eingewanderte bist? Ich werde dich hübsch machen. Gleich siehst du besser aus. Wirst du oft eingeladen von den Gästen? Die alten Damen hier ärgern sich, wenn wir Mädchen mal tanzen gehen. Was sagen dir die Herren?"

„Ich verstehe sie oft nicht, sie sprechen so schnell, dann komme ich mir immer sehr dumm vor. Aber jetzt gehe ich in die Abendschule und lerne Englisch."

Die Glocke in dem Trakt des weiblichen Personals schrillt laut auf. Es ist das Zeichen, daß es an der Zeit sei, jeden Gedanken an das Privatleben auszulöschen.

Shirley zieht Ingrid schnell aus dem Zimmer. Sie will den fragenden Blicken ihrer Mutter entfliehen.

Alle Türen im Trakt des weiblichen Personals sind geöffnet. Man versucht, auf diese Weise Luft in die überfüllten Räume zu bekommen. Die Türen können offenstehen; niemand hat Geheimnisse zu hüten, und es ist auch vollkommen gleichgültig, ob ein halbes Dutzend oder einige tausend Fremde zusehen, wie man sich an- und auskleidet.

In allen Zimmern ist ein abenteuerliches Durcheinander. Alle sind zwar mit den gleichen Betten vollgestopft, in allen stehen die gleichen Blechschränke, doch auf den Kommoden und auf den Betten häuft sich der weggeworfene Tand aus den glänzenden Räumen des Wolkenkratzerhotels. Man sieht großartige, aber schon völlig verwelkte Blumenarrangements, Pfauenfedern, die irgendeiner Modedame als Schreibfeder dienten, zerbrochene Kristallvasen, zerrissene Abendkleider in großartiger Aufmachung, ebenso zerrissene Brokatschuhe mit Straßabsätzen, phantastische Sofakissen mit großen Brandflecken, zerdrückte, zerbrochene Bonbonnieren. Dieses farbige Gerümpel sticht komisch ab von den ärmlichen Habseligkeiten des Personals, den billigen Kleidern, den Heiligenbildern und den alten Postkarten.

Die Korridore sind erfüllt von beängstigendem Lärm, von emsiger Geschäftigkeit, von Schreien und Lachen.

Tausende schwirren herum. Bunte Farben flimmern durcheinander. Die Wäscherinnen tragen blaue, die Laufmädchen aus der Wäscherei rosa, die Scheuerfrauen gestreifte, die Stubenmädchen weiße, die Kellnerinnen in der Sodaquelle ockergelbe, die in dem Teeraum fliederfarbene Arbeitskleider.

Die Frauen und Mädchen kommen aus allen Teilen der Stadt, aus ihren dunklen, trostlosen Quartieren, aus der Negerstadt Harlem, aus Chinatown, aus den italienischen und spanischen, aus den deutschen und irischen Vierteln. Alle Nationen der Welt sind vertreten.

Man hört die gutturalen Laute der Negerinnen, den singenden Tonfall der Italienerinnen, die weichen Zischlaute der Spanierinnen. Ein Sprachforscher könnte hier alle Dialekte der Slawen entdecken, aber auch hindostanische und armenische, griechische und japanische Sprachen vernehmen.

Zwischendurch unterhalten sie sich auch in gebrochenem Englisch und werfen sich gähnend, mit noch schlaftrunkener Stimme, immer die gleichen Sätze zu.

„Ein schöner Morgen heute.“

„Ja, wenn man spazierengehen könnte . . .“

„Huch, die verfluchte Arbeit!“

„Ach, ich möchte noch schlafen.“

„Keine Nacht hat man seine richtige Ruhe.“

„Ich wünschte, ich könnte diesem dreckigen Lausenest adieu sagen.“

„Habt ihr euch gut amüsiert gestern nacht?“

„Oh, ich habe getanzt.“

„Ihr habt es gut, junges Blut, ich bin nach der Arbeit zu müde.“

Shirley zieht Ingrid mit sich. „Kann man das aushalten, ein ganzes Leben lang?“

Celestina hat die beiden eingeholt. „Du mußt mir jetzt sagen, was du damit gemeint hast: ‚heute der letzte Tag‘.“

Shirley reißt Ingrid mit sich, sie nimmt einfach Reißaus, sie will nicht antworten.

Aber weil sie sich doch aussprechen möchte, flüstert sie geheimnisvoll Ingrid zu: „Ich will heute fort aus dem Hotel,

nur als Gast komme ich wieder; paß auf, ich werde reich
werden. Du wirst von mir ein extra schönes Geschenk bekommen. In Ordnung?"

Ingrid löst ihre Hand aus Shirleys Arm.

„Ich glaub das nicht, du machst nur Spaß, willst mich
nur uzen."

„Du wirst schon sehen, ich werde wirklich gehen, noch
heute, alles dalassen, dies ganze häßliche, schwere Leben.
Möchtest du das nicht auch?"

„Ja, ich möchte auch anders leben, aber nicht so wie du
sagst, als Gast hier im Hotel."

Auf dem Wege an dem Barbierladen für das männliche
Personal des Hotels vorbei begegnen die beiden Mädchen
Salvatore Menelli.

Seine glänzenden schwarzen Haare sind sorgfältig aus
der schönen Stirn gekämmt. Die dunklen Augen unter den
regelmäßigen Bogen der Brauen lächeln wohlgelaunt. Blitz-
blank sieht er aus in seiner Pagenuniform.

Salvatore geht zu den Schuhputzern, mit spitzem Mund
vor sich hinpfeifend, und legt den Fuß auf eine Messing-
platte. Er stemmt die linke Hand gegen seine schlanke
Hüfte, während er mit der rechten Geldstücke in die Luft
wirft, die er mit großer Geschicklichkeit immer wieder auf-
fängt.

„Er spielt nur Theater", flüstert Shirley ihrer Kollegin zu.
„Er ärgert sich, daß ich mir nichts mehr aus ihm mache."

Ingrid kann sich nicht enthalten, Salvatore einen bewundernden Blick zuzuwerfen.

„Willst du wirklich fortgehen und auch ihn ganz aufgeben?" Ingrid weiß, daß Salvatore früher Shirleys Freund
gewesen ist.

Shirley macht eine wegwerfende Bewegung. „Ich kann
mir ganz andere aussuchen als diesen kleinen Zuckerbäcker-
sohn aus dem italienischen Viertel. Aber du kannst ihn ja
trösten, er gefällt dir, ich habe das schon bemerkt."

Ingrid spürt ein Erröten. Diese Shirley ist schrecklich;
man weiß nie, ob sie das, was sie sagt, auch ernst meint.
Aber sie will hoch hinaus, das ist sicher. Alle im Hotel
sagen es von ihr.

Zum zweitenmal ertönt die Glocke in allen Abteilungen
des Personals. In der Luft schwirren Nummern, man hört
das Knarren der Kontrolluhren, das Klirren der Schlüssel.
Im Wäscheraum beginnen elektrische Nähmaschinen zu sur-
ren, die Hausmänner sind schon dabei, die Wäsche für die
dreißig Stockwerke in große Rollwagen zu verstauen, die
Stubenmädchen binden ihre Schlüssel um die Taille, die
Haushälterinnen sehen die Listen mit den Zimmernummern
durch. Überall werden Befehle erteilt, das tätige Leben hat
schon voll begonnen.

„Wir kommen zu spät zum Frühstück." Ingrid blickt in
den Speisesaal des weiblichen Personals unterster Stufe, der
gleichzeitig auch als Küche und Abwaschraum dient. Er ist
von fast unübersichtlicher Ausdehnung.

Eingezwängt zwischen Wolkenkratzern, nahe dem Keller,
liegt er wie in einem endlos tiefen Schacht und bleibt immer
dunkel und luftlos. Man müßte sich platt auf den Boden
legen, um ein Stückchen Himmel zu erspähen. Es riecht hier
immer unangenehm nach ranzigem Fett und Spülwasser.

Im Saal ist schon allgemeiner Aufbruch; die langen, lehnenlosen, nur gehobelten Bänke sind leer, die Holztische
abgeräumt. Es stehen nur noch einige Gruppen zusammen.

„Ich schenke mein Frühstück der Direktion", sagt Shirley. „Na, ich brauche ja nicht mehr lange diesen Fraß in
mich zu zwingen, ich habe ja auch heute nacht gut gegessen.
Aber du, hast du Hunger?"

„Eigentlich nein, ich mache mir nichts daraus, daß ich kein
Frühstück habe. Nachts bin ich immer hungrig und kann
kaum einschlafen. Aber morgens, wenn ich erwache, dann
ist es weg, das Hungergefühl. Ich denke dann gar nicht mehr
gern ans Essen."

Es hat schon zum drittenmal geläutet. Der Raum vor den
für die Angestellten bestimmten Aufzügen ist auch schon
entvölkert. Er sieht dunkel und ungepflegt aus. Die Aufzüge
funktionieren meist nicht einwandfrei. Jetzt sind die Klingeln nicht in Ordnung, und man muß schreien, um sich den
Aufzugführern bemerkbar zu machen.

„Hinauf!" ruft Ingrid.

„Hinab!" schreit Shirley, die in die Wäscherei hinunter-
fahren muß.

Die Verbindungstüren, die sonst sorgfältig abgeschlossen sind und die zu dem eigentlichen, für die Hotelgäste bestimmten Teil dieses Stockwerkes führen, sind weit aufgeschlagen, und man kann den unteren Ballsaal übersehen, einen prächtigen, durch sinnreich angebrachte Spiegel grenzenlos wirkenden marmornen Saal.

Shirley erinnert sich, daß der im Traum gesehene Saal Ähnlichkeit mit diesem hat.

Ingrid starrt neugierig hinein.

„Was sie hier wohl feiern werden?"

Es werden jetzt prächtige Bäume hineingetragen, exotische, üppige Bäume, überschüttet mit roten Blüten, lilafarbene Sträucher, die betäubend duften, Blumen mit merkwürdigen gelben Dolden. Man sieht, die Vorbereitungen zu der Ausschmückung des Saales haben erst begonnen, aber schon jetzt hat er Ähnlichkeit mit einem unwirklichen, traumhaften Feengarten.

Shirley lacht. Sie könnte der kleinen Ingrid nähere Auskunft geben, wenn sie nur wollte; sie weiß mehr als die anderen. Aber jetzt sagt sie nur:

„Man wird hier eine große Hochzeit feiern. Siehst du, so heiraten die reichen Mädchen. Sie ist die Tochter eines Millionärs, ich weiß einiges über sie – na, aber ich schweige."

Shirley lacht über die erstaunten Augen Ingrids.

Diese beginnt wieder zu rufen: „Hinauf!", und Shirley schreit: „Hinab!"

Und in dem Fahrstuhl, der in die Wäscherei fährt, der langsam hinabsinkt in die Tiefe, zu den erstickenden Dämpfen, denkt sie: es ist heute zum letztenmal, zum letztenmal hinab – morgen schon wird sie steigen ...

2

In der Frühstücksbar des Hotels Amerika sitzt an dem braun polierten Holztisch, der in einem Halbkreis durch den ganzen Raum läuft, Herr Fish, ein junger Mann mit gepflegtem Äußern, und löffelt seine Grapefruit. Die anderen, hohen runden Stühle sind noch leer. Herr Fish ist der erste Gast und genießt demzufolge aufmerksamste Bedienung.

Der Kellner stellt ihm jetzt mit eleganter Handbewegung Haferbrei mit Sahne auf den Tisch und bleibt dann in angemessener Entfernung vor ihm stehen.

Herr Fish ist leutselig und mitteilsam.

„Ein feiner Morgen heute, ein schöner Tag, ganz entschieden." Er reibt sich die Hände.

Dann entfaltet er die Zeitung und beginnt, die Börsenmitteilungen zu studieren. Während des Lesens redet er fortwährend auf den Kellner ein: „Millionen, wohin man blickt, Milliarden, und was alles hinter diesen Milliarden steckt! In Brasilien sprießen Gummiwälder, echt amerikanische, mein Lieber. Ja, man wird England ein Schnippchen schlagen, Amerika, das mächtigste Land der Welt. Hier sehen Sie: ‚Wall Street finanziert Kanalisationsarbeiten im Sudan‘, ‚Hungersnot in China‘ soll finanziell ausgebeutet werden. ‚Rationalisierung in Deutschland befestigt das dort angelegte amerikanische Kapital‘. Man muß Börsenkurse lesen können, mein Lieber, die sind interessanter als der phantastischste Roman."

„Hehe", kichert diskret hinter der hochgehobenen Serviette der Kellner. Er findet den Gast reichlich merkwürdig. Man liest Börsenkurse, spricht aber nicht soviel.

Der Gast redet immer weiter.

„Man muß nur schlau sein, dann kann man auch seinen Teil aus dem trüben fischen."

Der Kellner, der seinen Spitznamen „der schöne Alex" gerne hört, beginnt aufzuhorchen. Aus dem trüben fischen – hm, das läßt sich hören. Man kann nie wissen, ob man nicht auch einmal brauchbare Tips bekommt, obgleich es bekannt ist, daß die Kleinen immer über den Kamm geschoren werden. Man kann nie vorsichtig genug sein. Der Kerl ist vielleicht ein Agent, der gern Aktien loswerden möchte.

Von meinen sauer verdienten Dollars bekommst du nichts, denkt der „schöne Alex" und geht in die Küche, um dem gesprächigen Gast seine verlorenen Eier auf Toast und den Kaffee zu bringen. Herr Fish ist anscheinend noch mit seinen hochfliegenden Gedanken beschäftigt.

„Das Ganze durchschauen, das ist alles! Das Chaos

analysieren, dann findet sich auch ein Weg, der richtige Weg
für den eigenen Gebrauch und zum eigenen Nutzen."

Der „schöne Alex" denkt wegwerfend: Man muß nur
wissen, was man will, das ist die Hauptsache, man muß ein
bestimmtes Ziel haben. Das hat er auch. Er will eine Flüsterkneipe in der 81. Straße New York-Ost, das ist sein
Traum. Ja, er kennt die 81. Straße im Osten besser als seine
Westentasche. Er hat eigentlich eine schöne Karriere gemacht: Kellner sein in dem feinsten Hotel der Stadt ist
keine Kleinigkeit. Und trotzdem spürt er Heimweh, wenn
er an die alten Zeiten denkt, obgleich man ihm übel mitgespielt hat. Aber er wird Rache nehmen. Er sieht sich wieder in der „Bar Lohengreen" (wirklich mit zwei „ee" geschrieben). Freilich, da stellte er mehr vor als einen Kellner.
Er war die rechte Hand der Besitzerin, der Witwe Lohengreen, ja, mehr als die rechte Hand: er war die große Liebe
der Witwe, und der „schöne Alex" sah sich schon als Besitzer, als „Lohengreen" selbst, enthoben dem harten Kampf
der Abhängigen.

Herr Fish hängt gleichfalls seinen eigenen Gedanken nach
und trinkt den Kaffee in ganz kleinen Schlucken.

Der „schöne Alex" durchlebt wieder einmal die demütigenden Minuten seines Sturzes. Die Witwe Lohengreen
überraschte ihn bei einem Vergnügen mit einer kleinen hübschen Kellnerin. Statt einzusehen, daß er, der „schöne Alex",
ein Mann sei, den man nicht mit gewöhnlichem Maße messen könne, gab sie ihm noch am selben Abend seinen Lohn
mit den dürren Worten: „Morgen brauchen Sie nicht mehr
zu kommen." Das ihm, dem „schönen Alex"! Wenn er an
die Flüsterkneipe denkt, die er einmal in der 81. Straße
New York-Ost haben wird, träumt er zugleich von Rache.

Herr Fish beginnt jetzt wieder zu reden, der „schöne
Alex" kann seinen Gedanken nicht länger nachhängen.

„Haben Sie auch manchmal dieses kitzelnde Gefühl, hineinsehen zu wollen in alle Häuser, in alle Wohnungen, Lokale, Geschäfte, in die Warenhäuser, Fabriken, Wolkenkratzer, Hospitäler, hineinsehen in alles: die Gedärme, das
Herz, das Gehirn, das ganze Innere, die Triebfeder, die
Hintergründe sehen, entdecken, erkennen können? Überkommt Sie nicht auch manchmal diese Neugierde?"

Der „schöne Alex" murmelt etwas Bejahendes. Er sagt sich, daß im Hotel Amerika die Gäste immer recht haben, aber er ist zufrieden, daß er selbst nie so verstiegene Gedanken wie dieser Herr da hat; er weiß, was er will, und das ist die Hauptsache, wenn man wirklich etwas erreichen will. Wenn er das Geld für seine Flüsterkneipe zusammenhätte, so wüßte er schon, den Betrieb nutzbringend zu führen. Er würde sich gegenüber der „Bar Lohengreen" ansiedeln – sie würde bald pleite gehen, die Witwe. Nun, sie könnte ja zu ihm arbeiten kommen; der „schöne Alex" würde es ihr sogar anbieten. Und dann eines schönen Tages würde er ihr den Lohn auszahlen und sagen: „Morgen brauchen Sie nicht mehr zu kommen." Ja, sein eigener Herr sein, Leute wegschicken können, das möchte er auch...

„Sie verdienen hier wohl gut", fragt der neugierige Gast; er macht keine Anstalten, mit seinem Frühstück fertig zu werden.

„Na, es geht so lala; Sie würden staunen, Herr, wie oft die vornehmen Leute Trinkgelder zu geben vergessen."

Ja, der „schöne Alex" hält nicht viel von feinen Gegenden. Auch wenn er von seinen Racheplänen absieht, möchte er sich nicht in den „tobenden Vierzigern" ansiedeln, in den Straßen zwischen 40 und 50 an beiden Seiten des „Weißen Weges", wie man den Broadway dort nennt, wo er Vergnügungen bietet. Die dort florierenden Nachtklubs, geheimen Absteigequartiere und Tanzlokale sind nicht das Ziel seiner Sehnsucht; dafür braucht man klotzige Gelder, und im übrigen ist alles in einigen wenigen Händen; der Außenseiter wird schnell zermalmt. Aber in der 81. Straße New York-Ost, da könnte es auch noch der kleine Mann zu etwas bringen. Er sieht die Straße dunkel und schmal im East River verenden. Die Gäste ihrer Kneipen sind armselige Burschen, Leute, denen es schlecht geht, die Heimweh haben, die schon halb verkommen sind, Leute mit geheimem Kummer, Einwanderer, die sich noch nicht richtig verständigen können. Mit einem Wort, lauter Menschen, denen es ganz dreckig geht. Aber gerade an solchen Menschen ist etwas zu verdienen, stellt Alex fest. Die anderen, die fest im Sattel sitzen, die sind so scheußlich wach, sogar dann, wenn sie viel getrunken haben. Sie sind immer nur auf ihren eigenen Vorteil bedacht. Ja, so unglaublich es auch scheint, gut verdienen kann man nur an Leuten, die in der Patsche sitzen. Vor Alex' Augen tauchen die Betrunkenen auf, die das Pflaster der 81. Straße besäen und zwischen denen die Polizisten friedlich daherwandeln.

Herr Fish aber hat sich während dieser Überlegungen des „schönen Alex" in Begeisterung geredet.

„Immerhin, was Sie hier alles sehen können...! Haben Sie schon darüber nachgedacht, was für eine ungeheure Stadt dieses New York ist? Sie können sich große Reisen ersparen, wenn Sie sie nur genau studieren. Ungarn und China, Schweden und Japan, bitte, hier sitzt alles zusammen. Die Ausgestoßenen aus allen Teilen der Welt haben sich in dieser Stadt ein Rendezvous gegeben. Sie können hier im Hotel Amerika glänzende Studien machen. Wie?"

„Nun, man tut seine Arbeit, da hat man keine Zeit zu Studien, mein Herr, und dann hat man auch seine eigenen Sorgen und kümmert sich nicht soviel um die der anderen."

Aber der „schöne Alex" beginnt doch aufzumerken. Ob er hier Studien macht? Das klingt gut. Aber es scheint, daß dieser merkwürdige Gast etwas Bestimmtes von ihm will. Man wird ja sehen.

„Sie haben hier im Hotel allein ein Dutzend Restaurants, nicht wahr?"

Der „schöne Alex" winkt zum Zeichen der Bejahung mit seiner Serviette.

„Sie bedienen wohl auch abends gelegentlich im großen Ballsaal?"

Der „schöne Alex" beginnt aufzuhorchen. Jetzt kommt's doch, man wird ja hören, was der gesprächige Mann will.

„Na ja, es kommt schon vor."

„Heute abend?"

„Mag schon sein, müßte mal nachsehen."

Der „schöne Alex" langt nach seinem Notizbuch und überlegt. Man muß schlau sein. Dem jungen Mann da, der gar soviel spricht, geht es wahrscheinlich nicht so gut, wie er den Anschein geben möchte. Menschen, denen es gut geht, reden nicht soviel mit einem Kellner, man hat schon so seine Erfahrungen. Aber mit Menschen, denen es schlecht geht, kann man wiederum gute Geschäfte machen.

18

Er blättert in seinem Notizbuch.

„Ja, heute abend ist große Hochzeit."

„Die Hochzeit Marjorie Strongs mit Edgar Sedwick?"

„Mich interessieren die Namen nicht, aber es wird schon stimmen."

„So etwas aus der Nähe zu sehen, das würde mich interessieren – ich meine als dienstbarer Geist, nicht als Gast."

Der „schöne Alex" ist jetzt ganz Ohr.

„Hm, hm, so was läßt sich aber nur schwer durchführen . . .

Und warum gehen Sie nicht als Gast, mein Herr? Lassen Sie sich doch eine Einladung geben. Ich muß schon sagen, ich möchte mir so ein Fest lieber als Gast ansehen, das würde mir mehr Spaß machen."

„Nun, erstens, sehen Sie, ist das auch mit einer Einladung nicht so einfach, und dann, wie ich Ihnen schon gesagt habe, möchte ich einmal ein solches gesellschaftliches Ereignis aus einer anderen Perspektive, von der anderen Seite ansehen."

„Was Sie sich wohl denken, Herr? Dabei gibt es doch gar nichts zu sehen. Wenn man arbeitet, hat man keine Zeit zum Sehen und auch kein Interesse dafür. Haben Sie eine Ahnung, mein Herr, wie es bei uns zugeht, wieviel man rennen und wie man aufpassen muß!"

„Na, sehen Sie, deshalb will ich doch eine Ahnung von der ganzen Sache bekommen."

„Aber warum wenden Sie sich gerade an mich? Wie sollte ich Ihnen denn helfen?"

„Man hat mich zu Ihnen gewiesen, Sie sind als fixer Kerl bekannt, mein Lieber; man hat mir erzählt, daß Sie nicht abgeneigt sind, kleine Nebeneinnahmen zu erzielen, ohne Risiko, versteht sich."

„Ich möchte wohl wissen, wer Ihnen das von mir erzählt hat; da hat man Sie schön angeführt, Herr."

„Also, ich könnte auf Sie nicht rechnen, meinen Sie? Ich habe natürlich auch Adressen von anderen Kellnern."

„Habe ich Ihnen vielleicht ‚nein' gesagt? Kann man überhaupt ‚ja' oder ‚nein' sagen, wenn man nicht weiß, um was es sich handelt?"

„Sie sind zu klug, als daß Sie nicht erraten hätten, was

ich will. Leihen Sie mir Ihre Arbeitskarte und Nummer für heute abend, das ist alles, verstehen Sie jetzt?"

„Verstehen kann ich nicht, wie jemand zu so etwas Lust haben kann. Eine Hochzeit ist kein Spaß, für niemanden, mein Herr, aber für die Kellner schon ganz gewiß nicht. Sie wollen also Kellner spielen, darauf läuft wohl Ihr Vorschlag hinaus?"

„Passen Sie auf, Sie können heute einen freien Abend haben und mich zur Aushilfe schicken – und der Verdienst gehört doch Ihnen."

„Daß ich nicht lach, mein Herr, meine Stellung soll ich aufs Spiel setzen und nicht mehr haben als das, was Sie verdienen können? Glauben Sie denn, es ist so leicht, Kellner zu werden, daß es nicht auch eine Kunst ist, die gelernt werden muß."

„Beruhigen Sie sich, ich werde schon meine Sache gut machen, ich war schon Kellner, ich war schon alles. Sie würden schwer einen Beruf ausfindig machen, den ich nicht schon ausgeübt hätte."

„So, Sie waren früher Kellner? Vorhin erzählten Sie etwas von einer Perspektive, die Sie studieren möchten. Wenn Sie schon Kellner waren, warum wollen Sie jetzt wieder einer sein? Wenn man den Dreh kennt und nicht unbedingt Geld zum Leben braucht, hat man keine Sehnsucht, noch einmal anzufangen."

„Ich habe Ihnen schon gesagt, ich will dieses bestimmte gesellschaftliche Ereignis von der Hintertreppe aus sehen."

Alex überlegte schnell. Was will eigentlich der Bursche? Juwelen stehlen? Armer Mensch, der würde seine Enttäuschung erleben. Auf jeden Gast kommt ein Detektiv und auf jeden Kellner zwei. Da könnte er schon leichter Juwelen auf der Fifth Avenue klauen. Andererseits: Unannehmlichkeiten könnte ich ja doch nicht haben, wenn ich ihn auch wirklich einschmuggelte; ich wüßte schon, wie ich mich ausreden würde. Und es würde ihm schon Hören und Sehen vergehen, wenn ihn unsere „Kapitäne" hin und her kommandieren.

Er läßt seine Augen über Herrn Fish auf und ab wandern.

„Mein Herr, Sie glauben, es ist so leicht, im Hotel Amerika als Kellner eingestellt zu werden. Ich bin nicht eingebildet, aber sehen Sie sich mal meine Figur an, sehen Sie sich mein Profil an. Wer Kellner im Hotel Amerika werden will, noch dazu Aushilfskellner bei einer erstklassigen Hochzeit, der muß über ein tadelloses Äußeres verfügen, mein Herr. Ein Tenor kann einen Bauch haben, ein Liebhaber auf der Bühne krumme Beine, aber ein Kellner im Hotel Amerika muß aussehen, daß die Leute Appetit bekommen, wenn sie ihn erblicken. Wenn Sie nur eine Pustel haben, schickt Sie der Ober nach Hause." Der Kerl ist unverschämt, denkt Herr Fish. Aber er läßt sich auf keine weitere Diskussion mehr ein.

„Also hören Sie, Sie leihen mir heute abend Ihren Frack, Ihre Nummer und Ihre Arbeitskarte. Ich wette, keiner wird merken, daß ein anderer Kellner zur Arbeit angetreten ist, trotz Ihres vollkommenen Profils. Machen Sie sich also keine Sorgen."

„Mein Herr, Sie denken, Sie können nur so ohne weiteres über mich verfügen, das Ganze muß noch genau überlegt werden. Wie soll es sich mit meinem entgangenen Verdienst verhalten?"

„Wieviel pflegen Sie an solchem Abend einzunehmen?"

„Na ja, 25 Dollar ist das wenigste", – der „schöne Alex" ist der Meinung, daß es nichts schaden kann, wenn er seine Verdienstmöglichkeiten vergrößert – „multiplizieren wir diesen Betrag mit sechs, und dann will ich noch über die Angelegenheit nachdenken."

„Sie wollen mich ganz ausplündern?"

„Wir brauchen über die Sache ja nicht weiter zu reden."

„Also mit vier."

„Mit fünf, oder ich spreche kein Wort mehr."

Der „schöne Alex" sieht Zahlen vor seinen Augen. Eintausenddreihundertfünfundsiebzig Dollar hat er auf der Sparkasse, kämen heute abend noch die hundertfünfundzwanzig Dollar dazu, so hätte er rund eintausendfünfhundert. Die Hälfte der Summe, die er unbedingt haben will. Mit dreitausend Dollar könnte er in der 81. Straße schon etwas anfangen, aber wann wird er so weit sein? Auf der Sparkasse hat er erst eintausenddreihundertfünfundsiebzig, das sind sechs Jahre Bücklinge, das sind Geschirrwaschen in einem schmutzigen Lokal in Cherry Street, Nachtarbeit in

einer Matrosenkneipe in Hoboken, vierzehn Stunden Arbeit
bei vierzig Grad Wärme in einem Seebad. Das ist Schöntun
bei der Witwe Lohengreen, das sind Entsagungen an freien
Tagen, das sind schmutzige kleine Dienste, die schlecht bezahlt werden. Ein Sparkassenbuch über eintausenddreihundertfünfundsiebzig Dollar, das sind sechs Jahre Robot, Qual
und Dreck, und er braucht dreitausend. Zum Teufel auch,
es wäre Zeit, daß auch er einmal Glück hätte!

„Mit vier", sagt Herr Fish, der schon viel auf eine Karte
gesetzt hat. „Sie bekommen Ihr Geld, wenn Sie mir die Arbeitskarte und die Uniform übergeben. Was tragen Sie überhaupt für einen Frack?"

„Mit fünf, dabei bleibt es. Der Frack hat eine dünne Sil-
berborte unter dem Aufschlag. Aber für ihn und die Arbeitskarte müssen Sie extra ein Pfand hinterlassen."

„Man muß es Ihnen lassen, Sie verstehen sich auf Geschäfte."

„Es bleibt also dabei, mein Herr, wenn Sie meine Hilfe
unbedingt in Anspruch nehmen wollen – und vergessen Sie
nicht das Pfand. Kommen Sie heute abend zu mir. Hier ist
meine Adresse. Sie können sich bei mir ankleiden, und ich
werde Sie ein wenig abrichten, denn ein perfekter Kellner
sind Sie nicht, ich habe gute Augen für so was. Ja, und was
ich fast vergessen hätte: können Sie auch etwas Französisch
parlieren? Wir Kellner, versteht sich, dürfen bei einer so
feinen Gesellschaft nur französisch sprechen."

„Auch darüber brauchen Sie sich keine Sorgen zu machen.
Ich war drüben mit der Armee, habe geholfen, Ordnung zu
schaffen, hehe."

„Na, dann ist ja alles in Ordnung."

„Möglicherweise aber werde ich Ihre Dienste nicht einmal
benötigen. Ich bereite mich nur auf alle Fälle vor, Sie werden natürlich auch dann entschädigt, beruhigen Sie sich. Nur
müßten Sie in dem Fall allerdings doch heute abend arbeiten."

3

Heinrich Klüter aus Hamburg und Fritz Globig aus Berlin
sitzen im Vorzimmer des „Timekeeper" („Zeithalter"), des
Mächtigen, der darüber zu entscheiden hat, wer in das Hotel
Amerika zur Arbeit aufgenommen werden kann.

„Nur keine Bange", sagt Heinrich Klüter zu seinem
Freund.

Aber die hat ja Fritz gar nicht, obgleich er auf Arbeit
wartet wie ein Hund auf ein Stückchen Knochen. Er ist
mager und schlecht in Schale, und er hat schon die Erfahrung gemacht, daß solche Arbeitskräfte nicht gerade begehrt
sind.

„Sie sind zu schwach", diesen Satz bekam er immer wieder zu hören, als er nach seiner Krankheit, die ihn stark ab-
gezehrt hatte, auf die Arbeitsuche ging.

„Sie sind zu schwach." Das bedeutet: Du kannst ruhig
verhungern, mein Lieber, aus dir kann man doch nicht viel
Arbeit herauspressen! Ja, er hat eine scheußliche Zeit hinter
sich. Im Anfang wollte er nicht daran glauben, daß sich
keine Arbeit für ihn finden würde.

Den ganzen Tag lief er die 6. Avenue auf und ab. Man
hätte meinen können, daß hier die Arbeit einfach auf Stel-
lungsuchende warte. Eine Agentur neben der anderen.
Ganze Häuser vollgeklebt mit Zetteln, kleinen weißen Zetteln: Koch gesucht, Geschirrwäscher gesucht, Portier gesucht,
Hausdiener gesucht. Am ersten Tag war Fritz mächtig begeistert von diesen vielen Zetteln, die alle Arbeit anboten.
Aber oben in den Agenturen verlangten sie überall erst
Geld. Leicht gesagt – von wo hätte er Geld hernehmen
sollen. Er versuchte, das Herz der Vermittler zu erweichen,
versprach, später das Doppelte zu zahlen. Aber die hatten
wohltrainierte Ohren.

„Nichts zu machen, mein Junge."

Andere, erfahrenere Arbeitsuchende beruhigten ihn.
„Glaub nur ja nicht, daß du schon Arbeit hast, wenn die dir
dein Geld abknöpfen. Wir haben gezahlt; aber glaubst
du, deshalb hätten wir Arbeit? Jetzt können wir unserem
Geld nachlaufen. Die vielen weißen Zettel sind nur Lock-
speise."

„Ja, besonders dann, wenn sie merken, du bist ein Grünhorn, kannst du allerlei erleben."

Fritz ist schon ungeduldig, er möchte endlich wissen,
ob er heute Glück haben wird. Glück! Wenn man durch
schwere, harte Arbeit gerade so viel verdient, daß man nicht
verhungert, so hat man schon „Glück". Eine verrückte Welt
das!

Es dauert aber lange, bis man zu dem „Zeithalter" vor-
gelassen wird.

Eine komische Bezeichnung: „Zeithalter". Da sitzt einer
und hält die Zeit fest, gebietet über die Zeit, über unsere
Zeit. Wir müssen dankbar sein, wenn er uns ein Stück Zeit
hinwirft, in der wir arbeiten dürfen.

„Ich bring' dich schon herein", läßt sich wieder Heinrich
vernehmen, „ich arbeite hier lange genug, die werden schon
auf mich hören."

„Man muß es erst am eigenen Leibe erfahren, dann begreift man, wie irrsinnig unsere Welt eingerichtet ist."

Darin gibt Heinrich seinem Kameraden recht.

Heinrich Klüter ist seit drei Jahren Nachtwächter im
Hotel Amerika. Er hat eben seine Nachtarbeit beendet. Sein
Gesicht ist grünfahl, und unter seinen geröteten Augen
lagern schwere Tränensäcke. Heinrich hat seit drei Jahren
keine Nacht geschlafen. Sein verantwortungsvoller Posten
verleiht ihm eine gewisse Würde. Mit einer Laterne, einem
Revolver und einer Alarmglocke am Gürtel durchwandelt er
Nacht für Nacht die Korridore des Wolkenkratzers. Jedes
Stockwerk des Hotels wird lautlos von den Nachtwächtern
umkreist, nichts darf unbemerkt geschehen.

In den ersten Nächten empfand Heinrich Klüter vor allem
in den frühen Morgenstunden ohnmächtigen Neid, wenn er
das gleichmäßige Atmen, das Schnarchen der Gäste hinter
den geschlossenen Türen hörte.

Langsam aber gewöhnte er sich an die Nacht. Sobald es
still und ruhig um ihn wurde, schärfte sich sein Ohr. Der
Tag konnte alles verbergen und war übertäubt von Lärm
und Geschrei, zuviel Geräusche machten ihn stumm. Die
Nacht aber machte alles wieder klar. Die Menschen, die
tagsüber taten, als wären sie Maschinen, hörten auf, sinnlos
zu rattern, und verrieten ihr wirkliches Sein. Der Nachtwäch-

ter Heinrich Klüter, dessen Amt und Aufgabe es war, nachts vor geschlossenen Türen zu horchen, wurde ein Weiser. Er kannte die Auflösung, die Fäulnis unter der glänzenden Oberfläche des Tages. Er hätte vieles erzählen können, von Leid und Jammer, von geheimen Tragödien, aber er schwieg. Nur – er konnte nachts nicht mehr schlafen. Auch dann nicht, wenn es ihm erlaubt war; er mußte, er wollte wachen.

Heinrich Klüter hatte auch während einer freiwilligen Nachtwache Fritz, der jetzt neben ihm saß, kennengelernt.

Es war in einer seiner freien Nächte, auf die er zweimal im Monat Anspruch hatte.

Die Wache hielt er in dem Hotel, in dem er selbst wohnte. „Onkel Sams Hütte" hat allerdings nicht die geringste Ähnlichkeit mit dem Hotel Amerika. Die Bezeichnung ist keineswegs zu bescheiden, obgleich die meisten Gasthäuser ähnlichen Ranges bedeutend hochtrabendere Namen führen und sich „Palace" und „Grand" nennen, als dienten sie Luxusbedürfnissen.

„Onkel Sams Hütte" ist eines von Hunderten, von Tausenden „Hotels", die über ganz New York verstreut sind, natürlich in angemessener Entfernung von den besseren Gegenden. In diesen Häusern wohnen die männlichen Angestellten der Luxushotels und Appartementhäuser, hier wohnen Fabrikarbeiter, Geschirrwäscher aus feinen Restaurants, mit einem Wort, hier wohnen Leute, die nur über geringe Mittel verfügen.

Diese Hotels nehmen sogar Rücksicht auf eine eventuelle Verschlechterung der Finanzlage ihrer Gäste. Man kann, wenn man ständige Arbeit und damit auch ein ständiges Einkommen hat, ein eigenes Zimmer besitzen. Für einen Dollar pro Nacht. Man kann mit einigen anderen zusammenwohnen und fünfzig Cents zahlen. Der billigste Platz aber kostet fünfundzwanzig Cents; man schläft dann zusammengepfercht mit seinen Leidensgenossen im großen Schlafsaal.

Es gibt in diesen Hotels auch „Gesellschaftsräume", die sich gleichen, wie ein Ei dem anderen, wie sich das Schicksal all ihrer Insassen gleicht.

In der Mitte des „Gesellschaftsraumes" steht der große Ofen; im Winter sind die Plätze um ihn herum heftig umstritten. Die Stühle stehen rings der Wand entlang. Man spielt Karten oder liest Zeitungen. Es wird nur wenig gesprochen.

Auch Fritz wohnt in „Onkel Sams Hütte". Anfangs fand Fritz lohnende Arbeit in seinem Beruf als Dreher, Qualitätsarbeiter. In der Fabrik gab es bald Kämpfe. Die Arbeiter versuchten, sich gewerkschaftlich zu organisieren. Fritz war ganz dabei. Die Arbeiter merkten, daß er etwas vom Organisieren verstand – aber auch der Unternehmer! Er war der erste, der gefeuert wurde. Was aber Fritz am meisten wurmte, war, daß seine Arbeitskollegen nicht viel Aufhebens aus der Sache machten. Man wagte noch nichts Rechtes, jeder hatte zu große Angst um sein Stückchen Brot.

Und Fritz machte die Erfahrung, daß diese Angst nicht ganz unberechtigt war, obgleich er bereit war, auch ungelernte Arbeit anzunehmen.

Bevor er krank wurde und noch von etwas Erspartem leben konnte, lastete die Erwerbslosigkeit nicht so schwer auf ihm.

Er saß den ganzen Tag in der Bibliothek, wartete gespannt, daß auf der schwarzen Tafel seine Nummer rot aufleuchtete und ihm anzeigte, daß das Buch, das er verlangt hatte, ihm zur Verfügung stände.

Die Bücher, die sich mit der Geschichte der Arbeiterbewegung befaßten, zeigten ihm klar, daß das, was ihm geschah, nicht blinder Zufall war, daß er kein Einzelschicksal haben konnte. Sie wiesen aber auch einen Ausweg, gaben die Gewißheit, daß nach heftigen Kämpfen eine völlig andere, eine neue, vernünftigere Zeit kommen wird. Ohne diesen Ausblick mußte das Leben, das er zu führen gezwungen war, unerträglich erscheinen.

Er versuchte über diese Frage mit seinen Kameraden in „Onkel Sams Hütte" zu sprechen. Es war nicht leicht. Jeder hatte eine andere Sprache, und man mußte jedes Wort lange hin und her wenden, bis es von allen verstanden wurde. Aber dann kamen doch Diskussionen in Gang. Bei einer solchen Gelegenheit machte Fritz die Bekanntschaft Heinrich Klüters.

Aber der Geschäftsführer von „Onkel Sams Hütte" machte solchen Gesprächen ein baldiges Ende. Hier werden

keine aufrührerischen Reden gehalten. Im „Gesellschaftsraum" wird eine große Tafel angebracht mit der Aufschrift:
„In diesem Raum ist das Reden verboten."

Fritz war empört.

„Wie, sogar dann, wenn wir zahlen, wenn wir nicht arbeiten, bindet man uns den Maulkorb um?"

Heinrich Klüter nahm die Sache gelassener auf.

„Solche Aufschriften findest du in allen diesen Hotels. In
den ‚Gesellschaftsräumen' soll man Karten spielen, alte Zeitungen lesen und das Maul halten."

Heinrich Klüter wohnt schon drei Jahre in „Onkel Sams
Hütte", seitdem er seinen Dienst im Hotel Amerika verrichtet. Die Hochbahn fährt an seinem Fenster vorbei. Anfangs hatte er immer das Gefühl, als sause sie jedesmal über
seinen Körper. Doch dann gehörte auch sie zu seinem Schlaf,
genau wie das Halbdunkel des Zimmers und aller Lärm des
Tages.

Die enge Freundschaft zwischen Heinrich und Fritz nahm
ihren Anfang in einer der freien Nächte, als Heinrich wieder seiner Gewohnheit gemäß „Onkel Sams Hütte" durchwanderte. Er konnte nicht anders, er mußte Nachtwache
halten, aber sie war anders als die im Hotel Amerika. In
„Onkel Sams Hütte" gibt es wenige Geheimnisse, vor allem
ist jede „Unsittlichkeit" ausgeschlossen. Vor den Eingängen
dieser „Onkel Sams Hütten" stehen Tafeln:

„Hier ist der Eintritt für Frauen streng verboten."

Trotzdem konnte der Nachtwächter Klüter auch hier viel
Merkwürdiges bei seinen Nachtwanderungen entdecken. Er
hörte die Schreie und Seufzer der Schlafenden, sah, wie gerade die Armseligsten ihr wertloses Hab und Gut sogar im
Schlaf krampfhaft umklammerten. Am mißtrauischsten sind
die sehr Armen und sehr Reichen, dachte der Nachtwächter
Klüter.

Viele schrien im Traum nach den Ihren, die in der alten
Heimat lebten; er hörte aber auch wilde Wutschreie und
Verwünschungen, die tagsüber unterdrückt werden mußten.

In jener Nacht fand der Nachtwächter Klüter Fritz unter
der Treppe schlafend. Er konnte die Schlafstelle nicht bezahlen; schon seit Tagen blieb er die fünfundzwanzig Cents
für ein Bett schuldig. Der Geschäftsführer machte nicht viel

Federlesens mit ihm; er behielt Fritz' Mantel und wies ihm die Tür.

„Mach, daß du hinauskommst", schrie er ihn an.

„Aber wohin soll ich denn gehen, was soll ich machen?" Fritz war richtig verzweifelt, so daß er schon den Geschäftsführer um Rat bat.

Der war kurz angebunden.

„Geh auf die Bowery, da gehört ihr Strolche alle hin."

Diesen Rat aber wollte Fritz nicht befolgen; er wartete ab, bis der Geschäftsführer sich verzog, dann machte er es sich unter dem Treppenabsatz unbequem.

Er ist sonst nicht ängstlich, aber vor der Bowery hat er doch Angst. Sicherlich ist sie die phantastischste Straße der ganzen Welt, denkt Fritz, man soll lieber nichts mit ihr zu tun bekommen.

An die Bowery denkt er auch jetzt, im Vorzimmer des „Zeithalters". Sie flößt ihm wahres Entsetzen ein. Er ist noch von Berlin allerlei Elend gewöhnt, aber das hier ist doch etwas anderes, diese wildwuchernde Unordnung.

Fritz kennt eine behördlich registrierte, gestempelte, statistisch und amtlich festgestellte Armut, mit Anstellen und Aufschreiben, mit Zetteln und Ämtern, mit eingezogenen Erkundigungen und alphabetischem Verzeichnis.

Auf der Bowery kann man sich höchstens um eine verdächtig aussehende Suppe anstellen, die in einem Blechtopf zusammen mit Gebeten und Predigten serviert wird. Es gibt Nachtasyle in Kirchen, in denen man auf Zeitungspapier schläft und wo man von Neugierigen, die in Touristenautos angefahren kommen, gegen Eintrittsgeld, das aber nicht ihnen, sondern der Kirche zugute kommt, bestaunt wird.

Heilsarmeesänger vermischen sich mit Betrunkenen und schweren Jungens; Stellenvermittelungsbüros, die Sklavenmärkte genannt werden, sind Gebethäusern und Juwelengeschäften, in denen beste „Sore" feilgeboten wird, benachbart. Fritz hat vor allem vor den Stellenvermittelungsbüros Angst. Sie vermitteln nur Stellen nach auswärts. Transporte gehen von dort ab in menschenleere Gegenden, um Wege zu bauen, oder nach einem primitiven Bergwerk, in dem alle Sicherungen fehlen, die das Leben der Arbeiter schützen.

Noch schlimmer. Hier werden Streikbrecherkolonnen or-

ganisiert, ohne daß die Beteiligten etwas davon ahnen. Erst
wenn sie die Reise hinter sich haben und keinen Cent mehr
besitzen, um zurückfahren zu können, erfahren sie den
Zweck ihrer Fahrt.

Sagt einer „ja" in diesen Agenturen, so ist er schon
Sklave.

„Na, Junge, bleib man da, deine Kolonne geht bald ab."

Und schon sitzt er in der Falle.

Nein, das ist nichts für Fritz, da will er lieber die Hände
von der Bowery lassen.

Fritz hatte Glück, daß ihn Heinrich fand und, als er
das Schicksal Fritz' erfuhr, mit dem Geschäftsführer eine
Abmachung traf, wonach Fritz nachts, wenn Heinrich auf
Arbeit ging, in dessen Bett schlafen durfte.

Jetzt werden beide hineingerufen zu dem Mächtigen.

Der Nachtwächter Klüter dreht seinen Hut in der Hand
und entwirft ein schmeichelhaftes Bild Fritzens.

Der „Zeithalter" beugt sich über eine riesige Tabelle mit
vielen Zahlen, die das Personal bedeuten. Er macht grafi-
sche Zeichnungen wie ein Feldherr.

Nein, Nachtwächter kann Fritz nicht werden.

Er wird bleich. Sollte auch heute alles vergeblich sein?

Aber der Mächtige will doch mal sehen; er setzt eine
wichtige Miene auf. Dann stößt er mit dem Bleistift, sagt
kurz: „Küche" – und somit kommt Fritz in die größte Koch-
anstalt der Welt.

4

Shirley ist unten in der Wäscherei angekommen. Alles hier
ist ihr vertraut und alles verhaßt.

Die Luft, diese neblige, weiße, schwere Luft, der Geruch
der Lauge, der nassen Linnen, der gebrauchten Wäsche, der
frischgewaschenen Wäsche.

Sie kennt alle Geräusche, das Knarren der elektrischen
Rollen, das schnelle, taktmäßige Rattern der Waschmaschi-
nen, ihre gellenden Pfiffe – die Zeichen, daß sie die ihnen

vorgeschriebene Arbeit verrichtet haben –, das Summen der Gasflammen in der endlosen Reihe der Gehäuse, die die Gestelle zum Trocknen bergen.

Diese Geräusche vermengen sich mit dem gutturalen Lachen, mit dem Gesang und Geschrei der Negerinnen.

Sie stehen stark und breit in dem riesigen Raum, dort, wo die Arbeit am schwersten ist, und lachen. Elfenbeinfarbene, kaffeebraune, erdschwarze Negerinnen, eine Farbenskala von Gelb, Braun und Schwarz in allen Tönungen. Aber wenn sie lachen, scheinen sie sich alle mit ihren lebensvollen Lippen, mit ihrem schneeweißen, blendenden Gebiß zu gleichen.

Die schwarzen Finger glätten die Laken auf den elektrischen Rollen; die vielen dunklen Hände, die die Bügeleisen führen, bewegen sich gleichzeitig, als hingen sie an ein und demselben Draht. Heute aber ist noch etwas im Raum, eine geheime Erregung, ein Flüstern, das verstummt, wenn die Aufseher vorbeigehen.

Der Führer eines der Wäscheaufzüge, ein schmächtiger, älterer Mann, liegt auf dem Boden, in der Nähe eines Wäscheschluckers, durch den die Linnen der täglich frisch bezogenen viertausend Betten in die Wäscherei befördert werden.

Wie ein Wasserfall strömt die Wäsche auf ihn herab, sie verbirgt ihn fast ganz, aber es ist ihm recht so. Er will nicht von unberufenen Augen entdeckt werden, und die unberufenen Augen gehören den Vorgesetzten, die nicht sehen dürfen, daß er außer Atem, keuchend auf dem Boden liegt. Ein Neger, der auch sonst öfter die Aufzüge der Wäscherei bedient, fährt jetzt für ihn; vorläufig hat die Aufsicht noch nichts bemerkt.

Er versucht, den Atem zurückzuhalten, das Keuchen, das immer wieder aus ihm hervorbricht, zu bewältigen, aber es gelingt ihm nicht; im Gegenteil, ein Hustenreiz überfällt ihn, er spürt blutigen Schaum auf den Lippen.

„Komm, wir führen dich zum Arzt“, sagen die Wäscherinnen, die mitleidig immer wieder nach ihm sehen, aber nicht weiter helfen können.

Die Worte kommen nur mühselig aus seinem Mund.

„Nein, nein, niemand darf wissen, was geschehen ist, sie würden mich fortschicken.“

„Aber du bist doch nicht schuld, im Gegenteil, wir werden
Lärm schlagen! Man sorgt nicht dafür, daß unsere Aufzüge
in Ordnung sind, wir werden unser Leben nicht gefährden
lassen."

Folgendes war geschehen: Der Aufzugführer fuhr einige
Wäschereiwagen in höhere Stockwerke. In seinem Aufzug
nahm er auch Personal mit. Bis zum 10. Stockwerk ging alles
in Ordnung. Hier stiegen verschiedene Hausmänner mit den
Wäschereiwagen aus. Um ihnen Platz zu machen und sie
hinaus zu lassen, verließ auch der Führer den Lift und hielt
die Tür offen. Es waren nur noch Frauen in dem Aufzug.

In diesem Augenblick stieg der Lift, ohne den Führer,
ohne sichtlichen Grund plötzlich in die Höhe. Die Frauen
kreischten; keine wußte, wie der Aufzug zum Stillstehen gebracht werden konnte. In tödlichem Schreck rennt der Führer die Treppen hinauf, dem Aufzug nach; er kann ihn nicht
erreichen, der Aufzug ist schneller als er. Bis der Führer im
nächsten Stock ankam, stieg der Aufzug schon weiter. Die
Frauen schrien in Panik und winkten ihm zu. Je höher er
steigt, um so schwerer fällt ihm das Rennen, um so größer
wird seine Angst. Später kann er überhaupt nicht mehr denken; er weiß nur, er muß den Aufzug erreichen, sonst geschieht ein schreckliches Unglück.

Die Treppen schienen zu wachsen; der Aufzug hatte
schon einen Vorsprung von zwei Stockwerken, es war keine
Hoffnung vorhanden, ihn zu erreichen, und doch kroch er
ihm nach, auf Händen und Füßen!

Endlich, es erschien ihm eine Ewigkeit, eine Ewigkeit
voll Grauen und Schrecken, erreichte der Aufzug das höchste Stockwerk, das dreißigste, und hielt an, ganz ruhig, so
als ob nichts geschehen wäre. Der Führer kam herangekro-
chen, kalkweiß, als hätte jeder Blutstropfen sein Gesicht
verlassen, mit schäumendem Mund, an allen Gliedern zitternd, öffnete den Aufzug, ließ die Frauen hinaus und fiel
dann hin, halb bewußtlos.

Die Frauen schrien nach dem ausgestandenen Schreck
durcheinander.

„Mensch, wir dachten schon, das ist unsere letzte Fahrt."

„Nicht für eine Million Dollar möchte ich das noch mal
mitmachen."

„Mach dir nur keine überflüssigen Sorgen, keiner wird dir eine Million Dollar geben, aber wenn die Herren denken, die Aufzüge für das Personal brauchten nicht extra gut zu funktionieren, kannst du den Spaß ganz umsonst noch mal erleben."

„Wir beschweren uns, zum Teufel auch."

Der Führer lag am Boden und konnte noch immer nicht sprechen.

„Eine Maschine kann schon mehr als so ein armes Menschlein."

„Ja, für den Lift sind dreißig Stockwerke nichts, und der Mensch ist gleich hin, wenn er nur sechzehn Stockwerke schnell hinauflaufen will."

Man schaffte den Führer hinunter in die Wäscherei. Nur langsam kam er zur Besinnung. Das erste, was ihm einfiel, war, daß seine Vorgesetzten nichts erfahren durften, man würde ihn entlassen. Man würde nie zugeben, daß der Mechanismus versagt hatte, sondern erklären, er sei der Schuldige. Er hatte Angst um sein Brot, nicht um sein Leben; er wollte keinen Arzt, er wollte weiterarbeiten.

„Warte doch, bis du dich beruhigt hast, du stirbst ja."

Eine Negerin mit safrangelber Haut und mächtiger schwarzer Haartolle brachte ihm Wasser und einen Stuhl.

„Komm, ruh dich aus, sei nicht so wild auf Arbeit, die läuft dir schon nicht weg. Auf Jonny kannst du dich ruhig verlassen, der vertritt dich schon richtig, und keiner wird was merken. Komm hinter den Wäscheberg, niemand wird dich sehen. Soll ich dir was vortanzen, damit du auf andere Gedanken kommst?"

Sie schnalzt mit der Zunge, bewegt rhythmisch ihre schmalen Hüften.

Auf dem verzerrten Gesicht des Aufzugführers erscheint ein leichtes Lächeln.

„Siehst du, du kannst schon lachen, nun wird noch alles gut mit dir. Verlaß dich darauf, wir werden schon das Maul öffnen und unsere Meinung sagen, ohne dir zu schaden."

Mit wiegenden Schritten verläßt sie ihn.

Diese Neger, die in dunklen, schmutzigen Straßen zusammengepfercht in einem Stadtteil leben, den kein Weißer bewohnen möchte, sind die einzigen, die den amerikanischen Befehl „Du sollst lächeln" auch wirklich befolgen. Sie, die die schwierigsten, die schmutzigsten Arbeiten verrichten, die durch Verbotstafeln immer wieder auf ihr Sklavendasein aufmerksam gemacht werden, diese Parias bestimmen einen großen Teil des Rhythmus dieser Stadt.

Der Aufzugführer sieht mit leeren Augen der Tanzenden nach; er versucht vergeblich, seinem Atmen den ruhigen Rhythmus wiederzugeben; auf seinen Lippen erscheint immer wieder blutiger Schaum.

Die Belegschaft der Wäscherei pilgert hinter den Wäscheberg, alle wollen ihn sehen. Alle schreien, daß sie ihre Meinung über die schlecht funktionierenden Aufzüge den zuständigen Stellen nicht verhehlen werden, – aber sobald Aufsichtspersonal in Sicht kommt, schweigen sie.

Shirley legt zierliche, in Seidenpapier gewickelte Wäsche in ihr Körbchen. Sie trägt Wäsche aus, keine besonders schwere Arbeit. Shirley kommt überall hin, hört allerlei, aber sie ist heute froh bei dem Gedanken, daß es zum letztenmal sein wird, daß es aufhören wird, dieses Hinundherrennen durch das ganze Haus, das Klopfen an den Türen, die Höflichkeitsbezeugungen. Sie wird dann auch nichts Schlechteres sein als die Gäste, die Damen mit der feinen seidenen Wäsche, sie wird genauso schöne tragen wie sie, wenn nicht noch schönere ...

Alles, was um sie herum jetzt geschieht, hört sie nur mit halbem Ohr. Ja, die Aufzüge für das Personal, da kann man sich manchmal ärgern. Überhaupt, es gibt so vieles, worüber man sich ärgern kann, wenn man arm ist und kein Geld hat. So eine arme Kreatur rennt dem Aufzug nach, macht sich Sorgen und hat Gewissensbisse; und wenn sie draufgeht, kümmert sich kein Teufel um sie. Nun, Shirley wird herauskommen aus all dem Dreck, sie wird ein anderes Leben führen als bisher, ein gutes Leben. Sie wird nicht ewig ausgeschlossen bleiben von allem, was angenehm ist.

5

Jedesmal, wenn Celestina das Reich der Gäste betritt, wird
sie überwältigt von der wunderbaren Stille und Ruhe, die
hier in jedem Winkel herrschen. Die Schritte ersterben in
weichen Teppichen. Mit Bedacht wird bei der Arbeit Lärm
vermieden; die Stimmen des Personals senken sich zum
Flüstern. Der Gang der Stubenmädchen wird schwebend,
die Haushälterinnen scheinen überhaupt nicht den Boden zu
berühren, wenn sie die Korridore der Gäste betreten.

Celestinas Arbeitsstätte zeichnet sich durch besondere
Vornehmheit aus. In diesem Stockwerk befinden sich die
teuersten Appartements, große Konferenzsäle und dem „individuellen Geschmack" entsprechend eingerichtete Emp-
fangsräume.

Jedes Stockwerk untersteht einer besonderen Haushälterin. Sie tragen alle das gleiche schwarze Seidenkleid und
das gleiche verbindliche Lächeln; das allen gemeinsame Lächeln wie die Kleider scheinen in der gleichen Fabrik an-
gefertigt zu sein. Nur die Namen der Haushälterinnen sind
verschieden. Celestinas Vorgesetzte ist Frau Magpag.

Die Etagenvorsteherin heißt Fräulein Wesley. Ihr Schreibtisch steht in der Halle, den Personenaufzügen gegenüber.
Es gibt nicht weniger als ein Dutzend Aufzüge für die
Gäste, aber niemand kann hinauffahren oder hinabfahren,
ohne von Fräulein Wesley gesehen zu werden.

Fräulein Wesley nimmt auch die Nachrichten, die an die
Gäste ihrer Etage aus allen Teilen der Welt kommen, entgegen. Mit dem „ticker", dem elektrischen Fernschreiber,
zeichnet sie mit merkwürdigen Buchstaben die Mitteilungen
auf, die sie an ihre Gäste gelangen lassen muß. Der elektrische Stift schreibt von selbst, als führe eine Geisterhand
Fräulein Wesleys Finger.

Was Fräulein Wesley nicht zu wissen bekommt, erfahren
die Detektive, die lautlos und unauffällig umherwandeln
und nur manchmal vor einer Tür stehenbleiben.

Hinter den sorgfältig geschlossenen Türen führen die
Gäste ihr Leben für sich, und man weiß von ihnen nur das,
was zufällig durchsickert.

Celestina beginnt, die Marmorfliesen der Aufzüge zu

scheuern. Die Lifts für die Gäste sehen ganz anders aus als
die riesigen schmutzigen Kästen, die dem Personal zur Verfügung stehen; die Böden sind mit Perserteppichen belegt,
die Wände mit Leder tapeziert; es gibt besondere Vorrichtungen, die jede unangenehme Schwankung auffangen; wie
leichte Vögel schießen diese Aufzüge lautlos auf und nieder.

Während Celestina mechanisch die ihr zufallende Arbeit
verrichtet, muß sie immer wieder an Shirley denken. Sie
findet es wohl begreiflich, daß ihre Tochter dem schweren
Leben entfliehen möchte – aber kann ihr diese Flucht gelingen? Wird es ihr später nicht noch schlechter gehen?

Shirley ist mir böse, denkt sie, während sie den Boden
wischt und vor ihrer Nase elegantes Schuhwerk vorbeidefilieren sieht; Shirley ist böse auf die Mutter, die ihr kein
besseres Leben geboten hat. Ja, Celestina hat nichts tun können, damit Shirley es besser habe als sie selbst. Aber wie
und was hätte sie das Mädchen lernen lassen sollen, wo das
Geld nicht einmal für das Allernotwendigste reichte...?
Und dann schien es Celestina überdies gar nicht notwendig,
daß Shirley auch so ein Büromädel wurde, das auf andere,
die noch schwerer arbeiten, herabblickt. Nein, ihre Tochter
sollte das Leben, das sie zu führen gezwungen war, kennenlernen, sie, die jung und frisch ist und auch nicht dumm.
Die Junge könnte eher als die alten, müden Köpfe auf Gedanken kommen, die einen Ausweg aus dem Elend zeigten.
Aber wenn sie sich einfach aus dem Staube macht, nützt sie
niemandem, nicht einmal sich selbst...

Man beginnt, die Frühstückstafeln für die Gäste zu bringen; sie werden von den Kellnern aus einem sehr geräumigen, zu diesem Zweck besonders reservierten Aufzug mit
viel Sorgfalt herausgehoben.

Die Frühstückstische werden von allen mit Interesse betrachtet, sogar von Fräulein Wesley und Frau Magpag. Sie
sind aber auch entschieden sehenswert.

In einer schlanken Vase steht eine Blume in der Mitte des
Tisches, um kundzutun, daß hier nicht nur auf materielle
Genüsse Wert gelegt wird. Die gerösteten Brote liegen zwischen weißen Servietten, wie kleine Babys liebevoll zugedeckt. Der Kaffee in den silbernen Kannen duftet angenehm

und aromatisch und scheint nicht die geringste Verwandtschaft mit dem gleichnamigen und gleichfarbigen Gebräu,
das in der Angestelltenküche gereicht wird, zu haben. Die
Schlagsahne schmiegt sich in zierliche Silberschälchen, während die Milch in einem schön geschwungenen Kristallglas
serviert wird. Erdbeeren liegen rosig zwischen grünen Blättern, frische Pfirsiche, das goldgelbe Fleisch sorgfältig auf-
geschnitten, noch mit den blutroten Spuren der abgetrennten
Kerne, liegen aufgeschichtet daneben. Braungekräuselter,
dünngeschnittener Speck, gebratene Würstchen und geröstete
Hammelkoteletts, mit weißen, gekräuselten Papiermanschet-
ten verziert, ruhen, wie es sich gehört, unter schützenden
silbernen Schalen, die aber von Zeit zu Zeit von Neugierigen
aufgehoben werden. Die Kellner müssen allerlei Späße anhören, die sich auf die reich gedeckten Tische beziehen,
aber auch Begehrlichkeiten wehren, die sich gegen diese
Tische richten.

Sogar Fräulein Wesley flötet jedesmal, wenn sie einen
Frühstückstisch vorbeischweben sieht, den Kellnern freund-
lich zu: „Vergessen Sie mich nicht, mein Lieber, wenn etwas
Kaffee übrigbleibt, ich habe solchen Durst."

Aber sie hat nur selten Gelegenheit, ihn zu stillen; es
kommt nicht oft vor, daß von den Gästen etwas verschmäht
wird.

Sogar Frau Magpag verliert beim Anblick der Tische ihre
Würde und notiert sich die Nummern der Zimmer, in denen
sie verschwinden. Auf diese behält sie ein Auge, und sie ist
die erste, die nachkontrolliert, sobald die Gäste das Zimmer
verlassen.

Aber leider wird auch Frau Magpags Aufmerksamkeit
selten belohnt. Ja, der Appetit der Gäste ist staunenswert.

Ingrid nimmt ihren Zimmerbestand auf. Sie notiert auf
einem Zettel die freien Zimmer, meldet Fräulein Wesley,
wenn jemand auswärts geschlafen hat, und prüft dann, aus
welchen Zimmern die Gäste schon ausgegangen sind. Zu
diesem Zweck ist an jedem Schloß ein Knopf angebracht.
Kann man ihn herunterziehen, so ist das ein Zeichen, daß
von innen kein Schlüssel in dem Schloß steckt; ist ein Schlüssel drin, bleibt der Knopf unbeweglich.

„Die Leute sollten wirklich nicht vergessen, daß sie ihre

Schlüssel nicht abziehen dürfen, wenn sie zu Hause sind", sagte Ingrid zu dem dänischen Kellner, der gerade mit einem besonders reichgedeckten Tisch in ein Zimmer wollte. „Es ist schrecklich, wenn man plötzlich in ein Zimmer gerät und die Bewohner sind noch drin, die sich allein und ungestört glauben. Wirklich, man müßte eine Tafel anbringen und die Gäste darauf aufmerksam machen, wie sie sich einschließen sollen."

„Als ob die sich viel daran kehren würden, ob wir sie sehen oder nicht! Der Kerl, zu dem ich mit der großen Bestellung gehe, hat sicher wieder zwei Weiber in seinem Bett. Nun, wenn er ein gutes Trinkgeld gibt, kann er meinetwegen auch tun, was er will, sonst mache ich Krach."

„Wenn er seine Rechnungen bezahlt, kannst du lange Krach machen, dann darf er tun, was er will."

„Na, ich werde ihn schon so ansehen, daß er das Trinkgeld nicht vergißt."

„Also viel Glück!"

„Wenn sie etwas übriglassen, werde ich an dich denken, Kleines."

Celestina ist heute der Sektion Ingrids zugeteilt und hat die Badezimmer gründlich zu reinigen, während Ingrid die Zimmer in Ordnung bringt.

Dieser Teil ihres Tagewerks beginnt in einem Zimmer, das zu den merkwürdigsten Räumlichkeiten des Hotels Amerika gehört. Hier wohnt eine alte Frau, eine Kaffeeplantagenbesitzerin aus Westindien, die ihr Zimmer in einen Miniatururwald verwandelt hat: mit zwei Palmen, einem Affen, der auf diesen Palmen umherklettert, einem Papagei und einem weißen Kakadu. Vor allem aber gibt es, dank dieser Tiere, sehr viel Schmutz, den die Besitzerin nur nach einem gewissen Plan wegräumen läßt. Es gibt in diesem Zimmer „Wege", die rein zu sein haben, alles andere ist „Wald", und hier soll der „Naturzustand" aufrechterhalten bleiben.

Die alte Frau beaufsichtigt selbst die Reinigungsarbeiten und schimpft mit einer Stimme, die der des Papageis ähnelt.

„Du kannst keinen Besen richtig halten!" schreit sie Ingrid an.

Ingrid kostet es Mühe, ihr nicht ins Gesicht zu lachen.

Die Alte folgt dann Celestina ins Badezimmer. Mit zusammengekniffenen Augen beobachtet sie, wie Celestina die Wanne reinigt.

„Da sieht man, warum du nie auf einen grünen Zweig kommst. Du bist viel zu verschwenderisch, du brauchst viel zuviel Seife. Ihr jammert immer, daß ihr arm seid, aber wie man sparen muß, das lernt ihr auch auf eure alten Tage nicht."

Celestina schweigt. Oberster Grundsatz des Hotels Amerika ist: Die Gäste haben immer recht.

Die Alte schimpft weiter. Da ihre Gesellschafterinnen immer wieder ausrücken, benutzt sie die halbe Stunde des Zimmeraufräumens, um ihren Herrschergelüsten freien Lauf zu lassen. Sonst kommandiert sie ihre Tiere, aber an ihnen kann sie nie ein Zeichen von Unwillen wahrnehmen.

Jetzt, da sie in Celestinas Gesicht eine leise Röte aufsteigen sieht, ist sie zufrieden.

„Nun, du brauchst dich nicht gleich zu ärgern, wenn man dich belehren will."

Dann beginnt sie fieberhaft in einem Schreibtischfach zu suchen und drückt endlich mit großartiger Gebärde ein Zehncentstück in Celestinas Hand.

Diese Zehncentstücke, die sie in seltenen Fällen zu verteilen pflegte, hatten ihr von dem Personal den Spitznamen „der weibliche Rockefeller" eingebracht.

„Hat sie dir wieder ein ‚dime' gegeben? Sie ist doch so reich. Fräulein Wesley erzählt, daß auf ihrer Plantage viele hundert Neger arbeiten. Vor ein paar Tagen gab es sogar einen kleinen Aufstand. Fräulein Wesley hat gerade die Nachricht aufgenommen, als ich abends Inspektion hatte."

„Was meinst du, wieviel Geld die Alte zahlen muß, um sich hier solche Verrücktheiten zu erlauben? Es wohnen hier auch andere, die nicht richtig im Kopf sind, aber sie müssen sich mit ihrem Steckenpferd doch anpassen, kein anderer dürfte das Parkett so zuschanden machen."

„Ach, ich habe vergessen, meinen ‚Brief' nachzusehen."

Frau Magpag hat die wenig beliebte Gewohnheit, allen Stubenmädchen der Etage die kleinen Verfehlungen, den Mangel an Vollkommenheit, den sie beim Reinigen der Zimmer zeigen, auf einer langen Liste aufzuschreiben.

Wenn die Haushälterin ein Zimmer inspiziert, entgeht nichts ihren Späheraugen.

Ingrid buchstabiert mit Schwierigkeit den Zettel, das Englischlesen fällt ihr noch schwer.

„Du meine Güte, was habe ich alles verbrochen! Allein in Nummer 17: Die Nickelknöpfe des Wandspiegels glänzen nicht, im Spucknapf ist nicht genug Wasser, es fehlen Ersatzstecknadeln, das kleine Löschpapier ist zu stark gebraucht, auf dem Schrank liegt Staub, die kleine Tischdecke muß gewechselt werden – das geht ja noch weiß Gott wie lange weiter! Frau Magpag gibt mir für eine Stunde Lesestoff."

„Ja, die Haushälterinnen müssen zeigen, wie notwendig sie sind."

„Sie schreibt an alle ihre Briefchen; ich glaube, sie schläft nachts nicht. Sicher denkt sie an nichts weiter als an die Zimmer, und ob nicht achtzehn Stecknadeln in einem Zimmer sind statt zwanzig und nur fünf reine Handtücher statt sechs."

„Sie ist eben die Haushälterin und muß daran denken."

„Aber sie verdient auch nur fünfzehn Dollar die Woche und muß noch länger arbeiten als wir."

„Sie bekommt aber besseres Essen und ißt am gedeckten Tisch."

„Ja, sie steht über uns; sie ist Vorgesetzte ... Ob das ein angenehmes Gefühl ist?"

„Das wirst du wahrscheinlich nie erfahren, ein Stubenmädchen wird selten Haushälterin."

„Will ich ja gar nicht werden, ich denke nur nach, wie es sein mag, etwas anderes zu sein, als man ist."

„Aus mir kann nie etwas anderes werden als was ich bin: eine Scheuerfrau."

„Das Dumme ist, ich weiß, es nützt mir nichts, und doch muß ich oft an die Arbeit denken, auch wenn ich schon frei bin. Sogar im Traum hatte ich heute Angst, ich hätte nicht genügend Streichhölzer in ein Zimmer getan."

Unter solchen Gesprächen sind sie jetzt in einem Zimmer angelangt, das sowohl die fromme Gesinnung wie die Mondänität der Zimmerbewohnerin verrät. Ein Gebetbuch liegt mit dem Theaterprogramm zusammen, die Puderdose mit einem goldenen Kreuz, ein Rosenkranz neben dem Lippenstift.

„Sie ist wenigstens reinlich", sagt Celestina, „die Badewanne ist sauber."

„Aber Celestina, vielleicht hat sie gar nicht gebadet?"

„Das ist mir ganz gleich, die Hauptsache ist, daß die Wanne ganz rein ist."

„Und für mich ist es die Hauptsache, daß sie den Puder nicht ins ganze Zimmer verstreut."

„Ob die wohl reich ist?"

„Wenn sie eine wirklich Reiche wäre, würde sie nicht dieses billige Zimmer bewohnen, und dann würde sie auch kein Gebetbuch haben."

Beim nächsten Zimmer hat Ingrid keine Zweifel über den Reichtum der Bewohnerin.

„Die hat bestimmt viel Geld."

Sie beginnt die Schuhe zu zählen, die den Boden des ganzen Wandschrankes bedecken.

„Soviel Schuhe werde ich in meinem ganzen Leben nicht besitzen, auch wenn ich noch so alt werde und meine Babyschuhe nöch mitrechne."

„Hör auf mit dem Zählen, du machst dir auch Arbeit, die du nicht unbedingt nötig hast."

„Schau, Celestina, wieviel Kleider und Mäntel! Wie würde ich aussehen, wenn ich solche Kleider trüge? Besser als die Frau, der sie gehören. Ich hab sie einmal gesehen. Fabelhaft elegant angezogen – aber schön war sie doch nicht. Celestina, wenn du die Tür bewachen und darauf achten wolltest, daß Frau Magpag nicht hereinkommt, möchte ich schnell dieses Abendkleid anprobieren."

„Du bist wohl ganz verrückt! Als ob ich nichts Besseres zu tun hätte! Du wirst dir auch allerlei dumme Gedanken in den Kopf setzen, genau wie Shirley. Ihr seht all die schönen Sachen und denkt an nichts weiter als daran, wie ihr auch alles genauso haben könntet."

„Celestina, sei doch nicht so langweilig, ich möchte doch nur ein bißchen Spaß haben. Es fällt mir nicht ein, so werden zu wollen, wie die sind."

„Du merkst es kaum, und schon denkst du immer an schöne Kleider."

Das nächste Zimmer wirkt kahl, alles ist sorgfältig weggeräumt.

Aber Ingrid lacht, als sie den Inhalt des Papierkorbes entleert.

„Das muß eine kindische Person sein, die hier wohnt. Celestina, sieh dir mal all die Papierfetzen an."

Sie sind zum Teil zerrissen, aber überall sind die gleichen Buchstaben, ist das gleiche Wort zu entdecken; manchmal sind auch die Buchstaben durcheinandergeworfen, doch immer kehren sie wieder: A-R-Z-T; Arzt steht da überall, klein und groß geschrieben, manchmal im Kreuz, manchmal im Kreis, erst in dichter, dann in ganz weiter Reihenfolge, immer das gleiche Wort: Arzt.

„Ein komisches Spiel, nicht wahr?"

Ingrid findet auch Zeichnungen, die genauso kindisch sind. Eine Männergestalt im weißen Kittel, sehr primitiv hingezeichnet, manchmal hält die vorgestreckte Hand ein Messer oder irgendein ähnliches Instrument.

„Lach doch nicht so albern", Celestina sieht sich auch die Zettel an. „Wenn man einen Arzt braucht, ist das nie zum Lachen."

In diesem Augenblick tritt die Bewohnerin des Zimmers ein.

Ingrid will erschrocken mit dem Papierkorb abziehen.

„Ich komme wieder, wenn Sie fort sind."

„Sie können ruhig weiterarbeiten, Sie stören mich nicht."

Die Dame mustert Ingrids frische Jugend, und Ingrid kann sich nicht enthalten, einen neugierigen Blick auf ihr verfallenes Gesicht zu werfen. In ihren Augen liegt Verzweiflung.

Sie setzt sich vor den Toilettenspiegel und beginnt, sehr sorgfältig Rot aufzulegen. Dabei hantiert sie mit allerlei Tuben und Pinseln. Während Ingrid Staub wischt, ordnet die Frau ihre Haare. Sie scheint das Mädchen überhaupt nicht zu bemerken.

Das eben noch verfallene Gesicht leuchtet ihr jetzt aus dem Spiegel frisch und rosig entgegen, die Verzweiflung scheint aus ihren Augen gewichen zu sein. Die Frau entfaltet eine Zeitschrift, „Gesellschaftliches Leben im Süden", sieht sich einige Bilder aufmerksam an und geht wieder zum Spiegel, prüft sich von allen Seiten: sie sieht jetzt gut aus, eine strahlende, noch junge Frau. Schon ist sie wieder fort, wahrscheinlich will sie nicht allein in ihrem Zimmer sein.

„Ich habe Angst vor ihr gehabt", sagt Ingrid zu Celestina, die schon in ein anderes Zimmer vorausgegangen war, „es ist etwas unheimlich an ihr."

Dieses Mal ist es Celestina, die sich die Gegenstände im neuen Zimmer genau betrachtet. Hier wohnt ein junger Mann, und Celestina möchte erfahren, ob nicht er mit Shirley im Zusammenhang steht.

An dem Kleiderhaken hängt ein Waschbärpelz, der geeignet ist, selbst den schmächtigsten Burschen in einen wahren Bären zu verwandeln. Auf dem Schreibtisch liegt ein „Lehrbuch der neuesten Bridgeregeln" und ein „Juristischer Ratgeber für Autofahrer". Golfschläger und Boxhandschuhe und eine Sammlung von Fotografien ausgesucht hübscher Frauen, die alle sichtbar unter dem Glas der Tischplatte liegen, vervollständigen die Einrichtung.

„Der wird es wohl doch nicht sein", sagt Celestina, die kein besonderes Vertrauen zu ihrem Detektivtalent besitzt. Sie muß Ingrid einweihen, zusammen werden sie schon herausfinden, was Shirley vorhat.

„Nein, der ist es nicht", das ist auch Ingrids Meinung, und in dem Zimmer, das sie danach betreten, brauchen sie ihn wohl auch nicht zu suchen.

Dieser Raum ist mit einer wahren Batterie von Arzneiflaschen ausgestattet. Eine an der Wand angeschlagene Tabelle enthält genaue Anweisungen über die Zahl der einzunehmenden Tropfen mit genauer Zeitangabe.

„Der Alte könnte schon ruhig sterben, ich hasse die vielen Arzneiflaschen."

„Aber Ingrid, schämst du dich nicht?"

„Fällt mir nicht ein, ich mache doch nur Spaß."

Aber die Menschen leben zu gern, auch wenn sie alt und krank sind.

„Ich möchte nicht in einem Zimmer mit der Nummer 13 wohnen", sagt Ingrid im nächsten Zimmer, das sie reinigen, und öffnet den Schrank.

„Warum bist du so neugierig, Ingrid? Wir wollen uns beeilen, du brauchst dir doch nicht jedes einzelne Kleid anzusehen."

„Aha, wir sollen wohl nur die Zimmer genau nachsehen, in denen Männer wohnen!? Celestina, wenn Frau Magpag das von dir wüßte! Übrigens habe ich den Auftrag, mich um dieses Zimmer besonders zu kümmern, vom Etagendetektiv selbst.“

„Warum denn?“

„Sicher hat sie kein Geld. Der Detektiv hat mich gefragt, ob die Dame viel Herrenbesuch bekommt, – als ob er das nicht besser wüßte als ich. Wahrscheinlich konnte sie ihre Rechnung nicht bezahlen, deshalb fällt ihnen ihr Lebenswandel plötzlich auf. Sie wird sicher fliegen, die Arme. Mir hat sie gleich am ersten Tag einen Dollar gegeben, dachte mir gleich, daß etwas nicht mit ihr stimmt; die Frauen sind doch sonst so geizig.“

„Mach schnell, Ingrid.“

„Sehen wir uns mal den Schrank an; zwei Kleider und ein Paar Schuhe. Die wird noch heute gehen, paß auf. Sie stellt es sicher nicht schlau an bei dem vielen Herrenbesuch.“

„Ihr bildet euch immer ein, es besonders schlau einzurichten, und fallt erst recht herein.“

Celestina muß immer wieder an Shirley denken; der Gedanke an die Tochter quält sie, sie möchte wenigstens klarsehen.

Das Zimmer, das sie nun betreten, gibt Celestina einen Ruck. Sollte hier jener wohnen, den sie sucht?

Man kann sich schwer ein wilderes Durcheinander vorstellen. Der ganze Boden ist mit Konfetti besät, an den Lampen und an den Möbeln hängen farbige Papierschlangen, in der Badewanne liegen Whiskyflaschen, zerbrochene Gläser bedecken den Tisch, Zigarrenasche ist in alle Ecken verstreut. Einige Puppen sind in den höchsten, kaum erreichbaren Plätzen und Ecken mit verrenkten Gliedern aufgestellt.

„Ist es nicht eine Schande, wie es hier aussieht? O Gott, wenn nur nicht Shirley hier –“

„Ach nein, Celestina, hier wohnen doch zwei Männer, und sie sind erst gestern eingezogen, sicher aus der Provinz; sie machen sich in New York einen guten Tag.“

„Sieh dir nur die Wanne an und den Boden! Merk dir das, nur Männer benehmen sich so. Eine Frau, und wenn sie von der übelsten Sorte ist, wird nie so dreckig sein. Die sollten mal selbst aufräumen."

„Du hast recht, Celestina, aber ich bediene Männer doch lieber als Frauen, sie sind nicht so knickerig und suchen nicht in jedem Winkel nach Staub."

Celestina blickt auf das Mädchen, das sich bei der Arbeit beugt und reckt. Sie empfindet einen gewissen Widerwillen, aber sie weiß, Ingrid selbst hat nichts damit zu tun. Diese Junge erinnert sie nur stark an ihre Nichte, die eines Tages – es ist schon eine lange Reihe von Jahren her – mit Celestinas Mann auf und davon lief.

Das war noch in den ersten Jahren des Aufenthalts in Amerika. Man schrieb ihr damals aus der irischen Heimat, daß die Eltern der Kleinen gestorben waren, daß sie allein auf sich gestellt sei und hungern müßte. Celestina ließ die Nichte kommen, und da erschien dann eines Tages so ein gesundes, strahlendes Mädchen. Die sollte gehungert haben? Da wußte Celestina schon besser, was hungern hieß; aber böse wurde sie dem Mädchen freilich erst, als es mit Celestinas Mann plötzlich das Weite suchte und sie mit Shirley alleinließ.

Nun, wozu sich über Vergangenes den Kopf zerbrechen? Die Arbeit drängt auch, es bleibt nicht viel Zeit übrig für Gedanken über die Vergangenheit.

„So viele Bücher", sagt Celestina anerkennend. Sie sind jetzt in einem Appartement, das mit einigen eigenen Möbeln der Bewohner ausgestattet ist. Sogar ein Bücherschrank ist da; eine Seltenheit im Hotel Amerika.

Die Bücher verraten die vielseitigen Interessen und die Bildung ihres Besitzers, was allerdings weder Celestina noch Ingrid feststellen können. Aber die Bücherreihen wirken auf sie trotzdem angenehm.

Diese Zimmer zeichnen sich überhaupt durch besondere Gediegenheit und eine gewisse Ruhe aus.

Die Wände sind mit Bildern geschmückt, die sowohl Celestinas wie Ingrids Beifall finden; es sind Radierungen, die Szenen aus der Bibel darstellen.

Die Korrespondenzen und Arbeiten auf dem Schreibtisch lassen vermuten, daß der Bewohner an einem Buche über die Geschichte der frühen amerikanischen Literatur beschäftigt ist. Er benutzt sein Arbeitszimmer auch als Schlafraum, während der nächste Raum als Empfangszimmer dient. Er ist mit Perserteppichen und schönen chinesischen Vasen ausgestattet, und auch hier liegen verschiedene wissenschaftliche Werke und Schriften herum.

Der daran stoßende dritte Raum ist das Schlafzimmer der Frau Professor; denn man geht wohl nicht fehl in der Annahme, daß der Bewohner des Appartements etwas Ähnliches ist.

Allerdings zeigt das Zimmer der Frau einen Unterschied zu den anderen, einen gewissen Riß, es ist zu auffällig ehrbar und einfach. Am Fenster steht ein Nähtisch mit Strickzeug und mit einem Buch, das nur eine sehr primitive Seele erfreuen kann. Alle Gegenstände in diesem Zimmer, auch die Kleider, zeigen einen etwas provinziellen und wenig gewählten Geschmack.

„Sie ist eine ganz alte Dame", stellt Ingrid fest, die von einem Polster ein langes weißes Haar nimmt.

„Hast du sie schon gesehen?" fragt Celestina.

„Nein, aber ihn. Wie gefällt es dir hier, Celestina?"

„Na, jedenfalls sieht es hier besser aus als vorhin bei den versoffenen Kerlen."

„Und doch habe ich hier etwas Dummes erlebt."

„So?"

„Komm, ich zeige dir etwas." Ingrid geht zurück in das Arbeitszimmer des Professors und kramt auf dem Schreibtisch.

„Nein, sie sind nicht mehr hier, er hat sie sicher verschlossen. Er hatte so merkwürdige, häßliche Bilder. Als ich seinen Schreibtisch in Ordnung bringen wollte — alles lag in einem solchen Durcheinander —, habe ich eine Mappe verschoben, und dabei sind einige Bilder herausgefallen."

„Na, und?"

„Und nichts. Gerade, als ich mir die Bilder ansah, ist er hereingekommen; ich habe ihn erst später bemerkt und einen Schreck bekommen — aber er auch. Er hat mir ein großes Trinkgeld gegeben."

„Ein großes Trinkgeld, weil du seine Bilder angesehen hast?"

„Nein, nicht deshalb "

„Sondern?"

Ingrid erinnert sich wieder an die Szene, aber sie schweigt.

Während sie die Möbel abstaubt, muß sie wieder daran denken. Auf den Bildern waren nackte Menschen in merkwürdigsten Stellungen abgebildet, und Ingrid hatte sie mit solchem Interesse betrachtet, daß sie sogar ihre kornfarbenen Haare, die eine Neigung hatten, ihr vor die Augen zu fallen, nach hinten strich, um besser sehen zu können.

Da fühlte sie, vor Schrecken fast erstarrend, eine Hand auf ihrem Arm, eine Hand, die gegen ihre Brust vorrückte. Ingrid konnte mit weit aufgerissenen Augen diese Hand sehen, die lang und schmal war, mit einer gelblichen, schon pergamentenen Haut überzogen, mit länglichen, ins Bläuliche schimmernden Fingernägeln, die zitternd ihren Körper abtastete.

Sie wollte aufschreien, aber der Schrei blieb in ihrer Kehle stecken. Schuldbewußt hielt sie immer noch die Bilder in ihrer Hand.

Nur langsam drehte sie den Kopf zur Seite und erblickte das Gesicht eines alten Mannes, ein durchgeistigtes Gesicht, das aber verwüstet aussah – und doch befreit, als hätte es eben eine Maske fallen lassen und könnte nun freier atmen.

In diesem Augenblick hörte man Schritte im Nebenzimmer. Die Stimme einer alten Frau schallte herüber.

Der Professor – denn sicher war der alte Mann der Zimmerbewohner – schien vollkommen erstarrt zu sein, er wurde aschfahl, seine Hände fielen von Ingrid ab und blieben an einer Stuhllehne hängen.

Ingrid warf schnell die Bilder hin, sie mußte noch ihre Reinigungswerkzeuge zusammensuchen.

Der Professor antwortete nicht der Stimme draußen; er hatte sein Gesicht in die Hände verborgen, schüttelte sich wie in Ekel vor sich selbst und flüsterte vor sich hin:

„Wann kommt nur das Ende?"

Bevor er die Tür des Nebenzimmers öffnete, reichte er mit abgewandtem Gesicht Ingrid eine Banknote.

„Er hat mir ein Trinkgeld gegeben, weil er ein schlechtes Gewissen hatte", sagt Ingrid zu Celestina. „Sie geben nur dann etwas."

„Dann müßte ich aber mehr Geld bekommen; ich habe

in einem Vierteljahr nur fünfundvierzig Cents Trinkgelder verdient."

„Fünfundvierzig Cents in einem Vierteljahr?"

„Zwei dimes von der Verrückten, die immer mit mir schimpft, und einmal einen Vierteldollar, von einer Frau, die mit irgendeinem Zeug die Badewanne verdorben hatte; ich hatte eine Stunde Extraarbeit damit, bis sie halbwegs rein wurde."

„Siehst du, ich habe doch recht. Deine Trinkgelder hast du nur bekommen, weil man ein schlechtes Gewissen dir gegenüber hatte."

„Da könnte man aber schon ruhig öfter ein schlechtes Gewissen haben."

Im nächsten Zimmer lag auf dem Tisch eine große Kristallkugel, daneben ein Buch, „Offenbarungen der Geheimnisse des Kristalls", und ein anderes mit dem Titel „Wege, in die Zukunft zu blicken".

„Die Frau, die hier wohnt, habe ich schon ein paarmal gesehen. Einmal saß sie vor dem Kristall und blickte ganz starr hinein. Ob sie wohl zaubern kann?"

„Ingrid, du redest viel Unsinn."

Ingrid steht jetzt vor dem Kristall und blickt hinein.

„Ich sehe mich selbst drin, ganz klein und winzig. Ob du es glaubst oder nicht, Celestina, ich kann meine Zukunft sehen."

„Komm, jetzt laß das."

„Ist es so schwer, die Zukunft vorauszusehen? Ich kenne meine und brauche nicht mal zu zaubern. Ich werde immer arbeiten müssen, mein Leben wird nie leicht sein, immer die gleiche schwere Arbeit. Jeden Tag das gleiche schlechte Essen, immer nur billige Kleider und die Angst, wirst du auch morgen weiterarbeiten dürfen oder mußt du nun wieder auf die Arbeitsuche gehen. Vielleicht werde ich Kinder haben. Werden sie das gleiche Leben weiterführen? Die ganze Welt müßte sich ändern, nicht wahr? Nur dann könnte sich unsere Zukunft ändern."

„Ja, das ist es, was ich Shirley sage. Was nützt es, wenn sich das Leben nur für einen von uns ändert? Vielleicht könnte sie es besser haben als jetzt, aber für wie lange? Wenn ich nur genau wüßte, was sie vorhat."

„Wahrscheinlich meint sie es nicht im Ernst, was sie sagt."

Sie stehen noch vor der Kristallkugel, als die Bewohnerin, eine kleine alte Frau mit stark geröteten Augen, das Zimmer betritt.

„Was macht ihr da?" Sie betastet die Kugel, als ob sie die Unversehrtheit feststellen wollte.

Ingrid ist schon bei der Tür.

„Wir wollten das Zimmer machen, aber wir kommen dann lieber später wieder, wenn Sie nicht da sind, wir wollen nicht stören."

„Aber laßt meine Kugel in Ruhe, auch wenn ich nicht da bin, sonst beschwere ich mich."

„Wir tun nur unsere Arbeit."

„Ja, und schnüffelt überall herum."

„Sie ist bestimmt eine Hexe", sagt Ingrid zu Celestina auf dem Korridor.

Die Frau mit der Kristallkugel ist keine Sondererscheinung; es gibt viel mehr von Ziellosigkeit gequälte, das Unmögliche suchende Menschen, als man ahnt, wenn man ihr scheinbar nüchternes Äußere sieht.

Fräulein Wesley und alle anderen neunundzwanzig Etagenvorsteherinnen haben eine Liste, die die Eigenheiten, Besonderheiten, Extrawünsche der ständigen Gäste enthält. Nur Passanten, die wenige Tage bleiben und nicht die Gelegenheit haben, ihr inneres Wesen zu verraten, erscheinen normal. Alle anderen haben ihre „ticks". Sie haben das höchste Ziel ihres Lebens erreicht, sie sind reich, sie haben jedenfalls Geld und brauchen sich nicht um das Morgen zu sorgen. Und nun martern sie ihr Gehirn, um noch mehr vom Leben zu erzwingen; sie wollen Unsterblichkeit, übernatürliche Kräfte oder übermenschliche Macht wie Doktor Faustus im Mittelalter.

„Celestina, schau her, vierundzwanzig Spucknäpfe, ach, das ist zum Verzweifeln. Ich reinige lieber ein Dutzend Schlafzimmer als einen einzigen Konferenzsaal. Jeder einzelne muß seinen Spucknapf haben, sonst kann er nicht beraten. Wie findest du das, Celestina? Die vielen Papierschnitzel und die Asche in allen Ecken; ich wünschte, es gäbe überhaupt keine Konferenzen, oder ich hätte wenigstens nichts mit ihnen zu tun."

Ingrid besieht sich verzweifelt den großen Konferenzsaal, der zur Zeit für den Verleger Strong reserviert ist.

Die Mitte des Saales nimmt ein langer Tisch ein, um den herum die großen gewichtigen Sessel geradezu auf ebenso gewichtige Personen zu warten scheinen. Vor den Sesseln stehen die Spucknäpfe, die Ingrid zur Verzweiflung gebracht haben. Es fehlt auch nicht an besonderen Diktiertischen und an einer eigenen Telefon- und Fernschreibanlage.

„Soll ich dir helfen, Ingrid?"

Shirley steht in der Tür. Sie hält ihr Wäschekörbchen in der Linken und beugt sich schnell, um mit der Rechten einige Papierschnitzel aufzusammeln.

„Weißt du auch, wem der Saal jetzt gehört?" fragt Shirley Ingrid. „Hier war eine große Konferenz, nicht wahr?"

„Ich hab keine Ahnung. Ich weiß nur, daß ich verteufelt viel Spucknäpfe zu reinigen habe."

„Aber ich kann es dir verraten! Hier wohnt ein Millionär, ein mächtiger Mann, dem schrecklich viel Zeitungen gehören und der schreiben lassen kann, was er will. Er weiß alles, was in der Welt vorgeht. Siehst du hier den Fernschreiber? Damit bekommt er aus allen Teilen der Erde Nachrichten. Wenn man aber sehr schlau ist, kann man herausbekommen, was er alles weiß und was er macht, und dann kann man auch mächtig werden."

„Woher weißt du denn das alles, Shirley?"

„Das verrate ich dir nicht."

„Hast du deshalb die Zettel aufgehoben, weil du etwas erfahren willst?"

„Ach, schweig, du brauchst über das, was ich sage, zu niemandem zu reden."

„Warum tust du nur so geheimnisvoll?"

„Vielleicht wirst du es noch einmal herausbekommen und dann denken, diese Shirley ist doch klüger, als wir alle vermuteten."

Celestina beobachtet Shirley gespannt.

„Wenn Frau Magpag dich hier sieht, wird sie schimpfen."

„Wieso denn? Ich habe hier in diesem Stockwerk zu tun, ich muß Wäsche austragen."

„Du hast hier sehr oft zu tun."

„Ich dachte, Mutter, du freust dich, wenn du mich siehst."

Shirley ist in Eile; mit vielen Zetteln in der Hand verschwindet sie.

Celestina bittet Ingrid:

„Jetzt paß gut auf, wohin sie geht, wir werden schon ihr Geheimnis herausfinden."

Doch Shirley ist vorsichtig, sie klopft erst an verschiedenen Türen, die sie nicht verraten können. Erst als sie aus Celestinas Sehweite ist, beginnt sie auch die Zettel, die sie vom Boden des Konferenzsaals aufgelesen hat, zu studieren, aber sie sind zerrissen, nur halbe Sätze, einzelne Wortfetzen buchstabiert Shirley:

„Die Kolonien Großbritanniens bedeuten heute einen schlimmeren Krankheitsherd als seinerzeit die Nationalitäten der Doppelmonarchie."

„Eine Revolte in den Kolonien darf auch die Vereinigten Staaten nicht ungerüstet finden."

„Japan und Großbritannien."

„Eine Zollabsperrung des britischen Imperiums, Gefahr für den Handel der Vereinigten Staaten."

„Englischer Gummiwucher und die Regierung."

„Die Gefahren des Freundschaftsvertrages zwischen . . ."

„Englische Intrigen, die die Erschöpfung amerikanischer Ölfelder bezwecken."

Shirley starrt die Sätze verständnislos an und begreift keine Silbe; aber eine Bedeutung wird das alles sicher haben. Aber „Er" wird sie verstehen, ihm werden sie sicher nützlich sein, er wird sehen, daß Shirley ihm helfen kann, daß sie nicht dumm ist und das, was er ihr aufgetragen hat, auch wirklich tut. Shirley weiß jetzt schon, wie man gewisse Zimmer beobachtet. Ja, sie kann so manches von ihm lernen, er ist klug, viel klüger als die anderen; kein Wunder, daß er reich sein wird, und es ist gut, daß sie ihm ein wenig helfen kann. Sie nimmt ein Paket aus ihrem Korb. Bevor sie aber an der Tür ihres Freundes klopft, sieht sie sich vorsichtig um. Pochen. Doch das Zimmer bleibt stumm, niemand antwortet.

6

Herr Fish hat sich auf der Estrade, die die Halle des Hotels umsäumt, in einem Sessel niedergelassen. Er sitzt der großen Uhr gegenüber; das ist bequem, er braucht nicht immer nach seinem Handgelenk zu blicken. Herr Fish hat Zeit, aber manchmal ist die Zeit, die man noch hat, geeignet, auch einen kaltblütigen Menschen nervös zu machen. Wenn man nämlich vor Entscheidungen steht, vor wichtigsten Entscheidungen, wie das gerade bei Herrn Fish der Fall ist.

Noch eine halbe Stunde, und er hat die Möglichkeit, seine Angelegenheit bestens zu ordnen. Herr Fish zweifelt nicht an dem Erfolg. Er wird den Schlüssel zu allen Herrlichkeiten der Welt in die Hand bekommen: Geld. Er hat eine gute Waffe in der Faust, besser gesagt in der Brusttasche. Herr Fish befühlt zärtlich ein Päckchen über seiner Brust, ein Päckchen, das ihm Macht gibt.

Manchmal scheinen die Zeiger der Uhr wie verhext, sie bleiben unbeweglich, die Zeit will nicht weiterrücken.

Dabei hat Herr Fish einen Aussichtsposten, der geeignet ist, die Wartezeit kurzweilig zu gestalten.

Er hat einen guten Überblick. In die Marmorhalle, die sich vor ihm ausbreitet, münden Zugänge vom Bahnhof und von der Untergrundbahn, aus Straßen und Plätzen. Ohne Unterlaß flutet eine Menschenmenge durch die Säulenhallen, Koffer werden hinaus- und hereingetragen, Pagen wiederholen hartnäckig Namen, Telegrafenboten durcheilen schreiend die Gänge, Pakete werden von Boten gebracht, Auskünfte an Schaltern erteilt.

Genau wie Herr Fish, so sitzen auf der Estrade, versunken in ihre Sessel, gut gekleidete Damen und Herren und blicken in die Halle hinunter, als wären sie im Theater und säßen in ihrer Loge. Nur sind sie hier nicht nur Publikum, sondern auch Akteure. Ihre Beschaulichkeit dauert immer nur eine kurze Weile. Sie warten – genau wie Herr Fish – auf eine bestimmte Minute, auf das Erscheinen eines Partners, auf ein Stichwort, um aktiv auf der Bühne zu erscheinen und ihre Rolle herzusagen.

Herr Fish ist noch Zuschauer; er versucht, soviel er kann von dem Gehabe der scheinbar Müßigen aufzufangen.

Sie spielen Variationen zu dem einen Thema: Geld. So
scheint es jedenfalls Herrn Fish, der aus allen, von mehr
oder weniger gewichtigen Männern gebildeten Gruppen
gleiche Worte heraushört, wie: „Zahlungsbedingungen",
„Lieferungszeit", „Produktionskosten", „Sparmaßnahmen",
„Kaufkraft", „Import, Export", „Zoll", „Neues Trustgesetz",
„Senat", „Politik", „Ruhe und Ordnung", „Bestechung".
Alles untermischt mit Zahlen. Freilich sind auch Politik und
Gesetze nichts weiter als Geldangelegenheiten, denkt Herr
Fish und blickt mit gespanntem Interesse auf alle diese über-
hitzten oder übermüdeten Männergesichter, die so wenig
Ähnlichkeit haben mit dem „Typus des Amerikaners", der in
Hollywood hergestellt wird.

Die Frauen sehen den von ihnen plagiierten Idealgestalten
ähnlicher. Aber wieviel Arbeit und Mühe kostet sie diese
Ähnlichkeit! Geld haben, Geld, dann fallen sie einem mit
Leichtigkeit zu, diese in Pelze gehüllten, mit Juwelen geschmückten, sorgsam gepflegten und gehegten, überirdisch
wirkenden Feen. Man kann sie natürlich auch ohne Geld
bekommen, aber dann kosten sie viel zuviel Zeit, Mühe und
Arbeit. Geld haben – Geld!!

Wenn sie miteinander flüstern, erzählen sie sich, wieviel
ihre Schuhe oder ihr seidenes Unterkleid gekostet haben,
wieviel ihr Freund oder Mann für den diamantenen Ring
oder für den Champagner im Nachtklub bezahlen mußte.

Es gibt allerlei zu sehen, auch wenn man das Hotel nicht
verläßt. Eine Geschäftsstraße bietet Herrn Fish alle Schätze
der Welt an. Herr Fish flüstert: „Geld, nur Geld", und seine
Hand tastet zu dem bewußten Päckchen, das an seiner Brust
ruht. Hoho! er wird Geld haben, er wird schon dafür sorgen, daß er es bekommt, nur noch etwas Geduld, nur noch
wenige Minuten Geduld...!

Die Autos bewegen sich auf einer Drehscheibe, um sich
von allen Seiten den Zuschauern zu präsentieren, er braucht
nicht in Verlegenheit zu geraten, wenn er sich das beste aussuchen will.

Schneider locken ihn mit einem Bild des Prince of Wales,
der hier einen Anzug hat anfertigen lassen. Ja, auch er wird
das Beste aus sich herausholen.

Eine riesige, irisierende Perle in einer Krawattennadel,

garantiert echt, würde besonders geeignet sein, die Blicke der Frauen auf sich zu lenken. „Geld, nur Geld…“

Aber diese äußeren Kleinigkeiten sind das wenigste, das Bedeutungsloseste, sogar die Schulden, die man los wäre, sind nicht so wichtig. Die Hauptsache wäre die Freiheit. Man könnte endlich über dem niederen Leben stehen, die Dinge überblicken, alle Zusammenhänge aus einer Höhe übersehen, die einem bisher verwehrt wurde. Endlich ist die Zeit um. Herr Fish steht Herrn H. W. Strong gegenüber, dem mächtigen H. W., wie er allgemein von seinen Freunden und Feinden genannt wird.

Jetzt, da Herr Fish vorläufig am Ziele ist, fühlt er mit Schrecken eine gewisse Befangenheit in sich aufsteigen, die seiner Redegewandtheit, vielleicht sogar seinem Erfolg hinderlich sein könnte. Er findet, daß der Blick, den Herr H. W. Strong über ihn gleiten läßt, zu gleichgültig, ja zerstreut ist.

Sie befinden sich in dem Empfangsraum des Zeitungsmannes. Herr Fish bucht es als einen Erfolg, daß kein Sekretär zugegen ist, und betrachtet enttäuscht diesen mächtigen H. W. Strong, der durchaus nichtssagend aussieht wie ein ganz gewöhnlicher Mitmensch.

Herr Fish hatte von H. W. Strong erwartet, daß er hinter einer faszinierenden Glätte etwas Dämonisches verriete. Aber er scheint im Gegenteil den Ehrgeiz zu haben, unbedeutend und einfach auszusehen. Sein Anzug sieht aus, als hätte er ihn von der Stange in der 14. Straße gekauft.

Das stört Herrn Fish. Seine ganze wunderbare, wohldurchdachte, gut aufgebaute Rede kommt ins Wanken.

Er gerät in Versuchung, seine Augen zu schließen, um Herrn H. W. Strong richtig zu sehen: diese Spinne, die ihre Fäden über die ganze Welt zieht, diesen Mann, der in ungeheuren Höhen wohnt und Zusammenhänge übersieht, die den winzigen, um ihr tägliches Brot kämpfenden Menschlein unbekannt bleiben, denn er, H. W. Strong, beschließt, was der Masse bekannt werden soll. Seine Reporter sind wie Rennpferde, die den Nachrichten nachjagen. Sieger bleibt, wer als erster die Information telegrafiert. Aber Herr H. W. Strong oder seine Bevollmächtigten entscheiden allein darüber, ob die Information zum Druck geeignet ist.

Welche Macht! Herr Fish blickt auf den ungepflegten älteren Herrn, der wie ein schlechtbezahlter Methodistenprediger aussieht, und bezweifelt fast, daß dieser mit dem Mächtigen identisch ist.

Aber jetzt hört er dessen scharfe, befehlende Stimme, und er zweifelt nicht mehr.

„Beeilen Sie sich“, sagt Herr H. W. Strong.

Herr Fish räuspert sich und beginnt dann unvermittelt gleich damit, was er eigentlich erst viel später, gleichsam als Pointe, zu sagen sich vorgenommen hatte.

„Ich weiß nicht, Herr Strong, ob es Ihnen bekannt ist, daß ich das große Glück hatte, mit Marjorie –“

Herrn Strongs Augenbrauen heben sich plötzlich zu einem scharfen Dreieck.

„Verzeihung, ich meine natürlich Fräulein Strong – wie gesagt, ich hatte das Glück, mit Ihrer verehrten Tochter befreundet zu sein.“

Es verhält sich tatsächlich so, daß noch vor einigen Monaten Herr Fish bedeutend höhere Ambitionen hatte als heute. Er hatte nichts weniger erwartet, als der Schwiegersohn des mächtigen Herrn Strong zu werden. Herr Fish hatte ohne Zweifel auf die verwöhnte Marjorie Strong einen starken Reiz ausgeübt, aber natürlich dauert nichts ewig, am allerwenigsten die Zuneigung Marjorie Strongs.

Herr Fish aber ist nicht bereit, sich ohne weiteres aus dem Schlaraffenland vertreiben zu lassen. Vorläufig besitzt er nur Schulden, die zu machen er nur dank dieser Verbindung in der Lage gewesen war.

„Wie gesagt, Fräulein Strong sah in mir einen Freund, einen intimen Freund.“

Herr Strong zeigt mit einer ironischen Handbewegung auf einen Stuhl, der nicht weit von ihm steht.

Herr Fish läßt sich eilig nieder.

„Ich interessiere mich zwar nicht für die Freunde meiner Tochter, aber da ich annehme, daß Sie nicht nur hier sind, um mir das mitzuteilen, reden Sie.“

Herr Fish fühlt sich noch immer unbequem. Er redet sehr schnell.

Es handelte sich um eine Freundschaft, die überaus warm war, doch sei er – so beteuert Herr Fish – nicht der Mann, der der schönen Braut etwa Unannehmlichkeiten an ihrem Hochzeitstage bereiten wolle. Ja, es sei auch nicht sein Fehler, daß die Angelegenheit erst jetzt zur Klärung käme, seine bisherigen Bemühungen, von Herrn Strong empfangen zu werden, seien bislang gescheitert. Es läge ihm auch fern, etwa das Lebensglück Marjories – – –

Herr H. W. Strong zieht seine Augenbrauen wieder in die Höhe.

Er meine natürlich Fräulein Strongs – setzt Herr Fish fort – zerstören zu wollen, um so weniger, da er ja selbst nicht frei sei. Diese Tatsache war auch wohl Fräulein Strong bekannt, und man hatte eine Scheidung erwogen, die aber nicht zur Ausführung kam, als sich Marjorie –

Herr Fish erblickt wieder die drohenden Augenbrauen Herrn H. W. Strongs.

Verzeihung: als sich Fräulein Strong mit Robert Sedwick verlobte. Nun handelt es sich um folgendes: Herrn Fishs Gattin hat unglücklicherweise Briefe Fräulein Strongs gefunden, und sie trägt sich mit der Absicht, gegen Fräulein Strong eine Schadenersatzklage wegen Diebstahls der Gattenliebe anzustrengen. Ja, das wäre also die Sache.

Herr Fish hat sich freigeredet. Er beginnt, seine Sicherheit wieder zu erlangen, und prüft eingehend Herrn H. W. Strongs Miene.

Diese aber verzieht sich nicht im geringsten, und in überaus trockenem Ton erwidert H. W. Herrn Fish:

„Nun, ich werde der letzte sein, der Ihre Frau von solchen Schritten abzubringen versuchen wird."

Herr Strong steht auf, doch Herr Fish macht nicht die geringste Anstalt, ihm nachzuahmen.

„Darf ich Sie daran erinnern, Herr Strong, daß ein solcher Prozeß in aller Öffentlichkeit stattfände und daß es sich natürlich nicht vermeiden ließe, daß auch die Briefe bekannt würden?"

Tatsächlich setzt sich Herr Strong wieder, er ist ein Mann, der die Gefahr, die ihm droht, genau kennen will. Nun, es kann nicht schaden, diesen obskuren Jüngling aussprechen zu lassen.

Herr Fish merkt, daß seine Drohungen einen gewissen Eindruck nicht verfehlt haben, und spricht zufrieden weiter:

„Meine Frau ist durch die Aufregung schwer erkrankt, sie ist etwas konservativ in ihren Ansichten und paßt nicht ganz in die heutige Zeit. Aber wir dürfen uns nicht verhehlen, daß sie sicher Sympathien bei einem großen Teil des amerikanischen Publikums finden würde. Leider hat sich Fräulein Strong in ihren Briefen keinen Zwang auferlegt und hat offen über Ihr Familienleben, ja sogar über Ihre Geschäftsangelegenheiten geschrieben.“

Herr Fish merkt mit aufrichtigem Vergnügen den aufflackernden Ärger in H. W. Strongs Augen.

„Ein unverzeihlicher Leichtsinn von Marjorie – verzeihen Sie, ich meine: von Fräulein Strong! –, aber sie war gewöhnt, mich als einen Bruder, für mehr als einen Bruder: als den vertrautesten Freund zu betrachten.“

Und jetzt nimmt Herr Fish ein beschriebenes Blatt Papier aus der Tasche und reicht es Herrn Strong.

„Das wäre der Vertragsentwurf. Gegen den hier angeführten Betrag würde ich Ihnen sämtliche Briefe Marjories ausliefern, und meine Frau würde sich verpflichten, von allen weiteren Schritten abzusehen. Dieser Betrag könnte auch die Heilung meiner Frau ermöglichen, die jetzt in dürftigen Verhältnissen dahinvegetieren muß.“

Herr Strong wirft das Stück Papier, nachdem er einen Blick hineingeworfen hat, dem jungen Mann wieder zu.

„Ihre Frau mußte also dahinvegetieren, während Sie in der Lage waren, den Begleiter meiner Tochter zu spielen.“

Herr Fish streicht sorgenvoll seine Stirn.

„Das ist es eben, deshalb will meine Frau Fräulein Strong, oder heute schon Frau Sedwick, verklagen.“

„Sie wollen also erpressen.“

„Erpressen? Man würde vielleicht in Europa davon sprechen, Herr Strong. Ich halte nicht sehr viel von unseren amerikanischen Einrichtungen, aber diese eine, die die finanzielle Wiedergutmachung seelischer Beleidigungen ermöglicht, scheint mir in sittlicher Hinsicht ein ungeheurer Fortschritt zu sein.“

„Es wäre mir angenehm, wenn ich das Wort ‚sittlich‘ aus Ihrem Munde nicht hören müßte.“

„Ich hätte Sie gerade in dieser Hinsicht nicht für so empfindlich gehalten, Herr Strong, da Sie die ‚Sittlichkeit‘ mit

Hilfe von Druckerschwärze immer gleich millionenfach mißbrauchen können, ohne daß jemand in der Lage wäre, sich dagegen zu verwahren."

„Kommen wir endlich zur Sache."

Doch Herr Fish scheint den Einwurf überhört zu haben.

„In Europa versucht man noch heute, Liebesschmerzen und Eifersucht mit Revolver und Vitriol abzureagieren. Wäre es nicht schrecklich, wenn meine Frau nach diesem Muster versuchen wollte, Marjories, – Verzeihung, ich meine Fräulein Strongs wunderschönes Gesicht zu zerstören?"

Er verbirgt, wie in einer Aufwallung von Entsetzen, sein Gesicht in den Händen.

Herr H. W. Strong mustert ihn mit Widerwillen, doch ohne etwas zu entgegnen.

Herr Fish ist wieder zu sich gekommen.

„Wie beruhigend wirkt es dagegen, wenn man weiß, daß man sein Unglück in Zahlen umrechnen und dem Zerstörer seines Glücks die Rechnung präsentieren kann. Wenn es etwas gibt, worauf Amerika mit Recht stolz sein kann, so ist es sicher dieses. In Chikago, in allen großen Städten der Staaten ist die Zahl der Verbrechen ungleich höher als in den Großstädten Europas ..."

„Was fällt Ihnen ein, wollen Sie mir hier einen Vortrag über das Polizeiwesen halten?"

Aber Herr Fish läßt sich nicht ablenken.

„... Dagegen können wir mit Genugtuung feststellen, daß bei uns Verbrechen aus Leidenschaft, Eifersuchtstragödien und ähnliches überhaupt nicht vorkämen, wenn wir keine Fremden und Neger hätten."

„Wenn Sie es weiter für nötig halten, sich in allgemeinen Redensarten zu ergehen, bin ich nicht mehr in der Lage, mir meine Zeit von Ihnen stehlen zu lassen."

„Verzeihen Sie, Herr Strong, aber es liegt mir viel an Ihrem Urteil. Ich möchte, daß gerade Sie, der Sie so gern auf die sittliche und moralische Überlegenheit Amerikas hinweisen, meinen Schritt richtig begreifen."

Herr Strong schlägt sich auf die Knie und zeigt sein Gebiß: „Ihre Unverschämtheit ist wirklich erheiternd, junger Mann."

„Nun, vielleicht könnten wir doch noch zu dem gewünschten Abschluß kommen", antwortet Herr Fish, während seine Hand schützend auf der Brust liegt, als hielte er dort ein kostbares Amulett verborgen.

„Zur Sache!" ruft wieder Herr Strong.

Herrn Fish scheint es an der Zeit zu sein, mit dem größten Trumpf herauszurücken. Seine Hand verschwindet in der Brusttasche und bringt das bewußte Päckchen zum Vorschein, ein Bündel Briefe.

Jetzt ist er aufgestanden. Die Briefe fest in der Hand, läßt er auch die Tür nicht außer acht, denn er befürchtet, Herr Strong könnte auch vor Gewalttätigkeiten nicht zurückschrecken, um ihm die Briefe zu entreißen.

Er hält sie ihm also in vorsichtiger Entfernung vor die Augen, doch immerhin so nahe, um eine Prüfung zu ermöglichen.

Zweifellos: Herr Strong hat die wenig regelmäßigen, wild durcheinandertanzenden Schriftzüge seiner Tochter erkannt. Er setzt eine Brille auf, wodurch seine Ähnlichkeit mit einem Methodistenprediger noch unterstrichen wird.

Herr Fish kann nicht umhin, die Situation komisch zu finden.

Dieser ehrbare, ältliche, graue Herr versucht mit nicht geringer Mühe und mit Hilfe einer sehr großen Brille, Sätze zu entziffern, die ihn als einen mächtigen Dämon entlarven. Sätze, die seine Tochter über ihn geschrieben hat, allerdings ohne viel von den Ungeheuerlichkeiten, die sie beschreibt, zu begreifen.

Herr Fish beginnt, in dem ziemlich umfangreichen Paket scheinbar unbeabsichtigt zu blättern, und läßt so Herrn Strong einen Blick auf jene Stellen tun und Sätze aufschnappen, die er für geeignet hält, den Unnahbaren zu erschüttern.

Vorläufig ist von Heliotrop Helis, der berühmten Filmschauspielerin und Favoritin Strongs, die Rede. Der Brief stammt aus Paris und noch aus jener Zeit, als Marjorie ernstlich daran dachte, sich mit dem merkwürdigen Herrn Fish zu verbinden.

„Dein Interesse, das Du Heliotrop Helis bezeugst, mein lieber Junge, finde ich recht merkwürdig", schrieb Marjorie Strong, und Herr Fish gibt nun aus einiger Entfernung und mit allen nötigen Vorsichtsmaßregeln Herrn Strong Gelegenheit zu lesen, was seine Tochter geschrieben hatte. „Aber da ich nicht annehmen kann, daß sie Dir persönlich gefällt, will ich gern alles über sie schreiben, was ich weiß. Ich kann mir auch gar nicht vorstellen, daß Du einen so schlechten Geschmack haben könntest wie mein armer Papa. Aber ich glaube, da spielt auch was anderes mit als nur Geschmack, dumm ist diese Frau sicher nicht. Es ist ja auch keine Kunst, in ihrem Alter klug zu sein. Sie ist mindestens doppelt so alt wie ich. Schlecht sieht sie trotzdem nicht aus. Aber, du lieber Gott, wie mag es da unter der Tünche aussehen! Von dem Puder und der Emaille auf ihrem Gesicht und Körper könnte sie ihr Geburtshaus weiß streichen lassen. Sie ist in irgendeiner Hütte geboren, also übertreibe ich wirklich nicht. Das Rouge genügte für die Fensterläden und Türen. Es könnte ein nett hergerichtetes Haus werden, netter als sie selbst ist.

Aber ich weiß, Du möchtest etwas anderes erfahren. Man sieht sie wirklich immer mit dem Senator, der eine so wichtige Rolle am Quai d'Orsay spielt. Sie interessiert sich brennend für auswärtige Angelegenheiten und europäische Politik. Der Senator sieht aus wie ein siebzigjähriger Menjou. Er hat schneeweiße Haare und einen kleinen rabenschwarzen Schnurrbart. Von diesem Schnurrbart wird übrigens eine drollige Anekdote erzählt. Auf einem Ball erschien sein Abbild, auf dem Rücken Heliotrop Helis. Seitdem ist es hier Mode, statt ‚Fliegen‘ ‚Schmetterlinge‘ zu tragen. Wie findest Du das?

Das mit der légion d'honneur ist wirklich wahr. Sie hat sie bekommen. Die ganze amerikanische Kolonie ist perplex. Durch die Vermittlung des Senators, so erzählt man; in Wirklichkeit aber hat es Vater durchgesetzt, zur Belohnung ihrer fabelhaften Verdienste. Ich werde Dir noch verraten, warum. Eine Frau wird nur selten Mitglied der Ehrenlegion. Neben Madame Curie und Sarah Bernhard sind es nur noch ein paar alte Weiber. Wie findest Du das? Übrigens hebt die légion d'honneur ihre Sittlichkeit nicht wenig. Man muß das rote Band irgendwo an der Brustgegend befestigen, und sie ist nun gezwungen, ihren Oberkörper zu bekleiden, den sie bisher großmütig allen Blicken enthüllt hatte. Nun, Du sollst hören, warum sie so großartig belohnt werden mußte. Sie hat den Originaltext des Freundschaftsvertrages zwischen den bewußten europäischen Ländern gestohlen. Ich muß sagen, die Frau imponiert mir eigentlich. Vater war mächtig begeistert, obgleich er sehr ruhig und gleichgültig tat. Die Sache hat glänzend eingeschlagen, war eine fabelhafte Reklame für Vaters Zeitungen, die ersten, die den Text bringen konnten – und alles für den Frieden. Vater läßt Leitartikel schreiben und sich als Friedensapostel feiern.

Das Komische aber, das, was Dich auch am meisten interessieren wird, ist folgendes: Dieser ganze Spaß wurde – natürlich mit Vaters Hilfe – vom Stahltrust und den ersten amerikanischen Schiffbauwerften inszeniert und finanziert.

Zum Dank finanzieren sie jetzt in ganz großem Maßstab Vaters Zeitungsunternehmungen. Ich bin es zufrieden. Es schadet nie, wohlhabende Eltern zu besitzen. Vor allem aber bin ich stolz auf meinen Vater. Man muß es ihm lassen, er hat Verstand, läßt sich als Friedensfreund bewundern und von der Rüstungsindustrie bezahlen. Ich würde das alles gar nicht so gut verstehen, wenn Du mir nicht schon in New York vieles erklärt hättest. Ich hatte keine Ahnung, daß ich in einer so interessanten Welt lebe."

Herr H. W. Strong stand da mit weit vorgestrecktem Hals und las.

Herr Fish genoß den Anblick mit angenehmem Triumphgefühl. Er blätterte langsam weiter und überließ Herrn Strongs spähenden Blicken andere Briefstellen.

„Wieder etwas, lieber Junge, was Dich interessieren wird. Mich selbst fesseln ja politische Fragen nur unserer Zukunft wegen. Man soll es wirklich nicht versäumen, das Tun und Lassen der Eltern zu beobachten. Es schadet nichts, wenn sie merken, man sei nicht die Dümmste.

Hier ist also ein Japaner, er heißt Makarabo oder Marahabo, ich weiß nicht ganz genau, es klingt jedenfalls ähnlich wie Marabu, und so sieht er auch aus. Er ist ein früherer Admiral oder etwas Ähnliches.

Wie ich erfahren habe – es macht mir geradezu Freude, etwas für Dich auszukundschaften –, hat er ein Buch geschrieben, das in Japan rasend gekauft wird. Es heißt ‚Wie kann Japan die Vereinigten Staaten in zwei Monaten besiegen?‘ Dieser Marabu oder wie er heißt, wäre also ein Feind unseres Vaterlandes, wie man so schön sagt.

Aber gerade mit ihm verhandeln Vaters Vertreter besonders freundschaftlich. Sie haben das alleinige Recht erworben, seine Artikel in Amerika zu veröffentlichen. Demnächst soll er sogar klipp und klar beweisen, daß Japan imstande wäre, die Staaten in zwei Wochen zu schlagen. Und wer bezahlt nun wieder alles, die Artikel und die Druck- und Vertriebskosten? Wieder der Stahltrust und die Schiffbauwerften.

Nie hätte ich früher gedacht, daß Vaters Schreibtisch soviel Interessantes enthüllen kann. Der japanische Patriot wird von der amerikanischen Großindustrie bezahlt, damit er gegen uns hetzen und somit den Beweis liefern soll, daß weitere Aufträge an die Schwerindustrie unbedingt notwendig seien. Und daran verdient Vater viel Geld. Es gehört entschieden mehr Verstand dazu, als ich je geahnt habe.“

„Sie haben diese Sätze meiner Tochter suggeriert. Jeder Richter würde sofort die Fälschung feststellen.“ Herr H. W. Strong konnte nur schwer seinen Unwillen verbergen.

Die Schrift war zweifellos die Marjories, wenn es auch offensichtlich war, daß dieser verdächtige junge Mann ihr die Sätze diktiert hatte. Er hatte Marjorie angehalten, in ihrem Elternhaus zu spionieren. Er hatte wahrscheinlich, eine andere Annahme war nicht möglich, Marjorie hypnotisiert. Dieser junge Mensch war bedeutend gefährlicher, als er zuerst angenommen hatte. Beschäftigt sich mit hoher Politik, um Geld zu erpressen – gar nicht übel! Aber er soll sich vorsehen, wenn er es mit H. W. aufnehmen will.

Herr Fish beobachtet mit halbgeschlossenen Augen seinen mächtigen Gegner. Er sieht mit Vergnügen, daß die Briefe ihre Wirkung nicht verfehlt haben, und läßt jetzt ganz nebensächlich einen Satz fallen, der Herrn Strongs Bereitschaft, mit ihm einig zu werden, erhöhen soll.

„Es ist mir nicht unbekannt, Herr Strong, daß auch jetzt Verhandlungen zwischen dem Strong-Syndikat und dem Stahltrust wegen einer neuen Finanzierung stattfinden.“

Herr Strong weist dem obskuren jungen Mann noch immer nicht die Tür. Es ist besser, zu wissen, was dieser

Mensch alles in Erfahrung gebracht hat. Man kann dann leichter mit ihm fertig werden.

Herr Fish glaubt schon, gesiegt zu haben.

Er blättert weiter in den Briefen, um Herrn Strong zu zeigen, daß er auch über dessen Familienverhältnisse gut orientiert sei.

„Bill" – das ist Marjories Bruder und Herrn H. W. Strongs einziger Sohn – „kam heute vollkommen blau nach Hause, das heißt, er wurde von der Polizei nach Hause gebracht. Vater hat die guten Leute mit einem netten Trinkgeld weggeschickt. Wir können solche überflüssigen Skandälchen nicht brauchen."

„Ich verstehe überhaupt nicht, wie Vater Mutter heiraten konnte. Ich kann mir keinen kleinlicheren Menschen vorstellen. Sie ist glücklich, wenn sie ein Dienstmädchen drei Tage umsonst in ihrem Haus gehabt hat. Wenn die Mädchen davonlaufen, wird ihr Lohn mit so viel Schikanen zurückgehalten, daß sie lieber auf ihn verzichten. Heute hat Mutter drei Laib Brote von ihrer großen Wohltätigkeitssammlung nach Hause schicken lassen."

Herr Fish faltet jetzt die Briefe zusammen und hält das Päckchen fest in der Hand, auf das Herr Strong so begehrlich blickt, daß es Herrn Fish ratsam erscheint, es eiligst und sorgsamst wieder in seine Brusttasche zu versenken.

„Glauben Sie mir, Herr Strong. Ihre Zustimmung zu dem Entwurf, den ich Ihnen vorgelegt habe, könnte die ganze Angelegenheit aufs erfreulichste aus der Welt schaffen." Herr Strong nimmt Haltung an.

„Ich glaube Ihnen gern, daß Ihnen ein solches Aus-der-Welt-Schaffen recht erfreulich wäre. Aber mir liegt daran durchaus nichts. Sie leiden an Größenwahnsinn, wenn Sie annehmen, Sie könnten mir schaden."

„Wie sollte ich nicht an Größenwahnsinn leiden", erwidert Herr Fish mit einem etwas ironischen Tonfall, „wenn ich den Vorzug genossen habe, von Marjorie Strong ausgezeichnet worden zu sein – der Tochter eines so großen Mannes, wie Sie es sind."

Herr Fish macht eine devote Verbeugung.

Herr H. W. Strong blickt kühl und wortlos über den gekrümmten Rücken hinweg.

„Ich kann es Ihnen nicht verhehlen, Herr Strong, daß ich
Sie bewundere. Sie haben Ähnlichkeit mit den großen Re-
naissancegestalten, die ohne Rücksicht auf kleinliche Moral-
gesetze ihrem Ehrgeiz lebten, herrschten und Macht ausübten."

Herr H. W. Strong, noch mit der Brille auf der Nase, mit
dem Anzug, der aussieht, als hätte er ihn von der Stange in
der 14. Straße gekauft, blickt geschmeichelt zu Herrn Fish
hinüber.

Doch dieser junge Mann sollte sich hüten, anzunehmen,
daß er mit derlei Redensarten etwas bei ihm erreichen
könnte. Keinen Cent. Dieser Typ wird gefährlich, wenn man
ihm auch nur eine Scheidemünze hinwirft.

„Sie, Herr Strong, stehen über der Masse, Sie gehören zu
den wenigen Menschen, die die Möglichkeit haben, unsere
heutige Welt zu übersehen. Sie wissen mehr, Sie können
etwas über die Zukunft ahnen. Aber ich bin auch sicher, daß
Sie sich von dem großen Publikum nicht in die Karten
sehen lassen möchten."

„Junger Mann, empfinden Sie denn keine Scham, wenn
Sie über sich selbst nachdenken?"

„Scham? Über mich selbst nachdenken? Warum sollte ich
das tun? Es gibt so viel Wichtigeres, über das ich nachdenken kann. Sie vergessen nie die Moral, Herr Strong, auch
dem gegenüber nicht, der doch Gelegenheit hatte, in Ihre
Karten zu schauen."

„Heruntergekommener Erpresser", murmelt Herr Strong
vor sich hin. Er entläßt den obskuren jungen Mann nur aus
dem Grunde noch nicht, weil er nun einmal den Grundsatz
hat, keine Gelegenheit vorbeigehen zu lassen, seine Feinde
kennenzulernen.

Herr Fish lacht, obgleich er eigentlich ärgerlich ist. Ihm
liegt nicht viel an einer langen Auseinandersetzung, ein
Scheck ist ihm lieber. Er findet es unerträglich, Beleidigungen von einem Manne einzustecken, dessen Charakter und
Treiben er eben enthüllt hat.

„Haben Sie eine Stellung, wo arbeiten Sie?" examinierte
Herr Strong.

Das ist wirklich stark! H. W. will ihn etwa noch aushor-
chen, ihm moralische Vorhaltungen machen.

„Herr Strong, ich bin einer von den Hunderttausenden

jungen Männern, die einst Legionäre waren, Mitglieder der
amerikanischen Übersee-Armee. Es ist zum Teil sogar Ihr
Verdienst, Herr Strong, daß ich mich beeilt habe, ein Held
zu werden."

Herr Strong blickt mit strengem Gesicht auf seine Uhr.

Herr Fish läßt sich nicht einschüchtern.

„Sie sind es, Herr Strong, der Näheres über mich erfahren
will, ich will Ihnen meine Lebensgeschichte nicht vorenthalten. Ich habe meine Jugend in Little Rapids, Ohio, verlebt,
war Gehilfe in der 2355. Filiale der ‚Kolonialwaren-Gesell-
schaft zwischen den Ozeanen‘ und verkaufte den ganzen Tag
Konserven, Heringe und Haferflocken. Abends schaukelte
ich auf der Veranda. Der Sonntagvormittag war für den
Kirchenbesuch vorgesehen, nachmittags ging ich zum Base-
ballmatch, als Zuschauer natürlich nur. Ich muß offen gestehen, daß ich darüber, was auf der anderen Seite des
Ozeans geschah, nicht viel nachdachte. Damals aber wurden
wir jungen Männer nachdrücklich auf unsere Pflichten der
Menschheit gegenüber aufmerksam gemacht, sowohl von der
Kanzel herab als auch in den Spalten der Zeitungen. Ja, sogar in den Katalogen unseres Kolonialwarenladens wurden
wir zwischen dem Preisverzeichnis für Konserven und den
sonnengeküßten Apfelsinen gefragt: ‚Junger Mann, warum
bist du noch nicht in der Armee?‘ Man erzählte uns, daß es
unsere Pflicht sei, drüben Ordnung zu schaffen, für den
‚letzten Krieg‘ zu kämpfen."

Herr Strong macht eine ungeduldige Gebärde.

Herr Fish übersieht sie, er spricht weiter.

„Ihre Propaganda leuchtete uns jungen Männern ein. Ordnung zu schaffen! – das schien so einfach und schön. Ich will
Ihnen gestehen, daß ich mir den Kriegsschauplatz drüben
wie einen durcheinandergeratenen Kolonialwarenladen vorgestellt habe. Unsere Aufgabe war, so dachte ich, alles
wieder dahin zu tun, wohin es gehörte. Das Verdorbene
wegwerfen, das Gute aufheben – und die Ordnung war
geschafft. Leider stellte es sich heraus, daß alles nicht so einfach war, und es mußten uns auch Zweifel aufsteigen, ob
wir tatsächlich den ‚letzten Krieg‘ ausfochten."

„Soweit ich Sie verstehe, gehören Sie zu den Unglücklichen,
die sich den Friedensverhältnissen nicht anpassen können."

„Ganz im Gegenteil, ich gehöre zu denjenigen, die das, was Sie ‚Friedensverhältnisse‘ nennen, durchschauen. Sie meinen, ich hätte wieder zurückgehen sollen nach Little Rapids, Heringe verkaufen?“

„Allerdings, man hätte Sie sicher zum Dank für Ihre Verdienste befördert.“

„Fabelhaft, man hätte mich vielleicht an die Kasse gesetzt, es wäre zu schön gewesen. Leider habe ich diese Gelegenheit verpaßt. Aber ich begreife ganz gut, was Sie wollen. Unsereins soll Heringe verkaufen, in die Kirche gehen und darauf warten, daß Sie uns wieder rufen, um Ihre Geschäfte zu realisieren. Danke! Ich weiß heute, was ich zu tun habe. Ich will über den Kleinlichkeiten des Lebens stehen. Ich will auch über die Welt eine Übersicht haben und, wenn es soweit ist, viel Geld verdienen und nicht im Dreck liegen.“

„Sie wollen? Nichts ist leichter als zu wollen, nichts schwerer als zu können. Bitte, führen Sie Ihre Projekte durch, aber wenn Sie dabei auf meine Hilfe bauen, so haben Sie sich schlimm verrechnet.“

„Nun gut, Sie wollen den Kampf, ich werde auch Marjorie nicht schonen können.“

„Ich verbiete Ihnen, meine Tochter beim Vornamen zu nennen.“

„Warum denn? Unsere Beziehungen waren die intimsten. Auch das wird aus den Briefen erhellt werden.“

„Wie gemein! Sie haben meine Tochter hypnotisiert. Das, was sie getan hat, ist mir rätselhaft.“

„Wie sollten Sie auch Marjorie verstehen? Marjorie ist nicht Ihre Tochter − zucken Sie nicht zusammen, Herr Strong, ich meine es nicht wörtlich. Sie ist eine Tochter des Krieges. Eine vollkommene Repräsentantin jenes Typus, den Sie mit erhobenem Zeigefinger als ‚flammende Jugend‘ bezeichnen. Aber im Grunde ist sie alles eher als ‚flammende Jugend‘. Sie gehört zu jenen, die an nichts glauben und die doch alles besitzen wollen. In ihren Nerven lebt nur die Gewißheit der Ungewißheit. Sie will noch schnell alles an sich raffen, was sie kann. Und ihr Wahlspruch lautet, wie auch meiner: Nach uns die Sintflut, nach uns der Weltuntergang.“

„Ich habe Sie ausreden lassen, Herr, denn man soll nie die Mühe scheuen, auch seine kleinsten Feinde kennenzulernen, das ist mein Wahlspruch. Die Zeit, die ich Ihnen gewidmet habe, genügt, ich wünsche aber nichts mehr von Ihnen zu hören."

„O ja, das glaube ich gern. Ich habe meine letzte Karte noch nicht ausgespielt. Vergessen Sie nicht, Herr Strong, die Briefe könnten auch Ihre gegenwärtigen Verhandlungen ungünstig beeinflussen."

„Spielen Sie nur ruhig Ihre Karten aus, junger Mann. Sie sind naiv, Sie ahnen ja nicht, wie wenig gefährlich Sie sind."

Herr Fish fühlt sich verletzt, er greift schnell nach seinem Briefpaket, als müßte er befürchten, daß es ihm durch ein Zauberkunststück entwendet worden sei. Doch noch ist es da. Und Herr Fish verzieht sich.

Wenn er allerdings Gelegenheit gehabt hätte, Herrn Strong zu beobachten, den er allein im Zimmer ließ, hätte er doch einige Genugtuung empfunden.

Denn Herr H. W. Strong verzog wütend sein Gesicht und zischte zwischen den Zähnen: „Man erlebt an seinen Kindern nur Ärger."

Dem herbeigeklingelten Sekretär gibt er Anweisung, daß dieser gefährliche junge Mann keine Gelegenheit finden möge, sich Marjorie oder Frau Strong zu nähern.

Seine Leute bekommen ferner den Auftrag, Herrn Fishs Tun und Lassen zu verfolgen, vor allem herauszufinden, ob er hier im Hotel wohne und mit wem er in Verbindung stände.

Die Hoteldetektive sind stolz, Herrn Strong die Notwendigkeit ihrer Existenz beweisen zu können.

Man wußte, daß Herr Fish hier im Hotel dieselbe Etage bewohne wie Herr Strong und daß er vergebliche Versuche gemacht habe, ein Zimmer neben dem Strongschen Appartement zu bekommen.

Man hatte auch schnell herausgefunden, daß Herr Fish heute morgen in der Frühstücksbar eine längere Unterhaltung mit dem dort beschäftigten Kellner hatte, der den Spitznamen der „schöne Alex" führt.

So hat die Unterredung zwischen Herrn Strong und Herrn Fish noch ein Nachspiel in der Frühstücksbar.

Dieses Mal ist es ein Sekretär des Herrn Strong, der sich unbedingt angelegentlich mit dem „schönen Alex" unterhalten will.

Er versucht, ihn vorsichtig über das Gespräch, das er mit Herrn Fish geführt hatte, auszuholen.

Der „schöne Alex" zieht es vor, sich zuerst schweigsam zu verhalten. War vielleicht jener Mann, der um jeden Preis zu der Hochzeit hineingeschmuggelt werden wollte, doch ein Juwelendieb oder sonst ein Krimineller? Und dieser Neugierige, der ihn so viel fragt, ist er ein Kriminalbeamter?

Der „schöne Alex" beschließt, schweigsam zu bleiben. Er trauert wehmütig dem in Aussicht gestellten Gewinn nach. Ja, so war es nun in der Welt: einmal konnte er hoffen, ohne Arbeit einen Verdienst einzuheimsen, und nun sollte es sich sicher herausstellen, daß nichts zu machen sei. Jetzt mußte er den Unwissenden spielen, denn er hat keine Lust, etwa seine Stellung zu verlieren.

Aber es sollte anders kommen, als der „schöne Alex" befürchtete. Der Neugierige bleibt sitzen und wartet ab, bis sich die Gäste verzogen haben. Plötzlich aber, als sie allein sind, schaukelt vor des „schönen Alex" Augen ein Dollarschein. Kein kleiner, gewöhnlicher, sondern einer, den er nicht so oft zu sehen gewohnt war.

„Nehmen Sie ihn", sagte ihm der Neugierige.

Nein, das war kein Kriminalbeamter, die kommen anders.

Der „schöne Alex" läßt sich die Aufforderung nicht zweimal sagen. Er konnte den Schein nehmen, gegen das Licht halten und ihn dann ohne weitere Zeremonien in seine Tasche verschwinden lassen. Das war ein merkwürdiger Tag heute. Der „schöne Alex" hat noch nie etwas Ähnliches erlebt.

Er sieht sich veranlaßt, dem Neugierigen reinen Wein einzuschenken. Er verschweigt nichts von seinem Gespräch mit Herrn Fish, wie er das einem Kriminalbeamten gegenüber getan hätte. Er konnte ja jetzt auch ohne Gewissensbisse diesen Herrn Fish sausenlassen. Aus dem Neugierigen sah mehr heraus.

Der „schöne Alex" flicht auf alle Fälle seine Sehnsucht nach geschäftlicher Unabhängigkeit und Selbständigkeit ein. Er verhehlt nicht, daß er intelligent sei, ein Mensch, der über alles, was das Schicksal ihm zutrage, sich auch seine Gedanken mache, der sich nicht nur als reines Werkzeug betrachten lassen will. Er läßt ferner durchblicken, daß seine

Verluste überaus bedeutend wären, wenn er Herrn Fish fahrenlassen würde und den versprochenen Dienst nicht ausführen könnte.

Diese Beteuerung war allerdings, wie es sich später herausstellt, nicht so vollkommen glücklich, denn der Neugierige versichert ihm, er hätte bei Gott nicht die Absicht, seine Verbindung mit Herrn Fish zu stören. Ganz im Gegenteil, gerade an dieser Verbindung läge ihm viel. Er solle nur ruhig Herrn Fish in eine Kellneruniform stecken und ihn zu der Hochzeit kommen lassen. Er könne diesen Dienst Herrn Fish noch billiger als vorausgesehen erweisen, damit der auch bestimmt nicht versäume zu erscheinen.

Herr Fish wollte also in seine Wohnung kommen und sich bei ihm umkleiden, vergewissert sich noch einmal der Neugierige. Das wäre ausgezeichnet. Der „schöne Alex", der einen so fähigen Kopf zu haben scheine, hätte weiter nichts zu tun, als Herrn Fish genau zu beobachten. Alles andere würde man ihm noch mitteilen.

Der Neugierige scheint immerhin auch gegen den „schönen Alex" einiges Mißtrauen zu empfinden. Er findet es überflüssig, ihn näher einzuweihen.

„Sie können diesen Herrn Fish auch in das Hotel begleiten und ihm sagen, daß Sie ihn abrichten wollen, damit seine Kellnerlaufbahn kein allzu jähes Ende nähme. Verstanden?"

Klar, der „schöne Alex" verstand immer alles.

Besonders dann, wenn der Lohn nicht ausblieb.

Dieses Mal sollte er, wenn dem Neugierigen Glauben zu schenken war, beträchtlich sein.

Vor den Augen des „schönen Alex" erscheint in greifbarer Nähe die Flüsterkneipe in der 81. Straße.

Der Neugierige hat Grund, beruhigt zu sein. Auf den „schönen Alex" konnte man sich verlassen.

7

Shirley mußte den Köchen frische Schürzen und Mützen bringen. Sie ist ärgerlich; der Korb ist dieses Mal so schwer. Sie mag nicht die Küche und nicht die dummen Späße der

Köche, jedenfalls heute nicht, wo sie vor so wichtiger Entscheidung steht. Die Zeit vergeht, und sie weiß noch immer nichts Bestimmtes.

Sie möchte jetzt lieber die Gästekorridore mit leichter seidener Wäsche im Korb durchwandern. Sie könnte dann auch hoffen, ihren Freund zu treffen, und von ihm endlich Näheres erfahren.

„Kleide das Grünhorn ein, Puppengesicht", rufen einige Köche, als Shirley mit der Wäsche in der Küche erscheint.

Das Grünhorn ist Fritz, der endlich im Hotel Amerika Arbeit gefunden hat. Er ist erst seit einigen Stunden hier, aber es scheint ihm schon eine Ewigkeit. So vieles hat er gesehen und gehört und wurde schon soviel in dieser neuen Welt herumgestoßen, in die er plötzlich geraten war.

Erst stand er vor dem Obersteward der Küche und wartete auf die Arbeitseinteilung.

Fritz verstand nur wenig von den vielen Fragen, die an ihn gestellt wurden. Er sagte aber zu allen ein kräftiges Ja; das machte einen guten Eindruck. Er war zwar noch nicht lange in Amerika, aber immerhin lange genug, um zu wissen, daß man alle Fragen nur bejahend beantwortet wünschte. Ein Zeichen des viel gerühmten Optimismus der Amerikaner. Sie sind bereit zu glauben, daß jeder alles kann, solange sie sich nicht von dem Gegenteil überzeugen müssen.

Der Steward stand vor den Kühlräumen. Man konnte einen Blick in die Vorratskammern erhalten. Sie waren alle weiß gekachelt, von makelloser Reinheit und Kühle. Hier hingen in Glasschränken seltene Wildarten, erlesenes Geflügel; auf Moosbänken, die sich über das Eis breiteten, lagen Austern; unübersehbar türmten sich Fässer, Säcke, Kisten, Dosen.

In einem besonderen Raum schwammen Fische in einem großen Becken, vor dem ein Negerjunge stand und die gewünschten Fische nach Anweisung eines Kochs aus dem Wasser fischte.

Es wäre mir ganz lieb, wenn man mich hier als Fischer anstellen würde, dachte Fritz, der gespannt war, welcher Beschäftigung man ihn für wert befinden würde.

Aber das sollte sich noch nicht entscheiden.

„Heute mach nur deine Augen gut auf", sagte ihm der

Steward, „man wird dir schon zeigen, was du zu machen hast; vorläufig kannst du überall helfen. Bist du ein Deutscher?"

Fritz bejahte die Frage.

„Ein Landsmann wird dir zeigen, wie du mit einer Kartoffelschälmaschine umzugehen hast."

Fritz empfand einige Enttäuschung. War das alles, sollte er hier nur Kartoffeln schälen?

Der Landsmann hieß August. Er begann, ihm gleich die Konstruktion der Maschine zu erklären.

„'ne dreckige Arbeit, hab schon die Nase voll davon. Du mußt immer aufpassen, daß du die Maschine gut reinigst."

„Kartoffel schälen, ich hätte mir auch eine andere Arbeit gewünscht."

„Es ist ja noch nicht gesagt, daß du nicht was Besseres machen wirst. Das dauert immer eine Weile, bis sie herausfinden, bei welcher Arbeit sie dich lassen."

Fritz konnte seine Blicke nicht von der Küche wenden.

„Was, da staunste, so 'ne verrückte Kiste hast du wohl noch nie gesehen?"

August hatte richtig geraten, Fritz hatte wirklich noch nie etwas Ähnliches gesehen, ja nicht einmal im Traum. Diese Küche verwirrt ihn. Das ist überhaupt keine Küche, sondern ein ungeheurer Zirkus oder ein Laboratorium mit unzähligen Abteilungen; etwas recht Merkwürdiges und Staunenswertes ist es jedenfalls.

Da steht in der Mitte, ein wenig erhöht, der Glaskasten des stellvertretenden Küchenchefs. Er sitzt vor unzähligen Tasten und einer Rohrpostanlage wie ein moderner Alchimist. Seine Glaszelle ist mit Spiegeln versehen, mit deren Hilfe er den Raum mit allen seinen fächerförmig angelegten Unterabteilungen nach allen Seiten überblicken kann.

Von der Zentrale aus hat man auch einen Durchblick in die Abwaschräume, wo das Geschirr von elektrischen Maschinen gespült wird. Hier stehen Neger und werfen das Geschirr in die Rillen, als wären sie Jongleure. Das abgespülte Geschirr wird gleich in den Nebenraum geschoben, wo es von Heißluft getrocknet wird.

Einen besonderen Raum nehmen die Schränke ein, in denen das Geschirr aufbewahrt wird. In den Schränken brennen ständig Gasflammen, damit die Teller und Schüsseln eine gleichmäßige warme Temperatur behalten.

Man kann die Konditorei sehen, ferner die Küchenabteilung, in der nur Salate und Mayonnaisen bereitet werden. Eine andere ist für die Herrichtung des kalten Imbisses bestimmt, in einer anderen bereitet man nur Fische zu. In einem besonderen Raum steht ein Koch vor offenem Holzfeuer für den Grill.

„Hier könnte man stundenlang stehen und zusehen", meinte Fritz.

„Komm, schau dir lieber die Kartoffeln an, der Steward hat die Augen überall. Aber ich will dir schon erzählen, wie es hier zugeht. Von mir kannst du erfahren, was du nur willst."

August warf Kartoffeln in die Maschine, sie surrte. Als sie zum Halten gebracht wurde, lagen die Kartoffeln säuberlich geschält in ihrem Bauch.

„Das Schlechte schneidet die dicke Negerfrau aus den Kartoffeln, darum brauchst du dich nicht zu kümmern."

Fritz versuchte, die Köche und Kochgehilfen, die sich in dem Raum befanden, zu zählen, aber es war unmöglich festzustellen, wie viele eigentlich da waren. Er wandte sich an August um Auskunft.

„Ja, ich kenne hier schon den ganzen Dreh und die meisten Leute. Man muß schon lange hier sein, wenn man sie alle kennen will. Eigentlich ist es fast unmöglich, alle so genau zu kennen, denn jeden Tag kannst du was Neues erfahren."

„Macht der magere Hinkende nur die Suppen?" wollte Fritz wissen.

„Ja, hier macht jeder nur einen Gang. Er ist der Suppenkoch, immer noch der beste von allen, er war früher Cowboy."

„Donnerwetter, ich dachte, so was gibt es nur noch in Wildwestfilmen."

„Ach, weißt du, ein Cowboy ist ja nur ein Kuhhirt, das klingt nur so fremdartig, wenn man die Sprache nicht versteht. Ich habe mir unter Amerika auch etwas anderes vorgestellt, als ich in Deutschland war. Aber wenn man hier lebt, merkt man, daß es überall das gleiche ist."

„Mensch, da hast du aber recht."

Fritz wollte erfahren, ob der Chefkoch jener ist, der im Glaskasten sitzt.

Aber nein, das ist nur sein Stellvertreter. Der Chefkoch selbst macht nur einige Rundgänge in der Küche. Ein schmaler Herr, Franzose, mit einem kleinen Schnurrbart und glänzenden schwarzen Haaren. Er kostet mal eine Suppe, rührt die Mayonnaise einen Augenblick mit dem Eierschläger, nimmt ein Stück Kuchen zwischen zwei Finger und hält es gegen die Luft, riecht mal an einem Hammelkotelett – und fort ist er.

Der Stellvertreter, der immer in der Küche hockt und in den Spiegeln alles sieht, ist schlimmer.

„Und der Chinese, was macht der?"

Dieser Chinese sah, obwohl er die gleiche Schürze und die gleiche Mütze trug wie die anderen, recht merkwürdig aus. So würde man sich einen Zauberer vorstellen. Wenn er seine Erzeugnisse kostet, scheint er auf eine innere Stimme zu lauschen, die ihm die richtige Mischung verraten soll. August aber weiß über ihn noch mehr. Er weiß, daß der Chinese ein großer Politiker ist und unter seiner weißen Kochschürze eine Medaille mit dem Bild von Sun Yat-sen trägt.

Der Koch für die Vorspeisen ist ein Russe. Er gehört zu den unzähligen einstigen Köchen des Zaren, die jetzt in jeder besseren Küche Europas und Amerikas zu finden sind.

Ein großer, starker Mann betrat die Küche, er trug schwere Gemüsekörbe.

August weiß über ihn ebenfalls genau Bescheid. Er war früher Metallarbeiter, kam aber, weil er versucht hatte, in der Fabrik Unions zu organisieren, auf die schwarze Liste. Es blieb ihm nichts weiter übrig, als ungelernte Arbeit anzunehmen.

„So ähnlich ist es auch mir ergangen", sagte Fritz und beschloß, sobald sich ihm Gelegenheit bieten würde, die Bekanntschaft des Gemüseträgers zu machen.

„Ja, man muß hier vorsichtig sein, wenn man es zu etwas bringen will." Und August erzählt immer weiter.

Fritz wundert sich immer mehr über August, denn obgleich er redet und redet und über jeden, der vorbeigeht, eine Geschichte weiß, bleibt sein Mund geschlossen.

„Mensch, wie machst du das eigentlich? Man merkt nur, daß du sprichst, wenn man neben dir steht."

Es stellte sich heraus, daß August einst in Deutschland Bauchredner war. Er verdiente aber an den kleinen Varietés so wenig, daß er schnell zugriff, als ihm die Möglichkeit geboten wurde, nach Amerika auszuwandern. Leider konnte er mit seiner Bauchrednerei hier kein Geld verdienen, vor allem, weil er zu schlecht Englisch sprach.

„Und dann verstehen die Leute hier auch zu wenig von Kunst", erklärt August.

„Mensch, das muß ja großartig sein, bauchreden zu können."

„Ja, du solltest auch nicht so viel sprechen, du sollst nur zuhören, sonst merkt es der Steward, daß wir immerfort miteinander reden."

„Mensch, dich könnte man gut in Versammlungen brauchen, du könntest dazwischenquatschen und niemand wüßte, wen man eigentlich hinauswerfen soll."

Plötzlich schwieg er betreten, denn der große Schatten des Stewards warf sich über die Kartoffelschälmaschine.

Hatte er zuviel gesprochen?

Aber der Steward schickte ihn nur hinüber zu dem Koch für das Seegetier.

„Papadokulos" (dieser Koch ist ein Grieche) „hat eilige Arbeit", sagte der Steward zu Fritz, „sieh zu, daß du dich anstellig zeigst."

Fritz machte sich auf den Weg.

Er passierte den Gang, der die Küche mit den Aufzügen, die zu den verschiedenen Speisesälen führen, verbindet.

Hier stehen Kontrolluhren. Jeder Kellner, der die Küche betritt und verläßt, muß seinen Bestellschein stempeln lassen.

Atemlos galoppieren die Kellner. Die Direktion will die Sicherheit haben, daß die Bestellungen der Gäste in Windeseile ausgeführt werden. Die Kellner sollen nicht plaudern oder gar die Möglichkeit haben, sich an erfreulichen Dingen gütlich zu tun, die nicht für sie, sondern für Menschen, die ihre Wünsche auch bezahlen können, bestimmt sind. Ungeduldig durchfegen die Kellner die Küche, keuchend rennen sie wieder mit vollen Schüsseln zu den Aufzügen.

Die Köche dagegen lassen sich nicht so leicht aus der Ruhe bringen. Man darf ihnen das Tempo nicht vorschreiben, ohne befürchten zu müssen, der Qualität des Essens zu schaden. Zu ihrem Beruf gehört, wie zu allen edlen Künsten, eine gewisse Beschaulichkeit.

Unweit der Konditorei konnte Fritz einen Blick in den Raum der Griddle-Spezialitäten tun.

Hier backen Neger auf Eisenplatten Biskuits und die verschiedensten Arten von Gebäck. Dieser Raum erinnert aber nicht an eine ernsthafte Backstube, sondern mehr an eine Varietébühne, denn die Neger haben den Ehrgeiz, jeden Pfannkuchen erst einmal kunstvoll in der Luft herumwirbeln zu lassen, bevor sie mit der prosaischen Beschäftigung des Backens beginnen.

„Hör mal, Grünhorn, mach ein bißchen schneller", rief der ungeduldige Papadokulos Fritz zu.

Fritz wußte schon, dank August, einiges über den griechischen Koch.

Auch sein Schicksal ist merkwürdig. Sein einstiger Herr, ein griechischer Minister, der den letzten Krieg zwischen Griechenland und der Türkei mitverschuldet hatte, wurde von dem Volksgericht zum Tode verurteilt und öffentlich aufgeknüpft. Papadokulos, unser griechischer Koch, ist nun überzeugt, daß seinen einstigen Herrn dieses Schicksal nur ereilt hatte, weil er ihn, eben Papadokulos, mit seinen zahlreichen Launen quälte. Deshalb hatte der Koch ihm diesen unangenehmen Tod gewünscht, und der Himmel nahm natürlich auf Papadokulos' Wünsche besondere Rücksicht. Jedenfalls ist er auch jetzt davon überzeugt, daß es nur in seinem Willen liege, wann sein jeweiliger Brotherr vom Volkszorn gerichtet würde. Wenn man ihm Glauben schenken kann, wird es bald mit dem Stellvertreter des Küchenchefs zu Ende gehen, der es verhindert hat, daß Papadokulos einen Hummer essen konnte.

Jetzt jammerte er, denn er hatte übermäßig viel zu tun.

„Heute ist alles rein um verrückt zu werden. Die Hochzeitsgesellschaft gibt mir Arbeit, daß ich nicht weiß, wo mein Kopf steht. Es sieht fast so aus, als wollten sie sich an Hummern satt fressen. Komm, mach schnell, verbinde die Hummern."

Fritz stand vor einer Unmasse von zappelndem Getier und wußte nicht, was man eigentlich von ihm wollte.

Papadokulos war in wenig gnädiger Laune.

„Hölle und Teufel, stell dich nicht so dumm an! Wenn man soviel zu tun hat, könnte man geschicktere Hilfe brauchen als dich Grünhorn. Du machst ja Augen, als ob du heute zum erstenmal einen Hummer siehst."

„Vielleicht erklärst du mal, was ich machen soll. Was soll ich denn verbinden?"

„Na ja, die Füße! – verstehst du nicht mal das? Hier hast du einen Bindfaden. Binde die Füße recht vorsichtig zusammen. Die Hummern würden ja wie toll herumzappeln, wenn sie in das siedende Wasser geworfen werden oder wenn man sie unter das Feuer legt. Das würde ja nett aussehen, wenn man sie so mit verrenkten Gliedern servieren wollte, so daß man den Tierchen den Todeskampf anmerken kann."

„Du wirfst sie lebend ins siedende Wasser?"

„Freilich."

„Du röstest sie lebend?"

„Du bist ja ein feiner Koch, wenn du nicht einmal das weißt. Aber jetzt beeile dich gefälligst."

Fritz beginnt mit zitternden Händen die Hummern zu verschnüren, er zeigt bei dieser Arbeit nicht besonders viel Geschick.

Papadokulos muß über ihn lachen.

„Du bist ein schwaches Bürschlein. Ich habe meinen einstigen Herrn hängen gesehen und habe nicht so gebibbert wie du jetzt wegen der paar Hummern."

„Wenn ich alle meine einstigen Herren hängen sehen würde, wäre es mir nur ein Vergnügen", sagte Fritz mit zusammengebissenen Lippen, aber bei sich dachte er: ihr macht euch ja alle nur groß, glaubt, es genügt schon, wenn ihr was Schlechtes wünscht, alles andere kommt von alleine.

All das dachte er, wie gesagt, nur für sich. Er hatte wahrhaftig genug Last mit den Hummern, die sich verzweifelt wehrten und nach seinen Fingern schnappten.

Der griechische Koch war zu nervös, er verlangte erfahrenere Hilfe oder keine, und so kam Fritz in die Konditorei, wo man gerade einen Mann zum Mandelschälen brauchte.

Ein Riesentopf voll gebrühter Mandeln wurde ihm hingeschoben.

„Die schäle, aber mach deine Sache ein bißchen fix."

Fritz begann schon in allen Gliedern den heutigen Tag zu spüren, Herrgott, war das eine Hetze.

„Dös nicht vor dich hin!" schrie ihn wieder der eine Chefkonditor an, „wir brauchen schnelle Arbeit."

Fritz beeilte sich mit dem Schälen, er mußte aber auch darauf achten, daß ihm die Mandeln nicht wegsprangen. Einmal flog eine gegen die Nase eines seiner Chefs, der ihn seitdem öfters mißtrauisch betrachtete.

Dieses Mal hatte er zwei Chefs: einen Italiener und einen Österreicher. Die beiden erteilten mit lauter Stimme nach allen Ecken Befehle. Da standen Frauen, die mit Holzstäbchen auf Marmorplatten Butterteig auswalkten, Negerjungen bedienten Maschinen, die Teig und Sahne rührten.

Ein javanisches Mädchen, das so zart schien, als wäre es aus durchsichtigem Elfenbein, zerschnitt Spezereien, ohne auch nur für einen Augenblick aufzusehen.

Und nun steht Shirley vor Fritz und hilft ihm in einen Kittel.

„Setz ihm auch die Mütze auf. Das Grünhorn sieht aus wie ein perfekter Koch."

„Hör auf mit deinem Grünhorn", sagt Shirley, „du tust ja so, als ob du nie eins gewesen wärst..."

„Ei, Mädchen, er scheint dir ja mächtig zu gefallen, der neue Küchenjunge, daß du ihn so in Schutz nimmst."

Darüber aber muß sich Shirley ärgern.

„Auf einen solchen wie den habe ich gerade gewartet."

Shirley mißt Fritz mit einem geringschätzigen Blick.

Die Kochmütze sitzt ihm noch etwas fremd auf seinem Kopf, und auch der Kittel umhüllt ihn steif. Er sieht in der hellen Arbeitskleidung schmächtig und noch bleicher aus, ausgehungert und erschöpft. Er weiß, er kann vor den Mädchen keinen großen Staat machen. Diesmal bedauert er das besonders.

Das trotzige Mädchen, das an seiner Mütze herumrückt und ihn dann prüfend betrachtet, ist entschieden hübsch. In der rosa Uniform mit dem weißen Kragen, mit den Locken, die weich auf die Schultern fallen, den dunklen Augen und dem rosig angehauchten Gesicht sieht die Kleine aus, als wollte sie Theater spielen und hätte nicht schwer zu arbeiten. Doch Fritz weiß bereits, daß man hier von den Mädchen erwartet, daß sie ihre Müdigkeit überschminken; erst wenn man näher hinblickt, erkennt man, daß auch sie kein leichteres Leben führen als die Männer.

„Schöner kannst du ihn nicht mehr machen", sagt der italienische Konditor zu Shirley, und in viel weniger freundlichem Ton schreit er Fritz an.

„Geh zurück zu deinen Mandeln, glaubst du, die schälen sich von selbst!?"

Fritz ist unzufrieden. Ist das eine Beschäftigung für einen Mann? Hat er zu diesem Zweck Facharbeit gelernt? Er war da in eine dreckige Welt hineingeraten.

Seine Laune wird nicht besser, als er nun das Gespräch zwischen dem Konditor und dem Mädchen aus der Wäscherei hörte.

Der Italiener kniff nämlich die Augen zusammen und machte ein recht verschmitztes Gesicht.

„Na, Puppe, ich weiß schon, du machst dir nichts aus einem Grünhorn, wo du jetzt einen ganz feinen Kavalier hast."

„Deine Frau sollte lieber den Mund halten, ich rede auch nicht darüber, was andere Leute tun." Shirley ist recht schnippisch, sie ahnt schon, woher der Wind weht. Die Frau des Italieners ist Garderobiere in einem Nachtklub am Broadway; und gerade dahin mußte sie gestern nacht mit ihrem Freund geraten. Sie merkte gleich, was die für dumme Augen machte und mit welch übertriebener Höflichkeit sie ihr aus dem Mantel half. Na ja, wenn schon. Sie hatte das Recht, zu tun und zu lassen, was sie wollte. Die anderen waren auf sie neidisch. Sie sollten nur reden, soviel sie wollten; das tat nun auch der Italiener.

„Du willst wohl eine feine Dame werden, etwas ganz Besonderes?"

„Kümmere dich gefälligst um deine Kuchen."

„Schon gut, Kleine, du bist heute wahrscheinlich mit dem linken Fuß aufgestanden, daß du gar keinen Spaß verstehst?"

„Spaß? Ihr ärgert euch nur, wenn ihr merkt, es könnte

jemandem, mit dem ihr zusammen gearbeitet habt, eines Tages besser gehen."

„Ach, ich merke schon, die Gnädigste will ganz hoch hinaus."

„Ja, ich will hinaus, raus aus diesem Dreck, ich will nicht ewig so leben wie jetzt. Seid ihr zufrieden mit eurem Leben, gut, das ist eure Sache. Aber warum braucht ihr mich auszulachen, weil ich es besser, weil ich es anders haben will?"

Der Italiener lacht tatsächlich, er amüsiert sich köstlich. Er winkt seinen Kollegen heran, den Österreicher, und stellt ihm mit allerlei Zeremonien und großen Gebärden Shirley als zukünftige große Dame vor.

Sie zittert vor Wut und sieht sich hilfesuchend nach dem Grünhorn, nach Fritz, um.

Weil sie jedoch fühlt, daß sie den Konditoren gegenüber den kürzeren zieht, herrscht sie Fritz an.

„Warum lachst du so dumm? Ist es so lächerlich, wenn man den Willen hat, etwas Besseres zu werden als man ist?"

Das hübsche Mädchen ist ein Dummchen, findet Fritz, aber weil die Kleine so hübsch ist, trotz ihres Ärgers, möchte er sie gern bekehren. Schade, daß die Mandeln, die es gar so eilig haben, geschält zu werden, ihn daran hindern, ihr ausführlich alles zu erklären.

„Meinst du wirklich, daß du etwas Besseres wirst, wenn du schönere Kleider tragen kannst? Und genügt es dir, daß es dir allein besser geht, während die anderen genauso leben wie früher?" fragt Fritz.

„Ja – jeder kann nur sich selbst weiterhelfen."

„Meinst du das wirklich? Glaubst du, du wirst so weit kommen? Darüber hast du wohl noch nie nachgedacht, wie allen und auch dir selbst geholfen werden könnte?"

Nein, daran hätte sie noch nie gedacht. Sie geht mit ihren Schürzen und Mützen weiter, aber kommt bald in die Konditorei zurück. Ihr Korb ist ja auch noch da.

„Wie meinst du das, was du vorhin gesagt hast? Wie wäre es möglich, allen zu helfen?"

Fritz muß unentwegt Mandeln schälen.

„Das kann man nicht so schnell erklären, aber vielleicht hast du einmal Zeit, und man könnte darüber miteinander sprechen."

Nein, Shirley hat keine Zeit, sie hat auch nicht die Absicht, länger als bis heute abend hier zu arbeiten, sie meint es ernst mit ihren Absichten, „etwas Besseres" zu werden. Sie wird morgen als Gast wiederkommen in das Hotel – das wird sie, das will sie. Sie wird dann freilich nicht die Möglichkeit haben, sich mit Fritz zu unterhalten, und sie wird so nicht erfahren, was Fritz vorhin meinte. Aber er brauche sich ohnehin nicht einzubilden, sie wäre so leicht zu überzeugen; sie kenne das Leben vielleicht besser als er, besonders hier im Hotel. Sie arbeitet seit sechs Jahren hier und er seit einem halben Tag, und doch will er sie aufklären, das Grünhorn.

Fritz verhehlt es sich nicht: dieses Mädchen ist ein Dummchen.

Aber sie spricht weiter.

„Wie könnten sich alle helfen, wenn sie es selbst nicht wollen? Die meisten sind ja zufrieden mit dem Leben, das sie führen, sie wollen es gar nicht anders haben. Sie sind feige und faul, liegen auf den Knien und murmeln Gebete, sie essen den Fraß, den man ihnen vorsetzt, und sagen keine Silbe. Da geh und hilf ihnen! Ich kann dir nur eins sagen, mein Junge, ich hab genug von dem Leben, das ich bis jetzt führen mußte."

Vielleicht ist sie doch nicht so dumm, denkt Fritz, man müßte mit ihr sprechen, ihr alles erklären, aber jetzt muß er sich leider mit seinen Mandeln beschäftigen.

Der Österreicher ist übler Laune; Kellner kommen mit Extrabestellungen, das ist etwas, was er ganz und gar nicht mag.

„Ich möchte am liebsten nie diese glattgeleckten Kerle sehen, die sich feiner dünken als sonst jemand auf der Welt. Einen chaud froid willst du haben, gerade jetzt, wo ich am meisten zu tun habe?"

Der Italiener ist weiter zum Spaß aufgelegt. Er zeigt auf Shirley und sagt dem Kellner:

„Sieh dir diese Dame gut an, morgen wirst du sie im Dachgarten bedienen: ‚Madame, ich bin Ihr Diener.'" Er wendet sich mit einer komischen Verbeugung gegen Shirley.

Aber der Kellner ist ungeduldig.

„Ist die Bestellung noch nicht fertig?"

„Dummkopf du, meinst du, wir können hexen? Du solltest zur Hölle fahren mit deinen blöden Bestellungen."

Der chaud froid ist unbeliebt bei dem Konditor. Das Vanilleeis, das mit einem Meringue überzogen ist, muß einen Augenblick im Ofen gebacken werden, ohne das Eis zerfließen zu lassen. Ein Kunststück.

„Fertig?"

„Hier hast du deine verfluchte Bestellung und sage deinen Gästen, daß sie daran ersticken sollen."

„Von mir kannst du ausrichten, sie möchten angenehm krepieren", fügt noch der Italiener hinzu.

„Siehst du, so wird man auch über dich sprechen, wenn du Gast bist", sagt Fritz zu Shirley.

„Glaubst du, den Gästen tut das weh? Ich würde auch nicht viel davon merken. Aber wie ich jetzt lebe, das merke ich. Wenn ihr mit eurem Los zufrieden seid, traurig genug."

„Ach, zufrieden, was du dir wohl denkst, Kleine", ruft der Italiener. „Ich will nur noch tausend Dollar sparen, dann geht es zurück nach Italien. Ich habe genug von dieser Schwitzbude, von der Dreckluft, die ich in dieser Dreckstadt atmen muß. Italien, Kleine, da würdest du staunen, was das für ein Land ist."

Aber der Österreicher ist skeptisch.

„Und wenn du dort bist, gefällt's dir nicht mehr. Paß auf, man gewöhnt sich dann nicht so leicht wieder an das Alte. Aber von hier heraus möchte man schon, da hast du recht, Mädel, es wird einem nur nicht so leicht gemacht. Du wirst auch noch dein blaues Wunder erleben. Ich habe es schon mal versucht mit der Selbständigkeit. Man hatte uns weisgemacht, daß die Angelegenheit – es war so eine kleine Kneipe, wißt ihr – eine Goldgrube sei. Hat mich ein klotziges Geld gekostet, alles, was ich mir erspart hatte. Nun, eine Grube war sie, in die wir schön mitsamt unserm Gold hineingefallen sind. Nur die Großen können es zu etwas bringen."

Der Italiener seufzt noch einmal: „Italien . . .!"

Er ist aber heute guter Laune und sagt zu Shirley:

„Laß deinen Korb noch stehen, Kleine, wenn der Spiegelunmensch unsichtbar wird, tue ich etwas Backwerk hinein, vielleicht machst du doch nicht so schnell dein Glück, wie du meinst. Dann hast du wenigstens etwas zum Trost und zum Knabbern."

„Als ob ich deinen Trost brauchte.“

„Komm, sieh dir mal an, was für schöne Hochzeitskuchen wir machen. Für so eine feine Braut müssen wir uns gehörig den Kopf zerbrechen. Für die ist nichts groß und teuer genug. Das hier ist eine schwere Kunst, aus Croqembouche einen Hochzeitsschleier mit Spitzenmustern hinzulegen.“

Er zieht den Zuckersirup zu langen glitzernden Fäden.

Der Österreicher ist unzufrieden.

„Viel zu süß das Zeug, das wir hier machen, es ist ja kaum zu genießen. Im Krieg, da war ich Koch im österreichischen Stab. Mein Lieber, da konnte man schön arbeiten. Das höchste Verdienstkreuz haben sie mir für meine Nachspeisen versprochen. Freilich haben sie vergessen, ihr Versprechen einzuhalten. Kinder, ich hatte eine ‚Einnahme von Przemysl‘ gemacht...! So was Großartiges habt ihr noch nicht gesehen. Die Ruinen waren aus Creme und Biskuit, alles mit Rum übergossen, der beim Servieren angezündet wurde. Das war ein großartiger Anblick.“

„Ja, ohne Alkohol kann ein Konditor nicht anständig arbeiten“, seufzt der Italiener.

Shirley muß sich beeilen. Sie sammelt nur noch alle gebrauchten Schürzen.

„Nun, Kleine, wie gefallen dir unsere Hochzeitskuchen?“

„Na, du machst wohl leichter Hochzeit als diese feine Dame, ohne viel Zeremonien, wie?“

Der Österreicher tätschelt Shirleys Kinn.

Aber sie wirft den Kopf zurück. Da muß sie ja lachen! Sie weiß besser Bescheid über die Zeremonien der feinen Dame, sie weiß mehr, als diese Köche ahnen, auch über diese großartigen Hochzeitskuchen. Aber wozu reden, es genügt, zu lachen.

Der neue Küchenjunge möchte mit ihr noch mal sprechen.

„Vielleicht sehen wir uns heute mittag, wenn wir essen gehen.“

„Du bist ein richtiges Grünhorn. Glaubst du, wir essen zusammen? Und ich muß dir schon sagen, übertrieben neugierig bin ich nicht darauf, was du mir zu sagen hättest.“

Und fort ist sie mit ihrem Wäschekorb.

8

In einem besonderen Raum harren die Pagen der ihnen zukommenden Befehle. Eine ganze Schar sitzt auf den rings den Wänden entlang laufenden Bänken. Doch dieses Sitzen ist kaum ein Ruhen. Den Oberkörper vorgebeugt, die Rechte auf dem Knie, die Füße sprungbereit, so warten sie auf den Aufruf ihrer Nummer.

In der Mitte des Raumes, auf erhöhtem Posten, thront der Chef der Pagen, der „headbellboy", das Haupt der Klingeljungen. Vor ihm steht eine Liste und eine Telefonanlage. Er drückt die Muscheln abwechselnd an seine Ohren, macht Zeichen auf der Liste und ruft Nummern.

„28, Empfang."

„Jawohl, Herr."

28 springt.

Er weiß, ein neuer Gast ist angekommen, er wird einen kleinen Koffer tragen, er wird zehn Cents bekommen, vielleicht, wenn er Glück hat, einen Vierteldollar, wenn er Pech hat, nichts. Dann wird er zurückrennen in die Zentrale und wird wieder auf seine Nummer warten. Er wird sich beeilen, denn er weiß, der Bleistift des Chefs berechnet genau die Zeit.

„35, 1228."

35 springt.

„Jawohl, Herr."

Die Pagen unterhalten sich auch sehr leise miteinander. Sie haben ihre besondere Technik, fast unhörbar zu sprechen, die Lippen kaum bewegend.

Die „Jungens" sind nun beileibe nicht alle jung, aber sie sind alle schmal, schlank und behend. Einer fällt auf: mit silberweißen Haaren und unwahrscheinlich blauen Augen. Es ist unmöglich, sein Alter zu erraten. Er sitzt in genau derselben Haltung, sprungbereit wie die anderen, nur flüstert er nicht mit ihnen.

Die Jungens aber erzählen und necken sich unhörbar.

„Gestern ruft mich einer – ich glaube es war im 15. Stockwerk –, er liegt angezogen auf dem Bett, das Gesicht blaurot, blinzelt mich an, fragt, ,der wievielte ist heute?' Ich sag's ihm. ,Und welcher Tag?' Dienstag. ,Weck mich am Donnerstag' – und beginnt gleich zu schnarchen. Vergißt natürlich mein Trinkgeld."

„12, Empfang."

„Jawohl, Herr."

Ein Hellblonder, mit zarter, mädchenhafter Haut, fast noch ein Kind, flüstert:

„Wenn einer das Trinkgeld vergißt, ist es noch nicht so schlimm, aber jetzt läßt mich immer einer rufen. Nummer 1625, ich hab Angst vor ihm. Er macht so komische Augen, und seine Hand, hu, ganz mit Haaren bewachsen, tastet immer nach mir. Jedesmal gibt er mir einen Dollar."

„8, 925."

„Jawohl, Herr."

Der Hellblonde flüstert weiter.

„Ich bin so müde, ich schlafe zu Hause auf einem Sofa, das zu klein ist; ich kann mich nicht richtig ausstrecken."

„40, Empfang."

„Jawohl, Herr."

„Mich ruft einer, der ist schon ganz blau am Vormittag, fragt mich: ‚Junge, wo kann man hier Frauen bekommen?‘ Ein Provinzonkel."

„Du hättest ihn fragen sollen: Wo kann man keine bekommen?"

„Ja, wenn du Geld hast. Ohne Pinke lassen sie dich sitzen. Warten nur auf einen, der ihnen mehr bietet."

Salvatore ist heute in übler Stimmung. Wenn er an Shirley denkt, hat er einen bitteren Geschmack im Mund. Außerdem aber hat er diesen Vormittag schon sechzehn Gänge hinter sich und hat noch keinen Dollar verdient. Was sich die Leute nur denken, die Frauen mit den vielen Täschchen, die Männer mit ihren ausgefallenen Besorgungen, daß sie ihn einfach übersehen, wenn es ans Bezahlen geht. Seine Arme schmerzen schon, die „porter", die das schwere Gepäck tragen, beklagen sich auch, daß man sie vergißt. Sein Kopf ist schwer, er mag nicht an Shirley denken, er könnte ja alles stehenlassen hier, aber –

„16, 825."

Das „Jawohl, Herr" kommt nicht sofort zurück. 16 ist jener mit den schneeweißen Haaren und den unwahrscheinlich blauen Augen.

16 ist in Gedanken versunken. Er denkt daran, daß man hier nicht denken darf. Sie müssen alle immer in Bewegung sein, wie Flugzeuge, die nie in der Luft halten können, für die Stillstehen Absturz und Tod bedeutet.

„16, 825.“

Jetzt kommt erst zögernd die Antwort.

„Jawohl, Herr.“

„Schläfst du? Meinst du, du wirst bezahlt, um hier zu träumen?“

Der Chef der Pagen kann nicht lange schimpfen, die Telefone klingeln, immer ruft er neue Zahlen in den Raum; 16 ist schon längst fort.

Aber wieder geschieht etwas, um ihn aus der Ruhe zu bringen. 8 antwortet nicht.

„8, 1625.“

Kein „Jawohl“, nur das Kichern der Jungen.

8 ist der Hellblonde; er schläft. Seine rechte Hand ruht auf dem Knie, der Körper ist vorgebeugt und vorschriftsmäßig sprungbereit, aber der Kopf ist auf die Brust gefallen. Er läßt sich nicht leicht wecken. Seine Nachbarn rütteln an ihm, aber er schläft. Alles kichert. Da schreckt er auf.

Das Lachen wird stärker.

Er weiß im ersten Augenblick nicht, wo er ist.

„He, Junge, wenn dir noch einmal was Ähnliches passiert, wirst du gefeuert. 8, 1625.“

„Verzeihung, wie war die Nummer?“

„Hör, mein Junge, jetzt ist's höchste Zeit, daß du wach wirst – eintausendsechshundertfünfundzwanzig.“

„Jawohl, Herr.“

„44, 1025.“

44 ist Salvatore und 1025 ist Herr Fish.

Herr Fish wandert in seinem Zimmer auf und ab. Er ist etwas nervös, er kann es nicht leugnen, dieser Mangel an Kaltblütigkeit ärgert ihn. Er sagt sich, daß die Hauptbedingung eines Sieges Nerven sind. Und sonst hat er sie doch; er will sie auch heute behalten, er will siegen, seinen Plan genau ausarbeiten.

Salvatore steht vor ihm und wartet.

84

Herrn Fishs Hand steckt in der Hosentasche und klimpert mit Münzen.

Salvatore sieht ihn an und denkt ganz scharf, denkt an nichts anderes: Keine Münze, verstehst du, keine Münze, Papier. Bald ist der Vormittag um und noch kein Dollar verdient. Keine Münze – Papier!

Herr Fish scheint Salvatores dringenden Wünschen nachzukommen – so meint wenigstens Salvatore, denn 1025 zieht ein Bündel Banknoten aus der Tasche.

Na also, denkt Salvatore befriedigt.

Aber die Banknote, die Herr Fish herauszieht, ist nicht für Salvatore, und seine Wünsche sind komplizierter Art.

„Höre, mein Junge, du gehst hier in den Blumenladen des Hotels, kaufst Blumen – verstanden? – und bringst sie einer Dame, die hier in demselben Stockwerk wohnt. Der Name ist Marjorie Strong, und hier hast du auch ihre Zimmernummer. Du sagst nicht, von wem die Blumen sind. Verstanden? Du weißt nichts. Man hat sie dir in der Halle übergeben. Aber es kommt nicht auf die Blumen an; deine Aufgabe ist, paß mal gut auf, herauszubekommen, wohin diese Dame heute mittag geht. Wie du das anstellst, ist deine Sache. Du siehst schlau aus, Junge, du wirst es schon schaffen. Dann kommst du sofort zurück und berichtest mir, verstanden?“

Salvatore denkt nur: du Schuft, und keine Banknote für mich.

Herr Fish scheint diesen Gedanken Salvatores zu erraten, denn er sagt: „Wenn du deine Sache gut machst, vergesse ich dich nicht. Los, Junge, spring.“

Unweit Herrn Fishs Tür trifft Salvatore Shirley. Sie blickt in die Luft und tut so, als sähe sie ihn nicht.

Salvatore hat keine Zeit, sich zu ärgern; er hat auch keine Zeit, lange Celestina anzuhören, die jetzt auch aufgetaucht ist, gleich nach Shirley. Sie hält einen Eimer, Bürsten und Scheuertücher in der Hand und muß aufpassen, ob nicht irgendwo Frau Magpag erscheint, und außerdem will sie auch Shirley nicht aus den Augen lassen, soweit es ihr möglich ist. Keine leichte Aufgabe.

Nun versucht sie, in Salvatore einen Verbündeten zu bekommen. Sie muß endlich wissen, was Shirley vorhat. Sie schmeichelt Salvatore, er sei ein so kluger Junge, er könne alles herausfinden, was er nur wolle.

Oho, er hätte gar nicht die Absicht, etwas über Shirley herauszufinden. Er wisse nur, sie wolle nichts mehr mit ihm zu tun haben, das genüge. Er laufe keinem Mädchen nach, das ihn von oben herab behandele und das scheinbar jetzt eine bessere Gesellschaft ihm vorziehe.

Aber das ist es ja, was auch Celestina erfahren möchte: wer eigentlich diese bessere Gesellschaft sei.

Weil Salvatore es eilig hat und weil Celestina ihn so bittend ansieht, verspricht er seine Beihilfe. Heute nachmittag ist er frei, er hat Abenddienst, vielleicht gelingt es ihm, einiges zu erfahren.

Aber auch Shirley hat ihre Pläne. Sie ahnt, was die Mutter mit Salvatore bespricht. Sie sucht sich gleichfalls eine Verbündete: Ingrid.

Diese ist eifrig bei der Arbeit, hat aber nichts gegen ein kleines Gespräch mit Shirley.

„Ingrid, weißt du, mir scheint, du gefällst Salvatore."

„Nein, das ist nicht wahr, du willst mich nur ärgern."

„Höre, Ingrid, du hast heute Abenddienst und bist nachmittags frei, genau wie Salvatore. Du kannst es ja so einrichten, daß ihr euch begegnet, und du wirst selbst herausfinden, ob ich recht habe."

9

Es ist Mittagessenszeit für das Personal. Nicht alle essen gleichzeitig und freilich auch nicht alle im gleichen Raum.

Nein, es gibt sehr viele und verschiedenartig eingerichtete Räume. Rein äußerlich wird so schon die besondere Stellung des Personals stufenweise zum Ausdruck gebracht. Die Trennung erfolgt aber nicht nur nach der Stellung, sondern auch nach den Geschlechtern und der Rasse: Männer und Frauen essen in getrennten Räumen, die Neger werden nicht mit den Weißen vermischt.

Die erste Stufe der verschiedenen Kategorien nimmt die Direktion ein. Sie kann man allerdings kaum zum eigentlichen Personal zählen; sie ißt auch nicht, sie speist. Hier geht es zu, als handele es sich um Gäste: weiche Teppiche, die jedes Geräusch ersticken, vornehme und lautlose Kellner, feinstes, blendendweißes Linnen, bestes Porzellan, Kristallgläser und vollständigste Auswahl nach der Speisekarte.

Die zweite Kategorie bilden die höheren Angestellten, die „Offiziere". Sie werden von weißgekleideten Kellnerinnen bedient – weiße Uniformen, weiße Strümpfe, weiße Schuhe. Die Kellnerinnen bedienen höflich, sie wahren einen gewissen Abstand zwischen sich und den „Offizieren". Aber doch nicht in dem Maße, als wären es erstklassige Gäste. Überhaupt ist hier wohl alles sauber und appetitlich, doch nichts erstklassig. Die Linnen sind schon etwas verwaschen, das Silber weist stellenweise winzige Kratzer auf, das Porzellan ist billigeres Fabrikat.

Die mittleren Angestellten bedienen sich schon selbst. Auf glänzend polierten Tabletts suchen sie sich Speisen aus, die allerdings nicht mehr in so großer Auswahl zur Verfügung stehen. Das gebrauchte Geschirr, das schon kleine Defekte aufweist, wird von jungen Mädchen abgeräumt, die sich hier für den Kellnerinnenberuf einüben. Das Linnen weist kleinere Flecken auf, die von dem gestrigen Mahl der höheren Angestellten stammen.

Die niedrigeren Angestellten, die Haushälterinnen, Telefonistinnen, Stenotypistinnen, die Kellnerinnen der Teeräume und Sodaquellen haben ihren Raum für sich. Auch sie bedienen sich selbst, natürlich schon ohne Auswahl, sie nehmen das, was man ihnen zuweist. Die Tischtücher sind schon gehörig bekleckst; sie zeigen auch schon die Spuren der Mahlzeiten der mittleren Angestellten. Das Geschirr und das Silber, das kein Silber mehr ist, zeigen allerlei Defekte.

Trotzdem atmet auch dieser Saal noch eine gewisse Vornehmheit im Vergleich zu dem folgenden, der Speiseanstalt für die Angestellten der niedrigsten Stufe.

Hier essen die Scheuerfrauen, die Stubenmädchen, die Wäscherinnen, die Wäschereimädchen, natürlich nur die weißen. Die Negerinnen essen in einem kleineren Nebenraum. Man hört bis hierher ihr lautes Lachen und Kreischen.

Dieser Riesenraum für das niedrigste weiße weibliche Personal ist durch ein Holzgitter in zwei ungleiche Hälften geteilt.

Die kleinere umfaßt die Küche, den Abwasch und die Speiseausgabe.

In riesigen Blechkesseln werden hier die Mahlzeiten gekocht und dann in heißes Wasser gestellt, wo sie der Verteilung harren.

Der Abwasch befindet sich in der Nähe der Speiseausgabe. Er weist keinerlei neuere Errungenschaften auf. Vor ihm stehen vollkommen stumpf-müde Einwanderer, die noch kaum ein englisches Wort kennen. Hier fangen viele an, beim Abwasch. Die Gesichter wechseln oft, aber nicht die trostlosen Mienen. Die Füße stehen im Wasser, es sind keine Vorkehrungen getroffen, sie gegen Nässe zu schützen. Beim Abwasch stellt man immer Fremde nebeneinander, keine Landsleute. Hier braucht ja auch einer den anderen nichts zu lehren.

Immer die gleichen Bewegungen. Die Speisereste werden mit der Hand vom Teller in den Mülleimer abgewischt, der in der Nähe steht und von Stunde zu Stunde einen scheußlicheren Gestank verbreitet. Es gibt viele Speisereste. Die hier Essenden bringen selbst ihre Teller zum Abwasch, oft geben sie dem vollkommen unschuldigen Geschirrwäscher von ihrer Unzufriedenheit mit dem Essen Kenntnis:

„Das sollte man Schweinen vorsetzen, nicht uns. Puh, was für ein Fraß."

Die Geschirrwäscher verziehen dann aber nicht ihr Gesicht, um so weniger, weil sie ja kaum ein Wort verstehen.

Dann werfen sie die Teller in das heiße Wasser, ziehen sie wieder heraus und stellen sie hin – zu neuem Gebrauch.

Die größere Hälfte des Raumes dient als Speisesaal. Hier stehen in kaum übersehbarer Reihe lange, schmale Holztische und lehnenlose Bänke.

Auf diesen Tischen bilden sich gleich nach den ersten Essenden Suppenlachen und Speiserestehügel, die dann im Laufe der Mahlzeit den ganzen Tisch überschwemmen.

Der große Raum ist erfüllt von einem undefinierbaren Geruch von Schweiß und Müll, Spülwasser und schlechten Lebensmitteln.

Auch hier bedient man sich selbst, nimmt ein Tablett aus Blech, das meist an irgendeiner Stelle verbogen ist, und ein Besteck, gleichfalls aus Blech, mit allerlei individuellen Zügen. Jede Gabel, jeder Löffel, sogar die Messer haben im Laufe der Zeit eine besondere Gestalt angenommen, als wären sie genauso vom Leben gezeichnet, wie jene Personen, die gezwungen sind, sie zu benutzen.

Die Teller lassen unter der abgeschabten Glasur ihre ursprünglich graue Farbe durchschimmern.

Die Speiseausgabe wird von einigen völlig erschöpften Kreolen besorgt, die immer wieder monoton und doch verzweifelt die Herandrängenden zur Geduld oder Schnelligkeit mahnen.

„Weiter!“

„Ja gleich, wir haben nur zwei Hände.“

„Weiter!“

Obgleich das Personal der niedersten Stufe immer erklärt, keine Suppe hier mehr anzurühren, so drängen doch alle jeden Tag aufs neue mit ihren Tellern zu den Suppenverteilern, immer in der Hoffnung, der Fraß könnte einmal unerwartet einen angenehmen und kräftigen Geschmack haben.

Im Speiseraum stehen mächtige Kübel, angehäuft mit Pellkartoffeln. Diese bilden das wichtigste Nahrungsmittel vieler, besonders aller irischen Scheuerfrauen. Jeden Tag bekommt man sie zweimal, und es sind diese Kübel, die am schnellsten leer werden.

Die Frauen nehmen die Pellkartoffeln in ihre Schürzen oder in ihre Röcke, die sie ein bißchen hochschürzen, wie es Bäuerinnen tun. Manche nehmen von den Pellkartoffeln bis zu einem Dutzend, es ist alles, was sie essen. Es gibt auch einige ganz verhutzelte alte Weiber, die in einem Blechgefäß, wie man sie bei Bettlern sieht, manche noch aufheben und mit viel Vorsichtsmaßregeln hinausschmuggeln, vielleicht als Geschenk für Verwandte.

Man ißt auf wenig zeremonielle Art. Die Kartoffelschalen häufen sich auf den Holztischen, oder man wirft sie einfach auf die Erde.

Nanny, die älteste Scheuerfrau, die einer Holzstatue gleicht, gehört zu denen, die meist als erste den Speiseraum betreten. Sie holt sich jedesmal einen Teller Suppe und einige Pellkartoffeln. Nachdem sie zwei Löffel voll von der Suppe gegessen hat, schiebt sie den Teller weit von sich und widmet sich den Kartoffeln. Sie arbeitet im Hotel Amerika, seitdem es erbaut wurde, und kann sich noch an die allerersten Anfänge des Hotels erinnern. Sie hat mit eigenen Augen die ganze ungeheuere Entwicklung des „dear old little New York", des „lieben alten kleinen New Yorks" mit angesehen. Alles hat sich geändert, nur nicht die Suppe. Immer versucht sie ihr Glück, aber nie gelingt es ihr, mehr als zwei Löffel völl hinunterzuwürgen.

Seitdem sie keine Zähne mehr hat, ißt sie im Speiseraum hauptsächlich nur noch die Kartoffeln. Sie kratzt die Pelle, dann bricht sie ein Stück von der Kartoffel, zerdrückt es zwischen zwei Fingern und schiebt es in den zahnlosen Mund.

Heute aber, nachdem sie den ersten Bissen verschluckt hat, läßt sie die Kartoffel auf den Tisch fallen und wendet sich gleich einer anderen zu. Aber die ist innen bläulich, es lohnt sich nicht, sie erst zu versuchen. An der dritten riecht sie aufmerksam, auch die ist schlecht.

Sie ist die erste, die es feststellt: die Kartoffeln sind faul.

Inzwischen wird der Raum immer voller, die Frauen kommen mit ihren Kartoffeln. Man schält sie, während die immer gleichen Witze, die bei dieser Gelegenheit üblich sind, die Runde machen.

„Das ist doch das einzige Gericht, das unsere Köche zuzubereiten verstehen."

„Wißt ihr, warum man die Haut der Kartoffel abziehen kann?"

Die Fragenden warten meist auf keine Antwort und sagen gleich lachend:

„Damit auch die Armen jemandem die Haut abziehen können, das ist doch klar."

Aber die Witze hören auf, sobald sie in die Kartoffeln beißen.

„Heute schmeckt ja nicht mal dieses Zeug."

„Das sind keine Kartoffeln, das sind Stinkbomben."

„Man verwechselt uns mit Schweinen."

„Wieso? Die haben wahrscheinlich uns diese Kartoffeln übriggelassen."

Der Lärm wird immer größer. Es ist ein anderer als sonst, nicht das allgemeine Gesumme, das gewöhnlich menschenvolle Räume erfüllt. Heute ist er schärfer, schriller und lockt auch die Leute aus anderen Sälen herbei.

Es kommen die Negerinnen und halten gleichfalls Kartoffeln in den Händen. Auch sie haben keine besseren bekommen.

Es kommen einige Haushälterinnen, die wie aufgescheuchte Hühner von einer Gruppe zur anderen hüpfen und zu beschwichtigen versuchen. Sie wissen selbst nicht, ob es besser sei, den aufgeregten Frauen recht zu geben, oder die Tatsache, die Kartoffeln seien faul, zu leugnen.

So sagen sie unverbindliche Worte mit freundlicher Miene, wie:

„Freilich, freilich."

„Immer nur die Ruhe."

„Das beste ist, sich nicht aufzuregen."

Sogar Männer erscheinen jetzt im Speiseraum der weiblichen Angestellten.

Diese Männer gehören gleichfalls zu den Angestellten der untersten Stufe, und auch sie haben Pellkartoffeln erhalten, die ihnen wenig schmackhaft erschienen. Nur hatten sie anfangs diese Tatsache gleichgültiger als die Frauen aufgenommen. Erst als sie von der Aufregung bei den Frauen erfuhren, wurden auch sie widerspenstig, begannen Krach zu schlagen und machten sich, reich mit den schlechten Kartoffeln ausgestattet, auf den Weg zu dem Speiseraum des weiblichen Personals.

Der des männlichen Personals unterster Stufe ist noch weniger angenehm als der der Frauen, denn in Amerika genießt ja die Frau eine Vorzugsstellung. Sie wird im Hotel Amerika auf diese Weise dokumentiert.

Der Speiseraum des niedersten männlichen Personals befindet sich drei Stock tief unter der Erde. Es stinkt hier wie in einem Schiffsraum, in den nie Luft, Licht und Sonne dringt.

Hier essen alle Schwerarbeiter des Hotels, die Hausmänner, die die Korridore reinigen und die schweren Staubsauger handhaben, die Männer, die die Wände in den Zimmern abwaschen, die Fensterputzer, die Kammerjäger, die „nützlichen Männer", wie man jene nennt, die die Marmorböden und Steinfliesen aufzuwaschen haben, die Heizer, auch die Träger, die Pagen und die Küchenjungen.

Fritz soll hier heute zum erstenmal essen. Es flimmert vor seinen Augen, seine Hände zittern, die Füße brennen wie

Feuer; die Krankheit und die lange Arbeitslosigkeit haben ihn schlapp gemacht, er ist den körperlichen Anstrengungen nicht genügend gewachsen.

Doch er hat Hunger. Der Aufenthalt in der Küche, zwischen all den Leckerbissen, hat seine Magennerven angeregt. Er hatte sich ordentlich gefreut, als er in einem Nebenraum der Küche einen nett gedeckten Tisch erblickt hatte. Wenn man in der Küche arbeitet, dachte er, bekommt man wenigstens etwas Anständiges in den Magen.

Aber er sollte eine schlimme Enttäuschung erleben. Der nett gedeckte Tisch war ausschließlich für die Köche bestimmt, und er, der Küchenjunge, mußte sich trollen.

Im Speiseraum ist es schon voll, die Leute sitzen dicht gedrängt nebeneinander. Die Männer schlürfen die Suppe, ohne viel darüber nachzudenken, was sie essen; sie sind, wenn sie Hunger haben, weniger wählerisch als die Frauen.

Fritz aber wird es ganz übel in der ungewohnten Luft, er wird hin und her geschoben und findet keinen Platz.

Er hält Umschau nach dem Gemüseträger, von dem August gesprochen hat. In dem Gewoge von Menschenkörpern und Köpfen ist es aber schwer, einen einzelnen zu entdecken.

Man weiß nicht, wie die Kunde von den Ereignissen im Speiseraum des weiblichen Personals nach unten gedrungen war. Wahrscheinlich erzählte davon einer der Speisenträger. Kaum ist die Nachricht bekannt geworden, lassen viele ihre Speisen stehen und ziehen nach oben.

Und hier, vor dem Eingang, trifft Fritz mit dem Gemüseträger, den er vorhin vergeblich gesucht hatte, zusammen.

Er erkennt ihn sofort und spricht ihn an. Fritz möchte einen Kameraden haben, der ihm in diesem Chaos einen Weg weisen könnte. Es ist nicht leicht, sich hier zurechtzufinden.

Der Gemüseträger gibt ihm gern Auskunft.

„Es ist bisher noch nicht viel geschehen, um die Leute einander näherzubringen. Die meisten würden noch nicht einmal zugeben, daß man sich zusammenschließen muß, um etwas zu erreichen."

„Aber heute geht es ja ganz toll zu."

„Toll geht es schon manchmal zu, aber es ist immer nur Strohfeuer. Wenn es darauf ankommt, ihnen begreiflich zu machen, daß nur durch Ausdauer und Organisation etwas zu erreichen ist, rücken sie einfach aus. Das kommt davon, weil wir hier alle so provisorisch leben, und wenn wir auch fünfzig Jahre ein und dasselbe tun. Alle glauben, morgen beginnen sie was anderes, fahren womöglich zurück in die Heimat oder eröffnen ein Geschäft und werden reich. Keiner will es wahrhaben, daß er doch gezwungen wird, denselben Dreh sein ganzes Leben lang zu machen."

Der Speiseraum ist jetzt gedrängt voll. Man sieht fuchtelnde Arme, aufgerissene Münder, diskutierende Gruppen.

Fast niemand sitzt an den Tischen. Zu den wenigen gehört Patrizia. Ihr Dutt ist verrutscht; sie hat die Brille aufgesetzt und versucht nun mit großer Geduld, genießbare Kartoffeln herauszufinden. Sie prüft jede einzelne sehr aufmerksam, beriecht sie, bevor sie dann sehr vorsichtig eine kostet.

Die Stimmung wird immer lebhafter; es ist etwas Neues, daß hier im Speiseraum Frauen und Männer, Schwarze und Weiße zusammentreffen.

Besonders die Jugend findet es unterhaltend, so zusammenzustehen und zu schimpfen.

Fritz entdeckt auch Shirley, die zu jenen gehört, die am lautesten ihre Klagen vorbringen. Sie zählt, trotz ihrer Jugend, zu den „Alten"; so werden alle genannt, die schon seit einer Reihe von Jahren im Hotel arbeiten.

Sie war noch ein Kind, als sie hier zu arbeiten begann.

Shirley gefällt Fritz jetzt besser als vorhin in der Küche. Sie vergißt ganz, die Hochmütige zu spielen.

„Nun, siehst du, ich habe doch vorhin richtig geahnt, wir würden uns noch heute mittag treffen und wieder sprechen."

Shirley erinnert sich sofort ihrer hochfliegenden Pläne und wendet sich von Fritz ab.

„Ich kann es nicht ändern, daß wir uns treffen, aber ob wir miteinander sprechen, ist meine Sache."

Ingrid ist freundlicher. Salvatore ist neben ihr aufgetaucht, sie freut sich, daß sie mit jemandem über alles, was um sie herum geschieht, sprechen kann. Seitdem sie hier ist, hört sie nichts weiter als Klagen, aber sie wurden immer nur im Flüsterton und dann vorgebracht, wenn niemand von dem Aufsichtspersonal es hören konnte.

Und nun sprechen sie alle ohne Scheu. Ingrid findet das wunderbar.

„Ich mag hier eigentlich nur Eis essen; wenn es sehr heiß ist, bekommen wir es."

„Die Männer bekommen gar kein Eis, siehst du, ihr Frauen habt es doch immer besser."

„Das sagt ihr nur so. Du glaubst es doch nicht wirklich? Oder möchtest du mit mir tauschen?"

„Nein, nein, ich möchte kein Mädchen sein; außerdem kann ich zu Hause Eis essen, soviel ich will. Mein Vater hat eine kleine Konditorei."

„So gut hast du es?"

Im Saal wächst die Aufregung, als auch der Aufzugsführer, der heute früh dem Lift durch zwanzig Stockwerke nachlief, von zwei Männern gestützt eintritt.

Er ist noch sehr blaß und kann nur mit Schwierigkeit sprechen.

Er selbst wollte nicht kommen, man hat ihn aber mitgeschleppt.

Seine einzige Sorge ist, daß niemand vom Aufsichtspersonal ein Wort über die Angelegenheit erfährt; aber sie lassen ihn nicht, die anderen, sie wollen, daß es bekannt wird. Sie schreien, daß man ihr Leben durch schlecht funktionierende Aufzüge gefährde. Der Führer weiß, daß man ihn keines Versäumnisses beschuldigen kann, und doch zweifelt er keinen Augenblick daran, daß, sollte man die Sache zur Sprache bringen, die Direktion nur ihn entlassen und erklären würde, die Aufzüge funktionierten vorschriftsmäßig.

Deshalb flüstert er in einem fort den Herumstehenden, die seinen Fall erzählen und auf ihn zeigen, zu: „Schweigt, schweigt doch."

Im Raum taucht immer zahlreicher Aufsichtspersonal auf. Die schwarzen Seidenkleider der Haushälterinnen sind vollzählig hereingerauscht. Aus den Sälen der höheren Stufen kommen immer mehr, um sich den Sturm in der Unterwelt anzusehen. Manche sind peinlich berührt, andere finden das Gehabe wegen ein paar schlechter Kartoffeln nur komisch. Sie versuchen aber zu beschwichtigen, da ihnen rechtzeitig einfällt, wie oft schon auch höhere Angestellte niedrigste

Arbeit verrichten mußten, wenn die hier unten ihren Pflichten nicht nachkommen wollten.

Aber die Beruhigungsversuche bleiben völlig erfolglos. Im Saal summt es immer lauter und drohender. Da betritt eine Persönlichkeit aus der höchsten Stufe des Hotelpersonals den Raum: der Personaldirektor, der sich nur selten zu zeigen pflegt.

Vorläufig wird er übersehen. Erst als er auf einen hohen Stuhl steigt und so über den Köpfen der Menge auftaucht und von einigen Leuten erkannt wird, die ihre Kenntnis den anderen weitergeben, beginnt es etwas ruhiger zu werden. Der Direktor ist von unübertrefflich jovialem Wesen. Seine Freundlichkeit ist im Hotel geradezu sprichwörtlich. Er hat genau berechnet, daß neu eingestellte Leute erst nach vier Wochen die Arbeitsleistung der „Alten" erreichen. Er hat auch genau berechnet, welche Verluste dem Hotel durch häufiges Wechseln des Personals entstehen. Er hat das alles genau in Ziffern, statistisch und prozentual, schwarz auf weiß, auf dem Papier. Haushälterinnen, deren Obhut Stubenmädchen und Scheuerfrauen in größerer Anzahl entfliehen, kommen bei ihm bald auf die schwarze Liste. Man muß aus den Leuten auf liebenswürdige Weise so viel herausholen, wie überhaupt möglich. Sie dürfen es selbst gar nicht merken, denn das Personal, das nicht wissenschaftlich und statistisch rechnet, wirft einfach alles hin und geht spazieren, wenn man ihm unfreundlich begegnet.

Die Stimme des Direktors, die vor lauter Freundlichkeit etwas zittert, dringt nur schwer durch.

Er muß einige Male den gleichen Satz wiederholen, bis er sich der Hoffnung hingeben kann, gehört zu werden.

„Nun, ihr Leute, was ist eure Beschwerde?"

Die Antworten aus allen Ecken des Saales tauchen im großen Lärm unverständlich unter.

Man hört nur wie einen Refrain die sich immer wiederholenden Sätze:

„Die Kartoffeln stinken!"

„Die Kartoffeln sind faul!"

Der Direktor sieht die Neger im Saal, er sieht die Männer im Saal, und er beginnt mit angenehmer Stimme, die aber weit trägt, sich an diese zu wenden.

„Unsere farbigen Freunde und Freundinnen werden die Freundlichkeit haben, in ihre Speiseräume zu gehen. Wenn mich meine Erinnerung nicht täuscht, ist dieser Raum auch nur für das weibliche Personal bestimmt, und ich möchte deshalb die Männer bitten, in ihren Speisesaal zu gehen."

Aber nur sehr wenige folgen dieser Aufforderung. Die Zurufe werden lauter.

„Nee, mein Lieber, wir bleiben hier, man setzt uns den gleichen Fraß vor wie den Frauen, wir können ebensogut zusammenbleiben."

„Ich spreche in eurem eigenen Interesse, wir kommen besser vorwärts, wenn wir die Ordnung aufrechterhalten."

„Ordnung! – als ob das in Ordnung wäre, uns verdorbene Lebensmittel vorzusetzen."

Der Direktor sieht die Stimmung und besteht vorläufig nicht weiter auf seinem Wunsch.

„Nun, wem haben die Kartoffeln nicht geschmeckt?"

Der ganze Saal braust auf, alles schreit und ruft durcheinander.

„Geschmeckt, das hat er gut gesagt! Keinem einzigen schmeckt es hier."

„Man könnte es ganz gut bis zu den Direktionszimmern riechen, daß die Kartoffeln faul sind."

„Du hast wohl Schnupfen, Oller, daß deine Nase nichts vom Gestank merkt."

Der Direktor läßt sich nicht aus seiner Ruhe bringen. Väterlich spricht er weiter.

„Liebe Kinder, wenn ihr alle gleichzeitig auf mich einschreit, wie soll ich euch verstehen? Jeder einzelne kann mir seine Beschwerden sagen, und ich werde ihn anhören und für Abhilfe sorgen. Aber wenn ihr alle gleichzeitig schreit, verstehe ich nichts, ihr macht mich taub. Also bitte, es komme jeder einzeln zu mir."

Einzeln, jeder einzeln! Die Masse ist plötzlich wie gelähmt. Man weiß, was es bedeutet, einzeln vorzutreten. Der Direktor weiß, was er will. Er kann auf diese Weise leicht die Unzufriedenen feststellen. Die Unzufriedenen, die es auch wagen, offen ihre Unzufriedenheit zu bekennen. Unter den „goldenen Regeln" des Hotels, deren Kenntnis jedem Angestellten ans Herz gelegt wird, befindet sich auch folgende:

96

„Das Hotel duldet unter dem Personal keine Unzufriedenen."

Von verschiedenen Seiten ertönt der Ruf:

„Einer kann für alle reden, wir haben alle die gleichen Beschwerden."

Nein. Der Direktor geht darauf nicht ein, jeder kann nur für sich reden. Allgemeine Klagen anzuhören sei er nicht in der Lage – er wiederholt es noch einmal.

„Wem haben die Kartoffeln nicht geschmeckt? Der soll doch herkommen und sie mir zeigen."

Es wird immer stiller im Raum.

Der Direktor hat durch Ziffern die genauen Verluste des Hotels durch Personalwechsel festgestellt. Das Personal braucht keine genauen Ziffern. Jeder weiß, was er verliert, wenn er Arbeit suchen muß. Die Verluste des Hotels werden mit Abertausenden multipliziert, und sie ergeben sicher eine recht stattliche Summe. Die Verluste des Personals, der Einzelwesen, sind im Grunde lächerlich gering; sie verlieren nur einige Dollars. Aber diese wenigen Dollars bedeuten für sie das Leben, die nackte Existenz. Alle denken jetzt schaudernd an die Tage der Arbeitssuche, an die Stellenvermittlungsbüros. Und dann: das Anstehen frühmorgens vor den Fabrikkontoren, das Studium der „Kleinen Anzeigen" in der „World", die Hetze, die Angst vor dem Zuspätkommen, das Grauen vor dem Satz, der ihnen überall entgegengeschleudert wird: „Keine Arbeit mehr." „Alle Stellungen schon besetzt" . . .!

Besonders die Älteren, die am schwersten neue Arbeit finden können, überlegen sich, wie alles werden könnte, wenn sie wieder auf der Straße säßen.

„Meine Liebe, dieses grüne Gemüse macht hier einen Radau", sagt eine alte Scheuerfrau zu der anderen, „das überlegt sich nicht, wie es noch weiter kommen könnte. Geht da meine Schwester vorige Woche auf eine Anzeige hin in das neue ‚Luxusturm-Appartementhaus'. Es wurden Scheuerfrauen gesucht. Der Portier fragte, wie sie heiße. Nun, Smith, und nicht anders. Warum er das wissen will? Nun, weil heute nur Frauen hereingelassen werden, deren Name mit ‚F' anfängt, sonst wäre die Auswahl und das Gedränge zu groß."

„Ja, man muß es sich zweimal überlegen, bevor man sich feuern läßt."

Zwei Jüngere sprechen.

„Es ist wahrhaftig noch besser, als Dienstmädchen zu gehen, dann hat man wenigstens sein anständiges Essen und Zimmer und besseren Lohn."

„Und du hast den ganzen Tag und den ganzen Abend keinen Augenblick deine Ruhe! Ich kann dir nur sagen, ich habe meinen eigenen Namen gehaßt. Immer das Rufen, das Herumkommandieren. Jetzt habe ich wenigstens meine Ruhe. Und wenn die Uhr vier schlägt, dann hat mir keiner mehr was zu sagen."

„Nun, wem haben die Kartoffeln nicht geschmeckt?"

Der Direktor scheint winzig inmitten der hin und her wogenden Menge, aber er repräsentiert die Macht, und jeder kennt die Bedeutung seiner Worte.

„Wir wählen einen Vertrauensmann, der für uns alle spricht."

Das ist Fritzens Stimme, die unbeachtet untergeht.

„Jeder komme einzeln, ich werde die Beschwerden prüfen."

Der Direktor ändert nicht seine Taktik.

Es wirkt überraschend und befreiend, als endlich die alte Nanny hervortritt und sich zu dem Direktor einen Weg bahnt.

In ihrer Hand mit den fast fingerdicken Adern, dieser Hand, die aussieht, als wäre sie aus hartem, braunem Holz geschnitzt, hält sie eine glitschige, bläulich-schwarze Kartoffel, die Spuren ihrer Nägel aufweist. Diese Kartoffel streckt sie dem Direktor zu.

„Die Kartoffel ist faul, Herr, alle sind wie diese."

Der Direktor nimmt die Kartoffel zwischen zwei Finger — zwei Finger, die weiß und glatt sind, gekrönt von glänzenden, rosigen Nägeln, die heute früh eine halbe Stunde lang von noch weißeren Mädchenfingern behandelt wurden. Mit diesen Fingern also nimmt er die Kartoffel und entkleidet sie völlig ihrer Schale.

Und beginnt zu essen! Aller Augen sind auf ihn gerichtet. Er ißt, als befände er sich auf einer Bühne, als führe er ein Schauspiel vor.

Beobachtete man nur sein Mienenspiel, so müßte man annehmen, er verzehre eine besondere Delikatesse. Seine Zunge prüft feinschmeckerisch jeden Bissen. Er begnügt sich keineswegs mit halber Arbeit. Die ganze Kartoffel verschwindet zwischen dem Zahngehege.

Die Leute beobachten ihn, als wäre er ein Zauberkünstler, der ihnen ein besonders schwieriges Kunststück vorführe.

Sie machen allerlei Zwischenbemerkungen, feuern ihn an und erleichtern ihre Wut durch boshafte Zurufe.

„Alterchen, du hast einen prima Magen, das kommt von der guten Pflege, die du dir angedeihen läßt."

„Gib acht, daß dir die Stinkkartoffel nicht hochkommt, wenn du deine Bücklinge machst."

Die jüngeren Männer, die einen Kartoffelvorrat mitgebracht haben, beginnen ihn sogar zu bombardieren.

Eine Kartoffel, die innen ganz schwarz ist und weich, fliegt dem Direktor zu, streift seine Schulter und klatscht dann zu Boden.

„Friß die!"

Am lautesten sind die ganz jungen.

Salvatore zielt mit Schwung, unter Ingrids bewundernden Blicken, eine ausgewachsene Kartoffel, die nur einige Millimeter weit die Nase des Direktors verfehlt.

Sie haben keine Angst mehr, sie sind wieder eine große Masse, in der man keinen einzelnen erkennen kann. Der Direktor findet, daß es notwendig sei, entgegenkommendere Töne anzuschlagen.

Er trocknet mit einem Taschentuch seine Finger und ruft dann mit gleichmäßig freundlicher Stimme, als habe er nichts von dem unbotmäßigen Betragen bemerkt, der Menge zu:

„Nun, Leute, ihr laßt mich kaum zu Worte kommen, ich will ja nicht behaupten, die Kartoffel sei gut. Es wäre aber auch unwahr, zu sagen, die Kartoffel sei ungenießbar. Nun, sie ist etwas angefroren, viele würden das wahrscheinlich gar nicht merken, zum Beispiel ich, wenn ihr mich nicht vorher aufmerksam gemacht hättet."

„Ja, man muß so verwöhnte Gaumen haben wie wir, man verwöhnt uns zu sehr, Chef."

„Wollt ihr mich vielleicht ausreden lassen? Ich werde

natürlich sofort Abhilfe schaffen. Unsere Einkaufzentrale erhält genügend Mittel, um euch tadellose Nahrungsmittel vorsetzen zu können. Ich verspreche euch die genaueste Untersuchung; wenn ich Mißstände entdecken sollte, werde ich unnachgiebig vorgehen. Jetzt aber erwarte ich, daß jeder unverzüglich an seine Arbeit zurückgeht."

„Und die Suppen, die wir bekommen, koste die mal, Chef."

Der Direktor bleibt auf seinem Stuhl stehen und verlangt einen Teller Suppe.

„Gib ihm nicht zu knapp, Joe", rufen mehrere dem Suppenverteiler zu.

„Er soll nicht Hunger bei uns leiden."

Der Direktor beginnt, die Suppe zu löffeln; er ißt, ohne eine Miene zu verziehen. Er löffelt und löffelt.

Seine Lage ist nicht angenehm. Die vielen Augenpaare, die sich alle auf seinen Mund richten, sind nicht bequem. Aber er ißt und ißt, bis kein Tropfen übrigbleibt. Dann zeigt er den leeren Teller der Menge.

Der Direktor lacht.

„Kinder, ich komme mir vor wie ein Baby, das Angst hat, es bekommt Haue, wenn es nicht alles aufißt. Aber Spaß beiseite, ich finde die Suppe nicht schlecht."

„Aha, man will uns nichts Besseres geben."

„Man glaubt, man kann uns mit einem Komödienspiel satt machen."

„Wir wollen richtige Abhilfe."

„Bei der Untersuchung über die Einkäufe der Zentrale für die Personalküche soll auch von uns jemand zugegen sein."

„Es gibt hier noch genügend andere Mißstände, alle sollen untersucht werden.".

Der Direktor überhört alle Zwischenrufe; seine Rede geht glatt und liebenswürdig weiter.

Er weiß wohl, worauf es jetzt ankommt: sich vor binden-den Zusagen und Verpflichtungen hüten! Mit vielen Worten macht er vage Versprechungen und läßt versteckte Drohun-gen durchklingen.

Inzwischen ist das gesamte Aufsichtspersonal des Hotels einschließlich der „Offiziere" und Detektive in dem Saal erschienen. Die Unzufriedenen werden stiller, man möchte nicht erkannt werden. Denn vor den höheren Angestellten mit dem gut trainierten Personengedächtnis löst sich die gesichtslose Masse in bestimmte Einzelwesen auf.

Andere, wie Fritz oder der Gemüseträger, die die Lage klar erkennen, sagen sich, daß die vollkommen unorganisierte, uneinheitliche Masse mit solchem spontanen Vorgehen keinen Erfolg davontragen kann.

Die Masse löst sich langsam auf, die Gruppen zerbröckeln, viele treten den Rückzug an und gehen zur Arbeit zurück, als wäre nichts geschehen.

Jetzt, in der faulsten Stimmung erhebt sich ganz unerwartet die heisere, junge Stimme Shirleys.

„Sag, Papachen, wenn es dir hier so schmeckt, warum ißt du nicht immer mit uns?"

Sie ist selbst erstaunt, als sie sich reden hört. Sie findet die anderen feige, sie kuschen sich gleich, wenn man ihnen mit einer Drohung kommt, aber sie, sie will nicht schweigen. Und dann: sie kann es sich ja erlauben zu reden, morgen wird sie als reicher Gast wiederkommen. Dann wird der Direktor noch Bücklinge vor ihr machen. Heute ist ohnehin der letzte Tag, er soll wenigstens ihre Meinung hören über diese Lausebude, in der sie ihre Jugend verbracht hat.

Viele, die sich schon der Tür genähert haben, bleiben stehen.

Man will noch hören, was dieses freche Gör weiter sagen wird.

Shirley spricht nicht verhüllt von der Masse; sie hat sich herausgezwängt, herausgeschält, sie steht in unmittelbarer Nähe vor dem erstaunten Direktor.

Er dachte schon, den ganzen Krawall abgewehrt zu haben, und nun gibt dieses kleine Wäschermädel keine Ruhe.

„Du meinst, ich würde mit euch nicht speisen, weil ihr zu schlechtes Essen bekommt?"

„Freilich meine ich das. Man setzt uns einen Fraß vor und tut noch, als ob wir es weiß Gott wie gut hätten. Schon der Gestank in unserem Speiseraum ist zum Kotzen."

„Wie heißt du, Mädchen?"

„Ich heiße Shirley."

„Nun, Shirley, sieh dich mal um."

Der Direktor macht eine breite, ausladende Armbewegung und zeigt auf den Saal, der sich langsam zu lichten beginnt.

Shirleys Augen folgen den Bewegungen des Armes.

Es sieht wild aus im Saal. Die Tische sind noch nicht gereinigt, sie ertrinken fast in den Überresten des Mittagessens. Auch der Boden hat reichlich vom Abfall abbekommen. Neben den zerquetschten, verfaulten Kartoffeln liegen Brotkrusten, Schalen, schwimmt verschüttete Suppe.

„Nun, Shirley, meinst du, die Verwaltung ist schuld an dem Zustand des Saales? Wenn euch übel wird von der Luft hier, solltet ihr für Ordnung sorgen."

„Ach, Chef, tun Sie doch nicht so, als ob wir schuld hätten. Ich weiß, Sie werfen die Kartoffelschalen nicht auf die Erde. Ich weiß sogar, daß Sie Ihre Kartoffeln nicht einmal zu schälen brauchen. Ich weiß ganz gut, wie die reichen Leute essen, das sehen wir ja, wir haben auch Augen. Ich habe schon genauso fein gegessen wie Sie, Chef, mit Fingerschalen und Spitzentüchern vor dem Dessert. Aber wenn man mir schweinisch zu essen gibt, esse ich auch schweinisch. Und wohin sollen wir mit den Kartoffelschalen? Wir haben ja keinen Platz, wir sitzen zusammengepfercht wie Heringe in unseren wunderbaren Fauteuils."

Shirley macht die weit ausladende Handbewegung des Direktors nach und zeigt auf die schmalen, lehnenlosen Bänke. Im Saal lacht man.

Die Hiergebliebenen wollen jetzt noch nicht wieder an die Arbeit zurück.

„Ein verteufeltes Mädchen das."

„Sie ist nicht auf den Mund gefallen, das ist einmal sicher."

Der Direktor möchte dem Gespräch ein Ende machen, aber Shirley ist nicht so leicht einzuschüchtern. Wenn sie schon angefangen hat zu reden, will sie auch alles sagen, was seit Jahren sich bitter in ihr aufgestapelt hat.

„Warum sehen Sie sich, Chef, nicht unsere Zimmer an? Ein Stall ist ein Salon dagegen. Es ist fast so eng wie an unseren Tischen. Wenn ich aus dem Bett steigen will, stoße ich meine Nachbarin, und Dreck könnten Sie auch genug sehen. Auf unserem Korridor reinigt ein Stubenmädchen an einem Vormittag hundert Zimmer. Gut genug für uns. Faustdick liegen die Staubflocken unter unseren Betten."

Der Direktor zeigt bewunderungswürdige Geduld. „Hör mal, Shirley, du scheinst doch ein kluges Mädchen zu sein. Wenn es dir zu schmutzig scheint in deinem Zimmer, warum nimmst du nicht einen Besen und fegst mal ordentlich?"

„Erstens müßte ich eine halbe Stunde nach einem Besen laufen, wenn ich überhaupt einen bekomme, und dann sehe ich nicht ein, warum ich meine freie Zeit damit verbringen soll. Unsere Zimmer sind doch angeblich gereinigt. Und sehen Sie sich, Chef, mal unsere Wäsche an. Alle Fetzen, die man nicht mehr ausbessern kann, die auseinanderfallen, wenn man sie nur anrührt, gibt man uns. Oder sollten wir unsere freie Zeit damit verbringen, sie versuchen zusammenzunähen? So dumm, wie Sie meinen, sind wir noch lange nicht."

Der Direktor versucht, die Ausbrüche Shirleys ins Humoristische zu biegen.

„Nun, Mädchen, es wundert mich nicht, daß du keine Muße hast, dein Zimmer in Ordnung zu bringen; ich glaube eher, du verbringst deine freie Zeit als Volksrednerin und stehst nachts am Columbus Circle auf einer Seifenkiste."

Aber Shirley ist auch jetzt nicht um Antwort verlegen.

„Ja, das wäre schlauer, als versuchen zu ruhen. Man muß schon todmüde sein, um in den überfüllten Räumen schlafen zu können. Wenn das Schnarchen und Beten der Kolleginnen nicht stört, dann hat man die Wanzen. Jawohl, es wimmelt bei uns von Ungeziefer. Die Schaben spazieren am hellichten Tag im Trakt des Personals umher. Sie können selbst sehen, ob ich genug zerstochen bin."

Das Lächeln des Direktors bringt Shirley in Wut. Sie öffnet den weißen Kragen ihrer Uniform und zeigt auf ihre halbentblößte Brust, auf der einige Insektenstiche zu sehen sind.

„Komm, Puppe, die Wanzen haben dich sicher auch sonst nicht geschont, zeig uns nur, wo sie dich überall gestochen haben."

Aber solche Zurufe aus der Menge ärgern Shirley weniger als die spöttische Miene des Direktors. Er sagt nichts, läßt sie ausreden, obgleich er ihr das weitere Sprechen verbieten könnte. Aber wahrscheinlich hat er doch Angst, ein Verbot könnte noch schlechter und aufreizender wirken als ihre Worte.

„Ja, zu uns schickt man die Kammerjäger alle Jahre einmal, obgleich man ganz genau wissen könnte, wie es da aussieht. Aber in die Gästezimmer gehen sie alle Tage."

Der Direktor beginnt jetzt die Geduld zu verlieren.

„Genug, Mädchen, du gehst jetzt zurück an die Arbeit. Ich habe eure Beschwerden angehört. Ich werde mich dafür einsetzen, daß Untersuchungen vorgenommen und wirkliche Mißstände abgeschafft werden."

„Das sind doch alles nur leere Versprechungen."

„So leicht lassen wir uns nicht beschwichtigen."

Aber diese Zwischenrufe gehen unter in dem mechanisch sich wiederholenden Satz, der von dem Aufsichtspersonal ohne Pause in den Saal gerufen wird: „Zurück zur Arbeit, zurück zur Arbeit."

Aber Shirley ist noch nicht fertig. Ihre Stimme ist schon ganz heiser, sie muß sich anstrengen, um dieses „zurück zur Arbeit" zu überschreien.

Der Direktor ist von dem Stuhl gestiegen. Jetzt, wo er dem Ausgang zustrebt, von den „Offizieren" des Hotels umringt, sieht man, daß er während der ganzen Zeit von einer Leibgarde umgeben war.

Shirley aber verfolgt ihn.

„Und unsere Aufzüge funktionieren auch nicht! Man kümmert sich nicht darum, wenn da etwas nicht in Ordnung ist. Keine Klingel geht, wir müssen uns heiser schreien, wenn die Aufzugführer uns hören sollen."

„Muß an zuständiger Stelle gemeldet werden."

„Heute ist fast ein Unglücksfall geschehen, ein Aufzug ist von selbst losgefahren. Der Führer rannte zwanzig Stockwerke dem Aufzug nach, er ist ganz krank geworden."

„Hat er dich aufgefordert zu reden, Mädchen?"

„Niemand hat mich aufgefordert, ich wollte einmal sagen, was ich denke."

„Wie heißt du eigentlich, Mädchen?"

„Ich habe es schon einmal gesagt, ich heiße Shirley."

„Und dein Familienname?"

„Ich heiße Shirley O'Brien. Es ist schön, daß ich auch einmal meinen ganzen Namen sagen darf. Ich arbeite hier schon seit sechs Jahren, aber man hat mich selten nach ihm gefragt. Genügt es nicht, wenn man meine Arbeitsnummer weiß? Ich bin Nummer 2122."

„Shirley O'Brien, du hast anfangs von Fingerschalen und Spitzendecken, die du in feinen Restaurants gesehen hast, erzählt. Konntest du von deinem Lohn dahin gehen?"

Shirley lacht mit Augen, die voll Haß den Direktor anfunkeln, aber sie lacht.

„Nein, nicht von meinem Lohn, Papachen, das hast du richtig erraten, aber bezahlt habe ich trotzdem, jawohl, Chef. Sie wissen das ganz gut, wie es hier zugeht. Die Mädchen, die hier für einen Dollar den Tag arbeiten, möchten außer den faulen Kartoffeln auch noch was anderes vom Leben haben."

„Shirley O'Brien, wenn es so zugeht, wie du es sagst, soll es geändert werden. Wir geben unserem Personal, jedem Mädchen, das bei uns arbeitet, genügend Schutz. Wir verzichten auf die Mitarbeit solcher, die moralisch haltlos sind."

„Ja, Schutz gebt ihr, nur kein Geld und kein anständiges Essen."

Shirley wird still. Sie fühlt sich plötzlich müde. Der Direktor ist verschwunden, und sie steht da, verloren in der Menge.

Die Rufe „zurück zur Arbeit" werden immer dringender. Ja, das Aufsichtspersonal beginnt Notizen zu machen. Gut, man weiß, heute würde man den kürzeren ziehen, aber alle wissen, das letzte Wort wurde noch nicht gesprochen.

Der Saal beginnt sich langsam zu leeren, nur Shirley wird umringt, trotz des Aufsichtspersonals und trotz der dringenden Rufe.

Ingrid findet, man hätte ihr das nie zugetraut. Woher nahm sie nur soviel Mut?

„Du wirst gefeuert werden", versichert Salvatore Shirley.

„Ich bin ,moralisch haltlos', das hat er ganz schlau eingefädelt, der Direktor, nur deswegen wird man mich wegschicken; aber ich will ja gefeuert werden, mir liegt ja längst nichts mehr an dieser Lausebude."

Celestina hält Shirleys Hand, sie blickt zu ihr auf, als sehe sie die Tochter zum erstenmal. Sie hatte also auch anderes im Kopf als ihre Vergnügungen. Sie dachte nicht nur an sich selbst, sie hatte sich Gedanken gemacht über das Leben, das sie hier alle führten. Nun braucht Celestina keine Angst mehr um sie zu haben, nicht mehr ihr nachzuspionieren. Sie würde schon selbst wissen, was sie zu tun hätte, wie sie den richtigen Weg finden müsse. Zum erstenmal merkt die Mutter, daß Shirley kein Kind mehr ist, sondern ein Wesen, das selbständig handeln kann.

Es gibt aber auch Mißvergnügte, die sich nicht genug über Shirleys Auftreten empören können. Sie schimpfen besonders laut und vernehmlich über die Verderbtheit der heutigen Jugend, wenn eine der Haushälterinnen vorbeigeht.

Patrizia ist es vor allem, die einiges über Shirley zu erzählen weiß.

„Sie klagt, daß sie nicht schlafen kann, und kommt dabei gegen Morgen nach Hause. Wenn man tanzt, kann man auch nicht schlafen.“

„Ich hätte all die Frechheiten nicht angehört, wenn ich der Direktor wäre.“

„Mit diesem Großmaul wohne ich nun in einem Zimmer!“

Shirley will hingehen und ihnen die richtige Antwort geben, aber Fritz kommt jetzt auf sie zu.

„Ich hätte dich kaum wiedererkannt, so anders hast du gesprochen als am Vormittag in der Küche. Wenn du lernen wolltest, könntest du viel für die Arbeitenden tun. Du könntest mithelfen, die Welt umzuwandeln. Es genügt noch nicht, zu wissen, daß es uns dreckig geht, wir müssen auch den Weg finden, es zu ändern. Ich möchte mit dir noch vieles reden – wollen wir uns nach der Arbeit treffen?“

Die Rufe „zur Arbeit, zur Arbeit“ werden jetzt so dringlich, daß alle, sogar Shirley, dem Ausgang zustreben.

Jetzt hat sie wieder ihre hochmütige Miene aufgesetzt.

„Wenn du es unbedingt wissen willst, kann ich es dir ja sagen: ich habe nur gesprochen, weil ich weiß, daß ich Geld haben und reich sein werde, daß ich nicht mehr wie ein Tier werde leben müssen und die ewig gleiche Arbeit verrichten, daß ich ohnehin heute allem den Rücken drehen werde, daß ich keine Angst mehr zu haben brauche, vor keinem Direktor!“

„Wir können trotzdem noch einmal miteinander sprechen.
Paß auf, wir werden uns noch treffen, du hast ja auch nicht
geglaubt, daß wir uns heute mittag sehen würden.“

10

Salvatore hatte am Vormittag seine Sache gut gemacht.
Herr Fish erfuhr von ihm Marjories Pläne für den Mittag.
Sie wollte mit ihren Freunden auf dem Dachgarten tanzen.

Herr Fish war zufrieden. Salvatore war es weniger, die
geringe Freigebigkeit des Gastes enttäuschte ihn.

Aber Herr Fish mußte beginnen, mit seinen Mitteln haus-
zuhalten. Der Erfolg stellte sich nicht so schnell ein, und es
war ratsam, noch auf allerlei Hindernisse gefaßt zu sein.

Es war aber ein gutes Vorzeichen, daß er die Möglichkeit
haben sollte, Marjorie noch vor dem Abend zu sprechen. Er
würde ihr schon klarmachen, daß er vor keinem Schritt zu-
rückschrecke und sie ihren Vater zur Nachgiebigkeit zwingen müsse.

Der Anblick des Dachgartens erfreut Herrn Fish. Dieser
mit Blumen geschmückte und Teppichen belegte, ungeheuere Glaskasten inmitten des rußigen Häusergebirges
erinnert ihn an eine Oase.

Das Netz der Straßen unten erscheint wie eine unendlich
tiefe, zerklüftete Schlucht, in der Menschen geschäftig her-
umwimmeln.

Polizisten dirigieren die endlos hin und her flutenden
Karawanen der Verkehrsmittel, die halten, rasen, halten,
rasen . . .! An den Straßenecken sammeln sich Menschen wie
Schafherden, jagen dann über die Straße, halten wieder,
jagen, halten.

Ringsherum hinter den blinkenden Fenstern der Wolken-
kratzer, die ganz nahe scheinen, sieht man sie arbeiten, in
Büros und Werkstätten, die Köpfe, die Füße, die Hände.
Manche bewegen Maschinen, als wären sie selbst Maschinen.

Und alle diese hastenden Menschen scheinen winzig zwischen den in den Himmel hinaufragenden Türmen. Es

scheint so, als hätte man die Häuser so hoch, so übermächtig
gebaut, um die Menschen um so stärker ihre Kleinheit und
Ohnmacht fühlen zu lassen.

Alle Geräusche, das Keuchen der Motoren und Maschinen dringt nur wie ein ganz fernes Summen hierher in diesen paradiesischen Raum.

Vor der Farbenpracht eines von Indianerhänden gew_eb-
ten Teppichs stehen die Musikanten und spielen. Die In-
strumente schrillen und klirren, pfeifen und flöten, Trommeln und Pauken geben den Rhythmus an, nach dem sich
die Paare inmitten des Raumes bewegen.

Sogar die Kellner folgen diesem Rhythmus. Sie schaffen
die Platten, kunstvoll geschmückt, auf Eis gebettet oder auf
Flammen gewärmt, herbei. Die Speisen dürfen nichts von
ihrer ursprünglichen Wärme oder Kälte verlieren, während
sich die Essenden in Tanzende verwandeln.

Herr Fish bleibt einen Augenblick in nachlässig eleganter
Haltung zwischen den Tischen stehen und mustert die Paare.
Es dauert nicht allzu lange, bis er Marjorie entdeckt. Natürlich, sie tanzt. Sie tanzt mit einem jungen Bengel – so bezeichnet ihn Herr Fish, der wenig für diese Collegeboys
übrig hat, die sich weiß Gott was einbilden, weil ihre Väter
gespickte Geldbörsen haben. Er fühlt sich frei von jeder
Eifersucht, aber es erfüllt ihn doch mit Ärger, daß Marjorie
es nicht unterlassen kann, sich mit einem solchen Schnösel
abzugeben.

Unleugbar: sie ist schön – Herr Fish kann nicht umhin,
es sich aufs neue zu gestehen. Nur hat ihre Schönheit wenig
Menschliches, sie erinnert mehr an eine Wachspuppe von
außerordentlich kunstvoller Beschaffenheit. Ihre Augen sind
von unwahrscheinlich langen Wimpern beschattet, die
Brauen zeichnen sich wie von feinstem Pinselstrich gezogen
über die Stirn. Ihr Mund von brennendem Rot und sorgfäl-
tigster Zeichnung enthüllt Zähne, die jedem Reklamezeich-
ner zum Modell dienen können. Ihre Haut, in allen Schön-
heitssalons der Welt gewaschen, ist von fleckenloser
Reinheit. Die Haare schmiegen sich in duftenden Wellen an
den Kopf. An den feingedrechselten Händen ist jeder einzelne Fingernagel ein glänzendes Kunstwerk.

Während sie tanzt, umgibt ihr Kleid die leichte Gestalt

aufs raffinierteste und einfachste wie eine gewichtlose Wolke.

Herr Fish hört sie lachen. Er versucht, sich einen Weg zu ihr zu bahnen, das ist nicht leicht. Die Tanzenden halten ihn immer wieder auf, und gerade als er in ihre Nähe gekommen ist, fühlt er Hände auf seinen Schultern, Hände, die tüchtig zupacken, die ihn weiterzerren, ganz weit weg von Marjorie.

All das geschieht so schnell, daß Herr Fish erst Zeit hat aufzublicken, als man ihn auf einen Sessel gezwungen hat. Er sitzt an einem Ecktisch, zwischen zwei stiernackigen Fremden, die ihm jetzt freundlich-derb mit lautem „Hallo, Kamerad!" zunicken.

„Kein übler Spaß, daß wir uns nach so vielen Jahren wiedertreffen." Diese Worte werden von einem derben Schlag auf Herrn Fishs Schultern begleitet.

Zum Teufel auch, ich heiße nicht mehr Fish, wenn ich diese Visagen je im Leben gesehen habe, denkt Herr Fish, aber sein Versuch, sich von den freundlichen Unbekannten loszumachen, mißlingt.

„Inkey-dinkey parleh wuh"*, krähen sie jetzt, „es war doch mordsgemütlich dort drüben in Frankreich zwischen den schönen Mademoiselles."

„Du hast dich aber gar nicht verändert, Kamerad, machst genau so ein dämliches Gesicht wie damals, als wir bei Calais lagen. Wie hieß nur das Dorf und dein Mädchen – es war doch eine Mademoiselle Blanche oder Yvonne?"

Herr Fish zwingt sich zur Ruhe. Er merkt, er sitzt in einer Falle und nichts bleibt ihm übrig, als gute Miene zum bösen Spiel zu machen. Er kramt vergeblich in seinem Gedächtnis, die Leute bleiben ihm aber fremd. Nur über die Kraft ihrer Muskeln gibt er sich keinen Illusionen hin.

Seine Hand befühlt vorsichtig die Brusttasche: ja, das Briefpaket ist noch da. Aber er sagt sich, er müsse beide Augen offenhalten, schlau sein und so tun, als ob er sich an der Nase herumführen ließe, als ob er ihnen wirklich glaube, diesen „Kameraden". So seht ihr aus, ihr Lieben, ihr Schützengrabenhelden! Vielleicht habt ihr einmal früher Alkohol geschmuggelt oder für gutes Geld Menschen niedergeschla-

* Amerikanisches Soldatenkauderwelsch.

gen!? Solche Heldentaten traue ich euch schon zu, ihr vollgemästeten Schweine. Ihr habt gute Muskeln und gute Nerven, viel zu gute, als daß ihr mir aufdrehen könntet, ihr seid Kriegskameraden. Zum Teufel auch, wenn man euch sieht, merkt man, wieviel Schaden an einem da drüben angerichtet wurde. Nun gut, gehen wir auf euren alten Trick ein.

Herr Fish beginnt nun auch mit lärmender Fröhlichkeit Wiedersehensfreude zu mimen.

„‚Inkey-dinkey parleh wuh‘, das macht Freude, wieder die alten Töne zu hören. Ich habe eure schiefen Kartoffelnasen nicht gleich erkannt. Der Mensch sieht anders aus, wenn man ihn aus der Uniform schält. Ja, an die Mademoiselles, an die denkt man noch gern.“

Die beiden beobachten Herrn Fish mißtrauisch.

„Tja, war eine tolle Zeit.“

„Schade, daß man hier nichts Richtiges trinken kann, man müßte ordentlich Wiedersehen feiern.“

Herrn Fishs Mut scheint zurückzukehren. Hehe, man muß Verstand haben, Muskeln allein genügen nicht. Ich werde es schon mit euch aufnehmen.

„Wenn wir richtig feiern wollen, wüßte ich ein Lokal dafür; man schenkt da einen echten alten Schotten aus, wie man ihn nicht besser in London bekommt. Ich schlage vor, kehren wir diesem langweiligen Tanzboden den Rücken.“

Nein, nein, meine Lieben, mit einem Dummkopf habt ihr es nicht zu tun.

„Kann leider nicht weg von hier, habe eine wichtige Verabredung.“

Ihr werdet mich von hier nicht weglotsen, ich werde euch schon los werden, aber ich bleibe hier.

In diesem Augenblick tanzt Marjorie dicht an dem Tisch der drei vorbei.

Herr Fish fühlt sich wieder wie in einer Falle, denn als er aufspringen und auf Marjorie zueilen will, klemmen ihn die beiden mit einer Gewalt an die Tischkante, daß ihm Hören und Sehen vergeht. Ihre Rücken bilden jetzt eine Wand, die ihn vor Marjories Augen verdeckt.

Aber Marjorie hat Herrn Fish trotzdem einen flüchtigen Moment lang gesehen, allerdings war dieser Moment so flüchtig, daß ihr Zweifel aufstiegen. Nun durchsucht sie vergeblich den Raum nach ihm.

„Glauben Sie an Erscheinungen?" fragt sie ihren Tänzer.

„Ich glaube an schöne weibliche Erscheinungen, wenn ich sie im Arm halte", sagt der Collegeboy und führt Marjorie mit viel Geschick in die Nähe der Musikanten.

„Ach, Junge, ihr lernt wenig Geist an euren Universitäten."

„Den brauchen wir ja auch Gott sei Dank nicht."

„Bobby, haben Sie sie gesehen? Dort drüben tanzt Dorothy Prince mit dem hübschen blonden jungen Mann. Eigentlich ist es skandalös."

„Warum denn? Ich finde, sie ist ein nettes Mädchen. Wie sollte auch eine sechzehnjährige Fünfzig-Millionen-Dollar-Erbin nicht reizend sein? Beim nächsten Tanz fordere ich sie bestimmt auf, da Sie, Marjorie, heute ja doch heiraten."

„Fünfzig Millionen Dollar hat dieser Backfisch! Ich komme mir wirklich wie eine Bettlerin neben ihr vor. Aber wie die Leute zu ihrem Vermögen gekommen sind, darf man nicht untersuchen. Auf den Tabakplantagen Princes soll noch heute echtes Sklaventum herrschen."

„Liebe Marjorie, wir sollten überhaupt den Ursprung unserer Vermögen nicht so genau prüfen. Es ist ja auch im Grunde unwichtig."

„Aber daß sie heute schon öffentlich tanzt! Ihre Mutter starb doch erst vor zwei oder drei Wochen. Die erste Frau vom alten Prince, das wissen Sie doch? Sie starb buchstäblich Hungers, das ist authentisch. Sie hatte, wie Herr Prince behauptete, die Unvorsichtigkeit begangen, ihn zu betrügen, obgleich sie aus armer Familie stammte. Sie selbst behauptete dagegen, daß alles nicht wahr wäre; Prince hätte einen Zeugen gekauft, um sie loszuwerden. Jedenfalls hatte er viel Geld und sie keines. Die Richter glaubten ihm. Sie konnte auch auf ihrem Sterbebett nicht die Erlaubnis erhalten, ihre Tochter wiederzusehen."

„Ja, wir Amerikaner verstehen es, Mütter zu ehren."

„Ach, Bobby, verallgemeinern Sie nicht gleich. Sehen Sie dort am Ecktisch die Frau in Weiß, das ist Frau Ellgins."

„Welche, die ‚Schund-Ellgins‘?“

„Nun, Bobby, mit nichts kann man so viel Geld verdienen als mit Schund. Zwischen dem Preis von fünfzig Cents und einem Dollar verkauft Ellgins Juwelen, unbrauchbare Grammophone und fotografische Apparate, die sich ausschließlich für Geschenke an Kleinstädterinnen eignen. Mit so etwas kann man mehr verdienen als an Zeitungen.“

„Klagen Sie nicht, Marjorie. Gedruckter Schund ernährt auch ganz gut seinen Mann samt Familie. Übrigens ist der alte Ellgins ein rühriger Mann. Er hat noch Zeit, gegen Alkohol, Landstreicherei und Geburteneinschränkung Propaganda zu machen. Da fällt mir ein: ich habe auch einmal im Sommer, als wir im Camp waren und, um manchmal etwas Stadtluft zu atmen, in die nahe Kleinstadt fuhren, die Bekanntschaft einiger seiner kleinen Angestellten gemacht. Das sind niedliche kleine Mädchen zwischen dreizehn bis sechzehn Jahren, die sechs bis acht Dollar die Woche verdienen und ihm dieses Geld für Schminke und Puder zum Teil noch zurückzahlen.“

„Acht Dollar, das ist doch eigentlich nicht wenig für so junge Mädchen.“

„Ich weiß nicht – man kann sich nur schwer vorstellen, wie sie davon leben. Freilich, sie können ja auch Freunde haben.“

„Diese Leute verstehen es eben, mit lächerlich wenig Geld auszukommen. Dabei meint Vater, sie hätten zu große Ansprüche. Aber ich wollte Ihnen eigentlich nur über Frau Ellgins Mutterschaft, das heißt Nicht-Mutterschaft erzählen. Herr Ellgins wollte unbedingt ein Kind haben; das ist schließlich begreiflich, sich bei einem so guten Geschäft nach einem Erben zu sehnen.“

„Nun, und Frau Ellgins wollte nicht?“

„Doch, aber nur gegen Vorausbezahlung einer Million Dollar; er aber war nur bereit, eine halbe Million in das Familiengeschäft zu investieren. Er ist eben ein kleinlicher Mensch. Sie hat natürlich sofort auf Scheidung geklagt.“

„Hat sie den Prozeß gewonnen?“

„Natürlich, sie ist eine Whiteacker und er immerhin nur ein Emporkömmling.“

„Marjorie, Sie sollten auch lieber einen Geschäftsmann

heiraten! Edgar Sedwick wird Ihnen nie solche Prämien versprechen, um seine Golftrophäen vererben zu können.“

„Bobby, lassen Sie das nur meine Sorge sein.“

„Und daß er sogar heute, am heiligen Tag Ihrer Hochzeit trainiert, ist eigentlich kein so gutes Vorzeichen. Sie hätten lieber auf mich warten sollen, Marjie.“

„Bobby, kümmern Sie sich lieber um Ihre Tanzschritte, Sie verfehlen ständig den Rhythmus.“

„Ich werde mich rächen. Zum nächsten Tanz fordere ich Dorothy Prince auf, und Sie werden sehen, wie sie in meinen Armen zerschmilzt.“

„Wenn Sie es aufs Zerschmelzen abgesehen haben, so rate ich Ihnen, fordern Sie lieber Frau Carmer auf. Diese Matrone wird bei dem Gedanken, mit einem Jungen zu tanzen, der ihr Enkel sein könnte, die Sensation von Verruchtheit genießen.“

„Marjie, Sie haben eine böse Zunge. Warum wollen Sie Frau Carmer so alt machen und vor allem – das ist noch unverzeihlicher! – mich so jung? Dabei, glaube ich, ist die Frau interessant. Ihre Scheidungsaffäre war es jedenfalls. Lebt sie jetzt wieder mit dem Gatten?“

„Ja, sie leben jetzt sogar sehr gut, nachdem sie sich mit allem denkbaren Schmutz beworfen haben. Er hat erklärt, daß sie sich mit allen Chauffeuren und Lakaien eingelassen hat; sie warf ihm seine Verhältnisse mit Kellnerinnen und Dienstmädchen vor. Dann ließen sich beide psychoanalysieren, und jetzt vertragen sie sich wieder glänzend. Um ihren Komplex loszuwerden, arbeitet sie mit meiner Mutter zusammen an der Rettung gefallener Mädchen. Sie verbringt ihre Nächte in den ‚Nachtgerichten‘, um die dort verurteilten Sünder wieder auf gute Wege zu bringen, aber auch, um, wie ich annehme, interessante Bekanntschaften zu machen. Ich finde überhaupt diese ‚Nachtgerichte‘ eine famose Einrichtung. Es wird immer mehr Mode, sie zu besuchen. Man kann damit auch ein nächtliches Fernbleiben von zu Hause auf das einfachste und überzeugendste erklären.“

„Hören Sie, Marjie, – aber das bleibt ein Geheimnis unter uns! – ich kann diesen Hang zum Abgrund begreifen. Unter Umständen unterhalte ich mich besser mit einer alten Prostituierten als mit einer Dame der Gesellschaft.“

„Bobby, wenn Sie nicht so schwatzhaft wären, könnte ich
Ihnen auch einiges über mich erzählen.“

„Ich schwatzhaft? Das höre ich zum erstenmal. Sie können
sich mir viel eher anvertrauen als Ihrem zukünftigen Gatten,
der Sie an Ihrem Hochzeitstage zu einer Golf-Witwe gemacht hat.“

„Bobby, fühlen Sie nicht auch manchmal einen Kitzel, als
stünde man vor einem Abgrund und jemand ist hinter uns,
der uns hinabstürzen könnte, oder man würde sich gar selbst
hinabstürzen? Wenn wir hier oben sind und in die Wolkenkratzer hineinblicken können, die alle vollgepfropft sind mit
arbeitenden, schwitzenden Menschen, fühle ich manchmal
das Gefährliche dieser ganzen Situation. Aber gerade das
reizt mich, das Gefährliche, das Leben auf dem Gipfel dieser Arbeitsberge.“

„Das Gefährliche? Marjie, haben Sie Umgang mit Bol-
schewisten? Ich sehe nichts Gefährliches. Aber ich möchte
eine Ahnung davon haben, wie es da unten ist, wie diese
anderen Menschen leben und was sie denken. Doch in Amerika wird es nie wie in Rußland werden, davor brauchen wir
keine Angst zu haben.“

„Es fällt mir nicht ein, Angst zu haben; aber gerade dieses Gefühl, daß die Welt nicht immer bleiben wird, wie sie
heute ist, wirkt auf mich betäubend. Könnte man das Leben
überhaupt genießen, wenn man nicht wüßte, daß man sterben wird? Ich liebe alles, was das Heute ausmacht, diese
Musik, diese Wolkenkratzer, von oben bis unten vollgepfropft mit Arbeitern – alle wahnsinnigen Gegensätze liebe
ich.

Die Gewißheit, daß all das nicht für die Ewigkeit ist,
erhöht nur meine Genußfähigkeit. Ich will alles, was das
Leben bieten kann, an mich reißen, sofort und ohne Be-
denken. Schon als Kind habe ich mir nie eine Freude für
den nächsten Tag aufgehoben; immer dachte ich: vielleicht
sterbe ich noch heute. Solange ich lebe, will ich ganz leben,
ich brauche keine moralischen Mäntelchen, um meine Da-
seinsberechtigung zu bejahen.“

Herr Fish hat noch einmal den Versuch unternommen, aufzuspringen, aber er mußte merken, daß er einer Übermacht

ausgeliefert war, die ihm jede Bewegungsfreiheit raubte.
Mußte er seinen Plan verlorengeben? Spielte Herr Strong
mit ihm Katz-und-Maus-Spiel? Er spricht sich Mut zu: nur
nicht die Nerven verlieren. Ruhig Blut behalten, auf das
dumme Gefasel dieser Kerle eingehen.

„Ein anderes Bild, das hier, als wir es drüben hatten,
hehe, ein anderes Schauspiel. Ja ja, die Schützengräben waren ein gefährlicheres Pflaster."

Um gefährliche Pflaster macht ihr große Bogen! Ihr auf-
gedunsenen Rohlinge, ihr habt euch wohl gehütet, nicht nur
Verfolger, sondern auch Verfolgte zu sein. Herr Fish merkt,
wie entmutigend es ist, sich fein besaitet und moralisch hoch-
stehend neben Brutalen und Energischeren zu fühlen.

„Der Unterschied ist nicht so groß. Wir sehen hier nur die
andere Seite, und so verführerisch es auch hier zugeht, man
soll die Nasenflügel nicht allzusehr aufblasen, sonst könnte
man die Fäulnis der Ermordeten riechen."

Herrn Fishs Gesicht verfärbt sich. Er sieht aus, als man-
gele es ihm an Luft, als würge ihn jemand.

Die beiden markieren Teilnahme, aber Herr Fish hört nur
Spott aus ihren Worten.

„Nanu, Kamerad, beruhige dich mal. Du hast wohl seinerzeit einen Nervenschock erlitten und bist noch nicht ganz
geheilt? Ja, man muß vorsichtig sein, wenn man sich auf gefährliches Terrain begibt. Nun, willst du nicht doch unseren
Schotten versuchen? Das würde dich auf andere Gedanken
bringen."

Zum Teufel auch, man muß die Nerven behalten. Gerade
jetzt, da er sich besonders hilflos fühlt, sieht er wieder Marjorie, diesmal am Arm eines Modemalers, vorübertanzen.
Sein Versuch, sie zu erreichen, scheitert kläglich an den zu-
greifenden Fäusten seiner Tischgenossen.

Aber Marjorie hat wieder sein auftauchendes Gesicht erblickt.

„Glauben Sie an Erscheinungen? Heute mittag geschieht
etwas Seltsames mit mir. Ich erblicke zum zweitenmal einen
Geist. Sollte es möglich sein, daß ich Gewissensbisse habe?
Können Sie sich das vorstellen?"

„Nein! Ihr ‚Geist' muß auf einem anderen Verbindungsweg als durch Ihr Gewissen heraufbeschworen worden sein. An Ihrem Hochzeitstage müßten überhaupt mehr ‚Geister‘ vorwurfsvoll vor Ihnen erscheinen, Marjorie, Sie können noch umkehren. Glauben Sie mir, Sie begehen eine große Dummheit, wenn Sie Edgar Sedwick heiraten. Ich hätte für Sie passendere Ehemänner in Vorschlag bringen können.“

„Zum Beispiel sich, den großen Maler der großen Welt.“

„Gut, zum Beispiel mich. Sie könnten mit mir in Paris leben, alle großen Künstler der Welt, ein Leben, von dem Sie überhaupt noch nichts ahnen, kennenlernen.“

„Sie belieben zu scherzen. Sie kommen vorsichtigerweise ziemlich spät mit Ihrem Vorschlag. Aber Sie hätten auch früher nicht mehr Glück gehabt. Stellen Sie sich vor, wie man sich über eine Verbindung mit einem Künstler in der Gesellschaft aufgeregt hätte.“

„Sie geben etwas auf das Urteil der Gesellschaft?“

„Allerdings, wenn ich heirate, ja. Noch vor kurzem erschien mir ein Affront gegen die gute Gesellschaft geradezu amüsant. Aber ich habe herausgefunden, daß auch die schlechte mit der Zeit viel von ihrem Reiz einbüßt. Ja, sie kann ebenso langweilig werden wie die der anerkanntesten Blaubuchleute.“

„Sie sind wirklich liebenswürdig, Marjorie. Die größten Künstler der Welt erscheinen in Ihren Augen als schlechte Gesellschaft.“

„Ich habe überhaupt nicht an Ihre Künstler gedacht. Sie glauben doch übrigens nicht, daß es mich reizen würde, die größten Künstler der Welt kennenzulernen!? Um Gottes willen, nur das nicht, ich finde sogar schon Edgar von seinem Golf zu sehr eingenommen. Doch wenn er davon spricht, verstehe ich wenigstens etwas. Aber über Bilder möchte ich wirklich nichts hören.“

„Ich sage Ihnen etwas, Marjorie: nie wird ein Künstler so von sich eingenommen sein wie ein Sportsmann, denn ein Künstler kann auch dann noch groß sein, wenn tausend andere Bedeutenderes leisten als er. Aber ein Golf- oder Tennisspieler, der besiegt wird, ist ein armseliger Dilettant. Der Läufer, der eine Zehntelsekunde später ans Ziel kommt als der erste, ist ein Nichts. Der beste Spieler wird National-held, der zweite, der dritte sind nur Staffage, ihr Tun Spielerei. Stellen Sie sich vor, wie ehrgeizig und besessen Sportsleute werden müssen. Geben Sie zu, Marjorie, es gibt keine langweiligeren Menschen als ehrgeizige."

„Wie schade, daß Sie mich erst so spät warnen, aber ich bin vollkommen zufrieden mit Edgar. Er sieht gut aus und wirkt in den illustrierten Blättern bedeutend besser als die größten Künstler."

„Vor allem, er hat auch Geld."

„Vor allem auch das."

„Sie werden sich mit ihm sehr langweilen."

„Machen Sie doch nicht solche Umwege, und kommen Sie doch endlich zu Ihrem Vorschlag. Ich wette, Sie werden mir raten, möglichst bald allein nach Paris zu fahren und mich Ihrer kunst- und sachverständigen Führung anzuvertrauen."

„Marjorie, Sie sind klug, Sie hätten die Wette gewonnen. Ich werde Ihnen Paris zeigen. Sie werden entdecken, daß es ein Genuß sein kann, Augen zu haben. Hier in New York ist das nur eine bittere Notwendigkeit. Und die Luft, die silbrige Atmosphäre, die erst die richtige Perspektive allen Straßen gibt, den Straßen, die alle angelegt sind, als hätten sie nur den Zweck, Augenfreude zu sein. Ist es Ihnen aufgefallen, Marjorie, daß unsere Wolkenkratzer aussehen, als wären sie zweidimensional und stünden ganz flach in der Luft?"

„Überwältigt Sie nicht dieser Anblick hier? Ich finde diese ungeheueren Häuserberge schöner, ergreifender als den Mont Blanc, denn von all dem hier können wir sagen, das ist unser Werk, diese Kolosse haben wir errichtet."

„Ich wußte nicht, Marjorie, daß Sie der Gewerkschaft der Maurer angehören."

„Ja, wir haben sie errichtet, wir Amerikaner, es ist unser Werk."

„Die fremden Sklaven haben es errichtet, nur sie."

„Aber Amerikaner haben sie zu diesen ungeheueren Taten gezwungen."

„Nun, diesen Häusern merkt man an, daß sie von Sklaven erbaut wurden. Ich werde Ihnen die Dome zeigen, die Künstlerhände geschaffen haben."

„Glauben Sie wirklich, ich würde nach Paris fahren, um Ihre Vorträge über Städtebau anzuhören?"

„Ich werde Ihnen eine Welt zeigen ohne unsere schrecklichen amerikanischen Feigenblätter. Finden Sie es nicht greulich, in einem Land zu leben, in dem sogar zweijährige Kinder vor der Filmkamera dazu erzogen werden, sich ihrer Nacktheit zu schämen? In dem bei einem Scheidungsprozeß die amerikanische Öffentlichkeit mit Schaudern von einem Ehemann hört, der die Schamlosigkeit besaß, seine Gattin bei Licht nackt zu beschauen?“

„Die Amerikaner lieben eben gut gelüftete Zimmer, sie schlafen bei weit geöffneten Türen. Das wirkt natürlich auf die Sitten. Mir ist der Mangel an Ekstase und erotischem Getue nur sympathisch; ich entsinne mich eines kleinen Erlebnisses in einem europäischen Hotel mit dünnen Wänden. Ich konnte die sentimentalen Ergüsse des Liebespaares im Nebenzimmer mit anhören. Am nächsten Tag bekam ich es zu Gesicht. Sie waren das Komischste, was ich je gesehen habe. Die Frau mit Kneifer, fetten Haaren, riesigen Schnürstiefeln, der Mann mit einem Hängebauch, einer Glatze und mit Sommersprossen. Ich finde, es ist die größte Geschmacklosigkeit, Sauerkraut zu essen, als wäre es Ambrosia. Ich will genießen, aber ohne überflüssige und verlogene Ekstasen und Sentiments. Wir haben unsere Nachtklubs, Pyjamaund Cocktailparties. Wir haben unsere Autos und die Roadhouses, die alle Landstraßen umsäumen und die uns alle Vergnügungen bieten, die wir verlangen: Tanz, Musik, Alkohol und nebenbei auch Hotelbetrieb.“

„Alle Achtung, Marjorie, Sie kommen gut vorbereitet in die Ehe.“

„Daran brauchen Sie nicht zu zweifeln. Auch nicht daran, daß wir es im Grunde mit Paris aufnehmen können.“

„Sie werden sehen, in Paris können Sie Dinge entdecken, von denen Sie überhaupt nichts ahnen. In Amerika gibt es nicht einmal große Kokotten, fabelhaft elegante Frauen mit taubeneiergroßen Perlen, die nichtsdestoweniger außerhalb der Gesellschaft stehen und nicht die Spießigkeit unserer Millionärinnen haben.“

„Eine Frau mit taubeneiergroßen Perlen kann bei uns nicht außerhalb der Gesellschaft stehen. Bei uns gibt es keine Kokotten, weil man in Amerika logisch denkt. Frauen, die sich für wenig Geld prostituieren, kommen ins Arbeitshaus.

118

Eine Frau aber, die sich für viel Geld verkauft, ist bei uns eben keine Kokotte, sondern eine anständige Frau. Man achtet ihre Perlen und wird sich hüten, die Herkunft zu untersuchen. Man sperrt ja auch nur die kleinen Diebe ein, während man die großen als Stützen der Gesellschaft ehrt."

„Marjorie, Sie zeigen mehr den Verstand Ihres Vaters als die puritanische Erziehung, die er Ihnen hat angedeihen lassen."

„Ich habe für meine Erziehung schon selbst gesorgt. Ich fürchte also, Sie könnten mir nicht viel Neues in Paris zeigen, aber ich bin gern bereit, Sie etwas über New York aufzuklären. Sehen Sie dort die Dame, die mit Frau Carmer spricht?"

„Eine blendende Erscheinung."

„Sie ist wie ein Filmtrick, nichts ist echt, alles ist gestellt, aber bei der Vorführung wirkt das Ganze sensationell."

„Und wer ist sie?"

„Rum Arizona."

„Ist das ein Spitzname?"

„Nein, sie nennt sich selbst so, sie ist Besitzerin des größten und teuersten Nachtlokalkonzerns in den Staaten. Sie ist teuer, aber sie liefert die beste Ware, sowohl in Alkohol wie in Mädchen. Ihre Nepplokale sind so berühmt, daß sich die Leute geehrt fühlen, wenn sie ihr Geld an sie loswerden. Und diese bekannte Kupplerin ist die populärste Frau der guten Gesellschaft. Sie wurde schon wiederholt ins Kittchen gebracht; mit Hilfe dieser billigen Reklame erhöhten sich natürlich nur ihre Einkünfte. Und sie wird nicht etwa im geheimen verehrt, augenzwinkernd, nein, bewundernd und ehrfurchtsvoll beugt man sich vor so gesunder Geschäftstüchtigkeit."

Herr Fish lugt vergeblich nach Marjorie aus. Die beiden Fremden versperren mit großem Geschick jede Aussicht auf sie und unterhalten ihren Gefangenen auf eine Weise, daß es ihm schwer wird, Ruhe zu heucheln. Diese abgestandenen Soldatengeschichten, die sie aus alten Witzblättern und patriotischen Aufrufen zusammenmischen und die sie mit ihm zusammen in Wirklichkeit erlebt haben wollen, erwecken in ihm den Wunsch, seine Fäuste mit ihren Nasen in nächste Berührung zu bringen. Herr Fish aber muß mit Bedauern feststellen, daß seine Fäuste zart und weibisch neben den mächtigen Tatzen seiner angeblichen Kriegskameraden wirken.

„Ob es wohl noch einmal losgeht?“

„Wenn es noch einmal losgeht, sollten die rankommen, die nur mit dem Maul dabei waren.“

Merkt ihr endlich, daß ich nicht so dumm bin, wie ihr euch einbildet?

„Hehe, wir werden schon dafür sorgen, daß keiner uns zu nahe kommt. Eine gute Kriegsrüstung ist die beste Gewähr für den Frieden.“

„Hoho, Kamerad, du meinst wohl eher das beste Gewehr für den Krieg.“

„Mach keine Witze, Junge. Wir haben oben Leute sitzen, die schlau genug sind, um zu wissen, wie sie alles für Amerika richtig drehen.“

„Sie drehen die Sache schon richtig für alle, die Geld haben.“

„Du bist wohl ein Roter geworden, Kamerad?“

„Nur soweit man vor Wut rot werden kann.“

„Du bist doch nicht wütend auf uns, Freundchen, das wäre zu schlimm.“

„Wenn ich Geld habe, kann meinetwegen geschehen was will, dann genieße ich Freiheit, Sicherheit, Geborgenheit.“

Der alte Fuchs, Herr Strong, kann ruhig erfahren, daß ich gefährlich bin, wenn ich kein Geld habe, daß ich aber mit mir reden lasse, wenn man bereit ist, meine Forderungen zu erfüllen.

„Geld, von wem willst du Geld haben, Kamerad? Niemand gibt es her, der es nicht unbedingt muß. Bei einem armen Teufel denkt keiner an ein Muß.“

Ihr scheint ja gut im Bilde zu sein, ich werde euch zeigen, ob ich ein armer Teufel bin.

„Aber wenn einer Verstand hat, jedoch keine Sicherheit, Geborgenheit und Freiheit, das heißt kein Geld, aber dafür eine sichere, gute Waffe, der könnte gefährlich werden. Wenn einer einiges weiß darüber, hehe, wie er gemacht, wie er vorbereitet wird, der Krieg, der könnte für manche der Herren, die es nicht wahrhaben wollen, schädlich werden.“

„Also etwas wird vorbereitet, nicht übel, du weißt es bestimmt, Kamerad, du hast eine extra gute Nase.“

„Ja, und ich beginne, sie voll zu haben. Wenn ich auspacke, könnte man von mir allerlei erfahren über Rüstungen und so."

Herrn Fishs Hände ruhen auf seiner Brusttasche.

„Du kommst mir vor, Kamerad, wie die alte slowakische Bäuerin, die ich vor einigen Monaten in Wallstreet getroffen habe, als wir uns einen Fliegerangriff angesehen haben, – natürlich war es nur ein Manöver, aber es sah toll aus und hörte sich noch toller an. Die Dampfsirenen, die Bomben, die Kanonenschüsse; die Leute johlten und schrien und konnten gar nicht genug haben von diesem Gratistheater. Nur die alte Frau, weißt du, diese slowakische Bäuerin, konnte die Sache nicht kapieren, sie jammerte und weinte laut. Die Leute lachten sich natürlich halb tot über sie, sie war die komische Alte in diesem kriegerischen Schauspiel. Sie konnte und wollte nicht begreifen, daß alles nur Schein war. ‚Kommen die Feinde über New York, wollen uns töten, arme Menschen, die nichts Böses getan haben, die wollen arbeiten.‘ Sie konnte sich nur gebrochen verständigen. ‚Wer ist denn unser Feind?‘ fragte sie alle Leute, die vorbeigingen. ‚Wir haben doch keine Feinde, das ist doch alles nur eine Übung für den Fall, daß einmal Krieg sein sollte.‘ – ‚Aber wenn sie üben zum Krieg, dann denken sie, es wird auch Krieg kommen.‘ – ‚Man übt ja eben nur, damit kein Krieg kommen soll.‘ – ‚Kann ich nicht verstehen, kann ich nicht verstehen‘, jammerte die komische Alte. ‚Wieder kommt Krieg, o weh!‘ Kamerad, du hast anscheinend genausoviel Verstand wie diese slowakische Bäuerin, die kein richtiges Englisch kann."

Herr Fish antwortet nicht, denn wieder erblickt er Marjorie. Sie tanzt jetzt mit einem jungen Mann ihres Jahrganges, mit dem sie zusammen die Universität besucht hatte.

Herrn Fish ist es bereits gelungen aufzuspringen, aber weiter kommt er nicht. Er ist wieder zwischen den beiden eingekeilt, die auf ihn weiter einreden.

„Ich fange tatsächlich an, an Erscheinungen zu glauben, ich sehe schon zum drittenmal dasselbe verstörte Gesicht. Bis heute war ich überzeugt, daß Spiritismus Humbug sei."

„Nur gut, daß man unter Schminke nicht blaß werden kann, Marjorie. Haben Sie Angst?"

„Eddie, mit Ihnen kann ich offen reden, Sie sind keine katzenhafte Freundin. Es ist wirklich langweilig, wie vorsichtig man bei uns sein muß, wenn man Geld hat. Man sollte in Amerika wirklich nichts mit einem verheirateten Mann zu tun haben, sonst schickt uns gleich die Gattin eine gepfefferte Rechnung ins Haus."

„Bezahlen Sie sie nicht."

„Diesen Rat braucht man meinem Vater nie zu geben. Eigentlich wollte ich ihn in der Hand haben, er ist zu geizig, wenn es sich um etwas anderes als um sein Geschäft handelt. Ich wollte, daß er erführe, ich wüßte einiges über ihn. Es war etwas unvorsichtig. Nun taucht heute, gerade am Tage meiner Hochzeit, dieser Junge mit meinen gesammelten Briefen und allen Enthüllungen über meinen Vater bei ihm auf. Der Junge hat die Kateridee, auf diese Weise zu Geld zu kommen. Ich begreife ja diesen Wunsch, besonders wenn man viel mit Leuten zusammen war, die auch wirklich das Geld und nicht nur den Wunsch haben. Ich bin mit ihm sehr viel ausgegangen, in Nachtklubs und so. Ich glaube, es gibt Idioten, die ihm daraufhin, daß man uns zusammen gesehen hat, oder auf die Briefe Geld geliehen haben. Wir verbrachten wirklich eine amüsante Zeit. Er war für mich etwas Neuartiges, ganz anders als ihr Jungens. Er war mit der Armee drüben, hat eine Frau, die ich nie gesehen habe. Ich bin nicht einmal sicher, ob sie nicht nur in seiner Phantasie lebt. Er bemerkte so vieles, was mir früher nicht auffiel. Aber was nützt ihm das! Es wird ihm zu keinem Erfolge verhelfen. Ich finde, erfolglose Menschen können sehr nett im Gespräch sein, aber auf die Dauer werden auch sie langweilig. Ich hätte eigentlich kaum was dagegen, wenn es zu einem Prozeß käme."

„Aber wahrscheinlich Ihr Vater."

„Er sagt, er würde mich enterben, wenn auch nur eine Silbe in die Öffentlichkeit käme. Dann mußte ich mich hinsetzen und eine Stunde lang Bibelsprüche schreiben."

„Zum Totlachen."

„Er verlangte es wirklich ganz ernstlich; dann ist es auch gar nicht ratsam, ihm zu widersprechen. Sie lachen, aber ich habe noch einen richtigen Schreibkrampf in den Fingern. Stellen Sie sich vor, wenn er mich enterben würde, könnte ich wochenlang auf der ersten Seite erscheinen, und alle Zeitungen würden sich um meine Bilder reißen."

„Marjorie, Sie werden auch ohne Prozeß genug fotografiert."

„Man dürfte mich noch mehr kennen. Sehe ich nicht besser aus als unsere weltberühmten Filmschauspielerinnen? Und dann diese Sache mit der Erscheinung. Ich schwöre Ihnen, ich habe dreimal ganz klar sein Gesicht gesehen, das ist schon an und für sich eine Sensation."

„Wahrscheinlich ist er hier, so erkläre ich mir Ihre spiritistischen Gesichter."

„Dann würde er bestimmt herkommen, mir vielleicht drohen, einen Skandal machen. Nein, dieses dreimal auftauchende Gesicht, das ist ein übernatürliches Zeichen."

11

Auf den Korridoren der Gäste herrscht große Aufregung. Sorgsam verschlossene Türen öffnen sich, in den Türrahmen erscheinen verärgerte Gesichter, und man ruft laut und ungehalten nach dem Dienstpersonal.

Die halbe Stunde Kartoffelschlacht unten in den Speiseräumen des Personals hat das präzise Uhrwerk des Hotels in Unordnung gebracht. Die Leute fehlen überall.

Während sich sonst die Essenden schichtweise ablösten, war jetzt eine Stockung in dem normalen Verlauf des Tages eingetreten.

Auf unerklärliche Weise hat sich unter den Gästen auch die Ursache dieser Unordnung herumgesprochen. Der kleinliche Anlaß, ja die Lächerlichkeit dieser Rebellion erhöht noch ihre Ungeduld. Wegen einiger Kartoffeln würden ihre Wünsche nicht sofort erfüllt! Verschiedene erklären in den schrillsten Tönen, daß sie sofort das Hotel zu verlassen wünschten. Andere geben den Rat, doch die Polizei gegen das widerspenstige Personal zu Hilfe zu nehmen.

Fräulein Wesley weiß überhaupt nicht mehr, wie sie die

vielen telefonischen Anforderungen beantworten soll. Sie wiederholt immer nur ins Telefon „jawohl, Herr", „jawohl, gnädige Frau", aber sie ist so aufgeregt, daß sie oft den weiblichen Stimmen „jawohl, Herr" antwortet und den männlichen „jawohl, gnädige Frau".

Da war die Dame mit den zerrissenen Zetteln, auf denen das Wort Arzt stand. Sie verlangte nach dem Stubenmädchen, das ihrer Meinung nach die Zeitschrift „Gesellschaftliches Leben im Süden" verlegt haben mußte. Sie wollte darin noch lesen. Außerdem brauchte sie sofort lindernde Arznei, die ihr ein Page in der Hotelapotheke besorgen sollte.

Auch sie hat schon von der Kartoffelgeschichte erfahren; wirklich, sie beneidete diese Leute, die nicht wußten, welches Glück es war, sich wegen einiger Kartoffeln aufregen zu können. Wieviel Schrecklicheres mußte sie erdulden, was für Entsetzliches hatte sie heute schon erlebt. Sie hatte ihr Todesurteil erfahren. Die anderen können leben, sie brauchen keine Angst vor dem Tod zu haben. Und ihr verweigerte man Hilfe. Sie konnte das, was sie haben wollte, nicht sofort bekommen.

Der Besuch heute vormittag in dem Ärztehaus, in dem riesigen weißen Wolkenkratzer, war schrecklich. Die weite Marmorhalle erinnerte an einen maurischen Hof. In der Mitte plätscherte ein Springbrunnen, bronzene und marmorne Männer- und Frauengruppen von renommistischer Schönheit, Gesundheit und Kraft standen auf erhöhten Sokkeln. Ein aufdringlicher Duft südländischer Blumen versuchte vergeblich, den Gestank von Desinfektionsmitteln und den der Ausdünstungen kranker Körper zu betäuben.

Die Wartenden umkreisten den Springbrunnen wie Gefangene einen Gefängnishof. Sie liefen umher und warteten auf Hilfe. Sie wollten leben, alle wollten leben!

Und dann hörte sie wieder die Worte: bösartiges Geschwür, wir müssen operieren. Sie wußte, es war das Ende, aber man wollte sie erst noch quälen, sie aller Segnungen der Wissenschaft teilhaftig werden lassen.

Atemlos und verzweifelt war sie darauf in das Hotel zurückgekehrt und saß dann lange auf der Estrade der Halle. Die dort Wartenden waren eigentlich nur wenig verschieden von denen in dem Haus der Krankheiten. War das Leben lebenswert? Und doch, warum beneidete sie alle, die sie für gesund hielt? Warum war sie ungeduldig, weil sie die Zeitung aus der Heimat nicht lesen konnte? Warum verlangte sie so dringend nach ihrer Arznei, von der sie wußte, daß sie ihr nicht helfen würde? Warum zitterte sie vor Ungeduld, weil niemand kam, ihre Befehle auszuführen?

Auch der Professor hat wiederholt die Zentrale verlangt. Fräulein Wesley beeilte sich immer wieder zu versichern, daß sie sofort einen Pagen in das Appartement des Professors schicken würde. Der Anlaß zu soviel Ungeduld war gering. Die Frau Professor brauchte Garn, eine ganz bestimmte Farbe. Sie häkelte ein Jäckchen für ihr erstes Enkelkind. Aber man war nicht gewohnt, Wünsche, die man aussprach, nicht gleich erfüllt zu sehen.

Der Professor ging ungeduldig in den Zimmern auf und ab. Nicht das Fehlen des Garns machte ihn unruhig, nur die Ungeduld seiner Frau. Er haßte das Jäckchen in den unmöglichen Farben, und er bemerkte jetzt erst, während seine Frau mit den Häkelnadeln in der Luft fuchtelte, deutlich, daß er auch sie haßte. In akademischen Kreisen hatte man ihn und seine Frau mit den Spitznamen Philemon und Baucis beehrt, und er war bis vor kurzem stolz auf sein vorbildliches und puritanisches Leben. Er haßte sie schon lange, aber er hatte es sich noch nie so offen eingestanden. Er haßte sie, weil sie mit solcher Selbstverständlichkeit, so ganz ohne Widerwillen altern konnte. Er verzieh es ihr nicht, daß er wie in einem Zerrspiegel in ihrem Gesicht sein eigenes Altern wiedererkennen mußte, die Runzeln, die weißen Haare, die verwelkenden Hände. Wenn sie lächelnd über „wir Alten" sprach und in dieses „wir" auch ihn einbezog, fühlte er sich kalt werden vor Wut.

Der Professor kam aus einer kleinen Universitätsstadt nach New York; es war ihm auf seinen Wunsch für längere Zeit ein Urlaub bewilligt worden. Er wollte sich hier ausschließlich der Wissenschaft widmen. In Wahrheit war er auf der Flucht.

In der Universitätsstadt, in der der Professor gelebt hatte, gab es weder Industrie noch Landwirtschaft von Bedeutung. Hier standen sich nicht in erster Linie Klassen, sondern Alter

und Jugend gegenüber, und obgleich „die Herrschenden", die
Professoren, die Alten waren, war es keineswegs die Jugend,
die den kürzeren zog.

Diese Jugend, die in Pelzmänteln, in teuersten Kleidern,
in der elegantesten Ausstattung im College erschien, die laut
ihre Rechte verkündete, die offen erklärte, vom Leben nur
Genuß zu erwarten, brachte den Professor und seine Kollegen zur Verzweiflung. Die Väter dieser Studenten und Studentinnen, die die vornehme Universität besuchten, hatten
natürlich alle Geld, und als ihre erste Pflicht sahen sie es an,
ihre Kinder reichlich mit Mitteln zu versorgen, da sie selbst
als Mummelgreise ohnehin ungeeignet waren, es auf pas-
sende Weise auszugeben. Die Jungen tanzten, ließen ihre
Grammophone spielen, durchrasten mit ihren Autos die Umgebung und proklamierten die Freiheit der Liebe. Sie wollten nicht nur alles genießen, sie wollten es auch in schnell-
stem Tempo tun.

In dieser kleinen oberen Schicht, die nur einen winzigen
Teil der wirklichen Jugend ausmachte, sah der Professor die
„neue Jugend", wie er sie halb höhnisch, aber auch mit un-
eingestandener Bewunderung nannte.

Das Schlimmste für ihn war, daß ihn von dieser Jugend
die sporttrainierten, gut angezogenen, ihre Vorurteilslosigkeit
laut betonenden Studentinnen auf das stärkste erregten.

Er erduldete Qualen wie in seinen Pubertätsjahren und
wollte sie sich selbst nicht einmal eingestehen. Er war immer
stolz auf seine puritanische Moral, sie schien ihm der größte
Wert des amerikanischen Lebens, etwas, wodurch Amerika
wirklich über die lockere europäische Lebensauffassung ge-
hoben wurde. Er konnte wohl aus der Universitätsstadt
flüchten, jedoch nicht vor sich selbst. Denn es stellte sich
bald heraus, daß seine Lage in New York nicht besser
wurde. Im Gegenteil, in dieser Stadt, die weder Jugend
noch Alter kannte, in der er nicht als „alter Professor" abgestempelt war, erwarteten ihn überall Verführungen.

Während nun die Frau Professor über das Fehlen von
passendem Garn jammerte und zwischendurch ausführlich
über einige billige Gelegenheitskäufe, die ihr heute vormittag gelungen waren, berichtete, dachte er an das korn-
blonde Stubenmädchen, das er mit seinen verheimlichten

Bildern ertappt hatte, an eine schlanke, elegante Dame, der
er im Hotelkorridor öfters begegnet war, an eine kleine
Tänzerin, die er in einem Varieté sah, an eine Zigarrenver-
käuferin in einem Klub.

Die Frau Professor scheuchte ihn aber aus seinen Gedanken auf. Ihr Wunsch nach Dienstpersonal wurde so dringend, daß sie den Professor bat, sich nach dem Grund des
beispiellosen Versäumnisses zu erkundigen.

So geschieht es, daß sich der Professor Fräulein Wesleys
Tisch nähert. Hier haben sich schon verschiedene andere
Gäste versammelt, die ihren Unwillen nicht verbergen. Am
lautesten ist eine sehr aufgeregte Dame, die immer wieder
den gleichen Satz wiederholt.

„Mein Zimmer ist nicht in Ordnung, und ich erwarte
Gäste, es ist ein Skandal, daß niemand kommt, wenn man
darum telefonisch bittet.“

Fräulein Wesley versucht, die Gründe dieses tatsächlich
bisher beispiellosen Falles klarzulegen.

„Was gehen mich die Kartoffeln der Dienerschaft an?
Ich werde die Hotelleitung auf Schadenersatz verklagen.“

Fräulein Wesley bettelt, während sie in die Sprechmu-
schel des immerfort klingelnden Telefons Beschwichtigungen
flüstert, um einige Minuten Geduld.

„Ich würde das Zimmer selbst in Ordnung bringen, aber
ich kann von hier keinen Augenblick weg. Das Personal
kommt sofort.“

„Man müßte alle entlassen.“

„Man wird sie alle entlassen“, versicherte Fräulein Wesley, „aber Ihr Zimmer, gnädige Frau, wird erst aufgeräumt.“

„Ein Skandal, ich werde Ersatzansprüche stellen.“

„Ja, Schadenersatz“, sagt auch der alte Herr mit den vielen Arzneiflaschen in seinem Zimmer. Er braucht zwar
nichts, aber die allgemeine Aufregung, die Ungeduld hat
auch ihn erfaßt, und nachdem er an Fräulein Wesleys Tisch
das Wort Schadenersatz vernommen hat, erklärt er, daß er
dringend eine Arznei benötige.

„Ein Page – sofort“, flüstert Fräulein Wesley.

„Wir kennen Ihr ‚sofort‘“, schreit die aufgeregte Dame.

Dem Professor gelingt es in diesem Lärm nicht, zu Wort
zu kommen; er bemerkt aber die Dame, die ihm schon wie-

derholt auffiel und die sich auch vergeblich bei Fräulein Wesley Gehör zu verschaffen versucht.

„Kann ich Ihnen vielleicht behilflich sein?" wendet er sich an die elegante Dame und ist selbst über diese Äußerung seiner Hilfsbereitschaft überrascht.

Die große Dame aus der kleinen Stadt, so charakterisiert sie der Professor im geheimen, ist schneller bereit seine Hilfe anzunehmen, als er erhofft hatte.

Ja, sie führt ihn sogar fort von dem Pult Fräulein Wesleys, die weiter von Aufgeregten belagert bleibt, an die Tür ihres Zimmers.

„Sind Sie Arzt?"

Sie ging also von einer falschen Voraussetzung aus, sie hielt ihn für einen Arzt. Der Professor ist enttäuscht, er bekennt ihr aber schnell, daß er ihr nur rein menschliche Hilfe anbieten könne.

Vielleicht sei das mehr als eine ärztliche, meint sie und läßt ihn ins Zimmer treten.

„Sie wollten sich Medizin holen lassen, nehme ich an."

Die Dame lächelt bitter.

„Es wäre für mich viel nützlicher, wenn ich Gift für mich bestellen könnte. Glauben Sie nicht auch, daß kein Mensch zu schrecklichsten körperlichen Qualen gezwungen werden sollte?"

Der Professor kann nur schwer seine Enttäuschung verbergen. Hat er nicht uneingestanden auf ein Abenteuer gehofft? Und nun mußte er eine Unterhaltung führen, die wenig geeignet sein konnte, ihn zu erheitern.

Wirklich, die Dame läßt nicht ab von dem düsteren Gesprächsstoff.

„In welch einer Zeit leben wir! Mit dem Todesurteil in der Hand werden wir gezwungen, Foltern zu erdulden, und kein Arzt ist bereit, unsere Qualen zu verkürzen."

Der Professor wäre gern geflüchtet, aber es scheint ihm gefährlich, diese Frau alleinzulassen. Er muß sie beruhigen.

„Jeder von uns hat Augenblicke der Verzweiflung, die vorübergehen. Stellen Sie sich vor, was mit der Menschheit geschehen würde, wenn man uns jederzeit ohne weiteres Gift zur Verfügung stellen würde. Ich bin überzeugt, Sie sehen Ihren Zustand zu pessimistisch, Sie sehen ja strahlend aus, Sie können unmöglich schwer krank sein. Glauben Sie mir, ich bin kein Arzt, aber ein Laie hat oft bessere Augen."

„Finden Sie das wirklich? Sie übertreiben, man kann unmöglich behaupten, daß ich strahlend aussehe."

Die Dame sucht ihr Bild in dem Spiegel. Die Unterredung hat ihren Augen Glanz verliehen. Sie kann sich nicht verhehlen, daß das Kompliment des Professors ihr nicht unverdient erscheint. Wollte sie wirklich Gift, wollte sie wirklich aus dem Leben flüchten? Wollte sie nicht vielmehr jetzt erst, da sie wußte, daß alles zu Ende ging, das Leben wirklich leben — bewußt, jede Minute wie eine Kostbarkeit? Man wollte sie operieren, zerschneiden — gut, sie war bereit, alles auf sich zu nehmen. Man konnte auch so noch weiterleben. Es war besser, als halber Mensch zu leben als gar nicht. Besser Qualen erdulden als nichts mehr fühlen, überhaupt nichts mehr sehen, nichts mehr wissen. Oder belügt sie sich jetzt nicht selbst? Warum hat sie diesen Unbekannten in ihr Zimmer gelockt? Hat sie Angst vor dem Alleinsein? Planlos geht sie im Zimmer auf und ab. Plötzlich fällt es ihr ein, zu lachen, über sich selbst zu lachen.

Der Professor schaut sie an, als ob er Angst um ihren Geisteszustand hätte.

„Es ist wirklich komisch, ich suche die Zeitschrift ‚Gesellschaftliches Leben im Süden‘, deshalb telefonierte ich vorhin nach dem Stubenmädchen und war ungeduldig, als es nicht kam. Sie können sich nicht vorstellen, Herr —."

Der Professor holt das Versäumnis nach und stellt sich vor.

„Ich hasse das Leben, das ich bisher geführt habe, es erscheint mir heute erschreckend nutzlos und leer, und doch will ich unbedingt wissen, welche meiner Bekannten eine Gesellschaft gab, wer im Bridge gewonnen hat und was es Neues in unserem Landklub gibt."

„Ja, wir können nicht aus unserer Haut und können nicht über unseren eigenen Schatten springen; so sind wir verurteilt, unser vergangenes Leben nie von uns abschütteln zu können."

Die große Dame aus der kleinen Stadt denkt an ihr vergangenes Leben: sie ging dreimal wöchentlich zu Bridgepartien, jeden Sonntag in die anglikanische Kirche, die vornehmste der Stadt; sie hatte gesellschaftliche Verpflichtungen, besuchte Hochzeiten, Taufen und Begräbnisse der Gesellschaft. Das Leben bestand aus Zeremonien, die jede Wirklichkeit verdeckten.

Sie war über das Einkommen ihrer Bekannten, über die Kleiderrechnungen ihrer Freundinnen, über die Kosten der Gesellschaften, die diese gaben, über die guten und schlechten Eigenschaften ihrer Dienstmädchen und Ehegatten informiert. Sie kannte die Erbschaftsstreitigkeiten und die Scheidungsaffären der Gesellschaft, die sich in der Hauptsache auch nur um das Geld drehten. Das war ungefähr alles, was sie über das Leben wußte. Und nun sollte es zu Ende sein, unwiderruflich zu Ende.

„Das Schreckliche ist, daß ich Angst habe, Angst nicht nur vor dem Ende, sondern auch vor mir selbst. Ich will noch darüber lesen, es schwarz auf weiß sehen, wie das Leben zu Hause ist. Aber ich kann nicht mehr zurück, ich kann nicht mehr in mein Heim. Ich glaube nicht mehr an das Leben, das ich bis jetzt geführt habe. Begreifen Sie aber, was es bedeutet, ohne feste Überzeugungen zu leben, ohne irgendeine Hemmung? Ich brauche ja nichts mehr zu fürchten, da ich bestimmt weiß, das endgültige Ende kommt bald. Und doch fürchte ich mich vor mir selbst. Retten Sie mich, Professor, beschaffen Sie mir Gift."

Der Professor sieht eine Aufgabe vor sich, er muß die Unbekannte trösten. Dieses Trösten könnte vielleicht ihm selbst zum Trost dienen.

Er steht auf und nähert sich ihr. Erst läßt er seine Hände vorsichtig auf ihren Armen ruhen; sie straft ihn nicht für seine Kühnheit. Ihre Hemmungslosigkeit ist also doch schon ziemlich fortgeschritten! – diese Feststellung gewährt dem Professor eine gewisse Befriedigung. Er zweifelt nicht daran, daß es ihm gelingen würde, sie dem Leben zurückzugewinnen. Und diese Lebensrettung könnte vielleicht auch ihm Angenehmes bringen.

Er ist selbst überrascht, als nun seine Arme die Dame auf leidenschaftliche Weise umfangen. Er ist ein Menschenfreund, will trösten. Welchen anderen Trost kennt die Kreatur als diesen?

„Ich fürchte mich vor dem Tier in mir."

„Unsere tierischen Freuden sind noch die einzig menschlichen", hört sich der Professor sagen. Seine eigene Verderbtheit erfüllt ihn mit Scham, aber auch mit Freude.

Während der Spanne einiger Minuten vergißt die Dame ihre Krankheit, den Tod und das „Gesellschaftliche Leben im Süden" – der Professor seine Frau, das Garn und die „neue Jugend".

Aber es dauert nicht lange und alles fällt ihnen wieder ein: der Lärm von draußen dringt ins Zimmer.

„Warum rufen Sie nicht die Polizei, wenn die Leute nicht gehorchen wollen?" Schrill tönt eine laute Stimme durch den Korridor.

„Ich verklage das Hotel auf Schadenersatz."

„Ich habe vor zehn Minuten nach der Schneiderei telefoniert, und niemand kommt, das ist unerhört, ich kann doch nicht in zerdrückten Kleidern ausgehen."

„Sofort, einen Augenblick Geduld."

Leider ist Fräulein Wesley die einzige, die ihre Geduld nicht verliert.

Jetzt fällt dem Professor schuldbewußt das Garn seiner Frau ein.

„Ich muß leider kanariengelbe Wolle besorgen."

Er kann nicht länger seine Zeit der Unbekannten widmen, um sie zu trösten.

Übrigens telefoniert auch sie schon wieder; sie verlangt nach dem Stubenmädchen, man habe eine wichtige Zeitschrift verlegt.

Frau Strong ruft an, sie fordert die beste Büglerin des Hotels für den Brautschleier.

„Sofort, gnädige Frau."

Fräulein Wesley findet, daß sie noch nie eine schlimmere halbe Stunde erlebt hat. Menschen, die nicht gewohnt sind, auf die Erfüllung ihrer Wünsche zu warten, können recht unbequem werden, wenn Hindernisse auftauchen. Schon allein die Vermutung, man lasse sie unbeachtet, erschüttert ihre Sicherheit. Es kann also geschehen, daß die Welt nicht allein für sie da ist. Aber man konnte sich ja wehren! Und sie taten es nun laut und vernehmlich. Jede Minute, die sie vergeblich warten, erscheint ihnen endlos. Man wagt, sie herauszufordern ...! Das Schlimmste ist, sie fühlen sich hilflos, nur auf sich gestellt, mißachtet.

„Soll ich vielleicht in einem erstklassigen Hotel mein Zimmer selbst machen?" schrie die hysterische Dame, „ich erwarte Gäste, ich erzähle Ihnen das nun schon seit einer halben Stunde."

Fräulein Wesley beschäftigt sich bereits ernstlich mit dem Gedanken, einfach selbst auszurücken, als sie die Arbeitsuniformen des Personals auftauchen sieht.

Auf allen dreißig Stockwerken erlebten die Etagenvorsteherinnen Ähnliches wie Fräulein Wesley; die Szenen, die sich abspielten, waren die gleichen, und auch die Erleichterung bei dem Erscheinen der Arbeitsuniformen war überall dieselbe.

Langsam kommen die Stubenmädchen, die Scheuerfrauen, die Hausmänner, die Pagen ... Sie haben es noch immer nicht so eilig.

„Um Gottes willen, wo bleibt ihr denn alle? Ich weiß schon nicht mehr, wie ich die Gäste beruhigen soll", ruft Fräulein Wesley und beeilt sich, nach allen Seiten Befehle zu erteilen.

„Und wenn wir nun überhaupt nicht gekommen wären, was wäre dann geschehen?" Es ist Celestina, die das sagt, und Fräulein Wesley sieht sie mit entgeisterten Augen an.

„Dürfen wir nicht auch einmal darüber sprechen, was uns angeht?"

„Celestina, um Gottes willen, nimm den Eimer und mache deine Badezimmer. Ich verrate dich nicht wegen deiner rebellischen Reden – aber wenn Frau Magpag dich hören würde!"

Doch Celestina ist nicht ängstlich. Wenn Shirley so frei reden konnte, warum sollte nicht auch sie sagen können, was sie denkt. Shirley steht hinter ihr, sie soll merken, daß auch ihre Mutter nicht feige ist. Und wenn man überdies die große Aufregung auf den Gästekorridoren sieht, nur weil das Personal einige Minuten später zur Arbeit zurückgekommen ist, dann merkt man erst, wie wichtig man ist, wie wichtig alle sind, die arbeiten.

Über etwas Ähnliches muß auch Shirley grübeln, denn ihr Gesicht ist sehr nachdenklich. Es beginnt ihr klarzuwerden, daß der ganze große Betrieb nur durch die Arbeitenden in Bewegung ist, daß ohne sie alles stillstehen müßte, ohne sie, die am schlechtesten leben. Es fällt ihr ein, daß sie sich doch noch mit dem neuen Küchenjungen unterhalten müßte, bevor sie für immer fortgeht. Was meinte er, als er sagte, sie müsse noch viel lernen, aber dann könnte sie viel tun für alle?

„Nun, Shirley, hast du nichts zu tun?" fragt Fräulein Wesley.

„Ich muß aus verschiedenen Zimmern noch Wäsche abholen." Shirley ist selbst überrascht, daß man sie noch nicht weggeschickt hat. Nun will sie wenigstens die Zeit nutzen und versuchen herauszufinden, was mit ihr nach diesem Tage geschehen wird. Ihr Freund bleibt jedoch unsichtbar, auch jetzt noch, wo sie eigentlich schon Bestimmtes wissen müßte. Man muß schon Geduld haben, wenn man sich in ein höheres Leben hinaufschwingen will.

12

Ingrid steht vor dem Ausgang für die Hotelangestellten und blinzelt beglückt in die Sonne. Sie hat heute abend Inspektion, dafür einen freien Nachmittag.

Den unerwarteten Betrag, den sie vor einigen Tagen in des Professors Zimmer erhielt, hat sie nutzbringend verwertet. Ein Kleid, das sie schon lange in einem Schaufenster bewundert hatte, wurde gekauft und sofort angezogen, ohne erst auf den Sonntag zu warten.

Salvatore Menelli nähert sich jetzt gleichfalls dem Ausgang. Er hatte Shirley den Vorschlag gemacht, ein Zimmer für sie zu suchen, sie hatte das aber lachend und hochmütig abgelehnt. Wollte sie nicht einsehen, daß man sie bestimmt heute noch hinauswerfen würde, oder bildete sie sich ein, es plötzlich so weit zu bringen, daß sie ihre alten Freunde nicht mehr brauchte? Pah! – Salvatore war nicht der Mann, einem Mädchen nachzulaufen, das ihn nicht mehr mochte.

Salvatore Menelli trägt nagelneue Schuhe, einen gutsitzenden Anzug und eine leuchtende Krawatte. Er sieht so elegant aus, daß man ihn sicher für einen Gast des Hotels Amerika halten könnte, wenn er nicht den Eingang für das Personal benutzte. So denkt Ingrid wenigstens.

Unter ihren bewundernden Blicken bleibt Salvatore geschmeichelt stehen und betrachtet das Mädchen nun auch wohlgefällig.

„Wie hübsch du bist, du siehst ja aus wie eine richtige hier geborene Amerikanerin."

„Findest du das wirklich?"

„Bestimmt. Wollen wir zusammen spazierengehen? Ich lade dich ein. Wir gehen in unsere Konditorei. Mein Vater hat nämlich eine Konditorei im italienischen Viertel. Willst du mitkommen?"

„Gern, ich war noch nie da, ich möchte es gern sehen."

„Und mit mir möchtest du nicht gern zusammen sein?"

„Doch, früher habe ich dich oft mit Shirley –", sie brach plötzlich ab, denn Salvatores Gesicht verdunkelte sich.

„Also gehen wir, ich muß heute abend zurück ins Hotel."

„Ich doch auch. Wir fahren mit der Untergrund."

„Nein, lieber mit der Hochbahn. Ich freue mich, wenn ich etwas Neues sehen kann."

Während der Fahrt kramt Salvatore in seinen Taschen.

„Ich habe heute nicht viel verdient, mußte um so mehr springen. Komisches Leben im Hotel, findest du nicht auch?"

„Ja, warum mußt du als Page im Hotel arbeiten, wenn dein Vater eine Konditorei hat?"

„Ja, siehst du, Svenska, ich will doch das Leben sehen, das große vielseitige Leben, nicht immer nur einige italienische Nachbarn."

„Ich heiße Ingrid."

„Aber du bist doch eine Schwedin, nicht wahr? Also, Svenska, höre. Wenn ich bei meinem Vater bliebe, würde ich in einer italienischen Kleinstadt leben, ganz abgeschlossen von der übrigen Welt. Das Hotel aber erscheint mir wie ein ungeheurer Zoologischer Garten, in dem man einfach alle Arten von Menschen entdecken kann, die neueste Arche Noah. Findest du nicht auch, Svenska?"

Ingrid sagt nichts, sie findet, daß man viel Schmutziges im Hotel sehen kann; nein, sie konnte nicht behaupten, daß sie besonders gern in einer so verworrenen Welt lebe.

„Verstehst du auch, was ich sage?" fragt Salvatore, der das nachdenkliche Schweigen mißversteht. „Du bist noch nicht sehr lange hier im Lande, nicht wahr?"

„Wenn man nicht sehr schnell spricht, verstehe ich alles, besonders, wenn die Sätze nicht zu lang sind."

„Du sollst mich liebhaben. Ist das ein kurzer Satz?"

„Das Leben ist schön. Wieviel Menschen es hier auf der Straße gibt. Und die Türme, die Häuser, alles ist so mächtig, alles scheint endlos zu sein, ganz anders als bei uns zu Hause. Nie hätte ich früher gedacht, daß die Welt so groß sein könnte. Ich habe immer in einem kleinen Dorf gelebt, jeder kannte den anderen. Und bei uns ist alles so rein, die Luft und die Häuser."

„Hier gefällt es dir nicht?"

„Anfangs hatte ich schreckliches Heimweh. Ich dachte, ich müßte in der schlechten Luft ersticken. Und dieser schreckliche Lärm in den Straßen, ich hatte immer Angst."

„Und jetzt . . .? Hast du noch Heimweh?"

„Nein, jetzt nicht mehr."

„Siehst du, bei uns gibt es auch Bäume, schau, dort ist einer."

„So ein armer Baum, man sieht ihm an, daß er ein schweres Leben hat."

„Wie kannst du das sehen?"

„Er ist doch ganz krumm und verkrüppelt, steht da ganz allein zwischen den vielen Häusern. Aber das Leben ist schön, auch wenn es schwer ist."

„Beug dich nicht so weit hinaus."

„Und die Frauen hier, sie sind alle so schön gekleidet. Bei uns tragen sie immer die gleichen Kleider. Kannst du dir das vorstellen?"

„Ich weiß nicht."

„Hier kann man eigentlich nur an den Kleidern der Frauen erkennen, welche Jahreszeit es ist, nicht an dem Grün, ich finde das sehr komisch."

„Du hast honigfarbene Haare, Svenska, weißt du das?"

„Ja, ich weiß das, und meine Augen sind wie Kornblumen, das habe ich auch schon gehört."

„Haben Männer dir das gesagt, viele Männer?"

„Bist du eifersüchtig?"

„Siehst du, jetzt beginnt das italienische Viertel. Wir werden bald aussteigen.“

„Sieht es hier so aus wie in Italien?“

„Ich kenne Italien nicht, ich war zwei Jahre alt, als wir nach Amerika fuhren.“

„Ich kenne das skandinavische Viertel in New York, da gibt es Knäckebrot, geräucherte Fische, viele Holzhäuser und lauter schwedische, dänische und norwegische Zeitungen. Aber es ist doch ganz anders als in Skandinavien.“

Jetzt umfängt sie beide das laute Geschrei, die Gebärden, die Gerüche einer südlicheren Welt. Schiebekarren stehen in allen Straßen; Kleider, Wäsche, Schals flattern in lauten, bunten Farben, Frauen kramen und wühlen, reden laut und gebärdenreich in einer fremden Sprache.

In anderen Gassen sind fremde, exotische Lebensmittel in den Karren abgehäuft und hüllen die Straßenzüge in ihren Geruch ein. Paprikaschoten, Knoblauch, Artischocken, stachlige, grüne Früchte, die die Käufer auf der Straße schälen, Auberginen häufen sich in bunten Bergen.

Schnecken, Muscheln und Krabben wimmeln in Fässern, weite Flächen glitzern silbern von abertausend Fischlein. Grüngeäderter Gorgonzola, groß wie Mühlräder, ist auf dem Bürgersteig aufgestapelt, Rehe und Hasen aus weißem Käse erfreuen die Kinder. Dazwischen preisen die Verkäufer mit lautem „Billig, billig!“ ihre Waren an.

Das ist wirklich eine neue, eine andere Welt, fühlt Ingrid mit Entzücken.

Sie bewundert die Schaufenster, die mit Papierblumengirlanden und mit Öldrucken in schreienden Farben, die durchweg leidenschaftliche Szenen darstellen, geschmückt sind. Zwischen den Wagen blinzeln beschaulich Katzen oder trillern Vögel in den Käfigen.

Und wie herrlich ist erst die Konditorei des Salvatore Menelli.

Sie heißt „Pasticceria Dante“. Den Mittelpunkt des Schaufensters bildet ein Hochzeitskuchen. Bei feierlichen Gelegenheiten will man auch hier etwas Großartiges bieten. Das Brautpaar aus Zucker steht unter einem farbigen Baldachin, der von Tauben, natürlich gleichfalls aus Zucker, umflattert wird.

136

Daneben befinden sich Heilige aus Marzipan, rosenverzierte Törtchen und eine Abbildung des Domes von Padua aus Schokolade.

Denn die Menellis stammen aus Padua, wo der Großvater Salvatores noch heute eine kleine Pasticceria besitzt, die nach dem großen Künstler Giotto benannt wurde. Ingrid bewundert die Konditorei, Salvatore und die Vorliebe seiner Vorfahren sowohl für Kunst als auch für Literatur.

Die Mutter Salvatores, eine dunkle, starke Frau, empfängt zwar ihn und Ingrid ohne Begeisterung, aber sie bekommen doch Gelato, ein leichtes Eis, und farbige Kringel vorgesetzt.

Verwundert hört Ingrid die fremden Laute, die mit staunenswerter Schnelligkeit hervorgesprudelt werden, sieht die lebhaften Gebärden, die dunklen, südlichen Erscheinungen.

„Soll ich dir mein Zimmer zeigen?" fragt endlich Salvatore Ingrid.

Sie willigt gleich ein.

Es gibt wohl nur wenige Zimmer, die so wenig Sehenswürdigkeiten aufweisen. In dem schiefen, schmalen Raum steht nur ein Bett.

Durch das winzige Fenster sieht man die Wäscheleinen, auf denen die gestopften und geflickten Wäschestücke, die farbigen Bettbezüge der Nachbarschaft wehen.

Das Geschrei der Straßenhändler, einiger heiserer Grammophone, das Weinen von Kindern, das Geschrei der Frauen vermischt sich zu einer merkwürdigen Melodie.

Ingrid sieht die dunklen Augen Salvatores ganz nahe.

Sie ist bezaubert, es ist eine andere, eine neue, die südliche Welt.

13

Shirley war es endlich gelungen, mit ihrem Freund zu sprechen. Doch es schien ihr, als wäre er keineswegs in so zuversichtlicher Stimmung, wie er ihr vortäuschen wollte. Er sah gedrückt aus, ja, geradezu zerknittert, als lebe er in Angst, als wäre er auf der Flucht. Aber er führte doch noch das große Wort. Wenn man nur diese Worte betrachten wollte, stünde ihre Sache sehr gut. Shirley will ihnen glauben; daß er jetzt anders aussieht als sonst, bildet sie sich vielleicht nur ein ...

Er hat wieder einen Auftrag für sie: sie müsse danach trachten, einen Brief unbemerkt zu Marjorie Strong hineinzuschmuggeln.

Das wäre nicht so leicht, wie er sich das vorstelle, man beginne sie schon zu beobachten, besonders seit heute mittag, seit der Kartoffelgeschichte.

Sie kann nicht begreifen, warum ihn das so unwillig macht.

Wie man sich wegen einiger schlechter Kartoffeln aufregen könne, wenn es um Großes ginge. Ob sie denn nicht wüßte, was auf dem Spiel stünde? Sie gefährde durch solche Unvorsichtigkeit ihrer beider Zukunft. Nun beobachte man sie, wie sie selbst sage. Er selbst hätte genügend Sorgen, neugierige Spitzel von seinem Halse fernzuhalten.

Nun, vielleicht wären die Kartoffeln wichtiger als seine geheimnisvollen Briefe, die anscheinend doch nicht ein so großes Vermögen wert seien, wie er vorgebe. Nicht einmal ihre Meinung dürfe sie sagen, jetzt, wo sie sicher war, sie brauche keine Angst mehr zu haben, vor niemandem? Wozu denn reich werden, wenn man nicht einmal reden könne, was man wolle!?

„Na, du wirst dich nicht wenig wundern; wenn man reich ist, muß man erst recht vorsichtig sein. Und nun beweise, daß ich mich in dir nicht täusche. Du bist ein kluges Mädchen, und wenn du nur willst, stellst du es geschickt an mit dem Brief. Die müssen merken, daß sie es mit jemandem zu tun haben, der es versteht, seinen Willen durchzusetzen. Und es handelt sich doch nicht nur um mich, sondern um uns beide, Kleine."

Shirley zieht die Augenbrauen zusammen; es ist also immer noch nicht soweit. Konnte sie denn wirklich helfen? Plötzlich fallen ihr die Zettel ein, die sie im großen Konferenzsaal aufgelesen hatte. Sie will ihm nun beweisen, daß sie wirklich etwas leisten kann, wenn sie nur will.

Sie beginnt in ihrer Tasche zu kramen und hält ihm triumphierend die Papierschnitzel hin.

„Ich kann nicht verstehen, was hier alles steht, aber es klingt so geheimnisvoll. Du wirst sicher wissen, was dahinter steckt."

Er besieht sich die Papiere und lacht dann schallend auf.

„Liebes Kind, so leicht kommt man Geheimnissen nicht auf die Spur. ‚Zollabsperrung des britischen Imperiums, Gefahr für den Handel der Vereinigten Staaten‘, ‚Englischer Gummiwucher und die Regierung‘, ‚Englische Intrigen bezwecken Erschöpfung amerikanischer Ölfelder‘. Weißt du, was das ist? Das sind Schlagzeilen, und ihr könnt sie alle Tage in den Zeitungen lesen. Aber natürlich: wenn euch die Buchstaben noch so entgegenschreien, neugierig seid ihr nicht, was sie zu bedeuten haben. Ihr kümmert euch nicht darum, ihr regt euch höchstens über ein paar schlechte Kartoffeln auf; deshalb kann man vor euren Augen alles vorbereiten und ihr steht dabei, als wäret ihr blind."

„Ja, gut, ich verstehe nichts, aber vielleicht verstehe ich alles, wenn man sich die Mühe nimmt, es mir zu erklären."

„Also, man kann vor eurer Nase einen Krieg vorbereiten, und ihr merkt nichts davon."

„Wird denn ein Krieg vorbereitet?"

„Vielleicht, wahrscheinlich, sicher."

„Wo denn? Ich verstehe das nicht."

„Natürlich verstehst du es nicht. Das erkläre ich dir gerade, daß ihr nur das versteht, was nicht weiter entfernt ist als einen Schritt vor eurer Nase. Und wer wird das ausbaden? Alle, die kein Geld haben. Ich sage nur eins: es rette sich, wer kann. Die beste Rettung ist Geld. Wenn man Geld hat, kann einem nichts Böses geschehen. Hat man keines, ist man ein Sklave, über dessen Leben alle verfügen, die vieles haben."

„Und die anderen, was geschieht mit den anderen?"

„Das geht mich nichts an, jeder ist sich selbst der Nächste. Den Dummen kann man ohnehin nicht helfen."

„Ich bin ja auch dumm."

„Nun, du hast zu deinem Glück mich. Tu, was ich dir sage, und alle Menschen werden dich beneiden. Wenn man einen starken Willen hat und klug ist, kann man alles erreichen und muß nicht das Schicksal der armen Dummen erleiden."

Shirley bekommt einen Brief ausgehändigt, und es wird ihr noch einmal eingeschärft, ihn unbemerkt zu der Braut zu schmuggeln.

Sie muß jetzt wieder zurück in die Wäscherei.

So einfach, wie der Freund es sich vorstellt, ist die Aufgabe nicht zu erfüllen.

Aber Shirley hat Glück.

Die beste Büglerin der Wäscherei, eine Negerin mit safrangelber Haut, ist von Frau Strong bestellt worden; sie soll den Brautschleier bügeln. Eines der Wäschermädchen soll mit ihr gehen, um ihr bei der heiklen Aufgabe behilflich zu sein.

Shirley drängt sich vor.

Die Aufsichtsdame mustert sie.

Sie ist entschieden das hübscheste Mädchen hier unten und immer nett und adrett. Man munkelt zwar, daß sie entlassen werden soll, aber vorläufig kann sie sich noch nützlich machen.

Und Shirley wird dazu ausersehen, mit der Büglerin zu gehen.

Sie muß lachen; es scheint wirklich etwas Wahres daran zu sein, daß man nur stark zu wollen brauche — und es geschieht, was man will.

Die Räume, die sie nun betreten, kann Shirley kaum wiedererkennen. Noch nie hatte sie die Zimmerflucht in solcher Pracht gesehen. Eine ganze Reihe Zimmer, die gewöhnlich durch Türen und Portieren streng voneinander getrennt waren, bilden jetzt ein zusammenhängendes Ganzes. Die Zimmer ertrinken in einer Flut von Blumen von solcher Schönheit, wie Shirley sie noch nie gesehen hat.

In der Mitte des größten Raumes steht ein riesiger Tisch, der unter der Last der Leckerbissen, die aus allen Teilen der Welt hertransportiert wurden, zu brechen scheint. Bei seinem Anblick erinnert sich Shirley, daß sie den ganzen Tag noch nichts gegessen hat.

Sektflaschen stehen in Eiskübeln, und die Kristallgläser beweisen, daß die Gäste vor der Trauung in diesen von der Öffentlichkeit abgeschlossenen Räumen sich noch zu stärken wünschen.

Den überwältigendsten Eindruck aber macht die Schar

der Gäste. Neben salopp gekleideten Männern stehen Frauen in glitzernden Kleidern, angetan mit den strahlendsten Schmuckstücken. Die jungen Mädchen sind in den zartesten Blumenfarben gekleidet, sie muten selbst wie Blumen an. Umrahmt von Hüten in der Farbe ihrer Kleider erscheinen ihre Gesichter engelhaft schön. Allerdings mutet ihr Lachen, ihr Kampf um die Champagnergläser weniger engelhaft an.

Shirley und die Negerin werden in das Zimmer der Braut gerufen. Sie sitzt vor einem Spiegel. Vor ihr steht ein junger Mann, eine sportlich durchgebildete Gestalt, wohl der Bräutigam.

„Marjorie, du hättest meinen Schlußschlag sehen sollen, meine Chancen sind ausgezeichnet, das versichert mir sogar Bell, der strengste Trainer, der je auf dieser Erde wandelte. Du wirst Grund haben, stolz auf mich zu sein."

„Ich bin schon ohnehin stolz genug auf dich", in ihrer Stimme schwingt leise Ironie.

„Sogar die Caddies*, die an den Spielern doch immer herummäkeln, sagen, sie hätten noch niemanden so spielen gesehen wie mich."

Marjorie wirft einen Blick auf Shirley und die Negerin.

„Sie kommen sicher wegen des Schleiers."

Dann wendet sie sich an den jungen Mann.

„Geh jetzt, Lieber, ich muß mich noch fertigmachen, sonst könnten wir nicht heiraten, und das würdest du doch schlimm finden, hoffe ich."

„Wenn du etwas früher vom Tanz gekommen wärst, hättest du mehr Zeit für mich."

„Willst du schon jetzt den Tyrannen spielen?"

Shirley sieht zum erstenmal Marjorie. Der schöne Kopf leuchtet blaß über dem gleißend weißen Kleid. Sie hat noch kein Rot aufgelegt. Im Spiegel wirkt sie wie eine Statue.

Sie beginnt Ringe mit funkelnden, in märchenhaften Farben sich brechenden Steinen über ihre dünnen, äußerst zarten Finger zu ziehen. Diese glitzernden, toten Edelsteine verändern sie, sie wird einem Götzenbild ähnlich. Marjorie sieht nur sich selbst. Ihre Augen liebkosen bezaubert ihr Spiegelbild.

Aber der Spiegel wirft auch die Gestalt der Negerin zu-

* Golfschlägerträger.

rück, die neben Marjories zerbrechlicher Schönheit aussieht wie ein mächtiges, kräftiges Tier, ein Arbeitstier, das aber auch – vielleicht – wild werden kann. Vorläufig zeigt sie nur ihr starkes weißes Gebiß, als wäre das Bild, das der Spiegel zurückwirft, nur komisch und nicht so überwältigend prächtig mit den Blumen und der glänzenden Gästeschar im Hintergrund, denn die Zimmertür war offen geblieben, als die Büglerin und Shirley eintraten.

Der Spiegel gibt auch Shirleys Bild zurück. Nie erschien sie sich selbst so dürftig und gewöhnlich wie jetzt neben der glänzenden Braut. Die eingefallenen Augen verraten, daß sie heute noch nichts gegessen hat, die billige Schminke verdeckt kaum die Spuren von Müdigkeit. Es scheint Shirley, als sehe man ihr alle Entbehrungen ihrer Jugend an, den unruhigen Schlaf in den von Menschen überfüllten Räumen, die saft- und kraftlose Nahrung, die ewige Hetze bei der Arbeit. Ein solches Leben wäre der Braut unbegreiflich gewesen, sie hatte nur von dem erfahren, was Shirley bisher nie erlebt hatte: Überfluß, Luxus, Sorglosigkeit.

Shirley sieht sich plötzlich ganz winzig, sich selbst vervielfältigt in vielen Millionen von Shirleys. Sind sie sich nicht alle gleich, die vielen Mädchen, die sich plagen in der Wäscherei, in der Küche, in den Korridoren, in den Wolkenkratzern ringsum – plagen für diese glänzende Statue, die wie ein Vampyr sich von allen Genüssen der Nerven und des Geistes, von den vielen Freuden nährt, zu denen das Geld der Schlüssel ist!?

Shirley empfindet Haß und hat das bohrende Gefühl, als hätte sie ihr ganzes Leben lang nur gearbeitet, damit die Braut schöner werden konnte.

Sie fühlt den Brief in ihrer Tasche.

Es wäre jetzt ein leichtes, ihn unbemerkt und doch sichtbar irgendwohin zu legen.

Aber jetzt will sie nicht, vielleicht – daß sie darauf noch nicht gekommen ist! – ist es ein Liebesbrief, und die beiden würden über sie nur lachen, die ihnen in ihrer Naivität geholfen hat.

Oder könnte sie durch ihn doch reich werden? Es wäre schön und eine prickelnde Genugtuung, von dem Geld der Braut gut zu leben.

Wie sie tut, als ob sie eine ganz andere Art Mensch
wäre! Ja, Shirley hätte Lust, ihr zu verraten, daß sie über
sie mehr weiß, als sie ahnt.

Die Braut hebt die Augen jetzt vom Spiegel und erinnert
sich der Büglerin.

„Ich muß Ihnen ja Ihre Arbeit geben, der Schleier liegt
dort über dem Stuhl."

Sie wendet sich an den jungen Mann.

„Du mußt jetzt wirklich gehen. Siehst du, ich bringe dir
Opfer, ich muß deinetwegen altmodische Museumsstücke
tragen."

„Dieses Opfer bringst du deinem Vater und den Zeitungen."

„Aber du wirst auch zufrieden sein, wenn du die schönen
Berichte über unsere Hochzeit lesen wirst."

Sie gibt Anweisungen an die Büglerin.

„Geben Sie nur recht acht, mehr als auf Ihr Leben. Dieser
Schleier wird fotografiert, man wird Artikel über ihn schreiben, er ist über dreihundert Jahre alt. Dinge haben es doch
besser als Menschen. Sie werden nur deshalb für besonders
bewunderungswürdig gehalten, weil sie alt sind."

Der Schleier in vergilbtem Goldton zeigt auf weiter
Fläche das Leben, das Märtyrertum und die himmlische
Hochzeit einer Heiligen. Das Symbol ihrer Heiligkeit sind
Rosen: auf dem pergamentfarbenen Hintergrund wachsen
spinnwebdünne Rosen; ein üppiger Rosenwald umgibt die
Heilige; ihre Hochzeit findet in einem Rosenhimmel statt,
und die Mutter Gottes schwebt über ihr auf Wolken von
Rosen.

Der junge Mann verläßt jetzt den Raum. Die Tür wird
zugemacht, die Gästeschar verschwindet von dem Hintergrund des Spiegels.

Shirley und die Büglerin legen sehr vorsichtig den
Schleier zwischen wattierte Bretter.

Marjorie mahnt sie wieder zur Vorsicht.

„Sie müssen sehr vorsichtig sein, dieser Schleier ist eine
sehr große Seltenheit; er hat vier Frauen das Augenlicht gekostet."

Die Negerin läßt einen Zischlaut zwischen den Zähnen
ertönen, und Shirley blickt böse auf die Braut.

Diese legt jetzt ihre Perlen um, große, gleichmäßige, irisierende Perlen, die mit ihrem Schmelz die Zartheit der Haut noch unterstreichen.

Marjorie sieht in die aufgerissenen Augen der Negerin und lacht.

„Ob das auch wirklich auf Wahrheit beruht, kann ich freilich nicht beschwören, aber es existiert eine Urkunde darüber. Das Dokument gehört zum Schleier und erhöht seinen Wert. Mein Vater hat beides zusammen gekauft. Ich finde es amüsant, daß man schon damals auf diese Art Reklame gemacht hat. Mit der Wahrheit nahm man es wahrscheinlich auch nicht allzu wörtlich – ganz wie bei uns, wo das Publikum ein Kinostück erst richtig genießt, wenn es erfährt, daß dabei mehrere Menschen verunglückt sind."

„Es kommen auch sonst viele Menschen bei der Arbeit um, und man macht damit keine große Reklame."

Shirleys Stimme zittert, aber sie sieht unentwegt in die Augen der Braut, die das Wäschermädchen spöttisch und verwundert anblickt.

Machte sich die Kleine etwa auch Gedanken? – das ist ja interessant.

Sie beginnt in ihrer Handtasche zu kramen, reicht Shirley eine Dollarnote.

Shirley wirft den Kopf zurück, legt die Hände hinter den Rücken, ihr Mund ist ein ganz schmaler Streifen.

Du wirst mich nicht so billig los, meine Liebe! Ihre Augen verlassen nicht das Gesicht der Braut. Du wirst noch mit ganz anderen Summen herausrücken müssen, glaub nur ja nicht, daß ich nicht weiß, wer du bist und was du bist.

Aber sie sagt nichts; ihre Lippen bleiben fest verschlossen.

Marjorie hebt nur ein wenig die Schultern. Sie versteht nicht, wird sie gehaßt, warum? Sie gibt die Note der Büglerin.

Die Negerin hat die Gnade, sie mit der Gebärde einer Königin und mit einem spöttischen Seitenblick zu nehmen.

Marjorie findet diese Leute unerträglich frech. Solche Unverschämtheit ist kaum zu glauben; sie hätte mit ihnen nicht sprechen, sich überhaupt nicht mit ihnen einlassen sollen. Man muß ja geradezu Angst haben, mit ihnen allein zu bleiben.

Shirley wendet keinen Blick von Marjorie. Ihre Augen verraten ganz offen ihren Haß. Sie möchte sich auf sie werfen, ihr die Perlen abreißen, den Schleier zerfetzen. Sie hätte nicht übel Lust, zu den Gästen hinüberzulaufen und alles zu erzählen, was sie weiß. Den Brief zeigen! Sie könnte dieser Puppe schaden, wenn sie wollte, sie könnte einen Skandal machen. Aber was würde ihr Freund dazu sagen? Er würde ihr das nie verzeihen.

Marjorie hat Angst; sie fürchtet sich vor der großen, starken Negerin, die auf sie herabsieht. Sie fürchtet sich vor der Kleinen, die so wild dreinblickt, – und atmet auf, als die Tür geöffnet wird und die Zofen hereinkommen, um sie fertigzumachen.

Der Schleier liegt jetzt tadellos geglättet über dem Stuhl.

Auf einen Augenblick sieht man wieder die glänzende Gästeschar.

Shirley und die Büglerin sind entlassen. Shirley hat nichts getan, nichts gesagt, der Brief ruht unberührt in ihrer Tasche.

„Du zitterst ja, Süßes." Die Negerin legt ihre Arme um Shirleys Schultern. „Warum regst du dich auf, Shirley? Das hilft gar nichts, damit kommt man nicht vorwärts. Glaube mir, man muß es schon auf eine andere Weise versuchen."

14

Die Kontrolluhren beginnen wieder zu knarren. Schichtwechsel.

Es gehen die Negerinnen, die Chinesinnen, die Spanierinnen in bunten, billigen Kleidern zurück in ihre Quartiere. Es gehen laut, schwerfällig Hausmänner, Fensterputzer, Handwerker; es kommen Heizer, Nachtwächter, Kellner. Es kommen Köche, es gehen Köche; es kommen Stubenmädchen, es gehen Stubenmädchen. Kommen, Gehen, Kommen, Gehen – es ist Schichtwechsel, die Kontrolluhren knarren.

Vor dem Ausgang des Personals stauen sich die Massen, man hört Zurufe, Lachen, Grüße.

Die Portiers beobachten aufmerksam die Ausgänge. Keiner darf unbemerkt mit einem Paket hinaus.

Zwischen den Kommenden und Gehenden erscheint heute zahlreicher als sonst Aufsichtspersonal. Man achtet darauf, daß keine Gespräche in Gang kommen, damit die Kommenden von den Gehenden keine Aufklärung über die Ereignisse des heutigen Tages erhalten.

Es stehen oder sitzen aber auch manche auf den Treppen und auf dem Boden herum, die nicht fortgehen, die sich nur das Treiben bis zum Essen ansehen oder auf jemanden warten.

Shirley ist da, blaß und unruhig; die Ungewißheit quält sie immer stärker. Sie hatte erwartet, daß man ihr nach Arbeitsschluß eine Anweisung auf ihren restlichen Lohn geben und auf ihre weiteren Dienste verzichten würde; doch nichts von alledem. Anscheinend will die Direktion alles vermeiden, was die Stimmung des Personals erregen könnte.

Shirley weiß jetzt nicht, was zu beginnen. Sie weiß nicht, wie sie mit ihrem Freund in Verbindung treten könnte. Auf telefonische Anrufe in seinem Zimmer bekommt sie keine Antwort. Sie kann auch nicht mehr auf die Gästekorridore; als sie wieder nach oben wollte, um sich persönlich zu erkundigen, wurde sie von Frau Magpag verjagt.

„Du bist ja so fleißig, Shirley, man ist das von dir sonst nicht gewohnt, du willst sogar dann arbeiten, wenn keine Arbeit mehr für dich da ist."

Ach, diese Frau Magpag! Ob sie wohl etwas ahnte? Jedenfalls: hinauf konnte sie nicht mehr. Wie sollte sie nun ihren Freund suchen – heute, wo sie den ganzen Tag über so sicher war, von hier fort zu können?

Ein Versuch, in die Hotelhalle zu gehen und dort auf ihn zu warten, ist von vornherein zwecklos. Man würde sie erkennen und fortscheuchen. Für Angestellte war es nicht möglich, Gast zu spielen.

Der neue Küchenjunge Fritz hält sich auch beim Ausgang auf und blickt immer wieder zu ihr herüber. Shirley bemerkt das wohl; aber jetzt, wo sie selbst große Sorgen hat, hat sie keine Lust, sich mit ihm zu unterhalten.

Fritz kauert auf dem Boden; er sieht sehr müde, fahl und
abgespannt aus. Man merkt es ihm an, daß ihn die Arbeit
mitgenommen hat.

Er wartet auf seinen Freund, den Nachtwächter.

Als Heinrich Klüter durch das Tor kommt und den
Freund erblickt, strahlt er förmlich.

Sie begrüßen sich, als hätten sie sich seit langer Zeit nicht
gesehen.

Heinrich Klüter hat Fritz Sandwiches mitgebracht.

Fritz springt auf und massiert seine Glieder.

„Mensch, man merkt es, wenn man arbeitet, ich bin ganz
krumm geworden, soviel mußte ich hin und her springen.
Aber es war ein toller Tag, es fehlte nicht viel, und wir hätten einen richtigen Streik bekommen. Aber vielleicht kommt
es noch einmal zum Klappen; gäbe es nur noch mehr so
Tüchtige wie dieses Mädel hier.“

Fritz steht jetzt bei Shirley.

„Das ist Shirley O’Brien.“

Und zu Shirley:

„Habe ich deinen Namen richtig behalten?“

„Du hast meinen Namen richtig behalten, aber ich mag
es nicht, wenn man sich dumme Scherze mit mir erlaubt.“

„Scherze? Heinrich, du hättest das Mädel hören müssen,
wie es dem Direktor seine Meinung gesagt hat. Feige ist sie
nicht, das ist sicher. Hat man dich nicht entlassen?“

„Nein, man hat mich nicht entlassen.“

„Siehst du, man hat doch Angst vor uns.“

„Vielleicht bin ich eine so tüchtige Arbeitskraft.“

„Wolltest du nicht heute reich werden, als Gast wiederkommen?“

„Ja, das will ich noch immer; du kannst mich ruhig aus-
lachen, ich kümmere mich nicht darum.“

Heinrich Klüter will alles Nähere erfahren.

Aber es ist heute nicht so einfach, etwas zu berichten.
Leute, die sonst unter dem Personal nicht zu sehen sind,
versuchen sich der Gruppe anzuschließen.

Heinrich Klüter kennt sie alle.

Sobald die der großen Masse der Angestellten unbekannten Gesichter auftauchen, versucht er, das Gespräch in
andere Bahnen zu lenken.

Fritz will jedoch immer wieder von den Erlebnissen des heutigen Tages erzählen.

„Du hättest bloß sehen sollen, wie alles durcheinanderging in der Küche, nur weil das Hilfspersonal einige Minuten fehlte. Da merkt man erst, daß wir doch nicht so überflüssiges Füllsel sind. Ohne uns geht es doch nicht, und wenn wir auch die niedrigste Arbeit verrichten."

„Das kann ich mir denken, daß es ohne dich nicht geht."

Heinrich Klüter sieht liebevoll, wenn auch etwas spöttisch, auf seinen Freund.

„Ja, ohne uns alle geht auch nichts, glaube mir, wir können das nicht oft genug eingehämmert bekommen. Wir müssen es selbst mit eigenen Augen sehen, dann merken wir erst, daß wir eine Macht sind, und nichts auf der Welt ist wichtiger, als daß wir das wissen. Wir sind mächtig. Hab ich nicht recht, Shirley O'Brien?"

„Nein, wir sind nicht so mächtig; ganz im Gegenteil, mit den Leuten, die kein Geld haben, kann man tun, was man will, die müssen alles ausbaden. Nur wenn man Geld hat, kann einem nichts Böses geschehen, sonst ist man ein Sklave."

„Da hör einer an, wie die Kleine spricht! Ich möchte nur wissen, von wo sie all die Weisheit her hat."

„Das geht dich nichts an."

„Und wie du auf die Idee gekommen bist, reich werden zu wollen, das möchte ich auch wissen."

„Sei nur nicht gar so neugierig, von mir kannst du nicht mehr erfahren als das, was ich selbst sagen will."

„Willst du nicht mit mir spazierengehen, wir könnten draußen besser miteinander sprechen als hier, wo es immer wieder Leute gibt, die Gesprächen zuhören möchten, die nicht für ihre Ohren bestimmt sind."

Shirley überlegt, was sie tun könnte. Ihr wird es wirklich immer ungemütlicher; es scheint, daß man sie beobachtet. Aber sie kann zu keinem vernünftigen Gedanken kommen. Was soll nur aus ihr werden? Heute früh war sie so fest von ihrem Glück überzeugt – und jetzt? Nein, auch jetzt will sie hoffen; es wird noch alles gut werden, man muß nur wollen.

„Nun, willst du nicht kommen? Ich hätte gern noch mit dir gesprochen."

Fritz steht dicht neben ihr, deren Augen unruhig hin und
her wandern.

Plötzlich aber werden sie scharf und wach. Shirley hat in
einen der Personalaufzüge verschiedene Kellner einsteigen
sehen.

Dabei entdeckt sie etwas so Überraschendes, daß sie nun
hineilt, um noch einen Blick in den Aufzug zu tun.

Sie kann es kaum glauben, und doch stimmt es, sie hat
sich nicht getäuscht. Der eine Kellner ist ihr Freund. Auf
seinen Frack ist eine Nummer geheftet, und unter dem Kragen läuft eine schmale silberne Borte.

Sie hat sich vor kurzem noch beunruhigt, weil sie nicht
in die Abteilungen der Gäste gelangen konnte, und nun war
er hier bei dem Personal, er gehörte zum Personal . . .!

Warum hat er sie belogen, warum hat er ihr nicht die
Wahrheit gesagt? Aber er war doch nicht nur Angestellter,
er war auch Gast. Sie hat ihn ja oft selbst in seinem Zimmer
gesehen. Wie konnte er nun plötzlich Kellner sein? Es gab
sicher vieles, wovon er ihr nie erzählt hatte. Aber jetzt, da
er einmal Kellner war, konnte er nicht wieder Gast werden;
obgleich es überall Türen gibt, die die Reviere des Personals
und die der Gäste verbinden, ist es doch nicht möglich, sich
in einen Gast zu verwandeln, wenn man als Angestellter
gearbeitet hat.

Sie möchte ihn wenigstens schnell noch sprechen, will
endlich Gewißheit haben. Aber der Aufzug steigt hoch, entschwindet ihren Augen.

Ja, Herr Fish steigt empor zu dem Ballsaal. Er wird be-
treut von dem „schönen Alex“, der sich überraschenderweise
in jeder Beziehung, sogar in der finanziellen Frage, zuvor-
kommend zeigt. Er hat sich bereit erklärt, Herrn Fish auf
seine Arbeitsstätte zu begleiten und ihn in die Geheimnisse
seines neuen Berufes einzuweihen. Herr Fish nimmt diese
Freundlichkeit mit einigem Mißtrauen entgegen. Es gelingt
ihm jedoch nicht, der beharrlichen Hilfsbereitschaft des
„schönen Alex“ zu entgehen.

„Nun, Shirley O'Brien, willst du nicht mit mir ins Freie?“
Fritz ist beharrlich.

„Nein, ich will nicht ins Freie, ich will hier warten, ich
muß etwas Bestimmtes erfahren.“

15

Der untere Ballsaal, an dessen Ausgestaltung erste Garten-
und Innendekorationskünstler beteiligt waren und in dem
das Hochzeitsmahl stattfinden sollte, hatte sich in einen phantastischen, tropischen Urwald verwandelt.

Aus Westindien und Surinam waren Blumen, Sträucher
und Bäume samt Wurzeln in besonderen, zu diesem Zweck
mit Wärmeanlagen versehenen Waggons nach New York
transportiert. Man hatte noch mehr getan. Exotische Schmet-
terlings- und Falterpuppen, die in der Heimat der tropischen
Pflanzen sich in diese einzunisten pflegten, wurden gleichfalls
mitgeliefert, nicht ohne daß man die Zeit ihres Ausschlüp-
fens genau berechnet hatte. Alle sollten sich am Hochzeitstage Marjories entpuppen. Das war nicht wenig kostspielig;
manche Falter hatten einen Marktwert von Hunderten von
Dollar, aber sie sollten einen besonderen Schlager der Hochzeit bilden.

Diese kostspielige Ausgestaltung des Hochzeitsfestes betrachteten aber weder Herr Strong, der mit Vorliebe über
einfache Lebensgestaltung Leitartikel schreiben ließ, noch
die sparsame Frau Strong als einen Luxus. Es war eine,
wenn auch nicht billige, so doch großartige Reklame und als
solche geheiligt. Über eine so wichtige Hochzeit brachten
alle Zeitungen lange Berichte, und es war klug, den Reportern genügend Stoff zu liefern und die Phantasie des Publikums zu befriedigen. H. W. Strong kennt doch den Rum-
mel.

Der Ballsaal bietet jetzt tatsächlich einen außerordentlichen Anblick. Die Pflanzen sind mit viel Geschick geord-
net, die Farben zueinander abgestimmt, die Schmetterlinge
und Falter haben sich auch zu der vertraglich festgesetzten
Zeit entpuppt und umschweben die Blumen wie lebende
Edelsteine.

Die Beleuchtungskörper sind unsichtbar angebracht und
sollen zu gegebener Zeit die Farbenpracht der Blumen erhöhen. Die Tische stehen unter blühenden Bäumen.

Orchideen von unerhörter Üppigkeit und den mannig-
faltigsten Formen und Farben gehören noch zu den zartesten
Blumen, denn man hatte die farbigsten und leuchtendsten

bevorzugt. Man huldigte damit dem allgemeinen Geschmack. Die Kleinbürger kauften künstliche Blumen in den Fünf- und Zehncentgeschäften, nicht so sehr, weil sie billiger waren, sondern weil sie buntere Farben hatten.

Nun blühen im Ballsaal die Jasinum ingiaum, durchsichtige, lila Blüten, die einen betäubenden Vanilleduft ausatmen. Grüngesprenkelte, veilchenfarbene Falter umgaukeln sie. Die granatfarbene Granata arbor wird von gleichfarbigen Schmetterlingen mit smaragdfarbenen Kreisen belagert.

Falter mit blauen Leibern und durchsichtigen, goldfarbenen Flügeln umgeben die Rosen von den Karibischen Inseln mit ihren reichen, dichten Blütenblättern in den Farben von vergilbtem Elfenbein und von stumpfem Rosa, das man auf alten Altardecken findet. Auch Schmetterlinge, deren einer Flügel giftgrün ist, während der andere auf tabakfarbenem Grund rote, blaue und gelbe Linien aufweist, umschwirren sie.

Auf die Bataten mit langen, feuerfarbenen und violetten Blättern lassen sich Schmetterlinge mit irisierenden braunen Flügeln und leuchtendem Rumpf nieder.

Bergseefarbene Moschusblumen, Malius punicas, deren üppige Blüten tiefrot leuchten, als wären sie aus Rubin, vermengen sich mit den purpurfarbenen Ballias und den Maribonas, deren Blätter wie Flammen züngeln. Sie werden umschwebt von der leuchtend blauen Morpho laertes und der mächtigen, vielfarbigen Thysamia strix aus Surinam.

Diese tropische Wildheit hat etwas Erschreckendes, das nicht zu dem kühlen Marmorsaal paßt, noch weniger zu den erwarteten Gästen. Nur die Leuchtreklame, die schillernd in den Raum bricht, hat in ihrer Überschwenglichkeit eine Verwandtschaft mit ihr.

Vorerst sind es nur die Kellner, die das ungewohnte Schauspiel betrachten. Es sind sechzig Männer, die mit der gleichen Sorgfalt wie die Schmetterlinge und Pflanzen für diesen feierlichen Anlaß ausgesucht wurden. Sie haben alle glänzende Figuren, regelmäßige Gesichtszüge, einen reinen Teint. Sie sehen alle aus, wie man sich englische Lords vorstellt, oder wie Filmliebhaber, natürlich nicht wie im Leben, sondern so, wie sie auf der Leinwand erscheinen. Sie tragen ihre Fracks mit außerordentlicher Eleganz, und nur die kleine Metallmarke mit ihrer Nummer verrät die untergeordnete Rolle, die sie hier zu spielen gezwungen sind.

An diesem Abend müssen sie Franzosen markieren, um die Vornehmheit des Festes zu erhöhen. Unter ihnen befinden sich Vertreter fast aller weißen Nationen der Welt; neben einigen wenigen echten Franzosen gibt es Schweden und Griechen, Deutsche, Spanier und Angehörige der verschiedenen Balkanstaaten. Wenn sie bedienen, müssen sie alle französisch sprechen. Nun, jedenfalls hört sich ein gebrochenes Französisch, dessen Gebrochenheit die Gäste nicht erkennen, besser an als das Einwandererenglisch, das ihre aristokratische Erscheinung Lügen strafen würde.

Auch Herr Fish befindet sich unter den Kellnern. Er muß bekennen, daß das, was ihm der „schöne Alex" über das Äußere der Kellner erzählt hatte, nicht übertrieben war. Herr Fish ist mit sich selbst zufrieden. Er findet, daß der geliehene Frack seine Figur bestens zur Geltung bringt und daß seine Erscheinung sich glücklich dem Gesamtbild einfügt. Sogar der „schöne Alex" gibt das in schmeichelhaften Worten zu.

Allerdings beunruhigt er sonst in jeder Beziehung Herrn Fish. Er weicht ganz einfach nicht von seiner Seite, obgleich man annehmen sollte, er würde vorziehen, sich hier im Saal vor seinen Vorgesetzten nicht ohne Nummer zu zeigen. Der „schöne Alex" scheint hingegen keine Angst mehr zu haben, obgleich er heute früh so eindringlich die Gefahren schildern konnte, denen er sich aussetze, wenn er Herrn Fish als Kellner hereinschmuggeln würde.

Sollte auch der „schöne Alex" wie die beiden „einstigen Kriegskameraden" auf dem Dachgarten in Herrn Strongs Sold stehen? Oder bildete er sich nur selbst ganz überflüssigerweise Gefahren ein? Herr Fish ist selbst nicht mehr ganz sicher, ob er Verfolger oder Verfolgter ist.

Ja, der „schöne Alex" zeigt sich in überraschender Weise entgegenkommend. Er empfiehlt Herrn Fish wohlwollend verschiedenen Kollegen, gibt ihm Erläuterungen und klärt ihn über alle technischen Finessen auf, die ein vollkommener Kellner zu beherrschen hat.

Herr Fish greift während dieser freundschaftlichen Ratschläge wiederholt nach seinem Briefpaket. Es ist aber da, genau an der Stelle, wo er es verbarg.

Jetzt aber gibt es ungeheuer viel zu tun. Herr Fish hat keine Zeit mehr, seinem Verdacht nachzuhängen.

Die Tische werden gedeckt. Silber und Kristallgläser herbeigeschafft. Die Kellner müssen riesige Schüsseln herbeischleppen mit den verschiedensten Süßigkeiten, exotischen Nußarten, Oliven und Salaten.

Die Kapitäne, die zwischen den Kellnern und den Maîtres d'hôtel die Verbindung herstellen, sind heute zahlreicher als sonst vertreten. Sie haben ein scharfes Auge auf die Kellner, kommen mit immer neuen Befehlen und Anordnungen. Es ist ein Laufen und Hetzen, ein Wettrennen in die Küche und an die Büfetts, noch bevor die eigentliche Arbeit begonnen hat.

Die Maîtres d'hôtel verfolgen vom Hintergrund aus die Arbeit. Man ist heute auf allerlei unangenehme Überraschungen gefaßt. Man weiß, wenn das Personal zu mäkeln anfängt, sucht es unbedingt irgendwelche eingebildete Unzulänglichkeiten ausfindig zu machen. Deswegen achtet man darauf, daß die Kellner keine Gelegenheit finden, sich allzuviel miteinander zu unterhalten.

Die Kapitäne klatschen in die Hände und treiben die Kellner zur Eile an.

„Sprecht nicht soviel, Jungens, macht fix, der Spaß beginnt gleich. Ihr müßt euch beeilen."

Die Kellner betrachteten kritisch den Saal.

„Das wird ein ganz großes Affentheater, das uns wenig einbringen wird, paßt auf."

„Ich möchte meinem Jungen den blauen Falter dort nach Hause mitbringen; man ahnt ja nicht, was für schöne Biester es auf der Welt gibt."

„Warte nur ab. Bis die mit der Fresserei fertig sind, wirst du todmüde sein, und es wird dir die Lust vergehen, nach Schmetterlingen zu laufen."

„Habt ihr eine Ahnung! Als ob man hier die Schmetterlinge fangen dürfte! Die wird man extra sammeln; kein einziger darf verlorengehen. Das sind ja ganz teure Nummern, auf die paßt man auf."

Einer der Maîtres d'hôtel nähert sich den Sprechenden und überblickt prüfend die Tische.

„Aber auch auf uns.“

„Die möchten am liebsten jedes Wort, das wir sprechen, mit dem Mikrofon aufnehmen.“

„Sie haben Angst vor uns.“

„Man kann manchmal Lust bekommen, den ganzen Kram hinzuwerfen und der Gesellschaft mal tüchtig die Meinung zu sagen. Ich spüre schon meine Beine, und dabei hat das Fest noch nicht einmal angefangen.“

„In der Küche sind die Köche ganz wild. – und an wem lassen sie ihre schlechte Laune aus? An uns.“

Einige Kellner unterhalten sich über den Tafelschmuck und über die Geschenke, die die Maîtres d’hôtel unter die Gedecke der Gäste legen.

„Ich verstehe nicht, warum man nicht auch uns mit einer brillantenen Krawattennadel überrascht. Warum die reichen Leute immer nur denen was schenken, die ohnehin schon mehr als genug haben?“

„Ich möchte die kleinen goldenen Löffel mit nach Hause nehmen, die sind ganz niedlich; meine Frau könnte mit ihnen gut unsere Kanarienvögel füttern.“

„Sprich nicht so laut, du Dummkopf, du kannst noch in die Klauen von Detektiven geraten.“

„Mein Lieber, wenn du hier was klauen kannst, dann verdienst du eine Medaille.“

Jetzt ruft ein Glockenzeichen die Kellner zum Essen. Die Kapitäne achten darauf, daß die Kellner auch wirklich essen, denn sie sollen nicht in Versuchung kommen, wenn sie das Hochzeitsmahl servieren.

Die Mahlzeit der Kellner hat auch bei dieser besonderen Gelegenheit nichts Festliches. Sie bekommen das Essen zweiten Grades, stehen also nicht auf der niedrigsten Stufe; sie werden von den jüngsten Speiseträgern bedient.

Die Kapitäne, die gewöhnlich in einem anderen Raum essen, denn sie gehören zum dritten Grad, erscheinen dieses Mal vollzählig im Speiseraum der Kellner. Man hat so Erfahrungen. Die Kellner pflegen beim Essen immer mächtig zu schimpfen, und man verspricht ihnen ständig für das nächste Mal Abhilfe. Heute aber befürchtet man ernstere Unzuträglichkeiten. Die Nachrichten über gewisse Geschehnisse im Hotel erreichen in Windeseile jeden einzelnen; Versuche, die verschiedenen Schichten zu isolieren, blieben in dieser Hinsicht stets erfolglos.

Es war auch leicht festzustellen, daß die Revolte im Speisesaal der untersten Stufe beim Personal Gefallen erregt hatte. Alle schienen auf eine Gelegenheit zu warten, den Mund selbst vollzunehmen.

Der Maître d'hôtel, in dessen Händen die Gesamtorganisation des Festes liegt, hält sich in der Nähe der Tür auf, von der er einen guten Blick auf die Kellner hat. Er wünscht, das Ganze wäre schon vorbei; er weiß aus Erfahrung, wie oft bei wichtigen Gelegenheiten alles schiefgeht.

Die Kellner, die sich jetzt über ihre Teller beugen, haben nicht die geringste Ähnlichkeit mehr mit englischen Lords. Schon die Art, wie sie die Suppe beäugen, die Löffel hineintauchen, verrät den Kapitänen und Maîtres d'hôtel, in wie streitsüchtiger Laune sie sind.

Tatsächlich beginnt schon beim ersten Löffel die Hetze.

Es ist ein großer, starker Norweger, der das Signal gibt. Er führt bei jeder Gelegenheit das große Wort und verdankt es nur seiner großen Geschicklichkeit, daß er doch immer wieder eingestellt wird.

„He, pflegt man euch auch zu Hause heißes Wasser zum Löffeln zu geben?"

„Und als Gewürz einen Schuß Spülwasser."

„Man füttert uns wunderbar, aber nur unsere Nase: wir dürfen das Beste riechen."

„Na, und was in den Magen kommt, ist ja nicht so wichtig."

Sie rufen den Speiseträgern zu:

„Räumt die Teller weg, Kinder, schade, wenn das Spülwasser hier kalt wird, vielleicht brauchen es die Tellerwäscher."

Die Kapitäne beginnen einzugreifen.

„Jungens, ihr sucht ja nichts weiter wie Streit; ihr könnt euch die Töpfe in der Küche selbst ansehen, ich wette, nirgends bekommt ihr solche Fleischstücke in der Suppe wie hier."

„Eure ,Fleischstücke', die ihr uns gebt, die kennt man, davon habt ihr mindestens schon dreimal Suppe gekocht."

„Ja, die Nährkraft müssen die Gäste bekommen."

„Fleischstücke, die für Gäste geeignet sind, kommen überhaupt nicht in unsere Küche. Wir bekommen die ausgekochten von Grad drei und vier."

Der eine Kapitän versucht die Ehre der Angestelltenküchen zu retten: „So ausgekocht wie du, mein Lieber, sind wir noch lange nicht."

„Ihr seid noch ausgekochter als eure ausgekochten Renommierfleischstücke in unserer Suppe."

Die Stimmung wird beim Fleischgang nicht freundlicher.

„Sind wir denn Hunde, zum Teufel auch", ruft ein Spanier wütend, „daß man uns Knochen vorwirft?"

Er hat heute kaum gegessen; seine Garderobe verschlang eine Unmenge Geld.

„Meine Frau ist drüben", sagt ein Schwede, „und ich kann sie nicht herüberkommen lassen, damit sie mir was Anständiges kocht."

„Eine dreckige Welt, ich habe die Nase voll", schimpft ein Deutscher. „Ich war früher Kellner in billigen Restaurants, seitdem kann ich in den Buden nicht mehr essen. Wenn du dort den Küchenbetrieb gesehen hast, vergeht dir für immer der Appetit."

„Die Automaten, die wenigstens rein sind, hängen mir zum Halse heraus, ich muß mir eine Frau anschaffen", jammert ein anderer.

„Du Unglückseliger, friß lieber Sandwiches dein ganzes Leben lang. Hast du eine Ahnung, wie dir die Frauen in den Ohren liegen, wenn du mal ein paar Tage ohne Arbeit bist?"

„Und die Kinder durchfüttern, glaubt ihr, das ist eine leichte Aufgabe?"

„Man hat schon seine Last", seufzt einer der wenigen echten Franzosen, „aber das schwerste ist für unsereinen, eine kranke Frau durchzubringen."

Die Kapitäne blicken auf die Uhr und rufen:

„Jungens, die Zeit vergeht, redet nicht soviel und eßt."

„Essen? Setzt uns doch was Anständiges vor!"

„Iß doch die deutschen Bratkartoffeln", ruft einer höhnisch, „die sind aus den Kartoffeln zubereitet, die die Scheuerfrauen heute mittag ausgespuckt haben."

„Hört jetzt auf", ein Kapitän ist vorgesprungen, „ihr wollt

nur herummäkeln. Man könnte euch das Hochzeitsessen servieren, und ihr kämt doch mit euren dummen Redensarten; ihr wollt euch doch nur einander den Appetit verderben.“

„‚Appetit verderben‘ ist gut, es kann einem schon übel werden, wenn man nur die Speisen auf unserem Tisch sieht.“

Der Maître d’hôtel beeilt sich, den Kapitän, der dazwischenschreien will, zu beruhigen.

„Sie werden nur rabiater, wenn man sie belehren oder besänftigen will, laß sie reden.“

Er fühlt ein stechendes Ziehen in den Schläfen. Die Uhrzeiger rücken weiter, die Gäste müssen bald eintreffen – und die Kellner sitzen da und quasseln! Die Löwenbändiger ahnen sicher nicht, welch beneidenswerten Beruf sie ausüben.

„Laßt sie nur reden, es hat keinen Zweck, sie zur Vernunft bringen zu wollen, das Schimpfen beruhigt sie. Wenn sie gegen alles losgegangen sind und sich selbst genug bemitleidet haben, gehen sie wieder an die Arbeit.“

Aber die Kellner machen immer noch keine Miene aufzustehen. Ihr Wortführer, der große Norweger, gibt sogar eine Art Kriegserklärung ab.

„Solange wir nicht etwas Anständiges im Magen haben, arbeiten wir nicht.“

Der Maître d’hôtel wünscht sie alle zum Teufel, gleichzeitig aber erfüllt ihn Höllenangst bei dem Gedanken, sie könnten einfach gehen und ihn im Stich lassen. Und bald kommen die Hochzeitsgäste; er könnte unmöglich inzwischen Ersatz finden. Mit ungelernten Kräften wäre ihm heute nicht geholfen, und die paar Kapitäne könnten nicht viel ausrichten.

Man muß die Leute beruhigen.

In humoristisch unterwürfiger Weise nähert er sich den Kellnern, indem er selbst einen Kellner kopiert.

„Nun, Jungens, wünscht ihr die mit Trüffeln gefüllten Puten oder geröstete Hummern? Sollen wir euch vielleicht das Hochzeitsessen servieren?“

„Warum nicht? Wir haben auch keinen anderen Magen als die Hochzeitsgäste.“

„Aber einen anderen Geldbeutel, das gebt ihr wohl zu?

Wirklich, Jungens, was ihr tut, ist unvernünftig, nur ihr selbst werdet Verluste zu tragen haben, wenn ihr den guten Verdienst verliert."

„Ach, ach, die Trinkgelder kennen wir. Je feiner die Gesellschaft, um so magerer der Verdienst."

„Je mehr wir laufen und rennen müssen, um so weniger hält man es für nötig, dafür zu sorgen, daß wir auch bei Kräften bleiben."

„Wenn du keine Kraft mehr hast, wirst du zum alten Eisen geworfen; es gibt jeden Tag Neue, die statt deiner arbeiten können", ruft ein Spanier.

„Nun gut, ich werde dafür sorgen, daß ihr ein Extraessen aus der Direktionsküche bekommt, aber ihr müßt daran denken, daß wir nicht mehr viel Zeit zu verlieren haben."

„Direktionsessen heute — und morgen geht es weiter wie alle Tage."

„Wir können, wenn wir heute auch arbeiten, morgen auf die Straße gesetzt werden. Wer garantiert dafür, daß man uns weiterarbeiten läßt?"

„Ich."

„Und morgen erklärt man, daß der Maître d'hôtel nichts zu sagen hat."

„Wir wollen in die Kellnergewerkschaft eintreten, dann haben wir wenigstens einige Sicherheit."

Es ist der Norweger, der spricht.

„Es sollen nur gewerkschaftlich organisierte Kellner angestellt werden."

„Ihr seid wahnsinnig, mit diesen Sachen fünf Minuten vor einem Hochzeitsfest zu kommen, wir verhandeln morgen."

„Wir verhandeln heute, wo man uns braucht, oder wir gehen alle."

Herr Fish, der sich gleichfalls im Eßraum aufhält, ist unzufrieden und ungeduldig.

Nichts ist ihm gleichgültiger als das Essen hier; er hat bedeutend wichtigere Sorgen. Diese Leute sind schrecklich, sie denken tatsächlich nur an ihren Magen und sehen nicht weiter als von einer Mahlzeit zur anderen.

Es wäre ihm ganz und gar nicht erwünscht, wenn die Feier auf Schwierigkeiten stieße, die gehörten nicht zu seinem Plan. Herr Fish war im Augenblick für keine Improvisationen. Er wollte Herrn Strong überraschen und verblüffen, ihm zeigen, daß er sich nicht einschüchtern ließe und ihm gefährlich werden konnte. Aber eine Überraschung von anderer Seite stört Herrn Fishs Pläne.

Er versucht auf eigene Faust die Kellner zu beschwichtigen.

Diesen beginnt es jetzt aufzufallen, daß er ein Neuer ist. Wozu versucht er, sich in alles hineinzumischen; ist er ein Lockspitzel?

Herr Fish ist allein. Der „schöne Alex" zeigt sich nicht im Eßsaal, er sitzt im Warteraum der Kellner. Er will Herrn Fish, wenn nötig, seine weitere Unterstützung für den Abend nicht versagen.

Die Kellner machen immer noch keine Anstalten, in den Saal hinüberzugehen; es fallen ihnen im Gegenteil immer neue Wünsche ein. Sie fordern nicht nur besseres Essen, die Möglichkeit sich zu organisieren, sondern auch noch eine besondere Zulage.

Ja, es gibt sogar einige, die Anstalten machen, in den Ballsaal hinüberzugehen. Im Gehirn des Maître d'hôtel spukt ein furchtbarer Gedanke. Wie, wenn es den Kellnern einfiele, den wunderbaren Feengarten zu zerstören, wenn sie sich an den Blumen und Schmetterlingen vergriffen? Wenn sie das Gold, das Silber und die Kristalle durcheinanderwürfen? Wenn sie sich an den aufgestellten Speisen gütlich täten, wenn sie sein wunderbares Werk zerstörten?

Er muß sie beruhigen, muß ihnen Versprechungen machen.

Er spürt den Schweiß unaufhaltsam aus allen Poren hervorbrechen und hat das Gefühl, als versagten alle seine Glieder den Gehorsam.

Und die Uhr! Der Zeiger der Uhr rückt unaufhaltsam vorwärts.

Er hält eine Rede an die Kellner, seine Stimme schmeichelt, seine Stimme beschwört, und er macht Versprechungen, jede Versprechung, die man nur von ihm verlangt.

16

Die Korridore am Personalausgang haben sich wieder gefüllt.

Mit unglaublicher Schnelligkeit hat es sich herumgesprochen, daß die Kellner im Ballsaal in Streik treten wollen. Kam die Nachricht durch das Küchenpersonal oder die Garderobieren, kam sie durch die Speisenträger oder die Musiker? Jedenfalls gab es in kurzer Frist niemanden, der nicht von ihr wußte.

Sie wurde auch bald ausgeschmückt verbreitet, ins Phantastische vergrößert.

Man erzählt sich, daß die Kellner im Ballsaal alles kurz und klein schlügen, daß die Polizei benachrichtigt sei und daß man auf wahre Kämpfe vorbereitet sein müsse. Das Personal, das sich noch im Hotel aufhält und nicht arbeiten muß, fährt hinunter zum Ausgang, um letzte und authentische Berichte zu erhalten.

Sogar die alte Nanny erscheint, die sonst immer ihre freie Zeit regungslos sitzend in ihrem Zimmer oben verbringt.

Sie hatte schon schwere Lohnkämpfe mitgemacht, bei denen auch Blut floß. Sie erzählt den Umstehenden davon, aber da sie keine Zähne im Mund hat, ist es schwer, sie zu verstehen.

Auch Celestina ist gekommen; sie war bisher oben geblieben, weil sie befürchtete, Shirley könnte meinen, die Mutter spioniere ihr nach.

Nein, das wollte sie nicht mehr tun, denn sie hatte das untrügliche Gefühl, sie könne ihre Tochter nicht mehr verlieren.

Jemand sagt in der Nähe: „Die Kleine hat alle aufgewiegelt."

„Ja, wenn es anfängt unruhig zu werden, kommt es früher oder später doch zu einem Ausbruch."

„Wenn die Leute anfangen zu sehen, ist es nicht so leicht, sie wieder blind zu machen."

„Die Direktion wird unbarmherzig aufräumen."

„Wenn wir es zulassen."

„Pah, was können wir schon viel tun?"

„Weil ihr nichts weiter sagen könnt als dieses: ,was können wir schon tun'. Können wir auch wirklich nichts tun?"

„Hast du vielleicht Lust zu streiken, wenn man die Kleine an die Luft setzt?“

„Es würde nicht nur dabei bleiben. Die Kellner werden der Gesellschaft schwerer im Magen liegen.“

„Wenn es sich um etwas Wichtiges handelt, will ich auch dabeisein.“

„Aber dumm ist die Kleine doch nicht.“

„Vielleicht kann sie später noch einmal etwas Richtiges werden.“

Celestina zweifelt nicht: man wird Shirley wegschicken, und niemand wird versuchen, sie zu halten. Aber sie würde sich schon weiterhelfen können, sie ist jung und kann arbeiten.

Shirley steht an die Wand gelehnt und spricht wieder mit Fritz. Ihre Blicke wandern unruhig umher.

Wieder kommen neue Nachrichten aus dem Ballsaal.

Man hätte die Forderungen der Kellner bewilligt.

„Nun, freust du dich nicht, daß alles in Fluß kommt? Siehst du, wenn wir zusammenhalten und nur wollen, haben wir auch die Macht.“

„Ich habe gehört, daß wir dumm sind. Ist es wahr, daß man vor unserer Nase Kriege vorbereitet und wir nichts davon merken?“

„Ich ahnte nicht, daß du soviel weißt. Hast du dich schon mit allen diesen Fragen beschäftigt?“

„Ich weiß, daß man viel Geld haben muß, wenn man nicht will, daß einem Böses geschieht.“

„Du hast merkwürdige Gedanken.“

„Ich habe da einiges gehört von jemandem, der sich als besonders klug aufgespielt hat – aber er ist auch sicher klug, klüger als ich oder du.“

„So, du bist ja sehr nett. Ich möchte ihn sehen, den du für so viel klüger hältst als mich.“

„Vielleicht hast du ihn sogar gesehen. Siehst du, er hat auch nichts und lebt doch gut, genau so, als ob er reich wäre.“

„Und das hältst du für so besonders klug?“

„Natürlich, wir müssen schwer arbeiten und haben doch nichts.“

„Aber weißt du denn nicht, daß, wenn wir nur wollen, wir

viel mächtiger und viel reicher werden können als der mächtigste, reichste Millionär? Dann könnte alles uns gehören, alles, was wir sehen, alles, was uns umgibt. Alles!"

„Das glaub ich nicht. Das ist ja gar nicht möglich."

„Freilich würde uns das alles nicht in den Schoß fallen. Wir müßten dafür kämpfen, arbeiten, lernen."

„Aber wie?"

„Ich werde dir die Bibliothek zeigen. Wir gehen zusammen hin. Du wirst sehen, wie viele Bücher es dort gibt. Liest du manchmal?"

„Nur Sachen, über die man lachen kann. Aber vielleicht ist auch anderes interessant. Wenn du es mir gut erklären kannst ..."

„Willst du immer noch nicht ins Freie?"

„Nein, ich muß noch warten."

17

Im Ballsaal war alles ruhiger verlaufen, als die wilden Gerüchte glauben ließen.

Von der Direktion kam die Parole: Alles bewilligen. Die Kellner bekamen sofort ihre Zulagen ausgezahlt, man gab ihnen schnell ein anständiges Essen und versprach sogar Verhandlungen über die Unions-Angelegenheit. Aber alle wußten, es war kein Friedensschluß, es war nur der Anfang des Kampfes.

Die Kellner stehen im Saal und sehen wieder wie englische Lords aus. Die Maîtres d'hôtel lassen ihre Augen mit Erleichterung wieder über den Saal schweifen. Die Kapitäne klatschen in die Hände, zum Zeichen, daß die Gäste nahen.

Alle hinter den Pflanzen verborgenen Lichter leuchten auf und erhöhen die Pracht, machen die Farben noch leuchtender. Die unsichtbare Musik beginnt ganz leise zu ertönen, und die Schmetterlinge, aufgescheucht vom Licht, führen einen unerwarteten Tanz auf.

Die Gäste, gefolgt von den Reportern, betreten den Saal. Ein allgemeines „Ah!" ertönt, das Herrn H. W. Strong mit Genugtuung erfüllt.

Im Mittelpunkt der Gesellschaft steht das junge Ehepaar. Marjorie stützt sich leicht auf den Arm Edgar Sedwicks, des ihr eben angetrauten Gatten. Die wie Blumen anmutenden Brautjungfern umschwirren sie lachend.

Sie erhöhen die malerische Wirkung der Braut, die strahlend, in Kostbarkeiten gehüllt, an ein unwirkliches Götzenbild erinnert. Der wertvolle seltene Schleier umfließt ihre Gestalt, die Steine an ihren schmalen langen Fingern sprühen in allen Farben, die Perlen werfen einen matten Glanz auf ihre unvergleichliche Haut. Ein jeder muß bekennen, daß sie schön ist.

Und doch zittert sie ein wenig hinter dem glanzvollen Äußeren. Sie hat Angst, eine nervöse, unbestimmte Angst, die sie sich selbst nicht eingestehen will.

Herr Fish kann mit dem Eindruck zufrieden sein, den er auf sie macht. Ihre aufgescheuchten Augen, ihr Zurückweichen, als sie ihn zwischen der Kellnerschar entdeckt, ist ihm ein gutes Vorzeichen für das Gelingen seines Unternehmens. Sie hat also Angst vor ihm; das ist es gerade, worauf es Herrn Fish ankommt.

In Wirklichkeit fürchtet sich Marjorie, weil sie wieder Gespenster zu sehen glaubt.

Herr Fish findet, daß es eine überaus schlaue Idee von ihm war, sich als Kellner einschmuggeln zu lassen. Die Gäste und Reporter wurden sorgfältig kontrolliert, ihr Eintreten verfolgte ein Heer von Detektiven und ein Schwarm Sekretäre des Herrn Strong. Sicher hatte H. W. angenommen, er würde versuchen, sich eine Eintrittskarte zu verschaffen, und hatte dagegen Vorsichtsmaßregeln getroffen. Jetzt aber konnte man ihn nicht entfernen, ohne einen unliebsamen Auftritt befürchten zu müssen. Herr Fish ist also mit sich selbst zufrieden.

Seine optimistische Stimmung läßt jedoch nach, als er merkt, daß seine Gegenwart nicht den geringsten Eindruck auf Herrn H. W. Strong gemacht hat. Der Vater der Braut nickt sogar seiner Tochter aufmunternd zu, als wollte er sagen, sie hätte keine Gefahr zu befürchten.

Herr Fish fühlt langsam Wut in sich aufsteigen. Er empfindet Haß, er, der nichts weiter wollte, als sein Schäfchen ins trockene bringen. Es scheint ihm selbst unwahrscheinlich,

daß Marjorie ihm je angehört hatte, – dieses kalte Götzenbild, diese leere Puppe, die über alle anderen gestellt wurde,
kraft des Geldes ihres Vaters. Es war ihr gelungen, sogar
ihn, Herrn Fish, auszunutzen. Er hatte ihretwegen Schulden
gemacht. Es bereitete ihr einen Kitzel, über Abgründe zu
tanzen, und er war ihr dabei ein guter Partner. Als sie
genug hatte, verabschiedete sie ihn einfach. Aber er war
gewillt, sich das kleine Abenteuer schwer bezahlen zu lassen.
Er war nicht der Mann, dem man Schlaraffenland zeigen
konnte, um ihn nachher mit einem Fußtritt zu verabschieden.
Wenn Herr Strong es mit ihm aufnehmen wollte, nun gut,
er war bereit.

Marjórie wagt es wieder, zu ihm hinüberzusehen. Vielleicht sieht sie gar keine Gespenster, er ist es selbst, er verfolgt sie. Jetzt, da sie ihn in Kellneruniform erblickt, begreift
sie kaum, was ihn so anziehend gemacht hatte. Er sieht nicht
schlecht aus, aber zwischen den anderen Kellnern wäre er
ihr nie besonders aufgefallen. Die anderen bieten keineswegs einen übleren Anblick als er. Die meisten sehen sogar
entschieden vorteilhafter aus als die Gäste. Vielleicht haben
sie auch allerlei Gedanken im Kopf, schlimmere und ge-
fährlichere als Herr Fish, vielleicht hassen sie sie, möchten
sie auch stürzen, sie, die reiche Erbin und die ganze Gesellschaft. Herrn Fish würde ihr Vater schon erledigen, sie
kennt ihn. Er würde dieses Fischlein nicht hier herumspringen lassen, wenn er nicht wüßte, daß es unschädlich
ist.

Aber da gibt es eine andere, eine stärkere, undurchdring-
lichere Macht, mit der nicht einmal Herr Strong fertig werden könnte. Marjorie sieht sie in den haßerfüllten Augen der
Kellner. Sie sah sie heute in den Blicken des kleinen Wä-
schermädchens und der Negerin. Oder bildet sie sich dies
alles nur ein? Sie hat Angst, es ist unleugbar, genau wie die
Könige seit eh und je Angst um ihr Leben haben und überall
Gefahren wittern.

Sie blickt hinüber zu ihrer Mutter; Frau Strong hält
Cercle. Sie ist ganz Königin, unnahbare Majestät, an die das
gewöhnliche Leben nicht herankann.

Aber freilich, ähnliche Befürchtungen wie ich hat sie sicher
nie, denkt Marjorie. Die ältere Generation hat es doch gut,

sie glaubt fest an einen Gott, der ihr als Schutzpolizist beigegeben ist. Sie kleidet ihre Selbstkritik in Gottgläubigkeit und sieht selbst ein, daß sie eine höhere Macht vorschieben muß, um ihre bevorzugte Stellung zu erklären.

Möglicherweise habe ich diese Gedanken von Herrn Fish, stellt Marjorie erschrocken fest. Nun, wenigstens konnte man allerlei von ihm lernen.

Es werden Cocktails herumgereicht. Der französische Chef hat sie kreiert und nennt sie „quelques fruits et fleurs".

Die Reporter, unter ihnen viele weibliche, flitzen zwischen den Gruppen umher und suchen nach bekannten Persönlichkeiten, deren Kleider sie beschreiben könnten.

Herr Fish denkt in seinen rachsüchtigen Phantasien, daß er es leicht hätte, sich hier mit seinen Enthüllungen an die Presse zu wenden. Wenn es den Reportern, die mit solchem Eifer die Dekoration des Saales, die Kleider und die Schmuckstücke der Damen beschrieben, an Stoff mangelte, er, Herr Fish, könnte ihnen genügend liefern.

Statt sich mit Belanglosigkeiten abzugeben, könnten sie ihn um Informationen bitten; er könnte sie über das Leben dieser höheren Gesellschaft aufklären. Dank Marjorie hat er so seine Erfahrungen und weiß mehr über sie, als sämtliche sogenannten Gesellschaftsberichterstatter. Sicher wußten auch sie mehr, als ihre Berichte verrieten; sie waren jedoch die letzten, die darüber entschieden, was zum Druck geeignet war.

Die Kunst des äußerlichen Sehens wird an allen Journalistenuniversitäten Amerikas derart ausgebildet, daß ein guter Reporter fähig ist, auf einen Blick die ganze äußere Erscheinung eines Menschen genau wiederzugeben. Sie irren sich nicht in der Farbe der Krawatte, der Form der Schuhe; sie sind imstande, den genauen Preis des Anzuges festzustellen. Mit dem gleichen Eifer beschreiben sie die Haartracht, die Strümpfe, Handschuhe, ob sie nun über einen Mörder, einen Ozeanflieger oder über eine Braut berichten.

Herr Fish sagt sich, daß von seinem Wissen keine Reporter, keine Zeitungen Gebrauch machen würden. Käme es zu einem Prozeß, dann allerdings müßten sie Notiz nehmen; aber an einem Prozeß liegt auch Herrn Fish nicht viel.

Eine Gesellschaftsberichterstatterin beschäftigt sich jetzt

angelegentlich mit Marjorie, um von ihr eine besondere Information zu erhalten. Marjorie gibt nicht zum erstenmal die Geschichte des Schleiers zum besten. Während sie erzählt, überkommt sie wieder ein leichtes Gruseln. Sie kann das Angstgefühl heute nicht loswerden. Nicht nur von Herrn Fish, der ihr auflauert, scheint ihr Gefahr zu drohen, sie fühlt, es gibt überhaupt keine Sicherheit. Wie ist es möglich, daß sich die anderen nicht fürchten?

Die Reporterin notiert; sie wird aus Marjories Erzählung eine recht farbige Geschichte machen. Für die Frauen, die „Beherrscherinnen Amerikas", ist im Zeitungsbetrieb nur ein bestimmtes Fach reserviert. Sie plaudern über die „Gesellschaft", über das Glück, Amerikanerin zu sein, über die Mode und über die Wege zu ewiger Jugend und Schönheit – Kenntnisse, von denen sie aber selbst nicht immer Gebrauch zu machen scheinen. Sie gleichen Kanarienvögeln, denen man die Augen ausgestochen hat: blind, ohne ihre Umgebung, die rauhe Wirklichkeit, zu sehen, zwitschern sie unbekümmert darauflos.

Marjorie sucht Schutz bei ihrem Mann.

Herr Fish folgt ihr.

Er ist jetzt ganz diensteifriger Kellner.

Der junge Ehemann liest schaudernd das Menü. „Ich kann mir doch nicht meinen Magen verderben, nur weil ich heute geheiratet habe", sagt er zu Herrn Fish, der ihn bedienen soll. „Legen Sie zwei Eier auf drei Minuten in siedendes Wasser, aber lassen Sie sie nicht kochen, ein Glas Milch und zwei Scheiben Toast, das ist alles."

Herr Fish würde lieber den jungen Ehemann in siedendes Wasser tun.

„Wenn man ein guter Sportsmann sein will, muß man wie ein Kind leben", erklärt Edgar Sedwick. „Ein Kind von fünf Jahren entfaltet mehr Vitalität als ein Schwerarbeiter; man lebe also wie ein Fünfjähriger."

Marjorie ist nicht ganz sicher, ob diese Frugalität nicht den Reportern zuliebe, die immer noch in ihrer Nähe herumhorchen, zur Schau gestellt wird.

Jedenfalls, findet Marjorie, hat Edgar etwas Sauberes und Frisches, freilich auch Langweiliges, aber er ist besser als die Männer, die den Krieg mitgemacht haben. Auf alle, auch wenn sie nicht aktiv an ihm teilnahmen, hat er dunkel abgefärbt, hat sie böse und undurchdringlich gemacht.

Herrn Sommer, der es in Amerika weit gebracht hatte und der dem jungen Ehepaar gegenübersitzt, gefällt aber nicht die übertriebene Genügsamkeit Edgars.

„Hehe, wie ein fünfjähriges Kind, nun, wir wollen hoffen, daß Sie dieses Programm nicht allzu wörtlich ausführen werden. Ja, Sie haben es leicht, Sie haben sich den richtigen Vater ausgesucht. Sehen Sie mich an, ich habe die Vitalität von einem Dutzend fünfjähriger Kinder – und die brauche ich, bei Gott."

Er stopft sich gleichzeitig gesalzene Pistazien und Oliven in den Mund und knabbert an Staudensellerie, während er mit überraschender Schnelligkeit Hummern verschlingt.

Er ist Unternehmer der größten Wolkenkratzerbauten. Geraten „kleinere" Häuser von etwa zwanzig Stockwerken in seine Hände, kann man sicher sein, daß er sie sofort niederreißen lassen wird, um mächtigeren Bauten Platz zu schaffen. Man erzählt sich, daß er, bevor er nach Amerika kam, kein höheres Haus gesehen hätte als das einstöckige Herrschaftshaus in seinem Dorf. „Mein Lieber", spricht er weiter zu dem frischgebackenen Ehemann, „wenn man Häuser baut und mit Arbeitern umzugehen hat, braucht man mehr Vitalität, als wenn man einige Bälle springen läßt. Sie würden staunen, junger Mann, was man da Nerven braucht! Diese Gesellschaft möchte uns Bedingungen diktieren. Wenn man sein eigener Herr bleiben will, muß man auf der Hut sein, man muß den Leuten zeigen, daß man keine Organisation, keinen Zusammenschluß duldet. Ich stehe auch allein und wünsche mit meinen Leuten einzeln zu verhandeln. Aber um seinen Willen durchzusetzen, dazu braucht man Kraft, mit zwei Eiern kann man das nicht schaffen."

Der Kellner, ein Pole, der Herrn Sommer schon zum dritten Male geröstete Hummern serviert, verspürt große Lust, ihm mit der Faust die richtige Antwort auf die Nase zu versetzen. Der Kellner hatte eine schreckliche Stunde durchgemacht, während es unentschieden war, ob sie den Kampf gegen die Hotelleitung aufnehmen würden. Er besaß kein Geld mehr und rechnete mit Bestimmtheit auf den Verdienst von heute abend. Es war für ihn eine Frage von

Tod und Leben, und doch wollte er mitmachen, wenn sich die anderen für einen Streik entschieden hätten. Ja, er wünschte einen Streik, er wünschte den Kampf, und doch hatte er das Gefühl, als wäre er einer Gefahr entronnen, als man die Forderungen bewilligt hatte.

Nun mußte er wortlos zuhören, wie dieser Unternehmer behauptete, den Arbeitern gegenüber alleinzustehen. Als ob man so dumm wäre und nicht wüßte, daß hinter ihm die Polizei und das Militär, der Richter und die Kirche ständen, als ob es keine Trusts und Kartelle gäbe.

„Haben Sie keine dunkler gerösteten Hummern?"

Herr Sommer hat in seiner Vitalität für alles Auge.

„Jawohl, Herr, einen Augenblick, Herr."

Ein durchsichtig grüner Schmetterling mit langen, schleppenden Flügeln hat sich auf die Hand des polnischen Kellners niedergelassen. Das ist auch nur eine Störung bei der Arbeit und erbittert ihn noch mehr. Er möchte am liebsten das Tier zerdrücken, aber er sagt sich schließlich, daß es noch unglücklicher sei als er selbst.

Wir werden euch schon die richtige Antwort geben, keine Bange, auch wenn wir vorläufig Bücklinge machen.

Ein anderer Industriekapitän, der von Herrn Fish bedient wird, Besitzer von vielen Eisenbahnen, jammert ebenfalls.

„Die Leute, die uns immerfort angreifen, müßten wissen, mit welchen Schwierigkeiten wir kämpfen, sie sollten unsere Hauptbücher sehen."

Auch Herr Fish führt, wie sein Kollege, einen stummen Dialog.

Was braucht man eure Hauptbücher zu kennen, wenn man sieht, wie ihr lebt.

Geradezu um den Gedankengang Herrn Fishs zu entkräften, macht jetzt der „Große Haifisch", einer der reichsten Männer Amerikas, gleichzeitig einer der ältesten, seine Bestellung.

Wo war sein Grießbrei, sollten die Gastgeber verabsäumt haben, für ihn zu sorgen?

„Ich kann nur einen Grießbrei essen, der sechs Stunden lang in einem Doppelkocher gedämpft wurde."

Er muß, um seine Vitalität zu erhalten, wie ein überzarter Säugling leben.

Ja, natürlich, selbstverständlich wurde die Bestellung gemacht, beeilt sich der Kellner zu versichern, er würde sofort den Grießbrei bringen. Er denkt dabei schaudernd an den Cowboy und an dessen saftige Flüche, wenn er mit dieser Extraorder in die Küche kommt.

„Bring ihm ein blutiges Beefsteak", sagt ein anderer Kellner, „man sollte sabotieren, damit auch die Gäste etwas von unserer Unzufriedenheit merken."

„Wir haben einmal in Paris bei einer großen Gesellschaft alle Bestellungen verkehrt ausgeführt, es war eine tolle Sache. So etwas von Speisezusammenstellungen hat man noch nicht erlebt."

„Wie soll man in Amerika sabotieren? Hier würden sie ja überhaupt nichts davon merken", sagt ein Franzose. „In einem Lande, wo man Schinken mit Ananasscheiben serviert und Apfelkuchen mit Käse, würde sich auch niemand über in Essig gesäuerte Zwiebeln in Honig wundern."

„Ja, wir leben in einer bösen Welt", spricht der „Große Haifisch", er ist mit den anderen Industriekapitänen ganz einer Meinung. Seinen Spitznamen verdankt er seiner Skrupellosigkeit, mit der er alle Kleinen, die ihm im Wege standen, vernichtete. Heute geht er nur noch in die Kirche und folgt der Sonne. Er besitzt unzählige Schlösser in allen Teilen Amerikas; immer fährt er dorthin, wo Sonne ist. Überall wartet auf ihn eine zahlreiche Dienerschaft, um ihm seinen Grießbrei zu kochen. Er hat keinen anderen Wunsch, als mindestens hundert Jahre alt zu werden. Aber nein, jetzt bei der Hochzeitstafel erklärt er, daß er einen wirklich guten Menschen finden möchte. Aber das sei unmöglich, versichert er, die guten Menschen wären ausgestorben.

Die Anwesenden antworten ihm nichts.

Herr Fish, der die richtige Antwort wüßte, ist leider zur Stummheit verurteilt.

Zum Teufel auch, was für Sorgen sich der alte Haifisch macht; ich selbst habe noch nie einen Menschen gefunden, bei dem man ohne weiteres hätte feststellen können, ob er gut oder schlecht ist. Aber wie leicht ist es, herauszufinden, ob jemand gut oder schlecht lebt – und darauf allein kommt es an.

Gut sein, wer sich das leisten könnte! Es ist höchste Zeit,

denkt Herr Fish, daranzugehen, seine eigenen Angelegenheiten zu ordnen. Sein Kellnerdasein nimmt ihn mehr, als ihm angenehm ist, in Anspruch.

Die Kapitäne verfolgen jede seiner Bewegungen; er wurde schon wiederholt von ihnen zurechtgewiesen und auf Ungeschicklichkeiten, die einem erstklassigen Kellner nicht unterlaufen dürfen, aufmerksam gemacht.

Viel nervöser aber machen ihn die Sekretäre des Herrn H. W. Strong. Es scheint ihm, als folgten sie mit ironischem Lächeln jeder seiner Bewegungen.

Man mußte Herrn Strong merken lassen, daß man nicht hier war, nur um den Kellner zu spielen. Der große Mann sollte merken, daß die Sache ernst wurde, wenn er nicht nachgab. Herr Fish ist es nicht, der einen Skandal zu fürchten braucht.

Herr Fish ist davon überzeugt, daß er auf die Presse nicht rechnen könne, aber Herr H. W. Strong hat nicht wenige Feinde unter den Eingeladenen. Er hat Feinde – und Herr Fish kennt sie.

Da ist zum Beispiel Herr Vandercock, ein Mann von umfangreichen Formen und ebensolchem Appetit.

Herr Vandercock, der früher angeblich Hahn hieß und sich seinen neuen Namen nur ausgesucht hatte, um von holländischen Vorfahren sprechen zu können, ist der größte Straßenreklamefachmann Amerikas. Außenreklame ist seine Devise. Er ist der Erfinder der feurig auftauchenden und dann wieder im Dunkel verschwindenden Kuppeln und Türme. Er ist es, der das Dunkel mit glänzenden Buchstaben vollschreibt, der farbige Lichter über die Häuser rieseln läßt, der die Straßen in Lichtkaskaden taucht, er ist es, der in die Nacht hineinschreit, wo die Menschen kaufen sollen, welche Bedürfnisse sie haben, was ihnen gefallen müsse.

Herrn Strongs Zeitungen aber veranstalten schon seit längerer Zeit eine Kampagne gegen die übertriebene Straßenreklame.

Ärzte geben in Rundfragen Erklärungen ab, daß das starke Licht für die Augen überaus schädlich sei und die heutige Generation befürchten müsse, in Blindheit zu sterben. Man alarmiert die Polizei, um die Lichtreklame verbieten zu lassen, natürlich nur aus allgemein menschlichem Interesse.

Herr Vandercock behauptet allerdings, die Zeitungen sähen in seiner Reklame eine zu starke Konkurrenz, die Anzeigeneinnahmen würden geringer.

Solche Verleumdung wiesen die Zeitungen freilich weit von sich, sie fühlten nur Verantwortung dem Publikum gegenüber. Die Menschen wollten schon ohnehin nicht viel von Druckerschwärze wissen, sie sähen sich höchstens Bilder an oder die Leuchtbuchstaben, wodurch nicht nur die Augen, sondern auch das Seelenheil der Allgemeinheit ernstlich gefährdet würde. Man begann sogar schon von der Kanzel herab gegen die Lichtreklame zu predigen.

Aber auch Herr Vandercock versteht sich auf geschickte Schachzüge.

Er erklärte sich für die Durchführung einer unentgeltlichen Außenreklame für alle Kirchen und Bethäuser bereit. Bald flammten überall in den Straßen elektrisch beleuchtete Kreuze und Bibelsprüche auf.

Freilich geben auch die Zeitungen den Kampf noch nicht auf. Die Plänkeleien werden unterirdisch fortgeführt.

An geeigneten Bundesgenossen hätte es also Herrn Fish nicht gefehlt. Auch unter den Zeitungskönigen waren solche, die lieber allein herrschen würden, als mit Herrn H. W. Strong die Macht zu teilen. Sie hätten sicher Interesse an den geheimen Quellen und Zusammenhängen der Strongschen Propaganda, obgleich sie sich natürlich hüten würden, sie der Öffentlichkeit bekanntzugeben. Man verrät nicht so leicht gemeinsame Geschäftsgeheimnisse, wenn man auch bereit ist, von ihnen zu profitieren.

Herr Fish zweifelt nicht daran, daß es ihm möglich sei, die Briefe in die richtigen Hände zu spielen und dadurch nicht nur einen gesellschaftlichen Skandal zu verursachen, sondern auch die wichtigen Verhandlungen Herrn Strongs zu stören.

Auch Marjorie hat viele Feindinnen. Wahrscheinlich würden die anwesenden Damen alle erfreut sein, wenn sie in eine lächerliche Lage käme.

Sie scheint etwas von Herrn Fishs Gedanken und Plänen zu ahnen, denn sie ist unruhig und ängstlich.

Herr Strong dagegen zeigt nur Gleichgültigkeit und Nichtachtung statt Eile, mit Herrn Fish in Verhandlungen zu
treten.

Gut, wenn er mit dem Geld nicht herausrücken will, schadet er sich nur selbst. Seine Feinde werden weniger klein-
lich sein, wenn sie die Möglichkeit sehen, ihm zu schaden.

Diesen Gedankengang behält Herr Fish nicht nur für sich,
er verrät ihn einem der Sekretäre des Herrn Strong, der sich
wieder in seiner Nähe zu schaffen gemacht hat.

„Sie spielen Ihre Trümpfe zu schnell aus; wir könnten
Sie jetzt ohne weiteres wegen Erpressung verhaften lassen."

„Warum tun Sie es nicht? Nichts wäre mir erwünschter,
dann kann sich wenigstens die Öffentlichkeit mit der Angelegenheit befassen. Wenn ein Räuber nach der Polizei ruft,
kann man überzeugt sein, daß weit und breit keine in der
Nähe ist. Ich muß schon sagen, daß Sie auf keine besonders
geschickte Art mir Angst einjagen wollen."

Eine Hand legt sich auf Herrn Fishs Schulter. Sie gehört
keinem Detektiv, sondern einem der Kapitäne.

„He, Junge, was fällt dir ein, herumzuträumen und lange
Gespräche zu führen? Man hat sich schon über diese Bedienung beklagt."

„Machen Sie Ihre Sache gut, Kellner." Der Sekretär ärgert
ihn durch einen ironischen Seitenblick.

Zum Teufel auch, diese Rennerei! Man kann kaum einen
vernünftigen Gedanken fassen, spürt Arme und Beine –
verdammte Quälerei, dieses Bedienen! Der „schöne Alex"
hat nicht unrecht, eine Hochzeit ist kein Vergnügen, besonders nicht für die Kellner.

Der „schöne Alex" hält sich immer noch in der Nähe auf,
in den Gängen wartet er mit rührender Anhänglichkeit
auf Herrn Fish, immer bereit, ihn mit Ratschlägen zu versehen.

In der Küche geht es wild zu. Man muß schon ein „Alter"
sein, um dabei nicht nervös zu werden.

Einige Kellner haben doch allerlei kleinere Sabotageakte
versucht.

Sie servierten die heißen gebackenen Austern auf Eis, sie
verwechselten Mayonnaise mit Eiercreme und brachten den
blumenhaft anmutenden Brautjungfern, die alle diät leben,

statt der bestellten leichten Salate schwere Gänseleberpasteten.

Die Kapitäne schäumen vor Wut, aber es ist unmöglich festzustellen, wer die Bestellungen verwechselte oder ob sich die Kellner nur zufällig irrten.

Herr Fish wird von allen Seiten angeschrien; seine offensichtliche Ungeschicklichkeit erregt den Unwillen aller Köche und der Kapitäne.

„Bei Gott, dieser Kellner weiß nicht einmal, wie man eine Order anzugeben hat."

„Ich möchte auch wissen, von wo der Kerl hereingeschneit kommt."

Das „fix, Junge", „dalli, Kellner" der Kapitäne verwirrt ihn vollends.

Es erscheint ihm immer schwieriger, bei der Hetze Pläne und klare Gedanken zu fassen, und er beginnt zu begreifen, warum ihn Herr Strong mit solcher Ruhe herumrennen läßt: man will ihn, Herrn Fish, nur müde werden lassen, um ein leichtes Spiel mit ihm zu haben. Diese Erkenntnis steigert nur noch den Haß und die Wut, die Herr Fish auf die ehrenwerten Mitglieder der Familie Strong hat. Er will nicht mehr warten.

Herr Vandercock sollte die Briefe Marjories gleich zu Gesicht bekommen.

Er wußte auch, sie würden bei den blumenhaft anmutenden Brautjungfern Interesse finden.

Es ist nicht leicht, die Briefe unbemerkt auf die Tische zu legen, denn die Kapitäne behalten Herrn Fish scharf im Auge. Andererseits möchte er um keinen Preis den Augenblick versäumen, in dem das Auftauchen der Briefe bekannt würde, wenn sich die hämischen Augen auf Marjorie und den großmächtigen H. W. richteten.

Er sagt sich zwar, daß auf diese Weise seine Chancen, je Geld für die Briefe zu erhalten, gleich Null würden. Aber jetzt wollte er sich wenigstens rächen, vor allem rächen für die Gleichgültigkeit, die Nichtachtung, mit der man sein Erscheinen aufgenommen hatte. Herr Strong tat so, als ob es das Natürlichste auf der Welt wäre, daß er, Herr Fish, bei Marjories Hochzeit als Kellner diente.

Nun, man sollte etwas erleben.

Herr Fish entnahm seinem Briefpaket vorsichtig eine Anzahl Blätter; er möchte sie zu gern noch schnell durchsehen, um sie an die richtigen Adressen zu verteilen, aber dazu bleibt keine Zeit übrig, er muß flink und vorsichtig sein. Und schon ist der Streich geführt!

In der Küche bemächtigt sich seiner eine nicht geringe Erregung. Was wird geschehen, wenn er wieder den Saal betritt? Wird man ihn sofort hinausschmeißen? Werden die Gäste lachen und kichern über den jungen Ehemann und Marjorie? Und Herr und Frau Strong, die würdevollen Eltern, werden sie immer noch so majestätisch tun? Wird Herrn Strong die Einsicht gekommen sein, daß es besser für ihn gewesen wäre, weniger geizig zu sein?

Herr Fish macht seine Kollegen aufmerksam, daß sie sich auf ein amüsantes Zwischenspiel gefaßt machen könnten, und bittet sie, herumzuhorchen, was die Gäste sprächen.

Es dauert eine ganze Weile, bis Herr Fish mit kalten Händen und einem Kitzelgefühl in der Kehle und einigem Herzklopfen wieder den Festsaal betritt.

Er kann keinerlei Änderung in der Stimmung bemerken. Sind diese Leute wirklich so gleichgültig, daß sie durch nichts aus der Ruhe zu bringen sind? Sogar die Freundinnen Marjories, auf die er so bestimmt gerechnet hat, sehen eher gelangweilt drein. Aber schon ruft ihn Herr Vandercock zu sich. Aha, er hat etwas Besonderes mit ihm vor. Er hält die Blätter in der Hand, die Herr Fish vor sein Gedeck gelegt hatte. Er ist in sehr jovialer Stimmung.

„Das ist brav, junger Mann. Sie waren es doch, der die Blätter verteilt hat, nicht wahr? Das gefällt mir, ein junger Mann in der heutigen Zeit, der noch Gedanken für Gott übrig hat und sich um das Seelenheil seiner Mitmenschen sorgt. Sie gefallen mir, junger Mann. Sie wissen, ich bin beauftragt, die Außenreklame für unsere Kirchen und Bethäuser zu besorgen; ich glaube, ich werde Sie brauchen können. Ich gebe Ihnen eine Chance, kommen Sie morgen vormittag in mein Büro.“

Herrn Fish erscheint diese Rede reichlich merkwürdig. Er war auf alles eher als das gefaßt. Die Worte Vandercocks sind reichlich dunkel. Trotzdem beeilt er sich, sein Kommen zu versprechen.

Aber jetzt hört er Mildred Allen, eine Freundin Marjories, sprechen. Nicht etwa mit gesenkter Stimme, sondern recht laut. Sie weist ganz offen auf ihn.

„So etwas, was sich dieser Kellner hier erlaubt, ist nur in Amerika möglich. Uns mit Bibelzitaten zu kommen! Er sollte in die Mission zu den Obdachlosen gehen."

„Laß ihn doch, er ist spaßig; sein Pastor hat ihm wahrscheinlich den Himmel versprochen, wenn er uns zu dem guten Weg bekehrt. Er hat sicher gehört, die gute Gesellschaft sei zu frivol."

„Echt amerikanische Sitten", läßt sich wieder Mildred vernehmen, „daß einem überall die Bibel vor die Nase gehalten wird. In Wirklichkeit wird sie aber von niemandem gelesen, so merkt man wenigstens nicht, was für ein gefährliches Buch sie ist."

Herr Fish fühlt sein Herz stillstehen. Warum wird er plötzlich für einen Heilsarmeeprediger oder Sektierer gehalten? Hier geht etwas nicht mit rechten Dingen zu.

Er beeilt sich, den Rest des Briefpaketes, das er so sorgfältig über seinem Herzen trug, herauszunehmen. Nicht einmal die Gefahr kümmert ihn mehr, hinausgeworfen zu werden. Er blättert fieberhaft, er will seinen eigenen Augen nicht trauen: es ist die Schrift Marjories, ihr Briefpapier, aber statt der die Strongs kompromittierenden Briefe hält er ein großes Paket Bibelzitate in der Hand. Er liest: „Die Starken bedürfen keines Arztes, sondern die Kranken", – „Ich bin gekommen, zu rufen die Sünder zur Buße und nicht die Gerechten", – so ging es weiter von Seite zu Seite: „Und ich sage euch auch, macht euch Freunde mit dem ungerechten Mammon, auf daß, wenn ihr nun darbet, sie euch aufnehmen in die ewigen Hütten." – Immer noch hofft Herr Fish, wenigstens einige der Originalbriefe zu entdecken, aber er hält nur Bibelsprüche in der Hand.

Obgleich er sich für so besonders schlau hielt, war er kopflos in die Falle gegangen. Hatte er sich wirklich eingebildet, Herr Strong würde nicht schnell Mittel finden, um ihn unschädlich zu machen? Der „schöne Alex" konnte sich ins Fäustchen lachen. Er war mit Herrn Strong im Bunde, und er, der schlaue Herr Fish, hatte nichts gemerkt, ließ sich das

Briefpaket in der Tasche vertauschen. Jetzt hatte sich der
„schöne Alex" gesundgemacht.

In dieser Annahme täuschte sich Herr Fish nicht. Die
Flüsterkneipe in der 81. Straße New York-Ost war dem
„schönen Alex" sicher. Er sah schon in seinen Träumen die
81. Straße mit Betrunkenen besät, die alle aus seiner Kneipe
kamen.

Ja, Herr Fish muß sich eingestehen, daß er Herrn Strong
bei weitem nicht gewachsen ist. Es bleibt ihm wirklich nichts
anderes übrig, als zu Herrn Vandercock zu gehen und die
Außenreklame für die Bethäuser zu machen.

18

Es ist schon dunkel, als Ingrid und Salvatore zurückfahren.

Von unwirklicher Schönheit ist jetzt die Stadt. Als hätte
die Dunkelheit sich wohltätig über alles Häßliche geneigt,
als hielte sie das Alltägliche verborgen oder machte es so
phantastisch, daß es aufhörte, häßlich zu sein.

Die Straßen der Armen mit der gespenstisch wehenden
Wäsche, den Feuertreppen, die die Häuser umgittern; die
kleinen, schmutzigen Hotels, die Märkte in den Seiten-
straßen, die jetzt von Menschen belagert sind, dämmern
im Halbdunkel, im Schatten der leuchtenden Wolkenkratzer.

Brücken, die sich mit unvergleichlicher Kühnheit über den
Strom spannen, leuchten auf. Zu Bergen sind die Waren-
lager am Ufer aufgetürmt. Aus Tausenden von Fenstern
leuchtend, spiegeln sich die Schiffe in den Gewässern.

Dann tauchen immer wieder ganz in Licht gehüllte Wolkenkratzer auf, die Burgen der Gegenwart, aufstrebende
Türme, hell leuchtende Kuppeln.

Die Kinos beginnen schon ihre farbigen, bunten Lichter
aufzusetzen, und in den Straßen schwillt immer mächtiger
das Leben an.

Die Hochbahnzüge sausen dahin wie feuersprühende
Schlangen. Die kleinen Angestellten, die Arbeiter, die Einwanderer, die kaum ein englisches Wort richtig sprechen

können, die alle über ihre Kräfte schuften müssen, sie blikken hinaus und denken voll Stolz: Amerika.

Auch Salvatore zeigt es Ingrid: ist es nicht eine märchenhafte Welt?

„Nie hätte ich gedacht, daß es mir hier jemals gefallen wird. Ich war anfangs krank nach unseren Wäldern und nach Ruhe. Abends ist es bei uns so still. Und im Sommer bleibt es immer hell. Aber die Helligkeit in der Nacht ist anders als am Tag. Sie ist wie ein durchsichtiger, bläulicher Schleier, der alle Gegenstände einhüllt."

„Schade, daß wir zurück müssen, an die Arbeit. Ich würde dich in das Palast-Kino einladen. Etwas so Großartiges hast du sicher noch nie gesehen. Überall Marmor und Kristalleuchter und so viel Menschen und Musik und Tanzvorführungen. Aber nächstens, wenn wir frei sind, geh ich mit dir hin."

„Jetzt fühle ich mich nicht mehr fremd. Jetzt gehöre ich auch schon zu dieser Stadt. Der Gedanke ist mir nicht mehr schrecklich, daß ich immer hier werde arbeiten und leben müssen."

„Nirgends in der Welt kannst du so viel Wunderbares sehen."

Sie können jetzt in das Herz der mächtigen Straße sehen. In diesem flammenden, betäubenden, von Menschen wimmelnden Schacht erhebt sich das Hotel. Umgeben von Speisehäusern und reizenden kleinen Geschäften, die den Appetit anregen.

Schmuck gekleidete Negerinnen backen Waffeln, Schokoladenberge werden in wechselndes Licht gerückt.

In einem Schaufenster steht ein weißgekleideter Koch vor einem riesigen Herd, in dem elektrische Glühbirnen glimmen, die in ihrer geschickten Anordnung brennende Kohlen vortäuschen. Auf dem Herd aber lagern mächtige goldbraune Gänse und riesige Hammelkeulen, um die Zuschauer in das Geschäft zu locken.

Unweit davon, in einem italienischen Spaghettihaus, brodeln in ungeheuren Kesseln Makkaroni. Die Köche, die durch ihr Aussehen und ihre lebhaften Gesten ihre italienische Herkunft ohne weiteres verraten, türmen auf Schüsseln und Teller die Makkaroni auf.

In der Austernbar öffnen in Schweiß gebadete Männer ohne Unterlaß Austern, die die auf hohen Stühlen kauernden Kunden beleben sollen.

Nebenan werden im Schaufenster Hühner gegrillt, und in einer anderen Auslage tanzen rotgesottene Hummern in künstlerischem Arrangement einen Black bottom.

„Das ist eine komische Welt, in der wir leben", sagt Salvatore, „die gebratenen Tauben fliegen nur den Satten in den Mund."

„Es ist mir doch lieber, ich gehöre nicht zu den Satten. Weißt du, wir haben keinen Augenblick darüber nachgedacht, was inzwischen im Hotel geschehen ist."

„Solche Plänkeleien sind nichts Besonderes, die kommen fast alle Tage vor. Einmal aber, wenn es zum richtigen Kampf kommt, machen wir alle mit."

Das Hotel steht jetzt vor ihnen wie eine riesenhafte, ungeheuere, hellerleuchtete Schachtel, in die unzählige Menschen, unzählige Schicksale gepfercht sind, Menschen aus allen Klassen und aus allen Teilen der Welt, Reiche und Arme, Glückliche und Elende. Hier ist alles angehäuft, Hölle und Himmel, Trauer und Glück, Krankheit und Übermut.

Von der höchsten Spitze des Hotelturmes aus, der über den Dachgarten hinausragt, durchsucht ein Scheinwerfer das Firmament. Er ist so leuchtend, als wollte er die Himmelskörper erblassen machen. Wonach sucht er? Nach etwas Neuem, noch nie Dagewesenem, das man hier auf Erden nicht finden kann?

Salvatore und Ingrid stehen jetzt am Ausgang für das Personal.

„Es ist doch schade, daß wir wieder arbeiten gehen müssen."

„Ich habe jetzt Hunger und denke nicht gern an unseren Speiseraum."

„Siehst du, du hättest mehr Kuchen essen sollen."

„Es gibt hier alles, alles, was man sich nur ausdenken kann, aber nicht für uns."

Sie werden jetzt von zwei Gestalten fortgeschoben, die aus dem Ausgang herauseilen.

Die eine ist im Kellnerfrack und scheint ziemlich zer-

knirscht, die andere in Zivil und in um so strahlenderer
Laune.

Herr Fish und der „schöne Alex".

Sie werden von einer dritten Gestalt verfolgt, die ihnen
atemlos nacheilt, aber an der Schwelle von Ingrid und Salvatore aufgehalten wird.

„Wohin rennst du denn, Shirley? Was ist denn mit dir?"

Shirley macht keinen weiteren Versuch, den beiden Männern, die an der nächsten Straßenecke vor ihren Augen verschwinden, nachzueilen.

Sie zuckt die Achseln. Wozu auch? Sie weiß ohnehin schon
alles, und vielleicht ist es auch besser so.

„Nun, Shirley, bist du inzwischen eine reiche Dame geworden? Muß man vor dir tiefe Verbeugungen machen?"

„Sei nur nicht so spöttisch, ich bin im Gegenteil ganz arm
geworden. Man hat mir vorhin meinen Lohn ausgezahlt. Die
haben nur darauf gewartet, daß das Personal fortgehe, an
die Arbeit oder nach Hause. Frau Magpag hat mir sogar
erklärt, man brauche mein Bett noch heute abend."

„Siehst du, ich habe dir angeboten, ein Zimmer für dich
zu suchen, ich wußte, daß es so kommen würde. Aber du
warst ja so hochnäsig."

„Fang jetzt nicht wieder an, ja? Übrigens, du hast dich
schnell getröstet."

„Du wolltest es ja selbst."

„Bist du mir böse, Shirley?"

„Ach nein, Ingrid; heute morgen dachte ich, es ist der
letzte Tag, und wirklich, es ist so gekommen. Und doch
ganz anders, als ich ahnte."

„Wir werden dir helfen, wir halten zu dir. Wir haben
jetzt von dir eine viel bessere Meinung als früher. Siehst du,
wenn du eine große Dame geworden wärst, hätte sich keiner
von uns weiter um dich gekümmert, du wärst uns genau so
fremd gewesen wie alle anderen Gäste."

„Ich verstehe eigentlich nicht, daß ich das so sehr gewünscht habe."

„Warte auf uns, bis wir mit der Arbeit fertig sind, wir
gehen dann zusammen ein Zimmer für dich suchen. Dann
feiern wir, daß du keine große Dame geworden bist, sondern
weiter zu uns gehörst. In Ordnung?"

„Freilich! Der neue deutsche Küchenjunge kommt sicher
auch mit. Ihr würdet staunen, was der alles weiß. Er geht
in die Bibliothek lesen, mich wird er auch mitnehmen. Doch
jetzt muß ich packen gehen."

Im Vorraum steht Fritz bei Heinrich Klüter. Der Nachtwächter hat eine kleine Pause; er trägt seinen Revolver und
die Nachtlampe am Gürtel, während er sein Sandwich ißt.

„Viele Morde verhindert?" fragt Shirley.

„Die Kleine ist aber spöttisch."

„Ich bin heute gefeuert worden; das war mein letzter Tag
hier."

„Heute wäre es mir auch bald geschehen, daß man mich
gefeuert hätte. Ein Nachtwächter muß vorsichtig sein bei der
Entdeckung von Verbrechen; er muß wissen, wann er nichts
zu entdecken hat."

„Was ist denn passiert?"

„Ich höre heute abend in einem Zimmer verdächtiges Geräusch. Es scheint mir, Koffer werden aufgebrochen; es ist
ein Einzelzimmer, und ich höre, daß mehrere Personen sich
an dem Gepäck zu schaffen machen. Das kann doch nicht mit
richtigen Dingen zugehen, denke ich, und will schon meine
Alarmglocke in Betrieb setzen. Vorsichtshalber bleibe ich
doch noch vor der Tür stehen und warte ab. Und wer
kommt da heraus? Mit wichtiger Miene und gerötetem
Kopf? Zwei unserer Hausdetektive in Begleitung von zwei
anderen, die im Dienst eines unserer gewichtigsten Gäste
stehen. Sie haben tüchtige Arbeit geleistet, die vier. Das
Zimmer sah wieder ganz unberührt aus, aber ihre Taschen
waren mit Schriften vollgepfropft. Ich wette, sie haben kein
Papierschnitzelchen drin vergessen. Ich habe so getan, als ob
ich nichts gesehen hätte, sonst wäre sicher dem Personal-
leiter eingefallen, daß ich meinen Dienst nicht zur Zufriedenheit versehe. Na ja, was ich nicht weiß, macht mich nicht
heiß. Ein Nachtwächter muß eben wissen, wann er nicht zu
wachen hat."

„Und der Gast, wird er denn keinen Krach machen?"

„Wahrscheinlich nicht; viel würde es ihm auch nicht nützen. Der Stärkere hat nicht nur die Macht, sondern auch das
Recht."

„Wie war die Zimmernummer?" fragt Shirley.

„Es war, glaube ich, Nummer 1025."

1025, das ist ja die Nummer des Herrn Fish.

Ein Speiseträger kommt vorbei und wischt sich den Schweiß von der Stirn.

„Ich wünschte, das Fest im Ballsaal wäre vorbei, ich bin halbtot. Und die langen Reden, die sie halten! Wenn es anfängt, müssen wir zu einer Statue erstarren, es muß so still sein im Saal, daß man eine Nadel auf den Fußboden fallen hören kann. Die Gäste freilich brauchen die Sache nicht so ernst zu nehmen, die können ruhig lachen, aber wir dürfen das Gesicht nicht verziehen. Dabei könnte man sich krank lachen über den Unsinn, den sie sich gegenseitig weismachen, ohne selbst daran zu glauben. Die Braut sitzt da wie eine Ausstellungspuppe, und die anderen tun so, als wäre sie ein höheres Wesen. Dabei hat sie Angst, Angst vor den Kellnern. Immer blickt sie nervös nach uns."

Oben in ihrem Zimmer packt Shirley ihre Sachen. Celestina hilft ihr. Es ist nicht viel, was sie zu tun haben.

Die Lichter von der Straße und der Widerschein des Scheinwerfers fallen in das Zimmer, sonst ist alles wie am Morgen.

Patrizia kniet vor den Heiligen und dem Papst und betet.

Die alte Nanny sitzt steif auf ihrem Stuhl, wie eine Figur aus Holz geschnitzt.

Aber als sie Shirley packen sieht, steht sie auf und kommt zu ihr.

„Gehst du wirklich?"

„Sie wird bessere Arbeit finden, es war mein Fehler, daß sie hier so lange blieb, ich habe sie gehalten", sagt Celestina. „Shirley wird weiter zu uns gehören, aber sie soll lernen, vieles sehen, dann kann sie uns allen besser helfen. Ob sie auch mich fortschicken werden? Ich alte Frau könnte schwerer neue Arbeit finden."

„Sie können doch nicht alle wegschicken, sie brauchen doch unsere Arbeit. Ging nicht alles drunter und drüber, weil wir uns eine halbe Stunde verspätet haben?"

„Hier eine Erinnerung für dich, Shirley."

Nanny kramt ein altes, vergilbtes Bild hervor.

„So sah es hier aus, als ich noch jung war."

Shirley sieht eine Straße mit niedrigen Häusern, Pferde-
wagen und altmodisch gekleideten Leuten.

„Verdankt man nicht uns, die gearbeitet haben, daß alles
so groß und mächtig wurde?"

„Besonders dir, Shirley." Patrizia wirft ihr aus den Augen-
winkeln einen spöttischen Blick zu.

„Du brauchst nicht über mich zu lachen, Patrizia, ich
werde viele Bücher lesen und manches erfahren, was ich jetzt
noch nicht weiß."

Sie zieht jetzt den Pappkarton mit dem Flitterkleid unter
ihrem Bett hervor.

„Aha, und dazu brauchst du dein schönes Tanzkleid."

„Patrizia, jetzt, wo ich für immer fortgehe, könntest du
mir wirklich verraten, ob du Augen in deinem Dutt hast.
Immer betest du und weißt doch alles, was hinter deinem
Rücken vorgeht."

„Ich brauche keine Augen zu haben, um zu wissen, wie es
um dich steht, Shirley."

„Hab nur keine Angst um mein Seelenheil. Meinst du, ich
werde Trübsal blasen und nie tanzen wollen? Deshalb kann
ich doch arbeiten und lernen. Vielleicht kaufe ich mir nie
wieder ein solches Kleid wie dieses, aber hier lassen tue ich
es nicht, darauf hast du ganz vergebens gehofft, Patrizia. Ich
wette, du hattest vor, heute deine Heiligen im Stich zu lassen
und in meinem Kleid auszugehen. Aber tröste dich, du hättest vielleicht auch Abenteuer erlebt, und dann kann leicht
alles schiefgehen wie bei mir."

„Kannst du jetzt auch in den letzten Minuten nicht aufhören mit deiner Uzerei?"

„Ach ja, die letzten Minuten, unten wartet man schon auf
mich, Fritz und die anderen."

Und sie sieht noch einmal auf die hellerleuchteten, glitzernden, strahlenden Wolkenkratzer, die so nahe scheinen.

„Ich bin jung, und das ganze Leben steht noch vor mir.
Schwer wird es sein, aber ich werde es schaffen, denn ich bin
nicht mehr allein."

Maria Leitner

Eine Frau reist durch die Welt

I
Als Arbeiterin
im Schatten
der Wolkenkratzer

Als Scheuerfrau
im größten Hotel der Welt

Das ging eigentlich ganz gut – dachte ich, während ich das Formular mit den vielen neugierigen Fragen der Hotelleitung ausfüllte. Wo ich schon überall angestellt war, ob ich die Absicht habe, falls ich nicht Amerikanerin sein sollte, eine zu werden. Und vor allem, wen man verständigen solle für den Fall, daß ich erkranke. Daß man gleich auf das Schlimmste gefaßt ist, klingt zwar nicht gerade ermutigend, aber sonst scheine ich es gar nicht so schlecht getroffen zu haben. Ich hätte zwar nicht verraten sollen, daß ich erst seit einigen Tagen in Amerika bin. Es wäre vielleicht doch besser gewesen, Stubenmädchen zu werden, obgleich zwanzig Zimmer und zwanzig Badezimmer in sieben Stunden zu reinigen keine Kleinigkeit ist. Ob ich das fertiggebracht hätte? Und die Beruhigung, daß ich später fünfundzwanzig Zimmer und fünfundzwanzig Badezimmer in Ordnung zu bringen hätte? Nun werde ich wenigstens leichte Arbeit haben, nur die Ordinationszimmer des Zahnarztes reinigen, die Nickelinstrumente putzen, was kann daran schon schwer sein? Viel verdiene ich gerade nicht. Täglich einen Dollar. – Aber ich habe volle Verpflegung und »Zimmer mit Bad«, sagte die freundliche alte Dame, die mich aufgenommen hat.

Auf dem Löschpapier, auf dem Formular, überhaupt wohin man nur blickt, steht zu lesen, daß man sich in dem größten Hotel der Welt befindet mit zweitausendundzweihundert Zimmern und zweitausendundzweihundert Badezimmern, und ich bin nicht wenig stolz, daß es mir gelungen ist, hier eine, wenn auch bescheidene Stellung zu finden.

Ich erscheine deshalb sehr erwartungsvoll am nächsten Morgen um acht Uhr. Es dauerte eine Weile, bis wieder alle Formalitäten erledigt sind und ich aufs Zimmer geführt werde.

Das »Zimmer mit Bad« ist ein langer, stockfinsterer Raum, in dem acht Betten stehen. Ich bekomme das Fach eines langen Blechkastens als Kleiderschrank zugewiesen. Dann gibt man mir eine Nummer, ich bin Nummer 952, eine Eßkarte, eine blauweißgestreifte Uniform und eine Karte, die ich bei Beginn und Ende meiner Arbeit abstempeln lassen muß.

Schließlich erhalte ich einen Eimer, Seife, Tücher, eine Scheuerbürste und einen kleinen Teppich (wozu dies alles?), während die freundliche alte Dame, die mir heute schon weniger freundlich erscheint, mich in einen etwas geräumigen Vorraum führt und mir erklärt, daß ich diesen aufwischen muß. (Aber wie ist es mit den Ordinationszimmern des Zahnarztes?)

Der kleine Teppich und seine Berufung

Wie wischt man eigentlich einen Fußboden auf? Ich frage jedenfalls vorsichtigerweise, wie man dies in Amerika beziehungsweise im Hotel »Pennsylvania« zu machen gewohnt ist. Aber ich merke, daß diese Frage keinen guten Eindruck hervorgerufen hat. »Also seifen Sie doch endlich die Bürste ein und fürchten Sie sich nicht so vor dem Wasser. – So, und dann mit dem nassen Tuch aufwischen. – Und knien Sie sich doch hin!«

Auch das noch. Adieu, Schuhe und Strümpfe. Muß ich aber meine Knie auch noch kaputt machen? Ich dachte, die Amerikaner sind so praktisch und machen alles mit der Maschine. Zum Glück fällt mir der kleine Teppich ein. Bisher ist er in keiner Weise in Erscheinung getreten, aber da man ihn mir gegeben hat, muß er doch irgendeine Berufung haben. Ich nehme ihn also, und während ich aufwische, knie ich mich auf ihn. (Scheint so eine Art

6

Gebetteppich zu sein.) Wenn ich mit einem Stück fertig bin,
ziehe ich mit ihm weiter. Es ist ein bißchen umständlich, aber es
geht doch besser so als vorhin. Nur an dem Ausdruck der alten
Dame merke ich, daß irgend etwas nicht ganz stimmt. Endlich erklärt sie mir mit einer Stimme, die zwar sanft ist, aber deren Sanft-
heit man anhört, daß sie nicht geringe Selbstbeherrschung gekostet hat, daß der kleine Teppich keineswegs dazu da sei, meine
Knie zu schützen, sondern die Umgebung, die im gegebenen Fall
aus feinen Teppichen bestehen kann, vor den Spuren des Eimers.

Ich stand beschämt auf, während ich mir gestehen mußte, daß
an dem Boden nach dem Schrubben nur geringe Veränderungen
zu entdecken waren.

Perspektiven und Plakate

Zum Glück wurde es bald elf, was den Beginn des Lunches bedeutet.

Im Speisesaal mußte ich meine Eßkarte, die gelocht wurde, vor-
weisen. Auf ihr stand zu lesen, daß es für die Nachtschicht auch
während der Nacht drei Mahlzeiten gebe, daß sie unübertragbar
sei und daß sie nur zu täglich drei Mahlzeiten berechtige.

Ich nahm wie die anderen vom Büfett der Reihe nach, was man
mir reichte, Suppe, Fleisch, Speise, Kaffee und Milch.

Das Essen war genießbar, wenn man auch anerkennen mußte,
daß dem Koch ein überaus scharfes Messer zur Verfügung stehen
mußte. Ich habe noch nie ein ähnlich dünnes Stück Fleisch gesehen.

Aber schwere Arbeit trägt nicht zur Hebung des Appetits bei,
und so ließen die meisten trotz der kleinen Portionen den größten
Teil stehen.

Die Frau, die mit mir am selben Tisch saß, war mit dem Essen
sehr zufrieden. Sie erzählte, daß sie bisher im Hotel »Plaza« gearbeitet hat.

»Oh«, sagte ich, »das ist wirklich ein entzückendes Hotel.« (Es
ist wirklich eines der schönsten und vornehmsten Hotels der
Welt, dicht am Zentralpark gelegen, mit allem erdenklichen Komfort und Luxus.)

Die Frau mir gegenüber sah mich mit kugelrunden Augen an,
als wäre ich nicht ganz bei Verstand.

»Das sagen Sie doch nicht im Ernst. Oder Sie haben wohl da nie gearbeitet. Entzückend mag es vielleicht für die Gäste sein, aber nicht für unsereinen, der dort arbeitet. Wir bekamen ganz ungenießbares Essen und mußten fast alles, was wir verdienten, für Lebensmittel ausgeben, und Arbeit gab es nicht zu knapp.«

(Es kommt eben auf die Perspektive an, ob man ein Hotel schön finden kann oder nicht.)

Hier in unserem Speisesaal saßen die Stubenmädchen, die Reinemache- und Badefrauen, alle in verschiedenen Uniformen, man konnte ihre Beschäftigung an ihren Kleidern erkennen. Die Angestellten, die schon eine höhere Stellung einnahmen, saßen im Nebenraum, von dieser niederen Stufe getrennt.

Während es um ihr leibliches Wohl besser bestellt war als um unseres, legte die Hotelleitung größeren Wert auf Hebung unserer moralischen Kräfte.

In unserem Speisesaal befand sich ein großes Plakat, auf dem ein Orchester abgebildet war und ein eigenmächtiger Bläser, der den Dirigenten und die Zuhörerschaft zur Verzweiflung brachte. Darunter aber war zu lesen: »Ich, mir, mich, mein gibt keine Harmonie, nur wer sich dem Ganzen fügt, kann den Menschen Freude bringen.«

Wir können also die Genugtuung haben, die Menschen zu erfreuen, denn fügen tun wir uns ja, ob wir wollen oder nicht.

Die Plakate wechselten jeden zweiten, dritten Tag. Einmal war eins ausgestellt, das weniger die Interessen eines Hotelkonzerns seinen Angestellten gegenüber wahrzunehmen schien; ein Mann grub mit bloßer Hand Erde. Die Aufschrift lautete: »Scheue keine Mühe, grabe nach der Wahrheit. Was du selbst erfahren hast, nur daran glaube.« Eine gefährliche und seltsame Aufforderung in dieser Umgebung.

Während uns die Plakate versicherten, daß wir auch in niedriger Stellung nützliche Mitglieder der Gesellschaft sein können, zeigte uns eine Photographie, daß uns auch die Wege, die nach oben führen, offenstehen. Auf der Photographie waren Männer und Frauen in Overalls, d. h. in Arbeitskleidern, abgebildet. Darunter stand der vielversprechende Satz »Diese Delegation hat in Overalls verschiedene Fabriken und Bergwerke im Auftrage der Regierung inspiziert. Mehrere Mitglieder der Delegation haben ihre Karriere selbst in Overalls begonnen.«

Den Ballsaal lernte ich nach dem Lunch kennen. Es war ein Riesensaal, zweiundzwanzig Stockwerke hoch über New York, umgeben von Säulen, die mir sofort, bevor ich mein zukünftiges Verhältnis zu ihnen ahnte, unsympathisch waren. Sie sahen aus, als wären sie aus Papiermaché und imitiertem Marmor, sie waren aber aus Marmor und imitierten nur Papiermaché. Diese Säulen aber sollte ich reinigen. Nur die unteren Teile, beruhigte man mich, ich brauchte nicht hinaufzuklettern. »Und wenn Sie fertig sind, bekommen Sie neue Arbeit.« Darauf verließ man mich, und ich blieb allein mit den Säulen, zur Säule erstarrt. Wenn ich fertig bin! Ich versprach mir, nie fertig zu werden. Ich versuchte die Säulen abzustauben, aber es war vergeblich, ich rieb sie mit einem nassen Tuch, es half nichts. Und was ging mich überhaupt eine so blöde, überflüssige Arbeit an? Wenn die Leute zwischen reinen Säulen tanzen wollen, sollen sie sie gefälligst selbst putzen. Soll ich mich zu Tode arbeiten, damit einige gelangweilte Leute in ihnen entsprechender Umgebung irgendwie ihre Zeit totschlagen? Wäre ich zufällig Simson gewesen, so hätte jetzt leicht ein Unglück im Hotel »Pennsylvania« geschehen können.

Endlich kamen Leute, um die Marmorfliesen aufzuwischen. Sie begrüßten mich mit Hallos. Ich mußte gleich erzählen, seit wann ich in New York lebe, welcher Nationalität ich bin, wo ich früher gearbeitet habe und ob ich die Arbeit liebe. Diese Frage: »How do you like it?«, die sich immer auf den »job« bezieht, ist unter den Arbeitern genauso allgemein wie das »How do you do?« in der Gesellschaft. Wird sie von dem »boss« gestellt – »boss« heißt nicht nur der eigentliche »Arbeitgeber«, sondern jeder, der einem übergeordnet ist –, muß man sie mit einem fröhlichen »Yes, I like it« beantworten, andernfalls bedeutet es, daß man einen Bruch der Beziehungen wünsche.

Diesmal durfte ich bekennen, daß ich sie nur wenig liebe. Meine Arbeitskollegen zeigten mir dann, wie man die Säulen mit einer Bürste behandeln muß. Sie halfen mir redlich. Ich erfuhr auch, daß meine Vorgängerin acht bis zehn Tage sich für diese Arbeit nahm, nach einer anderen Version sogar zwei Wochen. »Nur immer langsam«, klärten sie mich auf, »wenn Sie in dem Tempo arbeiten, wie man es von Ihnen verlangt, können Sie sich halb zu

Tode arbeiten.« Und es ist wirklich notwendig, das Tempo »nur
immer langsam« dem »schnell, schnell« der Gegenseite entgegen-
zustellen.

Meine Hand schmerzte, ich war müde, am liebsten hätte ich geheult. Oder habe ich wirklich geheult?

Denn ein alter Ire, der auch oben arbeitete, kam auf mich zu
und sagte mir: »Kommen Sie doch, schauen Sie.« Er wies hinunter
auf New York. Die Stadt zeigte sich uns ganz: dort, wo sie festlich
gepflegt war, am oberen Hudson, und dort, wo dichte Fabrikschlote den Himmel verdunkelten. Und von allen Seiten sahen
Wolkenkratzer zu uns herein. »Dear old New York«, sagte der Ire,
liebes, altes New York. Das konnte ich nicht gerade finden.

Ja, es ist ungeheuer, dieses gigantische Durcheinander von Wa-
renhäusern, Fabriken, Banken, Bürohäusern, alles voll Arbeit,
Menschen, Hast. Und tief unten rasen die Autos, Menschen,
Hochbahnen, rasen, halten, rasen, halten, ohne Pause.

Die Wolkenkratzer sind zum Teil so nahe, daß wir in sie hineinsehen können. Überall sitzen, stehen, gehen Menschen, ein
wahrer Schwarm von Menschen. Sie hantieren alle sehr geschäftig.
Vielleicht packen sie Kaugummi, oder sie machen Seidenkleider,
jeder täglich ein Dutzend, oder Kunstblumen oder Fransen.

Ist hier nicht Leere, das Nichts in höchster Potenz, fieberhafte
Zwecklosigkeit?

Aber wie sie aufleuchten, die Wolkenkratzer, und unten welches Leben, welche Bewegung, welches Tempo! Die Leere, das
Nichts können nicht groß sein. Und sicher bereitet sich auch hier
die Zukunft vor.

Später kommen immer mehr Leute hinauf. Sie bewundern, in
Begleitung des Hotelführers, die Aussicht.

In der Mitte des Saales sitzt sehr bequem ein junger Mann.
Vielleicht würde ich es nicht bemerken, wie sehr bequem er sitzt,
wenn ich nicht so müde wäre. Er sitzt in einem bequemen Lehnsessel, der jedenfalls sehr bequem aussieht. Vielleicht ist er ein
Dichter, denn er hält einen Füllhalter in der Hand und schreibt in
ein Büchlein. Es könnte natürlich auch sein, daß er seine Ausga-

ben zusammenrechnet. Aber wenn man das tut, blickt man nicht
so versonnen, so gedankenvoll auf die Wolkenkratzer ringsherum.
Auch schaut er sich angelegentlich immer nach uns um, die hier
arbeiten. Ich weiß nicht, ich habe die feste Überzeugung: Der
junge Mann im Lehnsessel ist ein Dichter, eine Hymne auf die Arbeit.

Die Zufriedene und die anderen

Das Zimmer sah jetzt aus wie ein Hospitalsaal für Schwerkranke.
Die Frauen lagen da wie Tote, vollkommen unbeweglich. Es waren außer meinem nur noch vier Betten besetzt. Mein Kommen
erregte nicht die geringste Aufmerksamkeit.

Das Zimmer war denkbar einfach: die Betten rein, aber wie
waren sie schmal und leicht. Überdies standen sie auf Rädern, so
daß man, wenn man sich umdrehte, in die Mitte des Zimmers
rollte. Außer dem Blechschrank waren noch zwei Kommoden im
Zimmer; die eine war mit Heiligenbildern und dem Bildnis des
Papstes geziert, außerdem gab es noch zwei winzige Schaukelstühle
als Belohnung für diejenigen, die schon lange hier waren. Das
»Bad« existierte zufällig wirklich, man konnte jederzeit baden,
und die Badezimmer waren rein und modern.

Meine Nachbarin war die Zufriedene, am Anfang war sie mir
unheimlich. Sie zog sich nie aus; sie lag mit Schuhen und Kleidern in ihrem Bett. Unter der Uniform trug sie noch ein schwar-
zes Kleid. Ihr Gesicht war erschreckend mager und gelb, und ihre
Hände schienen nur aus Adern zu bestehen. Nachts schlief sie
nicht, sie saß unbeweglich und starrte ins Dunkle, oder sie stand
auf und ging zum Fenster und blickte hinaus, unbeweglich, stundenlang, aber draußen war nur der dunkle Schacht und nichts zu
sehen.

Als ich sie fragte, warum sie nicht schläft, war sie überrascht.
Wieso? Sie schliefe doch immer ausgezeichnet. Ich fragte sie, ob
sie nicht müde sei. Ein bißchen war sie schon müde, aber das
wäre nicht der Rede wert. Sie hätte überhaupt immer Glück im
Leben gehabt, immer wäre es ihr gut ergangen. Sie war vor einem
Jahr aus Irland herübergekommen. Es gefällt ihr hier sehr gut.
New York ist eine sehr schöne Stadt. Während ich dort war, ging
sie nie aus. Wenn man aus unserem Zimmer blickte, sah man nur

Wände. Sie war Badefrau und arbeitete im Dampfbad. Viel konnte sie von der Außenwelt auch hier nicht sehen. Ich erkundigte mich, ob sie sonst öfter ausging. Ach nein, das nicht. Was sollte sie draußen in den Straßen umherlaufen. Nein, nicht wegen der Müdigkeit, aber hier war es doch nett. Anfangs mochte sie nicht so gern hier sein, aber jetzt gefiel es ihr. Später würde es mir auch sehr gefallen, versicherte sie. Sie hatte hier eine Schwester, aber sie wohnte leider so weit. Aber sie besuche sie doch manchmal, das wäre dann immer sehr nett. Sie verdiene hier im Monat dreißig Dollar, das wäre doch schön. Mit den Trinkgeldern sei nicht viel los. Sie sei seit vier Monaten hier und habe im ganzen nicht mehr bekommen als drei Dollar. Aber sie erinnert sich genau an das Datum, wann sie ein »tip« bekommen hat, wieviel und von wem. Besonders ausführlich beschreibt sie eine Frau, die ihr fünfzig Cent gegeben hat.

»Ja, die Reichen«, sagt sie, »ich habe mein ganzes Leben lang für die Reichen gearbeitet, aber ich habe mich dabei immer gut gestanden.« Und sie sieht auf sich herab, auf ihre Magerkeit, auf ihre abgearbeiteten Hände, und lächelt zufrieden und heiter. Ist sie ironisch? Sie ist es auf ganz ahnungslose Weise. Oder ist auch diese Ahnungslosigkeit Ironie?

Das Gegenspiel der Irländerin ist die »Dame«. Sie kleidet sich immerfort um. In der Arbeitspause von einer halben Stunde wechselt sie zweimal die Kleider. Wenn sie ihre Freundin besucht, die einige Zimmer weiter wohnt, zieht sie ihr Jackenkleid an, Hut, Handschuhe und Pelzboa. Sie sagt, wenn ich nicht arbeite, bin ich keine Badefrau, sondern eine »lady«.

Zum Abendessen, um fünf, kommen die meisten in Zivil, in Seidenkleidern, und vergessen nicht das Eitelkeitstäschchen, »the vanity case«, mit Schminke und Puder. Sie gehen nicht jeden Tag aus, sie sind zu müde, und das kostet auch zuviel; wenn sie eingeladen werden von dem »fellow«, das ist was anderes. Sie gehen gern zum »dancing«, doch das kann man nicht alle Tage. »Aber«, sagt die eine, »wir sind keine Fabrikmädchen. Wir haben es nicht nötig, uns einladen zu lassen. Wir haben doch unser Essen!« Ob sie gern hier ist, frage ich die Deutsche. Sie ist schon in Amerika geboren, war noch nie in Deutschland, sagt aber, sie sei eine Deutsche. Sie kam zu mir, weil sie gehört hatte, ich sei vor kurzem aus Deutschland gekommen. Sie arbeitet schon seit sechs Jahren in diesem Hotel. Nun, meint sie, man darf vom Leben nicht zuviel erwarten. Man hat jeden zweiten Sonntag frei, aber erst, wenn man einen vollen Monat hier gearbeitet hat, und nach einem Jahr bekommt man sogar eine Woche frei, und es gibt einen Arzt frei für die Angestellten, Trinkgeld bekommt sie auch hie und da. Sie hat schon viel Schlimmeres erlebt. Aber wie gesagt, man darf vom Leben nicht zuviel erwarten.

Wir sitzen jetzt im »Salon der Dienstmädchen«, der genau, aber haarscharf genauso aussieht, wie man sich ein »drawingroom for maids« in dem »größten Hotel der Welt« vorstellt. Mit ebensolchen abgenutzten, schiefen, zerdrückten, billigen Möbeln, mit so schmutzig farblosen Wänden, mit so grauer, abgestandener Luft! Die Mädchen kauern in ihren Seidenkleidern todmüde auf den Stühlen. »Keinen Schritt mehr könnte ich weitergehen«, sagt eine, die Pantoffeln anhat. »Ich habe morgen frei«, sagte ihre Freundin. »Ach, wie ich mich freue. Ich werde den ganzen Tag einkaufen, die Schaufenster angucken.«

Zwei Neue kommen herein. Sie sind sehr gut angezogen und sehr hübsch. Sie sind eingeladen. Müde? Das wird schon beim Tanzen vergehen. Man muß doch auch etwas vom Leben haben.

Die mit den Pantoffeln schüttelt mißbilligend den Kopf: »Wenn das nur nicht schlecht endet.« Und auch die anderen, die müde auf den Stühlen kauern, schütteln die Köpfe.

Die Irländerin sitzt angezogen im Bett. Auf der Kommode stehen die Heiligenbilder und das Bildnis des Papstes und sehen mich an. Die Wecker ticken sehr laut. Links von der Kommode schläft die Besitzerin der Heiligenbilder, rechts die des Papstes.

Die Besitzerin der Heiligenbilder ist sehr gutmütig und still, aber sie schnarcht sehr laut. Wenn sie nachts erwacht, kniet sie sich hin vor ihrem Bett und betet flüsternd. Sie steht um halb sechs Uhr auf. Jeden Tag geht sie vor dem Frühstück in die Kirche.

Die Besitzerin des Papstes ist weniger gutmütig, aber auch sie schnarcht.

Die Luft ist sehr schlecht. Und es ist schwer, einzuschlafen.

Ich kann mir etwas Amüsanteres vorstellen, als künstliche Blumen
abzuwaschen. Aber die Hotelgalerie, wo das geschieht, ist ganz
amüsant. Man kann von ihr hinunterblicken auf die Hotelhalle.
Unten kommen Reisende an, Telegraphenjungen schreien Namen, Koffer werden gebracht, Boys laufen mit Zeitungen umher.
Die Hotelgalerie erinnert an die Galerie eines Konzertsaales, nur
ist sie viel breiter, und Teppiche und künstliche Blumen »schmük-
ken« sie. Von hier führen die Wege zur Kunstausstellung, zur Bibliothek, zu den Schreibzimmern, zur Hotelbank und zum Zahn-
arzt. (Es stellte sich übrigens heraus, daß die Ordinationszimmer
des Zahnarztes existierten. Nur mußte ich die Arbeit, von der mir
allein etwas gesagt wurde, von acht bis neun Uhr in der Früh erledigen.)

In der Hotelgalerie ist ein ständiges Kommen und Gehen. Leider muß auch ich ständig kommen und gehen, mit einem Eimer
Wasser, das abwechselnd rein oder schmutzig ist.

Die Leute sitzen ringsumher. Sie langweilen sich und rekeln
sich in den Sesseln. Sie sehen zu, wie ich arbeite. Wahrscheinlich
denken sie: Die strengt sich aber auch nicht sehr an. Und die
Frauen: Die Perle möchte ich auch nicht zu Hause haben. Denn
ich beeile mich nicht. Ich gebe mir das Tempo an: sehr langsam,
und befolge es auf das gewissenhafteste. Ich hätte nicht übel Lust,
wenn ich mit dem Eimer voll schmutzigem Wasser vorbeigehe,
»zufällig« einige Leute abzuschütten. Es gelang mir nur einmal,
und da dachte ich gar nicht daran. Oh, die Lackschuhe, und die
wütenden Augen, und obendrein mußte ich auch noch lachen.

Vincent Lopez spielt Jazz

Sie sitzen im Grillroom, gesittet, gelangweilt, gut angezogen, wie
es sich ziemt.

Vincent Lopez aber, berühmtester Jazzbandspieler der Welt,
läßt eine quiekende, heulende Meute von exotischen Tieren in
den Saal springen, wilde Afrikaner zu Kriegstrommeln tanzen,
eine besoffene Bauernhochzeitsgesellschaft vorbeigrölen.

Wenn ich im Grillroom säße, würde diese Musik wahrscheinlich auch meine Magennerven wohltuend beeinflussen, denn sie essen sehr ausgiebig, die Gesitteten. Ihr Gesicht bleibt zwar gelangweilt, aber die wilden Naturinstinkte zeigen sich im Vertilgen von lebendem und totem Getier.

Wenn man aber im Vorraum dieses Grillrooms Nickel reinigt, befeuert die wilde Musik der Neger nur wenig zur Tat, wenn diese Tat Nickelputzen sein soll. Man möchte schon eher eine richtige, quiekende, heulende Meute von exotischen Tieren in den Grillroom springen lassen und sehen, ob auch dann die Gesitteten so gelangweilt blieben.

Ein ganz kleiner Dialog zwischen zwei Stubenmädchen

Szene: Ein Ordinationszimmer des Zahnarztes. Auf dem Schreibtisch stehen in einer Vase sehr zarte Teerosen.

Das eine Stubenmädchen: »Hast du die schönen Rosen gesehen, die der Doktor wieder bekommen hat?«

Das andere Stubenmädchen (es ist seit vier Jahren im Hotel »Pennsylvania«): »Hast du sie schon abgestaubt?« –

Wenn man ein Hotel, in dem man Angestellte war, für immer verläßt, so ist das umständlich wie ein Grenzübertritt.

Man wird von mehreren Damen einem wahren Kreuzverhör unterworfen. Wie? Warum? Wieso? Man bleibt doch nicht so kurze Zeit in einer »guten« Stellung.

Ich erkläre ihnen, daß ich die Dame, die mich aufgenommen hatte, mißverstanden habe.

Aber ich scheine doch etwas verdächtig zu sein. Ich muß meine Nummer, meine Eßkarte, meine Uniform, meine Arbeitskarte übergeben, dann meinen Koffer herunterholen, dann warten. Das alles nimmt fast einen ganzen Tag in Anspruch. Endlich kommt eine Dame, läßt mich den Koffer öffnen, schaut in ihn hinein. Ich schließe ihn, denke, die Sache ist erledigt. Eine andere Dame kommt aber, läßt mich den Koffer wieder öffnen, untersucht ihn. Erinnerungen an Reisen in der Nachkriegszeit erwachen. Endlich erscheint eine dritte Dame mit Bindfaden und Blei und plombiert den Koffer. Es ist Vorschrift, daß Angestellte nur mit plombierten Paketen oder Koffern das Hotel verlassen dürfen, obgleich man sich nicht recht vorstellen kann, daß jemand auf die Idee verfiele,

einen Topf künstlicher Palmen in seinen Koffer einzupacken, und
die Juwelen, um die es sich schon eher lohnen würde, hätte man
schon längst jederzeit in der Tasche wegtragen können. Draußen
sieht der Portier die Plombe an und schneidet den Bindfaden ab.

Ich stehe draußen vor der Pennsylvania-Station. Ganz so, als
hätte ich eben die Grenze eines fremden Landes überschritten.

Automat unter Automaten

Eine der größten über ganz New York verstreuten Massenabfütte-
rungsanstalten ist das Automatenrestaurant Horn & Hardart. Hier
versuchte ich, Arbeit zu erhalten.

Die Zentrale für Angestellten-Beschaffung

Warteräume. Für Männer und für Frauen. Der Warteraum für
Männer erinnert an ein Schulzimmer. Die Stühle alle nach einer
Richtung gestellt. Auf einer Erhöhung, wie der Herr Lehrer, sitzt
der Mächtige, der den Angestelltenstab zusammenstellt. Die Män-
ner sitzen da, lesen Zeitungen und warten anscheinend auf etwas.
Man kann nicht gleich herausbekommen, worauf.

Der Mächtige hält einen Telephonhörer in der Hand und ruft
zwischendurch etwas ins Zimmer hinein: »Ein Salatmann! Kein
Sandwichmann hier?« Da sich niemand meldet, ärgert er sich.
»Nie kommen solche, die man brauchen kann.«

Nachdem ich vergeblich versuche, mich irgendwie bemerkbar
zu machen, gehe ich in das Wartezimmer für Frauen.

Hier ähnelt es mehr dem Warteraum eines Zahnarztes, mit dem
Unterschied, daß die Wartenden zahlreicher sind und daß sich die
Lektüre nicht auf den Tischen, sondern an den Wänden befindet.

Goldene Sprüche an der Wand

Wohin man blickt, überall Weisheit. Man kann sich die Zeit auf
die nützlichste Art und Weise vertreiben. So kann man z. B. lesen:
»Eine Dummheit ist nur dann wirklich eine, wenn man sie zum

zweitenmal begeht.« (Dieser Spruch stammt, wie mitgeteilt wird,
von Lincoln.) Nicht weniger beherzenswert scheint ein anderer:
»Wenn du erregt bist, zähle bis zehn und dann schweige.«

Ich konnte aber nur wenig in dieser kleinen Weisheitsschule
profitieren, ja nicht einmal recht meine mitwartenden Genossin-
nen betrachten, denn der Allmächtige stieg von seinem Thronses-
sel und begab sich in unser Zimmer. Diesmal bin ich es, die er aus
der Menge herauspikt. Er fragt mich nur nach meiner Adresse,
dann gibt er mir einen Zettel für die Filiale in der 14. Straße.

Erst in der 14. Straße, wo ich sofort eine Nummer, diesmal bin
ich nur Nummer zwölf, und eine Uniform, die mir zweimal zu
groß ist, erhalte, erfahre ich, daß ich angestellt wurde.

Ein ganzer Schwarm Mädchen umgibt mich, die mein Kleid mit
Hilfe von Stecknadeln zurechtmachen, eine drückt mir eine weiße
Haube auf den Kopf, eine andere zupft an meiner Schürze. Dann
werde ich in den Saal geschoben, und man drückt mir ein Tablett
in die Hand. Ich weiß nun, daß ich ein »busgirl« bin, d. h. ein Om-
nibus, der mit Geschirr vollgepackt hin- und herrollt; ganz einfach
ausgedrückt, ist meine Lebensaufgabe von nun an, Geschirr abzu-
räumen.

Ich stehe da mit einem Tablett, und draußen lärmt, schreit, rast
die 14. Straße, mit ihrem Dutzend Kinos, mit ihren Vaudeville-
Theatern, Dancings und Schießgalerien, mit Radios, Grammophonen, Pianolas, mit Dutzenden Lunchrooms, Coffee Pots, mit
Fünf- und Zehncent-Geschäften und »noch nie dagewesenen Ge-
legenheitsverkäufen«. Aber auch mit besonderen Überraschungen: einer laut spielenden Jazzband im Schaufenster eines Her-
renbekleidungsgeschäftes oder einem anderen Schaufenster, in
dem ein schwarzmaskierter Mann erscheint und auf eine schwarze
Tafel schreibt: »Wollen Sie Erfolg haben? Wollen Sie eine gut bezahlte Arbeit? Dann müssen Sie sich gut kleiden. Gut kleiden
können Sie sich nur bei uns. Kommen Sie herein. Überzeugen Sie
sich.«

Und die Menge der Straßenverkäufer. Der Muskelmensch mit
dem leberkranken Gesicht, der auch bei schlechtestem Wetter,
nur mit einem Trikot angetan, seine einzig erfolgreiche Gesund-
heitsmethode demonstriert und gleichzeitig seine eigenen Werke
über gesunde Lebensweise verkauft. Und der Mann mit wallen-
dem Haar bis auf die Schultern, der unfehlbare Haarwuchsmittel

feilbietet. Und da sind eine Unmenge Bettlerinnen, Blinde und Straßenredner. Die Menge, die hier auf und ab flutet, besteht aus allen Nationen der Welt. Sie alle aber jagen im gleichen Tempo den gleichen Vergnügungen, den gleichen Erfolgen nach.

Die Roboter

Die ganze Straße strömt in das Automatenrestaurant hinein, von früh morgens bis spät in die Nacht. Aber hier wird nicht zum Vergnügen gegessen. Hier essen die Roboter, Deutsche, Amerikaner, Juden, Chinesen, Ungarn, Italiener, Neger.

Jede Rasse ist vertreten. Man hört alle Sprachen der Welt, es bleiben Zeitungen liegen mit hebräischen und chinesischen, mit armenischen und griechischen Zeichen und in exotischen Sprachen, die man gar nicht erraten kann. Man wird durch unverfälschte sächsische und bayerische Dialekte überrascht, und man sieht Leute Tee schlürfen, wie nur russische Bauern ihren Tee trinken.

Und doch sind sie sich alle so ähnlich, wie zwei Brüder sich ähnlich sein können. Sie tragen alle die gleichen billigen Kleider, die gleichen Hemden, die gleichen Ausverkaufsschuhe, sie essen alle jeden Tag die gleiche Tomatensuppe, die gleichen Sandwiches: Schinken mit Salat, Ei mit Salat, Käse mit Salat, Sardinen mit Salat, sie verdienen den gleichen Wochenlohn, sie arbeiten alle gleich schwer, gleich lang.

Die Roboter essen meist stehend, oder sie sitzen nur gerade so lange, bis sie die nötigen Kalorien und Vitaminmengen zur Instandhaltung der Maschine zu sich genommen haben.

Sie werden von klein auf zu dem Tempo erzogen, das sie, wenn sie in dieser Welt vorwärtskommen wollen, einhalten müssen.

»Hurry up« (schnell, schnell), mahnen die sorgfältigen Eltern ihre Kinder, die Kuchen essen und Milch trinken.

Die halberwachsenen Roboter sorgen schon selbst für sich. Sie tragen Western-Union-Uniformen oder die von Banken, Kaufhäusern, Hotels. Oft stehen sie lange vor den Automaten. Wozu sollen sie sich entschließen: Milchspeise oder Eiscreme? Meist siegt doch die Liebe über den Verstand. Sie essen Eiscreme.

Die Automaten sind Glasschränkchen, die prahlerisch ihren Inhalt zeigen. Sie bleiben kühl verschlossen, auch vor dem hungrigsten Magen, lassen sich aber mit einem kleinen, leichten Griff öffnen, wenn man die ihrem Inhalt entsprechende Anzahl von Nikkeln entrichtet.

Aber auch hinter den Automaten stehen unsichtbar in dem schmalen, heißen Gang Automaten. Sie legen Sandwiches auf Teller, immer wieder neue, sie verteilen Kuchen und Kompott. Sie füllen die Samoware mit Tee und Kaffee, sie verteilen Suppe, Gemüse und Fleisch.

Wir anderen Automaten tragen die schweren Tablette, räumen immer wieder das schmutzige Geschirr ab, das sich alle fünf Minuten auf jedem Tisch von neuem auftürmt.

Automaten stehen ganz unten in der Tiefe, Negerautomaten, und waschen Geschirr, den ganzen Tag, die ganze Nacht.

Automaten sitzen an der Kasse und wechseln Fünfundzwanzig-, Fünfzigcentstücke, Dollars in Nickel um. Sie geben Nickel aus, den ganzen Tag, den ganzen Abend, immer Nickel, Nickel.

Und Automaten gehen auf und ab zwischen den Tischen und geben acht, den ganzen Tag, den ganzen Abend, ob die Eßautomaten auch ihre Pflicht erfüllen, den ganzen Tag, den ganzen Abend, und essen, schnell essen.

Manchmal bekommen die Automaten so etwas wie ein Gesicht

Ein besonders fleißiger Automat, er ist eine Frau, fiel mir auf, der immer mit hochgetürmtem Tablett hin- und hergeht. Nicht spricht. Immer nur Geschirr schleppt. Vollkommenster Automat. Und plötzlich erblickt man hinter dem Automaten ein menschliches Gesicht. Ein ganz und gar nicht merkwürdiges, ganz gewöhnliches, sächsisches; das Gesicht einer deutschen Kleinbürgerin. Sie ist seit zwei Jahren in Amerika. Sie hat bisher als Dienstmädchen gearbeitet, wie vier Pferdeknechte, versichert sie. Und sie hat viel geweint in Amerika, wo man nur Arbeit und den Dollar kennt. Aber hier, meint sie, sind wir im Paradies. Sie gibt natürlich zu, daß es nur ein verhältnismäßig schlichtes Paradies sei.

Aber wir haben vierzehn Dollar Wochenlohn und können essen, soviel wir wollen und was wir uns aussuchen, meint sie. Und man sagt zu ihr Lady. Und wenn die Uhr geschlagen hat, ist Schluß. Sie ist sehr fleißig, denn sie möchte nicht, daß man sie wegschickt.

Eine Russin ist da, die kein Wort Englisch kann. Sie nimmt immer, wenn sie eine Minute Arbeitspause macht, einen Zeitungsausschnitt hervor. Es ist die Photographie einer Frau. Sie besieht sie immer lange, dann arbeitet sie weiter.

Eine kleine Spanierin hat sich von ihrem Wochenlohn lange Ohrgehänge gekauft. Es war eine Sensation. Einmal kam sie fünf Minuten zu spät. Man hat sie mit einem Mann vor dem Geschäft gesehen. Das war eine noch größere Sensation.

Später bekommen auch manche Gäste ein Gesicht. Es gibt sogar einige, die sich nicht zu dem üblichen Tempo zwingen lassen. Sie sitzen ruhig zur größten Empörung des Managers stundenlang vor einer Tasse Kaffee, bringen Bücher mit und sprechen über die überflüssigsten Sachen. Nicht über den Wochenlohn und über den »job«, den sie haben, sondern über Politik und neue Literatur. Aber man sieht ihnen auch an, daß sie zu ihrem eigenen Schaden die amerikanische Lebensweisheit ignorieren. Einmal geschah es, daß die ganze Gesellschaft bei einer einzigen Tasse Kaffee saß.

Der Manager duldete eine Zeitlang, wenn auch mit sichtlich unzufriedener Miene, den Unfug. Endlich konnte er nicht länger an sich halten, er ging zu der Gesellschaft und hielt ihr folgende Rede: »Meine Herren, Sie scheinen den übrigens respektablen und ehrlichen Beruf der Hungerkünstler auszuüben. Es wundert uns nur, warum sie dann unser Restaurant mit Ihrer Gegenwart beehren. Sollten Sie aber das Hungern nicht aus Beruf, sondern aus Notwendigkeit ausüben, befolgen Sie meinen Rat, lassen Sie Ihre Bücher im Stich und suchen Sie sich bessere Arbeit.«

Da ist noch ein junger Mann, der immer liest, während die Kaffeetasse halbvoll vor ihm steht. Bevor er das, was er bezahlte, nicht verzehrt hat, ist es sein gutes Recht, zu sitzen, und kein Manager kann ihn aus dem Paradies vertreiben. Einmal aber passierte es ihm, daß er aus Zerstreutheit den Kaffee austrank bis zum unwiederbringlich letzten Tropfen. Und er mußte nun gegen uns alle, die seine Tasse fortnehmen wollten, einen harten Kampf führen. Während er krampfhaft die leere Tasse festhielt, las er mit größtem Eifer den »Bürgerkrieg in Frankreich« von Karl Marx.

Manchmal saßen auch Liebespaare da. Sie saßen und sprachen und sprachen und saßen.

Sie alle waren mir sympathisch. Ich mochte es gern, wenn sie sich an meine Tische setzten. Sie haben nicht viel Geschirr schmutzig gemacht.

Neger und Negerinnen

Man ist bei Horn & Hardart liberal den Negern gegenüber. Man sieht sich die Nickel, die die Automaten füllen, nicht danach an, ob sie von weißen oder schwarzen Händen entrichtet wurden.

Es arbeiten viele Neger hier. Sie sind gute Arbeiter. Es ist vorteilhaft, vorurteilslos zu sein.

Manchmal sieht man reizende Negerinnen. Ich sah hier einmal eine in schreiend buntem Kleid mit einem in allen Farben schillernden Hut. In dieser für eine Europäerin unmöglichen Aufmachung sah sie wie eine richtige Urwaldschönheit aus.

Zwischen einer Kreolin und einer schönen Negerin kann man kaum noch Unterschiede entdecken. Aber die Neger haben eine untrügliche Probe dafür, wer Negerblut in den Adern hat.

Da hat auch eine kleine Kreolin aus Westindien gearbeitet. Sie war sehr hübsch, aber so dunkel, daß man sie spaßeshalber verdächtigte, nicht rasserein zu sein. Man vollzog an ihr die Negerprobe. Die besteht darin, daß man die Halshaut zu ziehen versucht. Gibt sie nicht nach, ist die der Probe Unterworfene nicht rasserein. Die Negerinnen zeigten dann, wie es bei einer richtigen Negerin sein muß. Sie können die Halshaut wie Gummi ziehen. Die kleine Kreolin, deren Haut fest blieb, sah diesen Kunststükken mit aufrichtigem Neid zu.

Ein Neger, der viele Negerlieder sang, philosophierte auch gerne. Er sprach lange und oft darüber, daß den großen Unterschied zwischen Mensch und Mensch nicht die Hautfarbe, sondern nur das Geld ausmacht. Und er konnte seine Behauptungen immer mit guten, dem Leben entnommenen Beispielen belegen. »Ein Neger kann nicht in ein jedes Restaurant essen gehen, das ist wahr«, sagte er, »aber können Sie vielleicht essen, wo Sie wollen? Versuchen Sie es doch, gehen Sie zu Ritz; oder machen Sie eine Reise, oder setzen Sie sich in eine Theaterloge. Freiheit ist, wo Geld ist. Zwischen denjenigen, die einige Dollars haben, und

zwischen mir, der keine hat, ist der Unterschied nur winzig«,
sagte er. »Ist vielleicht der Manager ein freier Mann, weil er mir
befehlen kann? Er darf mir ja nur das befehlen, was man ihm befiehlt, mir zu befehlen. Ist es nicht so? Und wie klein ist der Unterschied zwischen den Dollars, die er verdient, die ich verdiene,
wenn man sie mit dem Dollargewinn der Gesellschaft vergleicht.
Ist es nicht so?« Und wir alle mußten zugeben, daß an dem, was er
sagte, etwas Wahres sei.

Die Organisation der Massenabfütterungsgesellschaft

Man muß bekennen, sie ist bewunderungswert. Allein in der Filiale der 14. Straße speisen täglich Zehntausende. Man kann jederzeit warm essen. Alles funktioniert auf die Minute. Dabei ist der
Raum, wo die Speisen verteilt werden, unglaublich klein. Eine
Küche existiert in den Filialen überhaupt nicht. Es wird alles in
einer Zentralküche hergestellt, die Suppen und das Gemüse gekocht, das Fleisch zerschnitten und bratfertig hergestellt. Dort
werden die verschiedenen Brotsorten und Kuchen gebacken. Dort
ist die Zentraleinkaufsstelle, von dort wird der Bedarf aller Filialen, es gibt ihrer in New York zweiundvierzig, gedeckt. Alles, was
gebraucht wird, kommt in Kisten an, auch die Suppen in herme-
tisch verschlossenen Behältern. Die Speisen werden nur aufge-
wärmt.

Dabei ist der Betrieb denkbar unbürokratisch. Es wird nur wenig gezählt und aufgeschrieben. Es gibt nicht einmal Karten für
Arbeitszeitkontrolle, aber man wird »gewatscht«, wie mir die eine
deutsche Frau sagte. Eine philologische Erklärung ist hier nötig.
»Watschen« stammt von »watch«, beobachten. Und man wird sehr
scharf beobachtet. Ein wahrer Ring von Aufsehern umgibt uns. Es
ist unmöglich, auch nur eine Minute die Arbeit stehenzulassen,
und ich glaube kaum, daß es jemandem gelingen könnte, etwas
wegzutragen.

Die Fünfcentstücke werden von einer Zählmaschine gezählt,
die mit einer Fleischhackmaschine Ähnlichkeit hat. Wenn die Automaten geleert werden, erfüllt der Klang der rieselnden Nickel
den ganzen Raum. Hier wird erst recht »gewatscht«.

Wenn man mit einem schweren Tablett auf und ab geht, immer auf und ab, wie endlos wird dann die Zeit. Die Minuten dehnen sich, das Ende der Stunden ist nicht abzusehen. Teller, Tassen, Schüsseln abräumen, immer von neuem abräumen. Ich nehme mir vor, nicht eher auf die Uhr zu schauen, als bis ich das Tablett zehnmal zum Abwaschen befördert habe. Ich mache meine Arbeit absichtlich langsam, bleibe manchmal träumerisch stehen. Die Füße tun verdammt weh, und erst der linke Arm. Die zehnte Runde. Sicher ist schon mindestens eine halbe Stunde vergangen. Man blickt auf die Uhr und sieht, es sind erst fünf Minuten vorbei. Das ist hoffnungslos.

Manchmal hat man eine kleine Zerstreuung. Man zerbricht Geschirr. Tassen fliegen hin vor die Füße eines ohnehin schon feindlichen Managers, oder man läßt ein ganzes mit Geschirr vollgepacktes Tablett fallen. Darüber wird nie eine Silbe verloren. Man darf nicht einmal stehenbleiben, um den Scherben nachzutrauern, ebensowenig darf die Schuldfrage erörtert werden.

Manchmal denkt man, ich kann unmöglich weiter stehen. Ich werde einfach einen Nickel in den Automaten werfen, mir eine Tasse Kaffee holen und mich niedersetzen. Niedersetzen. Es ist gar nicht auszudenken, was dann geschehen würde. Was für vermessene Phantasien man nur hat, wenn man müde ist.

Nachts verfolgen mich die Teller und Tassen, und ich träume oft, ich räume immerfort Tische ab, ohne Unterlaß.

Erst dachte ich, daß nur ich das so empfinde, aber ich hörte auch von den anderen: »Heute will der Tag überhaupt nicht vergehen.« Wenn Schichtwechsel war, zählten sie alle schon vorher die Minuten. Und wie glücklich sie das sagten: »Nur noch zehn Minuten.« Wenn einer einen freien Tag hatte, wunderte er sich, wie schnell dann die Zeit verfliegt und wie furchtbar langsam die Arbeitstage weiterschleichen.

Einmal begann der eine Mann, der den Boden fegt, zu sprechen: »Hier ist es nicht schön. Ich kann's kaum noch weitermachen. Jeden Tag arbeite ich zwölf Stunden, dazu kommen anderthalb Stunden Arbeitspause, eine halbe Stunde zum Umkleiden, eine Stunde Hin- und Rückfahrt. Das sind fünfzehn Stunden täglich. Nie nehme ich mir Sonntage frei. Das geht so seit anderthalb

Jahren, ohne Unterbrechung. Aber wenn ich mir einen Tag freinehme, verdiene ich weniger. Und wenn man frei ist, gibt man doch nur Geld aus, und dann muß man sich auch noch das Essen kaufen. Warum ich so arbeite? Weil ich sparen will. Wie könnte ich das sonst. Und warum ich spare? Weil ich selbständig werden will. Aber es ist nicht schön hier. Immer fegen, immer den Boden, immer den Schmutz. Etwas anderes sieht man nicht mehr von der Welt. Ich weiß nicht, ob ich noch lange so weiter kann.« Armer Automat, armer Roboter.

Es war ein schöner Augenblick, als ich nach heftigen Kämpfen meinen restlichen Lohn geholt habe. Man fand, es sei nicht »fair«, eine Stellung von einem Tag zum andern ohne Grund aufzugeben, und man wollte auch mir gegenüber nicht »fair« sein.

Jetzt aber war ich frei. Jedenfalls für den Augenblick. Sonst pflegte ich um diese Zeit mit dem schmutzigen Geschirr herumzuspazieren. Nun aber ... Ich nahm einen Nickel und holte mir einen Kaffee und setzte mich. Und trank Kaffee und saß. So erfüllten sich Träume. Aber ich weiß nicht, ich habe es mir doch noch schöner vorgestellt.

Candy-Girl im Schlaraffenland

Dort, wo die Ananas-, Mandel- und Rosinenberge stehen, Schokoladenflüsse unversiegbar quellen, Honig und Sirup sich in Riesenfässern türmen, dort, sollte man meinen, müßte es schön sein, zu leben, vielleicht sogar zu arbeiten.

Da sich das Schlaraffenland heutzutage nur in einer Schokoladenfabrik befinden kann, scheint die Sache auch gar nicht aussichtslos. Man geht durch das Tor eines Wolkenkratzers, fragt den Portier nach der Arbeiterannahmestelle, steht bescheiden vor dem Personalverwalter und bekommt nach einigem Warten einen Zettel in die Hand gedrückt, auf dem der künftige Arbeitsplatz verzeichnet ist. Kein Wort wird gefragt, man kann gleich anfangen zu arbeiten. Fein, daß man ins Schlaraffenland gelangen kann.

Ich bekomme von der »nurse«, halb Aufseherin, halb Pflegerin, die Uniform und einen Schrank zugewiesen. Sie sagt mir, es sei besser, die Uniform über die Kleider anzuziehen, dann friere man weniger.

Aber heute ist doch ein furchtbar heißer Tag, denke ich, doch man ist eben im Schlaraffenland, man soll sich über nichts wundern. Ich gehe die Treppe hinauf zu meinem Arbeitsplatz.

Ich betrete einen riesigen Arbeitssaal. Sofort bekomme ich kalte Füße. Eine ältere Dame, wie sich später herausstellte, die »forelady«, die Vorarbeiterin, flattert mir entgegen, in einem weißen Kleid mit einem Spitzenhäubchen angetan. Sie hat eine rote, erfrorene Nase und fragt mich nach meinen Personalien. Auch teilt sie mir die Arbeitsbedingungen mit, 24 Cent die Stunde. In der Saison kann man Überstunden machen.

Die Arbeiterinnen blicken gar nicht auf. Sie sind in Wolltücher, Wintermäntel, Sweaters gehüllt. Die Luft ist trotz der Kälte schlecht, die Fenster fest verschlossen.

Das kokette Spitzenhäubchen: »Wenn Sie eine Minute zu spät kommen, wird eine halbe Stunde abgezogen. Die Kontrollkarte muß viermal, immer im Arbeitssaal, abgestempelt werden. Morgens, bei Beginn und Ende der Mittagspause und abends, wenn man nach Hause geht.«

Ich glaube, ich habe auch schon eine rote Nase. Freilich, es muß kalt sein, damit die Bonbons nicht zerschmelzen. Daran hätte ich gleich denken müssen.

Ich werde an einen Tisch gesetzt. Plötzlich bin ich umgeben von Kartons, Seidenpapier, Stanniol. Immer neue Platten voll Bonbons werden vor mich hingeschoben. Ich muß packen. Das Spitzenhäubchen erklärt: »Jedes Stück umdrehen und genau prüfen. Die schlecht gelungenen müssen beiseite gelegt werden mit der Nummer, die auf jede Platte aufgeklebt ist. Die soll man nicht essen. Die Arbeit der Hersteller muß geprüft werden.«

Ich fange an, gehorsam zu drehen, zu prüfen, zu packen. »Nur mit den Fingerspitzen, nur mit den Fingerspitzen«, sagt noch das Spitzenhäubchen und entschwindet.

Hier mache ich die Bekanntschaft mit Nummer 68, die nicht etwa ich bin. Ich repräsentiere eine bedeutend höhere Nummer, bin Viervierzwodrei.

Bald stellte sich heraus, daß die Plattennummern immer besondere Individualitäten enthüllten. Da war z. B. die tadellose Nummer 23, die korrekte 25, es war ein Vergnügen, sie zu packen; da war die etwas zerfahrene Nummer 35 und dann also auch die Nummer 68.

Ich weiß nicht, ob ich deshalb Sympathien für sie empfand, weil ich fühlte, daß ich genau so schiefe, zerquollene Bonbons mit so fleckigem Guß herstellen würde, wenn mich das Schicksal noch ausersehen sollte, Pralinen zu machen. Jedenfalls versuchte ich, soweit es in meiner Macht stand, Nummer 68 zu retten. Ich aß die verdorbenen Stücke, sie waren schlecht, dafür aber verboten, ich verlor die Zettelchen mit der Nummer, ich schmuggelte sogar einige Stücke der tadellosen Nummer 23 und der korrekten Nummer 25 zu, denen das doch nichts schaden kann.

Am nächsten Tag, welches Wunder, übertrifft Nummer 68 an Korrektheit sogar die Nummern 23 und 25. Ich ahnte gleich Böses. Und wirklich, als ich mich nach Nummer 68 erkundigte, mußte ich mich von der Zwecklosigkeit jeder individuellen Hilfsaktion überzeugen. Denn man sagte mir: »Meinen Sie die alte oder die neue. Denn seit heute ist eine andere da. Die alte ist gestern Knall und Fall entlassen worden.«

Neben mir sitzt ein Mädchen, dem man auch anmerkt, daß es ein Neuling ist. In der ganzen Umgebung sind wir die einzigen, die sich für die Erzeugnisse Schlaraffenlands interessieren. Wir kosten alles, kritisieren, haben Vorlieben. Wenn das Spitzenhäubchen entschwindet, machen wir Rundgänge in unserem Arbeitssaal. Wir gehen an den Frauen vorbei, die Datteln entkernen, Nüsse öffnen, Ananas zerschneiden. Jedesmal, wenn wir vorbeigehen, langen wir in die Körbe und essen. Erschrocken sehen wir uns um, aber nichts geschieht. Es ist erlaubt. Die Frauen sehen uns augenzwinkernd nach. Sie scheinen sich über uns zu amüsieren.

Während ich packte, flog mir ein Stück saure Gurke zu. Eine Arbeiterin aus der alten Garde frühstückte. Ich lachte.

Aber am dritten Tag brachte ich mir Essigzwiebeln zum Frühstück mit. Meine Nachbarin schien sich zu freuen, als ich ihr auch welche anbot.

Am dritten Tag mußte ich meinen bequemen Platz, der mir allerdings erst später so bequem erschien, verlassen und wurde vom Spitzenhäubchen zu den Maschinenpackern kommandiert. Das Arbeitssystem ist hier ganz ähnlich wie das berühmte laufende Band. Quer durch den Saal laufen die Maschinen, vor denen die Arbeiterinnen packen. Eine Glaswand, mit je einer Öffnung vor jeder Maschine, trennt uns von den Pralinenherstellern. Hier gibt es kein gemütliches Schlendern mehr, die Maschinen schreiben die Bewegungen der Packerinnen wie der Bonbonhersteller vor.

Man steht hier in der eisigen Kälte acht oder manchmal auch neun Stunden lang, ohne einen Augenblick sich auszuruhen oder sitzen zu können. Das Spitzenhäubchen erscheint immerfort, umkreist uns und schreit uns ständig wie ein Phonograph in die Ohren: »Mädels, eure Hände müssen ·flinker werden, Mädels, eure Hände müssen flinker werden«, immer ohne Unterlaß. So sieht es aus im Schlaraffenland.

Und trotzdem geht es vor unserer Maschine sehr lebhaft, ja lustig zu. Da ist zum Beispiel Giulietta, die schöne Italienerin. Sie kann nicht nur schnell packen, sondern gleichzeitig auch Charleston tanzen und singen: »Yes Sir, she is my baby.«

Dann sind die beiden Freundinnen da, die sich ständig zanken und sich gegenseitig, zur allgemeinen Freude, alte Sünden vorwerfen. Und dann haben wir Boccaccio hier, freilich einen weiblichen Boccaccio, und schon das allein muß die Arbeit unter den Maschinenpackern erträglicher machen.

Denn Boccaccio ist eine Nummer ganz für sich. Von ungewöhnlicher Reizlosigkeit. Trägt eine Brille auf einer spitzen Nase, und hinter dieser Brille schielen farblose Augen. Die Haut ist fleckig, die Haare strähnig. Doch welche üppige, strotzende Phantasie verbirgt dieses trockene Äußere.

Boccaccio ist natürlich italienischer Abstammung, wohnhaft und aufgewachsen in der Mulberry Street, dem schmutzigsten, dichtestbewohnten Teil des italienischen Viertels. Dort, wo die Nachbarn keine Geheimnisse voreinander haben können, wo die Wände überhaupt nur aus Ohren bestehen, wo mehrere Familien in einem Zimmer wohnen.

Und Boccaccio hat immer alles gesehen und gehört. Und Boccaccio erzählt, fast ohne Unterlaß, ohne daß man darum bitten muß. In einem trockenen, dozierenden Ton berichtet sie von unwahrscheinlichsten Familienschicksalen, haarsträubenden Liebesgeschichten, Großmütter und Kinder, Chinesen und Neger kommen da vor, oft ist auch Boccaccio selbst die Heldin. Die Mädchen biegen sich vor Lachen.

Nur eine lacht nie, spricht wenig. Die Bleiche. Sie stöhnt ständig: »Ach, wie meine Hände frieren«, »Oh, mein Rücken.«

Die Schokolade strömt aus der Maschine ohne Unterlaß. Immer die gleichen Bewegungen. Wenn eine neue Art Schokolade aus der Maschine kommt, seufzt die Bleiche: »Ach, schrecklich, diese ewige Abwechslung.«

»Will jemand ›dipper‹ werden?«

»Wollen Sie; girl«, fragt mich das Spitzenhäubchen, und ich nicke freudig ja. Die »dipper« arbeiten sitzend. Sie überziehen Pralinen mit Schokolade.

»Sie werden jetzt ein ›trade‹ (Handwerk) lernen«, sagt mir die Dicke, die mich unterweisen soll.

»Yes, m'am«, flüstere ich ehrfürchtig, denn ich weiß, daß ein »trade« Karriere bedeutet.

Meine Nachbarin teilt mir mit, daß diese Woche achtundzwanzig Dollar in ihrem Lohnumschlag waren. »Das ist was anderes als die zehn Dollar der Packer.«

Als die Dicke weggeht, frage ich meine Nachbarin, seit wann sie »dipper« ist.

»Seit acht Jahren. Ja, in der ersten Zeit kann man das auch nicht verdienen.«

Ich sitze nun vor einem großen Kessel voll Schokolade, halte eine Holzkelle in der Hand und rühre fleißig. Wenn die Dicke nicht wäre, könnte ich mich jetzt Kindheitserinnerungen hingeben und denken: Schlaraffenland.

Aber die Dicke erinnert mich mit allem Nachdruck an den Ernst des Lebens. »Immer aufpassen, daß die Schokolade schön flüssig bleibt, wenn sich kleine, harte Stücke bilden, müssen sie sofort herausgenommen werden.«

Aber wieso gefriert nicht die Schokolade sofort in dem kalten Raum? Wie wird sie überhaupt flüssig erhalten?

Auf eine sehr einfache und sinnreiche Art. Unter jedem Schokoladenkessel ist eine stark isolierte elektrische Leitung, die nach Bedarf eingeschaltet werden kann. Sobald die Schokolade ihren gleichmäßigen Glanz zu verlieren beginnt, wird die elektrische Heizung unter dem Kessel angeknipst, muß aber dann immer wieder ausgeschaltet werden, denn die Schokolade darf nicht heiß werden.

Die »dipper« sitzen mit aufgestülpten Ärmeln vor den Kesseln, die Arme mit einem Schokoladenguß überzogen, und tauchen

Cremefüllungen, Datteln, Ananas in die Schokolade. Jede Sorte muß auf eine besondere Art gedreht werden, muß eine besondere Größe und Form haben.

Gerade um die Zeit, wenn wir die Fabrik verlassen, paradiert vor uns der Autobus einer anderen großen Schokoladenfabrik, mit den verlockendsten Aufschriften: »Wir machen die beste Schokolade der Welt«, »Wir stellen Arbeiterinnen unter den besten Bedingungen ein«, »Wir befördern unsere Arbeiterinnen frei im Auto zur Arbeitsstelle« (merkwürdig nur, daß nie jemand in diesem Autobus sitzt).

Aber Giulietta weiß etwas Besseres. »Habt ihr denn nicht das Auto der Würfelzucker-Gesellschaft gesehen, mit dem Jazz-Orchester. Das scheint ein lustiges Haus zu sein.«

Und schon tanzt sie wieder Charleston und singt: »No Sir, don't say may be.«

Die Bleiche aber sagt: »Ich hasse jede Abwechslung. Dann sieht man erst, wie schrecklich gleich alles ist.«

Dienstmädchen
beim Alkoholschmuggler

Es gibt Leute, bei denen man am ersten Tag weiß, welche Beschäftigung sie haben, wieviel sie verdienen und wie sie über Gott und die Prohibition denken – so meinte ein erfahrenes Dienstmädchen –, mit anderen wieder kann man wochenlang zusammenleben und man erfährt nichts Näheres über sie.

Meine neue Stellung: Eine große Villa, nagelneu eingerichtet, mit Gesellschaftsräumen in Blau und Rot und viel Gold, mit einem Frühstückszimmer und Speisesaal, mit einem Boudoir, mit Büchern und Porzellan, das anscheinend nie benutzt wurde, mit Spiel- und Studierzimmer für die Kinder.

Ich kann nicht unzufrieden sein, mein Zimmer ist nicht weniger neu als die anderen, mit Stehspiegeln und Klubsesseln, Ankleideraum und Badezimmer.

Der Garten ist schön, mit einem Springbrunnen, eine Riesenveranda ist mit ganz neuartigen Korbmöbeln ausgestattet, in der Garage stehen zwei Autos. Außer mir besteht das Dienstpersonal noch aus einer Köchin und einem Schofför.

Aber sonst geht es hier gar nicht hochherrschaftlich zu. Die Dame des Hauses, eine blasse Frau, geht herum, als ob sie sagen wollte: »Gut, ich kann ja auch das über mich ergehen lassen.« Sie kocht, während die Köchin wäscht und die Zimmer reinigt, und regt sich über einen Knochen auf, den ich weggeworfen habe, aber dann wieder schüttet sie mit größtem Gleichmut eine große Flasche Sahne fort.

Meine Aufgabe ist, die Kinder und die Küche in Ordnung zu halten. Diese Aufgabe ist gar nicht so einfach. Denn die Küche spielt in diesem Hause mit Empfangsräumen und Boudoir und Spielzimmer genau die Rolle wie bei allen amerikanischen Kleinbürgern, die neben der Küche noch zwei oder drei Zimmer haben. Hier spielen und »studieren« die Kinder, und hier essen wir alle, wenn auch nicht zur gleichen Zeit. Erst essen die Kinder, dann die Frau (der Mann ist vorläufig noch nicht auf der Bildfläche erschienen), zuletzt kommt das Dienstpersonal an die Reihe.

Ich muß in der Zwischenzeit immer abwaschen, denn das Geschirr und die Bestecke, die uns zur Verfügung stehen, reichen nur für eine Serie.

Nun hat sich die Küche entvölkert, jetzt können wir essen, Linotschka, die Köchin, eine Weißrussin, der Schofför, ein Neger, und ich, die »Neue«.

Ich merke, man möchte mich gern über alles aufklären, aber die Türen sind offen, die Frau telephoniert in der Halle. Wir essen schweigsam, aber Linotschka tuschelt etwas hinter der vorgehaltenen Hand und macht Zeichen, denen ich entnehmen kann, daß ich nur warten soll, bis die Frau außer Hörweite ist, dann werde ich schon Interessantes zu hören bekommen.

Der Schofför aber, der Alteingesessene hier, beginnt mir schon in einer eindrucksvollen Gebärdensprache die Karriere unseres gemeinsamen Brotherrn zum besten zu geben. Dem konnte ich folgendes entnehmen: Vor drei Jahren war er noch so klein, die Handfläche des Schofförs berührte fast den Boden, heute ist er so groß, seine Hand flog hoch, soweit sie nur konnte. Dann machte er mit beiden Händen einen Trichter und flüsterte andächtig: »Alkohol«.

Es war Freitag in den Abendstunden, als die alte Frau kam, die Mutter des Mannes.

In einem langen, mit braunem Pelz verbrämten, schwarzen
Mantel, den Kopf mit einem schwarzen Spitzentuch verbunden.
Sie trug eine Anzahl Pakete. »Die Frau ist fort mit den Kindern?
Ich werde warten.« Sie setzte sich auf den Rand eines Küchen-
stuhles, legte ihre Pakete auf den Tisch und sah zu, wie ich arbei-
tete. (Was nicht angenehm ist.)

Plötzlich sprang sie auf. Ich hatte angebrochene Brotstücke in
den Mülleimer geworfen. »Wie«, sagte sie, »ihr werft das Brot
fort?« Sie nahm ein Stück Brot aus dem Unrat, betrachtete es mit
andächtigem Ernst eine Weile, dann führte sie es an den Mund,
küßte es wahrhaftig inbrünstig und flüsterte mit Tränen in den
Augen: »Das heilige, geliebte Brot, ja hierzulande wirft man es
fort«, dann legte sie es mit zitternden Händen wieder in den Mülleimer.

Dann ging sie zu dem Tisch zurück, öffnete einige ihrer zahllosen Pakete, wärmte den mitgebrachten Kaffee in einem mitgebrachten Topf und wandte sich erklärend an mich: »Bei euch kann
man nicht mehr essen.«

Einem anderen Paket entnahm sie einen Kerzenhalter und Kerzen, zündete die Kerzen an, legte die Hände über die Stirn, ver-
beugte sich und begann leise ein Gebet zu murmeln. Das Kerzen-
licht fiel über ihre Gestalt, sie war noch in ihrem Mantel und Spitzentuch, es begann schon zu dunkeln, so stand sie noch eine
Weile. Später begann sie mit mir eine Unterhaltung. Ob man sich
an Amerika gewöhnen könnte?

Sie nicht. Sie nie. Vom ersten Augenblick an war sie unglück-
lich. Sie kamen aus Südrußland, aus Bessarabien, vor einem Men-
schenalter. Man war dort ein Hund, hier ist man ein Herr. Man
war dort arm, hier ist man reich. Aber man soll dort sterben, wo
man geboren wurde. Man sollte dort leben, wo die Vorfahren gelebt haben, die Eltern. Aber hier hat man gar keine Eltern, und
hier hat man keine Kinder. Denn sie haben hier kein Gedächtnis,
und sie haben keine Erinnerungen und keinen Glauben. Nichts
ist ihnen heilig. Nicht einmal das Geld. Sie jagen ihm nach. Sie
schinden sich und andere um das Geld, aber wenn sie es haben,
dann ist es ihnen nicht heilig. Dann werfen sie es fort, wie sie das
Brot, das tägliche Brot wegwerfen. Sie bauen sich Häuser und kaufen sich Autos, nur weil sie das Geld fortwerfen wollen.

Sie begann, die anderen Pakete zu öffnen. Eine Schüssel mit

Mohn- und Nußkuchen, ein Glas Honig, in dem Nüsse schwammen.

Anka, Rosalyn, Lillian, das sind die Kinder. Anka ist geboren noch in den schlechten Zeiten. Im Gettoviertel, in einer Nebenstraße der Grandstreet, wo der Vater eine Anzahl Trödelkarren teils in eigener Regie hatte, teils weitervermietete. Als Rosalyn geboren wurde, hatte man schon ein eigenes Geschäft für seidene Unterwäsche in der Grandstreet, und als Lillian zur Welt kam, war die Villa, in der wir das Vergnügen haben, nun zu leben, schon im Bau.

Anka ist mager, blutarm und wird von einem unersättlichen Hunger geplagt. Wenn sie Schokolade ißt, meidet sie jede Gesellschaft. Sie teilt nicht gern ihr Hab und Gut, ist aber immer bereit, Ratschläge zu geben. Sie findet, daß ich gerade genug Geld verdiene, und rechnet aus, wieviel Geld ich in zwei Jahren haben könnte, wenn ich immer arbeiten und mir nur das Allernotwendigste kaufen würde. Bei diesem Allernotwendigsten ist sie riesig knauserig. Sie hat auch Phantasie. Wenn ich etwas falsch mache, dann schreit sie: »Ha, gib nur acht, ich werde es meinem Großvater, der jetzt in Persien zur Welt kommt, erzählen, was du angestellt hast.«

Rosalyn ist dick, hat rote, feste Wangen, kugelrunde Schwarzaugen. Sie ißt mit Appetit und Genuß, aber bei ihr schlägt alles an, nicht wie bei Anka. Wenn sie lacht, zittert das Haus, wenn sie weint, dröhnen die Wände, sie weint nicht, sie brüllt. Wenn man sie hinlegt, schläft sie sofort ein. Sie ist wunderbar gesund, natürlich, echt. Und so wird wohl jeder seine Freude an ihr haben. Rosalyn kommt eines Morgens zu mir und sagt: »Mary, ich habe einen Mann.« Und da ich keine Einwendungen mache: »Er umarmt mich, er küßt mich, er nimmt mich in seine Arme, er küßt mich«, lispelt sie und verdreht dazu so komisch die kugelrunden Schwarzaugen, daß ich mir die Seiten halte. Rosalyn sieht mich streng, abweisend, aber doch etwas verlegen an. Nach einer Weile sagt sie: »Was lachst du, ich spreche doch von meinem Vater.«

Lillian hat ein blasses, zartes Gesicht, lange, hellblonde Locken und verschlafene Augen. Sie lacht selten und dann ganz leise. Wenn man ihr nicht den Willen läßt, schluchzt sie verzweifelt:

»Arme, kleine Lillian.« Nur mit List kann man sie zum Essen bewegen, einschlafen will sie erst, wenn man ihr stundenlang Märchen erzählt. Den größten Eindruck ihres Lebens erhielt Lillian,
als sie ihre Mutter einmal in einen Schönheitssalon begleitete. Puder, Schminke, Spiegel sind nie und nirgends vor ihr in Sicherheit. Größtes Vergnügen bereitet ihr, wenn man ihre Hände manikürt. Wenn man fertig ist, befiehlt sie mit blasierter Miene (sie
kann sonst erst wenig sprechen): »Und jetzt ordne meine Augenbrauen.«

Es scheint nun an der Zeit, die eigentliche Hauptgestalt, den
Herrn des Hauses, vorzuführen, mit dem einträglichen und interessanten Beruf.

Sein Äußeres entspricht den Vorstellungen, die man sich wahrscheinlich schon von ihm gemacht hat. Er sieht immer schlecht rasiert und schlecht angezogen aus, aber er hat eine joviale Art,
seine schwammige Gestalt durch die Küche zu schieben und
wohlwollend und herablassend das Dienstpersonal zu begrüßen.
Seine natürliche Zufriedenheit mit der Weltordnung gibt seinem
Wesen eine fettige Gloriole von behaglicher Heiterkeit.

Von den Gründen seines Erfolges konnte ich Näheres an einem
Sonntagnachmittag erfahren, als ein Familientee auf der Terrasse
stattfand. In großer Zahl waren Tanten, Nichten und Neffen einer
offensichtlich weitverzweigten Familie erschienen. Ich reichte Zitrone und Sahne zum Tee, wohlgemerkt nicht etwa Rum. Ja, es
war der erste und bisher einzige Haushalt in Amerika, den ich
kennenlernte, wo überhaupt kein Alkohol zu entdecken war.

Während also die versammelte Familie Tee mit Milch trank,
hielt Onkel Bootlegger einem auf Abwege geratenen Neffen, er
hatte in einem Alkoholexzesse allerlei Ausschreitungen begangen, und er verdankte es nur seinem einflußreichen Onkel, daß er
mit der Polizei nichts zu tun bekam, er hielt also diesem Neffen
eine Strafpredigt, die gleichzeitig als Programmrede eines ehrlichen und ehrgeizigen Bootleggers gelten konnte. Er war gegen Alkohol. Er haßte und verachtete Trinker.

Die Anfänge des Herrn waren doch weniger bürgerlich, als man
nach seinen Reden annehmen könnte, wenn man dem Schofför
auch nur zum Teil Glauben schenken will, und es liegt ja kein
Grund vor, ihm nicht zu glauben. Oft erzählte er von diesem he

roischen Zeitalter. Von wilden nächtlichen Fahrten zu Waggons, die auf entlegenen Schienen standen und mit Sprit gefüllt waren, von einem Rumschiff mit total betrunkener Mannschaft, die nur mit vorgehaltenem Revolver zur Ruhe zu bringen war, von einer Flucht vor Prohibitionsbeamten, von Nachtklubs, kleinen Schenken, von angezündetem Sprit, ausgeschütteten Weinmassen. Ja, wenn einer es zu etwas bringen will, muß er manches wagen.

Heute freilich verläuft das Leben des amtlich approbierten Alkoholagenten anders. Er arbeitet nun mit Registratur, Formularen, Bezugsscheinen. Ein Alkoholagent in Amerika kann dieselben Machtgefühle empfinden wie seinerzeit der Leiter einer Rohstoffverteilungsstelle in Deutschland. Da gibt es »A«-, »O«-, »P«-, »Q«-Erlaubnisse, ungezählte Paragraphen und Vorschriften, man erfährt, wie der Briefkopf eines Alkoholagenten aussehen, auf welche Art er seine Geschäftskarte drucken lassen darf, wie die Vignette auf einer Weinflasche angebracht werden muß, wann ein Kranker Whisky verordnet erhalten kann. An einem Abend versuchte ein Geschäftsfreund, dem Hausherrn einen schweren Schlag zu versetzen. Im Laufe einer lauten Auseinandersetzung nannte er ihn vor den Ohren des Dienstpersonals einen Schädling des Landes. Ein unvergleichlicher Temperamentsausbruch, ein ungeheurer Redeschwall. Er ließ sofort alle seine Verdienste um das Staatswohl laut werden. Der einstige Geschäftsfreund war, erschrocken und eingeschüchtert, längst verschwunden, der Hausherr konnte seine Verdienste nur noch seiner Gattin und dem in der Küche aufmerksam lauschenden Dienstpersonal vortragen. Geschwellt vom Gefühl seiner unersetzlichen Wichtigkeit, stand er da, aufrecht, eine Hauptstütze der bürgerlichen Ordnung, des Staates.

Kampf um Kleider

»Gut, wir werden Ihre Eignung als Verkäuferin prüfen. Passen Sie jetzt gut auf.«

Ich memorierte schnell gutklingende Sätze, die man von Verkäuferinnen zu hören pflegt: Aber das Kleid sitzt ja wie angegossen... Diese Farbe paßt wunderbar zu Ihren Augen – und ähnliches. Indessen sah ich mich in dem mit Kleidern vollgestopften

Raum um. Einige Frauen, offenkundig Angestellte, gingen auf und ab und benahmen sich sehr merkwürdig.

»Nun, was ist Ihnen aufgefallen?« fragte mich die Prüfende. Ich wußte nicht, was sie eigentlich von mir erwartete. Aber sie half mir. »Was haben die Frauen vorhin gemacht?«

»Die eine hat über ihr Kleid noch ein anderes angezogen, und die Blonde hat eine Bluse in ihre Handtasche gestopft«, erinnerte ich mich zum Glück.

Damit hatte ich schon meine Eignung als Verkäuferin bewiesen, ich bekam eine Nummer, die ich an mein Kleid heftete, und wurde Verkäuferin. In dem großen Verkaufssaal konnte ich auch gleich meine Karriere beginnen. Ein Kleiderständer, mit Gewändern in allen Nuancen des Blau, wurde mein Revier. Niemanden brauche ich zu einem Kleid zu überreden, ich brauche keine schönen Phrasen zu machen. Sogar zur Kasse und zum Einpacken wird das Kleid von einer anderen Angestellten getragen. Ich muß nichts weiter tun als aufpassen.

Wenn der Betrieb noch nicht sehr groß ist, bleibe ich auf ebener Erde, sobald aber die Käuferinnen zahlreicher werden, muß ich auf einen Stuhl steigen, um einen weiteren Ausblick zu haben. Diese Aussicht ist überaus merkwürdig: nüchtern und doch phantastisch zugleich. Der Verkaufssaal aus Holz erinnert an einen Stall und hat die Dimensionen einer Kathedrale. Wie Blumen auf einer ungeheuren Wiese leuchten Kleider in allen erdenklichen Farben. Die Wände sind mit Ansichten von Gefängnissen, Zuchthauszellen geschmückt; man sieht Gitterstäbe, gefesselte Hände. Zur Abwechslung gibt es Zeitungsausschnitte, die sich mit der Strafe abgefangener Ladendiebe befassen, Mitteilungen, daß Ladendiebinnen deportiert wurden, und ähnliches. Große Plakate raten außerdem in deutscher, englischer, italienischer und jiddischer Sprache von der widerrechtlichen Aneignung der zur Schau gestellten Kleider ab. Andere verherrlichen in poetischer Form die Tugend der Ehrlichkeit und verdammen die schlechte Angewohnheit des Stehlens.

Auf der Balustrade aber steht ein ganzes Heer von Polizisten, unbeweglich, wie Wachspuppen in einem Panoptikum. Sie warten nur auf ein Alarmzeichen, um zum Leben zu erwachen und die Sünder ihrer wohlverdienten Strafe zuzuführen.

Aber nach stundenlangem Stehen auf dem Stuhl beginnen alle

diese Bilder wild durcheinander zu tanzen. Die Gewänder und die Frauen, die sich Kleider aussuchen, die Polizisten und die Gefängniszellen. Wenn ich nicht so müde wäre, daß ich fast vom Stuhl falle, könnte ich meinen, ein irrsinniger Traum quält mich.

Ich freute mich nicht wenig, als ich nach einigen Tagen versetzt wurde. Ich wurde nämlich nicht nur bildlich versetzt. Statt auf einem Stuhl zu stehen, konnte ich jetzt den ganzen Tag sitzen. Freilich nicht auf einem Stuhl, so bequem ging es denn doch nicht zu, sondern auf einer Leiter.

Das Schauspiel, das sich mir hier bot, übertraf sogar das vorhergehende. Mein Beobachtungsposten befindet sich über dem großen Anprobierraum. Hier kämpfen die Frauen in krankhafter, fiebriger Gier um einige billige Fetzen. Ohne Scheu enthüllen sich die Körper, schöne, noch junge, aber auch von Arbeit entstellte, durch das Leben schon deformierte, und stolzieren ohne Unterschied vor den Spiegeln. Frauen aus allen Gettos der Stadt, Büromädchen, Arbeiterinnen, die jetzt den schwerverdienten Wochenlohn in Seide, in Hoffnung auf Schönheit, einlösen.

Wir aber, die »Verkäuferinnen«, sitzen auf Leitern mit stumpfen Gesichtern, ungeheuer gelangweilt, Gummi kauend, mit leeren Augen immer das Schauspiel anstarrend.

Wir verdienen wöchentlich zwölf Dollar und haben außerdem die Aussicht auf eine sagenhafte Prämie. Über diese erzählt einmal eine junge, aber schon erfahrene Verkäuferin, während sie den Kaugummi unentwegt im Munde herumdreht, folgendes:

»Einmal habe ich auch eine Prämie bekommen. Das war so. Ich hatte schon ein paar Fälle aufklären helfen, da sagte mir der Manager: ›Wenn Sie nächstens eine richtige Diebin fassen, bekommen Sie eine Prämie von zehn Dollar.‹ Das war schon vor längerer Zeit. Etwas später hat mich ein Bekannter, ein sehr hübscher Junge, zum Tanzen eingeladen. Da stand ich auf meinem Stuhl und dachte darüber nach, was ich anziehen könnte. Vor mir, hinter mir, wohin ich nur geblickt habe, nichts sehe ich als Kleider. Aber ich selbst habe nichts Anständiges anzuziehen. So 'ne Schweinerei! Und Sie wissen, wie die Männer sind, wenn ein Mädchen nicht gut angezogen ist. Und da gerade, wie ich mich so umschaue, sehe ich eine fette Italienerin, in großem Umschlagtuch, gerade bei den teuersten Abendkleidern umherwatscheln. Die ist verdächtig, denk ich mir, die wirst du nicht aus den Augen lassen, und morgen hast du dein Tanzkleid. Und wirklich sehe ich, wie sie sich erst vorsichtig umsieht, das Kleid zusammenknüllt und es hinter ihrem Tuch verschwinden läßt. Geschnappt, denke ich und alarmiere schleunigst die Aufsicht. Wie sie gefaßt wird, weint sie nicht, die alte Italienerin, ihr Gesicht verzerrt sich nur so merkwürdig, und sie blinzelt ganz schnell mit den Augen. Ich bekam meine zehn Dollar, und noch vor Geschäftsschluß habe ich mir ein Kleid ausgewählt für neun Dollar fünfundneunzig Cent, ein wirklich schönes. Tief ausgeschnitten und ganz aus goldenen Spitzen. Man hätte schwören mögen, es wäre mindestens hundert Dollar wert und aus einem Fifth-Avenue-Geschäft.«

»Nun, und haben Sie sich beim Tanzen gut unterhalten?«

»Ach, gar nicht. Das ist gerade mein Pech. Den ganzen Abend rumorte mir die alte Italienerin im Kopf herum. Wie sie so mit den Augen geblinzelt hat. Sicher wollte sie das Kleid ihrer Tochter geben. Aber es gehört sich doch nicht, zu stehlen. Ich war trotzdem schlechter Laune. Und Sie wissen, wie die Männer sind, wenn ein Mädchen nicht lustig ist. Es wurde nichts aus der ganzen Sache.«

»Sie hätten Ihr Glück in dem schönen Kleid noch einmal versuchen sollen.«

»Aber hören Sie doch, was mit meinem schönen Kleid passiert ist. Ich kam ganz wütend nach Hause und wollte mich schnell ausziehen. Und da plötzlich reißt das Kleid entzwei, die goldenen Spitzen, wie Papier. Nur Fetzen hielt ich in der Hand . . .«

»Ihr solltet lieber die Augen offenhalten und nicht soviel tratschen«, sagt uns die Vorsteherin, die gerade vorbeigeht.

II
Im Lande
des Schreckens

Cayenne,
ein unerwünschtes Reiseziel

Der Angestellte des französischen Konsulats will gerade meinen Paß visieren, da bleibt plötzlich sein Stempel in der Luft hängen, und er sieht mich entgeistert an: »Wohin wollen Sie fahren? Nach Cayenne? Aber das geht doch nicht so ohne weiteres.«

Ich muß warten. Nach einer Weile kommt ein anderer Angestellter auf mich zu: »Sagen Sie der Dame, es ist unmöglich, wir können kein Visum nach Französisch-Guayana geben.«

»Ich bin die Reisende. Ich fahre nach Westindien und nach dem nördlichen Südamerika und möchte auch nach Cayenne, da ich in der Nähe sein werde.«

»Haben Sie denn keine Angst? Dort gibt es noch richtige Wilde, Menschenfresser, und das mörderische Klima, davon haben Sie doch gehört?«

Es half nichts, daß ich ihn beruhigte, daß ich weder so dumm noch so ängstlich bin, wie ich offenbar ausschaue. Die Angestellten des Konsulats blieben dabei, sie könnten kein Visum nach Französisch-Guayana geben.

Aber sie setzten mir ein Telegramm auf für das Ministerium des Innern in Paris. Die Antwort kam bald. Die Einreise nach Französisch-Guayana wird verweigert, da die Möglichkeit bestünde, ich könnte von dort Artikel schreiben.

Nun, diese Gefahr war wirklich nicht unbegründet, aber warum sollte das Schreiben darüber eine Gefahr sein, wenn sich die

Verhältnisse in den letzten Jahren angeblich so sehr gebessert
haben?

Die Angestellten des Konsulats zuckten nur die Achseln.

Aber man kann nach Paramaribo fahren, nach Holländisch-Guayana. Dort, schon ganz in der Nähe Französisch-Guayanas, wird
es nicht mehr so merkwürdig und verdächtig erscheinen, wenn
man erklärt, man beabsichtige, nach Cayenne zu reisen.

Ohne weiteres erhalte ich auch das Visum, das Schiffsbillett. Ja,
ich werde noch weniger nach meinen Personalien und dem Reise-
zweck gefragt, als auf anderen Schiffsagenturen. Hier, in der Nähe
des Äquators, erreicht die Hitze schon einen solchen Grad, daß
der Bürokratismus etwas gemildert werden muß.

Als ich mich endlich auf der »Biskra« befinde, dem Schiff, das
jeden Monat einmal nach Französisch-Guayana fährt, bin ich
selbst überrascht, daß keine weiteren Hindernisse bestehen.

Wir sind schon in voller Fahrt, als ich mir meine Kabine an-
sehe. Auf dem Korridor ist es keineswegs kühl, wir haben 35 Grad
im Schatten, aber als ich meine Kabine betrete, scheint es mir, daß
ich aus angenehmer Atmosphäre in einen Backofen trete. Ich ent-
decke, daß sich in der Nähe die Heizkessel befinden.

Das Badezimmer am anderen Ende des Korridors ist so schmutzig, daß man trotz der Hitze kaum in Versuchung kommen
könnte, es zu benutzen. Zum Glück funktionierte die Wasserleitung ohnehin nicht. Die Toilette ist ein echt englisches WC, aber
zieht man an der Kette, gibt es sofort eine gefährliche Über-
schwemmung, die auf keinen Fall beabsichtigt war.

Ein Steward zeigt sich endlich, und ich zeige ihm mein schönes
Billett erster Klasse. Auf der Agentur hatte man mir erklärt, daß
weiße Frauen nur erster Klasse fahren dürften (damit die weiße
Rasse ihr Prestige nicht verliere).

»Es scheint ein Irrtum zu sein, meine Kabine«, sie ist übrigens
für vier Personen berechnet. »Das kann doch unmöglich erster
Klasse sein.«

»Natürlich ist es erster Klasse.«

»Ich bin neugierig, wie hier die dritte Klasse aussehen muß.«

»Möchten Sie sie sehen?«

»Ja, allerdings.«

In einem dunklen Raum, der noch heißer ist als meine Kabine
und in dem noch alle Gerüche nisten, die seit dreißig Jahren nicht

ausgelüftet werden konnten, türmen sich dicht übereinander
schmale Kojen. Das ist die dritte Klasse, die Betten der dritten
Klasse. Die Passagiere nehmen gerade ihre Mahlzeit ein, eine verdächtig aussehende Suppe aus verbeulten Blechnäpfen. Wer sind
diese Passagiere? Was suchen sie in dem berüchtigten Land des
Elends?

Sie suchen wie überall in der Welt die Passagiere der dritten
Klasse: Arbeit.

Gibt es denn überhaupt Arbeit in Französisch-Guayana, wenn
man nicht ein Verbrecher oder Gefängniswärter ist? Jedenfalls
gibt es hier eine Reihe Optimisten, die auch dort ein Vorwärtskommen erhoffen.

Hier ist ein Chinese, der nach Cayenne fährt, weil er nicht
wußte, daß ein Chinese nur dann in Britisch-Guayana landen darf,
wenn er den Behörden zweitausend Dollar vorzuweisen imstande
ist.

»Zweitausend Dollar, wo sollte ich die hernehmen«, jammerte
er noch jetzt, »immer machen sie neue verrückte Gesetze. Die
Leute scheinen wirklich nicht zu wissen, was zweitausend Dollar
bedeuten.« Der Chinese wollte nach Britisch-Guayana, um dort
ein Geschäft anzufangen. Nun fährt er, die Paßbeamten haben
sein Schicksal gelenkt, nach Französisch-Guayana, von welchem
Lande er nur soviel weiß, daß es grauenhaft sein muß. Nun wird
er dort ein Geschäft anfangen, weil er sich vorgenommen hatte,
unbedingt selbständig zu werden, sobald er sich einige hundert
Dollar zusammengespart hat. Wird er Glück haben, oder wird er
zugrunde gehen?

Die Gesellschaft von einem halben Dutzend Negern, die immer
zusammenhocken, sind Goldgräber. In Surinam hatte die französische Gesellschaft, die die Goldkonzessionen besaß, ihren Betrieb
wegen Überproduktion eingestellt. Die Goldgräber wollten jetzt
in Französisch-Guayana Arbeit suchen, obgleich sie wissen, daß
dort die Bedingungen noch schlechter sind, als sie in Surinam waren.

Einige Javaner in bunten Kleidern mit verschlossenen Gesichtern kommen aus den Zuckerplantagen von Marienburg. Die Javaner sind vor fünf Jahren von der holländischen Regierung nach
Surinam importiert worden. Nachdem sie ihre vertraglichen fünf
Jahre bei niedrigsten Löhnen abgearbeitet haben, können sie

keine Arbeit finden, die normal bezahlt wird, denn es kommen ja immer neue Ladungen mit Menschenimport aus Java. Geld aber, um in ihre Heimat zurückzukehren, haben sie nicht.

Einige Inder, die Frauen in weite bunte Tücher gehüllt, mit unzähligen silbernen Armbändern, besuchen ihre Verwandten in Cayenne, die vor einigen Jahren aus Britisch-Guayana geflohen sind, weil sie nicht länger als Kulis arbeiten wollten.

Aber diese Passagiere, die Passagiere der dritten Klasse, sind noch Aristokraten im Vergleich zu der untersten Klasse. Die Deckpassagiere haben kein Bett, auch nicht das primitivste, sie müssen sich selbst beköstigen, aber es steht ihnen so wenig Platz zur Verfügung, daß sie sich nicht drehen können, ohne ihre Nachbarn zu stören. Sie haben keinen Schutz vor dem Regen, aber auch nicht vor den Ratten, die an ihren mitgebrachten Lebensmitteln nagen oder lustig um sie herumspringen, wenn sie schlafen.

Übrigens besuchen die Ratten ungestört auch die wirkliche Aristokratie des Schiffes, die erste Klasse. Schon am ersten Tage hatte ich bei hellichtem Tage das Vergnügen, sie auf Deck herumspringen zu sehen.

Unter den Passagieren war ich die einzige, die sich aufregte. Ich beschwerte mich bei dem Zahlmeister, der gerade vorbeiging.

»Wissen Sie, daß hier die Ratten ganz ungestört herumspazieren?«

»Wirklich? Sie haben sicher Susette gesehen, unsere Maskotte.«

Auf die ausgewachsenen Exemplare, die ich das Vergnügen hatte zu sehen, paßte bestimmt nicht dieser graziöse Name.

»Sollte es Susette so arg treiben, hat sie sich vielleicht Männer angeschafft? Aber Sie werden sich auch noch an unsere Lieblinge gewöhnen, Sie werden darauf kommen, daß unser Schiff mit allem Komfort ausgestattet ist. Sie werden sich noch nach der ›Biskra‹ sehnen.«

Tatsächlich, als am nächsten Tag, gerade während wir aßen, eine Ratte vorbeihuschte, sah ich mich, wie die anderen, auch nicht mehr nach ihr um. Ich hätte mich über eine so hysterische Person gewundert, die wegen so einer Kleinigkeit Aufhebens macht. Man gewöhnt sich zu schnell an alles.

Wildnis und Kultur

Die »Biskra« nähert sich den Ufern Französisch-Guayanas. Sie biegt in den Fluß Maroni ein, wir fahren durch Urwald. Mangroven, die aus dem Wasser in die Höhe wachsen, stehen wie Wächter vor dem wilden Durcheinander der Schlinggewächse, der einsam in die Höhe ragenden Palmen, Zedern und Mahagonibäume.

Indianerhütten tauchen auf, und sittsam angezogene Indianer sehen dem Schiff neugierig nach. Die Indianer haben nicht die geringste Ähnlichkeit mit den Häuptlingen, die als Letzte ihres Stammes Europa besuchen. Sie sind mit banalstem und häßlichstem Kattun bekleidet. Die Missionare haben es auf sie sehr abgesehen, sie haben die Indianer über die Sünde der Nacktheit aufgeklärt, außerdem aber gibt es besondere Gesetze, die ihnen ihre Kleidung vorschreiben, wenn sie in auch von weißen Menschen bewohnten Gegenden sich aufhalten.

Die Missionare und die Gesetze sind weniger erfolgreich bei den Buschnegern, die Nachkommen aufständischer und entkommener Sklaven sind. Sie haben ihre Freiheit nicht geschenkt bekommen, sie mußten sie schwer erringen. Ihre Herren, die sie beherrschten und quälten, mußten daran glauben. Sie haben manchen holländischen Mijnher und französischen Grandseigneur aufgeknüpft, bevor sie in den Urwald flohen und wieder zu ihren afrikanischen Gewohnheiten zurückkehrten.

Sie paddeln jetzt in ihren leichten Correals, die sie aus einem Baumstamm selbst verfertigen, laut schreiend an unserem Schiff vorbei. Die meisten Männer, Frauen und Kinder sind mit nichts weiter bekleidet als mit ihren überaus kunstvollen Tätowierungen. Das ist eine besondere Kunst des Urwalds, auf der Haut durch Pflanzenpräparate perlenförmige Anschwellungen hervorzubringen. So erscheint ihre Gottheit, die heilige Schlange, um den Nabel, stilisierte Pflanzen auf den Wangen, Symbole ihrer bösen und guten Geister auf der Stirn. Auf den Rücken eines der Buschneger, der in seinem Correal aufgestanden ist und jetzt mit wenig freundlichen Gebärden der »Biskra« seinen Unwillen über das Eindringen in seine Welt kundtut, ist ein Makatonki tätowiert, der heilige Baum der Buschneger.

Große und vielfarbige Schmetterlinge und ihr leises und hohes Kwi-Kwi rufende Kolibris begannen unser Schiff zu umschwirren.

Vom nahen Ufer hörten wir deutlich das Kreischen der Papageien, und hie und da tauchten auf einen kurzen Augenblick erschrockene Affen im Blättergewirr auf. Je urwäldlicher es um uns wurde, um so mehr veränderten sich auch die Passagiere der ersten Klasse. Sie wurden aber im Gegensatz zur Natur immer kultivierter und förmlicher. Die verdrossenen Kleinbürger, die mit Schaudern an die zukünftigen Jahre ihres Exils dachten und die noch zum Frühstück in Pantoffeln und zerdrückten Morgenrökken Monsieur Blanc, den großen Kenner Französisch-Guayanas auf der »Biskra«, um Informationen bestürmten, staken jetzt in den tadellosesten, blendend weißen Tropenanzügen, geschmückt mit Bändchen, Auszeichnungen und Epauletten. Schneeweiße Tropenhelme beschatteten die in Brillantine erstrahlenden Schnurrbärte, und um das Bild martialischer Erscheinung zu vervollständigen, hatten sie ihre im allgemeinen wenig schlanken Taillen mit Revolvern umgürtet. Einer der zukünftigen Kerkermeister von Cayenne zog sogar weiße Handschuhe an. Die Gesellschaft sah wirklich tadellos aus, wie Soldaten aus einem Warenhaus, frisch geliefert für den Geburtstagstisch eines braven Knaben.

Wie aber werden sie den Gefangenen gefallen?

Die Passagiere der ersten Klasse dachten jetzt weniger an die Sträflinge, sie sahen besorgt nach den Kolibris und den nackten Buschnegern.

»Mein Gott«, sagten sie besorgt, »das ist ja wirklich die richtige Wildnis, so schlimm haben wir es uns doch nicht vorgestellt.«

»Cayenne ist besser«, beruhigte sie Monsieur Blanc, der Kenner, »das hier ist das schlimmste Nest, dieses verfluchte Saint-Laurent-du-Maroni.«

»Und ich muß hierbleiben«, seufzte Monsieur Vautier, der aus der Stille eines Provinzgefängnisses in Südfrankreich aus unbekannten Gründen hierher versetzt wurde. »Ich habe gehört, daß hier unzählige Gefängniswärter von den Verbrechern ermordet wurden.«

»Das mag schon stimmen«, sagte Monsieur Blanc trocken und grausam, er fuhr nach Cayenne.

Ankunft im Verbrecherland

Ein nichtssagender kleiner Flußhafen, das ist Saint-Laurent-du-Maroni vom Schiff aus gesehen. Er wirkt nicht einmal exotisch oder tropisch. Die banalen Gebäude, die sich später als Kasernen und Gefängnisse entpuppen, bieten den Eindruck einer französischen Provinzstadt, die sich seit der Jahrhundertwende nicht weiterentwickelt hat.

Sobald man aber den Boden betritt und alles aus der Nähe besehen kann, verwandelt sich das Bild langweiliger Kleinbürgerlichkeit in eine grausige Vision. Auf den halbverfaulten Holzplanken der Warenschuppen, den zerbrochenen Bänken auf der Quaipromenade, auf den von der Sonne glühendheißen Steinquadern am Fluß sitzen, kauern, hocken, liegen Menschengestalten, die aussehen wie Skelette, Todkranke oder Scheintote. Sie tragen gestreifte Zuchthauskleider oder Fetzen, die Kleider zu nennen eine Übertreibung wäre. Ihre Füße sind meist nackt, manche sind nicht nur schmutzig, sondern auch von Geschwüren entstellt.

Eine Kolonne in Zuchthauskleidung arbeitet. Die Gefangenen beladen ein Holzschiff nach Frankreich, aber wenn sie einen Baumstamm ein Stück getragen haben, fallen sie auf den Boden und können nicht weiter. Die Gefangenenaufseher sind vollkommen machtlos.

Diese Gefangenenaufseher sehen alle aus, als wären sie die Zwillingsbrüder unserer Passagiere erster Klasse. Genau dieselben Schnurrbärte, Tropenhelme, Auszeichnungen und Revolver.

Monsieur Blanc, der Kenner Französisch-Guayanas, der bisher immer schrecklich auf dieses Land geschimpft hatte, findet nun, daß dieser erste Eindruck, den der Fremde bekommt, doch ein zu schlechter sei, und versucht ihn abzuschwächen.

»Die Kerle spielen Theater«, er zeigt auf die Elendsgestalten. »Wenn ein Schiff ankommt, inszenieren sie diese Jammerszenen, sie wollen unbedingt bedauert werden.«

»Sie sollten diese Leute, die so lebensecht schauspielern, in die Theater nach Paris bringen«, sagt der Amerikaner, der in Geschäften reist.

Die »Schauspieler« sehen gar nicht die Neuankömmlinge, sie sind so abgestumpft, daß nicht einmal das seltene Ereignis, die Ankunft eines Schiffes, sie aus ihrer vollständigen Lethargie reißt.

Wahrscheinlich würden sie sich nicht einmal erregen, wenn sie die hämischen Bemerkungen Monsieur Blancs hörten.

Der Amerikaner, Mr. Burr, ist riesig neugierig, er möchte die Lebensgeschichte sämtlicher Leute, die hierher verschlagen sind, wissen.

In seinem abenteuerlichen Französisch redet er den fiebrig aussehenden Mann in zerrissenen Kleidern an, der gerade in seiner Nähe ist. Er will von ihm erfahren, wie jetzt das Gefängnisleben hier ist.

Der Mann dreht Mr. Burr einfach den Rücken und sagt nichts. Monsieur Blanc beeilt sich zu vermitteln.

»Das ist ja gar kein Gefangener, nicht wahr, Sie sind ein ›Libéré‹?«

»Ja, ein lebenslänglicher ›Libéré‹, aber das Leben wird nicht mehr lange dauern, hoffentlich.« Er grinst auf so schauerliche Art, daß Mr. Burr einen Schritt zurückweicht.

Zum Glück nähert sich uns eine Erscheinung, die zwischen den verwahrlosten Gestalten recht erfreulich wirkt.

Ein älterer Herr in tadellosestem Weiß, mit der vornehmen Haltung eines abgesetzten Fürsten und dem zuvorkommenden Lächeln eines Rayonchefs, kommt auf uns zu. Man könnte ihn geradezu für den Gouverneur halten, wenn er uns nicht selbstgeschnitzte Stöcke zum Verkauf anbieten würde.

»Auch ein ›Libéré‹«, sagt Monsieur Blanc, »hier können Sie sehen, was ein Mensch auch hier mit einigem guten Willen aus sich machen kann.«

Bevor der neugierige Mr. Burr einen Stock kauft, will er die Geschichte des vornehmen alten Herrn erfahren.

»Ein kleines Mißverständnis hat mich hergebracht«, sagt der Vornehme einsilbig und preist die Vorzüge seiner Stöcke.

»Er ist ein gewohnheitsmäßiger Falschspieler«, erklärt uns Monsieur Blanc. »Wieviel Jahre haben Sie noch?« fragt er den Vornehmen.

»Noch zwei. Ich mache jetzt meine Doublage. Vier Jahre lang war ich ›Forçat‹, zwei Jahre habe ich als ›Libéré‹ hinter mir, und in zwei Jahren bin ich frei.« Er wiederholte es langsam: »In zwei Jahren frei.«

Er hat einen Stock verkauft und ist jetzt gesprächiger geworden. Die Stöcke hat er nicht selbst geschnitzt, er hat sie von einem

Gefangenen gewonnen im Spiel. Es ist zwar verboten, zu spielen, aber es wird eben doch sehr viel gespielt: Karten, Würfel und was gerade bei der Hand ist. Man kann auch mit Baumblättern Hasard spielen. Der Vornehme gewinnt merkwürdigerweise immer. Er gewinnt von seinen Leidensgenossen, was sie gerade haben, und verkauft dann mit viel Geschick die mit ungeheurer Mühe verfertigten Arbeiten. Man sieht, mit »Tüchtigkeit« kann man es überall zu etwas bringen. Und wenn einer Geld hat, kann er auch hier so nett aussehen wie dieser vornehme, ältere Herr.

Aber es ist notwendig, nun einiges über die »Forçats« und »Libérés«, über die »Doublage«, diese Fachausdrücke Französisch-Guayanas zu sagen. Gerade das, was hinter diesen steht, die wirkliche Bedeutung dieser Worte ist es, die die meisten Angriffe auf Französisch-Guayana entfesselt haben. Was bedeuten nun diese Worte?

Auch anderswo gibt es lebenslängliche Strafen, aber hier ist es möglich, lebenslänglich verurteilt zu werden, wenn einer, sagen wir, nur acht Jahre Zuchthaus bekommen hat. Drei Jahre Gefängnis bedeuten nicht drei Jahre, sondern zweimal drei Jahre. Lebenslänglich kann nicht nur ein Mörder verurteilt werden, sondern auch ein kleiner Taschendieb, nicht nur ein Spion, sondern auch ein Bettler, der ohne Erlaubnis wiederholt um Almosen zu bitten wagt. Wie ist das möglich? Und warum werden diese Unmöglichkeiten zu Tatsachen gemacht? Damit diese französische Kolonie sich besser entwickelt. Mit welchem Erfolg das geschieht, werden wir noch sehen.

Um aber zu unseren »Forçats« und »Libérés« zurückzukehren. Jeder »Forçat«, der das Unglück hat, mehr als sieben Jahre aufgebrummt zu bekommen, muß sein ganzes Leben lang in Französisch-Guayana bleiben, das heißt nicht einmal hier überall, sein Aufenthalt ist an bestimmte Landstriche gebunden. Ein lebenslänglich Verurteilter bleibt dagegen immer im Gefängnis, er wird morgens früh um fünf Uhr an seine Arbeit gebracht, um elf kommt er wieder zurück ins Gefängnis, bekommt seine kärgliche Kost, wird dann wieder ausgeführt und muß abends um fünf Uhr zurück sein. Bis zum nächsten Morgen wird er streng bewacht, aber tagsüber kann er sich in verschiedenen »leichteren« Gefängnissen ziemlich frei bewegen, freilich, in den sogenannten Disziplinargefängnissen ist das Leben der Gefangenen eine ganze Kette von Strafen, ohne irgendwelche Freiheiten.

Doch die »Libérés« sagen, auch ihr Leben sei nichts weiter als eine Strafe und ihre einzige Freiheit bestünde darin, hungern zu dürfen und nicht einmal die armseligste Behausung zu haben. Tatsächlich sieht man nachts genau wie tagsüber Menschen in den Straßen herumliegen. Es sind die »Freien«, die »Libérés«.

Eine andere Sache ist die »Doublage«. Jeder Gefangene muß genausolange noch »Libéré« sein, wie seine Strafe dauerte, das heißt, sein Strafmaß wird immer ohne Ausnahme verdoppelt. Zwei Jahre Gefängnis bedeuten zwei Jahre »Forçat« und zwei Jahre »Libéré«.

Wovon aber leben diese »Freien«? Das ist ganz ihre eigene Angelegenheit. Arbeitsmöglichkeiten gibt es kaum, und die wenige Arbeit, die es gibt, wird für den allerniedrigsten Lohn von den Zwangsarbeitern ausgeführt. Die »Arbeitgeber« wollen natürlich nie einen »Freien« für »teures Geld«, solange sie Gefangene billig haben können.

Aber auch, wenn es einem »Libéré« gelungen ist, sich durchzuhungern, durchzukämpfen während der Jahre seiner »Freiheit«, kann er noch lange nicht zurück in die Heimat. Es wird ihm nicht gleich und ohne weiteres ein Billett nach Hause verabreicht, dann kommen erst die Instanzen, die Gesuche, die Untersuchungen, dann entscheidet erst ein Ausschuß über seine Eignung zur Rückkehr.

Faktisch ist es so, daß fast alle Gefangenen lebenslänglich verurteilt sind, nur den wenigsten gelingt es, alle Hindernisse zu überwinden, die den Weg zurück verbarrikadieren.

Das Meldeamt von Saint Laurent
und einige merkwürdige Existenzen

Mr. Burr sucht einen Geschäftsfreund in Saint Laurent. Er hat eine ganze Mappe voll Korrespondenz mit, hier ist die Adresse des Geschäftsmannes. Er zeigt sie Monsieur Blanc und anderen Eingeweihten und fragt nach ihm. Jean Jacques Duval steht auf dem Briefkopf, Import, Export – sicher eine bekannte Persönlichkeit.

»Zeigen Sie mal«, sagt Monsieur Blanc, »hier steht doch bei der Adresse Matricule 45 672, das ist doch ein Gefangener oder möglich auch ein ›Libéré‹, auch die haben eine Nummer. Nur die besseren Menschen haben in Saint Laurent keine Nummer, dafür dürfen sie einen Revolver tragen, den wieder die Numerierten nicht haben.«

»Aber, das ist doch unmöglich, sehen Sie sich diese Geschäftsbriefe an, wie soll ich nur den Mann finden?«

»Am besten, Sie gehen gleich zum Meldeamt«, sagt ein Aufseher, und Freund Monsieur Blanc stimmt zu. »Ich gebe Ihnen einen Führer mit, damit Sie gleich hinfinden.« Ich ging auch mit – als Dolmetsch und weil mich das Meldeamt Saint Laurent und der Geschäftsfreund Mr. Burrs interessierten.

Unser Führer ist ein Typ, dem man nicht gern nachts allein im Walde begegnen möchte. Sein großer Strohhut sitzt schief und verwegen über seinem verschrumpften Gesicht.

Er spricht nur gebrochen Französisch, und er entpuppt sich bald als ein Deutscher aus dem Industriegebiet.

»Sie sind sicher erst seit kurzem hier?«

»Ich bin hier schon seit dreißig Jahren.«

»Seit dreißig Jahren? Bekommen Sie viele Nachrichten aus Deutschland?«

»Ich habe schon lange nichts gehört, meine Leute vergessen mich ganz, keiner kümmert sich um mich.«

»Warum sind Sie denn hier?«

»Ich habe einem eine heruntergehauen.«

»Und deshalb lebenslänglich?«

»Konnte ich denn wissen, daß der Waschlappen so schwach ist und gleich stirbt, wenn man ein bißchen hinhaut? Er hat angefangen, meine Dame, ich bin unschuldig. Aber in der Fremdenlegion fragen sie nicht viel, sie haben mich gleich verurteilt und hergebracht.«

Wir kommen jetzt zu dem Geschäft, das das Wohlwollen unseres Führers besitzt.

»Sehen Sie, hier können Sie schöne Postkarten bekommen.«

Er steht bezaubert vor den Kartenständern, wo auf den herrlich kolorierten Bildern leidenschaftliche Küsse und Umarmungen getauscht werden von vollschlanken Damen und Herren mit spitzen Schnurrbärtchen, die, soweit sie bekleidet sind, Kostüme aus der Zeit der Jahrhundertwende tragen.

»Bist du schon wieder hier?« Die Geschäftsinhaberin, eine

dicke Negerin, die uns eben recht liebenswürdig zugelächelt hatte, ist trotz seiner Protektion unfreundlich zu unserem Führer.

»Ich bringe Ihnen Kunden«, dann wendet er sich voll aufrichtiger Entrüstung zu uns: »Ist sie nicht eine zanksüchtige Frau?«

Mr. Burr aber ist über die ausgestellten Postkarten empört: »Was für eine Sittenlosigkeit. Die amerikanische Regierung würde gegen so etwas sofort einschreiten.«

Unser Führer aber ist so entzückt, daß es ihm unmöglich ist, sich loszureißen. Als er draußen einen Sträfling vorbeigehen sieht, ruft er ihn hocherfreut herein und stellt ihn uns vor.

»Das ist mein Freund, er ist auch ein Deutscher, es ist ihm ähnlich ergangen wie mir, er wird Sie hinführen zur Polizei.«

Er hat von Mr. Burr einen Dime, zehn Cent, erhalten, für den er nun die Mr. Burr so abstoßenden Karten erstehen kann.

Sein Freund ist gern bereit, uns beizustehen, er sieht bedeutend sanfter aus als unser verflossener Führer. Es trifft sich gut, er hat in der Nähe zu tun, er bringt Schmetterlinge zu den Kuriositätenhändlern.

»Schmetterlinge?«

Ja, von Schmetterlingen leben viele Sträflinge, leben die »Libérés«. Wegen Schmetterlinge finden wahre Kämpfe zwischen den Gefangenen statt, wegen Schmetterlinge begibt man sich in Lebensgefahr, stolpert über Urwaldgestrüpp, versinkt in Sümpfe, nur um einem seltenen Exemplar nachzujagen.

Der Sträfling zeigt seine Füße, die voll Risse und Wunden sind, ja, es war keine leichte Arbeit, die Schmetterlinge zu fangen.

Die Schuhe, besser gesagt, die Schuhlosigkeit der Sträflinge ist ein Kapitel für sich. Fragt man in offiziellen Kreisen, wieso eigentlich fast alle Gefangenen und auch »Libérés« barfuß gehen, wird einmütig geantwortet: »Es hat gar keinen Zweck, ihnen Schuhe zu geben, sie verkaufen sie doch.«

Vorsichtigerweise aber will man die Gefangenen nicht in Versuchung bringen und gibt ihnen gar keine Schuhe, sogar dann nicht, wenn sie im Urwald arbeiten. Was das heißt, kann man nur verstehen, wenn man einmal versucht hat, ohne besondere Ausrüstung, hohe Schaftstiefel, nur einige Schritte im Urwald zu tun. Die Gefahren sind nicht romantisch, und man braucht nicht so sehr Schlangen wie Blattläuse zu befürchten. Diese Blattläuse verursachen schrecklich juckende Stiche, die wochenlang nicht vergeheñ, wenn man sie nicht mit Salben und sehr viel Puder behandelt, Dinge, die den barfüßigen Sträflingen bestimmt nicht zur Verfügung stehen.

Aber jetzt soll ja nicht von Blattläusen, sondern von Schmetterlingen die Rede sein. Der Führer Nummer Zwei hat sie in dreieckig zusammengefalteten Blättern, die aus dem Schulheft eines Kindes stammen, in einem Korb sorgsam aufbewahrt.

»Ich werde Kartoffeln für sie kaufen. Die man uns vorsetzt, sind ungenießbar.«

Ich muß für Mr. Burr dolmetschen, er will wissen, warum Nummer Zwei hier ist.

»Haben Sie vielleicht auch jemandem eine heruntergehauen?« frage ich ihn.

»Ja, woher wissen Sie das?« staunt Nummer Zwei. »Ich bin lebenslänglich wegen einer Ohrfeige.«

»Endete sie auch mit dem Tode des Geohrfeigten?« frage ich, weil ich nun schon etwas Erfahrung habe, was man hier unter harmlosen Benennungen versteht.

Aber Nummer Zwei versichert, daß der Schlag wirklich nicht schlimm war, er war Fremdenlegionär und hat seinen Offizier geohrfeigt.

»Wenn ich gewußt hätte, daß es für mich so enden würde, hätte ich noch anders hinhauen können.«

Er ist seit vierundzwanzig Jahren hier, seine Angehörigen sind in Kanada, und er bittet mich, auf der Rückreise einen Brief mitzunehmen, denn er will eine Eingabe machen, die ihn befreit. Er hat schon vieles versucht, aber er gibt die Hoffnung nicht auf, daß es ihm noch gelingen wird, von hier fortzukommen. Alle hoffen das, auch die Lebenslänglichen sind überzeugt, daß etwas geschehen wird, das sie errettet. Sie sprechen auch davon, daß die Strafkolonie aufgehoben wird, denn einmal müßte man doch einsehen, daß alles, was hier geschieht, Wahnsinn ist.

Auf der Straße sind jetzt viele Gefangene zu sehen, die arbeiten. Alle tragen das gestreifte Kleid mit der langen, schwarzen Nummer über ihrer Brust. Worin besteht ihre Arbeit? Sie zupfen Grashalme aus den Ritzen der Straßensteine. Der Verkehr in den Straßen Saint Laurents ist nicht groß genug, um das Unkraut am Wachsen zu hindern. Nun werden die Straßen von den Sträflingen »gereinigt«, um ihnen städtischeres Aussehen zu verleihen.

Chaplin würde diese Arbeit sicher auf ähnliche Weise verrichten, wie es hier die Sträflinge tun, vorsichtig jeden einzelnen Halm ausreißen und dann mit gravitätischen Bewegungen beiseite legen. Aber das Ganze wirkt nicht komisch, sondern schaurig. Denn wir haben achtunddreißig Grad im Schatten, doch es gibt keinen, und die Sonne brennt höllisch. Die Sträflinge arbeiten von fünf Uhr morgens bis fünf Uhr nachmittags, ihre Arbeit ist sinnlos, sie verrichten nichts, aber sie gehen dabei zugrunde, und das Gras wächst weiter auf den Straßen Saint Laurents.

Nun aber erscheint ein Mann, der gleichsam hier auftaucht, um zu entkräften, daß hier das Ende der Welt sei.

Er hält eine Klingel in der Hand und bimmelt mit aller Kraft, dann beginnt er mit einer Baritonstimme, die er keineswegs schont, eine lange Litanei:

»Ihr schönen Mädchen und Frauen von Saint Laurent, ihr jungen und nicht mehr ganz jungen, hört die freudige Nachricht, die ich euch zu verkünden habe. Im Warenhaus Zephirin – wer kennt nicht das schönste Geschäft in der ganzen Kolonie! –, im Warenhaus Zephirin sind soeben die neuesten Modelle aus Paris eingetroffen. Beeilt euch, damit euch eure Freundinnen nicht die schönsten Exemplare vor der Nase wegschnappen.«

»Das ist unser Reklamefachmann, ein ›Libéré‹«, sagt Nummer Zwei mit einigem Stolz. Wir können nun sehen, daß Saint Laurent nicht so ganz von der Welt abgeschnitten ist. Er begrüßt den Bariton.

Mr. Burr will erfahren, seit wann und warum er hier ist.

»Seit zwölf Jahren. Der Grund: ich rede nicht gern davon, Madame, ich möchte Sie nicht verletzen, aber die Frauen richten viel Unheil an in der Welt.«

»Er hat seine Geliebte erschlagen«, flüstert Nummer Zwei.

Der Reklamefachmann klingelt, und wieder ertönt seine Baritonstimme.

»Ihr tüchtigen Hausfrauen, ihr geschickten Dienstmädchen, kommt, eilt zu dem Fleischer Bonnard; um euch gut zu bedienen, ließ er aus Brasilien das beste Mastvieh kommen.«

»Mastvieh möchte ich auch mal essen, ich weiß nicht, von wo man unser Fleisch herschafft«, sagt der Sträfling, »aber meist riecht es wie die Pest. Man gibt uns das Fleisch erst, wenn es verdorben ist.«

»Ja, ich hätte es mit meiner schönen Stimme auch zu etwas anderem bringen müssen.«

Wieder klingelt er und läßt seine Stimme ertönen.

»Erwachsene und Kinder, Herren und Damen, gebt euch ein Rendezvous heute abend Punkt acht Uhr im Grand-Cinéma de Saint Laurent. Seht euch an das spannendste Drama der Welt, den Raub des Grünen Diamanten, herrlich, wunderbar, aufregend. Erst wird euch noch ein zwerchfellerschütterndes Lustspiel vorgeführt, zum Totlachen, zum Brüllen. Das ganze Programm großartig, einzigartig, noch nie dagewesen. Rendezvous heute abend um acht...«

»Hier will ich mal wegen meiner Schmetterlinge vorsprechen«, sagt Nummer Zwei. Wir folgen ihm und betreten das merkwürdigste Kuriositätengeschäft.

Der Besitzer, auch ein »Libéré«, verhandelt gerade mit einem Buschneger, der einen noch blutigen Jaguar hereingeschleppt hat. »Ich kann nicht viel mit seinem Fell anfangen, es macht mir nur den Boden schmierig.« Dann wendet er sich an Nummer Zwei. »Und du kommst wieder mit deinen Schmetterlingen, ihr glaubt, ich kann alles Getier aufkaufen.«

Dann aber verzieht sich sein Gesicht liebenswürdig, er wittert in uns Käufer.

Die Wände des Geschäftes sind mit Schlangen und Eidechsen, Häuten, mit Tiger- und Jaguarfellen besät, präparierte Krokodile, riesige Schildkröten und unzählige, in allen Farben schillernde ausgestopfte Vögel bevölkern alle Winkel des Raumes.

»Das ist der Feuerkopf, ein ganz seltener Vogel. Sieht es nicht aus, als hätte sein Kopf wirklich Feuer gefangen?« sagt der Besitzer, der uns seine Schätze vorführt.

»Was kostet dieser?« fragt Mr. Burr, der einen azurblau und golden schimmernden Schmetterling entdeckt hat.

»Eintausendfünfhundert Francs«, sagt der Besitzer ganz gelassen.

»Und mir gibst du zwei, drei Francs für den Schmetterling und tust noch so, als ob du ein großer Wohltäter wärst, und ich bin dabei so dumm und bringe sie dir her, statt sie selbst auf der Straße zu verkaufen.«

»Du verstehst doch nichts von Schmetterlingen, Dummkopf. Das hier ist eine große Rarität, in Jahren bekomme ich nur einige

Exemplare in die Hände, das ist ein Hermaphrodit. Hier, sehen Sie, mein Herr, daß ich Sie nicht übervorteilen will. Eine Firma in Bordeaux bietet mir zweitausendfünfhundert Francs.«

»Und wieviel hast du dafür dem Idioten gegeben, der ihn dir gebracht hat?«

»Wieviel? Hundert Francs, dabei weiß ich noch gar nicht, ob ich den Schmetterling überhaupt verkaufen kann. Es ist ein zu großes Risiko, ihn nach Frankreich zu schicken. Kommt das Tier beschädigt an, habe ich nichts. Ich war zu anständig und habe mir damit nur geschadet. Kaum hatte der Sträfling die hundert Francs, rückte er aus. Er kam nicht weit, man fand ihn tot in der Nähe des Ufers an der Hollandgrenze. Aber Sie könnten ein gutes Geschäft machen, wenn Sie ihn kaufen. Ich gehe gern mit dem Preis so weit herunter, wie ich kann.«

Ich weiß nicht, ob Mr. Burr sich später entschlossen hat, den Hermaphroditen zu erstehen.

Die Polizei in Saint Laurent riecht staubig, von allen Seiten starren ungeheure Stapel Akten, und die Welt der Uniformierten ist von der der Bittsteller durch/eine Holzbarriere getrennt. Vor ihr steht ein Buschnegerehepaar, das eine Auskunft erbittet. Die beiden haben sich der Würde des Ortes entsprechend in Kleider gehüllt. Die Frau trägt eine Männerunterhose, die sie festhält, damit sie nicht herunterrutscht, der Mann außer dem farbigen Umhang noch einen schwarzen steifen Hut, aus dem ähnlich geflochtene Zöpfchen wie bei seiner Frau unter dem Hut hervorschauen. Beide Gesichter sind kunstvoll tätowiert.

»Warten Sie, bis Sie an die Reihe kommen«, sagt ihnen der Beamte des Polizeipräsidiums aus Saint-Laurent-du-Maroni. Genauso wie auch bei uns das vorlaute Publikum in seine Schranken verwiesen wird.

Mr. Burr trägt sein Anliegen vor. »Jean Jacques Duval, Matricule 45 672, wo befindet sich der Mann?«

Der Beamte sucht große Bücher hervor, beginnt zu blättern, und ich kann in das merkwürdigste, das fürchterlichste Meldebuch der Welt einige Blicke tun.

Matricule 39 657, George Cavallet, geboren 1898, eingeliefert 1923, Delikt: Desertion, Aufenthalt: Saint Laurent, gestorben 1930.

Zehntausende von Menschenschicksalen, nur aus der Bahn geworfener, unglücklicher Menschen, dicht hintereinander, jedes

Leben eine Zeile. Von der Geburt bis zum Tode. Das Wort »gestorben« wiederholt sich immer wieder, auch bei den jungen Jahrgängen. Mord, Diebstahl, schwere Körperverletzung mit tödlichem Ausgang, aber auch sehr viele militärische Vergehen stehen da als Delikte. Die Namen: arabische neben französischen, auffallend viele aus den Kolonien, singhalesische Namen. Die Kolonien liefern reichlich Menschenmaterial nach Guayana. Aber auch zahlreiche deutsche, einige englische und schwedische Namen sind zu entdecken. Die Ausländer sind meist ehemalige Fremdenlegionäre. Bei manchem Namen steht am Ende »geflohen«, diesem Wort folgen aber auch noch viele andere, so »wieder gefangen« oder »ausgeliefert« von der holländischen, der englischen Regierung, dann folgt der Name des neuen Gefängnisses. Es ist meist ein von den Gefangenen gefürchteter, gehaßter Name: Saint Joseph, das Disziplinargefängnis auf der Insel, von dessen Strafmethoden schaurige Berichte umgehen.

Ich möchte Notizen machen, aber der Beamte nimmt mir das Buch aus der Hand.

»Ich finde den Namen schon schneller. Hier ist er ja, Jean Jacques Duval, Matricule 45 672, geflohen.«

»Aber das ist unmöglich«, sagt Mr. Burr.

»Bitte, ich glaube, wir müssen es besser wissen, geflohen am 22. Juni 1930. Sie können mir schon glauben. Das ist keine Seltenheit hier, daß sie fliehen. Sicher kam er irgendwie zu Geld.«

»Das haben Sie ganz richtig erraten, geflohen mit Hilfe meines Geldes.« Mr. Burr kann sich kaum fassen. »Mir schrieb er, als gehörte ihm alles Gold Guayanas, Konzessionen wollte er mir verkaufen. Ein tüchtiger Mensch scheint er jedenfalls zu sein.«

»Wahrscheinlich hat ihn schon seine Strafe ereilt. Die meisten verkünden sich selbst das Todesurteil, wenn sie versuchen, über den Maroni zu kommen. Aber wenn Sie sich für Gold interessieren, wenden Sie sich doch an den Photographen Armand, der hat eine Konzession und eine Mine.«

»Hat er vielleicht auch eine Nummer?«

»Das wohl, das ist hier nicht so leicht zu vermeiden, er ist ein ›Libéré‹, ein zuverlässiger Mann.«

»Vielleicht kennt er auch meinen Freund Duval.«

»Das ist nicht unmöglich. Wenn der Photograph nicht in seinem Atelier ist, finden Sie ihn sicher im chinesischen Dorf.«

Das alles klingt verlockend, chinesisches Dorf, Goldmine, Atelier. Suchen wir den Photographen.

Der Fluß Maroni. Er ist von allen Teilen Saint Laurents sichtbar. Das andere Ufer scheint ganz nahe, man sieht deutlich die Häuser des holländischen Ortes Albina. Es sieht aus, als könnte man mit Leichtigkeit hinüberschwimmen, aber der Fluß ist voll gefährlicher Strudel. Am Ufer liegen viele kleine Boote. Ist es nicht möglich, sich ihrer zu bemächtigen? Nachts, wenn die Dunkelheit vollkommen ist? Kann man dann nicht einfach hinüberrudern an die Grenze? Auch das haben schon Unzählige versucht. Aber die meisten sind wie die verzweifelten Schwimmer untergegangen. Wer den Maroni nicht sehr genau kennt, wird von ihm erbarmungslos verschlungen.

Aber auch wenn einer das andere Ufer erreicht, bedeutet das noch keine Rettung. Greift ihn die holländische Buschpolizei auf, denn die Polizei fehlt auch im Urwald nicht, wird er wieder der französischen Regierung ausgeliefert. Findet ihn aber die Polizei nicht, irrt er tagelang ohne Nahrung im Urwald umher, auch dann kommt er um. Die Tiere des Urwaldes, die Tiger, die Jaguare, die Schlangen, sie bedeuten keine so große Gefahr, es ist selten, daß sie die Angreifenden sind. Aber die Moskitos. Ein Weißer im Urwald ohne Moskitoschutz wird bestimmt hohes Fieber bekommen.

Doch gelingt es immer wieder einigen Glücklichen, zu entkommen. Man braucht zum Beispiel gerade dringend Arbeitskräfte im Urwald, dann stellt man sie ein, statt sie auszuliefern. Oder die Sträflinge geraten durch Zufall an Menschen, die bereit sind, ihnen zu helfen, statt sie der Polizei auszuliefern. In Moengo, der amerikanischen Aluminiumstadt in Holländisch-Guayana, habe ich verschiedene frühere Sträflinge getroffen. Der älteste Einwohner Moengos, der eigentliche Begründer der Stadt, ist auch ein früherer Sträfling, er ist ein Deutscher.

Auch die deutschen Herrnhuter, die sogenannte Kersten-Gesellschaft, helfen deutschen entkommenen Sträflingen. Können sie so viel Geld aufbringen, daß sich der Flüchtling ein Boot besorgt, mit dem er direkt nach Venezuela fahren kann, bevor das Auslieferungsverfahren von der französischen Regierung in Gang gesetzt wird, besteht die Möglichkeit einer Rettung.

In Paramaribo wurde mir von einem deutschen Flüchtling erzählt, dem es mit ungeheurer Willenskraft gelungen ist, nach Venezuela und von dort nach Deutschland zu entkommen. Vor einigen Monaten bekamen seine Freunde in Holländisch-Guayana Nachricht von einem deutschen Irrenhaus. Der Mann starb dort.

Aber die Beispiele der wenigen Glücklichen und die Verzweiflung treiben immer neue zu Fluchtversuchen, obgleich das Los der Wiedereingefangenen um so schlimmer ist. Ein »Libéré«, der zu entkommen versucht, kommt wieder ins Gefängnis, in Gefängnisse, die besonders bewacht werden, und sie erdulden schärfste Strafen. Und doch, fast jeden Tag versucht einer, aus Saint Laurent zu entkommen.

Rue Voltaire, Rue Jean-Jacques Rousseau, Rue Victor Hugo. Wenn die das ahnten, daß die Straßen Saint Laurents gerade nach ihnen heißen. Die armseligsten, hoffnungslosesten Geschäfte haben hier oft wenig treffende Bezeichnungen. »A l'Espérance« (»Zur Hoffnung«) ist ein beliebter Firmenname. Auch »Grand Magazin«, »Mode de Paris« und ähnliches.

Monsieur Armand, der Photograph und Goldminenbesitzer, ist nicht zu Hause. Die Tür ist offen, eine Klingel knarrte heiser, auf dem zerbrochenen Stuhl lagert Staub, das ist das photographische Atelier Saint Laurents.

Unterwegs treffen wir einen Passagier der »Biskra«, Monsieur Letellier, er ist der zukünftige Direktor der Zuckerraffinerie von Cayenne. Er hat lange Jahre auf Java gelebt und in Westindien. Er schwört, noch nie einen ähnlich heißen Tag wie heute erlebt zu haben. Er ist verzweifelt, in was für ein Land ist er geraten! Jahrelang es hier aushalten, unmöglich. Der Direktor bekommt in Cayenne ein Haus und ein Auto zur Verfügung gestellt, allerdings keine Wege, wo er es recht benutzen könnte, und eine Dienerschaft, ganz und gar à discrétion. Die Strafgefangenen lauern geradezu darauf, Kammerdiener zu werden, sie sind auch Schofföre, Köche, Gärtner. Über alles können sich die Funktionäre und Beamten beklagen, nur nicht über Dienstbotennot. Nicht zum Aushalten, Monsieur Letellier, was sollen erst die Gefangenen sagen.

Er erzählt über sein Diner bei einem hohen Verwaltungsbeamten. Dessen gesamte Dienerschaft besteht aus Mördern. Er hat eine gewisse Vorliebe für sie, weil er behauptet, das Morden wäre ein Verbrechen, das man nur in allerseltensten Fällen gewohnheitsmäßig betriebe. Dagegen betrügen die Betrüger, klauen die Diebe bei der ersten Gelegenheit, die sich ihnen wieder bietet.

Ich habe furchtbaren Durst, und Monsieur Letellier schlägt mir vor, in das Haus dieses hohen Verwaltungsbeamten zu gehen, der sehr gastfreundlich sei, um dort etwas zu trinken.

Aber ich ziehe dann doch das chinesische Dorf vor, obgleich mir Monsieur Letellier erklärt, daß es für eine Dame nicht schicklich sei, die dortigen »Cafés« zu betreten.

Das chinesische Dorf heißt so, weil die Besitzer der Ausschänke meist Chinesen sind. Die Schankerlaubnis kostet Geld, ein »Libéré« kann kaum in die Lage kommen, Wirt zu werden. Vielleicht wird der Chinese von der »Biskra«, der nicht nach Britisch-Guayana konnte, sich hier ansiedeln. Ein beneidenswertes Leben erwartete ihn jedenfalls auch dann nicht, wenn sein Geschäft einmal so gut ginge, wie das des Toi Hang aus Schanghai, das wir jetzt betreten.

Was sitzen hier für Gestalten vor ihrem Glas Rum, Gespenster, deren Element Bazillen sind. Es riecht nach Schmutz und Fäulnis. Die Gläser sehen aus, als nähme man sich nie die Mühe, Krankheitskeime von ihnen abzuspülen. Wirklich, der Durst vergeht mir.

Zwischen den Tischen geht eine dicke Negerin umher und schreit mit den Wagemutigen, die mit ihr zu schäkern versuchen.

»Weg mit deinen Dreckpfoten, du Hundesohn!«

Französisch-Guayana ist das einzige Land, wo sich die Neger als Aristokraten fühlen können, sie verachten unglaublich die Weißen. Für eine Negerin, die sich mit einem Weißen abgibt, ist das eine genau so große Schande wie für eine blaublütige Amerikanerin, sich mit einem Neger zu verbinden. Weiße, das sind Henker oder Verbrecher, gehetzte Tiere oder brutale Jäger, die niedrigste Rasse der Welt.

Wird aber ein »Libéré« eine Negerin doch zur Frau bekommen, wächst sein Ansehen riesig. Er ist wieder aufgenommen in die menschliche Gesellschaft, wenn auch nicht als vollwertiges Glied.

Die Männer sind schon etwas benebelt vom Alkohol, sie haben diesen unerträglichen Blick geschlagener Hunde. Gehen wir doch lieber.

Vor der Tür trifft Mr. Burr den Photographen Armand. Es hat sich schon herumgesprochen, daß man ihn sucht, und er ist neugierig, den Grund zu erfahren.

Er weiß nichts von Duval, nur daß er nie wieder hier auftauchen wird, das weiß er bestimmt. Er besaß nichts, was er geschrieben hat, war nur Flunkerei.

Aber er, der Photograph Armand, besitzt wirklich Goldgruben, er bekennt offen, daß die Goldgruben keine Goldgruben sind und nur sehr spärlichen Gewinn abwerfen, und doch ist er glücklicher als die meisten anderen. Er kann wenigstens schlecht und recht irgendwie leben und vor allem, er kann hoffen, er hat ja die Goldgrube. Einmal ein großer Fund, und er wäre ein gemachter Mann. Allerdings viel würde es ihm auch nicht nützen, er ist ein lebenslänglich »Freier«.

Er stellt seinen Freund vor, das ist René, auch einer, der fort möchte und nicht kann.

René, der Freund, macht Bilder aus Schmetterlingsflügeln, eine Art Dadakunst.

»Ich habe das Recht, von hier fortzukommen, doch läßt man mich nicht, schikaniert mich. Gut, ich habe etwas ausgefressen, aber ich habe dafür gesühnt, ich habe in Paris vier Jahre dafür aufgebrummt bekommen, vier Jahre lang war ich ein Sträfling, habe gelitten, wurde gequält, aber das war noch nicht genug zur Sühne. Vier Jahre noch bist du ›Libéré‹, bist du ›Freier‹, hungerst, bist krank, und niemand hilft dir, hast kein Obdach. Gut, auch das macht man noch alles durch, man sagt sich, einmal geht es doch noch zu Ende. Aber die hohen Herrschaften meinen, es ist noch nicht genug, der Kerl muß noch tiefer in den Dreck, in den Schlamm. Du willst atmen, du willst leben, nein, mein Lieber, zurück in den Schlamm, zurück in den Schmutz. Man macht Akten, kritzelt dein Schicksal zu einer Nummer, macht Abschriften, Eingaben, man schnauzt dich an, weil du wagst, ungeduldig zu werden, spricht von dem natürlichen Lauf der Amtshandlung, es vergeht ein ganzes Jahr seit deiner ›vollständigen Freiheit‹, und du sitzt immer noch hier. Jawohl, so sieht es hier aus, so steht es um uns.«

Monsieur Letellier verspricht, über den Fall unbedingt nach Paris zu berichten. Das wäre ja wirklich ein Skandal.

»Kennen wir ja, das Berichten und die Abhilfe, man macht uns nur Versprechungen und vergißt uns, sobald wir aus der Sichtweite sind. Aber wenn Sie nach Paris berichten wollen, sagen Sie doch den Herren, sie sollen, wenn sie Französisch-Guayana unbedingt bevölkern wollen, alle großen Diebe, alle großen Betrüger, die großen Mörder herschicken und nicht die kleinen, und sie brauchten sich nicht zu sorgen, daß es hier nicht genug voll wird. Aber nicht einmal diejenigen sind hier, die die großen Gehälter bekommen, um unser schönes Land vorwärtszubringen, die erholen sich in Nizza und in Paris, die müssen ihre Gesundheit pflegen. In Guayana halten sich von der Regierung auch nur die kleinen armen Teufel auf, die keinen Einfluß und keine Verbindungen haben, denen sind wir ganz ausgeliefert, die rächen sich dann an uns.«

»Ich verspreche Ihnen, wirklich nach Paris zu berichten«, sagt Monsieur Letellier und gibt René eiligst die Hand.

Camp de Transportation oder:
Hier werden Sträflinge sortiert

Das Durchgangslager befindet sich in einem langen, rosa bemalten Gebäude.

In endlosen, geordneten Reihen strömen jetzt die Gefangenen heraus, es ist nach ihrem Mittagessen, und sie gehen wieder an die Arbeit.

Die Reihen sind umzingelt von bewaffneten Aufsehern.

Jeder Gefangene zieht die Jacke hoch und zeigt den Aufsehern die meist tätowierte Brust.

Das ist die Kontrolle, ob die Gefangenen nicht Waffen bei sich tragen. Einen Sinn hat natürlich diese Kontrolle nicht, denn die Gefangenen, die die Art der Kontrolle kennen, werden die Waffen nicht gerade an der Brust verstecken. Auf einen Sinn kommt es aber gar nicht an, nur auf die Verordnung.

Aber diese Kontrolle hat eine Industrie in Saint Laurent in Aufschwung gebracht, nämlich die der Tätowierung. Die Gefangenen lassen sich besondere Schimpfworte und Bilder auf die Brust einätzen, um die Wärter zu ärgern.

Ein Gefangener hat sich eine rote Fahne tätowieren lassen, darunter die Aufschrift »Quant-même« (»Trotz alledem«). Durch seine außerordentlich bleiche Haut fällt die Tätowierung besonders auf.

»Sind Sie schon lange Gefangener?«

»Ich war immer ein Gefangener, schon in meiner Kindheit. Wenn ich müde aus der Schule nach Hause kam, mußte ich noch arbeiten gehen. Dann kam der Krieg, ich war ein Gefangener. In der Kaserne, im Schützengraben. Ich dachte, schlimmer kann es nicht mehr kommen. Als der Krieg zu Ende war, war er noch lange nicht für uns beendet, wir waren ja jung, man brauchte unsere Kraft, ich kam nach Marokko. Ich war ein Gefangener. In der Wüste mußten wir marschieren, tagelang, nächtelang. Wir hatten kaum zu essen, kaum zu trinken, aber wir mußten weiter, wir mußten Araber bekämpfen, warum, das wußten wir nicht, wir waren Gefangene. Ich dachte, schlimmer kann es nicht mehr werden. Ich warf meine Waffen hin, ich wollte nicht weiter. Jetzt bin ich hier, ein Gefangener. Schlimmer kann es jetzt nicht mehr werden.«

Das Durchgangslager besteht aus einem Komplex von Gebäuden. Es gibt Gefängnisse für fest stationierte und Gefängnisse für durchreisende Sträflinge, denn hier werden die Gefangenen sortiert. Die Diebe kommen nach Saint Jean, die Mörder nach der Insel Royal, die Raubmörder haben ein Lager auf Saint Joseph, Militärpersonen, die Verbrechen begingen, haben ihr Hauptquartier in Saint Laurent, die Spione aber sind noch heute auf der Teufelsinsel.

Die »militärischen Vergehen«, das sind keineswegs immer Mord, Totschlag oder Diebstahl, im Gegenteil, sehr oft wirklich nur Vergehen, die beim Militär als solche angesehen werden, also einfache Disziplinlosigkeit, Desertion oder »Verrat«.

»Es gibt also doch politische Gefangene in Französisch-Guayana«, sage ich dem Beamten, der mir die Feinheiten der Gefangenenverteilung erklärt.

»Politische gibt es nicht«, sagt der Beamte entschieden und aufgebracht, »Militärisches hat nichts mit Politik zu tun. Der französische Feldzug in Marokko, in welchem Zusammenhang soll der mit Politik stehen? Seine Drückeberger sind hier besonders stark vertreten. Drückeberger müssen eben bestraft werden, nur ist das nichts Politisches, das ist doch klar.«

Die Sonne wirft sich mit solcher Kraft auf das Durchgangslager, daß jeder Schritt eine Qual wird.

»Ach ja, die Hitze«, sagt der Beamte, »Jahr und Tag ist sie hier immer die gleiche, und doch kann man sich nie an sie gewöhnen, im Gegenteil, je länger man hier ist, um so schrecklicher empfindet man sie.«

Der Beamte zählt die Lebensmittelrationen der Sträflinge auf. Sie hören sich gar nicht so niedrig an, achtzig Gramm Fleisch täglich, mehr hat sicher auch ein deutscher Arbeiter nicht. Die Gefangenen bestätigen die Angaben, sie fügen aber hinzu: Das, was wir bekommen, ist ungenießbar. Das Fleisch ist kein Fleisch, sondern verfaulte Knochen oder Sehnen, das Brot ist eine klebrige Masse, der Reis, wenn wir überhaupt welchen bekommen, madig.

Die Lebensmittel und die Küchen werden den Fremden nicht gezeigt, aber das Aussehen der Gefangenen spricht für die Wahrheit der Klagen.

Die Schlafsäle, das geben sogar die eifrigsten Anhänger des guayanesischen Systems zu, lassen viel zu wünschen übrig. Ein schmutziger, luftloser Raum mit Pritschen, hier schlafen sechzig, siebzig Menschen. Der Raum wird nachts vollkommen verschlossen, aus Sicherheitsgründen. Die sechzig, siebzig Männer, die hier wie Tiere zusammengepfercht werden, sind alle krank, viele fiebern. Die Moskitos finden auch in die verschlossensten Räume den Weg. Moskitonetze, ob es die gibt? Die Frage klingt wie ein Witz. Im Hospital von Cayenne müssen sogar die Schwerkranken (Zivile, nicht die Sträflinge) eine besondere Eingabe machen, wenn sie ein Moskitonetz haben wollen.

Es gibt keine Krankheit, an der die Gefangenen nicht leiden, aber nur die Leprakranken werden abgesondert. Würde man jeden Kranken ins Hospital tun, müßte es überhaupt nur Hospitäler geben. Man wartet also ab, bis ein Kranker schon dicht vor dem Tode steht, und bringt ihn dann ins Hospital. Manchmal freilich stirbt er auch früher. Die Gefangenen freuen sich auch nicht, wenn ein Arzt sie ins Krankenhaus schickt. Sie wissen, das bedeutet baldigen Tod. Medikamente sind Kostbarkeiten, die nur in den seltensten Fällen verabreicht werden. Auch die am schwersten an Malaria Erkrankten bekommen kein Chinin.

Gerade trinken im Gefängnishof die Gefangenen Wasser (auch Wasser ist eine Kostbarkeit), sie trinken, ein Dutzend Menschen, aus einem Gefäß. Unhygienisch? Wenn es Schlimmeres nicht gäbe als das. Sie sind ja doch schon alle krank, so können sie sich nicht mehr gegenseitig anstecken.

Hygiene? Die findet man in den amerikanischen Tropen auch in besseren Hotels nicht immer, also wäre es ein bißchen zuviel verlangt, sie gerade in den Gefängnissen Guayanas zu erwarten. Es ist merkwürdig, gerade in den Tropen, wo nur größte Reinlichkeit die Gesundheit ermöglicht, lebt man, was sanitäre Anlagen betrifft, im Mittelalter.

Ich will in den nächsten Gefängnishof einbiegen, aber ich werde aufgehalten von bewaffneten Aufsehern. Streng verbotener Durchgang, kein Fremder darf hier herein. Was gibt es hier zu sehen? Ja, da ist eine Guillotine, eine Guillotine, nur so zum Angstmachen? O nein, es ist eine ganz ernst zu nehmende Guillotine, die morgen in Aktion treten wird. Ein Gefangener wird geköpft, er hat seinen Freund erschlagen im Streit. Vor zwei Wochen wurde ein Chinese geköpft. Seine Strafgenossen hänselten ihn immer, nannten ihn den »gelben Teufel«. Er begann eine Keilerei, die mit dem Tode eines Gefangenen endete.

»Kommt Ähnliches oft vor?«

»Ja, ziemlich oft. Die Gefangenen haben Wutanfälle wegen jeder Kleinigkeit, und jede Kleinigkeit, die sich hier abspielt, ist für sie von außerordentlicher Wichtigkeit. Man muß sich vorstellen, von ihrem früheren Leben sind sie vollkommen abgeschnitten, sie dürfen nur gelegentlich Briefe empfangen, sie dürfen nicht lesen, nicht schreiben. Die kleinen Ereignisse, die sich in ihrem eintönigen Leben abspielen, gewinnen ungeheure Bedeutung. Eine Mangofrucht, ein Schmetterling werden genauso verteidigt wie ein großer Schatz. Unter den Gefangenen gibt es Freundschaften, Eifersuchtstragödien, krankhafte Erscheinungen ihrer Abgeschiedenheit.

Manchmal tritt unter ihnen eine Art kollektiven Tropenkollers auf, das ist wohl das Schrecklichste. Einer beginnt nachts zu brüllen, er hat Heimweh, oder er wird sich plötzlich seiner ausweglosen Lage bewußt, und dann heulen alle mit. Kein Mensch kann sich so etwas Schreckliches vorstellen.«

Saint Jean, das Reich der Diebe

Sollte je ein Wettbewerb stattfinden, der die kleinste und primitivste Bahn der Welt prämiieren wollte, würde die Bahn zwischen Saint Laurent und Saint Jean gewiß den Sieg erringen.

Diese Bahn läuft meist, wenn sie Personen befördert, ohne Lokomotive, aber sie ist nicht etwa elektrisch. Wie das zugeht? Diese Bahn wird gerudert. Mit langen Stäben, die Buschneger oder Sträflinge bedienen. Die kühnen Reisenden, die sich dieser Bahn anvertrauen, werden stark durcheinandergerüttelt, aber sie rollen wie der Blitz auf den Schienen durch den Urwald.

Allerdings kann man auch im Auto die siebzehn Meilen machen, die Saint Jean von Saint Laurent trennen. Aber in Wirklichkeit ist die Entfernung unvergleichlich größer, als die Meilenzahl anzeigt. Saint Jean ist wieder eine andere Welt. Eine Welt, die noch schrecklicher ist, noch unmenschlicher als die von Saint Laurent. Von Saint Jean gesehen ist sogar Saint Laurent eine lebhafte Stadt, sie steht mitten im Menschengetriebe. Ihr Hafen verbindet sie mit der übrigen Welt.

Aber Saint Jean liegt mitten im Urwald, seine Zwangsbewohner haben kein Auto, das sie nach Saint Laurent bringen könnte. Sie dürfen auch nie die oben beschriebene Bahn benutzen.

Blockhäuser unter Palmen, auf Hügeln am Ufer des Maroniflusses – der Anblick wirkt von weitem fast anziehend. Aber sieht man das Innere der Blockhäuser, die Gefängnisse sind, atmet man die schwere, heiße Sumpfluft, begreift man gut die Verzweiflung der Zwangseinwohner. Ihre Zahl ist fast zweitausend. Zweitausend Menschen mitten im ungesündesten Urwald. Was suchen sie hier, was haben sie verbrochen? Es sind keine »Forçats«, keine Zwangsarbeiter, sondern »Rélégués«. Das harmlose Wort »Rélégué« bedeutet »Verbannte«. Ihre Strafe hatte eine noch harmlosere Umschreibung »interdiction de séjour«, das heißt »Aufenthaltsverbot für Frankreich«. Aber der Unterschied zwischen einem »Zwangsarbeiter« und einem »Verbannten« ist gleich Null.

Die Bewohner Saint Jeans sind Diebe, kleine und kleinste Diebe. Keine großen Räuber, keine Banditen, sondern Taschendiebe, Warenhausmarder, Hühnerdiebe.

Nach Saint Jean kommen sie, wenn ihnen mindestens sechs Diebstähle bewiesen werden können. Dann aber sind sie in der

Falle, lebenslänglich. Sechs Diebstähle sind vielleicht gar nicht so viel, wie es scheinen mag, wenn einer mal hier ein Brot, dort ein warmes Halstuch oder ein paar Francs stiehlt.

In Berlin mögen sich Hausfrauen darüber unterhalten, ob sie lieber ein Dienstmädchen aus der Provinz oder aus der Großstadt haben, die Damen der Administration in Französisch-Guayana diskutieren darüber, ob sie als Dienstpersonal Mörder oder Diebe bevorzugen. Das merkwürdige ist, daß Mörder bei weitem beliebter sind als Diebe. Eine Hausfrau, der man nachsagen würde, ihr Koch sei aus Saint Jean, müßte sich schämen. Dagegen ist das Beste, was man hierzulande sich leisten kann, ein Mörder aus Leidenschaft.

Wenn die Sträflinge Eindruck schinden wollen, antworten sie auf die Frage, warum sie hier seien, ganz regelmäßig: »J'ai tué ma maitresse.« (»Ich habe meine Geliebte getötet.«) Man hält das für sehr schick.

Wir scheinen doch noch nicht ganz aus jenen mittelalterlichen Zeiten heraus zu sein, in denen Eigentumsdelikte als die größten Sünden angesehen wurden.

»In Saint Jean befinden sich die Elemente, die im stärksten Grade asozial sind«, erklären die Aufsichtsbeamten.

Das Asoziale scheint auch Auffassungssache zu sein. Mein Geschmack jedenfalls weicht von dem der offiziellen Kreise Französisch-Guayanas ab. Ein Dieb ist mir jedenfalls sympathischer als der eifersüchtigste Mörder.

Man gebe doch einem dieser Diebe eine einträgliche Stellung, und sie werden sofort aufhören, asozial zu sein und Brot zu stehlen. Und dann, beurteilte man so streng jeden Diebstahl, was würde dann mit der Administration in Französisch-Guayana geschehen? Die Gefängniswärter haben jedenfalls nicht den Ruf, den Gefangenen das, was ihnen wirklich zukommt, zu gewähren. Gewohnheitsdiebe? Sind es nicht auch manche von den Herren, die die kleinsten Diebe so streng verurteilen?

Als ich den Film »Unter den Dächern von Paris« sah, hatte ich wirklich Angst um den netten »Préjean«. Ich habe es ja gesehen, wie diese kleinen Taschendiebe, die Lumpenproletarier aus den Vorstädten von Paris, enden. Wie, wenn man sechs speckige, flekkige Hausfrauen- oder Dienstmädchen-Geldbörsen bei ihm gefunden hätte? Das sind sechs bewiesene Diebstähle und genügend für

Saint Jean. Bei einem mehrfach Vorbestraften wäre ein Koffer voll
Silber mehr als genug Grund zur Verbannung. Aber im Film ist
zum Glück alles mehr auf »happy« als auf Wirklichkeit abgestimmt, und so endet immer alles gut, und das Publikum kann
sich freuen.

Guter Charlie, auch du säßest schon längst lebenslänglich im
Zuchthaus, wenn du im Leben und nicht im Film die dicken Satten bestehlen würdest, denn in den Vereinigten Staaten ist die
Strafe schon bei dem vierten Diebstahl lebenslängliches Zuchthaus.

»Wir sind die Pechvögel«, sagt ein früherer Herrschaftsdiener,
ein alter Einwohner Saint Jeans »Alle tun es, aber wir müssen
daran glauben. Wenn jeder bestraft würde, der in seinem Leben
schon gestohlen hat, dann müßte die ganze Welt eine einzige
Strafanstalt werden. Aber bestraft werden natürlich nur die Dummen. Wenn ich gewußt hätte, daß es mit mir noch so enden
würde, hätte ich mich auch schlauer angestellt. Ich hätte wirklich
Wertvolles gestohlen und mich schleunigst aus dem Staub gemacht, aber ich wollte nur meiner Freundin kleine Aufmerksam-
keiten erweisen. Wenn man immer so hübsche Dinge um sich
sieht, möchte man auch Menschen, die einem nahestehen, eine
Freude machen.«

»Ein netter Diener, nicht wahr?« Ein anderer Gefangener hatte
sich zu uns gesellt: »Aber ich bin ganz unschuldig hier. Mein
Freund hat gestohlen, und man hielt mich für den Dieb, ich
wollte ihn nicht verraten.«

»Hören Sie nur nicht auf die Erzählungen dieser Kerle, wenn
sie über sich sprechen, könnten Sie meinen, es sind lauter Un-
schuldslämmer. Alle, die hier sind, haben mehr als genug auf dem
Kerbholz.«

»Stimmt, auch die Aufseher«, flüsterte ein junger Mann, der fast
noch wie ein Kind aussieht.

»Sind Sie schon lange hier?«

»Lange genug, aber es wird nicht mehr lange dauern, es geht
bald mit mir zu Ende.«

»Ach Mensch, hör auf zu flennen«, ruft ihm der einstige Herrschaftsdiener zu.

»Wie kamen Sie denn hierher?«

»Ist das denn so schwer? Meine Frau war krank, und ich

brauchte dringend Geld. Ich habe mein Glück in einem Warenhaus versucht, aber es wurde mir gleich zum Unglück. Man hat mich sofort gefaßt. Ich saß gleich in der Klemme; die richtigen Diebe faßt man nicht so leicht, die wissen, wie man ein Ding richtig dreht. Kaum aber hatte ich meine Strafe auf dem Buckel, ging es schnell abwärts. Ein Vorbestrafter findet keine Arbeit, da bleibt nichts anderes übrig, man versucht es wieder mit dem Klauen. Aber ich hatte zu große Angst, man sah es mir immer schon an, was ich vorhatte.«

»Die richtigen Diebe, die etwas von ihrem Handwerk verstehen, bringen es nicht zur Diebeskolonie.« Der Sprecher ist dürr, hager, er hat mehr Ähnlichkeit mit einer Mumie als mit einem lebendigen Wesen. Er ist ein früherer Hotelkellner. »Jeder in unserem Hotel hat gestohlen, die Gäste, das Küchenpersonal, der Direktor, aber gerade auf mich hatte man es abgesehen.«

»Ja, das Stehlen ist ein große Sünde. Wir roden den Urwald und bekommen dafür zwanzig Centime den Tag, das ist kein Diebstahl, uns bestiehlt man nicht.«

»Unsere Tagesration ist sechsundneunzig Gramm Fleisch, ein kleines Kommißbrot und sechzig Gramm Reis. Das Fleisch ist schlecht, das Brot ist schlecht, der Reis ist schlecht, etwas anderes bekommen wir nicht. Kein Obst, kein Gemüse, aber uns bestiehlt man nicht.«

»Wenn einem die Sache zu bunt wird, und er will nicht mehr arbeiten für zwanzig Centime den Tag, dann kommt er in die Dunkelzelle, wo er nichts sieht, nichts hört und nur Wasser und Brot bekommt, oder er wird an einen eisernen Pfahl angekettet. Das nennt man Disziplinarstrafe. Die hat man doch sicher verdient, wenn man für zwanzig Centime den Tag nicht den Urwald roden will. Wir sind wirklich große Sünder.«

»Wenn wir nicht hoffen würden, daß wir doch noch einmal von hier fortkommen könnten, keiner wollte mehr den Dreh weitermachen.«

Die Sterblichkeitsziffer unter den Gefangenen von Saint Jean gehört zu den höchsten in den Strafanstalten.

Bei der Teufelsinsel um Mitternacht

Unter den Passagieren der »Biskra« ist eine junge Frau mit drei kleinen Kindern, die nach der Teufelsinsel fährt, besser gesagt, sie fährt nach den Isles de Salut, wie der offizielle Name für die Inselgruppe lautet, zu der auch die Teufelsinsel gehört.

Sie ist die Frau des Arztes der Isles de Salut, der Erlösungsinseln, wie sie sehr wenig treffend heißen. Die Arztgattin mit dem schönen Knabenkopf hat noch ein einige Monate altes Kind, das sie bei ihren Eltern ließ, weil sie befürchten mußte, daß es die Reise nicht überstehen könnte.

Sie ist guter Laune, lacht viel, die verrufenen Inseln scheinen ihr keine Furcht einzuflößen.

»Wie ist es möglich«, frage ich einen der Offiziere, »daß man gerade einen Arzt mit vier Kindern nach den Isles de Salut versetzt?«

»Aber, das ist doch klar. Wovon soll ein Mann mit vier Kindern seine Familie erhalten? Dazu haben wir ja die Kolonien.«

Die Eingeborenen wissen vielleicht gar nicht, eine wie hohe Aufgabe sie erfüllen. Sie erhalten die kinderreichen Familien der Kolonialmächte.

Inzwischen werden Bogenlampen aufmontiert, es ist schon finstre Nacht, und wir nähern uns den Inseln.

An Bord zeigt man aufgeregt in die Dunkelheit, wo nichts zu sehen ist, und ruft: »Wir passieren die Teufelsinsel.«

Es ist nicht festzustellen, ob die Rufe der Wahrheit entsprechen, aber jetzt stoppen wir. Die »Biskra« tutet aufgeregt. Dann hört man schwere Ruderschläge, der Wind weht Stimmen herüber, eine große Barke nähert sich der »Biskra«.

Das Fallreep hinauf klettert eine merkwürdige Gesellschaft. Bewaffnete Soldaten, Gefangenenwärter, einige Zuchthäusler, die große Körbe mit sich heraufschleppen, und Frauen, die, geblendet vom Licht der »Biskra«, sich mit Händen und Füßen hinaufarbeiten.

Auch der Arzt ist da, in Uniform. Die Kinder springen lachend und schreiend herum, besonders die Fünfjährige, »der Floh«, wie sie von allen genannt wird, kann sich vor Wiedersehensfreude nicht fassen.

Die Sträflinge haben ihre Körbe hingestellt, auch ihre Augen müssen sich erst an das Licht gewöhnen.

Sie sehen sich erst verstohlen um, als müßten sie sich an die

neue Umgebung gewöhnen. Von den Körben haben sie das Tuch
abgenommen, es befinden sich darin von ihnen verfertigte Gegenstände, die sie verkaufen wollen.

Sie werden von den Passagieren umringt, jeder will etwas von
ihrem Leben hier erfahren.

»Ich warte auf diesen Tag seit einem Jahr«, sagt einer der Gefangenen, ein kleiner, schrumpliger Mann.

Es ist eine große Auszeichnung, eine besondere Belohnung für
die Gefangenen, wenn sie ein Schiff betreten dürfen.

Der Grund, der ihnen zu dieser seltenen Begünstigung verhilft,
ist der, daß sie die Fracht und das Gepäck abladen.

Kaum wollen sie versuchen, ihre Ware zu verkaufen und zu
sprechen, eine Gelegenheit, die vielleicht in ihrem Leben nicht
wiederkommt, ertönen schon Kommandorufe.

»Schnell die Kisten, wir haben keine Zeit, beeilt euch, zum
Teufel auch.«

Sie schleifen sie auch gleich hinunter zu der Barke, aber es
kommen immer neue Kisten, Koffer, Schachteln, und schon ertönt das erste Klingelzeichen zur Abfahrt.

Sie beeilen sich immer mehr, um Zeit auch für sich zu gewinnen. Der eine Sträfling hat in seiner Aufregung fast die Tropenhelme der Arztfamilie in das Meer fallen lassen.

»Du Idiot, kommst nicht noch einmal auf ein Schiff, wenn du
nicht mal deine Arbeit verstehst.«

Das zweite Klingelzeichen.

Die »Biskra« muß sich beeilen, sonst kommt die Ebbe, und sie
erreicht Cayenne bis zum Morgen nicht mehr.

Die Sträflinge schielen nach ihren Körben, aber sie bekommen
immer neue Befehle.

»Vergeßt nicht das Spielzeug für die Kinder, und hier sind ja
noch Koffer, beeilt euch doch.«

Das dritte Klingelzeichen.

Noch nie habe ich ein so verzweifeltes Gesicht gesehen wie das
des kleinen, schrumpligen Sträflings, als er wieder seinen Korb
zudeckte und dann zum Fallreep torkelte.

Schon sind alle in der Barke. Abfahrt.

Jemand von der »Biskra« ruft noch hinunter: »Floh, bleib gesund, kleiner Floh.«

Cayenne

Im allgemeinen sagt man Cayenne, wenn man Französisch-Guayana meint. Cayenne lebt in unserer Phantasie als Begriff ganz
Französisch-Guayanas. In Wirklichkeit aber ist die Verbrecherko-
lonie in Saint Laurent und die auf den Salut-Inseln bezeichnender
für Französisch-Guayana.

Cayenne ist die Hauptstadt. Wahrscheinlich gibt es keine
zweite Hauptstadt in der Welt von so verzweifeltem Elend, aber
immerhin ist es eine Stadt, deren Einwohner nicht unbedingt Verbrecher oder Gefangenenwärter sein müssen. Im Gegenteil,
die ehemaligen Sträflinge, die »Libérés«, die mit so wenig
Recht »Freie« genannt werden, dürfen sich in Cayenne gar nicht
niederlassen, dürfen hier keine Geschäfte oder Unternehmungen
haben.

Die »Biskra« wirft Anker sehr weit draußen im Hafen. Der Hafen selbst ist vollkommen versandet, und man wird in kleinen Ru-
derbooten zur Stadt befördert.

In diesen Booten rudern zum Teil Sträflinge, die ihre Herren
zur »Biskra« bringen oder die beim Löschen des Schiffes helfen.
Das ist die besondere Note des Hafens von Cayenne. Auch daß,
wenn das Boot ganz besonders stark schaukelt und dem Kentern
nahe scheint, der Schiffer beruhigend erklärt: Das war sicher wieder ein Haifisch.

Am Ufer steht ganz Cayenne und sieht sich die Neuankömmlinge an, wobei nicht mit Bemerkungen über sie gespart
wird.

Dieses Cayenne, das hier dicht gedrängt steht und das seltene
Schauspiel einer Schiffsankunft bewundert, setzt sich zusammen
aus Bürokraten, die sich als Verbannte fühlen, und aus Negern,
die zivilisiert sind.

In der Stadt gibt es Regierungsgebäude, Banken, eine Handels-
kammer, eine Universität und ein Waisenhaus mit vielen Mulat-
tenkindern – Abkömmlinge von Sträflingen, die jetzt von Non-
nen erzogen werden. Das klingt aber alles schöner, als es in Wirklichkeit ist. In den Straßen wächst kniehoch das Gras, eine
Wasserleitung gibt es nicht, und die offenen Kloaken verbreiten
in der Tropenhitze einen greulichen Gestank. Neben räudigen
Hunden sind anscheinend Aasgeier die Lieblingstiere der Stadt.

In ungeheueren Massen beleben sie die Plätze und Gassen, kauern schwarz in dichten Scharen auf den Hausdächern rund um den Markt und um die Lager der Gefangenen.

Sie scheinen die einzigen Lebewesen zu sein, die hier gut gedeihen, denn nicht nur die Gefangenen, auch die übrigen Einwohner sehen alle bedauernswert aus. Fast jede Negerin leidet an der schrecklichen Tropenkrankheit: Elephantiasis. Auf unförmigsten Beinen schleichen die Negerinnen durch Cayennes Straßen, sie verrichten auch meist die schwerste Straßenarbeit, und ihre mühlradähnlichen Strohhüte schützen nur ihr Gesicht vor den verderblichen Einflüssen der Sonne.

Cayenne hat sogar ein richtiges Café, wo man allerdings keinen Kaffee bekommen kann, wir sind ja in einem Land, wo der Kaffee wächst. Dafür aber stehen draußen zwei runde Tische mit Stühlen, direkt am Platz Palmiste. Die Cayenner sagen allerdings, das sei kein Platz, sondern ein richtiger Busch, und fassen das nicht als Kompliment für die Stadtverwaltung auf.

Hier in diesem Café, es nennt sich »Grand Café Verdun«, spielt sich das gesellschaftliche Leben Cayennes ab, hier treffen sich die Administration und die Intelligenz der Stadt und die seltenen Durchreisenden.

Ein Sträfling, der Rum kaufen möchte, wird von der Besitzerin, einer Negerin, die sehr viel weißen Puder aufgelegt hat, zurückgewiesen. »Quel toupet«, sagt sie sehr pariserisch, welche Frechheit, »es gibt keine Disziplin mehr« und wendet sich an die anwesenden Mitglieder der Administration.

Ein echt französischer Typ – kleiner, schwarzer Schnurrbart und Spitzbart – spielt mit einem Herrn, der eventuell auch aus Berlin sein könnte, Billard. Einige sehr exotisch aussehende Enten, die nicht aus dem Café zu scheuchen sind, stören die Spielenden. Die französische Type flucht portugiesisch und entpuppt sich als Viehhändler aus Brasilien. Der Herr dagegen, der aus Berlin sein könnte, ärgert sich auf österreichisch. Er behauptet, Direktor eines New-Yorker Naturkunde-Museums zu sein und beauftragt, Riesenschlangen aufzukaufen. Zu diesem phantastischen Beruf ist er offenbar erst in reiferen Jahren gekommen, er ist ein Wiener und ist wahrscheinlich früher in einer anderen Branche gereist als in Schlangen.

Er fragt zwischendurch jeden besorgt, was es wohl zu bedeuten

habe, daß man ihm auf der Polizei, als er sich meldete, den Paß
abnahm. Er möchte doch nicht ewig in Cayenne bleiben.

Jedenfalls beschloß ich, als ich seine Klagen hörte, die Polizei
gar nicht in Versuchung zu bringen, meinen Paß zu behalten. Ich
konnte mich übrigens nicht beklagen, in Französisch-Guayana
von der Polizei viel belästigt worden zu sein, Frauen gegenüber
ist man hier nicht so mißtrauisch.

Bei der table d'hôte, auch das klingt großartiger, als es in Wirklichkeit ist, lernte ich die Administration kennen. Beim Mittagessen die Administration? Nun, ich hatte in Französisch-Guayana
amtlich nichts zu erledigen, und doch konnte ich ohne Amtsstube
durch harmlose Privatgespräche mit Vertretern aus diesen Amts-
stuben mir eine genaue Vorstellung von der Administration machen.

Es sind meist liebenswürdige, nette Herren aus kleineren Städten Frankreichs, die man nicht unbedingt auf einer Weltkarte finden muß. Sie bleiben zwei Jahre und zählen die Tage bis zu ihrer
Rückkehr, sie haben sehr viel zu tun. Im Amt gibt es ungeheuer
viele Akten, sie bringen diese zur Bearbeitung sogar mit nach
Hause.

Ich frage sie über die Gefangenenlager, die Hospitäler, aber sie
haben ja gar keine gesehen. Wie sollten sie dazu Zeit finden bei
der vielen Arbeit und den vielen Akten. Sie kennen nicht einmal
die nächste Straße, sie kommen nicht einmal dazu, sich Cayenne
anzusehen. Sie sehen nur Akten, immer nur Akten, bis die zwei
Jahre um sind und ihr Nachfolger erscheint.

Ein Professor der Universität, Universität klingt eigentlich auch
etwas hochtrabend, und sein Freund, ein Goldgräber auf Urlaub,
die gleichfalls an der table d'hôte teilnehmen, kennen Französisch-Guayana schon besser.

Sie sind bereit, mir die besten und schlechtesten Seiten von
Cayenne zu zeigen.

Die beste Seite ist die Promenade, ja, die gibt es auch. Die gute
Gesellschaft von Cayenne, es sind Neger, sitzt auf den Bänken.
Die Damen sehen sich die Modejournale an, die eben die »Biskra«
mitgebracht hat.

Man hat von hier wirklich einen hübschen Blick auf die Stadt,
auf das Meer, auf Felsen und Palmen, auf die farbige Pracht tropi-
scher Blüten und auf eine Insel, die den Namen »Enfant Perdu«,

»Verlorenes Kind«, trägt, weil es von zwei größeren Inseln, den Eltern, entfernt liegt.

Der Goldgräber spricht: »Für mich ist Cayenne Nizza. Ich habe vierzehn Monate lang im Urwald gelebt. Sie können sich nicht vorstellen, wie groß, wie wunderbar Cayenne mir schien, als ich zurückkam. Wenn ich wieder nach Paris komme, wird es mir nach Cayenne nicht soviel größer erscheinen, wie Cayenne nach meiner Rückkehr aus dem Urwald. Ich war Flieger, flog zwischen Paris und Straßburg hin und her, bis ich plötzlich genug bekam, nicht nur vom Fliegen, sondern überhaupt von der Zivilisation, von der Stadt, von Paris. Goldgräber zu sein im Urwald, das war für mich nicht nur Abenteuer, nicht nur Abwechslung, sondern überhaupt Rettung aus unserer Zeit. Heute muß ich über mich lachen. Wie konnte ich so naiv, so dumm sein. Gerade in den Urwald wollte ich mich retten. Kein Mensch, der es nicht selbst versucht hat, kann es sich vorstellen, was das heißt, vierzehn Monate lang im Urwald zu leben und zu arbeiten. Ein paar Tage, sogar einige Wochen, das ist etwas ganz anderes. Diese Dunkelheit, diese Abgeschiedenheit, dieses ständig Auf-der-Hut-Sein vor dem Tod. Sie lachen über das elektrische Licht von Cayenne, es ist ja ein bißchen dunkel, ein bißchen rötlich, aber es ist Licht. Als ich zurückkam, konnte ich mich stundenlang damit unterhalten, das Licht einzuschalten. Wenn es regnet, muß ich nicht unbedingt naß werden, ich kann mich mit festen Mauern, mit einem Dach über meinem Kopf vor den Naturgewalten schützen, ich kann jeden Tag frisches Brot essen. Begreift man das, was das heißt, Brot, wenn man es lange Monate entbehren mußte? Ich kann in ein Geschäft gehen und alles kaufen, was ich will. Die armseligen Krämerläden Cayennes erschienen mir märchenhafter als die schönsten Warenhäuser in Paris. Ich kann mit Menschen plaudern, ich kann Zeitungen lesen, ich erfahre, was in der Welt vorgeht, bin wieder eingereiht in die menschliche Gesellschaft. Das, was man bei uns in Europa unter Natur versteht, unsere Ausflugsorte mit Aussichtsbänken, Kaffeegärten, mit schön geordneten Waldwegen, aber auch unsere Dörfer, unsere Äcker haben im Grunde mit der Natur genau so viel zu tun wie die Boulevards oder Paris. Ahnen unsere Naturschwärmer auch nur das geringste von ihrer Grausamkeit?

Ich wollte vor unserer Zeit fliehen, ich habe im Urwald gearbeitet, in einem der wenigen Winkel der Erde, die noch unerforscht sind. Und für wen arbeitete ich? Für Aktionäre, für die Börse, für Generaldirektoren.

Meine Leute bekommen fünfundzwanzig Francs am Tage, das ist, was sie brauchen, um sich die allernotwendigsten Lebensmittel zu kaufen. Sie arbeiten in ständiger Lebensgefahr. Warum tun sie es? Weil sie nicht verhungern wollen. Ich werde, wenn ich meine zwei Jahre Kontrakt abgearbeitet habe, auch nicht reicher nach Paris zurückkehren, wenn ich überhaupt zurückkehre. Die Zeit, die mir bevorsteht, scheint mir viel schwerer und unerträglicher als die, die hinter mir liegt.

Wenn die Goldtransporte nach Cayenne abgehen, geschieht es heimlich mit allen Vorsichtsmaßregeln. Schon zweimal wurden unsere Goldschiffe geplündert, die ganze Mannschaft ermordet.«

Wenn im Sträflingsland ein Mord oder ein Raub geschieht, ein linksstehender Abgeordneter vergiftet wird, was sagen die Leute? Sagen sie vielleicht, das haben unsere Verbrecher getan, wir haben zu viel von ihnen? Nein, sie sagen, das haben sicher Agenten der amerikanischen Banken getan. Seitdem amerikanische Banken die Konzession in Französisch-Guayana bekommen haben, ist an Gerüchten, Befürchtungen, Hoffnungen kein Mangel. Die Amerikaner suchen Petroleum, wird erzählt, sie haben auch genug gefunden, beginnen nur nicht mit dem Bohren.

»Wissen Sie, daß Cayenne auf Bauxit gebaut ist, dem Rohmaterial des Aluminiums?« sage ich. »Ich war vor kurzem auf den Bauxitfeldern Gurinanes, und die Steine sind hier die gleichen.« Ich glaube eine große Entdeckung zu verraten.

»Das wissen wir auch, wir haben überall Gold, Bauxit, das wertvollste Holz, Balata, aber was machen wir aus all unserem Reichtum? Nichts. Wir versuchen es gar nicht, ihn zu heben, wir lassen ihn verkommen. Die Amerikaner sind wenigstens praktisch. Wenn sie irgendwo Geld anlegen, verstehen sie auch Nutzen daraus zu ziehen.«

Der Professor sagt das. In seinem alten, ausgedienten Ford fahren wir auf einer Straße, deren Holprigkeit kaum zu übertreffen ist.

Und doch hat diese Straße von einigen Dutzend Kilometern mehr Menschenopfer gefordert als irgendeine andere in der Welt.

»Man sollte Ihnen eigentlich gar nichts weiter zeigen, Sie sind

Ausländerin, Journalistin, es ist nicht unser Interesse, daß über
die Zustände hier berichtet wird. Aber, wenn ich es mir überlege,
denke ich doch, es ist auch unser Interesse. Es gibt überall in der
Welt genügend Dummheit, Grausamkeit, Sinnlosigkeit. Aber vielleicht ist auf einem kleinen Stück Erde sonst nirgends das alles in
so vollständiger Reinkultur zusammen wie hier. Sehen Sie diese
Straße, das Fahren ist fast unmöglich. Ist es ein Wunder, sie ist ja
mit Leichen gepflastert. Die Sträflinge, die diesen Weg gebaut haben, sind ohne Ausnahme gestorben. Verhungerte, an das tropische Klima nicht gewöhnte, kranke, der Sonne schutzlos preisge-
gebene Menschen haben hier gearbeitet mit den primitivsten Mitteln, als existierten nicht die vielgepriesenen Wunder der
Technik.

Kein einziger hat die Anstrengungen, denen ihr Körper nicht
gewachsen war, überlebt. Jetzt kann man die Straße nicht weiter-
bauen, man wartet auf den nächsten Menschentransport, auf die
nächsten fünfhundert.«

Teufelsinsel bei Tageslicht

Diesmal erreicht die »Biskra« die Insel um sechs Uhr morgens. Ich
erwache, als wir stoppen. Als ich an Deck komme, sind schon die
neuen Passagiere eingestiegen, auch die Arztfrau ist da mit ihrem
Mann, aber nur auf Besuch, sie will, wenn auch nur für kurze
Stunden, wieder »zivilisiertes Leben« genießen. Auch Sträflinge
sind gekommen, aber nicht jene, die das letzte Mal auf dem Schiff
waren.

Wir halten vor der Insel Royal, sie ist so nahe, daß man jedes
Haus, jeden Strauch, jeden vorbeigehenden Menschen, es sind
solche in Sträflingskleidern, klar erkennen kann. Die großen
dunklen Häuser sind Gefängnisse, die kleinen, wohnlicheren sind
die Behausungen der Beamten. Sie sieht nett aus, diese Insel mitten im Ozean; die Wege sind gepflegt, man sieht hübsche Gärten
und Anlagen.

Die Sträflinge bieten ihre Erzeugnisse an, heute haben sie Zeit,
wir werden, es ist ein besonderer Ausnahmefall, einige Stunden
vor den Inseln liegen. Auf der schwarzen Tafel steht die Abfahrts-
zeit, als wären wir in einem x-beliebigen Hafen und nicht bei den

Inseln, die den Ruf haben, die abgeschlossensten der Welt zu sein, den Inseln, die nur in den seltensten Fällen von regulären Dampfern angelaufen werden. Diesmal fahren höhere Beamte der Inseln nach Frankreich.

»Hier, bitte, kaufen Sie Behälter aus Kokosnuß.«

Der Sträfling, lang, schmal und von der schimmelfarbenen Blässe, durch die alle Gefangenen gezeichnet sind, hat die aus Kokosnüssen gefertigten Behälter und Sparbüchsen um sich herum ausgebreitet. »Souvenir Isles de Salut«, »La Guayana Française« ist in die Kokosnußschalen eingraviert, genau wie bei den Souvenirs aus den Basaren der Badeorte, und sie sehen auch genauso aus, als wären sie in Kötzschenbroda in Sachsen verfertigt.

»Kaufen Sie bitte«, sagt der Sträfling, er spricht nur gebrochen Französisch, und es stellt sich auch heraus, daß er Deutscher ist.

»Wie kommen Sie denn hierher?«

»Ich habe einen Franzosen totgemacht. Hier diese Körbe sind selbst geflochten aus den hiesigen Palmenblättern, sie sind haltbar. Ich bin lebenslänglich. Ich komme nie mehr von hier fort. Was das ist? Das ist ein Zigarrenabschneider, der ist einer Guillotine nachgebildet. Ja, die Guillotine sehen wir sehr oft. Wir leben hier auf der Insel so zusammengepfercht, dann kommt es manchmal zwischen uns zum Streit. Und weil die Wut so in uns sitzt wegen dem Leben, das wir führen müssen, endet es oft schlecht. Kaufen Sie doch einen Zigarrenabschneider, die werden auch am ehesten gekauft, das ist eine nette Erinnerung zu Hause von hier. Wenn man Geld hat, kann man Kartoffeln kaufen, aber ein Pfund kostet zwei Francs. Ich habe schon seit einem Jahr keine Kartoffeln gegessen. Hier, mein Herr, diese Schale mit Indianerköpfen, besonders preiswert, sie sind bald ausverkauft. Alle, die hier sind auf der Insel Royal, haben jemanden totgemacht, es sind keine anderen. Aber auf der Insel Saint Joseph, da gibt es verschiedene, die kommen nur hin zur besonderen Strafe. Wenn einer versucht auszurücken oder nicht gehorchen will, die werden strenger gehalten als wir auf der Insel Royal. Die dürfen kaum aus ihren Zellen, aber auch wir haben Strafzellen, da sitzt man tagelang, wochenlang im Dunkeln, und Ketten gibt es auch zur Strafe. Dieser Korb ist besonders billig, kaufen Sie ihn, meine Dame. Das mit mir ist wegen einer Frau passiert, sie war ein Aas, es hat sich nicht gelohnt, aber man kann ja nichts wieder gutmachen.«

Dieser Sträfling macht die besten Geschäfte, er ist gesprächig und versteht seine Ware anzupreisen, kein Passagier kann ihm widerstehen. Die anderen sind befangen, sie können vor Erregung kaum sprechen.

Der eine ist jung, schmal, er ist erst seit einem halben Jahr hier, er ist aus Paris, er möchte wissen, was in der Welt vorgeht. Alle, die schon längere Zeit hier sind, kümmern sich nicht mehr um die Ereignisse da draußen. Er weiß noch über alles ganz genau Bescheid. Über das Leben auf der Insel spricht er nur ungern.

»Man kann hier nichts als Schlechtigkeiten lernen. Wir machen ja diese Gegenstände, aber es ist so dumm, so sinnlos. Ich habe Glück, daß ich mitkommen durfte auf das Schiff. Viele Gefangene haben, seitdem sie hier sind, keinen Fremden gesehen. Nein, einen Brief möchte ich nicht wegschicken, ich will gar nicht, daß man von mir weiß. Manchmal wünsche ich, ich käme auch noch unter die Guillotine, dann wäre endlich alles zu Ende.«

Die »Biskra« fährt an der Insel Saint Joseph vorbei. Hier gibt es nur Gefängnisse. Gefängnisse, die eine Strafe sind für Gefangene, die sonst in Saint Jean, in Cayenne oder Saint Laurent gelitten haben. Gefängnisse, die nach diesen Lagern noch eine Strafe sind, müssen unübertreffliche Schreckenskammern sein.

»Hier sind freilich nicht die schlimmsten Verbrecher«, sagt der höhere Beamte, »aber es sind die undiszipliniertesten Elemente, solche, die einfach nicht zu lenken sind, die ihre Kameraden aufzuhetzen versuchen, die Verschwörungen anzetteln, die ausgerückt sind, aber wieder eingefangen wurden. Aus Cayenne versuchen manche nach Brasilien hinüberzukommen, aus Saint Laurent nach Holländisch-Guayana. Wenn ihr Abenteuer mißlingt, kommen sie nach Saint Joseph. Hier können sie nicht mehr frei herumlaufen, und selbst wenn sie es könnten, es würde ihnen nicht gelingen, zu entkommen. Die Boote, die Saint Joseph mit der Insel Royal verbinden, werden streng bewacht. Weit hinaus könnten sie sich in dem Boot überhaupt nicht wagen. Und dann die vielen Haifische um die Inseln, kein Mensch könnte hier auch nur einen Steinwurf weit schwimmen.«

»Sehen Sie, jetzt kommt die Teufelsinsel. Es sieht aus, als könnten die Gefangenen nach Royal hinüberspringen, aber keiner könnte entkommen.«

Auch die »Biskra« ist jetzt so nahe der berüchtigten Insel, daß man fast meint, man könnte, wenn man sich etwas vorbeuge, die Palmen berühren. Die kleinen Häuser der Gefangenen sind sehr deutlich unter den Palmen zu sehen. Wüßte man nicht, was diese Insel bedeutet, alle Passagiere würden entzückt ausrufen: welch eine reizende Insel. So ungefähr stellt man sich das Eiland Robinsons vor, sehr grün, mitten im Ozean, mit hohen, mächtigen Palmen. Das Teuflische würde man erst merken, wenn man hier leben müßte. Die Abgeschiedenheit ist vollkommen, keine Botschaft dringt zu den Gefangenen, sie dürfen nichts über den Lauf der Welt erfahren. Nur in Ausnahmefällen dürfen sie zensurierte Nachrichten von ihren Angehörigen empfangen. Nichts anderes können sie sehen als diese Kokospalmen, die aus der Ferne so idyllisch wirken, und immer quält sie die gleiche Hitze, Schwärme von Moskitos und Krankheiten, für die sie nie im Krankenhaus Heilung finden. Es gibt jetzt zwölf Gefangene auf der Insel, darunter auch einen Deutschen, alle zwölf sind wegen Landesverrats verurteilt, alle zwölf lebenslänglich.

Zwei Gefangenenwärter sind noch auf der Insel.

»Nur zwei?«

»Zwei genügen vollkommen, und es gibt Alarmvorrichtungen, die auf der Insel Royal sofort gehört werden, ausrücken könnte keiner. Und würden sie etwas gegen die Wärter unternehmen, erwartete sie nur die Guillotine.«

Es sind auf den Inseln über sechshundert Gefangene.

Ich fragte die Frau des höheren Beamten, die von den Inseln kam, ob das Leben, das sie geführt hatte, nicht schrecklich war.

»Gar nicht, im Gegenteil, ich werde sicher Sehnsucht haben nach der Ruhe. Hilfe hatte ich im Haushalt, soviel ich wollte, und hier kann keiner frech werden, wenn man ihm etwas sagt, wie in Frankreich. Ich machte meine Bestellungen in Paris, und alles kam pünktlich an. Dann haben wir auch eine Kooperative, wo alles Nötige für uns besorgt wird. Um fünf Uhr abends müssen die Sträflinge wieder im Gefängnis sein, und dann herrscht die vollkommenste Ruhe auf der Insel. Die befreundeten Familien der Administration kommen abends zusammen, wir haben Radio, die Zeit vergeht wirklich ganz angenehm.«

»Ja, Sie haben es besser auf den Inseln als wir in Cayenne«, sagt die Frau eines Verwaltungsbeamten, die auch nach Frankreich fährt. »Cayenne ist wirklich furchtbar, auch für uns. Auf dem Markt in Cayenne kann man nichts Vernünftiges kaufen. Ich war zehn Jahre lang in Neukaledonien, dort war es viel besser.«

»Ist dort die Lage der Gefangenen günstiger?«

»Davon weiß ich nicht viel. Aber auf dem Markt dort bekommt man einfach alles, Tomaten, Salate, Äpfel, Birnen, als wäre man in Frankreich.«

Noch einmal Saint Laurent

Erfinder und Gräber

Als ich von Saint Laurent abfuhr, hatte ich verschiedenen Gefangenen versprochen, Briefe für sie zu befördern. Keiner hat es vergessen. Es gibt ungelenke Schriften, aber mancher merkt man auch an, daß für ihre Verfasser das Schreiben nichts Ungewohntes ist.

Werden je diese Briefe ihre Adressaten erreichen? Der Deutsche, der mir einen Brief für seine Verwandten in Kanada mitgab, gestand mir, seit zehn Jahren nichts von ihnen gehört zu haben. Ein Militärsträfling übergibt mir seine Erfindung, »das fliegende Maschinengewehr«, und wünscht von mir, daß ich sie an die amerikanische Regierung verkaufe, weil er mich für eine Amerikanerin hält. Sie haben alle die phantastischsten Ideen, wie sie zu Geld kommen könnten. Damit hätten sie die Möglichkeit zu fliehen. Und die Flucht ist die Sehnsucht aller, auch wenn sie wissen, es könnte die Flucht sein in den Tod.

Jetzt bietet sich ein Anblick auf der Straße, der diese Sehnsucht mehr als begreiflich macht. Sträflinge kommen heim von der Arbeit im Urwald, doch in welchem Zustand. In einem Karren, der von den Gefangenen gezogen wird, die sich noch aufrecht halten können, liegen jene, die nicht mehr weiterkönnen. Blutlose Körper durcheinander-, übereinandergeworfen, als wären sie Gegenstände. Sie sind kaum noch am Leben, schon halbe Tote. Der Karren wird hinten von zwei Torkelnden mit verbundenen Köpfen geschoben.

»Aber das ist ja grausig, unmenschlich. Kommt das öfter vor?«

»Ja, das kommt alle Tage vor.«

Jetzt kreuzt zufällig ein Leichenwagen den Weg, geschmückt mit tropischen Blumen. Auch seine Gefolgschaft ist seltsam. Ministrantenkinder und bärtige Priester in roten Gewändern. Sie alle sind Neger, und sie beten und singen laut nach katholischem Ritus, aber mit tropischem Temperament. Auch Buschneger, Sträflinge und laut weinende Frauen folgen dem Sarg.

»Ein Sträfling?« frage ich.

»Es ist ein junger Negerknabe, der starb. Sträflinge werden anders begraben. Wenn Sie mitkommen auf den Friedhof, können Sie es vielleicht sehen.«

Bambus, das klingt so poetisch. In jedem exotischen Gedicht werden durch dieses Wort die anmutigsten Vorstellungen erzeugt. Bambus, das ist ein schlimmes Wort in Französisch-Guayana, denn Bambusse umzäunen die Friedhöfe, und unter Bambussen ruhen bedeutet den Tod.

»Hier, das ist der Friedhof der Sträflinge, die Gräber sind alle frisch. Es ruhen hier nur Tote der letzten Monate und die anderen, die früher gestorben sind. Nach einem Jahr werden alle Gräber vollkommen abgebrannt, dann gibt es wieder neue Begräbnisstätten, man hat nicht soviel Platz, um die Toten allzu lange ruhen zu lassen.«

Wie die Holzstäbe in den botanischen Gärten, auf denen die Pflanzenart verzeichnet ist, so sehen die Wahrzeichen der Gräber aus. Nur das Datum des Todes und der Familienname stehen darauf, ein internationales Namenverzeichnis: Landfried, Armand, Laifaoui, Slimi, Cavallet, Lheurenz, es gibt auch längere Namen, Lebli Rabah, Jahia ben Seghir.

Es gibt aber auch Gräber, die gepflegt sind, mit Blumen geschmückt, mit bemalten Kreuzen, mit Kränzen. Diese Toten hatten einen Freund. Da ist ein Grab mit einem großen, schwarzen Kreuz und zwei Kränzen aus künstlichen Blumen, deren Anschaffung für einen Sträfling ein Vermögen bedeuten mußte. Auf das schwarze Kreuz ist mit weißen Buchstaben die Widmung gepinselt: Meinem unvergeßlichen Freund George, dem besten Kameraden.

Dann ist noch da die Reihe offener Gräber. Die Sträflinge schaufeln sie im voraus, wahrscheinlich aus administrativen Gründen. Es kann sein, daß der Gräber selber von dem Grab, das er gegraben hat, verschlungen wird. Diese offenen Gräber, sie gleichen sich vollkommen, sie sind genau abgezirkelt. Nichts habe ich in ganz Französisch-Guayana gesehen, das so peinlich ordentlich gehalten worden wäre wie sie.

III
Amerikanische Provinz

Kellnerin in der »Soda-Quelle«

Da steht man nun in einem nach Arzneien, Drogen und Sirup riechenden Raum, bewaffnet mit einer langstieligen Fliegenklatsche, assistiert von dem Lehrjungen Bob, dem es entschieden mehr Spaß bereitet, alle Augenblicke Gläser zu treffen und Flaschen umzuwerfen, und macht Jagd auf Fliegen. Eine Beschäftigung, die nützlich – denn die Fliegen vermehren sich hier unheimlich –, doch in keiner Weise anstrengend ist.

Also ein Kleinstadtidyll? Oh, bitte, wir befinden uns in A . . . town in Pennsylvania, einer Stadt, deren Einwohnerzahl zwar die Hunderttausend noch nicht erreicht, aber schon weit über fünfzigtausend gediehen ist. Man braucht sich nur vor die Ladentür zu stellen, um Verkehrstürme zu sehen, die zwar nicht so groß sind wie jene auf der Fifth Avenue, aber um so aufgeregter bald grün, bald rot blinzeln. Auf dem Hauptplatz mit den Banken, Hotels und dem Sitz der Christlichen Vereinigung Junger Männer weisen Kreidestriche den Autos den Weg, außerdem ist eine Kette da, an die sich die Fußgänger klammern können, um sich aus der Gefahrenzone zu retten. Überall sieht man endlose Autoreihen, und wenn auf einem Fleck kein Auto steht, dann ist eben dort die Tafel »No Parking« angebracht. Wir haben dutzendweise Fünf- und Zehncent-Geschäfte und ein Warenhaus, mit Verkäuferinnen, die jung und hübsch, uniform in weiße Seide gekleidet, »eine Sehenswürdigkeit, wie sie kaum New York bietet«. Wir sind in der schönsten und reinsten Stadt der Union, wie alle

Aufschriften versichern. Ja, wir haben ein Missionshaus, auf welchem nachts mit transparenten Buchstaben die Aufschrift aufleuchtet: »Jesus rettet deine Seele, unentgeltlich.«

Es geht natürlich auch in dem »drugstore«, wo ich angestellt bin, nicht immer so ruhig und still zu, wie man nach der Einleitung vielleicht annehmen könnte. Nein, manchmal muß sich eine Kellnerin (die bin ich) recht tummeln, um die ungeduldigen Gäste nach Wunsch zu bedienen.

Denn wir führen nicht nur alle Arzneien, Schönheitsmittel, Galanteriewaren, Zigarren und Zigaretten, Uhren, Schreibpapier, Schokoladenbonbons, Glückwunschkarten, man kann bei uns auch Sandwiches essen, Gesellkeit pflegen, vor allem aber haben wir die größte Auswahl in Eissodas und Eiscremes aller Art in der Bar, die seit der Prohibition »soda fountain«, Soda-Quelle, heißt.

Der Herrscher des Eiscremereichs aber ist der Sodamann. Da steht er vor einem Hintergrund von Gläsern, mit den verschiedensten eingemachten Früchten. Vor ihm aber befinden sich in eisgekühlten Metallgefäßen allerlei Sorten von Eiscremes, die sich nicht so sehr im Geschmack wie in der Farbe voneinander unterscheiden; einen besonderen Ehrenplatz aber nehmen die Schlagsahne und die heißen Vanille- und Schokoladensoßen ein. Die Aufgabe des Sodamannes ist nun, diese verschiedenen Bestandteile so zu vermengen, daß die entstandenen Mischungen immer unter einem anderen wohlklingenden Namen dem Publikum vorgesetzt werden können.

Darauf verstand er sich ausgezeichnet. Mit zusammengekniffenen Augen und größter Sorgfalt mixte, rührte und schmückte er, mit wahrer Hingebung, wie es mir anfangs schien. Und doch stellte sich heraus, daß er mit seinem Beruf gar nicht zufrieden war, ja, er verachtete ihn sogar.

»Dieses ekelhafte süße Zeug«, sagte er, »es ist eine Schande, daß sich ein Mann mit so etwas abgeben muß.« Der Sodamann war nämlich früher, freilich schon vor sehr langer Zeit, Mixer in einer Bar eines kleinen Fabrikstädtchens gewesen. Und das waren natürlich andere Zeiten. Wenn Bob, der Lehrjunge, und ich ihn in gute Laune versetzen wollten, baten wir ihn immer, uns etwas über diese schönen Zeiten zu erzählen.

Seine Augen leuchteten auf, wenn er begann: »Da gab es Betrieb. Und wenn einer voll war, hat er die Zeche nicht lange nachgerechnet. Wie oft ist so ein Kerl gekommen, mit seinem Wochenverdienst, und hat gesoffen, bis er steif umfiel. Man hat ihn liegenlassen. Wenn man dann allein mit ihm war, nahm man aus seiner Tasche, was noch übriggeblieben war, versetzte ihm einen Stoß, und schwupps war er draußen. Erledigt. Da konnte es ein tüchtiger Mann noch zu etwas bringen. Aber heute!« Die geringschätzige Handbewegung und der in Ekel verzogene Mund bezogen sich auf die so wenig erfreuliche Gegenwart.

Den Chef, der die »Apotheke« besorgte und den Kunden ärztliche Ratschläge gab, fand ich anfangs nicht wenig interessant, wenn auch freilich etwas komisch. Er hinkte stark, trug einen langen, schwarzen Bart und eine schwarzrandige Brille. Man sah in seiner Hand ständig geheimnisvolle Schriftstücke und Dokumente, und oft schrieb er versunken, allerlei Papier vor sich.

Ich erfuhr auch bald, daß er die Geschichte seiner Familie schreibt. Und zwar erhielt ich hiervon Kenntnis, als er mich in einer für Bayern etwas beschämenden Angelegenheit befragte. Es handelte sich darum, daß die Heißtopfs über ihren Stammvater, der Mitte des achtzehnten Jahrhunderts aus einem bayerischen Dorf nach Amerika ausgewandert war, genaue Daten einziehen wollten und zu diesem Zweck dem Gemeindevorstand besagten bayerischen Dorfes einen größeren Dollarbetrag zugesandt, aber seitdem weder etwas von dem Urahn noch von dem Gemeindevorstand, selbstverständlich auch nichts über den Dollarbetrag gehört hatten. Ich versuchte dem Historiker klarzumachen, daß in dem letzten Jahrzehnt die Sitten in Europa in Unordnung geraten sind und daß sich dort die Leute nicht einmal um ihre eigene lebende Familie kümmern, geschweige denn um die Verstorbenen anderer Leute. Wahrscheinlich aber, meinte ich, hielt der bayerische Gemeindevorstand die Dollarsendung für ein Himmelsgeschenk, über das man sich kein weiteres Kopfzerbrechen machen müsse.

Nachher fragte mich Bob: »Was haschte mit dem Boß geschwätzt? Warum willscht denn wisse, wann alle Heißtopfs gebore und gestorbe sind?«

Von Bob sollte ich erfahren, daß Familienhistoriker hierzulande

unter den Pennsylvania-»Dutchs« etwas recht Gewöhnliches
seien, daß jede Familie, die etwas auf sich hielt – und jede Familie hält etwas auf sich –, einen Historiker besitze. Die Besseren
dagegen, wie zum Beispiel der Klan, der Blitz, verfügten über ein
ganzes historisches Komitee, das mitunter aus sechs Mitgliedern
bestünde. Die armen Heißtopfs müßten sich erst jetzt um einen
Stammvater bemühen, was bei einer alteingesessenen Familie,
wie – sagen wir – den Blitz', deren Abstammung von Anfang an
dokumentarisch belegt sei, unmöglich wäre. Und dann werden die
Blitz' in der nächsten Woche ihren zweiunddreißigsten Familientag abhalten, während sich die Heißtopfs erst zum vierzehnten
Male versammeln.

Nachmittags beginnt bei uns der richtige Betrieb.

Meist erscheinen als erste die Vorsteherin und der Seelsorger
des Missionshauses.

Während der Seelsorger sich mit einer einfachen Orangeade begnügt, bevorzugt die Missionshausvorsteherin die Kompositionen
des Sodamannes mit den mannigfaltigen Bezeichnungen.

Eigentlich verdienten die Benennungen der Eiscremes allein
ein Kapitel für sich.

Da heißt zum Beispiel eine »Birth of a Nation« (die Geburt
einer Nation). Eine andere »Nordpol, eine Komposition in
Weiß«. Doch kann man auch einen »Charlie Chaplin« bestellen, in
überwiegender Zahl aber sind die süßlich erotischen Namen.

Die Missionsvorsteherin bestellt bei mir zum Beispiel mit strengem Gesicht: »Lovers' Delight«. Und ich brülle geschäftsmäßig
dem Sodamann zu: »Entzücken der Liebenden«.

Dann kommen die Schnecks, die Günthers, die Heißtopfs, die
Blitz', alle sehr beschäftigt, denn es ist Hochsaison in Familienta-
gen. Es kommen die Präsidenten und Vizepräsidenten, ein Fami-
liendichter, ein Vorsitzender der Familientagsfinanzkommission,
ein Nekrologist, der immer die Familiennekrologe, falls Bedarf in
solchen besteht, hält. Aber man darf sich nichts Phantastisches,
nichts von E. T. A. Hoffmann unter einem »Nekrologisten« vorstellen, er ist vielmehr ein sympathischer, noch junger Mann, im
Nebenberuf Verkäufer in einem der größten Warenhäuser der
Stadt, sicher ein ausgesprochener Optimist, der ständig nette
Züge von verstorbenen Onkels und Tanten sammelt, der zum Bei-

spiel rührende Geschichten über die im sechsundachtzigsten Lebensjahr entschlummerte Tante Ida schreibt.

Das Programm eines Familientages beginnt mit dem Absingen des Liedes »Amerika« und wird mit einer Ansprache des Familienpastors fortgesetzt.

Ein wichtiges Gesprächsthema liefert auch der verflossene Familientag der Bonicks. Diese Familie, die überhaupt erst seit drei oder vier Jahren Familientage abhält und die höchstens seit vierzig Jahren hier ansässig ist, besaß die Frechheit, alle Familienrekorde des Jahres zu schlagen, und es bestand nur wenig Hoffnung, sie noch übertrumpfen zu können. Die Zahl der Anwesenden belief sich auf zweihundertfünfunddreißig, und es waren ein vierundneunzigjähriges und ein acht Tage altes Mitglied der Familie zugegen. Und eine Rede wurde gehalten über die »Sechs Stufen zu dem Thron des Erfolges«.

Ich genieße hier, hoffentlich klingt dieses Geständnis nicht großsprecherisch, ein gewisses Ansehen, das ich allerdings nicht meiner Person, vielmehr dem Umstand verdanke, daß ich aus New York komme. Alle fragen mich, wie mir »unsere« Stadt gefällt, und sie scheinen sich über mein Entzücken aufrichtig zu freuen.

»Wirklich, Sie kommen aus New York? Na, Fräulein, dann bringen Sie mir eine ›Brooklyn Bridge‹«, sagt mir der dritte Vizepräsident der Familie Krümmle.

»Brooklyn Bridge«, rufe ich dem Sodamann zu, und etwas sehr Kompliziertes, in allen Farben Schimmerndes, mit gelben und roten Früchten Geschmücktes, beginnt sich vor mir aufzutürmen. Sehr behutsam, damit »Brooklyn Bridge« heil ankommt, schiebe ich mich mit dieser Farbensymphonie zwischen den Tischen vorwärts. Aber ich fühle, daß ich auf meinen Schultern nebenbei auch noch Wolkenkratzer trage und über meinem Kopf Brooklyn Bridge, die ferne, echte, wie eine Erscheinung auftaucht.

Als Arbeiterin
in einer Zigarrenfabrik

Tabakluft

Schon in einigen hundert Metern Entfernung spürt man sie. Sie ist bitter und ätzend. Je mehr man sich der Fabrik nähert, um so schärfer, dicker wird sie. Wenn man die Fabrik betritt, hat man das Gefühl: Hier kann man nicht atmen. Aber es ist doch angenehm zu wissen: Ich habe Arbeit gefunden.

Der Werkmeister führt mich in den unteren Arbeitssaal und erklärt mir, ich müsse erst Stripperin werden. Ich nicke verständnisvoll, um nicht zu verraten, daß ich keineswegs im Bilde bin. Doch scheint er das gar nicht von mir zu erwarten, denn er sagt: »Heute vormittag sollen Sie nur beobachten. Setzen Sie sich zu dieser Frau«, er zeigt auf eine umfangreiche und gutmütig dreinblickende Arbeiterin, »und passen Sie gut auf, wie die arbeitet.«

Ich setze mich auf eine Holzkiste, die als Sitzgelegenheit und gleichzeitig als Aufbewahrungsort für die aufzuarbeitenden Tabakblätter dient. Dann sehe ich mich um. Es ist ein langer, dunkler Raum mit niedrigem Balkengewölbe. Einige Fenster stehen offen, und die Natur, bestaubte Bäume, blickt zu uns herein, denn wir sind auf dem Lande.

Die Arbeiterinnen, man muß es gleich vorweg sagen, haben nicht die geringste Ähnlichkeit mit dem Statistinnenchor in »Carmen«. Es sind Frauen jeglichen Alters, alte Bäuerinnen, Slowakinnen, Ungarinnen, burgenländische Österreicherinnen in ihrer heimatlichen Tracht, mit Kopftüchern und weiten, langen Röcken, und junge Mädchen in tief ausgeschnittenen Kleidern, sorgfältig geschminkt.

Zum Teil sitzen sie vor Maschinen. Viele trennen mit der Hand den Stengel von den Tabakblättern, andere sortieren die schon zerschnittenen Blätter nach Größe, Farbe und Qualität.

Ich beginne nun vorschriftsmäßig die Frau neben mir zu beobachten. Sie arbeitet an einer Maschine. Sie faltet die Tabakblätter auseinander, hält den Stengel zwischen die Hauptschneidemesser, welche die Walze der Maschine zerteilen, und läßt die Blätter um die Walze laufen. Die Maschine verschlingt in rasender Schnelligkeit die Blätter. Wenn sie keine mehr fassen kann, werden die

Blätter, die zerschnitten nun säuberlich übereinanderliegen, aus der Maschine genommen. Die Sache sieht riesig einfach aus. Ich glaube, ich könnte es der Frau gleich nachmachen.

Während sich ihre Hände unaufhörlich bewegen, spricht sie auch ebenso ausdauernd. Sie ist »erst« seit zwei Jahren in der Fabrik und ist nicht wenig stolz, daß sie trotzdem eine der besten Arbeiterinnen ist und zu denen gehört, die am meisten verdienen. Aber viel ist es nicht. Die Zigarrenmacherinnen, das ist etwas anderes, spricht die Frau weiter, die können viel verdienen, aber das dauert jahrelang, bis man es in der schweren Kunst des Zigarrenmachens so weit gebracht hat. Dann beginnt sie ihr Leben vor mir auszubreiten von ihrer Geburt bis zu dem heutigen Tag. Manchmal unterbricht sie ihre Erzählung mit der teilnehmenden Frage: »Ist Ihnen noch nicht schlecht?« Sie erwartet nicht etwa, daß ihre Erinnerungen eine so starke Wirkung auf mich ausüben könnten, sondern sie denkt an die Luft. Sie fühlte sich am Anfang drei Tage lang so übel, daß sie zu sterben gedachte, aber dann hatte sie sich doch an sie gewöhnt.

Bald kam auch der Werkmeister wieder und sagte mir leise, wie man zu einer Kranken spricht: »Wenn Ihnen schlecht werden sollte, gehen Sie nur gleich an die frische Luft. Sie brauchen nicht zu erschrecken, das kommt nur anfangs vor, später werden Sie sich gewöhnen.«

Ich beginne mich ungemütlich zu fühlen, denn ich merke, wie die anderen zu mir herüberblinzeln und mit Spannung den Moment meiner Niederlage erwarten.

Ich versuchte mich abzulenken und ging der Frau Tabakblätter holen. Sie lagen da in großen Körben. Aber als ich mich über sie beugte, nun, es war kein angenehmes Gefühl. Denn diese zusammengebundenen Blätter sind feuchtwarm, sie liegen zwischen nassen Tüchern, und sie atmen einen Geruch aus, der nur wenig Ähnlichkeit mit dem sogenannten aromatischen Duft einer Havanna hat. Ich hielt den Atem an und ging zurück mit dem Tabak zu der Frau.

Eine Arbeiterin ruft mir zu: »Na, haben Sie sich noch nicht erbrochen?«

Sehe ich denn so elend aus? Aber ich fühle mich gar nicht schlecht. Im Gegenteil, ich verspürte Hunger. Und unter allgemeiner Bewunderung aß ich Sandwiches und trank Milch. Am unangenehmsten aber empfindet man den Tabakgeruch, wenn man die Fabrik verläßt. Denn man nimmt ihn mit in den Kleidern und Haaren. Er dringt in die Poren ein. Man kann ihn nicht loswerden. Wir verbreiten Tabakgeruch. Die Menschen, die an uns vorbeigehen, wissen: Das sind die Zigarrenmädchen, die von der Arbeit kommen. Man hat ungefähr das Gefühl, eine wandelnde Zigarre zu sein. Eine, die Aversion gegen Zigarrengeruch hat.

Die zwingende Maschine

Nachmittags sollte ich mich nun an meine Maschine setzen und selbst Versuche machen. Es stellte sich bald heraus, daß ich nicht gut beobachten konnte, denn ich hatte nicht gewußt, daß die eigentliche Arbeit nur von dem linken Fuß verrichtet wird. Ich habe allerdings bemerkt, daß die Frau die Maschine mit dem Fuß in Bewegung setzt, aber die wichtige Funktion des linken Fußes ist mir entgangen.

Der Werkmeister beginnt mir die Konstruktion der Maschine in sehr volkstümlicher Weise zu schildern. Daß es sich um eine elektrische Maschine handelt, habe ich wohl bemerkt, ich konnte sogar sehen, daß der elektrische Strom während der Mittagspause von dreiviertel Stunde nicht ausgeschaltet wurde und die Arbeiterinnen, die sich kaum fünf Minuten Essenszeit gönnen, weiter vor ihren Maschinen saßen. So außerordentlich ist hier die Macht der Maschinen, denn mit Ausnahme der Lernenden wird nur im Akkord gearbeitet.

Ich setze mich also auch vor die Maschine. Der rechte Fuß muß sie in Gang bringen, der linke reguliert die Schnelligkeit. Schwer ist das nun nicht, und ich bekomme endlich Material, allerdings schlechtes, ziemlich kleine und etwas angefaulte Blätter, die einen wenig angenehmen Geruch verbreiten und zum Husten reizen.

Die Arbeiterinnen legen mir ans Herz, auf meine Hände achtzugeben, denn die Maschine schnappt leicht nach den Fingern, die sich unvorsichtig in allzu große Nähe der Walze wagen. Der Werkmeister dagegen ist mehr um die Sicherheit des Tabaks besorgt und macht längere Ausführungen darüber, daß die Blätter nicht zerrissen werden dürfen.

Endlich soll die Maschine ernstlich arbeiten, und ich erlebe die große Enttäuschung, daß manches einfacher aussieht, als es in Wirklichkeit ist.

Die Maschine schnappt nach den Blättern nicht in regelmäßigen Abständen, wie dies bei der Frau der Fall war, sondern wild packt sie die Blätter, rollt sie zusammen und kümmert sich nicht im geringsten um den Stengel, den sie doch auszuschneiden die Pflicht hätte.

Der Werkmeister besieht sich meine Arbeit und schildert in so lebhaften Farben die Leiden des unglücklichen Zigarrenrauchers, der das Pech haben wird, eine Zigarre zu erwischen, bei deren Herstellung ich tätigen Anteil hatte, daß ich meine ganze Kraft zusammenzunehmen versuche, um die Sache richtig zu machen.

Aber es scheint nicht nur auf den guten Willen anzukommen. Und mein linker Fuß vergißt fortwährend seine Pflicht, besänftigend und regulierend auf die Maschine einzuwirken, der gesetzgebende Körper zu sein, der dem Chaos Halt zu gebieten hätte.

Ich begehe die größte Sünde, die man in einer Zigarrenfabrik überhaupt begehen kann.

Meine Hände versuchen die Sünden meines linken Fußes gutzumachen und das Tabakblatt vor der zermalmenden Maschine zu retten. Das gelingt mir, aber nur, indem die Blätter zerrissen in meiner Hand bleiben. Ich versuche nun, meine Missetat zu verbergen, und werfe die verdorbenen Blätter einfach auf die Erde. Obgleich mich dabei eine Tafel groß und vorwurfsvoll ansieht: Jede Unze Aufmerksamkeit rettet ein Pfund Tabak. Es stellte sich auch bald heraus, daß es überhaupt keine gute Methode war, zu versuchen, meine Sünden auf diese Weise zu verbergen, denn etwa eine halbe Stunde vor Schluß standen alle Arbeiterinnen auf und begannen den Boden durchzusuchen. Die Stengel sammelten sie zusammen und legten sie auf die Kisten, die auf die Erde gefallenen Tabakblätter aber wurden sorgfältig aufgehoben. Nur kleinste Tabakkrümel durften ausgefegt werden.

Meine Nachbarinnen hoben die zerrissenen Tabakblätter, die nun schon einen ansehnlichen Hügel bildeten, mit wahren Schreckensrufen auf. »Wenn das der Werkmeister gesehen hätte! Das wäre überhaupt nicht auszudenken gewesen! Wie konnten Sie das nur tun?!«

Ich sah dann, daß jede den Haufen Stengel aufhob und in langer Prozession den Werkmeister passierte, der die Stengel genau

durchsah, worauf sie erst weggeworfen werden durften. Als er
zwischen den Stengeln ein einziges Tabakblatt entdeckte, machte
er der sündigen Arbeiterin einen gehörigen Krach.

»Sehen Sie, sehen Sie, wie es Ihnen ergangen wäre«, sagte eine
meiner Nachbarinnen. Mich gruselte es ordentlich. Ich wußte
nun, ich hätte keine größere Sünde in einer Zigarrenfabrik begehen können.

Schicksale

Neben mir sitzt eine Frau, die den ganzen Tag ohne aufzublicken
arbeitet. Wenn der elektrische Strom ausgeschaltet wird, ist sie
verzweifelt. Sie möchte noch weiterarbeiten. Sie muß für ihr Kind
sorgen, das drüben geblieben ist. Sie kam nach Amerika, weil sie
in ihrer Heimat mit ihrem Kind zusammen hätte verhungern müssen. Hier lebt sie fast ausschließlich von Brot, Milch und etwas
Gemüse. Für eine Bettstelle, die tagsüber von einem Nachtarbei-
ter besetzt ist, zahlt sie im Monat zwei Dollar.

Früher hat sie im Haushalt gearbeitet und da besser gelebt und
mehr verdient. »Aber ich konnte nicht bleiben, sehen Sie«, spricht
sie. »Es waren da zwei Kinder, und das eine, ein Mädel, war genauso alt wie mein Kind. Und dieses Mädel habe ich nun so
gehaßt, daß ich Angst hatte, mit ihm allein zu bleiben. Wenn
ich daran dachte, daß ich zu diesem Kind gut sein muß, dieses
Kind pflegen soll, während meines fern von mir, fremden Leuten
überlassen, lebt, hätte ich es erwürgen mögen. Ich wußte ja, das
Kind kann nichts dafür, es ist unschuldig an meinem Unglück,
und doch konnte ich mir nicht helfen; wenn ich allein mit ihm
blieb – und wie habe ich die Frau gebeten, mich nicht allein mit
den Kindern zu lassen –, dann saß ich vor dem Mädchen und
hielt meine Hände dicht an seinem Hals und jammerte. Dann bin
ich endlich fort. Ich wäre sonst sicher zur Mörderin geworden.«
Sie beugt sich über ihre Maschine und arbeitet weiter, ohne aufzublicken.

Meine andere Nachbarin ist ebenso fleißig, aber sie arbeitet
nicht im Fieber, sondern in gemächlicher Zufriedenheit. Sie ist
genau so breit wie lang und sitzt vor ihrer Maschine wie eine aus-
einandergegangene Teigmasse.

Ihr Mann arbeitet auch in der Zigarrenfabrik. Bei der Präparie-

rung der Tabakblätter. Er verdient gut, und auch sie ist mit ihrem
Verdienst zufrieden. Sie arbeitet seit zwanzig Jahren in Zigarrenfabriken, in dieser seit zwölf Jahren. Sie hat immer die Stengel aus
den Tabakblättern gelöst, früher mit der Hand. »Aber«, sagt sie,
»im vorigen Jahr hat mich diese Arbeit doch angefangen zu langweilen.« Sie erhielt auch die gewünschte Abwechslung, und man
hat sie vor die Maschine gesetzt. Sie sieht heiter und zufrieden in
die Zukunft. »Wir haben keine Sorgen, und wenn mein Mann
sterben wird, bekomme ich tausend Dollar.« Sie sagt das sehr
triumphierend und hoffnungsvoll. Sie breitet die tausend Dollar
gleichsam vor sich aus und genießt die Möglichkeit eines so großen Reichtums. Sie hat es mit dem Schicksal ausgemacht, daß ihr
Mann zuerst sterben muß.

Die amerikanische Carmen

Die amerikanische Carmen trägt keinen Seidenschal, sondern
kleine amerikanische Matrosenhütchen aus dem Fünf- und Zehn-
cent-Geschäft. Seidenkleider ersteht sie bei den Ausverkäufen,
deshalb vertieft sie sich während der Arbeitspausen in den Anzei-
genteil der Zeitungen. Sie pudert und schminkt sich und benutzt
ein starkes Parfüm. Aber der Tabakgeruch triumphiert über alle
Wohlgerüche. Auf der Straße wird doch jeder wissen: Sie ist eine
Zigarrenarbeiterin.
Ihre Zwillingsschwester ist Zigarrenmacherin. Sie ist die andere
Carmen. Beide sind sehr blond, die eine von glänzendem, die andere von mehr stumpfem Blond. Ihre vom Tabak gebleichte Haut
ist von krankhafter Blässe. Die anderen Mädchen beneiden sie
sehr, denn sie können in ihrer Toilette große Mannigfaltigkeit
entfalten. Da sie von gleicher Figur sind, tragen sie ihre Kleider
abwechselnd. Auch die Escamillos fehlen nicht, der eine ist Aufseher, der andere Beamter in einer nahen Fabrik, sie holen sie des
öfteren im Auto ab. Es kam deshalb zu einem Auftritt zwischen
ihnen und ihren ständigen »boys«, besser gesagt Don Josés, die
Arbeiter in einer Zementfabrik sind.
Der Zwischenfall wurde in der Fabrik ziemlich ausführlich besprochen. Meine dicke Nachbarin meint, daß sich das schon geben
wird. Sie werden die »boys« zweifellos heiraten. »In der Jugend

macht man halt Dummheiten«, sagt sie, während sie mit der Arbeit etwas innehält und versonnen vor sich hin lächelt.

Wahrscheinlich wird es also zu keiner Operntragödie kommen. Escamillo wird bald den aufdringlichen Tabakgeruch lästig empfinden, und dann wird Carmen Don José heiraten. Sie wird breit werden. Nach zwanzig Jahren wird die Arbeit vielleicht anfangen, sie zu langweilen. Dann wird man sie an eine andere Maschine setzen. Manchmal wird sie, wenn sie sich über die Maschine beugen wird, auch träumen: von der Lebensversicherungspolice ihres Gatten.

Maschinenstürmer auch heute

Das Zigarrenmachen ist ein »trade«, ein Gewerbe. Es gehört viel Übung und eine gewisse Fingerfertigkeit dazu, um es darin zu etwas zu bringen.

Zwischen je zwei »Zigarrenmacherinnen« sitzt eine Arbeiterin, die die Einlage, das »bunch«, das »Bündel« der Zigarre herstellt. Die Zigarrenmacherin aber umwickelt die Einlage mit den Deckblättern.

Die Maschinen, die bei dieser Arbeit benutzt werden, sind ziemlich primitiv, aber man beginnt schon überall, neue elektrische Maschinen einzustellen.

Bei dieser neuen Maschine nun können vier Arbeiterinnen zu gleicher Zeit arbeiten, und schon eine Anfängerin kann nach einigen Wochen Übung tausend Zigarren den Tag herstellen, während sie mit der alten Maschine nach so kurzer Lehrzeit nicht mehr als zweihundert Stück machen könnte.

Die alten Zigarrenmacherinnen, die nach jahrelanger Übung nicht mehr als sieben- bis achthundert Stück fertigstellen können, falls sie besonders geschickt sind, sehen mit Entsetzen die neue Maschine arbeiten. »Die Löhne werden gedrückt, man wird Arbeiterinnen entlassen, alles, was wir bisher mit vieler Mühe und Not erlernt haben, wird bald ganz überflüssig werden«, schwirrt es in der Luft.

Vorläufig arbeitet die Maschine noch nicht ganz tadellos. Sie verdirbt sehr viel Material, die Zigarren sehen nicht so sauber gearbeitet aus, sie hat einem Mädchen zwei Finger zerquetscht.

Aber später, wenn sie vervollkommnet wird?

»Am besten wäre es«, sagte eine Frau, »alle neuen Maschinen zu zerschlagen.« Aber nach einer Weile fügt sie hinzu: „Aber auch das würde uns nicht viel helfen.«

Wie eine Zigarre den letzten Schliff erhält

Ich weiß nicht, ob die leidenschaftlichen Zigarrenraucher gerne hören werden, welchem Verfahren die Zigarren ihre tadellose, geschniegelte Erscheinung verdanken. Es kommt nämlich des öfteren vor, daß die Zigarren, besonders an den Enden, die Maschine in ziemlich zerzaustem Zustand verlassen. In solchen Fällen dreht die Zigarrenmacherin die Zigarrenspitzen im Munde herum, worauf sich die Blätter vorschriftsmäßig anschmiegen. Eine einfache, wenn auch vielleicht nicht ganz hygienische Methode.

Der Aufbau eines Zigarrenkonzerns

Die Zigarrenfabrik, in der ich arbeite, liegt in Northampton; sie ist eine Niederlassung der General Cigar Company. Dieser Konzern besitzt an die siebzig Fabriken, die über alle Teile der Vereinigten Staaten zerstreut sind; meist wurden sie in kleineren Städten oder Fabrikdörfern errichtet.

Diese Dezentralisationspolitik verschiedener großer Industriezweige hat in Amerika ihre besonderen, wohlüberlegten Gründe. Erstens könnte ein Streik gleichzeitig in 70 Fabriken nur mit der größten Schwierigkeit organisiert werden. Das ist schon verschiedene Male bewiesen worden.

Aber sie hat noch einen ebenso wichtigen Grund. Die Fabriken suchen die Arbeitskräfte auf. Nicht nur Wasserkräfte, wie dies auch in Europa geschieht, sondern menschliche Arbeitskräfte. Die Fabriken der General Cigar Company sind zum Beispiel ohne Ausnahme in Städten mit großen Stahl-, Zement- oder anderen Werken, die ausschließlich Männer beschäftigen, errichtet. Die Zigarrenfabrik zum Beispiel kann hier genau berechnen, und der Umfang der Fabrik wird sich auch danach richten, wie viele Arbeitskräfte ihr zur Verfügung stehen werden. Denn die Frauen und Töchter der Arbeiter werden arbeiten müssen, wenn sie etwas für schlechte Zeiten oder Krankheitsfälle beiseite legen wollen.

Man wird diese Frauen natürlich billiger und länger arbeiten lassen können als in einer Großstadt, wo ihnen mehr Arbeitsgelegenheiten zur Verfügung stehen. Sie brauchen nicht soviel Zeit zu verfahren, das macht täglich bei jeder Arbeiterin zwei Stunden Arbeitsgewinn für den Fabrikanten. In New York arbeiten die Frauen durchschnittlich acht Stunden, in der Provinz zehn und noch mehr.

Oft erweisen sich die Fabrikleitungen besonders wohltätig den Arbeiterinnen gegenüber und lassen die Maschinen auch über die gesetzmäßig festgesetzte Arbeitszeit laufen. In der Zigarrenfabrik beginnen die Frauen schon um sechs Uhr zu arbeiten, obgleich die Arbeit »erst« um halb sieben beginnen sollte.

Da die meisten Fabriken ihre eigene Stromleitung haben, brauchen sie sich auch von den Behörden nicht kontrollieren zu lassen.

Während der längeren Arbeitszeit aber verdienen die Arbeiterinnen in der Provinz weniger als in kürzerer Zeit in den großen Städten. Auch die billigere Lebenshaltung auf dem Lande bedeutet Gewinn für den Fabrikanten.

In den Arbeitssälen aber steht eine Aufschrift. Nicht etwa, wie man meinen sollte, die Dantes vor dem Eingang zur Hölle. Nein, hier steht geschrieben: »Smile and be happy, it radiates« (Lächle und sei glücklich, es strahlt).

Kleine Aufzeichnungen unterwegs

Wenn ich endlich einmal nicht unter fremden Leuten sein will, in ein Hotel gehe, ein ruhiges Zimmer verlange, finde ich mich in einem Schlafsaal, wo in einer Ecke eine Heilsarmistin laut religiöse Lieder singt, in der anderen zwei Flapper sich Abenteuer erzählen. Ich frage unten, ob man kein Einzelzimmer bekommen könnte. Nein, die hätte man überhaupt nicht. Sie seien zu unbeliebt.

Die billigen Hotels sind immer nur männlich oder weiblich. In New York gibt es ausgesprochen männliche und weibliche Straßen. Die Fifth Avenue zum Beispiel ist weiblich. Sixth Avenue männlich. Ich meine natürlich nicht, daß auf der Fifth Avenue keine Männer oder auf der Sixth Avenue keine Frauen gehen, aber sie haben ausgesprochen diesen Charakter. Es gibt viele Restaurants, wo nur Frauen, andere, wo nur Männer essen. In Restaurants, wo man die Aufschrift »Damen willkommen« lesen kann, sieht man nur selten eine Frau. In manchen Tea Rooms am unteren Broadway erweckt das Erscheinen eines Mannes Sensation. In die 5-Uhr-Teeräume der eleganten Hotels darf ein Mann ohne Damenbegleitung überhaupt nicht eintreten.

Nirgends gibt es so viele Schaukelstühle wie in Amerika. In jeder guten Stube gibt es mindestens einen. Auf den Veranden natürlich mehrere. Auch Schaukeln sind dort oft angebracht. Abends, während die Fabrikschlote Feuer speien, schaukelt das ganze Dorf.

Eine Frau, die ein kleines Geschäft im Bronx hat und bei der ich als Dienstmädchen arbeite, sagt mir: »Sie sagen, in Europa gibt es keine Neger und keine Einwanderer, wie bekommen Sie denn da Dienstmädchen?«

Die Amerikaner leben mit Vorliebe bei offenen Türen. Die Küche grenzt unmittelbar an das Speisezimmer und wird nie geschlossen. Versuche, die Tür zuzumachen, sind immer vergeblich. Man macht sich sogar verdächtig. Nur während man serviert und ständig ein und aus muß, wird sie in »feinen Häusern« zugemacht. Auch die Schlafzimmer sind immer offen. In den Hotels muß man oft die Provinzler aufmerksam machen, daß sie, wenn sie sich ausziehen, die Tür zumachen sollen.

Arbeiter und Arbeiterinnen speisen in großen Betrieben fast nie im gleichen Raum. Dort, wo sie im gleichen Raum essen, stehen die Tische vollkommen getrennt. In einer Fabrik zum Beispiel waren für die Frauen die Tische weiß gedeckt; an diese durfte sich kein Mann setzen. Es geschieht auch nur in Ausnahmefällen, daß sie in gleichen Räumen arbeiten. Überflüssige Ablenkungen sollen nach Möglichkeit vermieden werden.

Einmal ging ich allein in ein Dimekino (Zehncent-Vorstadtkino). Der Platzanweiser kam später zu mir und fragte mich, ob der neben mir sitzende Mann, der sich in keiner Weise bemerkbar gemacht, mich auch nicht etwa angeredet hatte, zu mir gehöre. Als ich es verneinte, mußte er sich sofort einen anderen Platz suchen. Da das Kino ziemlich besetzt war und neben mir zwei Plätze leer blieben, hatte der Platzanweiser beide Hände voll zu tun, keinem männlichen Wesen zu gestatten, sich auf diese Plätze zu setzen.

Ein kleiner »shop«, wo künstliche Blumen hergestellt werden. Eine Arbeiterin kommt zu spät. Der Boß sagt: »Hören Sie, wenn Sie schon zu spät kommen, hätten Sie sich noch ruhig Zeit nehmen können, sich zu schminken. Man kommt nicht so käsebleich ins Geschäft.«

Ich esse in einem Restaurant und vergesse zu bezahlen. In Amerika bezahlt man immer an der Kasse, die dicht am Ausgang steht, von wo aus man die Gäste am besten kontrollieren kann. Ich merke aber erst bei der Haltestelle, daß ich meine Rechnung nicht beglichen habe. Ich frage den Kassierer, warum er mich nicht aufmerksam gemacht hat, als ich hinausging. »Ich dachte, Sie haben Ihr Geld vergessen.« – »Und wenn ich nicht zurückgekommen wäre?« – »Dann hätte es uns auch gefreut, daß Sie unser Gast waren.«

In Amerika kennt man die Ehrfurcht vor der Facharbeit nicht. Man ist gewöhnt, ungelernte oder an ganz andere Methoden gewöhnte Arbeitskräfte abzurichten, und weil sie daran gewöhnt sind, wissen sie, wie man abrichten muß. Durch kurze Erklärungen, schwer erscheinende Handgriffe. Vorarbeiter, Haushälterinnen in den großen Hotels, Bürovorsteherinnen, die sich über die Dummheit der ihnen Unterstellten beklagen wollten, würde man – da sie unfähig sind, Leute anzuweisen – entlassen.

In den Fabriken wird sehr sachkundig gezeigt, wie man seine Arbeit verrichten muß. Aber es wird nur das gezeigt und erklärt, was man unbedingt wissen muß, um die Arbeit verrichten zu können. Fragen, die sich auf allgemeine Einrichtungen oder auf eine Erklärung des Mechanismus der zu bedienenden Maschine beziehen, werden überhaupt nicht beantwortet. »Kümmern Sie sich man nur um die Arbeit, die Sie etwas angeht.« Das ist die Antwort, die man zu hören bekommt.

Ich arbeite in einer der größten Schuhfabriken Amerikas. Der elektrische Strom versagt, und da demzufolge in verschiedenen Abteilungen die Arbeit eingestellt wird, entsteht das Gerücht, ein Streik sei ausgebrochen. Ich nähe Schnallen an die Schuhe. Neben mir arbeitet eine junge Armenierin. Ich frage sie, ob sie die Arbeit einstellen würde, proklamierte man einen Streik. Sie sagt nichts, deutet nur erschrocken mit ihren Augen auf den Vorarbeiter, der gerade vor uns steht. Abends werde ich in das Büro gerufen, und mein Lohn wird mir ausgezahlt mit den Worten: »Sie sprechen zuviel, wir können Sie nicht gebrauchen.« Wenn man »gefeuert« wird, bekommt man den Lohn sofort ausbezahlt. Will man aber selbst gehen, kann man ihn nur am fälligen Zahltag erheben. Die sofortige Auszahlung ist dann technisch unmöglich.

Man kann gerade in kleinen Ortschaften die neue Entwicklung in der Landwirtschaft Amerikas beobachten. Man sieht nicht nur, wie der kleine Farmer zugrunde geht, sein Land aufgeben muß und in die Fabrik zieht, sondern auch was mit dem verlassenen Land geschieht. Es wird für billigstes Geld von dem Industrieunternehmen aufgekauft und dann im großen bewirtschaftet. Das Industrieunternehmen hat nicht nur die nötigen Kapitalreserven zu einer intensiven Ausnutzung des Bodens, sondern es findet auch mit Ausschaltung des Zwischenhandels und der Eisenbahn-Transportgesellschaften Abnehmer. In den Verkaufsläden des Industrieunternehmens können so die Arbeiter Landwirtschaftsprodukte zu billigerem Preise erhalten, und das Fabrikunternehmen hat die Möglichkeit, Löhne zu drücken.

Der individuelle Einzelhandel kann sich auf dem Lande noch weniger halten als in den Großstädten. Man sieht hier, wie schnell

kleine Kaufläden von Großkonzernen verschluckt oder zertreten
werden. Kaum hat sich zum Beispiel in einem Dorfe eine kleine
Gemischtwarenhandlung aufgetan, so erscheint schon eine Filiale
zum Beispiel der A. & P. (der Atlantic und Pacific Company),
macht eine Filiale auf und gibt die Ware zu billigeren Preisen ab.
Dieser Konkurrenz ist der kleine Händler nicht gewachsen.

Sport treibt nur eine kleine Oberschicht. Der gutsituierte Bürger
spielt Golf, ist Mitglied eines Countryclubs, manchmal spielt auch
seine Frau, aber seltener. Tennis wird nur sehr wenig gespielt.
Aber in den großen Städten gibt es kaum Arbeitersportplätze; nur
in der Provinz, wo mehr Platz zur Verfügung steht, wird die Jugend in den Fabriken sportlich organisiert. In New York ist die
einzige sportliche Leistung des Durchschnittsmenschen das Ein-
und Aussteigen in die Untergrundbahn.

Im Süden können die Neger das Kino nur bei besonderen Vorstellungen besuchen. Daß die Eisenbahn im Süden besondere Wagen
für die Neger hat, ist bekannt. Man sieht auch Bänke, wo die eine
Seite für Neger, die andere Seite für Weiße reserviert ist. Restaurants, wo ein Teil für die Weißen bestimmt ist, der andere, durch
einen Vorhang abgeschlossen, für »Farbige«. Man sieht Lokale mit
der Aufschrift: »Hier werden nur weiße Herrschaften bedient.« In
der Elektrischen gibt es schwarze und weiße Abteile. Wenn man
sich in das schwarze Abteil setzen will, und sei auch das weiße
voll besetzt, gestattet der Schaffner das nicht. Man sieht zwei
ländliche Toiletten, nicht WCs, mit den Aufschriften: »Für
Weiße«, »Für Farbige«. In Columbia gibt es große Zigarettenfabri-
ken, wo Neger und Weiße im selben Saal zusammenarbeiten.
Aber es gibt besondere Eingänge in der Fabrik für »Weiße« und
für »Farbige«.

In Charleston (South Carolina) hatte ich mein Gepäck zur Aufbe-
wahrung gelassen und wollte es abholen. Als ich meinen Schein
dem Schalterbeamten gebe, sieht er mich erstaunt an: »Sie sind
doch keine Farbige, Sie müssen sich auf der anderen Seite für die
Weißen anstellen.« Nein, den Koffer könne er mir nicht herüber-
reichen. Ich muß erst zu den Weißen gehen.

In Atlanta (Georgia) geben mexikanische Sänger ein Konzert.
»Nein, es sind keine Karten mehr vorhanden.« – »Ich denke, Sie
haben noch billige Plätze.« – »Ja, wir haben noch fast alle billigen
Billetts, aber die sind für die Neger. Wir bedauern, an Weiße können wir sie nicht abgeben.«

In Charleston ein palmenbesäumter Spielplatz vor einer alten gelben Zitadelle. Nur weiße Kinder dürfen hier spielen, keine
schwarzen. Aber man sieht keine weiße Frau, nur Negerinnen.
Alle Kinder sind Negerpflegerinnen anvertraut.

In Charleston (South Carolina) arbeite ich in der Küche eines großen Hotels. Ein kleiner Küchenjunge ist da, siebzehn Jahre alt,
man nennt ihn Kiddy Brown. Da ich mich nach den Tanzveran-
staltungen der Neger erkundigte, brachte er mich am nächsten
Tage zu einem »Social event« (zu einem gesellschaftlichen Ereignis) der »Farbigen« Charlestons. Es gab eine außerordentliche
Jazzkapelle, die »Syncopating Dandies«. Man tanzte nach Neger-
art, unvergleichlich. Es waren auch weiße Männer da, aber keine
weiße Frau. Es ging im übrigen brav bürgerlich zu. Man trank Limonade. Ein weißer Angestellter des Hotels erblickte mich. »Oh,
wenn man im Hotel wüßte, daß Sie hier sind, man würde Sie sofort entlassen.«

In Birkingham, in einem Frauenhotel, erzählt ein junges Mädchen, sie habe hier in der Stadt in einer anderen Pension gewohnt,
aber ihre Eltern erfuhren etwas Schreckliches, sie durfte dann
nicht einen Tag länger dort bleiben. Was war denn geschehen?
Ihre Eltern haben erfahren, daß in der nächsten Nachbarschaft der
Pension Neger wohnten.

Im Süden sieht man noch, wie Gefangene in Sträflingskleidern,
mit Ketten aneinandergeschmiedet, von Soldaten mit aufgepflanz-
ten Bajonetten zu ihren Arbeitsstätten geführt werden.

IV
Was ich an Amerikas Milliardärs-Küste sah

Tampa, die Stadt der Havanna-Zigarren

Florida ist das gelobte Land Amerikas. In Florida wimmelt es immer noch von Millionären. Warum nicht dort einmal das Glück versuchen?

Ich fahre nach Tampa. Das ist eine Stadt mit besonders gutem Ruf.

Die eine Hälfte Tampas, jene, die jeder Tourist zu sehen bekommt, wird von den Prospekten mit Recht als Paradies bezeichnet. Auf gepflegtem Rasen leuchten tropische Blumen, Palmen heben sich gegen den tiefblau strahlenden Golf von Mexiko. Elegante kleine Läden verbergen sich unter Kamelienbäumen, Kinder auf Ponys reiten vorbei. Damen und Herren, wie aus dem neuesten Modeblatt geschnitten, beleben den Strand. Das mondäne Hotel mit den russischen Zwiebeltürmen kann sich sogar einer historischen Vergangenheit rühmen, denn während des amerikanisch-spanischen Krieges hatte Roosevelt hier gewohnt und Verhandlungen geführt.

Ja, man geht sogar daran, ein »super paradies« auf der Insel, die sich vor Tampa lagert, zu schaffen, mit venezianischen Palästen, maurischen Schlössern, Wunderblumen und exotischen Vögeln. Wäre die Krise nicht dazwischen gekommen, stünde das »Überparadies« fix und fertig zum allgemeinen Gebrauch da.

Wahrscheinlich aber auch nicht zum allgemeinen Gebrauch. Denn siehe, der Geldmangel vertreibt mich schnell aus der paradiesischen Hälfte Tampas, und ich muß mich, wenn ich Arbeit finden will, schleunigst nach der anderen Hälfte begeben.

Diese ist sogar interessanter. Hier gibt es italienische Opernvorstellungen, Hahnenkämpfe, Stiergefechte, Häuser mit Balkons, ungeheuer viele winzige Kaffeehäuser, in denen Italiener, Spanier, Kreolen heftig gestikulieren. All dies wäre sehr schön, aber die Luft, die in Tampas besserer Hälfte würzig, von Meeresbrisen erfüllt ist, legt sich hier dick und beizend schwer auf die Lunge.

Wir sind in Ybor-City – so heißt die Fabrikstadt Tampas. Hier sind die größten Zigarrenfabriken der Staaten, hier werden die meisten dunklen Havanna-Zigarren hergestellt. Fünfhundert Millionen Zigarren jährlich. Nicht nur das. Hier gibt es die größten Zigarrenschachtel-Fabriken der Welt, hier werden die schönen bunten Bilder, mit denen sie geschmückt werden, hergestellt und Zigarrenbinden. Hier gibt es Arbeit. Hoffentlich auch für mich.

Aber es ging schwerer, als ich gehofft hatte. Auch Florida wird von Arbeitslosen überlaufen.

Endlich in der fünften Fabrik hatte ich Glück, nachdem ich erzählt hatte, daß ich eine besonders geschickte, langjährige Tabakarbeiterin bin.

Aber meine Freude über meine neugewonnene Arbeitsstelle war nicht von langer Dauer. Nach den langen Tagen, immer über die Maschine gebeugt, in der schweren, beizenden Tabakluft, befanden sich in meiner Lohntüte so wenige Dollars, daß ich kaum meine Stube bezahlen konnte, und die, mitten im Fabrikgebiet, roch auch nach Tabak.

»Lehrlinge bekommen bei uns überhaupt oft gar keinen Lohn«, sagte mir der Vorarbeiter, als ich ihm Vorhaltungen wegen meines geringen Einkommens machte.

Wie, ein Lehrling sollte ich sein nach meinen reichen Erfahrungen in der Tabakindustrie?

Aber auch meine Kolleginnen, die schon jahrelang hier arbeiteten, verdienten kaum soviel, daß sie leben konnten.

»Nicht einmal die Zigarrenmacherinnen bekommen jetzt noch einen anständigen Lohn, seitdem man überall die verfluchten neuen Maschinen einführt. Die Leute, die sie erfunden haben, gehörten in die Hölle.«

Hauptnahrungsmittel der Tabakarbeiterinnen war Kaffee, schwarzer, unglaublich starker Kaffee. Gift gegen Gift, denn alle Arbeiterinnen bekommen es zu spüren, wenn sie lange Jahre in der giftigen Atmosphäre des Nikotins leben.

»Wenn du hier lange arbeitest, kannst du nie ein Kind austragen. Macht nichts. Wozu auch die Gören, man kann sich ja selbst nicht satt fressen«, sagt eine etwas zerzauste Arbeiterin.

»Kaffee, Kaffee.« Der Kaffeeverkäufer wird von allen umdrängt. Man arbeitet im Akkord, aber diese Arbeiter des Südens werden nicht einmal dadurch zu verbissener Ausdauer gezwungen.

In den Sälen, in denen keine Maschine lärmt, findet man bei den Zigarrenarbeitern überall Vorleser. Er wird von der Belegschaft des Saales bezahlt. Die Vorleser wechseln ab, aber immer werden eine schöne Stimme und deutliche Aussprache verlangt. Meist wird spanisch gelesen, hauptsächlich Zeitungen, aber auch Erzählungen oder sozialistische Schriften. Es ist außerordentlich interessant, zu sehen, wie der Gesichtsausdruck der Zuhörer gleichzeitig wechselt, wie sich bei einer sie besonders interessierenden Nachricht plötzlich alle Köpfe heben. Sie sind noch kaum organisiert, aber ihre Einstellung ist doch sozialistisch.

»Die haben es gut, die in Räumen arbeiten können, in denen keine Maschine Krach macht«, sagen wir, denn die ewig surrenden elektrischen Maschinen ermöglichen uns nicht, uns unsere Zeit so interessant zu vertreiben.

Eines Abends, als ich mir gerade den Kopf darüber zerbrach, wie ich mit meinen geringen Mitteln haushalten könnte, traf ich eine Bekannte. Sie war unterwegs nach Palm Beach, sie hatte schon mehrere Winter durch dort gearbeitet. Sie schilderte in so verlockenden Farben die Möglichkeiten, die gerade jetzt bei Saisonbeginn in dem vornehmsten Kurort Amerikas auch der dienenden Geister warteten, daß ich kurz entschlossen Tampa und der Zigarrenfabrik Lebewohl sagte und nach Palm Beach zog.

Hinter den Kulissen Palm Beachs

Hundertfünfzig Kellnerinnen – die Uniformen wechseln täglich dreimal – stehen in Reih und Glied. Der Oberkellner (der Ausdruck paßt schlecht für den vornehmen Lord im seidenbeschlagenen Frack) klatscht zweimal in die Hände, alle Köpfe drehen sich nach links, worauf er mit seiner Adjutantin, »the captain«, die Reihe abschreitet. Seine Einwendungen gegen eine Kellnerin macht er nie direkt, sondern nur durch den »captain«, eine Amerikanerin.

In dem lila und goldenen, mit tropischen Pflanzen geschmückten Speisesaal haben sich aus allen Teilen Amerikas jene Menschen versammelt, die ihren Reichtum am nachdrücklichsten betonen wollen. Welch eine Schaustellung von Juwelen, Spitzen, Pariser Toiletten und gespenstisch unwirklich geschminkten Frauen. Die Musik spielt, die Musikanten verrenken alle Glieder, die Gäste aber sitzen unbeweglich da, auch während sie essen, geizen mit jeder Handbewegung, es wird kaum gesprochen, nur reichlich getrunken, ganz offen, nicht heimlich wie in New York hinter verschlossenen Türen. Hundert Dollar muß man mindestens täglich in diesem Hotel ausgeben. Und doch ist es ein Armutszeugnis, im Hotel zu wohnen. Man muß schon mindestens ein eigenes Haus und eine zahlreiche Dienerschaft haben, um an dieser Küste für voll angesehen zu werden. Und gelingt es einem nicht, ein vornehmes Haus zu finden, so ist es noch immer vornehmer, in einem Hausboot zu wohnen als in einem Hotel.

Abenteuerinnen und Snobs

Kein anderer Kurort der Welt ist so wenig international – wenn man vom Personal absieht und von einigen geldlosen britischen und französischen Aristokraten – wie Palm Beach. Abenteuerinnen? Die »von Herren bevorzugten Blondinen« kommen nicht nach Palm Beach. Ein großer Teil der nicht sehr zahlreichen jüngeren Männer sind Detektive, die die einzige Aufgabe haben, die zur Schau gestellten Juwelen zu bewachen.

Die »Abenteuerinnen«, die Palm Beach besuchen, um zu Geld zu kommen, sind verarmte, sehr vornehm wirkende ältere Damen der Gesellschaft. Sie vermitteln gegen außerordentlich gepfefferte Rechnungen Verbindungen zwischen den »social climbers«, den Gesellschafts-Kletterern, und den schon »Arrivierten«. Sie geben Luncheons oder Diners in den exklusiven Klubs auf Rechnung der Emporkömmlinge und laden auch ihre hochgestellten Freundinnen ein. Allerdings nehmen diese die Einladung nicht an, aber das macht ja weiter nichts. Die Rechnung für das Fest aus Prozenten bezahlt der »climber« dennoch, auch bei unvollständiger Festliste.

Ich bediene zwei alte Mumien aus Philadelphia, die ihre vertrock-
nete Haut mit Perlen und Brillanten besät haben. (Ich habe nur
diesen Tisch, denn in diesem Hotel hat jeder Tisch seine eigene
Bedienung.) Die leichteste Angelegenheit im Saal, versichert mir
der »Lord«. Tatsächlich nährten sich die beiden fast ausschließlich
von Tee und Toast, obgleich die Speisenfolge, für die sie ja doch
zahlen müssen, alle erdenklichen Delikatessen der Welt aufwies.
Die Schwierigkeit besteht nur darin, daß die gerösteten Brote eine
unerhört wichtige Rolle in ihrem Leben spielen. Sie müssen unbedingt eine gewisse goldgelbe Farbe und einen ganz bestimmten
Wärmegrad haben, sonst werden sie unerbittlich in die Küche zu-
rückgeschickt. Aber ich brauche wenigstens nicht, wie die meisten
Kolleginnen, die weit naschhaftere Gäste bedienen müssen, Tan-
talusqualen zu erdulden.

Denn in der Küche achtet man sehr darauf, daß Kellnerinnen
nicht »unbefugt« Kostproben zu sich nehmen. Man durfte die
wunderbaren Austern, die gerösteten Hummer, die Hasenpaste-
ten riechen, aber das war alles. In der Mitte der ungeheuren Küche (die Speiseausgabe an das Personal erfolgt im Kreis) saß in
einem erhöhten Glaskäfig der Küchenchef. Er übersah mit solcher
Genauigkeit den Schauplatz, daß man annehmen mußte, er be-
säße auch im Hinterkopf ein paar Augen. Später allerdings entdeckte ich, daß an seinem Pult zwei Spiegel so angebracht waren,
daß er alle Vorgänge in der Küche verfolgen konnte. Zwischen
ihm und den Kellnerinnen, die alle List anwandten, um zu
einigen Leckerbissen zu gelangen, bestand ein wahrer Kriegszu-
stand. Mit knurrendem Magen zuerst die schweren Tabletts, ge-
häuft mit den erlesensten Speisen, zu tragen und dann durchein-
andergekochte Speisereste und wässerige Suppen auf einem flek-
kigen Tischtuch, auf angeschlagenen Tellern, mit blechernen
Bestecken essen sollen – der Magen krampft sich zusammen und
trauert.

Am Tische der Kellnerinnen und Stubenmädchen herrscht heute
erregte Stimmung. Als die Schüsseln mit Reis und Hühnerflügel-
knochen hereingebracht werden, macht zwar Luise, die Berline-
rin, den stehenden Witz: »Wat, ihr wollt uns wohl das Fliegen
beibringen, daß ihr uns immer ausgekochte Flügel zu essen gebt«;
aber sie findet heute wenig Anklang. Man wartet auf das Stubenmädchen Anna, die den linken Seitenflügel im zehnten Stock bedient. In einem ihrer Zimmer ist es passiert. Sie hat die Sache als
erste entdeckt. Elsie, die Kellnerin, hat den Betroffenen bei Tisch
bedient. Sie weiß nur, daß der »alte Knopf« die halbe Speisekarte
abaß, um auf seine Pensionskosten zu kommen. Denn geizig war
er auch, es ist nicht schade um ihn.

Endlich kommt Anna. Atemlos beginnt sie zu berichten. »Kinder, so was ist mir noch nicht passiert. Ich will heute früh in Nummer Sechsundzwanzig, und da liegt der Alte im Bett so ganz komisch. Ich denke erst, er hat wieder mal zu viel getrunken, und
ich will wieder hinaus, und dann bemerke ich, seine Augen sind
offen, und er hat so einen Blick, als ob er etwas Schreckliches
sähe, ich trau mich gar nicht hinzusehen, fasse aber dann doch
seine Hand an, hu, da wußte ich, es ist aus mit ihm. Ich kreische
und laufe aus dem Zimmer. –«

»Anna, du bist 'ne richtige Dumme, du hättest ruhig mal in seinen Taschen ein wenig Umschau halten können, bei den Leuten
liegen ja die Tausenddollarscheine nur so herum. Hätt'st nach
Hause fahren können. Wenn ich mal so ein Glück hätte«, schreit
eine.

»Ach, ihr habt leicht reden. Ihr habt nicht die Augen gesehen.
Ich konnte mir nicht helfen, ich hab' halt gerufen. Dann ist gleich
der Arzt gekommen, und dann kam der Geschäftsführer. Er sagte,
wir müssen gleich Ordnung schaffen, denn die Leute haben es
nicht gern, wenn Tote in den Nachbarzimmern herumliegen. Und
dann kamen zwei Zeugen, und ich und der Johnny haben alles
schnell zusammenpacken müssen. Nur die leeren Whiskyflaschen
haben wir alle weggeworfen, er hatte sie extra in einem Koffer zu-
sammengepackt. Und die Briefe, sagte der Geschäftsführer, die
brauchen die Enkelchen auch nicht zu lesen. Und Bilderchen
hatte er, Kinder, zum Totlachen. Na, und auch sonst allerlei Ko-

misches. Und soviel Anzüge und Wäsche und vier Frühjahrsmäntel hatte er. Kann man das glauben! --«

Aber da geschieht plötzlich etwas Unerwartetes. Die große, starke Berta, die so laut lachen kann und den frechesten Mund hat, wirft ihren Kopf auf die Tischplatte und heult auf. Buchstäblich wie ein Tier. In ihren Händen hält sie noch krampfhaft ein Stück Brot.

»Nanu, was ist mit der?«

Es wird ganz still. Nur eine murmelt mißbilligend: »Wozu braucht einer vier Mäntel, wenn er doch stirbt.«

Da kommt aber schon der »Lord«, klatscht in die Hände, die Köpfe drehen sich nach links, man legt die Serviertücher über den linken Arm, und wieder beginnt der gehetzte Kreislauf in den Speisesaal und wieder hinaus.

Inzwischen zieht unbemerkt eine Prozession dem Küchenausgang zu, der nach dem Hof führt. Vorn geht der Hausportier mit feierlichem Gesicht, ihm folgen drei Hausdiener, die einen sehr langen, schwarzen Lederkoffer tragen. Einige, die es sehen, gruseln sich ein wenig.

Aber Hummer, Fasanen, Pasteten werden in silbernen Schüsseln hochgehoben, aus dem lila-goldenen Speisesaal ertönt aufreizend Musik. Hätte man in der Küche nur mehr Zeit, man würde gern auch tanzen.

Berta kann nicht bedienen, das Schluchzen stößt sie noch zu arg.

Die Stadt der künstlichen Monde

»Warum erwürgen Sie nicht die Mumien mit ihren Perlenschnüren«, fragte man mich in der Küche, als ich zum drittenmal an dem Abend die gerösteten Brote zurückbrachte, aber leider hat man noch immer so seine kleinen Hemmungen.

Dafür begann ich zu sabotieren, Kopfschmerzen vorzuschützen, als ob ich eine vornehme Dame wäre. Ich hatte wenig Lust, bis zum Saisonende zu bleiben. Ich wollte etwas mehr von Palm Beach sehen. Es war noch eine Wienerin da, aus Mödling, mit den gleichen Absichten, und wir beschlossen jenen statistischen Prozentsatz der Kellnerinnen voll zu machen, die jedes Jahr vor Saisonende ausrücken.

Wir wollten uns Palm Beach richtig ansehen, jene Teile, die wir als »Personal« nie betreten konnten, denn Palm Beach ist nicht für arme Schlucker geschaffen. Nicht eine einzige Bank gibt es, wo man sich hinsetzen könnte. Sogar der Ozean wird eifersüchtig den Passanten verschlossen. Die Parkanlagen, die die maurischen Paläste, die spanischen Renaissanceschlösser umschließen, laufen von Wasser zu Wasser, von dem Lake Worth zu dem Ozean. Hier blühen alle exotischen Blüten Floridas, deren Namen ich noch nie gehört habe, die rotgeflammten Pagnonias, die purpurfarbenen Poincianas, die amethystenen Bouganvilias, die einen so schweren betäubenden Duft ausatmen, daß neben ihnen alle europäischen Blumen wie Küchenkraut erscheinen.

In der Geschäftsstraße von Palm Beach haben alle großen New-Yorker Modegeschäfte, Juweliere, Kunsthandlungen ihre Niederlassungen. Bei Bradley speist man unter zarten Seidenschirmen phantastische spanische Gerichte.

Der Badestrand der »guten Gesellschaft« befindet sich im Tennis- und Badeklub. Leute, die nicht im Blaubuch stehen, dürfen sich die Badenden zwar mit einer teuren Eintrittskarte ansehen, aber nur ein beglaubigter Millionär kann sich hier im Badeanzug zeigen. Die Damen sitzen in den verblüffendsten Badeanzügen und Pyjamas im Sand. Sie rauchen und lassen sich bewundern. Angeblich wird auch gebadet, aber sicher geschieht das nur selten. Das Wasser schadet den handgemalten Badeanzügen und Gesichtern.

Wenn es aber zu dunkeln beginnt, wird Palm Beach die Stadt der künstlichen Monde. Die Hotelterrassen erscheinen wie weite Wiesen, umrieselt vom blaßblauen Licht eines riesigen, über ihnen schwebenden elektrischen Mondes. Auch die Patios, die ausgedehnten Veranden der Privatpaläste, besitzen ihr eigenes Firmament. Jeder, der nicht direkt arm erscheinen will, hat seinen eigenen Mond, manchmal umglitzert von elektrischen Sternen.

In dem »Orangenhain« des Everglades Club, der in Wirklichkeit ein Palmenhain ist, wo Goldorangen elektrisch beleuchtet zwischen den Palmen blinken, tanzt man zur Jazzmusik.

Einen halben Tag lang stand uns der Mund offen. Nur einen halben Tag lang, denn in Palm Beach kostet ein halber Tag genau soviel, wie die zwei Mumien in zwei Wochen eingebracht haben. So mußten wir schon nach einem halben Tag nach dem »armen« West Palm Beach flüchten.

In West Palm Beach kann man wieder aufatmen. Hier gibt es Fünf- und Zehncent-Geschäfte, billige Lunchrooms, Kinos. In der Ferne sieht man die wirkliche Landschaft Floridas. Sümpfe, Stumpfpalmen und den charakteristischen Baum des amerikanischen Südens, die immergrüne Eiche mit dem langen, wehenden Spanischen Moos.

Hier gibt es kleine Kirchen, wo Neger noch ihre Spirituals singen. Schneeweißgekleidete Negerinnen, Kinder mit unwahrscheinlich großen Augen, zerlumpte Männer. Man bekommt am Eingang Fächer, sie knistern in allen Händen leise, während der Raum von jammerndem Gesang erfüllt wird. »Die schwere Bürde, o Herr.« Endlich bricht der Satz in allen Tonarten aus allen Mündern.

Dann kommt fragend anklagend der dramatische Gesang. »Warst du dort? Warst du dort, als man ihn kreuzigte? Bruder. Manchmal überfällt mich ein Beben. Du warst dort, als man ihn kreuzigte. Du warst dort, als man ihn kreuzigte. Du warst dort, als man ihn zu Grabe legte. Manchmal überfällt mich Beben.«

Im Stellenvermittlungsbüro

Vor allem gibt es in West Palm Beach auch Stellenvermittlungsbüros. Wir suchten eins auf, dessen Besitzer den Namen eines römischen Gottes trug. Nennen wir ihn Jupiter.

Die Gesellschaft bei ihm war nicht wenig interessant. Hier gab es, wenn man allen Angaben, die von den Stellungsuchenden gemacht wurden, Glauben schenken wollte, mehrere gewesene Millionäre. Sie behaupteten, durch unglückliche Grundstücksspekulationen in so schlechte Verhältnisse geraten zu sein, daß es ihnen sogar an Reisegeld mangelte, das gelobte Land ihrer einstigen Hoffnungen wieder zu verlassen. Sie ließen sich jetzt von Herrn Jupiter überreden, einen Posten als Geschirrwäscher in einem nicht ganz erstklassigen Hotel anzunehmen.

Eine Gesellschaft von jungen Mädchen war da, die in ihrem Auto allein aus Kalifornien nach Florida fuhren, und da ihnen das Geld ausging, jetzt Stellung suchten. Zwei Berlinerinnen waren aus Bermuda ausgerückt, wo sie Stellung als Hotelstubenmädchen angenommen hatten. Eine Schwäbin kam soeben aus·Chicago an.

Herr Jupiter machte mir nur wenig Hoffnung, eine Stellung als Kammerzofe zu bekommen. »Sind Sie Französin?« fragte er mich, »und haben Sie Referenzen von bekannten Persönlichkeiten? Wir sind in Palm Beach und nicht in New York.« Da ich weder Französin war, noch Referenzen bekannter Persönlichkeiten aufweisen konnte, ließ ich mich von Herrn Jupiter bewegen, eine Stellung als dritte Küchenhilfe anzunehmen. Herr Jupiter erklärte mir, daß dies das feinste Haus sei, das ich in meinem Leben jemals gesehen haben würde. »Diese Leute essen von goldenen Tellern, und ihre Hausschwelle hat noch nie eine Negerin betreten«, fügte er erläuternd hinzu.

Es war ein Palast, in den wirklich nicht mehr Marmor hätte hineingebaut werden können. Es gab einen bläulichschwarzen marmornen Speisesaal mit offenen Bogengängen und einen maurischen Hof mit marmornem Springbrunnen. Die Portieren waren aus schweren, brokatenen, alten Altardecken zusammengesetzt. Dieser Speisesaal wurde allerdings nur bei festlichen Gelegenheiten benutzt, und ich habe ihn nur einmal durchschritten, als ich zur Haushälterin ging, mich vorzustellen.

Die Dame des Hauses habe ich während meiner ganzen Dienstzeit überhaupt nicht zu sehen bekommen.

Wie in einem Theater die Kulissenarbeiter nur einzelne Wortfetzen des Stückes auffangen, so drangen in die Küche nur einzelne Szenen von dem, was sich im Hause abspielte. Während ich in der Küche »Quawquaw« zerschnitt, Mangofrüchte und Alligatorbirnen, die Avocados schälte oder auch nur, was noch öfter vorkam, ganz prosaische Zwiebeln, hörte ich nur von Zofen und Dienern, was sich vorn auf der Schaubühne ereignete.

In der Küche empörte man sich am meisten über die Pyjamafeste. Die Diener prusteten vor Lachen, wenn sie wieder in die Küche kamen. »Eine Schande ist es«, sagte die aus Paris frisch importierte Zofe. »Ganze Zimmer haben sie voll Kleider und laufen in Schlafanzügen herum, wenn sie Gesellschaft haben. Und dann sagen sie noch, Paris sei unmoralisch.«

Champagnerflaschen wurden entkorkt, Kognak und Rum. Der Kellermeister wachte eifersüchtig, daß Unbefugte nicht den Keller betraten. Goldene Teller gab es tatsächlich, die vom Stubenmädchen unter Aufsicht eines Detektivs gewaschen wurden. Der Koch betrat nur selten die Küche, er war ein Künstler ersten Ranges, der höchstens die Soßen rührte, den Speisen noch den letzten Schliff gab und die Dekorationen der Schüsseln bei festlichen Gelegenheiten besorgte. In seiner freien Zeit war er Amateurboxer.

Einmal durfte ich selbst einen Schauplatz solcher Feste sehen. Bei einem für das Personal veranstalteten Fest an Bord eines der größten Hausboote auf dem Lake Worth. Im Everglades Club wurde ein Maskenfest der Millionäre veranstaltet, vor dem Ball gab man große Diners, die dem Personal furchtbar zu tun gaben. Als Belohnung nun wurde ihnen, da man sie während des Maskenfestes doch nicht brauchte, ein Hausboot zur Verfügung gestellt.

Das schneeweiße Schiff war ganz bedeckt mit Perserteppichen und erleuchtet von goldfarbigen Lampions. Es gab ein großartiges Büfett, wo auch »booze«, Alkohol, nicht fehlte. Den Gästen konnte man anmerken, was sie in der Nähe der großen Herrschaften gelernt hatten. Die Damen für eine Nacht trugen abgelegte, tief ausgeschnittene Kleider und riesige falsche Perlen. Man trank, soviel man konnte, und schrie nach mehr. Es wurde sehr handgreiflich geflirtet.

Dann wurde eine Kabarettvorstellung veranstaltet, wobei ein Boxkampf zwischen zwei japanischen Dienern großen Anklang fand, aber der Gipfel war die Szene dreier Kammerzofen, die mit viel Geschick die Toilettenvorbereitungen ihrer Herrinnen zu dem Maskenball nachahmten.

Die Stimmung wurde dann gedämpft, als bekannt wurde, daß mehrere Detektive zur Beobachtung auf das Schiff kommandiert waren. So begnügte man sich mit Tanz, wobei man den altmodischen Walzer bevorzugte. In den Pausen verzogen sich dann die Pärchen »auf Deck«, man verstand darunter den dunkelgelassenen Teil der Deckpromenade.

Auf dem Lake Worth leuchteten die Hausboote, die künstlichen Monde spiegelten sich im Wasser, und hoch oben im Firmament leuchtete das Kirchenkreuz...

Die beglaubigte Geschichte des elektrisch beleuchteten Kreuzes, das auf dem hohen Glockenturm der (im spanischen Renaissancestil gebauten) Kirche steht, ist folgende: Die Kirchenbehörde war der Ansicht, daß diese Reklame zu Ehren Gottes, die bedeutende Auslagen verursachte, von den kapitalkräftigen Gläubigen ohne weiteres bezahlt werden würde. Denn jene Damen der Gesellschaft, die Wert auf tadellosen Ruf legen, besuchen regelmäßig die Kirche. Doch zur Enttäuschung der Kirchenbehörden gelangten die Andeutungen, die über die hohen Kosten des elektrisch beleuchteten Kreuzes gemacht wurden, nur in taube Ohren – die künstlichen Monde verschlangen ohnehin außerordentliche Summen für elektrischen Strom.

Und da die Kirchengemeinde den nötigen Betrag nicht aufbringen konnte, erlosch das Kreuz wieder.

Eines Tages aber erschien bei dem Seelsorger ein elegant gekleideter Fremder, erkundigte sich, welchen Betrag die Beleuchtung des elektrischen Kreuzes monatlich kosten würde, entnahm dann seiner geschwollenen Brieftasche die genannte Summe und verschwand. Wieder leuchtete das Kreuz.

Am Ende des Monats erschien der Fremde und wollte noch einmal ohne weiteres die elektrische Rechnung bezahlen.

Der Seelsorger floß vor Dankbarkeit über, wünschte aber Näheres über den Fremden zu erfahren, um ihm von der Kanzel gebührenden Dank für seine gottesfürchtige Tat zu sagen.

Der Fremde besann sich ein wenig und erwiderte dann: »Ich will die Wahrheit gern sagen, ich bin ein Bootlegger (ein Schnapsschmuggler), es wird Ihnen nicht unbekannt sein, daß wir hier ein blühendes Geschäft und jetzt die Hauptsaison haben. Das elektrisch beleuchtete Kreuz war meinen Schiffen ein ausgezeichneter Wegweiser auf dem dunklen Meer nach der schwierigen Küste. Wir würden keine weiteren Kosten scheuen, um dieses Leuchtfeuer zu behalten.«

Der Seelsorger machte erst ein finsteres Gesicht, dann aber heiterten sich seine Züge auf, und er sagte: »Wahrlich, ich glaube, nur wenige folgen so genau jenen Worten der Schrift wie Sie, mein Herr: Sei sanft wie eine Taube und schlau wie ein Fuchs.«

Und so leuchtet das Kreuz weiter in der Finsternis.

V
Fahrt ohne Geld
in den Südstaaten

Richmond, Stadt im Süden

In Washington traf ich, als ich auf den Zug nach Richmond wartete, eine junge Negerstudentin, deren Bekanntschaft ich auf der Howard University, der Washingtoner Universität für Neger, gemacht hatte. Sie war die beste Schülerin in Deutsch. Später sah ich sie in der Bibliothek. Sie trug einen Regenmantel, in Berlin würde man wohl Trenchcoat sagen, ganz nach der »College Girl Mode« mit allerlei Figuren bemalt, und quer darüber geschrieben stand: »I am a sophomere baby« (das heißt, ich bin ein Zweites-Semester-Baby). Sie erzählte dann auch, daß sie moderne Sprachen studieren und Universitätsprofessorin werden möchte. Ihr Bruder sei Rechtsanwalt in New York, ein anderer Arzt in Boston.

Jetzt aber in Richmond, sie war hier zu Hause, sahen wir gleichzeitig vor dem Warteraum eine riesige Tafel mit der Aufschrift: »Nur für weiße Frauen.« Sie, die Studentin, die künftige Universitätsprofessorin, wurde ausdrücklich darauf aufmerksam gemacht, daß hier eine neue Welt, das heißt die alte Sklavenwelt, beginnt. Die Studentin tat, als ob sie mich nicht sehen würde, und verschwand. Ich aber, Reisende ohne Geld, werde noch bald merken, daß der Süden auch für Weiße nicht immer paradiesisch ist.

In einem Restaurant lernte ich vorläufig den Süden von seiner besten Seite kennen. Der Kellner schob ein großes Stück Papier vor mich hin, ich mußte alle Bestellungen aufschreiben. Wenn man in New York auf ähnliche Ideen verfiele, die meisten Restaurants könnten zumachen. Aber hier sind wir ja im allerältesten

Amerika, wo es als natürlich gilt, daß die Gäste englisch schreiben
und die Kellner englisch lesen können. Und was für wunderbare
Speisen werden aufgetragen, Austern in Sahne, Buttermilchbis-
kuits, knusprige Waffeln. Man beleidigt Amerika, wenn man seine
Küche nach den New-Yorker Speisehäusern beurteilt.

Äußerlich ähnelt Richmond allen mittleren amerikanischen
Städten. Eine große Anzahl Wolkenkratzer täuschen aufwärtsstre-
bende Geschäftigkeit vor. Die Autos sind nicht viel weniger dicht
gesät als in New York. Würde man sich dies alles aus einem Ho-
telfenster nur ansehen, könnte man feststellen: Es ist dasselbe wie
Boston oder Newark.

Aber zwischen den Neubauten tauchen noch einige alte Häuser
aus der Kolonialzeit auf, Säulengänge, schmiedeeiserne Balkone.

Ja, und hier in Richmond hatte Edgar Allan Poe seine Jugend
verbracht, hier ist er aufgewachsen in einem alten Kolonialhaus,
dem Haus seines Pflegevaters, des Kaufmanns Allan, dessen un-
eheliches Kind er in Wirklichkeit war. Das Haus ist zwar abgebrannt, aber man hat Erinnerungen an ihn in einem Poe-Museum
untergebracht, in Richmonds ältestem Haus.

Obwohl man hier nur die typischen »Reliquien« eines unbedeu-
tenden Provinzmuseums sieht, lohnt sich der Besuch. Denn die
sehr alte Führerin gibt unbewußt die Meinung der traditionsver-
bundenen Richmonder Bürger wieder. Sie erzählt, viele Leute ge-
kannt zu haben, die sich noch sehr genau an Poe erinnern konnten. Sie nennt Poe, immerhin das größte und stärkste amerikanische Genie, nie anders als »poor old Chap« (»armer alter Kerl«).

»Als er nach Richmond auf Besuch kam«, berichtete sie, »trug er
immer denselben alten, abgetragenen Anzug, ja, er war ein armer
Kerl.« Und wie sie seine Mutter verachtete, die fahrende Schau-
spielerin, von der das Museum nur eine vergilbte Photographie
aufbewahrte. »Denn sie hatte ja gar nichts. Sie war eine Hungerlei-
derin, die in möblierten Zimmern hauste.« Man müßte die Erklärungen dieser Frau auf einer Grammophonplatte aufnehmen, als
Kulturdokument und zur Abschreckung aller zukünftigen Genies.

Doch für mich gab es Wichtigeres zu tun, als Museen zu besuchen, ich studierte das Adreßbuch, konnte aber nur zwei Stel-
lungsvermittlungsbüros finden. Gleichzeitig begann ich die Entdeckung zu machen, daß die Aufschriften »Nur für Weiße« oder
»Nur für Farbige« zwar den Rassestolz eines Weißen heben kön-

nen, aber, wenn er nicht mit genug Geld ausgestattet ist, mit recht
unangenehmen Folgen für ihn verbunden sind. Beide Agenturen
entpuppten sich als »nur für Farbige«. Das gleiche nämlich, der
Wunsch nach »farbigem« Personal, zeigte sich auch, als ich den
Stellenangeboten in den Zeitungen nachging. Überall, wo nicht
ausdrücklich »nur Weiße« vermerkt stand, wollte man nur Neger
haben.

Das Haus des Senators und die lebenden Hühnchen

Endlich entdeckte ich eine Anzeige: Weiße Köchin gesucht. Es
war in der ältesten, vornehmsten Straße Richmonds, eine alteingesessene, bekannte Familie, aber die Frau des Mannes war eine
Yankee aus Connecticut, die es für unfein, für ein Zeichen von
Armut hielt, eine Negerköchin zu haben. Die Schwiegermutter allerdings, die es nie geduldet hätte, daß sich in der Elektrischen
eine Negerin neben sie setzen würde, fand, daß nur eine Negerin
richtig kochen könnte, und sah mich sofort sehr feindlich an.

Am Abend erklärte mir die »Yankee«: Frühstück sei um einhalb
acht Uhr, und man äße natürlich nur warme, zu Hause frisch zu-
bereitete Brötchen, Biskuits oder Muffins. Die Sache begann heiter, das war klar, gegen ein Wochengehalt von sechs Dollar.

Frühmorgens kam der Negerdiener und heizte alle offenen Ka-
mine. Die Möbel waren von strenger Einfachheit, kein Plüsch wie
in New York. Das Feuer warf rötliche Arabesken, weiß schimmer-
ten die Säulengänge des Portals, und in dem Garten, in den das
Wohnzimmer mündete, sprangen Eichhörnchen auf immergrü-
nen Eichen. Ein Bild vornehmer, gefestigter Bürgerlichkeit.

Vom Negerdiener erfuhr ich, daß der Herr des Hauses Senator
im Capitol Virginia sei. Würdig nahm er sein Frühstück ein, von
seinem Diener bedient. Die alte Dame, seine Mutter, übertraf ihn
allerdings noch an Würde. Leider prüfte sie etwas mißmutig
meine Biskuits und betrachtete dann vorwurfsvoll ihre Yankee-
Schwiegertochter, die ich persönlich bedienen mußte, da sie auch
gegen Negerbedienung eine Aversion hatte.

Nach dem Frühstück wurde ich auf den Markt geschickt. »Hier,
nehmen Sie diesen Korb«, sagte mir die Yankee-Dame, »hier können die Hühner besser ihre Köpfe herausstrecken.« Sollte ich

denn lebende Hühner kaufen? Voller Sorgen zog ich auf den Markt.

Ich kannte ihn schon, den Markt von Richmond, dieses überaus malerische, fast orientalisch wirkende Straßengewirr, mit ungeheuren Paprika- und Piment-Bergen, Kürbissen von phantastischen Formen, grell leuchtenden Blumen und laut piepsendem und gackerndem Geflügel, mit singenden, tanzenden Negern, die auch in der verzweifeltesten Lage nie die Fähigkeit verlieren, den Alltag in ein lustiges Fest zu verwandeln. Dieser Markt mündet in ihre Elendsviertel, wo in Holzbaracken zerrissene Lumpen und durchlöcherte Schuhe, schmutziger Tand verkauft werden, und vor denen sich immer eine feilschende Negermenge staut.

Auf dem Heimweg quälte mich die Frage: Wer aber wird meine lebenden Hühnchen töten? Die Yankee-Dame stand gerade ausgangbereit vor dem weißen Säulengang. Ich fragte sie, ob das Schlachten und das Putzen der Hühner der Diener besorge.

Scharf, als sollte dieser Satz als Mordinstrument dienen, erklärte mir die Dame, daß die Abschlachtung der in der Küche benutzten Tiere Angelegenheit der Köchin sei.

Und schon verschwand sie. Als ich die Halle betrat, fiel mein Blick auf die Morgenzeitung. Hier stand schwarz auf weiß: »Stubenmädchen, nur Weiße, sucht ›The Jefferson‹.« Ich fühlte, hier war Rettung. »The Jefferson« war das größte Hotel in Richmond, nur einige Schritte von unserem Haus entfernt. Zur größten Überraschung meiner Negerkollegen und -kolleginnen begann ich meinen Koffer zu packen. Für meine bisherigen Bemühungen im Hause des Senators hätte ich etwa vierzig Cents zu beanspruchen gehabt. Ich beschloß, wenn auch ungern, diesen Betrag dem Senator und seiner Familie großzügig zu schenken und sie ohne besonderen Abschied zu verlassen. Ich sagte noch dem offenen Kaminfeuer Lebewohl, warf einen letzten Blick auf die weißen Säulen, und schon wanderte ich mit meinem Handkoffer dem »The Jefferson« zu. Die Hühnchen warten vielleicht noch heute, daß ich sie enthaupte.

Ich betrat das ehrwürdigste, das älteste Hotel des Südens, ein in seiner maurischen Pracht imponierendes Gebäude. Ich meldete mich im Büro. Die Chefhaushälterin war nicht da, aber da man meinen Handkoffer sah, fragte man mich gleich: »Sind Sie das neue Stubenmädchen?« Ich bejahte das ohne Zögern.

Ich mußte warten. Äußerlich erinnerte alles an ein großes New-Yorker Hotel. Die Haushälterinnen, das Kommen und Gehen der Stubenmädchen, das Schüsselgeklirr, die Meldungen, die Wäscheausgabe, die Näherinnen in der Wäschestube. Aber während man dort ständig in einer atemlosen Hetze erschien, gähnte hier alles. Man gähnte mit Hingabe und Genuß. Jeder gähnte individuell, je nach Temperament in kleineren und größeren Intervallen. Manche gähnten endlos langgezogen, andere, als wollten sie nur ein bißchen nach Luft schnappen.

Die Chefhaushälterin kam immer noch nicht, die Zeit schien endlos. Dann begann auch ich zu gähnen, ich versuchte alle Arten von Gähnen und wirklich, jetzt verging die Zeit wie im Fluge. Schon war die Chefhaushälterin da.

Sie fragte mich, ob mich... – sie nannte einen mir unbekannten Namen – geschickt hatte, was ich schnell bejahte. Ich konnte gleich dort bleiben.

Für die schwere Arbeit und für das Reinigen der Badezimmer waren hier Negerinnen angestellt, die weißen Stubenmädchen nahmen eine bedeutend höhere Stufe ein. Sie aßen in einem anderen Zimmer und hatten gedeckte Tische. Die Haushälterinnen natürlich aßen nicht mit den Stubenmädchen, hatten einen schöner gedeckten Tisch und bekamen besseres Essen. Die Büroangestellten aßen natürlich nicht mit den Haushälterinnen, sie hatten einen besseren Raum und Anspruch auf noch besseres Essen und so weiter, von Stufe zu Stufe. Allerdings war das keine südliche Spezialität. Ähnliches hatte ich in allen Teilen Amerikas gesehen. Im »The Jefferson« wohnten reiche Tabakplantagenbesitzer, die Gentry von Virginia, die die Saison in einer »Großstadt« verleben und dabei die Möglichkeit haben wollten, leicht ihre Besitzungen zu erreichen, Industrielle, Staatsmänner Virginias, natürlich auch Durchreisende, die nach dem Süden fuhren. Auch bei den Gästen war die Grundstimmung das Gähnen. Sie schliefen bis nachmit-

tags, sie durchschliefen den Sonntag, manche sogar schliefen dank
der glänzenden »bootlegger«-(Alkoholschmuggler)Organisation
tagelang. Die Alkoholschmuggler bevölkerten die Gänge mit
ihren Koffern, trotz der Hoteldetektive, die, der eine dick und
klein, der andere dünn und lang, wie Pat und Patachon, pflichtge-
mäß die Korridore durchwanderten. Sie machten ihre Zeichen an
der Kontrolluhr, blieben vor den Türen stehen, wenn es etwas zu
horchen gab, und sie hatten öfter zu horchen, aber weiter küm-
merten sie sich meistens nicht um die Angelegenheiten der Gäste.

Die Bibel fehlte in keinem Zimmer, aber die New-Yorker erschienen von der Richmonder Perspektive aus brav und anständig, dort lechzte man nicht so nach Abenteuern, gab es keine verstohlen in die Hand gedrückten Zettelchen wie hier.

Sonntag in Richmond

Die nicht allzu üppig gesäten Vergnügungsstätten, die wenigen
Kinos und Varietés sind geschlossen. Die Restaurants sind nur in
den Hotels offen, und in der Stadt ist nur ein einziges Automaten-
Restaurant geöffnet. Musik ist verboten.

Gleich in der Früh beginnt es: »Gehen Sie in die Kirche? Wann
gehen Sie in die Kirche? In welche Kirche gehen Sie?« Alle fragen
es, die Haushälterinnen, die weiblichen Gäste, die zufällig nicht
schlafen, die Stubenmädchen, die Scheuerfrauen, die Kellner, die
Hausdiener. Manche sagen auch: »Sie sind willkommen in unserer
Kirche.«

Nachdem ich mindestens fünfzigmal erklärt hatte, in keine Kirche zu gehen, beschloß ich, nicht nur eine, sondern so viele wie
möglich zu besuchen, denn so klein die Auswahl in allen weltli-
chen Darbietungen war, so reich war sie in kirchlichen. Es gibt
wohl kaum eine Sekte in Amerika, die in Richmond nicht wenigstens einen Saal besitzt, und die Zahl der amerikanischen Kir-
chensekten ist Legion.

Wie bei den Speisesälen der Angestellten gab es auch bei den
Kirchen ungezählte Stufen. Die staatlich-episkopalen, die schon
durch die überwältigende Anzahl wartender Limousinen vor
ihren Toren beeindrucken mußten, wiesen sich als erstklassig aus.
Das elegante Publikum, man grüßt sich, nickt sich familiär zu, er-

innert an eine gesellschaftliche Veranstaltung. Schnell mußte ich mich als Außenseiter empfinden. Dann gab es gutbürgerliche Kirchen, wo ich die Chefhaushälterin inmitten ihrer Familie erblickte, mittelbürgerliche für die einfachen Haushälterinnen. Bei den »primitiven Baptisten« in einem natürlich auch primitiven Saal erblickte ich bekannte Stubenmädchen, während ich bei den »afrikanischen Methodisten« in einer Holzbaracke des Negerviertels verschiedene Scheuerfrauen wiedersah.

Ich freute mich aufrichtig, als auf dem Capitolshügel die mächtigen Magnolien Glühbirnenschmuck erhielten, denn das bedeutete Weihnachten, und zu Ehren des Festes bekam man eine Gratifikation und größere »tips« (Trinkgelder). Ich konnte jetzt daran denken, Richmond zu verlassen.

Die Universität als modernes Kloster

Im Ausland kennt man die großen, von Stiftungen unterhaltenen Universitäten, aber oft leisten gerade die kleinen, von den Staaten unterstützten, nur über kleine Mittel verfügenden viel Bedeutenderes.

Hier ist zum Beispiel Chapel Hill in North Carolina ein Ort, der fast nur aus der Universität besteht. Die nächste größere Stadt·ist stundenweit entfernt. Man lebt in vollkommener Abgeschiedenheit, aber die Universität selbst verfügt über ein eigenes Theater, Druckereien, über einen Verlag, über ein Kino. Man hat für die Verbreitung und Erforschung der Negerlieder, besonders der Arbeitslieder, sehr viel getan, man macht Entdeckungsfahrten nicht nach fremden Erdteilen, sondern in die Berge North Carolinas, die nur einige Meilen entfernt sind, wo aber Zustände herrschen wie im dunkelsten Afrika, wo das Analphabetentum ganz allgemein ist, Kinder die schwersten Arbeiten verrichten müssen und die Frauen oft wie Sklaven leben. Diese »mountaineers« (Bergbewohner) sind Weiße und nicht Neger, sie leben in der fürchterlichsten Armut. Es ist zum Teil Verdienst der Universität von Chapel Hill, daß dies bekannt wurde.

»Südliche Pinien«
und der mondäne Klub

Die nächste Station meiner Reise hieß Southern Pines (Südliche Pinien). Durch diesen schönen Namen ließ ich mich verleiten, hier auszusteigen, um Arbeit zu suchen.

Die Pinien sahen noch ganz nördlich aus, man hätte sie mit Kiefern übersetzen müssen, der Sand verlieh der Gegend eine unleugbare Ähnlichkeit mit dem Grunewald, und die Arbeitssuche gestaltete sich auch unerfreulich. Hier war ein Kurort mit großen Hotels und weißem Personal. Doch wieder stellte sich heraus, daß man, obgleich die Saison erst angefangen hatte, nur Personal nehmen wollte, das beglaubigt aus einer Großstadt im Norden kam. Da sie aber mein Fahrgeld aus New York nicht bezahlt haben, glaubten sie mir auch nicht, keine Hiesige zu sein, sie hielten mich einfach nicht für dumm genug, aus New York auf eigene Spesen hierher gekommen zu sein.

»Wir nehmen nur Leute direkt durch die Agenturen in New York oder Boston, wir bezahlen lieber das Fahrgeld und die Agenturen, aber wir arbeiten nicht mit den Einheimischen. Wir brauchen Leute, die etwas vom Arbeitstempo verstehen und die zuverlässig sind, und Schnecken sind fix im Vergleich mit diesen Leuten im Süden.« Es blieb mir nichts übrig, ich mußte meine Sache aufgeben. Zum Glück aber hörte der Milchmann, ein Einheimischer, mein Gespräch mit dem Manager.

Als ich herauskam, stand er noch da mit seinem Fordwagen, Modell 1912, und winkte mir zu: »Sie suchen Arbeit? Ich fahre jetzt nach Pinehurst, ich beliefere dort einen Klub, das ›parlor maid‹ (das Stubenmädchen) aus New York ist getürmt, ich habe sie am Bahnhof gesehen. Sagen Sie einfach, Sie kommen aus New York, man hat Sie geschickt.«

Ich holte meinen Koffer vom Bahnhof, und wir schaukelten auf dem weichen Sand gen Pinehurst. Der Kiefernwald wurde dichter, überall tauchten die Holzhäuser des Südens auf, die sich auf Pfähle stützen, um nicht im Sand zu versinken.

Pinehurst selbst ist kreisförmig nach besonderen Plänen erbaut, die Häuser, die Hotels, die Gärten, die Brücken, sogar der Wald wie aus einer mondänen, illustrierten Zeitung herausgeschnitten.

Mein Freund, der Milchmann, reichte mir den Koffer von seinem Ford. Ich erklärte im Büro, daß man mich geschickt hätte, und ohne mich weiter viel zu fragen, wurde ich angestellt. Ich begann zu merken, daß man hierzulande besser nicht sagt, man suche Arbeit, man bringt einfach seinen Koffer und erklärt, man gehört hierher.

Im Klub war gerade bewegtes Leben, man hielt einen Golf-Match ab und ein Preis-Bogenschießen. Endlich einmal ein Bild, das mit den Vorstellungen des sporttreibenden Amerikaners harmoniert, wenn auch die meisten Teilnehmer, umfangreiche Herren und ältliche Damen, mit ihren Wunschbildern, die man in den Kinos bewundern kann, nur wenig Ähnlichkeit haben. Obgleich sie nicht zu dem gesellschaftlichen Bild gehören, sind die Sportlehrer doch die wichtigsten Persönlichkeiten des Klubs. Die Amazonen lassen sie zwar ihre Inferiorität fühlen, indem sie ihnen öffentlich Dollar-Trinkgelder zuschieben und natürlich auch nie den Tee im gleichen Raum mit ihnen einnehmen würden. Dafür bekommt der Lehrer im Bogenschießen die allerschönsten Blicke, und der lahme Reitlehrer, der seit seiner Kindheit kaum gehen kann, aber auf dem Pferd, wie ein Zentaur, ein neuer, kühner Mensch wird, hat bei den Damen entschieden größeren Erfolg als die Kohlenbarone in karierten Golfhosen. Für Training im Tennis sorgen verschiedene berühmte Spieler, die Professionelle geworden sind. Auch das Zielscheibenschießen ist beliebt, das in Pinehurst besondere Tradition hat; die berühmte erste amerikanische Schützin, Annie Oakley, war hier einst Schützenlehrerin.

Eine wichtige Rolle in unserem Klub spielen die »Caddies«, die eigentlich auf der Rangliste sogar hinter dem Personal stehen. Man ist wohl schon in Deutschland soweit mit dem Golfsport vertraut, um zu wissen, daß die »Caddies« die Jungen sind, die den Golfspielern die Schläger nachtragen. Hier in unserem Klub haben sie sogar eine eigene Schule, unter Leitung des Ober»caddies«, wo ihnen nicht nur Golf, sondern auch gute Sitten beigebracht werden sollen. Aber gute Sitten! Niemand kennt so gut die Schwächen der Gäste wie die »Caddies«, die wissen, wer seine Partner zu beschummeln versucht, wie alle als bessere Spieler dastehen möchten, als sie sind, sie können die wichtigen Mienen al-

ler Teilnehmer beim Spiel nachahmen, sie kennen die Schwächen
dieser Industriekapitäne, dieser »Beherrscher der Welt«, besser als
die eigenen Gattinnen.

Eine Laien-Aufführung und das Leben

Auf der Weiterreise hörte ich, daß in einem Grenzstädtchen zwischen North und South Carolina eine Baumwollweberei neu eröff-
net werden soll. Es fuhren viele Arbeiter, die davon erfahren hatten, in die Stadt, auch ich stieg aus.

Es hatte sich herausgestellt, daß sich die Eröffnung der Fabrik
verzögert hatte, die ganze Stadt war voll fremder Arbeiter, zugrunde gegangener Farmer, die mit ihrem ganzen Hab und Gut,
mit Frauen und Kindern aus den Bergen in Erwartung der Arbeit
in das Städtchen zogen.

In einem wilden Durcheinander trafen sich in der Stadt älteste
Überreste der amerikanischen Vergangenheit mit den neuesten
Ingenieurwerken, die Wasserkräfte nach den neuesten Methoden
für die Fabrik gewinnen sollten. Man sah die alte Kurie, die sogenannten Plantagenhäuser, die von Loggien umfangen werden,
und winzige Holzhäuschen, die die Arbeiter aus einigen Planken
selbst errichtet hatten. Man sah alte, kleine von Pferden gezogene
Wägelchen und die neuesten Limousinen. Hier können die Mädchen nicht nur aus Spaß wie in New York »Danke für die Wägel-
chenfahrt« sagen.

Aber die sichtbare Aufregung in dem Städtchen steht nicht nur
mit der Eröffnung der neuen Fabrik im Zusammenhang, man bereitet ein Theaterstück vor, gespielt von der Jeunesse dorée, man
wird die »Drei Schwestern« von Tschechow aufführen. Ein Regis-
seur aus Cincinnati, ein Führer der »little theater«-Bewegung, der
größten amerikanischen Laienorganisation, studiert das Stück ein.

Man sieht in den Straßen die »Schauspieler und Schauspielerin-
nen« in ihren von den Großeltern geerbten Kostümen über die
Straße laufen.

Wir haben hier zwei Hotels, das eine heißt natürlich »Hotel
Amerika«. (Es gibt keine Stadt in Amerika ohne »Hotel Amerika«.) Diesmal ist dies das feinere. Das ist sofort schon von außen
zu erkennen. Wir haben eine breite Veranda mit großen Schaukel-

stühlen und zwei Eingängen, einen Eingang für die Damen und
einen für die Herren. Auf der einen Seite der Terrasse schaukeln
behaglich die Herren, auf der anderen die Damen.

Das weniger feine Hotel hat keine Schaukelstühle und ist »nur
für Männer«. Hier wohnen die Arbeiter, die noch etwas Geld haben. Da keine Schaukelstühle da sind, sitzen sie auf den Treppen
des Einganges. Die anderen sitzen auf dem Bürgersteig. Es sieht
aus, als wartete die ganze Stadt auf eine Theatervorstellung. Sie
alle aber warten nur auf Arbeit. Die Aufführung: amerikanisches
Rußland, Burleske statt Melancholie. Das Theater ist aber das Leben selbst: diese kleine Stadt mit den ortsfremden Hungernden
und den fröhlichen traditionsfesten Alteingesessenen.

König Baumwolles Reich

Ich beschloß, schon ältere Industriebezirke aufzusuchen. So kam
ich nach Columbia, der Hauptstadt South Carolinas, der Hauptstadt von »König Baumwolles Reich«. Hier gibt es nichts anderes
als Baumwolle. Weit, endlos flach, nur von einzelnen, hochaufge-
schossenen Wolkenkratzern durchbrochen, die sich hierher ver-
irrt zu haben scheinen, liegt die Stadt öde da. Die Baumwollfelder
ziehen sich bis zur Stadt, Baumwollwebereien und -spinnereien
umgürten sie. Manche Stadtteile werden von den weichen, weißen Flocken umweht, als schneie es. Auf den Straßen tragen die
Ford-Traktoren, die altmodischen Ochsengespanne, die Pferdewa-
gen weiße Ballen. Die Lastzüge, die durch die Stadt fahren, sind
mit Baumwolle vollbepackt. Vor jedem Geschäft, vor jedem Büro-
haus steht die Tabelle mit dem neuesten Kurs der Baumwolle,
und in den Geschäfts- und Bürohäusern wird nichts anderes berechnet und gehandelt als Baumwolle. In der Mainstreet sieht man
die armseligsten Geschäfte, in den wenigen Kinos werden älteste
Filmstreifen vorgeführt, die Speisehäuser, die Caféstuben ohne
Gäste sind von schrecklicher Trübseligkeit, denn Baumwolle ist
ein böser Herrscher, richtet die Untertanen, wenn sie nicht reich
sind, zugrunde. Eine glänzende Ernte wird ebenso als schlimm-
stes Unglück empfunden wie eine schlechte, denn dann fallen die
Preise, sie fallen unmittelbar nach der Ernte. Gerade dann, wenn
der Farmer seine Baumwolle verkaufen will, verkaufen muß, denn

er braucht ja Geld, und er hat keinen Platz, die Baumwolle einzulagern.

Kaum aber haben die kleinen Farmer ihre Ernte verkauft, beginnt der Preis der Baumwolle zu steigen, irgendein Grund ist immer da, denn selbst Gott hat sich mit den Reichen verbündet, oder sie halten es mit dem Teufel, der ihnen immer hilft. Einmal sind es Brände, die die Kleinen heimsuchen, ein anderes Mal der Mississippi, der mit seinem Schlamm, der schrecklichen Flut den Besitz der Kleinen zugrunde richtet, damit sich einige Große noch besser mästen können. So ist die Stimmung der kleinen Farmer, die herumstehen und die jetzt wieder steigenden Baumwollpreise diskutieren.

Man sieht verschlossene, verbissene Gesichter, verdammt die Baumwolle. Aber nächstes Jahr wird wieder alles von neuem beginnen. Die Farmer werden trotz aller guten Ratschläge wieder nur Baumwolle anpflanzen, denn etwas anderes haben sie nie gelernt, und vor allem für etwas anderes haben sie auch kein Geld.

Ich beginne meinen Rundgang, Arbeit zu suchen. Wir Arbeitsuchenden sind ein ganzes Heer. Viele liegen, sitzen, manche sogar schlafen vor den Stellenvermittlungsbüros, sie warten auf den Glücksfall, auf Arbeit, denn die zugrunde gegangenen Baumwollfarmer, die ihr ärmliches Holzhaus und ihre vielen Schulden einfach stehengelassen haben, können die Untertanschaft der Baumwolle nicht kündigen, sie müssen weiter ihre treuen Vasallen bleiben, wenn nicht auf dem Feld, so in der Fabrik, aber nirgends ist Arbeit. Man wandert von einer Fabrik zur anderen, überall der gleiche Bescheid, keine Arbeit.

In dem staatlichen Arbeitsnachweis riet mir eine Dame, so schnell wie möglich abzufahren, hier wäre gar keine Aussicht. »Alles kommt nach Columbia Arbeit suchen, weiß der Himmel warum, dabei haben wir auch gar keine Mittel, den Arbeitslosen irgendwelche Hilfe zu geben.«

Ich gab mein Zimmer in Columbia auf und beschloß, ihren Rat zu befolgen und noch am selben Abend nach Georgia weiterzufahren. Ich ging zu dem Bahnhof, auf dem ich angekommen war, hier stellte sich heraus, daß ich zu dem Bahnhof am anderen Ende der Stadt gehen mußte, daß ich am selben Abend allerdings noch nicht weiterfahren, aber einen sehr frühen Zug am Morgen nehmen könnte. Da mein Geld schon sehr knapp wurde und die Hotels in Columbia Preise hatten, als wären sie erstklassige New-Yorker Hotels, beschloß ich, die paar Stunden auf dem Bahnhof zu bleiben. Man wird gleich hören, warum ich das so ausführlich erzähle.

Ein Landstreichergesetz, die Heilsarmee und Ratten

Kaum setzte ich mich in den allerdings alles andere als gemütlichen Warteraum, kam ein Polizist auf mich zu und erkundigte sich, was ich hier tue. Ich erzählte ihm alles.

»Hier zu warten ist streng verboten«, erklärte er.

»Wird der Warteraum geschlossen?«

»Nein, geschlossen wird er nicht, aber es ist streng verboten, hier zu warten.«

»Gut«, sagte ich ihm, »ich kann ja gleich zum anderen Bahnhof gehen.«

»Das ist genauso streng verboten. Sie müssen in ein Hotel gehen.«

»Ich habe aber nur wenig Geld, ich habe hier keine Arbeit gefunden.«

»Dann muß ich Sie verhaften, wir haben ein sehr strenges Landstreichergesetz.«

Die Sache begann interessant zu werden. Ich habe ohnehin noch kein Gefängnis in Amerika gesehen. »Also gut, sperren Sie mich ein.«

»Wenn Sie unser Gefängnis kennenlernten, würde Ihnen das Lachen vergehen.«

Das glaube ich ihm ohne weiteres. Der Polizist hielt meinen Koffer in der Hand und machte Anstalten, mich in ein Hotel zu bringen, ich aber blieb beharrlich und wollte zum anderen Bahnhof. Der Polizist machte ein verzweifeltes Gesicht: »Wissen Sie was«, sagte er, »ich bezahle Ihr Zimmer, aber Sie müssen in der Nacht eine Unterkunft haben.«

»Nein, ich will ins Kittchen.«

Jetzt wußte ich wenigstens, was mit den Menschen geschieht, die vergebens Arbeit suchen und denen das Geld ausgeht, sie kommen ins Arbeitshaus oder Gefängnis. So rührend sorgt für sie der Staat.

Endlich hatte der Polizist eine andere Idee: »Wir gehen zur Heilsarmee, dort bekommen Sie für fünfzig Cents ein Bett.«

Heilsarmee? Gut, damit war ich einverstanden. Der überraschend gutmütige Polizist also trug meinen Koffer zur Heilsarmee, es war ein großes Gebäude. Eine ganze Masse Leute warteten vor den Toren, ich sah sogar darunter zwei Bekannte, zwei irische Arbeiter, die ich auf der Arbeitssuche getroffen habe, sie trugen ihre kleinen Bündelchen bei sich. Es standen da auch einige Frauen, ältere Leute, sie erzählten, daß sie schon seit Stunden warteten, daß aber niemand trotz wiederholten Klingelns öffnete. Auch wir begannen zu klingeln und zu klopfen, aber vergeblich. Bei der Heilsarmee schien man sich nicht die Mühe zu nehmen, sich für lumpige fünfzig Cents aus der Nachtruhe klingeln zu lassen. Die Leute machten es sich auf den Stufen »bequem«, da sie sich sagten, daß sie hier, wo sie den guten Willen, Unterkunft zu finden, zeigten, wenigstens vor der Polizei sicher waren.

Der Polizist beschloß nun doch, mich zum anderen Bahnhof zu bringen und mich der Obhut des dortigen Bahnhofspolizisten zu empfehlen.

»Das sind ja hübsche Zustände in Columbia«, sagte ich ihm.

»Ja, es ist bei uns doch nicht alles so, wie es sein müßte.«

Und darin mußte ich ihm vollkommen recht geben.

Übrigens mußte ich ihm auch recht geben, daß der Bahnhof nicht ganz der richtige Aufenthalt für die Nacht war, hier gab es zwar sogar einen Warteraum mit Liegestühlen »nur für weiße Frauen«, aber in den Papierkörben rasselte es ganz verdächtig. Es war da noch eine andere Frau, die ihren Zug verpaßt hatte. Obwohl wir miteinander sprachen und das Licht eingeschaltet blieb, begannen plötzlich im Warteraum einige Riesenratten herumzuspringen, es schien entschieden gefährlich, einzuschlafen.

Leben in einem Fabrikdorf

Kommt man in Amerika auf dem Bahnhof eines kleinen Ortes an, kann man ruhig irgend jemand, der gerade mit einem Auto losfahren will, ansprechen und sich nach Arbeitsgelegenheiten erkundigen, er wird sicher, wenn er nicht gerade etwas sehr Wichtiges vorhat, von Arbeitsstelle zu Arbeitsstelle fahren, nicht nur das, er wird auch immer bereit sein, einen Fremden als einen guten Bekannten zu empfehlen.

So fand ich auch endlich Arbeit in der Spinnerei einer Baumwollfabrik und Unterkunft bei einer Weberfamilie, die im Fabrikdorf ein Haus zur Miete hatte.

Jede größere Fabrik im Süden ist von einem Dorf umgeben, das Eigentum des Fabrikbesitzers ist. Die Arbeiter sind eine Art Leibeigene. Sie bekommen Häuser für sehr billige Miete, etwa vier bis acht Dollar im Monat, bekommen die Kohlen für noch weniger als die Hälfte des Marktpreises geliefert, ebenso werden ihnen auch billiger Lebensmittel zur Verfügung gestellt. Dafür müssen die Eltern meist ihre Kinder, sobald diese das sechzehnte Jahr überschritten haben, in der Fabrik arbeiten lassen. Die großen Begünstigungen sind natürlich nur scheinbare, denn die Löhne sind entsprechend niedriger, der Arbeiter muß dagegen seine Freizügigkeit aufgeben. Er könnte auch seine Lebensmittel nicht anderswo kaufen, wenn ihm die von der Fabrikleitung gelieferten nicht zusagten, die Hälfte des Preises ist ja schon von seinem Lohn abgezogen, ob er nun in der Einkaufsgenossenschaft der Fabrik kauft oder nicht. Ein Haus in dem Fabrikdorf kann er sich nicht erwerben, die Häuser sind unverkäuflich.

Trotzdem hat dieses System auch für das Unternehmertum seine Schattenseiten. In den Fabrikdörfern muß sehr großes Kapital dem direkten Produktionsprozeß entzogen, investiert werden. Dieses Problem spielt auch eine wichtige Rolle bei der immer stärker einsetzenden Abwanderung der Textilindustrie aus Massachusetts und anderen westlichen Staaten nach dem Süden. Diese Unternehmen bauen keine neuen Fabrikdörfer, aber hier wirken wieder die schlechten Wohnungs- und Verkehrsverhältnisse hemmend.

Kurze Zeit nach meinen Erfahrungen im Fabrikdorf fuhr ich zufällig zusammen mit einem begeisterten Anhänger der Fabrikdörfer. »Was haben die Neger und armen Weißen für schreckliche, verwahrloste Hütten, wie hygienisch, wie ordentlich sind dagegen die Fabrikdörfer.« Aber wenn man in einem Fabrikdorf gelebt und gearbeitet hat, weiß man, es ist kein Paradies, es ist ein Alpdruck.

In den gleichen Häusern, den gleichen Zimmern, stehen alle zu gleicher Zeit auf, um die gleiche Arbeit zu verrichten, Halbwüchsige und Alte, alle verzehren das gleiche armselige Essen, sogar

ihre Lektüre und ihre Vergnügungen werden von der »Company«
genau vorgeschrieben.

Morgens ist es noch dunkel, wenn die Fabriksirene zum erstenmal schrillt. Man beginnt sich ächzend und seufzend, noch müde
und unausgeschlafen aus den Betten zu schälen. Meist besorgen
die Frauen, die schon zu alt sind zum Weben, die Wirtschaft, sie
machen das Feuer in der Küche an, bereiten das Frühstück und
die »lunchboxes«, die Frühstücksbüchsen. Oft aber, wenn die
Frau noch in die Fabrik gehen kann, während der Mann zu alt ist,
besorgt er die Wirtschaft. Das Waschen geht schnell unter der
Wasserleitung in der Küche vor sich. Badestuben sind meist unbekannter Luxus. Dann das gemeinsame Frühstück in der Küche. Es
gibt Maisbrot, Butter und dünnen Malzkaffee mit Melasse gesüßt.
Wenn die Sirene zum zweitenmal zu pfeifen beginnt, rennt das
ganze Dorf den Fabriktoren zu. Die Kinder besuchen die Fabrik-
schule. Sogar die Kirche gehört meist der Fabrik.

Die zwei erwachsenen Kinder meiner Wirtsleute sind Weber.
Die Frau, die jetzt schon für diese Arbeit zu schlechte Augen hat,
unterwies sie. Der Mann arbeitet an der Dresche, die den
Schmutz aus der Baumwolle herausklopft. Keine sehr gesunde Beschäftigung, denn er wird zum Teil in die Lunge des Baumwoll-
dreschers befördert. Die Baumwollflocken nisten sich in die
Haare und den Schnurrbart ein. Er sieht aus wie ein Weihnachts-
mann.

Ich arbeite in der Spinnerei. Weiße Spulen kreisen unaufhörlich vor den Augen. Die Maschine spinnt den dicken Faden fein.
Sobald eine abgedreht ist, muß ich den Faden der neuen Spule
kunstvoll an die alte drehen und die neue Spule einsetzen. So
geht das unaufhörlich zehn Stunden lang. Ich habe ein Dutzend
Spulen zu bedienen. Es ist eine leichte, aber hirntötende, stumpf-
sinnige Arbeit. Neben mir bedient eine Dreizehnjährige, ich muß
allerdings zugeben, bedeutend geschickter als ich, die Maschine.
Sie macht diese Arbeit schon seit einem Jahr. Kam also schon als
Zwölfjährige in die Fabrik. Wie ist das möglich? Die Kinderarbeit
ist doch nach heftigsten Kämpfen in den Baumwollfabriken abgeschafft. Aber ihre Mutter ist eine Witwe, und so hat man dem
Kind die große Wohltat erwiesen, ihm zu gestatten, seine Jugend
in der Fabrik zu töten.

Man hat hier im Süden eine merkwürdige Bezeichnung für uns

Weiße, die kein Geld haben. »White trash«, der »weiße Abschaum«. Es ist übrigens schwer, dieses Wort seiner richtigen Bedeutung gemäß zu übersetzen. Denn es soll eigentlich gar nicht eine Beschimpfung bedeuten, sondern nur die Feststellung der wirklichen sozialen Lage eines besitzlosen Weißen.

Die Baumwollfelder ziehen sich bis dicht an unser Dorf heran. Sie sind auch jetzt noch nicht vollkommen abgeerntet. Überall sieht man die weiche weiße Frucht. Die eigentliche Baumwollernte beginnt meist schon im September und dauert oft bis Weihnachten. Alle Versuche, für das Pflücken der Baumwolle eine Maschine zu erfinden, die die menschlichen Kräfte überflüssig macht, sind bisher mißlungen, denn die Baumwollstauden wachsen in sehr verschiedener Höhe, zwischen einem halben Meter bis Menschengröße, und die Frucht reift zwischen September bis Januar. Die Baumwollfelder gehören auch der Fabrik, und indem man die Fabriken mitten in die Felder stellt, erspart man sich die Transportkosten.

Wenn die Baumwollernte beginnt, arbeiten alle im Dorf, auch die Schulkinder und die ältesten Leute. In der Fabrik werden nur Weiße beschäftigt, aber Baumwolle pflücken auch die Neger. Alle schnallen Säcke über die Schulter, sie pflücken von Sonnenaufgang bis Sonnenuntergang. Die Baumwollpflücker stellen oft auf ihre eigenen Kosten Negertänzer und -sänger mit der Ukulele ein, damit die Zeit besser vergeht. Für hundert Pfund gepflückte Baumwolle bekommen sie sechzig bis achtzig Cent. Ein sehr geübter, kräftiger Arbeiter kann zweihundert bis zweihundertfünfzig Pfund pflücken. Aber erwachsene Durchschnittsarbeiter bringen es höchstens auf hundertfünfundzwanzig Pfund. Der Durchschnitt bei den Negern, die nicht so verbissen arbeiten, ist noch niedriger.

Fahrten in Dixieland

Wo ist eigentlich Amerika? Dort, wo in den Großstädten alle Nationen der Welt zusammenhausen, wo die Mehrzahl der Einwohner Eingewanderte sind, die die englische Sprache nur dürftig beherrschen, oder hier in den ältesten Straßen, wo noch sorgsam behütete Tradition lebt, wo der Prozentsatz der Neueingewanderten der geringste ist? Denn nichts ist entgegengesetzter von unserer

Vorstellung über Amerika als das Leben, die Arbeitsweise gerade
hier.

In der Eisenbahn klettert der Schaffner jedesmal auf die Arm-
lehnen, um die Petroleumlampen anzuzünden. Die Landstraße
wird renoviert. Sechs Pferde ziehen langsam die Walze, sie wird
von zwei Reitern begleitet. Bahnhöfe – eine einzige Doppelbank
mit gemeinsamer Lehne, aber die eine Seite ist »Nur für Weiße«,
die andere »Nur für Farbige«. Sehr viele der Holzhäuschen, die
eine zahlreiche Familie beherbergen, bestehen aus einem einzigen Raum. Die Küche ist vor dem Haus, ein Kessel über offenem
Feuer. WCs gibt es meist nicht. Aber die primitiven Gruben sind
streng »Für Weiße« und »Für Farbige« eingeteilt. Man sieht viele
Ochsenkarren, »Zuckerfabriken«, die aus einer einzigen Hand-
presse bestehen.

Und die Dorfgeschäfte, ein Fensterchen in einer Holzbude.
Phantastisch zusammengewürfelte Kleinstädte, moderne Luxus-
hotels inmitten gepflegter Parkanlagen, alte Herrschaftssitze, halb-
verfallene Negerviertel mit einem Grand Café de Paris oder New
York, Papierrosen-Girlanden, Katzen, leere Flaschen in den Fen-
stern. In Augusta ist eine ganze Straße voll Leihhäuser. Sie heißen
»Onkel Sams Hilfsquelle«, »Die Goldmine«, »Zur Geldquelle«,
»Größte Leihanstalt der Welt« und so ähnlich.

Die Landschaft aber erklärt die sehnsüchtigen Dixielieder, die
von Georgia, von South Carolina singen. Die mit Pfirsichplanta-
gen besäte Hügellandschaft in Georgia unter einem glasklaren
Himmel. Die Wildheit South Carolinas. Hier ist der Sand schnee-
weiß, wenn der Wind ihn aufwirbelt, ist es wie Schneegestöber,
die Felsen sind blutrot, die dunklen Seen sind mit Zwergpalmen
besäumt. Wie phantastische Bärte weht in den ewig grünen Ei-
chenwäldern das lange Spanische Moos zwischen den Zweigen.
Die Pinien sind hier wirklich Pinien, keine Kiefern, ihre phantastischen Formen zeichnen sich tausendgestaltig in die Landschaft,
ihre Farbe wechselt vom zartesten Grün bis zum Schwarz. Über
die Sümpfe leuchten Irrlichter. Ein günstiger Boden für Mystizis-
mus.

Aiken ist der exklusivste Kurort des Südens. Einer Sandwüste sind märchenhafte Gärten abgetrotzt. Villen, wahre Prunkpaläste führen Namen wie »Einfachheit«, »Calico-Haus«, »Die Hütte unter Pinien«. Nirgends Autos, aber die besten Rasse- und Rennpferde der Staaten überwintern hier, man sieht die Pferdewägelchen des teuersten Kinderinternats der Welt, über dessen Zöglinge die »New York Times« Notizen in ihrer Gesellschaftsrubrik bringt. Rote Fräcke jagen mit Rassehunden durch die Negerviertel in den Wald. In manchem Hotel werden nur im Blaubuch, dem »Gotha« der amerikanischen Gesellschaft, verzeichnete Personen aufgenommen. Hier führen die reichsten Baumwoll-Plantagenbesitzer und Fabrikanten große Häuser.

Die Neger aus den Holzhütten kommen während der Saison in die Häuser der Reichen, nur als dienstbare Geister natürlich. Man sieht Negerinnen ganz in Weiß gekleidet, mit langem, weißem Schleier auf dem weißen Hut. Im Negerviertel hausen Wudus (Negerzauberer), die nicht nur von den Negern, sondern auch von den weißen Kurgästen großen Zulauf haben.

Hier also, in dieser Stadt, spielte sich einer der furchtbarsten Lynchmorde der letzten Jahre ab. Drei Geschwister, darunter eine Frau, die unter der Anklage standen, den Sheriff getötet zu haben, wurden vom Mob, den vornehmsten und reichsten Bürgern von Aiken, aus dem Gefängnis geholt, in den Wald geschleppt, erschossen und dann verbrannt. Aber die Vorgeschichte war noch viel geheimnisvoller. Den Sheriff fand man vor der Hütte der Neger erschossen. Auch Frau Lowmann, die alte Negerin, war tot, erschossen, der alte Lowmann schwer verwundet. Hatte der eine Sohn aus Notwehr den Sheriff getötet? Zwei der später gelynchten Geschwister konnten beweisen, daß sie sich in der fraglichen Nacht gar nicht in Aiken aufhielten. Sie erwarteten ihren Freispruch. Konnten da die Bürger von Aiken untätig zusehen?

Die Weißen von Aiken können gar nicht begreifen, aus welchem Grunde man aus New York immer wieder Untersuchungen anordnet. »Nigger« haben den Sheriff ermordet, wie und warum, das ist ganz gleichgültig, und die Weißen haben sich gerächt.

Jetzt versucht man wieder aus New York die Sache aufzuwärmen, eine neuerliche Untersuchung wurde angeordnet. Der längliche, mit Palmen bepflanzte Platz vor dem Stadthaus ist voll Menschen. Der Gerichtsdiener kommt von Zeit zu Zeit auf den Balkon und ruft den Namen eines Zeugen hinunter. Dann entsteht Bewegung in der Menge. Aber die Zeugen wissen nichts. Obgleich jedes Kind in Aiken die Namen der am Lynchmord beteiligten Bürger kennt, wenn eine New-Yorker Zeitung sie nennen würde, würde es sie Hunderttausende von Dollar Entschädigung kosten.

Charleston

Charleston – seine Geburtsstadt. Jazz, verrenkte Glieder? Gerade das Gegenteil. Eine verträumte Stadt, hier in den Staaten. Die Prospekte über Charleston verkünden: die einzige amerikanische Stadt mit »quaintness«, so etwas wie verschlafener Altertümlichkeit. Alte Paläste, von breiten Patios umschlungen, verwittern in südländischen Gärten. Enge Gassen, alte Kirchen und Friedhöfe, verfallene Forts. Marmorne Löwen bewachen die alten Häuser am Quai des südlich strahlenden Atlantischen Ozeans.

Trotz seiner an alten Traditionen festhaltenden Bürgerschaft ist Charleston freier als alle anderen Städte des Südens. Charleston ist Hafen. Die Matrosen haben nichts gegen »Farbige«, wenn sie sich nur amüsieren können. Wenn die Passagierdampfer, die von New York nach Florida fahren, im Hafen anlegen, kommen die Neger, die nichts Besseres zu tun haben, und tanzen für einige Cents die neuesten Tänze und singen Blues, die sie vielleicht gerade im Augenblick improvisieren. Deshalb: Charleston.

Ich wohne auch in einer Pension, einem alten, verfallenen Palast, der sich gegen seine Tradition »Haus des Volkes« nennt. Die Eingänge in die Zimmer führten alle durch den riesigen Patio und erleichterten die Verbindungen zwischen den verschiedensten Liebespaaren. Das Durcheinander von Grammophonen und Ukulelen gab eine Musikbegleitung, als würde ein Wahnsinniger eine Oper dirigieren. Hier wohnten Arbeiter, Verkäuferinnen, Angestellte.

Ich arbeitete in dem vornehmsten Hotel der Stadt. Meine Beschäftigung war weniger vornehm. Von morgens um dreiviertel sieben bis abends um neun hatte ich Zwiebeln zu putzen, die Köche bei ihren Mahlzeiten zu bedienen, die Holztische zu scheuern. Abends mußte ich als Krönung meines Tagewerkes die Küche ausfegen. Der Obersteward aus Boston hatte eine perverse Freude, mich beim Arbeiten zu beobachten. Dieser hinkende Fleischberg schleppte immer einen Stuhl am Arm, um es sich in allen Ecken der riesigen Küche bequem machen zu können. Er setzte sich gerade dorthin, von wo er am besten beobachten konnte. »Die Ecken nicht vergessen«, rief er mir zu, während sein Fett über den Stuhl hing, »die Ecken nicht vergessen, aus den Ecken rollt das Gold.« »Ick merke nischt von«, erwiderte ich mürrisch, während ich aus besten Kräften Staub in seine Nase zu wirbeln versuchte.

Es war nicht schön, ich roch entsetzlich nach Zwiebeln, trotzdem beschloß ich, noch auszuharren. Aber dann kam ein Sonntag. Arbeitszeit für mich genau wie an Wochentagen. Erst spät fiel mir ein, daß ich keine Uhr hatte. Wochentags war es nicht schwer, im »Haus des Volkes« früh aufzustehen, denn morgens um sechs begannen schon die Wecker zu rasseln. Aber die anderen mußten wenigstens sonntags nicht arbeiten. Macht nichts, ich habe guten Zeitsinn, ich werde es nicht verschlafen.

Als ich erwachte, war es noch dunkel, die Bogenlampen brannten, ich fühlte mich müde und unausgeschlafen, so war es jeden Morgen. Zeit aufzustehen. Erst als ich auf der Straße zur nächsten Uhr kam, sah ich, daß mich mein Zeitsinn betrogen hatte, es war drei Uhr morgens. Um so besser, ich kann noch schlafen. Zurück nach Hause.

Als ich zum zweitenmal erwachte, fühlte ich mich schon viel ausgeschlafener. Es war heller Tag. Auf dem Patio lärmten schon alle Grammophone und Ukulelen. Es war Mittag vorbei. Schicksal! Morgen wollte ich mein Geld holen. Adieu, Charleston!

Nachmittags traf ich in schönster Abschiedsstimmung einen Kollegen aus dem Hotel, einen, der die großen Kochtöpfe zu reinigen hatte, Kiddy Brown. Er hatte zwischen den Mahlzeiten eine halbe Stunde Zeit und unterhielt sich jetzt mit seinem Freund unter den Arkaden des alten Kaffeehauses. Der andere arbeitete hier, er wartete auf die vorbeifahrenden Autos, um ihnen Erfrischungen an den Wagen zu bringen. Uns gegenüber erhob sich der gewundene Turm einer alten Kirche, ein Friedhof lag zu ihren Füßen. Ein Papagei schrie auf uns, mit der Stimme eines heiseren Greises, Verwünschungen herab. Bald gesellte sich zu ihm der

Chef des schwarzen Ganymeds und verscheuchte uns, die hier nichts zu tun hatten.

Wir gingen mit Kiddy Brown auf die andere Seite. »Ich will auch bald fort«, sagte er, »vielleicht nach Boston oder New York. Wo der Neger auch ein Mensch ist. Dort, nicht wahr, gibt es keine ›Jim Crow Linie‹.«

»Ich fürchte, die gibt es überall, wenn auch in veränderter Form.«

Wir standen jetzt auf dem Friedhof unter einer Statue. Ein heiter lächelnder, weiblicher Torso. Vielleicht vermag uns ein Torso deshalb so zu ergreifen, weil er zeigt, daß das Leben, wenn auch unvollkommen, den Tod zu überwinden, über Vernichtung zu triumphieren vermag.

»Da steht etwas auf dem Sockel, was ich nicht ganz verstehe«, sagte Kiddy Brown.

Wir lasen, leider muß ich aus dem Gedächtnis nur dem Sinn nach zitieren: »Diese Statue wurde von der englischen Flotte, die unsere Stadt beschoß, beschädigt, gerade zu jener Zeit, als Pitt im englischen Parlament seine Stimme zugunsten des amerikanischen Volkes erhob. Diese Statue sei seinem Andenken gewidmet. Doch auch wenn sie schon längst zu Staub verfallen, unsere Stadt der Vergessenheit anheimgefallen ist, wird sein Andenken noch leben.«

»Wer war denn dieser Pitt?«

»Ein englischer Staatsmann, wenn ich nicht irre, der die Rechte anderer Nationen anerkannte, auch wenn sie ›Feinde‹ seines Vaterlandes waren.«

»Aber nicht wahr, man kann nicht erwarten, daß andere für unsere Rechte kämpfen. Und um es besser zu haben, genügt es nicht, in eine andere Stadt zu fahren?«

»So wird es wohl sein, Kiddy Brown. Man kann von den anderen nicht allzuviel erhoffen. Und so schöne Kriegerdenkmäler werden heutzutage überhaupt nirgends errichtet. Weder in Amerika noch in Deutschland.«

VI
Entdeckungsreise in Britisch-Guayana, dem Diamantenland

Demarara, eine orientalische Stadt in Südamerika

Wo liegt eigentlich Britisch-Guayana? In Afrika? In Indien? Ach so, es ist in der Nachbarschaft Französisch-Guayanas, da, wo Cayenne ist, in Südamerika also, jetzt weiß man schon Bescheid.

Wenn wir aber Demarara, die Hauptstadt – nur im Lehrbuch heißt sie Georgetown, kein Mensch nennt sie so –, zuerst betreten, könnten wir bezweifeln, ob das wirklich Südamerika ist, nicht vielmehr Indien.

Inderinnen, umbauscht von weißen und farbigen Tüchern, gehen durch die Straßen. Männer, den Körper mit weißen, kurzgeschürzten Linnen bedeckt, unzählige Bettler, nur mit einigen Fetzen bekleidet, torkeln an den Arkaden entlang oder liegen auf der Erde. Ein mohammedanischer Priester mit brennendrotem Turban, Pumphosen und Jacke, seine Stirn ist mit lila Linien bemalt zum Zeichen seiner hohen Würde, liest mit lauter, singender Stimme aus dem Koran den vor ihm kauernden Zuhörern vor. Die „cookshops", die Kochbuden der Ärmsten, locken mit indischen Aufschriften die Hungrigen in ihre dunklen Höhlen. Die dicken Inhaberinnen mit glänzend schwarzem Haar, silbernen Rosetten an der äußeren Nasenwand und klirrenden Armbändern, bedienen selber mit einer dicken Suppe ihre Gäste, verhungert oder, wenn man will, asketisch aussehende Inder.

In den offenen Geschäften unter den Arkaden beugen sich Silberschmiede über die Ohren- und Nasenringe, die Arm- und Knöchelbänder, die die Wohlhabenheit einer Inderin offensichtlich dartun.

In einem anderen Laden werden in bronzene Gebrauchsgegenstände Szenen und Gestalten aus der verlassenen Heimat gehämmert. Emaillearbeiter tragen mit unglaublicher Geduld Farben auf. Die Dosen, Vasen, Schalen sind für Fremde bestimmt.

Auf dem Markt ist das Leben noch lauter, das Durcheinander noch größer. Zwischen den Obstbergen wird viel Reis mit Curry feilgeboten, Süßigkeiten, aus Guava hergestellt, und alle Gewürze, die der indische Gaumen gewohnt ist.

Die Käufer sind unter den Marktbesuchern weniger zahlreich als jene, für die der Markt einfach ein gesellschaftliches Ereignis ist, das man mitmacht. Im Kreis hocken Männer und Frauen auf den Fersen und plaudern, oder wenn der Gesprächsstoff ausgegangen ist, bleiben sie stundenlang schweigend in dieser Lage, die nicht sehr bequem scheint.

Hier sieht man, daß Britisch-Guayana nicht nur indisch, sondern auch afrikanisch ist. Die Neger durchbrechen mit ihrem lauten Lachen die Gelassenheit der Inder.

Syrier weben bunte Teppiche und preisen gleichzeitig singend ihre Ware an.

Ein Alter, mit langem, weißem Bart, strickt mit Zehen und Fingern bunte Wollketten für die Mädchen, die gleich auf die Bestellung warten.

Im fliegenden Schönheitssalon lassen die Bettler ihren Bart stutzen und betrachten dann in einer Spiegelscherbe kritisch das Werk des Haarkünstlers.

Manchmal huscht ein Chinese in schwarzem Seidenmantel oder eine Chinesin mit einem riesigen Schirm durch die Menge. Diese Chinesen sind die Aristokraten unter der »farbigen« Bevölkerung Britisch-Guayanas, denn man läßt nur diejenigen in das Land, die über größere Mittel verfügen.

Wie die Neger nach Südamerika kamen, das wissen wir, das war noch in jenen barbarischen Zeiten, als Sklavenhandel erlaubt war. Wie aber kommen die Inder nach Südamerika?

Diese indische Kolonisation in Britisch-Guayana ist eine Sache neueren Datums. Im letzten Jahrzehnt fand ganz ohne Sang und Klang eine kleine Völkerwanderung statt. Heute sind weit über die Hälfte der Einwohner Britisch-Guayanas Inder. Allerdings ist dieses Land, das genau den Umfang von Großbritannien hat, mit etwa 400 000 Einwohnern, alle Indianer einberechnet, eines der am dünnsten bevölkerten Länder der Welt.

Als kurz nach dem Kriegsende die Zucker- und Reispreise in die Höhe schnellten, erinnerten sich die Engländer, daß sich die fruchtbaren, aber bisher gar nicht ausgebeuteten Ländereien in Guayana für die Zuckerproduktion besonders eignen würden. Aber erst müßte Urwald gerodet werden. Arbeitskräfte fehlen? In Indien gibt es genug Menschen. Man holt Kulis aus Indien.

Dieser Ausdruck »Kulis« ist offiziell. Die Inder in Britisch-Guayana werden überhaupt nur als Kulis bezeichnet. Das Wort Kuli ist in die englische Sprache übernommen und bedeutet soviel wie »farbige«, ungelernte Arbeiter. Die Inder sind aber gar keine ungelernten Arbeiter, es wurden nur solche hierher transportiert, die schon in Indien auf Zucker- oder Reisfeldern gearbeitet haben oder in Zucker- und Rumfabriken. Und doch Kulis.

Ja, nicht nur Kulis im Sinne des englischen Wörterbuches, sondern auch in dem extremen Sinn der Halbsklaven.

Denn diese Inder sind nicht frei, wenn sie nach Britisch-Guayana kommen, sie haben einen Fünfjahrkontrakt. Während dieser Zeit müssen sie die Arbeiten verrichten, die ihnen von der Regierungsstelle angewiesen werden. Sie müssen dort arbeiten, wohin man sie schickt, sie genießen keine Freizügigkeit, Entweichen von der Arbeitsstelle wird mit Gefängnis bestraft, auch Annahme einer anderen Arbeit. In den ungeheuren Urwäldern von Britisch-Guayana dürfen die »Arbeitgeber« nur Arbeiter einstellen, die eine von der Regierung ausgestellte Arbeitskarte besitzen, sonst werden auch sie bestraft.

Diese Maßnahmen sind alles andere als beliebt. Man braucht also nicht zu glauben, daß der Bürokratismus ein Vorrecht der zivilisierten Länder ist. Er herrscht auch im tiefsten Urwald.

Ich sprach schon von den vielen Bettlern, die den Straßen von Demarara einen so malerischen Anstrich geben. Man könnte erst

annehmen, daß ihre phantastisch zerlumpten Erscheinungen ihre
Zahl größer erscheinen lassen, als sie wirklich ist. Aber die kühlen
statistischen Zahlen beweisen klipp und klar, daß der Augen-
schein nicht täuscht. Schon im Jahre 1928, als noch gute Konjunk-
tur war, gab es in Demarara, einer Stadt von fünfzigtausend Einwohnern, etwa viertausend behördlich genehmigte Bettler. Heute,
in der Krisenzeit, hat sich ihre Zahl mindestens verdoppelt, also
ungefähr jeder sechste Einwohner ist ein konzessionierter Bettler.

»Ich war Kuli, habe in der Zuckerfabrik gearbeitet, sie ist geschlossen, es gibt keine Arbeit.« Die meisten sprechen etwas englisch.

»Können Sie denn nicht zurückfahren nach Indien?«

»Bin erst seit drei Jahren hier, Rückfahrkarte bekomme ich erst
nach dem fünften Jahr.«

Ein anderer: »Ich bin seit sieben Jahren hier mit Familie. Nach
fünf Jahren konnte ich statt Reisegeld Land bekommen. Den Rest
sollte ich in Jahresraten abzahlen. Ich hatte eine Zuckerplantage,
aber es ging gleich alles schief. Die Preise fallen, Zucker kann man
überhaupt nicht verkaufen. Ich konnte nichts zahlen, ich habe alles verloren.«

Keine Arbeit in diesem Lande, wo doch soviel Raum ist und so
wenig Hände? Nein, keine. Man muß die Produktion einschränken, es lohnt nicht, man läßt die Zuckerrohrfelder verkommen.
Fabriken werden geschlossen. In den Lagerhäusern ist schon
übergenug Zucker aufgestapelt, man weiß nicht, wohin damit. Es
wird nichts anderes übrigbleiben, als ihn zu vernichten.

Und was geschieht mit den Kulis? Man hat allein im Jahre 1920
sechzigtausend Inder nach Guayana importiert, nur wenige sind
nach Indien zurückgekehrt. Wer weiß, vielleicht werden die Zuk-
kerpreise einmal in die Höhe gehen, vielleicht können sie ihr
Glück auch anders machen. – Es gibt ja Diamanten und Gold,
nicht nur Zucker in Guayana.

Wie werde ich reich und glücklich?

Es ist merkwürdig, in dieser Stadt der Bettler so viele große Aufschriften zu sehen, die alle von Diamanten, Gold, Edelsteinen
sprechen. »Erste Britische Diamanten-Gesellschaft«, »Krakowsky

Diamanten GmbH«, »Goldverwertungs AG«. Denn Britisch-Guayana ist wirklich reich, es ist nicht nur fruchtbar, hat nicht nur ungeheure, unausgebeutete Wälder, sondern auch viele Naturschätze. Neben Brasilien ist es das bedeutendste Diamantenland Amerikas.

»Seien Sie weise, versäumen Sie nicht, bei uns Ihre Einkäufe zu machen, wenn Sie Diamanten oder Gold graben wollen.«

»Die besten Ausrüstungen für Diamantengräber hier zu haben«, so und ähnlich locken Anzeigen.

Ich war also nicht einmal besonders überrascht, als sich im Hotel ein Herr bei mir melden ließ, der mir ohne viel Umschweife ungeheure Reichtümer versprach. In seiner Rede glitzerten nur so die Diamanten und blinkten die Goldberge. Der Fremde sah exotisch und interessant aus, ein Inder, aber in der weißen Tropenkleidung der Weißen.

Leider stellte sich zu schnell heraus, daß er nur ein Fremdenführer war, doch bereit, eine Expedition für mich nach den Diamantenfeldern auszurüsten. Er würde alle Formalitäten erledigen, Diamantengräber für mich verdingen, ein Boot chartern, einen Kapitän und Mannschaften heuern. Er wollte alle nötigen Werkzeuge besorgen, Waffen und Munition, Zelte und Lebensmittel, er berechnete, wieviel Biskuits und Salzfische, wieviel Konserven, Mehl und Zucker ich mitnehmen müßte. Ich hätte selbst weiter nichts zu tun, als in Diamanten zu wühlen. Nach vier Monaten könnte ich als mehrfache Millionärin nach Europa zurückkehren.

Welche Aussichten! Ich sah mich schon in Hamburg mit Säcken voll Diamanten landen.

Ja, und die Kosten? Der Inder rechnete und rechnete. Etwa zweitausendfünfhundert Dollar müßte ich schon anlegen, um reich zu werden, wirklich nicht viel. Er konnte auch gar nicht begreifen, daß ich diese glänzende Gelegenheit nicht ergriff. Ganz unglaubwürdig schien ihm, daß ich eine so kleine Summe nicht besaß.

In Britisch-Guayana haben die europäischen Touristen – sie sind eine große Seltenheit – denselben Ruf wie die Amerikaner in Europa. Niemand will es glauben, daß ein Europäer, der überhaupt auf die Idee verfiel, nach Britisch-Guayana zu kommen, nicht sehr reich sei. Dagegen sind die Amerikaner aus den Staaten und aus Kanada ganz gewöhnliche Erscheinungen. Sie verbringen sehr häufig ihre Ferien hier. Es werden Touristenfahrten mit Aufenthalt im Hotel veranstaltet. Der Rum ist berühmt, in dem Hotel ersten Ranges gibt es eine große Auswahl von Cocktails, und jeder bekommt soviel Highballs serviert, wie er nur wünscht. Das allein ist schon eine achttägige Seereise wert.

Der Inder sah mich immer noch vorwurfsvoll und traurig an.

Wirklich, warum soll man leichtsinnig dem Glück aus dem Wege gehen?

»Wo ist denn der Abfahrtshafen der Diamantensucher?«

»Der ist in Bartica, eine Tagesfahrt von Demarara entfernt.«

»Und das kostet?«

»Ungefähr 10 Dollar mit der Eisenbahn.«

»Glänzend, soviel kann ich noch für Glückssuche erübrigen. Wenn ich dann in Bartica viele erfolgreiche Diamantengräber treffe, mache ich auch unbedingt eine Expedition. Wenn ich mit Bestimmtheit sehe, daß ich auf diese Weise Millionärin werden kann, würde es mir vielleicht möglich sein, die nötigen Mittel aufzutreiben.«

Der Inder zog unzufrieden ab.

Die Fahrt nach dem Diamantenhafen

Als ich den Essequibofluß mit der Fähre überquerte und die Bahnstation erreichte, konnte ich die erste Freude darüber erleben, eine einfache Reisende und nicht eine Diamantensucherin zu sein.

Eine Menschenmenge in den Tropen wirkt nie phlegmatisch, aber eine so ungeheure Aufregung, wie sie auf dem kleinen Bahnsteig herrschte, kann man sich schwer vorstellen. Brüllend und heulend versuchten die Negerträger unförmiges Gepäck zu verladen, wo doch einfach kein Platz vorhanden war. Reisende suchten laut jammernd ihre Gepäckstücke, die in alle Winde verstreut herumlagen. Ich hatte nur eine Reisetasche mit, sie wurde ein wahres Kampfobjekt der zahllosen Träger; es war ein Wunder, daß sie doch noch zu mir gelangte. Es meldeten sich auch dann mindestens ein Dutzend Leute um Trinkgelder.

Es war Anfang der Hauptsaison im Gebiete des Mazaruni. Die

Regenperiode hatte eben aufgehört, und die Zeit für die Fahrt auf den Flüssen war jetzt die günstigste.

Der Zug war überfüllt, die wenigen Weißen waren Vertreter der Diamantengesellschaften, Angestellte einer Bauxit-Gesellschaft und Missionare, die in weit abgelegene Indianerdörfer fuhren. Die »Farbigen« waren nicht nur Diamanten- und Goldgräber, sondern auch Plantagenarbeiter, es fuhren auch mehrere Frauen mit.

In meinem Abteil saßen auch zwei Indianer, die nach Hause fuhren. Ich habe einen von diesen letzten Mohikanern schon im Hotel gesehen, wo er »echte« indianische »Curios« verkaufte. Die »Andenken aus der Wildnis«, »giftige« Pfeile und Kopfschmuck, sind beliebt, doch werden sie so schlecht bezahlt, daß die Indianer sie in Warenhäusern kaufen müssen, die diese wieder aus Fabriken aus Amerika beziehen.

Einer der Missionare, der neben den Indianern saß, die mit ihm nicht ins Gespräch kommen wollten, begann nun mich über mein Reiseziel auszufragen. Als er hörte, daß ich in Bartica im Hotel wohnen wollte, fand er das den Gipfel aller Abenteuerlichkeit. Kein »besserer« Fremder wohne dort, besonders wenn er noch obendrein eine Dame sei. Er wolle mir eine vornehmere Unterkunft besorgen.

»Ist die auch wirklich soviel besser?«

»Ja, da hätten Sie viel mehr Komfort, und auch die Umgebung wäre weniger gefahrvoll.«

»Und wo soll das sein?«

»Im staatlichen Zuchthaus am anderen Ufer des Mazaruni gegenüber Bartica. Sie wären dort sicher gut versorgt.«

Ich dachte erst, der Missionar habe jenen englischen trockenen Humor, der auch von dem österreichischen Blödeln nicht zu übertreffen ist. Aber davon war keine Rede. Dieses Zuchthaus diente wirklich alleinstehenden Damen oft als Quartier. Man bekam zum Frühstück den echtesten englischen »porridge« (Hafergrütze) und nahm an der Andacht mit den Zuchthäuslern teil. Trotzdem wollte ich es mir noch überlegen.

Die Ankunft in Bartica verlief ebenso dramatisch wie die Abfahrt in Demarara. Endlich aber landeten ich und meine Zehnpfund-Reisetasche im »Grand Hotel Bartica«, eben in jenem Hotel, in dem abzusteigen dem Missionar so unschicklich schien.

Die Hotels in den amerikanischen Tropen sind selten eine reine
Freude für Menschen mit empfindlichen Gehörnerven. Sie sind
so gebaut, daß auch dem Gast, der sich auf sein Zimmer zurück-
zieht, kein Laut und kein Wort entgeht. Es gibt meist Rabitz-
wände und keine Fenster, dafür aber mindestens zwei Türen mit
offenen Jalousien. Die amerikanischen Drahtmoskitonetze sind
hier wegen ihres hohen Preises nur wenig bekannt, dafür aber
breitet sich über das Bett ein mehr oder (meist) weniger weißes
Moskitonetz. Im »Grand Hotel Bartica« nun waren alle Unvoll-
kommenheiten in höchster Vollkommenheit vorhanden. Der
Stimmenaufwand der Gäste bewies, daß sie gewohnt waren, im
Urwald Tiger zu überbrüllen. Das Moskitonetz verriet die reichste
Vergangenheit.

Man weiß nie im Leben, wonach man noch Sehnsucht haben
könnte. Ich hätte zum Beispiel nie gedacht, daß ich mir einmal
heftige Vorwürfe machen würde, warum ich doch nicht lieber ins
Zuchthaus von Bartica ging.

Der Mann,
der wegen ungebührlichen Benehmens im Urwald
Strafe zahlen mußte

So laut es in der Nacht im Hotel zuging, so ruhig war es am Morgen, das Haus war wie ausgestorben. Die Diamantengräber waren
schon am Hafen, um ihre Weiterfahrt vorzubereiten, oder sie
schliefen ihren Freudenrausch aus über ihre Rückkehr in die Zivilisation.

Nur ein einzelner Mann, ein Neger in mittleren Jahren mit rot-
unterlaufenen, tränenden Augen, saß an einem Tisch, anscheinend hier vergessen, noch seit gestern abend. Er redete halblaut
vor sich hin. Erst bei schärferem Zuhören enträtselten sich seine
Worte als eine Kette von sich wiederholenden Flüchen: »Donnerwetter, Kreuzsakrament, verdammt noch einmal, Himmelkreuz-
teufel, verfluchte Pesthölle, Satansgesindel, dreckige Saubande.«

Das war also zweifellos einer jener Männer, durch die nach Ansicht des Missionars das Zuchthaus ein angemessenerer Ort für
Damen wurde als dieses Hotel.

»Jetzt hör mal auf.« Die Negerbedienerin versuchte vergeblich, ihm bessere Sitten beizubringen. Er fluchte weiter, allerdings in einem sehr leisen und sanften Ton.

»Laß mich doch, das habe ich mir vorgenommen, das habe ich mir geschworen, wenn ich aus dieser Hölle von Urwald, von diesem Schweinehund von Sklaventreiber mal loskomme, dann tue ich 24 Stunden lang nichts als fluchen. Hier ist wenigstens ein netter Ort, hier kann man fluchen, ohne Strafe zahlen zu müssen.«

»Das bilde dir nur nicht ein, wenn du das Maul nicht halten willst, kannst du hier auch ins Kittchen kommen.«

»Unsinn, du willst mir was vormachen. Aber hier, sieh mal her, hier steht es schwarz auf weiß, ich habe Strafe gezahlt, einen Dollar Strafe, weil ich ein bißchen den Mund auftat und Bescheid sagen wollte dem Kerl, der im Urwald den großen Herrn spielen wollte. Einen Dollar Strafe wegen ungebührlichen Benehmens, und zieht sie mir einfach vom Lohn ab, eine gute Idee. Ich bekomme für den ganzen Tag für die Hundearbeit von frühmorgens bis in den Abend fünfundsechzig Cent, aber wenn ich den Mund mal aufmache, kostet es einen Dollar. Nicht übel, was?«

Ich bat ihn, mir den Zettel auch zu zeigen.

Er wird sofort von geradzu weltmännischer Liebenswürdigkeit und überreicht mir mit einer Verbeugung das merkwürdige Dokument aus dem Urwald, das schon Spuren vieler interessierter Finger aufwies. Es ist eine Abrechnung, lautend auf den Namen John Day, eine Abrechnung über drei Monate Arbeit auf den Diamantenfeldern. Hier steht: 90 Tage à 65 Cent = 58 Dollar 50 Cent. Die Ausgaben lauten: 10 Dollar Vorschuß, 15 Dollar Geldanweisung an Frau, zweimal je ein Tabakpaket à 3 Dollar, ein Hemd 4 Dollar und zuletzt 1 Dollar Strafe wegen Gebrauchs lästerlicher Sprache.

»Ich arbeite von morgens um sechs bis zur Dunkelheit wie ein Tier und bekomme dafür fünfundsechzig Cent. Wenn aber dem Herrn meine Sprache nicht gefällt, kostet mich das einen Dollar. Nein, zum Teufel auch, Donnerwetter noch einmal, diese Welt ist nicht in Ordnung.«

»Du hättest dich beschweren sollen, alter Knabe, so was braucht man sich doch nicht ohne weiteres gefallen zu lassen«, sagt ein Neuankömmling, dem man anmerkte, daß er sich soeben in dem Schönheitssalon von Bartica herrichten ließ, so eindringlich roch er nach Brillantine und Patschuli.

»Hab ich doch sofort getan, ich lief stundenlang durch Ge-

strüpp zum ›Ward‹ (dem Regierungsaufseher im Urwald), ich
habe alles erzählt, wie es war. Das Fleisch, das ich bekommen
habe, war schlecht, und ich sehe nicht ein, warum ich dem alten
Gauner meine Meinung vorenthalten sollte. Er hätte eins in die
Fresse verdient und nicht liebliches Säuseln. Was aber sagte der
›Ward‹? Mensch, wenn du nicht gleich aufhörst, bekommst du noch
einen Dollar aufgebrummt. Wenn mir noch einmal jemand erzählt, im Urwald kannst du wenigstens tun, was du willst, dem sag
ich Bescheid.«

»Warum gehst du auch als ›labourer‹, als Tagelöhner, in den Urwald, das würde mir auch nicht passen.«

»Und ich möchte kein ›pork-knocker‹ sein, ich habe schon so
manchen gesehen, der halbverhungert die Tagelöhner um einen
Bissen angebettelt hat.«

»Aber ein ›Schweineklopfer‹ hat wenigstens Grips in den
Adern, der wagt etwas, es kann schiefgehen, aber er kann auch
mal Glück haben.«

»Vom Schiefgehen könnte ich dir mehr Geschichten erzählen.«

»Aber ich weiß auch einige vom Glückhaben.«

Tagelohn, Tribut, »claim«.

Das Diamanten- und Goldgraben im Urwald ist alles andere als
ein freier Beruf. Die Hecke der Gesetze umgibt jeden Stein, jeden
Fußbreit Land. Auch das menschenleere Dickicht ist kein Nie-
mandsland.

Um im Urwald Glück zu haben, genügt es keineswegs, ein ent-
schlossener Abenteurer zu sein. Auch hier ist die Hauptsache
Geld.

Die als Tagelöhner Arbeit nehmen, haben bestimmt keines. Als
Kontraktarbeiter in die Diamantenfelder zu gehen, passiert nur
einem, dem nicht viel Schlimmeres passieren kann. In Britisch-
Guayana liegen die Diamanten ziemlich an der Oberfläche. Man
erzählt sich viele Fälle, wo sich einer nur bücken mußte, um einen
Diamanten in die Hand zu bekommen. Aber es ist beschwerlich,
oft lebensgefährlich, gerade zu den besten Diamantenfeldern zu
gelangen. Wasserfälle und Strudel müssen bezwungen werden.

Die Kontraktarbeiter haben an den Diamantenfunden keinerlei

Rechte, sie werden streng kontrolliert. Ihr Tagesverdienst ist zwischen fünfzig und achtzig Cent. Außerdem ist ihr »Arbeitgeber« verpflichtet, ihnen eine bestimmte Lebensmittelration zur Verfügung zu stellen.

Sie bekommen wöchentlich ein Pfund Salzfleisch, zwei Pfund Zucker, drei Pfund Mehl, anderthalb Pfund Reis, etwa ein Pfund Erbsen, ein Pfund Schweinefleisch, ein Pfund Biskuit und sieben Rillen Schokolade, manchmal auch statt Schokolade Kaffee oder Tee. Freilich ist es kein Wunder, wenn die Lebensmittel manchmal verdorben sind. Der Transport ist lang, und wir sind in den Tropen.

Die Kontraktarbeiter können sich zusammen einen Koch oder eine Köchin halten, die sie aber selbst bezahlen müssen.

Ihre Lebensmittel dienen auch vielfach als Tauschobjekte, und es kann vorkommen, daß einer für Mehl einen Diamanten bekommt. Meist aber sind sie froh, wenn sie Schnaps oder Kautabak dafür erhalten.

Ein Kontraktarbeiter, der vor Ablauf des Kontraktes seinen Arbeitsplatz verläßt, kann sofort verhaftet werden und wird mit sechs Monaten Gefängnis bestraft. Aus der Ferne sieht es romantischer aus, Diamantengräber zu sein.

Die »pork-knockers«, die Schweineklopfer, wie sie im allgemeinen genannt werden, entsprechen schon eher den Vorstellungen von Abenteurern. Was ist eigentlich »pork-knocker«? Auch die ältesten Schweineklopfer wissen nicht, warum sie so heißen, der Ausdruck ist allgemein üblich, aber keiner konnte mir den Sinn erklären. Schweineklopfer, sie klopfen den harten Boden, das ist vielleicht das Schwein. Ganz offiziell heißen die »pork-knockers« »tributors«. Der Sinn ist hier schon klar. Sie arbeiten auf einem »claim«. Für die dort gefundenen Diamanten zahlen sie dem Besitzer Tribut. Dieser Tribut ist ziemlich verschieden, zwischen fünfzig und achtzig Prozent müssen sie abgeben. Die »pork-knokkers« dürfen keinen Diamanten aus dem Bereich ihres Urwaldbezirkes hinaustragen, sie müssen die gefundenen Diamanten sofort den lizenzierten Diamantenaufkäufern abgeben.

Die »pork-knockers« bekommen weder Lohn noch Lebensmittel. Wie aber kommen sie denn in den Urwald ohne Geld? Meist besteht ihr Vermögen aus einem »mining-privilege«, einer Grabungserlaubnis, die sie für einen Schilling bekommen können.

Dieses »Privileg« gibt ihnen das Recht, aber noch nicht die Möglichkeit, »pork-knocker« zu sein.

Die Möglichkeit verschaffen sie sich anders. Wenn sie sich als Ruderer auf einem Correal, das nach den Diamantenfeldern fährt, verdingen, können sie nicht nur umsonst die Fahrt mitmachen, sondern erhalten auch für zwei Wochen die gesetzlich vorgeschriebene Lebensmittelration.

Trotz der schweren Arbeit auf dem Boot müssen sie soviel Lebensmittel wie möglich absparen, damit sie für den Anfang im Urwald zu essen haben. Dann aber müssen sie sich beeilen, Diamanten zu finden, sonst bleibt ihnen nichts anderes übrig, als zu verhungern. Der »pork-knocker« läuft ein Risiko, vielleicht hat er Glück, und er findet die großen Diamanten, die ihm viel Geld bringen. Hat er kein Glück, ist es möglicherweise sein Ende. Diamanten oder das Leben!

Ja, und die »claim«-Besitzer. Das zu werden, schlug mir der Inder vor, so wird man reich.

Man braucht nicht unbedingt Tausende zu haben, um stolz von sich sagen zu können, ich bin Besitzer eines »claims«. Ausgerüstet mit einer »prospecting licence« (einer »Absichts-Lizenz«), die man für fünf Dollar beim Grubendepartement erhält, kann man in den Urwald ziehen, sich ein Stück noch freies Land von bestimmter Größe aussuchen, umzäunen und darüber eine genaue Beschreibung dem Grubendepartement einschicken. Wenn man dem Gesuch fünfzehn Dollar beifügt und sich das Land als wirklich frei herausstellt, ist man »claim«-Besitzer für ein Jahr.

Man kann aber auch auf eine viel weniger romantische Art »claims« erstehen. So wie in Berlin alte Kleider versteigert werden, so versteigert man in Demarara verfallene »claims«. »Claims« mit recht merkwürdigen Geschichten, die nicht gerade von Reichtum und Glück erzählen. Die »claims« berechtigen keineswegs zu einer vollen Ausnützung des gemieteten Landes, es gibt Gold- und Diamanten-, Edelholz- und sogar Orchideen-»claims«. Ein »claim« kann auch ohne weiteres verfallen, wenn das Land an Konzessionäre vergeben wird. Eine Konzession schlägt alle »claims«. Petroleum, Bauxit, Balata und Kohle dürfen nur durch Konzessionäre ausgebeutet werden. Auch der glückliche »claim«-Besitzer ist nur ein sehr kleiner Mann im Urwald.

Nachdem ich mich an den Lärm im Hotel gewöhnt hatte, war ich
ganz zufrieden, nicht im Zuchthaus zu wohnen.

Die Diamantengräber sind Arbeiter, die unter besonders
schwierigen Verhältnissen ihr bißchen Brot verdienen. Die Erzählungen über die Trinkgelage und ihr sinnloses Geldverschleudern
entpuppten sich als sehr übertrieben. Sie gaben natürlich lärmend
ihre Freude kund über ihre Rückkehr in die Zivilisation. Jene, die
wieder auszogen in den Urwald, konnten nicht genug hören über
das Leben dort.

Freilich gab es auch manchen, der mehr trank, als ihm förder-
lich war, aber auch das hatte meist seine besonderen Gründe.

Da gab es einen stämmigen Neger mit einem nervösen Tick.
Sein Kopf schüttelte sich in einer immer wiederkehrenden Bewegung. Er erzählte folgende Geschichte:

»Ich war vier Monate lang auf einem ›claim‹ an dem oberen Mazaruni als Kontraktarbeiter. Es war eine lange und schwierige
Hinfahrt. Wie lange sie dauerte, weiß ich nicht mehr genau, aber
es waren mindestens zehn, zwölf Tage. Ich saß am Ruder, abends
schmerzten meine Arme, daß ich sie kaum bewegen konnte. Als
mein Kontrakt ablief, wollte ich gleich zurück. Mein Arbeitgeber
wollte mich auch nicht länger behalten und gab mir keine Lebensmittel mehr. Aber kein größeres Boot fuhr nach Bartica. Nach
meinem Kontrakt mußte ich meine Rückfahrt selbst bezahlen,
aber der Boß war verpflichtet, mir Beförderungsmöglichkeit zu geben. Da sagte er mir, ich gebe dir ein Kanu leihweise, und du
übergibst das Boot in Bartica meinem Agenten. Er verlangte von
mir dafür auch Leihgeld. Das Boot war alt und schon beschädigt,
die Ruder halb zerbrochen. Ich sagte mir, mein Junge, du siehst
dir mal erst das Boot an, bevor du losgondelst.

Ich stieg in das Boot und wollte die Ruder ausprobieren, aber
nur dicht am Ufer bleiben. Plötzlich, bevor ich noch recht zur Besinnung kam, geriet das Kanu in einen Strudel. Ich verlor die Ruder, und das Boot sauste stromabwärts. Es war unmöglich, das
Boot irgendwie zum Stehen zu bringen, denn schon näherte es
sich den Wasserfällen. Weißzischend fiel das Wasser in die Tiefe;
ich dachte, es ist mein Ende. Ich lag langgestreckt im Boot und

klammerte mich an die Planken, ich wollte nichts mehr sehen, unten auf den Felsen muß diese Nußschale zerschellen. Die Flut schlug über mir zusammen, ich hörte das Brausen und Heulen des Falles. Ohne daß ich es wußte, versuchte mein Körper das Kanu ins Gleichgewicht zu bringen, um es vor dem Umkippen zu bewahren.

Dann merkte ich, daß das Rauschen leiser wurde, ich war dem Wasserfall entronnen.

Ich wollte versuchen, das Ufer zu erreichen, aber schon tauchte der nächste Wasserfall auf.

Wie ein Pfeil lief das Boot in den nächsten Wasserfall, aber wieder war ich gerettet. Ich öffnete nicht mehr die Augen, meine Ohren wurden taub, so flog ich mit dem Boot immer weiter. Mensch, dachte ich nur, du bist verloren. Keine Lebensmittel, keine Möglichkeit, irgendwie zu halten, ich versuchte immer wieder zu berechnen, wie lange die Hinfahrt gedauert hat. Waren es vierzehn Tage oder zwölf, vielleicht auch nur zehn? Aber es war eine lange, beschwerliche Fahrt. Werde ich nun verhungern, oder wird das Boot zerschellen? Später erzählte man mir, daß mehrere Boote vorbeifuhren, man mir zurief und zuwinkte und mir helfen wollte, aber niemandem gelang es, in meine Nähe zu kommen, und ich sah und hörte nichts.

Als ich wieder wagte, mich umzusehen, war es schon ganz dunkel; nur eine dünne Mondsichel stand am Himmel, das Wasser umtobte mein Kanu, als heulte es vor Wut, daß es mich immer noch nicht vernichten konnte.

Ich glaube, ich bin dann ohnmächtig geworden. Als ich wieder zu mir kam, sah ich Menschen um mich. Das Boot lag jetzt ruhig auf dem Fluß, der breit war und glatt, ich erkannte die Gegend wieder, das war ja schon die Nähe Barticas. Wie konnte ich, ohne etwas zu mir zu nehmen, mich tagelang auf dem Boot festhalten? Aber da erfuhr ich, daß diese tolle Fahrt kaum 24 Stunden gedauert hat. Das ging schneller als die Hinreise.

Aber ich mußte tüchtig eins trinken, um mich wieder zu erholen. Das war mein größtes Pech, denn in drei Tagen hatte ich nicht einen Penny mehr von dem Geld, das ich in vier Monaten verdient hatte. Jetzt muß ich zurück in den Urwald, ich kann mich doch nicht ganz ohne Geld zu Hause zeigen.«

Unter den Diamantensuchern war ein Mulatte von besonders heller Haut, mit grauen Augen, dessen Hände allein die Merkmale afrikanischer Abstammung zeigten: eine blaßrosa Handfläche, die von dem viel dunkleren Handrücken abstach.

Diese Hände lenkten durch einen merkwürdigen Schmuck die Aufmerksamkeit auf sich. Auf dem linken Ringfinger war ein Kieselstein mit dickem Bindfaden befestigt, allerdings erfuhr ich bald, daß der Kieselstein in Wirklichkeit ein roher Diamant war.

»Der Kerl hat Schwein, wohin er auch geht, immer findet er Diamanten. Er hat sich diesmal das Geld schwer zusammengescharrt für ein ›claim‹, aber es ist ihm wieder gelungen, er hat für sich Diamanten gefunden.«

Außer dem ungewöhnlichen Ring merkt man nicht viel von dem Reichtum des von allen beneideten Glückskindes. Er ist barfuß, und seiner Kleidung sieht man viele Unbilden des Urwaldes an.

»Den hätten Sie 1923 sehen sollen, da war er wirklich groß, er hatte Lackschuhe und einen Ring mit einem richtig blitzenden Brillanten. Überhaupt das Jahr 1923, damals war es schön hier, da hatten die Diamanten noch einen Wert. Ladys kamen aus England und gingen auf die Diamantensuche und britische Offiziere. Damals war es ein großes Geschäft. Den Betrieb hätten Sie hier sehen sollen. Wir hatten echten französischen Champagner auf Lager. Ich habe an einem Tage mehr Whisky verkauft als jetzt in Wochen. Ja, das waren Zeiten.« Der Wirt lächelt wehmütig.

»Wenn man mir für meinen Diamanten nicht mehr zahlen will, behalte ich ihn lieber und trage ihn so«, sagt der Mulatte. »Bald wird man von uns verlangen, daß wir die Steine der Regierung schenken und noch was draufzahlen.«

»Ich sage eben, 1923, das waren andere Zeiten.«

»Aber Pech hatte ich auch damals.«

»Mensch, du, dem die Edelsteine geradezu nachlaufen.«

»Jawohl, die Steine, die meinen es gut mit mir, aber nicht die Gesetze. Was ich auch tue, die werden mein Pech. Seit 1920 bin ich Diamantensucher. Ich habe lange und schwer gearbeitet, bis ich herausfand, wie man sich auf den Diamantenfeldern im Urwald zurechtfindet. Ich merkte aber auch, daß nicht die Schwerarbeiter viel verdienen, sondern die Aufkäufer. Ich dachte mir, wenn ich nur etwas Geld habe, könnte ich auch so schlau werden wie die, aber da habe ich mich schön verrechnet. Als mir im Urwald einmal Indianer Gold und Diamanten anboten, dachte ich mir, was dem einen recht ist, ist dem anderen billig. Habe anständig bezahlt, war nicht so knickerig wie die Aufkäufer, aber immerhin, es wäre ein gutes Geschäft gewesen, wenn mir nicht die Regierungsaufseher auf den Hals gekommen wären.

›Es ist ungesetzlich, von Indianern Gold und Diamanten zu kaufen, Die Steine verfallen der Regierung und auch das Gold, du aber wirst obendrein noch bestraft.‹

Kann so etwas ein gesunder Verstand verstehen? Nein. Aber mit den Gesetzen kann man nicht rechten, man hat mir alles weggenommen, und ich stand wieder vor dem Nichts.

Dann passierte mir folgendes: Ich wurde von einem ›claim‹-Besitzer als ›pork-knocker‹ aufgenommen. Meine Papiere waren in Ordnung, der ›claim‹-Besitzer unterschrieb sie, hier in diesem selben Hotel haben wir den Handel abgeschlossen. Es war die schwierigste Fahrt, die ich jemals mitgemacht habe zu seinem ›claim‹. Wir waren mitten in der Regenzeit und kamen kaum vorwärts. Kaum arbeitete ich einige Tage, erschienen Aufsichtsleute auf dem ›claim‹ und verhafteten den ›claim‹-Besitzer und alle ›pork-knockers‹. Man erklärte uns, daß der ›Besitzer‹ hier sich Rechte anmaßte, die er gar nicht hatte. Der eigentliche Besitzer soll ein hoher englischer Offizier gewesen sein. Aber was ging uns arme ›pork-knockers‹ das an? Konnten wir nachforschen, ob das, was man uns sagt, stimmt? Jedenfalls wurden wir alle verhaftet und kamen ins Kittchen. ›Raiding‹, wir haben fremdes Gut geplündert, wird mit mindestens sechs Monaten bestraft, Berufung dagegen gibt es nicht.

Ich hätte jetzt eigentlich genug haben können von den Diamantenfeldern und dem Urwald. Aber als ich wieder frei war, fiel mir doch nichts Besseres ein, als es noch einmal als ›pork-knocker‹ zu versuchen.

Diesmal sah ich mir genauer die Papiere der ›claim‹-Besitzer an. Feststellen konnte ich freilich nicht, ob sie stimmten, aber ich sagte mir, zweimal kann man nacheinander nicht hereinfallen.

Anfangs sah es so aus, als ob sich auch nur ein Verrückter einen solchen ›claim‹ aussuchen würde. Ich fand nichts, rein gar nichts.

Zwei Wochen lang arbeitete ich wie ein Tier und bekam nicht einen Splitter Diamant unter die Finger. Ich hungerte, meine Ration hatte ich schon längst aufgebraucht, aber kaufen konnte ich mir nichts. Mit vieler Mühe gelangte ich aber an eine Stelle, der Urwald war hier am dichtesten, und arbeitete dort den ganzen Tag. Abends dachte ich, es sei alles wieder vergebens, als in meinem Sieb ein Stein hängenblieb, ein Diamant, mindestens zwölf Karat groß. Am nächsten Tag fand ich dort vier kleine Steine, am dritten wieder einen großen. Das bedeutete allerhand Geld, ich sah mich schon als reichen Mann. Am fünften Tag kommt der Besitzer zu mir und sagt: ›Du kannst mit einem Boot, das flußabwärts fährt, wieder weitermachen. Deinen Teil zahle ich aus, aber ich brauche dich nicht mehr.‹

›Oho‹, sage ich, ›auf einen ganz Dummen bist du nicht geraten, jetzt, wo ich die Stelle gefunden habe, wo die Diamanten sind, möchtest du alles allein für dich haben, ich bleibe.‹

Ich blieb auch einige Tage, aber dann kam die Regierungsaufsicht, diese verfluchte Buschpolizei, von der ich ohnehin schon die Nase voll hatte, und verhaftete mich. Warum? Ja, das ist das Gesetz. Wenn ein ›claim‹-Besitzer dem ›pork-knocker‹ erklärt, du kannst gehen, dann muß er auch gehen. Strafe hatte ich auch zu zahlen, achtundvierzig Dollar und für jeden Tag, den ich länger blieb, als der ›claim‹-Besitzer wollte, je einen Dollar extra. Jetzt hätte ich doch endgültig genug haben sollen von den Diamantenfeldern, und doch bin ich noch einmal gegangen, aber diesmal bin ich selbst ein ›claim‹-Besitzer.«

»Siehst du, Mensch, du hast doch Glück, immer findest du genug Diamanten. Dieser Stein auf deinem Finger ist doch mindestens acht Karat.«

»Ha, aber jetzt fallen wieder die Preise wie toll. Ich sage ja, bald werden wir noch was zusetzen müssen, damit man sie uns überhaupt abnimmt.«

Der Totengräber des Urwalds

»Dieser Mann lebt nicht von Diamanten, sondern von den Leichen der Diamantengräber«, sagt ein »pork-knocker« und zeigt auf einen kleinen, dünnen Mischling, der alle Weltteile zu verkörpern scheint. Seine Ahnen waren Weiße, Chinesen, Neger, aber zweifellos fließt auch in seinen Adern ursprünglichstes Amerika. Die Haut seines Mongolengesichtes ist kupferfarben wie die eines echten Indianerhäuptlings, und Negerhaare beschatten seine blauen Augen.

»Wie schaurig, er lebt von Leichnamen? Ein Menschenfresser also?«

»So schlimm ist es bei weitem nicht, er ist nur ein Totengräber, damit kann man oft mehr verdienen als mit Diamanten. Es sterben viele Menschen im Urwald.«

»Werden denn dann feierliche Begräbnisse veranstaltet?«

»Na, gar so feierlich geht es gerade nicht zu, aber es gibt Verordnungen, die eingehalten werden müssen. Wenn Boote kentern und die Menschen ins Wasser fallen und sterben, dagegen kann die Polizei freilich auch nichts tun, aber es ist verboten, eine Leiche direkt ins Wasser zu werfen, die müssen begraben werden. Es ist auch genau vorgeschrieben, wie und wo. Eine Sandbank als Grabstätte zu benutzen ist verboten. Die Entfernung des Grabes von einer menschlichen Behausung darf nicht weniger sein als fünfunddreißig Schritte. Ein Totengräber aber hat dann auch ein sicheres Einkommen, es werden ihm für jede Leiche zehn Schilling ausbezahlt. Freilich bekäme auch ein anderer dieses Geld für das Begräbnis, aber kein Tagelöhner oder ›pork-knocker‹ macht gern solche Arbeit. Schon deshalb wartet man lieber auf den Totengräber, weil der besser erkennen kann, ob einer wirklich tot ist. Ärzte haben wir nicht im Urwald. Früher, als noch gute Zeiten waren, gab es einige Ambulanzen, aber das hat zuviel Geld gekostet, und die Regierung ließ sie eingehen. Wegen der Hitze müssen die Toten doch schnell begraben werden, man übergibt sie der Erde nicht viel anders, als sie gekommen sind, man kann gar nicht daran denken, einen Sarg zu zimmern. Das Holz des Urwaldes ist hart wie Stein, und die Lebenden haben wenig Zeit für die Toten.«

Prostitution im Urwald

Auf den Straßen Barticas, am Hafen und auch im Hotel fiel ein Mann auf mit überraschend großem und vielfältigem weiblichem Anhang. Dieser Mulatten-Maharadschah mit seinem Harem von

Frauen verschiedenster Rasse erinnerte aber nicht nur an einen indischen Film-Nabob, sondern auch an einen Mädchenhändler.

Er verhandelte mit einem Kapitän sehr aufgeregt und laut wegen eines Bootes, das nach den Diamantenfeldern fahren sollte und in dem sein weibliches Gefolge Platz finden mußte.

Die jungfräuliche Natur, die große Freiheit und der Mädchenhandel, diese Kombination scheint doch unmöglich. Und doch stellte es sich heraus, daß der dicke Mulatte eine Art Mädchenhändler war.

Er besaß ein »claim« und machte überaus reichlich von der Erlaubnis Gebrauch, Dienstmädchen anzustellen. Auf seinem kleinen »claim« hatte er schon etwa vierzig weibliche Angestellte.

Diese »Dienstmädchen« waren zum größten Teil Negermädchen in jugendlichem Alter, in allen Farbschattierungen von elfenbeinhell bis ebenholzdunkel, aber alle hatten die gleichen knallrot geschminkten Wangen und eine Puderwolke auf Nase und Stirn. Sie trugen sehr bunte Kleider, künstliche Blumen im Haar und sahen ganz unmißverständlich aus.

Zwei Inderinnen, die gleichfalls zu der Gesellschaft gehörten, hatten dagegen die hoheitsvolle Haltung bewahrt, die ihnen die wehenden Tücher, in die sie gehüllt waren, verliehen. Ihre tiefdunklen Gesichter mit den regelmäßigen, harmonischen Zügen waren unbemalt, aber Ringe in der Nase und Rosetten auf Stirn und Nasenflügel hoben die gewöhnliche Natur in Künstlichkeit. Auf den nackten Armen und schmalen, fast zerbrechlichen Fesseln klirrten unzählige silberne Reifen. Es waren Kulifrauen, deren Männer hier in der Fremde gestorben waren. Sie haben sich nicht an der Bahre der verstorbenen Gatten verbrennen lassen. Um leben zu können, folgten sie dem Mulatten in den Urwald, sie haben eine lebensgefährliche Fahrt vor sich und ein lebensgefährliches Dasein.

Unter den Frauen ist auch eine Weiße. Die Weißen, die schon längere Zeit in den Tropen leben, sind weißer als die Weißen, die ankommen. Ihre Haut bekommt eine fahle Blässe, eine krankhafte Blutlosigkeit. Isoliert unter fremden Völkern, erhöht sich aber auch ihr Rassehochmut, auch dadurch werden sie weißer. Immer scheinen sie zu sagen: Ich bin weiß, ich bin mehr, ich bin Herr.

Eine weiße Dirne und »farbige Männer«, das ist die am tiefsten gesunkene Kreatur, die die Tropen kennen. Eine Seltenheit aber ist sie nicht.

Die Weiße also dieser merkwürdigen weiblichen Truppe, weiß gepudert und weiß gekleidet, hielt sich abseits von den anderen und studierte versunken englische Zeitungen.

Sie war eine Amerikanerin, besser gesagt, eine aus Polen nach Amerika Eingewanderte, aber sie hatte längere Zeit in New York gelebt. Wie kam sie hierher in den Urwald von Britisch-Guayana?

»Weiß man denn, wie alles kommt und wo man endet? In New York begann ich schon zu merken, daß das Leben nicht glatt ist für ein Mädchen, das ohne Geld ist und nichts Vernünftiges gelernt hat. Das verfluchte Englisch ist auch so schwer, ich kann es immer noch nicht richtig. Weil ich geradegewachsen bin und verschiedene Mädchen mir dazu geraten haben, bin ich erst als Chormädel gegangen. Anfangs, als die Revuen überall Mode waren, genügte ein bißchen Hüpfen. Aber später war es unmöglich, unterzukommen, ich lief tagelang hungrig herum und wußte nicht, was ich anfangen soll. Schlange stehen für einen Blechnapf ekelhafter Suppe? Dann schon lieber die Straße. Aber ich war grün und dumm, die Polizei griff mich auf, und ich kam auf die Inseln ins Arbeitshaus.

Ich hatte eine Freundin, die fuhr nach Venezuela als Erzieherin zu einer amerikanischen Familie. Sie fand einen reichen Freund und schrieb mir Wunder von dem Leben dort und schickte mir auch Reisegeld.

Ihr Freund hatte sie inzwischen links liegengelassen, und wir saßen beide in der Patsche. Aber damals waren noch gute Zeiten, die Männer hatten Geld. Wir lebten nicht übel und konnten uns auch etwas sparen.

Aber dann wurden auf den Ölfeldern Bordelle errichtet, und die Polizei begann ihre Nase in unsere Angelegenheiten zu stecken. Auch hat mir das niederträchtige Klima viel zu schaffen gemacht.

Da kam einmal die Freundin meiner Freundin, die auf der Durchreise nach New York uns besuchte, und das wurde mein Unglück. Sie sah aus – ich übertreibe nicht – wie eine Millionärin; ich meine, ich habe noch keine Millionärin gesehen, aber genau so stellte ich mir eine vor.

Sie war über und über mit Brillanten behängt. Dann erzählte sie uns eine Geschichte von Britisch-Guayana, und daß dort die Diamanten auf der Straße lägen, und man müßte sich nur nach ihnen bücken. Das hat mich nicht ruhen lassen. Aber als ich nach Britisch-Guayana kam, waren die guten Zeiten schon längst vorbei. Doch immerhin, ich konnte schlecht und recht leben. Aber jetzt kam wieder die Polizei. Es wurde verordnet, daß keine Frau, die sittlich nicht einwandfrei ist, auf den Diamantenfeldern sich aufhalten darf. Freilich, wenn ein ›claim‹-Besitzer, der sich mit den Behörden gut steht, Dienstmädchen anstellt, das ist etwas anderes, dann kümmert man sich nicht um die Sittlichkeit, obgleich sich die Polizei wirklich den Kopf zerbrechen könnte, wozu man eigentlich im Urwald, wo kaum ein Zelt steht, soviel Dienstmädchen braucht.

Ich wollte dann nicht mehr mitmachen, ich weiß, was das Ende ist. Aber das bißchen Geld, das ich hatte, wurde schnell alle. Was blieb mir sonst übrig?«

Da redet man soviel von Mädchenhandel und vergießt Tränen über die armen Opfer, die man retten möchte.

Aber gerade die Polizei treibt sie in die Arme der Mädchenhändler. Wenn sie sich von denen nicht aussaugen lassen wollen, werden sie verfolgt. Polen oder New York, Ölfelder oder Urwald, überall ist es dasselbe.

Diamantenaufkäufer

Bartica liegt an der Gabelung von drei Flüssen, des breite, trägen Essequibo, des dröhnenden, wasserfallreichen Mazaruni und des Cuyuni-Flusses, an dessen Ufern sich undurchdringliche, unerforschte Urwälder hinziehen.

Am Essequibo liegen die Motorboote der Diamantenaufkäufer und Inspektoren, der Aufsichtsbeamten und der Polizei. Sie dienen gleichzeitig als Hausboote, die höheren Komfort bieten können als das armselige Hotel. Zur Weiterfahrt in die Diamantenfelder müssen freilich die höchsten Angestellten die sehr unbequemen Correals in Anspruch nehmen.

Aber auch diese Aristokratie der Diamantenfelder klagt und seufzt nach der schönen alten Stadt. Die fetten Jahre sind auch für sie vorbei, und wenn man ihnen Glauben schenken will, ist auch unter ihnen keiner, trotz aller Mühsal und Gefahr, reich geworden.

Ein hypernervöser, kränklich aussehender Holländer, Aufkäufer einer der größten Diamantengesellschaften in Demarara, kann nicht genug über sein bitteres Los klagen.

»Man beneidet uns, aber in Wirklichkeit sind wir nicht nur im Urwald unseres Lebens nicht sicher, sondern sogar in Demarara. Die Diamantensucher sind rabiate, brutale Kerle.« Seine Hand fährt nervös über seinen Hals.

Seine Frau, die ihn begleitet, nickt bestätigend.

Der Holländer zieht die Aufmerksamkeit schon durch diese Frau auf sich. Sie ist eine Vollblutnegerin, obgleich sie gesprächsweise öfters ihre weiße und indische Abstammung betont.

Sie ist sehr elegant gekleidet, und die Brillanten, die ihre Finger, die Ohren, den Hals schmücken, stimmen nicht ganz mit den bewegten Klagen überein.

Sie stammt aus einer vornehmen und reichen Familie, sie betont es, sie ist in England erzogen, England ist ihr Zuhause. Wenn »God save the king« gespielt wird, steht sie ehrerbietig auf. Sie verachtet den »Mob«, die ungebildeten, streitsüchtigen Arbeiter. Jedes Wort, das sie sagt, ist ein Abglanz des »höheren« weißen Wesens, sie will würdig sein, der Stellung ihres Mannes gemäß repräsentieren. Sie weiß, daß es nicht schwierig ist, eine weiße Dame nachzuahmen.

Aber die Stellung der Weißen zu ihr ist trotz ihrer Wandlungskunst sehr verschieden. Die Holländer kennen bei reichen »Farbigen« (reichen unterstrichen) keinen Rassehochmut, die Engländer dulden sie, die Amerikaner verachten sie, ihr Rassehochmut beugt sich nicht einmal vor Geld, nicht einmal vor Brillanten.

Der Holländer erzählt nun, wie ihn einmal drei Diamantensucher erwürgen wollten.

Es handelte sich um einen in Britisch-Guayana wohlbekannten Stein, einen Diamanten von 158 Karat. Drei »pork-knocker« hatten sich zusammengetan und nahmen einen »claim«.

Schon nach kurzer Zeit fanden sie den Riesendiamanten. Die Kunde von einem solchen Fund verbreitet sich mit größter Schnelligkeit im Urwald.

»Geschehen nicht in einem solchen Falle Raubmorde?«

»Nein, das ist merkwürdig, solche Verbrechen kommen nicht

vor, jedenfalls sind mir keine bekannt, und durch meine Inspektionsreisen hätte ich genügend Gelegenheit gehabt, davon zu erfahren. Es liegt wohl daran, daß im Urwald das Solidaritätsgefühl zwischen den Menschen, die den Naturkräften ganz preisgegeben sind, stärker lebt.«

»Aber Sie begannen doch damit, daß diese Diamantensucher Sie erwürgen wollten?«

»Ja, das war in Demarara. Den Diamantensuchern wurden im Urwald große Summen angeboten für den Stein. Einer versprach ihnen elftausend Dollar, aber sie bildeten sich ein, er wäre mindestens fünfzigtausend Dollar wert, ja ich glaube, sie träumten sogar von hunderttausend Dollar, ihre Phantasie war trunken vor Glück.

Als sie zu mir kamen, konnten sie ihre Forderungen nicht hoch genug stellen. Ein so großer Stein natürlich ist eine Seltenheit, er war auch schön, ohne Fehler. Aber was nützt der schönste Stein, wenn man weiß, es gibt keine Käufer mehr dafür. Die früheren europäischen Potentaten, die indischen Fürsten, die amerikanischen Milliardäre haben heute andere Sorgen, als Steine zu kaufen, von denen kein Mensch weiß, ob sie noch morgen irgendwelchen Wert haben. Aber das geht nicht in den Kopf der Diamantensucher, die nur den einen Traum haben: Ein großer Stein ist das große Glück, ein großer Stein macht uns steinreich. Als ich ihnen viertausendfünfhundert Dollar anbot für den Diamanten, da dachte ich wirklich, meine letzte Stunde hat geschlagen. Sie brüllten, warfen sich auf mich.«

Die Hand des Holländers strich wieder über seinen Hals.

»Zum Glück kam schnell Hilfe, ich habe nicht einmal die Polizei benachrichtigt, aber ich rief gleich alle Diamantengesellschaften in Demarara an. Alle versprachen, den Preis nicht zu überbieten, im Gegenteil, sie boten weniger.

Am nächsten Tag erschienen die Kleinlautgewordenen und waren froh, als sie nicht viertausendfünfhundert – worüber sie sich gestern noch erregt hatten –, sondern viertausend Dollar bekamen.«

So, so, wie wird man reich und glücklich? Das Rezept des Inders schien nicht ganz zu stimmen.

In Bartica bot sich mir Gelegenheit, ohne große Kosten auf einem Correal zu den nächsten, wenn auch nicht sehr ertragreichen »claims« mitzufahren.

Die Correals sind Einbaum-Boote, die von den Eingeborenen aus den härtesten Urwaldhölzern hergestellt werden. Nur sie eignen sich für die Fahrten durch reißende Gewässer. Die Mannschaft besteht aus Indianern und Negern, hauptsächlich aber Negern, unternehmungslustigen »pork-knockers« und Kontraktarbeitern, deren Kontrakt abgelaufen ist, ohne daß sie genug verdient hätten, um in ihre Heimat zurückkehren zu können. Die Mannschaft besteht aus zusammengewürfelten Gelegenheitsarbeitern, aber die Kapitäne sind Mitglieder einer Innung, sie sind eine Gesellschaft für sich.

Diese Kapitäne sind leicht erkenntlich an einer Stimme, die immer brausende Wasserfälle zu übertönen scheint, an einem etwas unsicheren Gang, der Neigung für Alkohol verrät, und an einem Regenschirm von außerordentlichen Dimensionen, den sie unter den rechten Arm geklemmt tragen.

Der Regenschirm ist überhaupt ein Zeichen zur Zugehörigkeit zur höheren Klasse. Ich erfuhr auch schnell, als der Correal losfuhr, den Grund. Ein Regenschirm im Urwald ist überaus nützlich, denn entweder brennt die Sonne – und sie brennt auf eine grausam stechende, höllische Art –, oder es regnet. Und Regen in den Tropen bedeutet immer eine kleine Sintflut. Es ist nun klar, daß, so große Dienste auch ein Schirm leisten kann, er nicht für die armen Schlucker da ist, die rudern, aus dem Boot springen müssen, wenn das Wasser seicht wird und das Boot an den Felsenklippen zu zerschellen droht, die die ganze Ladung der Correals löschen müssen, wenn ein Wasserfall naht, und dann die ganze schwere Last bis zur neuen Ladestation tragen.

Ruhig unter dem Schirm sitzen können nur die Passagiere, aber sehr bequem ist es trotzdem nicht. Der Kapitän, der auch seinen Schirm aufgespannt hat, gebraucht ihn wie ein Seiltänzer, um sich im Gleichgewicht zu halten. Ohne Pause gibt er Anordnungen, beobachtet er das Wasser; seine Stimme scheucht nicht nur die Ruderer auf, sondern auch die Affen, die Faultiere, die Papageien

am Ufer. Wenn er gerade nicht zu kommandieren braucht, wird er
Sänger und Chorführer.

»Fliegt dahin, Jungens, he-ho, he-ho!« (Das He-ho wird besonders laut von allen gesungen.) »Zeigt es den Kolibris, daß wir
schneller sind. Zeigt es ihnen, he-ho, he-ho.«

Er improvisiert immer neue Lieder, was ihm nicht schwerfällt,
da er auf irgendwelche Dichterregel keinerlei Wert legt.

Aber so ein Kapitän eines Correals hat es sicher schwerer als
der eines Ozeanriesen, jedenfalls ist das die Meinung unseres Kapitäns. Er erzählt, wie schwer es ist, eine Lizenz als Kapitän zu erhalten, und daß nur besonders Befähigte es soweit bringen könnten wie er selbst.

Fahrt in den Urwald

Treibhauslandschaft in ungeheuren Dimensionen, der phantastische, raffinierte Luxus eines Wintergartens, wohin das Auge
blickt. Es ist wirklich Luxus, dieses ungeheure Gebiet, das sich
vor dem Menschen verschließt, ihn nicht ernährt, das nur winzige
Teile seiner Reichtümer sich entreißen läßt, und mit welcher
Mühe.

Alle, die gezwungen sind, in dem Urwald zu arbeiten, hassen
ihn. Nur die Buschneger und die wenigen Indianer, die sich ganz
seinen Gesetzen fügen, fühlen sich befriedet in seinem Schoß.

Die Forscher aber haben es hier gut. Die tausendfältigen Blumen und Bäume sind zum größten Teil noch nicht wissenschaftlich registriert.

Der Kapitän, den ich nach den Namen der rubinfarbigen, winzigen Blüten, der riesigen violetten Kelche frage, gibt immer die
gleiche Antwort: »Buschblumen haben keinen Namen.«

Die unzähligen Insekten, die Schmetterlinge, die feuerfarbenen
und blauschimmernden Vögel, sie alle warten nur darauf, entdeckt zu werden und einen gebührenden Platz in den Lehrbü-
chern einzunehmen.

Unser Boot wird überholt von einem Correal, in dem amerikanische Botaniker nach dem Urwald fahren. Vielleicht wird ihr Name
einmal mit neubenannten Pflanzen verbunden werden. Sie haben
sicher entbehrungsreiche Monate vor sich, aber die schwierigste

und undankbarste Arbeit haben auch bei Expeditionen die Namenlosen, die Lastträger, Ruderer und Führer.

»Ein Boot ist gekentert, fünf Leute der Correalmannschaft sind umgekommen, als sie das Boot über einen Wasserfall bringen wollten«, ruft man von einem Boot, das uns entgegenkommt.

»Ja, das kommt alle Tage vor, deshalb aufpassen, Jungens, aufpassen.« Die Mannschaft singt.

Leben auf einem »claim«

Den siegreichen Vormarsch der Zivilisation und Kultur im Urwald verkünden weit sichtbar Konservenbüchsen.

Nicht nur die irgend etwas Eßbares oder Nützliches enthalten, sondern vor allem auch die leeren Dosen.

Wie entsteht ein »claim«? Man nimmt vier leere Drei-Pfund-Biskuitdosen, zerschneidet sie und zieht sie zu einem geraden Stück und verwandelt sie in vier Pfähle, die die Grenze des »claims« anzeigen. Diese Pfähle werden weiß gestrichen, und darauf kommen der Name des »claim«-Besitzers, der Name des »claims« und die beiden Lizenznummern. Das sieht nicht gerade romantisch aus. Aber das Leben auf dem »claim« hat noch weniger Ähnlichkeit mit Knabenträumen.

Das »claim«, das wir während der Rast besuchen, heißt »Letzte Hoffnung«. So wenig optimistische Benennungen der »claims« sind sehr verbreitet, viele heißen »Prüfungen«, »Letzter Versuch«, »Schicksalsschläge, vergeht nun«. Die englische Regierung fand diese Benennungen, die sich immer wiederholten, zu lang und gab eine ganze Liste aus von vielen hundert Namenvorschlägen. Aber auch hier wurden immer nur die gleichen ausgesucht, und neben »Vamp« und »Faun« hatte »Rum« einen durchschlagenden Erfolg.

Wie groß ist ein »claim«? Im Durchschnitt soll es nicht umfangreicher sein als 600 Schritte lang und 320 Schritte breit.

Wer für primitives Leben schwärmt, hier ist von der Verderbnis der Kultur nichts zu spüren. Aber die Blume der Bürokratie blüht auch hier. Jeder »claim«-Besitzer ist verpflichtet, Buch zu führen, und das Auge der Regierung wacht über jeden Schritt, über jedes Stäubchen Gold, über jeden Splitter Diamant.

Alle klagen: Das Leben ist schwer und voller Gefahr, aber die Diamantpreise, die fallen. Sie zeigen uns die Diamanten. Im Rohzustand sehen sie aus wie leuchtende Kieselsteine.

»Bald werden sie auch keinen größeren Wert haben«, sagte der eine »pork-knocker«, der mehrere Steine gefunden hatte, aber keine Möglichkeit sah, sie verkaufen zu können.

Ja, mit dem Traum, reich zu werden durch Diamanten, ist es zu Ende.

VII
Haiti, die Insel
der Neger-Republiken

Neger gegen Napoleone

Haiti, die Insel voller Geheimnisse, mit hohen, von grünen Dschungeln bewachsenen Bergen, mit Kaffeewäldern und Königspalmen am Ufergestade, entfaltet sich immer vielfältiger vor den bezauberten Augen der Schiffspassagiere.

»Ein Paradies aus der Ferne, aber in der Nähe ist es die Hölle«, sagt der Kapitän, der mindestens zweidutzendmal Haiti besucht hat.

»Wieso die Hölle?« Der Haitianer, der von einer Studienfahrt in Frankreich heimfährt, stimmt keineswegs mit der Ansicht des Kapitäns überein.

»Vierzig Grad Hitze macht auch das schönste Paradies zur Hölle.«

»Ja, für die Weißen, das ist möglicherweise gut so, das beweist unsere Vergangenheit, und vielleicht wird es auch noch die Zukunft zeigen.«

»Nichts kann man schaffen in diesem Höllenklima.«

»Nichts schaffen? Sehen Sie dort diese ungeheure weiße Zitadelle hoch oben im Gebirge. Können Sie sich überhaupt vorstellen, daß Menschenhände dieses Werk fertigbringen konnten? Neger haben es geschaffen.«

Der Himmel ist sehr klar, die Konturen der Berge erscheinen scharf gezeichnet, deutlich erheben sich über den grünen Höhen die ungeheuren gelben Quader eines der größten Baumonumente der Welt, der Festung des Negerkönigs Christoph Henri I.

»Viel Mühe und Arbeit, aber wofür?«

»Für unsere Selbständigkeit, dafür wäre nichts zuviel.«

»Aber als ihr eure Selbständigkeit erkämpft hattet, konntet ihr damit nichts Besseres anfangen, als Napoleon nachzuäffen. Dessalines, der Negerkaiser, der Neger-Napoleon, bewies er nicht, daß auch ein Neger die Neger tyrannisieren kann?«

»Die Neger haben mit ihm abgerechnet.«

»Sie haben ihn ermordet, dann kam ein anderer Negertyrann, König Christoph.«

»Er hat wenigstens bewiesen, daß auch Neger Großes schaffen können. Aber auch dieses Tyrannen entledigten sich die Neger. Sie schufen sich eine Republik, sie könnten sich selbst regieren, sie könnten etwas vollbringen, wenn man sie nur in Ruhe gewähren ließe. Früher kamen die Heere der Bourbonen und dann die Napoleons, heute die der Yankees. Die Franzosen haben wir in die Flucht geschlagen, wie es den Amerikanern ergehen wird, wollen wir noch abwarten. Denn hier ist ja die Hölle, die Hölle des weißen Mannes. Sehen Sie dort das längliche, schloßartige Gebäude, dort hielt Pauline, die Schwester Napoleons, Hof, dort starb am gelben Fieber Leclerc, ihr erster Mann, Napoleons Schwager. Er starb nicht allein, fast die ganze französische Armee wurde von Tropenkrankheiten hingerafft, soweit sie nicht geschlagen wurde von den verachteten Negern. Der unbesiegbare Napoleon holte sich auf Haiti eine Niederlage. Ja, die Neger gaben überhaupt erst Moskau das Beispiel. Sie glauben es nicht? Als die Franzosen gegen die Negerrebellen von Saint-Domingue auszogen, ließ der Führer der Aufständischen, Toussaint Louverture, die ganze Stadt Kap Haiti in Flammen aufgehen. Als die Franzosen landeten, fanden sie nur Ruinen.«

Die Landung auf Kap Haiti wird auch für den heutigen Reisenden eine Enttäuschung sein. Die verfallenen Hütten verraten nicht viel von der heroischen Vergangenheit, aber ihre Bewohner reden über sie, als wäre alles gestern geschehen.

Zwischen den armseligen Häusern der Eingeborenen stolzieren, frisch gebügelt, gepflegt, Vertreter der gegenwärtig größten Macht der Welt, amerikanische Marineleute. Ihre Offiziere sausen in eleganten Autos durch die krummen, schmutzigen Straßen. Es hebt das Selbstbewußtsein der zerlumpten Neger, wenn sie beim Anblick dieser neuen Eroberer an ihre Vergangenheit denken.

»Sie müssen Sanssouci sehen und die Zitadelle«, raten alle Haitianer.

Ein Schloß Sanssouci, gibt es das auch auf Haiti? Ja, in einer Autostunde erreicht man von Kap Haiti aus das Dorf Milot. Dort liegt das verfallene Schloß des Negerkönigs, ein riesiger Marmorpalast zwischen Strohhütten.

Der Negerkönig, der einst Kellner war und nur seinen Namen schreiben konnte, hatte in Sanssouci eine Verlagsanstalt gegründet, in der die Werke seiner Minister, die alle »hommes de lettres«, Literaten, waren, veröffentlicht wurden. Sein Außenminister, der Comte Limonade de Prevost, vor allem aber der Minister des Innern, Valentin Pompo Baron de Vastey, schrieben sehr interessante Bücher über die Negerfrage.

Jedenfalls sagt man, daß die Einwohner Kap Haitis mit vollem Recht die Titel Graf, Baron oder Herzog tragen könnten, denn der König war seinen Getreuen gegenüber mit Titeln nicht knauserig. Aber die heutigen Einwohner der einstigen Königstadt legen keinen Wert auf hochklingende Namen. Wenn sie viel von der Vergangenheit sprechen, so denken sie dabei an die Gegenwart, an die Amerikaner...

USA-Marine und Wudu-Zauber

»Tritt ein in die Marine und sieh die Welt!« Diese Plakate blicken in allen Städten der Vereinigten Staaten auf die amerikanischen Jungens. Wenn Joe oder Jim keine Arbeit haben und kein Geld, kann es leicht passieren, daß sie den Marinesoldaten, der neben dem Plakate steht, anreden. Der gibt ihnen Auskunft und bringt sie zu der nächsten Werbestelle. Wenn Jim und Joe stark sind und gesund, dürfen sie auch wirklich eintreten in die Marine, und sie sehen die Welt.

Eine ganz andere, fremde Welt. Sie kommen zum Beispiel nach Haiti, was ein besonderer Vorzug ist (so scheint es wenigstens anfangs), mit Extrazulagen und einer wichtigen Kulturmission.

Erst geht auch alles gut. Die Jungens aus Iowa, aus Ohio, aus New Jersey und Pennsylvania entdecken die Tropen und die Annehmlichkeiten eines Landes, das keine Prohibition kennt. »Tafia«, das ist echt haitianischer Rum mit Ginger Ale (der Rum auf

Haiti ist der beste), schmeckt anders als das Gebräu der Alkoholschmuggler. Auch die Mädchen sind anders und die Sonne.

Langsam merken die blauen Jungens, die hier Weiße sind, daß
diese Insel, die anfangs so verführerisch tut, voll bösen Zaubers
ist. Sie bekommt ganz und gar nicht den Marineleuten aus den
Staaten. Offiziell werden zwar keine Verlustlisten herausgegeben,
aber man erfährt es trotzdem, es ist nicht geheuer in der Marine.
Immer tauchen neue auf, die alten verschwinden. Es gibt viele
Unglücksfälle. Die Haitianer sind hinterhältig, sagen die Amerikaner, sie locken die Marineleute ins Verderben. Viele kommen um,
noch größer ist die Zahl jener, die krank werden, sterbenskrank.

Die Amerikaner haben für diese Erscheinungen eine Erklärung,
die dem einfachen Menschenverstand etwas abwegig erscheint:
Der Wudu-Zauber ist schuld. Wudu sind die Zauberkünste, die
die Haitianer aus Afrika mitgebracht haben und die ihnen angeblich ermöglichen, durch Zaubersprüche und Formeln, durch besondere Getränke und böse Blicke ihre Feinde aus dem Weg zu
räumen.

Ganz ernsthaft gesprochen, man kann sicher Reste afrikanischer Religionen auf Haiti entdecken. Aber den Wudu-Kult nehmen die Amerikaner viel ernster als die Haitianer selbst. Amerikanische Journalisten und Gelehrte schreiben gruselige Geschichten
über die haitianische Magie. Aber noch viel schauerlicher als diese
»wissenschaftlichen« Märchen sind die flüsternd verbreiteten Geschichten, die unter den Mitgliedern der amerikanischen Kolonie,
vor allem unter den Seeleuten, umgehen.

Ein Direktor einer amerikanischen Zuckergesellschaft stirbt
plötzlich auf unerklärliche Weise, ein anderes Mal der Aufseher
der Ananasfelder. Keinem Arzt gelingt es, die Todesursache festzustellen. Aber man erfährt, sie hatten ein Zusammenstoß mit
Eingeborenen. Es wird jetzt klar, Teufelszauber hat ihren Tod
verursacht.

Die amerikanische Marine erringt einen durchschlagenden Sieg
über aufständische Haitianer. (Im ganzen wurden etwa dreitausend Haitianer von den Besatzungstruppen getötet.) Aber die
Siegreichen werden auch vom Tod heimgesucht, die Soldaten
sterben wie die Fliegen. Die Ärzte stehen hilflos vor der Krankheit. Da beginnt wieder das Raunen in der Marine: der Wudu-
Zauber.

Die Krankheiten auf Haiti sind überhaupt eine besonders geheimnisvolle Sache. Die Amerikaner haben auf der Insel viele Ambulanzen errichtet (für die Haitianer und von dem Geld der Haitianer), aber sich selbst können sie nicht helfen. Die Insel ist verseucht, jeder Einwohner hat Malaria und fast jeder die Syphilis, sie bleibt aber für die Eingeborenen ohne die schlimmsten Folgen. Die Paralyse war auf der Insel unbekannt, darauf wurde sogar eine besondere medizinische Theorie gegründet: Die Kombination Syphilis und Malaria schließt Paralyse aus. Bei den Amerikanern hatte sich aber diese Theorie nicht bewahrheitet, jeder, der über ein Jahr auf Haiti ist, bekommt mit tödlicher Sicherheit Malaria, aber die Paralyse tritt unter ihnen doch auf. Flüsternde Erklärung: Wudu-Zauber.

Als schlagender Beweis der schwarzen Magie wird folgende Begebenheit kolportiert: Harry und Bill, beide Untermaate der amerikanischen Marine, sind unzertrennliche Freunde. Einmal geraten sie in Streit mit Dorfbewohnern und verwunden einen Eingeborenen, der in dem Ruf eines »Papalois«, eines Negerzauberers, steht.

Einige Tage später sitzen die beiden in einem kleinen, übelbeleumdeten Café und trinken in ausgiebigem Maße »Tafia«. Zu ihnen gesellt sich ein schönes Negermädchen, genannt Amethyst, mit dunkelsamtnen Augen, wie man sie auch auf Haiti nur selten findet. Diese Amethyst lacht mit den beiden, tut so, als ob sie jeden besonders bevorzugen würde, hält sie zum Narren. Was tun aber die guten Freunde, benebelt vom »Tafia« und dem aufreizenden Lachen Amethysts? Sie ziehen die Revolver und schießen aufeinander, treffen sich tödlich.

Harry und Bill waren beide verheiratet, man konnte ihren Frauen nicht gut die ganze Wahrheit mitteilen. So schrieb man ihnen, daß Harry und Bill in Ausübung ihrer Pflichten für Amerika den Heldentod starben.

Wudu-Zauber?

Ukulele, Tamtam und Arbeit

Die Amerikaner behaupten, daß vor der Besetzung Haitis 1915 auf der ganzen Insel nur ein einziges Auto existierte. Ich bin überzeugt, daß der Ford, der mich von Kap Haiti nach Port-au-Prince bringen sollte, dieses historische Auto war; jedenfalls scheint dieses einzige Auto auch damals nicht mehr neu gewesen zu sein. Meine Sorge, ob man in diesem Auto auf den durchaus nicht guten Wegen vorwärts kommen könnte, erhöhte sich bei der dramatischen Szene, die sich bei der Tankstelle abspielte.

Der Schofför hob seine Arme gegen den Himmel und rief mit lauter, verzweifelter Stimme etwas in die Gruppe, die ihn umstand. Der Tankstellenbesitzer, der gleichfalls von einem Teil der Straßenjugend Kap Haitis umringt wurde, jammerte ebenfalls laut, mit großen Gesten. Dann schien es, als wollten sich die beiden in Haß aufeinander stürzen.

»Es scheint, aus der Autofahrt wird nichts«, sagte ich dem Deutschen, der bis Aux Cayes mitfahren wollte, »die beiden wollen sich ja umbringen, was ist passiert?«

»Es ist gar nichts passiert, sie machen nur den Preis ab. Die Haitianer lieben die dramatische Belebung ihres Alltags.«

Als das Auto sich dann auch tatsächlich in Bewegung setzte, fand ich wiederholt die Bestätigung dieser Bemerkungen.

Es kommen Bäuerinnen mit riesigen Körben, von Baumwolle überquellend, auf dem Kopf und singen. Sie singen mit verteilten Rollen solo und im Chor, als trügen sie eine Oper vor. Sie gehen zu dem Ortskaufmann, um die Baumwolle gegen Kattun umzutauschen.

Von den Zuckerrohrfeldern dröhnt eine merkwürdige, dumpfe Melodie, die Musik der Tamtams. Die afrikanische Trommel dient hier nicht zur Verbreitung von Nachrichten, sondern nur zur Erheiterung der Arbeiter auf den Zuckerfeldern. Sie engagieren selbst die Trommler und bezahlen sie von ihrem sehr niedrigen Lohn, denn die Haitianer finden, daß Arbeit angenehmer wird, wenn man sie nicht allzu ernst nimmt.

Ein anderes Bild. Vor den Kaffeelagerhäusern stehen die Arbeiter mit Säcken auf dem Rücken und warten, bis die ganze Kolonne sich zusammengefunden hat. Dann marschiert eine richtige Musikkapelle mit Flöte, Ukulele und Trommel los, und die Lastenträger folgen im Tanzschritt. Die Schauerleute verdienen zwar wenig, aber sie wollen doch ein bißchen Vergnügen an der Arbeit haben.

»Die Amerikaner wollen nicht begreifen, daß die Haitianer Kinder sind«, sagte der Deutsche. Er fuhr zu der amerikanischen Ananasgesellschaft, die inmitten unübersehbarer Ananasfelder eine Konservenfabrik errichtet hat.

Der amerikanische Fabrikleiter zeigte stolz die rationell eingerichtete Fabrik. Am laufenden Band wurden die Früchte geschält, zerschnitten, gekocht und verpackt. Jede Bewegung der Arbeiterinnen und Arbeiter war genau berechnet, und diese Bewegungen durften alles eher als zu langsam sein.

Aber es gab Schwierigkeiten, obwohl die Fabrik so praktisch und hygienisch eingerichtet war, obwohl die Früchte und auch die Arbeitskräfte fast nichts kosteten. Da war die Absatzkrise, und die Arbeiter, die unzufrieden waren, obgleich sie doch höhere Löhne bekamen als anderswo, blieben einfach aus, wenn es ihnen paßte, oder sie stifteten Unruhe.

Als ich allein weiterfuhr, wurde der Schofför gesprächig. Er hatte seine eigene Meinung über die neueingerichtete Fabrik.

»Die Amerikaner halten uns für sehr dumm, sie wollen den Arbeiterinnen täglich zwei bis vier Gourdes zahlen, das sind zehn bis zwanzig Cents. Dafür sollen sie zehn bis zwölf Stunden arbeiten, und wie! Die Amerikaner sind verrückt mit ihren Maschinen. Kein Mensch kann bei dieser Hitze in solcher Eile arbeiten, und für den Lohn. Von den paar Gourdes kann man nicht anständig essen, nur Mango und Bananen. Aber die Amerikaner wollen doch, die Leute sollen hier genausoviel schaffen wie die Arbeiter in Amerika. Und Musik gibt es nicht mehr, nur Maschinen.«

Der alte Ford vollbrachte wahre Wunder auf dem schlechten Weg.

»Unsere Straßen sind holprig, und doch sind sie neu, die Amerikaner haben sie bauen lassen, von uns, von unserem Geld, damit die amerikanische Marine schneller den Kriegshafen, den sie auf unserer Insel errichtet haben, erreichen kann. Kein Haitianer wollte diese Arbeit verrichten, da wurden Haitianer von den amerikanischen Soldaten festgenommen und zum Wegebau gezwungen. Weil sie nachts ausrückten, wurden die Arbeiter nachts eingesperrt; die sich wehren wollten, sogar in Ketten gelegt.«

Unter meinen Weggenossen gab es auch einen Weißen, einen englischen Missionar. Er stieg in Jérémie ein, wo noch das alte, verfallene Haus steht, in dem Vicomte Dumas, der Stammvater der beiden dichtenden Dumas', mit seiner Frau, der schönen Negerin Marie Cesette, gelebt hatte.

Der Missionar, ein Engländer, führte als Gepäck eine Bibel und ein Erbauungsbuch mit, er sah aus, als besuchte er seine Pfarrkinder in einer stockenglischen Landschaft. Doch schon sehr bald entpuppte er sich als echter Abenteurer, allerdings ganz englischer Art. Er hatte Afrika vom Osten nach dem Westen zu Fuß durchquert und kam eben von einer weltabgeschiedenen Insel, die zu Haiti gehört, La Tortue genannt, wo er zwei Jahre lang gelebt hatte. Warum? Um die »Wilden« in »Normalmenschen« zu verwandeln, wie sie in der Vorstellung eines Normalengländers leben.

»Auf La Tortue war es viel schwieriger, ich hatte mehr Entbehrungen zu erleiden als auf meiner Fußwanderung durch Afrika. Zwei Jahre lang habe ich nur von gedörrtem Fisch und Bananen gelebt. Brot ist unbekannt. Dann die vollkommene Einsamkeit. Die Inselbewohner haben mir nichts Böses getan, aber sie haben mich immer scheel angesehen. Ihre Gewohnheiten, ihr Totenkult sind ganz afrikanisch. Jeden Sonnabend tanzten sie bis zum Morgengrauen; die ganze Nacht hörte ich die Trommeln, aber sie ließen mich nie in die Nähe ihres Tanzplatzes.«

»Hatte Ihr Aufenthalt auch einen Erfolg?«

»Ja, die Mühe und die Entbehrungen haben gelohnt. Damals, als ich vor zwei Jahren nach La Tortue kam, gab es auf der ganzen Insel nur eine einzige Frau, die verheiratet war, und das war eine Witwe aus Port-au-Prince. Jetzt aber gibt es schon drei gesetzlich getraute Paare, deren Ehe ich gesegnet habe.«

Port-au-Prince, die Hauptstadt

Auf dem Hauptplatz von Port-au-Prince, einem riesigen Viereck, umsäumt von Palästen, hört Afrika auf, der Sieg der Zivilisation ist hier vollkommen. Obgleich in der Mitte die Statue des Negerführers Dessalines steht. Er hat sich allerdings in dieser Darstellung aus dem wilden Afrikaner in einen banalen Denkmal-Europäer verwandelt. Die Amerikaner aber fürchten sogar noch in dieser Form den großen Weißenhasser und möchten ihn so umstellen, daß er nicht mehr wie jetzt drohend nach dem Gebäude der Marineverwaltung zeigt. Die Haitianer aber meinen, es wäre einfacher, die amerikanische Marineverwaltung übersiedelte

ganz nach Washington. An Washington erinnert übrigens die An-
lage des Platzes und vor allem der weiße Palast des Präsidenten
mit Säulengang und Kuppeln. Besonders großstädtisch wirkt auch
das Villenviertel, wunderbar gelegen auf Hügeln, die einen weiten
Blick auf die Bucht und das Meer gestatten. Die schönsten Häuser, die gepflegtesten Gärten, einst Sitze der haitianischen Aristokratie, werden jetzt von den höheren Beamten bewohnt.

»Sie können es sich leisten von unserem Geld«, sagte mir der
junge haitianische Redakteur, der mir Port-au-Prince zeigte. So
sehr er die amerikanische Fremdherrschaft beklagte, verriet er
doch immer den Wunsch, der Fremden nur die besten Seiten von
Port-au-Prince zu präsentieren. Wenn ich die Elendsquartiere, die
man nicht besonders suchen mußte, innen ansehen wollte, machte
er mich immer auf ein besonders stattliches Haus, das viel sehens-
werter sei, aufmerksam.

Er führte mich auch in das Haus seiner Eltern, das mitten in
einem Rosengarten stand. Es war mit schönen alten Möbeln aus
der französischen Zeit eingerichtet. Die Bibliothek, die die haitianische Literatur vollständig umfaßte, bewies, daß nicht nur Afrika,
sondern auch Paris Haiti seine besondere Note gibt. Viele Intel-
lektuelle, die Ärzte, Juristen, die meisten Politiker, haben in Paris
studiert; man könnte sie mit ihren Spitzbärten, mit ihren pariseri-
schen Redewendungen für Franzosen halten mit einem etwas südlichen Einschlag.

In den Restaurants tragen die Kellner nach französischer Sitte
weiße Schürzen, auf dem Tisch stehen Wein und Brot wie in
Frankreich. Das Menü besteht aus vielen kleinen Vorspeisen und
Zwischengerichten, den »patrons«. Die Gäste sprechen über Politik und Literatur, man könnte meinen, man befinde sich irgendwo
im Quartier Latin.

Hört man die Redner im Parlament, die Advokaten im Talar,
man muß sich oft fragen, sind das wirklich Neger? Beim Englischen hört man auch beim gebildeten Neger den Dialekt leichter
heraus als im Französischen.

Aber auch die Haltung des haitianischen Negers unterscheidet
sich von der des amerikanischen. Hier ist er Herr, trotz der Besatzung. Die Amerikaner beklagen sich auch, daß sie ihnen ihre
Frechheit nicht abgewöhnen können. Frechheit? Ja, sie wagen es,
sich aufzulehnen, Sklaven zu sein.

Proletarier am Grabe Kolumbus'

Wenn ein Dominikaner der herrschenden Klasse (ich meine natürlich einen Bürger der Dominikanischen Neger-Republik auf Haiti und nicht einen Ordensbruder) lesen sollte, daß ich es wage, die Dominikanische Republik mit Negern in Verbindung zu bringen, würde er mich zweifellos fordern, denn die Dominikaner wollen im Gegensatz zu den Haitianern alles eher als Neger sein. Ja, auf Domingo müssen Neger eine besondere Landungsgebühr bezahlen.

Diese Dominikanische Republik nimmt etwa zwei Drittel der Insel Haiti ein, ihre Einwohnerzahl aber ist nur etwa ein Drittel der dichtbevölkerten Schwesterrepublik. Rasse und nationale Vorurteile sind sehr dazu geeignet, die Geschwister, wenn auch nicht gerade zu Feinden, so doch zu Fremden zu machen. Die Großmächte, die nie die strategische Wichtigkeit Haitis übersahen, haben mit Vorbedacht die Gegensätze verschärft.

Ein Dominikaner von ziemlich heller Hautfarbe, der aber keineswegs heller war als sehr viele Haitianer, versäumte in den Straßen von Santo Domingo nie die Bemerkung, wenn ein Neger von dunklerer Farbe vorbeiging: »Das ist ein Haitianer.« Die Wahrheit aber ist die, daß in Haiti genauso alle Schattierungen von dunkel bis zu ganz hell zu finden sind wie in Domingo.

Die Amerikaner aber, die hier übrigens genauso wenig beliebt sind wie dort, verstehen der Eitelkeit der Dominikaner zu schmeicheln. »Ihr seid keine Neger, mit euch können wir anders verhandeln als mit den Haitianern.«

Allerdings besetzten sie trotzdem Domingo, und sie verließen es nicht deshalb, weil die Einwohnerschaft hellhäutiger ist, sondern weil die geschützteren Häfen Haitis sich nützlicher und bedeutungsvoller erwiesen als die den schweren Stürmen preisgegebenen offenen Buchten Domingos.

Aber wenn auch der rassische Unterschied zwischen den beiden Republiken sehr zu bezweifeln ist, der »nationale« ist unleugbar. Haiti ist französisch, Domingo ist spanisch, es ist überspanisch. Es wird ein wahrer Kult getrieben mit der spanischen Vergangenheit. Ahnherr aller Dominikaner ist Kolumbus, Christóbal Colón, wie er hier überall nach spanischer Art genannt wird.

In der Hauptstadt Santo Domingo ist noch der Baum zu sehen, an dem Kolumbus landete. (Garantiert echt.) In der Kathedrale werden seine Gebeine gezeigt. (Gleichfalls garantiert echt, die Echtheit ist hier allerdings schon auf ziemlich komplizierte Weise erklärt.) Aber warum skeptisch sein? Jedenfalls ist es sicher, daß er hier starb, verbittert und schon halb vergessen, der große Entdecker.

Es ist auch sicher, daß in der barocken, spanisch überladenen Kathedrale alle großen Abenteurer, die auszogen, neue Welten und Gold zu erobern, den Sieg ihrer Waffen erfleht haben, Cortez, Pizarro, alle großen »Bukaniers« zogen von hier mit Kreuz und Schwert gegen die Ungläubigen.

Es gibt wohl kaum einen anderen Fleck der Erde mit so blutig grausamer Vergangenheit wie diese Insel. In Port-au-Prince wird noch heute der einstige Sklavenmarkt gezeigt, wo Millionen und aber Millionen Neger verschachert wurden. Im Laufe von vierhundert Jahren erreichten hundert Millionen Afrikaner den amerikanischen »Markt«. Aber von der »Ware« wurden in Afrika selbst und unterwegs ungeheure Mengen verschleudert. Sie mußte erjagt werden; es kamen einige Tote auf jeden Gefangenen. »Das Wild« überstand sehr oft nicht die Überfahrt, es brachen auch Selbstmordepidemien aus, dann wurde die »Exportware« in Ketten gelegt, damit sie nicht ins Meer springen konnte.

In Kap Haiti befindet sich noch der Platz »Place des Armes«, wo die Hinrichtungen der Neger unter fürchterlichsten Folterungen stattgefunden hatten.

»Heute haben wir doch bessere Zeiten«, sagte mir ein dominikanischer Dichter, der wiederholt während der amerikanischen Besatzungszeit verhaftet wurde und der auch jetzt, während die Regierungen durch Putsche abwechseln, Verfolgungen befürchten muß. »Unsere Verluste gingen während der amerikanischen Zeiten nur in die Zehntausende, dafür wurden aber auch unsere Zukkerplantagen glänzend modernisiert. Das amerikanische Kapital arbeitet anders, als unsere kleinen Bauern es getan haben. Wir produzieren jetzt soviel Zucker, daß wir ihn verbrennen müssen. Aber freilich hat sich unsere Lage trotz der technischen Fortschritte der letzten Jahre kompliziert, genau wie überall in Westindien, Mittel- und Südamerika, wohin amerikanisches Kapital drang. Man enteignete die Kleinbauernschaft und das mittlere

Bürgertum. Dafür schuf man ein Proletariat, das in unseren rückständigen Ländern bisher unbekannt war.

Aber auch die entstandenen Arbeiterfragen bedrängen die Eroberer. Ob Kupferfarben, Schwarz oder Weiß, dieses Problem bleibt überall das gleiche.«

VIII
Petroleumland

Curaçao, die Insel
der einstigen Sklavenhändler

Aus der Ferne wirken die Forts, die Häuser der Insel, wie holländische Spielzeuge, lieb und nett. Auch die unzähligen Segelboote, die von den Nachbarinseln Lebensmittel nach dem unfruchtbaren Curaçao bringen, lassen an das Mutterland denken. Freilich, die Sonne ist greller und die feilschende Menge auf dem Markt ein Gemisch von allen Rassen.

Nachts aber verwandelt sich die farbige Idylle. Und die schreckliche Fratze, zu der alle Kolonialländer verurteilt sind, wird offen sichtbar. Auf den Segelbooten kauern als schlafende Bündel die Neger, die tagelang stürmische Fahrten hinter sich haben. Sie haben nicht einmal Geld für eine Hängematte. Brot ist für sie ein unbekannter Luxus. Auf den Straßen liegen Schlafende ohne Unterschlupf. Die Geschäftsviertel haben sich in Schluchten des Lasters verwandelt. Die Neger-, chinesischen und europäischen Dirnen stehen gespenstisch geweißt, mit rotgepuderten Wangen vor den schmutzigen Spelunken, aus denen die abgestandenen Schlager Europas und Amerikas kreischen.

Nur die Viertel der Patrizier haben ihre Vornehmheit bewahrt, die kristallenen Leuchter werfen dämmriges Licht auf die alten Seidenmöbel, die venezianischen Spiegel, die Ölgemälde, die zwischen dicken, goldenen Rahmen die Züge der Ahnen bewahren.

Die Patrizier, die sich stolz Curaçaoer nennen und deren holländisches Blut reichlich mit portugiesischem, aber auch mit dunklem, afrikanischem gemischt ist, sind stolz auf diese Ahnen. Sie waren die geschicktesten Sklavenhändler, die mit unzähligen

Schiffsladungen die neue Welt mit Menschenmaterial versorgten. Auch als solches Tun schon gesetzlich als unmoralisch gebrandmarkt wurde, haben sie weiter ihr Gewerbe, das viel Gold nach der Insel brachte, ausgeübt. Ihre »Tüchtigkeit«, die ihnen erlaubte, den Gesetzen ein Schnippchen zu schlagen und Sklaven in großen Mengen weiter zu schmuggeln, wurde reich belohnt, wie ihre schön ausgestatteten Häuser beweisen.

Heute aber ist es ihnen nicht mehr gelungen, sich auf die neuen Formen des Sklavenhandels umzustellen, ihre Macht wankt, und sie müssen neuen Herren weichen.

Auf diese neuen Herren der Insel sind die alten schlecht zu sprechen. Sie sind gezwungen, alle Macht ihnen auszuliefern. Nur die regieren noch die Insel, während die Patrizier haßerfüllt nach den dicken Rauchschwaden blicken, die sogar bis in die Viertel der Vornehmen eindringen und die Sauberkeit der weiß- und blaugekachelten Häuser mit dicken Schichten von Öl verschmieren.

Denn die neuen Herren sind die Gebieter des Petroleums. Die neuen Herren, das ist die Royal-Dutch-Shell-Company, das sind Deterding und seine Aktionäre.

Die ganze Insel, auch in jenem Teil, wo sie nur Wüste ist, wird von Rohren, die aussehen, als wären sie dicke Adern, durchzogen.

Diese Rohre schlucken Petroleum, Petroleum, das aus dem südamerikanischen Kontinent in flachen Tanks in riesigen Mengen herbeigeschafft wird. Sie leiten es in die gefräßigen Maschinenbäuche einer der größten Petroleumraffinerien der Welt. Wenn das Rohöl in Benzin und Heizöl geschieden wird, speien sie es in die Schiffsräume aus aller Welt, die im Hafen von Curaçao Petroleum tanken.

Besuch auf der Isla

Nach der Isla, so werden die riesigen Anlagen des Royal-Dutch-Shellschen Unternehmens genannt, benutzt man die Fähre, aber das ist gar nicht so einfach. Zu zahlen braucht man zwar nicht, aber wenn man sich nicht als Angestellter oder Arbeiter der Shell ausweisen kann, braucht man eine besondere Erlaubnis der Zentrale; eine Erlaubnis benötigt man auch, wenn man die Stachel-

drähte, die die Isla eingrenzen, als wäre es Kriegsgebiet, passieren
will. Keine Grenzfestung wird schärfer bewacht als die Ölraffinerien. Mit Karabinern bewaffnete Werkpolizei steht vor den Eingängen, man trifft sie überall vor den Betrieben, vor den silberhel-
len Tanks, die Benzin, und vor den dunklen, die das Heizöl bergen.

Welche Geheimnisse werden hier gehütet? Es sind wirklich Geheimnisse, denn das Verfahren, wie man Benzin und Rohöl auf
das wirtschaftlichste scheidet, ist Patent und Kampfobjekt der miteinander konkurrierenden Petroleumgesellschaften.

Anscheinend befürchtet man auch in mir eine Spionin der
Amerikaner. Bei jedem Schritt mußte ich mich legitimieren, und
als ich beim Ausgang meinen Photoapparat zurückbekam und die
Arbeiterhäuser der Isla zu photographieren versuchte, erschienen
vor mir, wie aus der Erde gestampft, zwei handfeste, mit Geweh-
ren ausgestattete Neger und wollten mich verhaften. Obgleich ich
ihnen eine Unmenge gestempelter Papiere zeigte, sämtliche ärztlichen Atteste, die ich unterwegs gebraucht hatte, wollten sie mir
nicht glauben, daß ich die Erlaubnis zum Photographieren hätte,
denn eine solche Erlaubnis gebe es überhaupt nicht.

Die Direktion aber erklärte, daß ihr nichts unerwünschter sei
als irgendeine Art von Publizität, sie wünschte nicht, daß man
über sie schreibe, nicht einmal über die neue Angestellten- und
Arbeiterstadt, die sie errichtet habe, obgleich sie doch so komfor-
tabel ist, mit Klubs und Tennisplätzen, die nachts taghell erleuchtet werden. So privat sie sich selbst betrachten, das Leben, das
ihre Angestellten führen, ist keineswegs deren eigene Angelegenheit. Auch über Freunde oder Bekannte, die sie auf der Isla besuchen, wünscht die Leitung Genaues zu erfahren. Niemand kann
unbemerkt ein Arbeiterhaus betreten. Kein Angestellter hat das
Recht, Besuche ohne Erlaubnis zu erhalten, auch nicht nach der
Arbeitszeit.

Die Arbeiter aus Deutschland, aus den Staaten, aus Italien, aus
Holland oder Schweden, sie wiederholen so ziemlich wörtlich immer die gleiche Geschichte:

»Da hat mir mein Freund (es kann auch der Bruder oder Vater,
Vetter oder Sohn sein) geschrieben, daß man hier Arbeit bekommen kann. Arbeit – da überlegt man nicht mehr lange, wie es
sonst noch werden kann, auf Arbeit kommt es an. Mit solcher

Aussicht ist es auch mit Mühe und Not möglich, Reisegeld geliehen zu bekommen. Wie ich gehört habe, ich soll nach Curaçao, den Tropen, schien mir das noch ganz besonders wunderbar, das wird etwas ganz anderes werden als die alte Knochenmühle zu Hause. Aber ist man einmal hier, dann merkt man schnell, daß es genau der gleiche Dreh ist, den man schon so gut kennt. Die Maschinen, der Lärm, der Dreck, der Gestank und die Aufseher, für die man nie schnell genug arbeiten kann.

Tag und Nacht wird gearbeitet. Jede Stunde ist Schichtwechsel. Viele von uns haben einen Zehnstundentag, sogar wenn sie nachts arbeiten, obwohl auch hier abgebaut wird und Arbeiter entlassen werden. Tropisch sind nur die ewige Hitze und die vielen Moskitos. In der Lohntüte haben wir zwar etwas mehr Geld als zu Hause, aber das Leben ist auch teurer, und wenn man krank wird oder keine Arbeit mehr hat, kann man betteln gehen. Der Arbeiter kann hier überhaupt nicht den Mund aufmachen. Wir haben zweihundert schwerbewaffnete Werkpolizisten, die tun, was die Direktion ihnen befiehlt; ob es gesetzlich ist oder nicht, danach fragt keiner. Die Regierung hat auf der Isla überhaupt nichts zu sagen.

Man redet uns weißen Arbeitern ein, daß wir mehr sind als die Neger, und es gibt unter uns so manchen, der das auch gern glaubt. Aber die Werkpolizei besteht aus lauter Negern, und obgleich uns die Werkleitung für soviel höher hält, läßt sie die weißen Arbeiter ohne Skrupel von den Negern verprügeln, weil sie es vielleicht gewagt haben, allzu laut ihre Rechte zu fordern. So leben wir in der großen Freiheit, fern von der Kultur.«

Abenteuer und Abenteurer
auf Curaçao

Es gibt nicht nur Gegensätze zwischen Arbeiter und »Arbeitgeber«, sondern auch zwischen den Konkurrenzgesellschaften. Auf Curaçao nahmen diese Intrigen besonders abenteuerliche Formen an. Dazu gehörte die »Delgado-Falke-Rebellion«. Wie man sich vielleicht noch erinnert, spielte das deutsche Schiff »Falke« in dieser Tragikomödie eine besondere Rolle.

Eingezwängt zwischen den Stacheldrahtzäunen der Shell Company und den Kreidebergen Curaçaos, liegt ein armseliges Proletarierviertel, ein Gewirr primitivster Holzhäuser.

Hier lebte unter anderen venezolanischen Emigranten einer der Hauptakteure des »Falke«-Abenteuers, ein früherer General namens Urbano. Er schien es darauf abgesehen zu haben, die Polizei zu reizen. Er führte so lange beleidigende Reden über den holländischen Gouverneur, bis man ihn als Gefangenen in die Festung Curaçao einlieferte.

Diese Festung liegt am Eingangspunkt des Hafens. Sie gibt vor, die holländischen Häuser Willemstads, aber auch die Ölraffinerien der Shell Co. und den Hafen zu schützen. Aber trotz Zugbrücken, Wachen und Munitionslager wirkt sie nicht übertrieben seriös.

Dem General Urbano schien die Festungshaft gut zu gefallen; er freundete sich mit den Soldaten, mit den Wachen und Gefangenenwärtern an. Freilich war diese Freundschaft nicht ganz billig, denn auch hier mußte sie durch kleine Geschenke erhalten bleiben. Aber der General hatte Geld wie Heu, er hatte Lebensmittel, Zigaretten, Getränke. Auffallend war nur, daß ein scheinbar so einflußreicher Mann nichts unternahm, um seine Strafe abzukürzen.

Aber wahrscheinlich interessierte ihn das Leben auf der Festung, denn er fragte nach allen Details, und auf Grund seiner sachverständigen Fragen wußte er bald besser Bescheid als selbst der Festungskommandant. Er kannte die Aufbewahrungsstellen der Munition, die Aufstellung der Maschinengewehre, er wußte, wieviel Gewehre sich in der Festung befanden, aus wieviel Personen die Wache bestand und wann sie abgelöst wurde.

Und so geschieht an einem schönen Augustabend folgendes:

Bei einbrechender Dunkelheit nähert sich ein Schiff dem Hafen von Curaçao (später hatte sich herausgestellt, daß es einer amerikanischen Gesellschaft gehörte) und wirft ganz in der Nähe der Festung Anker. Die Hafenpolizei fand nichts Auffälliges daran.

Um Mitternacht wurden auf den Wällen die Wachen abgelöst, gleichzeitig brechen General Urbano und seine Freunde aus ihren Zellen. Es bleibt bis heute rätselhaft, wie es Urbano und seinen paar Anhängern gelang, alle Soldaten und Gefängniswärter der Festung zu entwaffnen und sich selbst und seine Getreuen zu bewaffnen. Zwei Schüsse und zwei Tote als Ergebnis des ersten Wi-

derstandes gegen Urbano mögen den Soldaten gezeigt haben, daß
es nicht geraten sei, gegen ihren »Freund« Urbano zu kämpfen.
Der Weg zu den Munitionslagern ist plötzlich frei.

Mittlerweile kommt das Schiff, das in der Nähe ankerte, dicht
an die Festung heran. In aller Ruhe und ohne Übereilung wird
Munition geladen. Urbano dampft nach ein paar Stunden schnur-
stracks auf Cumana zu, um zusammen mit dem »Falken« den
Kampf gegen die venezolanische Regierung aufzunehmen. Seine
»Getreuen«, kein halbes Dutzend Mann, halten die Festung
Curaçao besetzt.

Aber in Cumana stellt sich der genial angelegte Überfall als völlig nutzlos heraus, denn die geraubte Munition knallt zwar heftig,
aber sie schadet niemandem. Was Urbano und seine Leute stah-
len, waren – Platzpatronen und leere Übungskartuschen. Die holländische Regierung gab später eine Erklärung heraus: Die von
Urbano geraubte Munition wäre nur für Manöverzwecke bestimmt gewesen, die echte Munition hätte wohlbewahrt im Ge-
heimlager geruht. Aber es gibt böse Zungen auf Curaçao, die davon munkeln, daß es überhaupt keine brauchbaren Waffen auf der
Festung gab außer dem Revolver, den sich der General Urbano ins
Gefängnis schmuggeln ließ.

General Urbano aber gelang es, mit den Überlebenden der Cu-
manaschlacht nach Kolumbien zu fliehen. Er lebt jetzt mit seinen
Mannen in den Urwäldern, die an Venezuela grenzen, und beunruhigt von dort aus öfter die Grenzposten. Ein letzter Abenteurer
alten Stils, ein »Bukanier«, ein Nachfahr der Seeräuber, die Amerika nach seiner Entdeckung heimsuchten.

Interessanter aber als dieser Abenteurer sind die Hintergründe
dieser Revolte, die nur scheinbar an eine Operette erinnern.

Wer hatte Urbano und Delgado die sehr bedeutenden Geldmittel, die sie für ihre Unternehmungen brauchten, zur Verfügung
gestellt? Wer hatte ein Interesse daran, Curaçao, diesen wichtigen
strategischen Stützpunkt, diesen bedeutendsten Ölhafen des tropischen Amerikas, in anderen Besitz zu bringen?

Eine klare Antwort konnte die Untersuchung um so weniger
bringen, weil sehr vorsichtig untersucht wurde. Aber das Mißtrauen der Shell Co. wird dem großen Konkurrenten, der Standard
Oil, gegenüber einigermaßen begreiflich.

»Sie müssen nach Maracaibo fahren, dort können Sie die größ-

ten Ölfelder Südamerikas sehen, dort haben die amerikanischen
und englischen Gesellschaften dicht nebeneinander ihre Interes-
ensphären, dort kann man am besten sehen, wie sie miteinander
arbeiten und wie sie sich bekämpfen.«

Sankt Bürokratius in Venezuela

Jede Reise beginnt, sofern man die sträfliche Absicht hat, eine
Grenze zu überschreiten, auf der Polizei, auf Ämtern und Konsu-
laten, und das ist gut so, das gibt Gelegenheit, Leute und Sitten
eines Landes kennenzulernen, bevor man es noch betreten hat.

Da ist zum Beispiel Venezuela. Von Curaçao fahren täglich
Dampfer nach Maracaibo, eine Reise dorthin scheint also ganz
einfach zu sein. Aber bald muß man merken, daß auch eine tropische Republik in Erfindung bürokratischer Schikanen Unüber-
treffliches leisten kann.

Zunächst: Ein Paß genügt nicht, man muß auch einen Heimat-
und Geburtsschein haben, dann eine Bescheinigung der Polizei-
behörde des Wohnortes, daß der Reisende keinerlei Verbrechen
begangen hat, die das venezolanische Gesetz als solche ansieht
und bestraft, und ist schließlich eine Strafe verbüßt, aufgeschoben
oder erlassen worden, so ist eine Bescheinigung über die moralische Rehabilitierung beizubringen.

Noch nicht genug? O nein, bei weitem nicht. Daß man das
Zeugnis eines Amtsarztes beibringen muß des Inhalts, daß der
Reisende nicht an Lepra, Trachom, Geisteskrankheit, epilepti-
schen Anfällen oder anderen gefährlichen Krankheiten leidet, ist
in Ordnung. Auch eine neuerliche Pockenimpfung könnte man
über sich ergehen lassen.

Aber Venezuela will noch mehr. Der Paß, der Geburts- und
Heimatschein, die ärztlichen Atteste genügen noch nicht, man
muß auch einen Identitätsschein beibringen, auf dem millimeter-
genau die Größe und Breite des Delinquenten, Pardon, Reisenden, angegeben ist.

Immer noch nicht genug? Nein. Man muß auch noch ein be-
glaubigtes Zeugnis von dem Geschäftsführer, Direktor oder Prin-
zipal des Betriebes beibringen, in dem man die letzten sechs Monate gearbeitet hat. Das Zeugnis soll über die Führung, Ehrlich-

keit, guten Sitten und das Verhalten gegen die Vorgesetzten Auskunft geben.

Aber jetzt ist's genug? Mehr kann nicht einmal Venezuela verlangen. Ein Irrtum, denn zu guter Letzt müssen auch zwei Zeugen vor Gericht unter Eid folgendes beschwören: 1. daß der Reisende während seines Aufenthaltes in Venezuela nicht die öffentliche Ordnung stören oder die internationalen Beziehungen der Republik gefährden wird, 2. daß er keiner Vereinigung angehört, die der öffentlichen und bürgerlichen Ordnung entgegengesetzte Zwecke verfolgt, und 3. daß er nicht die gewaltsame Zerstörung der konstitutionellen Regierung oder die Ermordung von Staatsbeamten oder Fremden im Lande plant.

Ist das nicht erstaunlich? Zeugen müssen unter Eid aussagen, was du in Zukunft zu tun und zu lassen gedenkst. Die Zeugen müssen dem Konsulat bekannt sein. Weniger wichtig ist es, daß sie dich kennen, denn es kommt ja nur auf die Formalität an, auf die Formalität und auf die Gebühren. Genügende Geldmittel sind fähig, die Strenge des Gesetzes zu mildern.

Zwischen Curaçao und Venezuela

Es ist merkwürdig, die größten Schwierigkeiten können die Erwerbslosen, die noch etwas Geld für eine Reise haben, nicht davon abhalten, ihr Glück dort zu versuchen, wo sich ihnen noch irgendeine Arbeitsmöglichkeit bietet. Wie finden es Leute in einem Dorf in Thüringen oder Bayern, in New York oder in Tokio heraus, daß irgendwo am anderen Ende der Welt Arbeitskräfte benötigt werden? Nirgends braucht die Industrie zu befürchten, ohne Arbeiter zu bleiben. Mitten im Ozean wird auf einer Wüsteninsel mit größter Eile eine Stadt, ein großes Industriewerk errichtet, und schon strömen die Arbeiter aus aller Welt herbei, um an dem Aufbau teilzunehmen.

Da ist die Insel Aruba, sie liegt zwischen Curaçao und Maracaibo. Vor kurzem war sie nur von einigen Negern bewohnt, die kaum ihr Unterkommen fanden. Die Insel ist dürr, nur wenn es regnet, gibt es Wasser; aber es regnet fast nie, und die Zisternen und Regentonnen warten mit trockenen Mäulern vergeblich auf Feuchtigkeit. Der Hafen, soweit man von Hafen überhaupt sprechen kann, wird nur im seltensten Fall von einem Schiff angelaufen. So war es noch vor wenigen Jahren.

Dann aber kam die plötzliche Wendung: Die Amerikaner, die zusehen müssen, wie sich die Shell Co. auf Curaçao vergrößert und ihnen selbst die Möglichkeit nimmt, sich dort niederzulassen, ließen sich von den Holländern für die Insel Aruba eine Konzession geben. Man lachte nur darüber. Das war sicher nichts weiter als ein verrückter Einfall eines amerikanischen Millionärs.

Doch bald stellte sich heraus, daß die Amerikaner ganz genau wußten, was sie wollten. Mit größter Beschleunigung begannen sie die Arbeit auf Aruba. Ein ganzes Arbeiterheer erbaute eine Stadt aus dem Nichts und errichtete Petroleumraffinerien, die an Vollkommenheit und rationalisierten Methoden noch die Shell Co. übertrafen.

Der Hafen wurde ausgebaut für die Öltanks, die nun aus Maracaibo kamen. Der große Coup war gelungen, die Amerikaner konnten ihr Petroleum aus Venezuela noch nutzbringender verwerten als die Shell Co.

Es gab nichts zu essen auf der Insel? Man brachte Lebensmittel in Hülle und Fülle aus Amerika. Der Küchenzettel der Angestellten und Arbeiter wird im Marine-Department New Yorks auf das genaueste zusammengestellt, und die nötigen Zutaten schwimmen jede Woche auf mächtigen Schiffen zur Insel. Es gab kein Wasser. Man brachte eben dann das Trinkwasser aus New York. Ein bißchen teuer? Die Angestellten und Arbeiter bezahlen ja die Lebensmittel und das Wasser. Auf die Weise freilich lösen sich die Löhne und Gehälter, die so verlockend aussahen, schnell in nichts auf. Und genau wie überall verdienen sie auf der Wüsteninsel trotz schwerster Arbeit nur soviel, um das nackte Leben zu erhalten.

Jetzt ist die Stadt fertig, eine sehr zweckmäßig gebaute Stadt; doch da ihr Zweck, den Menschen nur schlecht und recht Unterkunft zu geben, so mäßig ist, wirkt sie alles eher, nur nicht schön.

Schlimmer aber, nachdem der Aufbau der Stadt beendet war, blieb ein großer Teil der Arbeitermassen, die Erbauer, ohne Arbeit.

Diese Arbeitslosen fahren nun trotz aller Paßschikanen und trotz der Kosten, solange sie noch den kleinsten Betrag besitzen, von einer Insel zur anderen, von einem Land zum anderen, um

Arbeit zu suchen. Eine Reise von vier oder fünf Tagen ist eine Kleinigkeit, kaum erwähnenswert. Ist sie mißlungen, um so schlimmer. Ist auch der letzte Rest der Ersparnisse verbraucht, bleibt nichts übrig als die Bettelei bei den Schiffsgesellschaften, sich hinüber arbeiten zu dürfen. Die Schar der Ausgewanderten, die auf eine solche Gelegenheit warten, die immer seltener wird, vergrößert sich ständig. Sie warten auf ein Schiff oder den Tod, denn die meisten haben, bis sie soweit sind, ihre Gesundheit vollständig eingebüßt.

Unter den Passagieren unseres Schiffes ist einer, der durch seinen merkwürdigen Tropenanzug die Heiterkeit der Mitreisenden erregt. Er stammt aus einem württembergischen Dorf, spricht schwäbisch, und er wäre sehr gemütlich, sähe er nicht aus wie ein Gespenst. Blaß, mit fiebrigen Augen, ragt sein Gesicht aus den alten Leinentüchern, die wahrscheinlich seine Mutter mit viel Liebe, aber wenig Fachkenntnis in einen Anzug verwandelt hat. »Er hat nichts gekostet« – das heißt, er kostete Kopfzerbrechen und unverhältnismäßig viel Arbeit. »Seine ganze Reise sollte nichts kosten.« Seine Konstitution fragte aber nicht danach, ob er sparen wollte, er wurde krank, und so »reist« er nun nach Arbeit.

Maracaibo, eine neue Hauptstadt
im Petroleumreich

Noch vor einem Jahrzehnt war Maracaibo eine verschlafene, altspanische kleine Stadt, am Ufer des sumpfigen Maracaibosees, einer Bucht des Atlantischen Ozeans.

Heute ist sie eine der wichtigsten Zentralen des Weltölgeschäftes, sie wäre vielleicht die wichtigste überhaupt, wenn der verschlammte Hafen nicht das Befahren durch größere Schiffe unmöglich machen würde. So müssen die flachen Öltanks erst nach Curaçao und Aruba fahren. Doch die Zukunftsmöglichkeiten Maracaibos sind noch sehr groß.

In den letzten Jahren wurde hier ungeheuer viel gebaut. Zu dem Altspanischen kam das Neuamerikanische, es waren Flugzeuge, Autos, Wege wurden angelegt, der Urwald, der bis an die Stadt heranreichte, mußte amerikanisierten Siedlungen weichen. An Stelle der Urwaldriesen erheben sich nun Bohrtürme, Bohrtürme ragen auch aus dem See, aus den Sümpfen, denn Petroleum quillt weit und breit im Wald und aus dem Wasser, überall in der ganzen Umgebung von Maracaibo.

Die Luft ist ölig, eine schwere, fettige Luft, das Thermometer zeigt im Schatten vierzig Grad, Moskitoschwärme entsteigen den Sümpfen, und nur die feinen teuren Drahtnetze, die die Wohnhäuser der höheren Angestellten schützen, können sie ausschließen. Zu den anderen, wo nur leichte Mullnetze die Menschen zu schützen vorgeben, gelangen sie mit Leichtigkeit.

Besonders am Anfang der Arbeiten blühte hier das gelbe Fieber, aber es gibt wohl wenig Menschen in Maracaibo, die von Malaria verschont bleiben.

In den Klubräumen der verschiedensten Nationen, in allen Speisehäusern steht auf den Tischen wie Zucker Chinin. Alle schlucken sie Chinin, aber es nützt ihnen nichts, das Fieber ergreift von ihnen Besitz und läßt sie nie wieder ganz frei atmen.

Aber die Kranken räumen nicht freiwillig das Feld, den Abbau fürchten sie mehr als den Tod. Auch hier wird, obgleich die Produktion noch steigend ist, rationalisiert. In diesen Methoden sind sich beide Petroleummächte, die Standard genau wie die englisch-holländische Gruppe, trotz aller anderen Gegensätze einig.

Die Amerikaner zeigen offen das, was sie geschafft haben; sie sind stolz auf die neuen Häuser und Wege, auf die Kinos und Bordelle im Urwald von gestern, auf ihre Polizei, die sogar mit Maschinengewehren ausgestattet ist.

Auch die Engländer haben alle diese Errungenschaften, sie sind nur weniger stolz auf sie und hüten sie wie Geheimnisse.

Man kann sich schwer vorstellen, mit welcher Genauigkeit die Büros der Petroleumgesellschaften jede Nachricht, die sich auf das Öl bezieht, registrieren. Farbige Tabellen werden jeden Tag, jede Stunde umgeändert, um die momentane Lage augenfällig zu zeigen.

In Maracaibo und seiner Umgebung wird etwa soviel Petroleum erzeugt wie in Sowjetrußland. 1930 stand Venezuela an zweiter Stelle unter den Petroleum erzeugenden Ländern. Erst 1931 wurde es von Sowjetrußland überflügelt.

Aus allen Börsen der Welt kommen die Nachrichten über die Kurse der Petroleumpapiere, jede Schwankung wird auf das genaueste verfolgt.

Jede Petroleumquelle, sei sie auf den Nachbarpetroleumfeldern Lagunillas, in Baku, in Mexiko oder Kolumbien in Betrieb gesetzt, steht sofort auf der Weltkarte aller Bohrtürme.

Auf einem Atlas sieht man die Petroleumerzeugung der Welt graphisch dargestellt. Die Vereinigten Staaten führen bei weitem, sie liefern 65 bis 70 Prozent der gesamten Weltproduktion, in weitem Abstand folgen Sowjetrußland mit 10 bis 12 Prozent und Venezuela ungefähr mit gleichfalls soviel.

Auch bei dem Verbrauch des Petroleums besetzen die Staaten einen besonderen Platz. Sechzig Prozent des Weltbedarfs wird von ihnen in Anspruch genommen.

Wie anders aber sieht jene Karte aus, auf der die Petroleumvorräte abgebildet sind. Der riesige Punkt, der die Produktion der Staaten anzeigte, ist ganz zusammengeschrumpft, nur zehn Prozent der Weltvorräte befinden sich in den Staaten, fünfunddreißig Prozent in Südamerika und Mittelamerika, fünfzehn Prozent in Sowjetrußland.

Gespräch mit einem amerikanischen Petroleum-Sachverständigen

»Ja, kann man denn überhaupt die Vorräte feststellen?« fragte ich ihn.

»Ganz genau nicht, nur ungefähr. Die Schätzungen ändern sich auch sehr oft. Aber es ist nicht wahrscheinlich, daß das Verhältnis für die Staaten viel günstiger sein könnte. In Südamerika gibt es noch viele unentdeckte Quellen.«

»Auch in Paraguay?«

»Wahrscheinlich auch dort. Auch die Bohrungen in Peru, Kolumbien und in den Guayanas stehen erst in ihren Anfängen.«

»Wie aber ist es in Nordamerika? Wenn trotz der geringen Vorräte so viel produziert wird, können dann nicht die Petroleumquellen langsam versiegen?«

»Viele sehen das in Amerika voraus. Man macht Propaganda für die Streckung der Vorräte. Schon seit Jahren wird darüber geschrieben, daß Amerika schlimmen Schwierigkeiten entgegengeht, wenn sich die Petroleumpolitik nicht ändert. Der Erfolg war:

Die Produktion stieg ständig weiter. In diesem Jahr wird sie gering fallen, aber nur aus rein finanziellen Gründen, weil man die Preise halten will. Da sehen Sie zum Beispiel Mexiko. Im Jahre 1925 war es nach den Staaten noch das wichtigste Petroleum erzeugende Land. Seit diesem Höhepunkt fällt die Produktion rapide. Keineswegs, weil man sie einschränken will, sondern weil bald kein Öl mehr da ist. Der rücksichtslose Raubbau beginnt sich zu rächen. Tampico, noch vor einigen Jahren eine der wichtigsten Petroleumquellen, sinkt langsam zu vollkommener Bedeutungslosigkeit herab. Der aufsteigende Stern ist Maracaibo.«

»Ist das Versickern der mexikanischen Ölfelder nicht auch für die kalifornischen und jene in Texas ein schlechtes Vorzeichen?«

»Beim Petroleum kann man nichts prophezeien, aber es gibt ja genug Schwarzseher in Amerika, die behaupten, es sei sogar möglich, daß es schon in fünf Jahren mit den Petroleumvorräten zu Ende ginge.«

»Was würde dann aber geschehen?«

»Nun, man muß ja nicht ein unverbesserlicher Pessimist sein und gleich an das Schlimmste denken. Die Quellen können natürlich nicht so plötzlich versiegen. Man malt die Lage mehr aus propagandistischen Gründen so dunkel aus, gerade, weil schon ein verhältnismäßiges Fallen der Produktion fühlbar werden müßte, denn die Vereinigten Staaten sind nicht Mexiko, und sie könnten nicht tatenlos zusehen. In Mexiko fällt die Währung, verschlechtert sich die Handelsbilanz, aber das starke Fallen der Petroleumerzeugung übt doch keine entscheidende Wirkung aus. Für die Staaten aber ist das Petroleum eine Lebensnotwendigkeit. Die Industrie, der Verkehr brauchen Benzin, die ganze Kriegsflotte wird mit Öl geheizt. Zum größten Teil verdankt Amerika seinen industriellen Aufschwung dem Petroleum.«

»Gibt es denn einen Ausweg für die Staaten?«

»Sicher. Sie haben ja die wichtigsten Petroleum-Konzessionen in Südamerika. In Peru besitzen sie einundachtzig Prozent der Petroleumfelder, in Venezuela vierzig Prozent, in Kolumbien sogar hundert Prozent.« (Die Geschichte dieser hundert Prozent wäre auch ein Roman für sich, der ölsachverständige Amerikaner enthüllte sie nicht.) »Die amerikanischen Gesellschaften haben mit Bohrungen in Brasilien, in Argentinien, in den Guayanas und Paraguay begonnen und schon bedeutende Funde gemacht. Amerika

braucht also einen Mangel an Petroleum auch im schlimmsten Fall
nicht zu befürchten.«

Das sagte der Amerikaner. Über die Befürchtungen der südamerikanischen Völker sprach er nicht. Über die Gefahren,
die die Rivalität zwischen Amerika und England um die Petroleumschätze hervorrufen muß. Denn die restlichen Prozente
der Ölkonzessionen in Südamerika besitzt ja zum größten Teil
England. Der Hintergrund der blutigen Revolutionen und Kriege
in Südamerika sind zum größten Teil noch unsichtbare Petroleumfelder.

Doch wie kämpft man hier in Maracaibo?

Indianer, o wie romantisch!

In Maracaibo gibt es auch echte Indianer. Ihre Kleidung besteht
aus farbigen Tüchern, und ihre Gesichter sind mit roten und lila
Strichen bemalt. Freilich wirken sie bei weitem nicht so echt und
wild wie Indianer in einem besseren Knabenroman, obgleich manche von ihnen sogar lange Pfeile bei sich tragen, die wirklich so
aussehen, als wären sie von Karl May erfunden.

Aber mit diesen Pfeilen durchbohren sie nicht die fremden Eindringlinge, sie tragen sie vielmehr in Geschäfte, in denen Grammophone von früh morgens bis spät abends ununterbrochen spielen. Sie sind feste Bestandteile jedes besseren Kaufladens, und
während der Marsch aus den drei Musketieren, die Marguita, die
Señorita oder ähnliche Meisterwerke heruntergeschnarrt werden,
tauschen die Indianer die Pfeile gegen Sardinen oder Büchsenkonserven.

Die Pfeile schmücken dann später die Quartiere der amerikanischen, englischen und deutschen Angestellten und geben ihnen
einen gewissen romantischen Beigeschmack und die Illusion, in
einem wilden Land zu leben.

Leider aber ist der Bedarf an Pfeilen doch nicht so groß, daß die
Indianer, die durch die Ölgesellschaften aus ihren Wäldern vertrieben wurden, nun davon leben könnten.

Was tun sie nun, die Abkömmlinge des »großen Adlers«? Sie
stellen sich vor den »employment offices«, den Personalbüros der
großen Ölgesellschaften, auf, und wenn sie besonderes Glück ha-

ben, dürfen sie ihre Wälder roden, Baumaterial schleppen oder nach Öl bohren. Wenn die Ölgesellschaften besonderes Glück haben und die Petroleumquelle ergiebiger wird, als man erwartet hatte, wird das oft ihr Ende, denn sie können leicht mit zerschmetterten Gliedern in die Luft fliegen.

Ein Deutscher, der seit sechs Jahren in Maracaibo arbeitet, kann allerlei erzählen.

»Wieviel Menschenleben die Ölfelder in Maracaibo gekostet haben, niemand könnte es sagen, darüber führt man keine Statistik, es ist ja auch nicht so wichtig. Ich habe mich schon so an Verunglückte, an Leichen, an Brand, an Katastrophen gewöhnt, daß ich gar nicht mehr aufmerke, wenn ich einen Toten in den Ölfeldern sehe. Das alles gehört einfach zu dem Betriebe. Am schlimmsten sind jene dran, die in den Sümpfen arbeiten müssen und die Öltürme im Meer errichten. Sehen Sie dort die ›Käseglocken‹, das sind besondere Vorrichtungen für die Bohrarbeiten unter Wasser.«

Ingenieure haben ein wunderbares Meisterstück der Technik erschaffen, um die Ölschätze im Meeresgrund zu heben. Die Arbeiter mit ihren Werkzeugen setzen sich auf die Bänke, die in der Glasglocke angebracht sind, und die durch Kräne und Hebel hinabbefördert wird. Sie verdrängt das Wasser und schafft so einen luftleeren Raum. Von oben wird wie bei den Tauchern den Arbeitern Sauerstoff zugeführt. Wenn alles glattgeht, ragen bald die Öltürme aus dem Wasser wie durch ein Wunder hingezaubert.

An der Hinzauberung dieser Wunder beteiligten sich auch die »wilden Indianer«.

Wehren sie sich?

Es werden auch einige gruselige Geschichten über die Indianer im Urwald kolportiert.

Da ging ein amerikanischer Ingenieur mit seinem Mitarbeiterstab auf der Suche nach Petroleum tief in den Busch. Plötzlich erschienen Indianer und begannen giftige Pfeile gegen sie zu schleudern, als wären sie wirklich einem Indianerbuch entsprungen (und als gingen die Amerikaner ohne Waffen in den Urwald). In dieser Geschichte schien das aber tatsächlich der Fall zu sein, sie haben nicht auf die Indianer geschossen, sondern liefen fort. Der Führer der Amerikaner blieb aber stehen, und schon durchbohrte ein giftiger Pfeil seine Brust, und er fiel tot um. Dann zogen die Indianer einen Kreis um seinen Leichnam und schrieben eine furchtbare Warnung an jeden, der es wagen würde, noch einmal zu ihnen vorzudringen.

Dieser Vorfall wurde in der Öffentlichkeit, mit immer neuen Einzelheiten geschmückt, besprochen, und der Angestellte, der für ein mäßig hohes Dollargehalt wie ein Karl-May-Held starb, bekam einen Ehrenplatz auf dem Friedhof von Maracaibo. Natürlich will seitdem kein Angestellter mehr diesen gefährlichen Ausflug wagen.

Böse Zungen aber behaupten, daß hinter der giftigen Pfeilgeschichte nicht die Indianer, sondern die Konkurrenzgesellschaft steckt. Man stritt um die Konzession dieses Gebietes, und der kleine Trick sollte ein Abschreckungsmittel sein. Den Tod verursachte kein giftiger Pfeil, sondern eine ganz gewöhnliche Revolverkugel. Räubergeschichten? Ja, Räubergeschichten.

Sankt Gomez

Die Ölfelder gehören den Amerikanern und den Engländern, das mag wenig günstig sein für Venezuelas Untertanen, aber Gomez, der Präsident Venezuelas, wird für den reichsten Mann Südamerikas gehalten. Sein nachweisbares Eigentum schätzt man auf einen Wert von 40 Millionen Dollar. Dieses 75 Jahre alte Staatsoberhaupt versteht Propaganda für sich zu machen. Gomez läßt Photographen, Maler, Bildhauer (ich bin verschiedenen von ihnen unterwegs begegnet) auf seinen Landsitz nach Maracay kommen, damit sie ihn würdig darstellen.

Es wird von ihm erzählt, daß er seine Karriere als Viehtreiber begann. Aber man muß ein Stratege von besonderem Rang sein, wenn man die Herde von den Savannen durch Urwälder und Wasserkatarakte erfolgreich heimführen kann.

Diese Begabung erkennen auch seine Feinde an, sie sind nicht wenig zahlreich. Aber ihre Versuche, ihn zu stürzen, blieben immer erfolglos.

Auf dem Schiff, das uns nach La Guaira bringt, dem Hafen in unmittelbarer Nähe der Hauptstadt Caracas, fällt bald eine mollige, hübsche Passagierin auf, die sich besonders fromm gebärdet. Sie schlägt bei jeder Gelegenheit Kreuze, ruft Heilige an, und neben den bekannten Namen taucht auch ein neuer auf, nämlich Sankt Gomez.

Mehrere Passagiere haben es deutlich gehört, und da man auf dem Schiff doch nichts Wichtigeres zu tun hat, befragte man den Kapitän um diesen sonderbaren Heiligen. War er eine venezolanische Besonderheit und etwa identisch mit dem bekannten Staatsmann?

Der Kapitän, ein Mann von Humor, freute sich nicht wenig über diesen neuen Heiligen, und er gab gleich eine kleine Geschichte von der molligen Dame zum besten. Auf der Hinfahrt war er mit ebendieser Dame nach New York gefahren. Damals hatte sie ihre vier Kinder, sämtlich unehelich, mit.

Der Kapitän kennt die Gesetze der Vereinigten Staaten, und aus diesem Grunde weigerte er sich, die Dame samt Kindern mitzunehmen.

»Nicht etwa, weil ich so borniert wäre oder weil ich auch nur das Geringste gegen Sie einzuwenden hätte«, erklärt er ihr. »Aber gegen die sogenannten moralischen Einwände der Einwanderungsbehörden ist bestimmt nichts zu machen, man würde Sie auf keinen Fall landen lassen.«

Darauf griff die Dame in ihren Busen und holte ein Bündelchen heraus. Dieses entpuppte sich vor den erstaunten Augen des Kapitäns als ein ansehnliches Paket voller Tausenddollarscheine. Mit der selbstverständlichsten Miene der Welt entnahm die Dame der Rolle einen Tausenddollarschein und überreichte ihn dem Kapitän.

»Genügt Ihnen das als Sicherheit, als Kaution?«

»Wie sollte das nicht genügen.«

Der Kapitän hatte, wie alle gewöhnlichen Sterblichen, wenn sie nicht gerade Bankangestellte sind, noch überhaupt nie im Leben einen ganzen Tausenddollarschein in der Hand gehabt. Aber an die Landung der Frau glaubte er doch nicht.

Doch wer waren die ersten, die den Boden New Yorks betraten? Es war die Mollige mit den vier Unehelichen. Noch nie vorher hatte der Kapitän so ehrfürchtige Mienen von Angestellten der Einwanderungsbehörde gesehen.

»Ja, aber was soll das alles mit Sankt Gomez zu tun haben«, fragten wir den Kapitän.

»Ist die Sache nicht klar? Gomez hat den nicht übel verdienten Ruf, buchstäblich der Vater seiner Nation zu sein.«

Von der Zahl der Gomezschen Kinder werden wahre Legenden erzählt. Er hat über hundert anerkannte uneheliche Kinder und eine noch stattlichere Anzahl solcher, die er zwar offiziell nicht anerkannt hat, die er aber unterstützt.

Wie es bei reichen Leuten geht, bringt ihm letzten Endes auch die Kinderschar nur Nutzen. Sobald sie erwachsen sind, werden sie in einflußreiche Ämter eingesetzt, und Vater Gomez hat die beste Kontrolle über alle Unternehmungen des Landes, nicht zu seinem Schaden.

Trotz allem Reichtum des Landes sind die meisten seiner Einwohner genau so arm, wie Gomez reich ist. Nur an Kindern sind sie auch reich. Von Geburtenregelung weiß man in Venezuela nichts, teils weil die Macht der katholischen Kirche sehr stark ist, teils weil es den Venezolanern auf ein paar Familienmitglieder mehr nicht ankommt. Man schläft in Hängematten, und es ist ganz unglaubhaft, wie viele Hängematten auch in der kleinsten Hütte Platz haben.

Die jungen Mädchen aus den sogenannten guten Kreisen werden ganz nach spanischen Sitten behütet, nie dürfen sie mit einem jungen Mann allein ausgehen. Die Fenster der vornehmeren Häuser sind sorgfältig vergittert, und das junge Mädchen darf sich mit dem Freund nur getrennt durch diese Gitterwand unterhalten. Und doch passiert es oft, daß vierzehn-, fünfzehnjährige wohlbehütete Mädchen zum Mißvergnügen ihrer Eltern ohne vorherigen kirchlichen Segen Mütter werden. Man geht dann in die Kirche, betet für die Sünderin, aber da die anerkannten unehelichen Kinder dieselben Rechte wie die ehelichen haben, ist bald wieder alles in Ordnung.

Dieses Gemisch von Religiösität und Sinnlichkeit ist überhaupt charakteristisch für Venezuela. Auf dem Markt von Caracas werden Heiligenbilder und die »pikantesten« Postkarten, Gebetbücher und erotische Literatur, bunt durcheinandergewürfelt, zusammen verkauft.

Bei dem mondänen Tanztee von Caracas werden Fächer an die tanzenden Damen verteilt mit dem Bild der heiligen Jungfrau, damit sie gleich Absolution erbitten können für die Sünden, die sie möglicherweise begehen werden.

Polizei, Kasematten und Rekrutenfang

Die Polizei in Venezuela ist ein Kapitel für sich. In La Guaira
strömen ihre Vertreter mit Reitpeitschen in der Hand auf das
Schiff. Reitet man hier noch? Nein, das nicht, sie sind im Auto gekommen. Diese Ausrüstung gehört nur zur Unterstreichung der
Schneidigkeit. Auf dem Wege von La Guaira nach Caracas wird
das Auto, in dem ich fahre, dreimal von der Polizei angehalten.
Aber das ist keine Ausnahme, das gehört zu jeder Autofahrt, Legi-
timationen werden verlangt, die Nummer wird aufgeschrieben, alles mit großer Wichtigtuerei. Ein deutsches Ehepaar, das in der
Nähe von Maracay diese Sache nicht genug ernst nahm, konnte
einige Wochen lang in den wenig komfortablen Gefängnissen
über die speziellen venezolanischen Verkehrsvorschriften nachdenken.

Übrigens sind die Wege im allgemeinen sehr gut, und der zwischen Caracas und La Guaira gehört sicher zu den schönsten
der Welt. Die Serpentinenwege schlängeln sich über unergründ-
liche, schwindelerregende Abgründe. Der Weg wendet sich
abwechselnd gegen die menschenleere, ungeheure Steinwüste,
über die nur hochfliegende Adler ihre Schatten werfen, um
dann wieder den Blick auf den Ozean freizugeben, der hier von
wahrhaft südlicher Bläue ist, und auf die tropische Vegetation, auf
Kokospalmen, Bananenplantagen und rot aufglühende Bougain-
villes.

Was für ein reiches, schönes Land ist dieses Venezuela. Man
findet hier nicht nur Petroleum, sondern auch die üppigsten,
reichsten Kakao- und Kokospalmenplantagen, unübersehbare Kaf-
feefincas. In den Urwäldern gibt es Gold und Gummi, und auf
den unendlichen Savannen, den Almen des Urwalds, findet das
Vieh die beste Weide.

Auf dem Markt von Caracas werden die herrlichsten Früchte
ausgebreitet. Duftende Berge von Ananas, Hunderte Arten von
Mangos, Melonen, Papajas, Avocados, zuckersüße Mispelarten,
Saphodilas genannt.

Aber trotz des Reichtums sieht man überall furchtbarste Armut.
In der Kakaofabrik, die ich besuchte, waren die meisten »Arbei-
ter« acht- bis zwölfjährige Kinder, deren magerer, ausgezehrter
Körper nur mit einem Badehöschen bekleidet war und die Kakao-

körner sortierten. Bei den Wegearbeiten klopfen vielfach Frauen in der glühenden Sonne Steine.

Die Hütten der ärmeren Bevölkerung bestehen nur aus einigen Holzlatten.

Um so prunkvoller sind allerdings verschiedene Klubs und die öffentlichen Gebäude Caracas'.

In Porto Cabello fällt das große Gefängnis, das mitten im Meer liegt, auf.

In Venezuela gibt es keine politischen Prozesse. Die Todesstrafe ist schon seit vielen Jahren abgeschafft, und man wagt es nicht, sie wieder einzuführen, also werden alle unbequemen politischen Gefangenen nach Porto Cabello gebracht. Mittelalterliche Grausamkeiten gehören zur Gefängnisordnung. In Zellen ohne Fenster, in Zellen halb unter Wasser werden die Unbequemen verbannt, nicht auf bestimmte Jahre, denn es gibt ja keine Verurteilungen, nein, man wartet ab, wie lange sie es aushalten.

Das Gefängnis ist nur einige Ruderschläge weit vom Ufer, es kommen und gehen Boote mit Gefangenen und ihren Wächtern, die Soldaten sind.

Die Gefangenen arbeiten in verschiedenen Plantagen und bei dem Wegebau unter Aufsicht. Es ist leicht, sie anzureden.

»Sind Sie ein Politischer?« fragt der Argentinier unseres Schiffes einen Gefangenen, der uns freundlich zulächelt.

»Gott sei Dank, nein«, erwidert er ganz verletzt.

»Er ist ein Raubmörder«, sagt der Soldat, der ihn beaufsichtigt. »Die Politischen dürfen gar nicht heraus, sie arbeiten nicht, aber sie kommen auch nicht an die Luft. Alle die Gefangenen, die Sie hier sehen, sind gewöhnliche Verbrecher.«

»Ja, wir wollen nichts mit Politik zu tun haben«, erklärt noch der beleidigte Raubmörder.

Auf jeden Gefangenen, der arbeitet, kommt ein Soldat, der zusieht.

Man braucht so viele Soldaten in Venezuela. Der Rekrutenfang ist eine komplizierte Sache trotz der strengen Polizeikontrolle und des Meldungssystems. Venezuela ist zweimal so groß wie Deutschland, und von seinen drei Millionen Einwohnern kann es so manchem gelingen, außerhalb der Städte, wo gleich die Urwälder beginnen, unangemeldet zu leben. Doch die Obrigkeit kennt den Zauber der Zivilisation, der früher oder später die versteckt

Lebenden in Kinos und Spielstuben lockt. Es kommt deshalb oft
vor, daß die Kinos von der Polizei umstellt werden und dann
sämtliche jungen Männer in militärpflichtigem Alter, die nicht ein
bestimmtes Einkommen nachweisen können, als Soldaten eingezogen werden.

Schuhe haben weder die Gefangenen noch die Soldaten, und
die Soldaten sind auch Gefangene, nur daß sie dafür das Be-
wußtsein haben können, eine hohe Aufgabe zu erfüllen.

Cumaná, ein Kriegsschauplatz
aus der neueren Geschichte

Kein größeres Schiff fährt nach dem Hafen von Cumana, aber
auch unser Dampfer von wenig ansehnlichem Format ankert vorsichtigerweise weit draußen im Hafen. Die Landungsbrücke ist so
morsch, daß jede stärkere Schiffsbewegung sie zersplittern
könnte.

»Gerade darauf warten sie«, sagte der Kapitän, »dann müßte die
Schiffsgesellschaft die Brücke neu bauen lassen.«

Vorläufig aber erfüllt sich noch nicht diese Hoffnung der Ha-
fenbehörden. Der Molo von Cumana ist noch der gleiche wie zu
jenen Zeiten, als Delgado mit seinen Truppen hier landete.

»Der ›Falke‹ ankerte ungefähr auf derselben Stelle wie wir«,
sagte der Kapitän.

Die indianischen Schiffer, die uns an Land bringen, wissen sie
überhaupt, was sich hier vor einigen Jahren abspielte?

Ja, sie wissen es, sie sind bereit, gegen Eintrittsgeld den Kriegsschauplatz von Cumana zu zeigen.

In Cumana sieht man einige »bessere« Häuser und sehr viele
armselige Hütten. Die Stadt hat inzwischen auch durch ein Erdbe-
ben gelitten.

Der Kriegsschauplatz liegt weit draußen zwischen Kokospalmenplantagen. Diese Palmen, die scheinbar kaum die schwere
Frucht tragen können, sehen sehr tropisch, sehr üppig aus, aber
die Plantagen sind mit Stacheldraht umzäunt und zeigen so an,
daß sie nur für einen bestimmten Besitzer Früchte tragen, genau
so, als wären sie ein gewöhnlicher Obstgarten irgendwo.

Es wird sehr eifrig gearbeitet. Die Arbeiter der Plantagen sind

Kinder, Männer, alte Frauen, es arbeiten ganze Familien zusammen.

Nur so können sie irgendwie ihr Leben fristen.

»Zwei Bolivas am Tage, wie soll man davon leben?« sagte uns ein altes Weibchen, eine Indianerin, die Kokosnüsse sammelt und zu einem Wägelchen trägt, das von einem Maulesel gezogen wird.

»Ob ein General oder der andere, für die Armen bleibt es gleich schlecht«, sagt der Indianer, der uns führt.

»Was verdienen die Kokosabschneider?« Diese müssen wahre Akrobatenkunststücke vollführen. Junge Indianer klettern mit Affengeschicklichkeit die Bäume hinauf, während sie zwischen den Zehen riesige scharfe Messer festhalten, aber ganz ohne kriegerische Absicht. Wenn sie oben in der Baumkrone angelangt sind, schwingen sie kunstvoll das Messer und hauen die Kokosnüsse hinunter vom Baum.

»Nicht mehr wie die anderen. Alle verdienen kaum so viel, daß sie sich sattessen können.«

Die Nationalspeise der südamerikanischen Armen ist Reis, zusammengekocht mit roten Bohnen, viele leben von nichts anderem. Schuhe und Betten sind ein Luxus, den nur die wenigsten kennen, auch die Arbeiter in der Fabrik, in der Kopra und Kokosöl hergestellt werden, stehen sich nicht besser. Wahlrecht haben sie nicht. Eine große Anzahl von ihnen sind Analphabeten. Das ist der Hintergrund der Schlachtfelder von Cumana, auf denen gekämpft wurde für die heiligen Interessen der Petroleummagnaten.

Trinidad, die Insel des Asphalts und Petroleums

Trinidad, die Karibische Insel, wirkt mit ihren blumenprächtigen Tälern, mit den von Urwäldern durchzogenen Höhen so paradiesisch, daß man sich erst schwer vorstellen kann, daß auch hier das Petroleum Herrscher sein soll. Aber bald merkt man, daß in dieser britischen Kolonie das Paradies ganz neuzeitlich und der Urwald ein hochkapitalistischer, industrialisierter ist.

Die Mahagoni- und Zedernbäume werden von einer Edelholzverwertungs-Gesellschaft ausgebeutet. Die Kakaowälder mit den

Früchten, die riesigen Erdnüssen ähneln, gehören der amerikanischen Schokoladenfabrik Hershey (in New York habe ich in seiner Fabrik einmal einige Tage lang Schokolade in Stanniol gewickelt, so klein ist die Welt). Die Kokoshaine sind Eigentum einer englischen Copra-GmbH. Die saftig strotzenden Zuckerrohrfelder, auf denen indische Kulis arbeiten, sind Besitz javanisch-holländischer, englischer und amerikanischer Aktiengesellschaften.

Hinter der Hecke der rotglühenden Hibiskussträucher tauchen Bohrtürme auf, englische und amerikanische Bohrtürme. Den Amerikanern ist es gelungen, auch auf dieser Insel wichtige Konzessionen zu erhalten. Auch hier stehen die beiden größten Petroleuminteressenten der Welt neben- und gegeneinander.

Nur der Asphalt ist noch ganz englisch, obgleich er auch Öl enthält.

Der »Asphaltsee« ist die Hauptsehenswürdigkeit Trinidads, eine Sehenswürdigkeit, an der man überhaupt zunächst nichts Sehenswertes entdeckt. Er ist ein ungeheurer Tümpel, ein seichter Sumpf, von Wasser leicht bedeckt.

Aber mitten auf dem Tümpel stehen Gestalten, bücken sich, tragen Lasten, und eine kleine Feldbahn rollt sicher über die scheinbar weiche, dunkle Masse.

»Wollen wir hingehen und sehen, wie sie den Asphalt gewinnen?«

Es ist ein merkwürdiges Gefühl, buchstäblich über einen Vulkan zu wandern, denn der Asphaltsee füllt einen Krater aus. Die Sohlen spüren das leichte Schaukeln, das Brodeln unter der dünnen Kruste.

Die Arbeiter sind in der Nähe der Feldbahn postiert. Neger, Inder, Chinesen, halb nackt, stechen mit gleichmäßigen, genau berechneten Bewegungen den Asphalt, als wäre er Torf. Die Asphaltblöcke werden zu den Waggons getragen, die, sobald sie gefüllt sind, in Lagerräume rollen, in Fässer gefüllt werden und auf einer Schwebebahn, direkt zum Transport bereit, zum Hafen gleiten.

Plötzlich kommt ein Schauer. Auf Trinidad regnet es mindestens ein dutzendmal täglich, der Regen ist jedesmal eine Flut. Schon in den ersten Augenblicken ist man vollkommen durchnäßt. Das Wasser trieft von den Arbeitern, aber sie blicken überhaupt nicht auf. Die Arbeit geht trotzdem am laufenden Band weiter, sie ist schwer und schlecht bezahlt, diese Arbeit über dem Krater, mit dem Blick auf Urwälder, Bohrtürme und Petroleumtanks. Die Arbeiter leben in Abgeschiedenheit, in armseligen Hütten, in einer Luft, die schwer ist von Pech- und Petroleumgestank.

Vor den Arbeitern stehen immer nur wenig leere Waggons.

»Sie sollen nicht das Gefühl haben, gehetzt zu werden«, sagte der Aufseher, »eine lange Reihe von leeren Wagen läßt die Arbeit, die noch vor ihnen liegt, schwerer erscheinen.«

Aber dieses liebevolle Eingehen auf die Psychologie der Arbeiter schließt die Berechnung der Möglichkeit der Arbeitsleistung nicht aus. Es ist genau festgestellt, wieviel Asphalt ein Arbeiter stechen kann, jede Armbewegung wird genau gemessen und berechnet.

Das Merkwürdige nur bei diesem Asphaltsee ist, daß hier die Natur trotz aller Kontrolle nach Gesetzen waltet, die die Wissenschaft noch immer nicht lösen konnte. Auch sie arbeitet am laufenden Band, nur konnte man nicht herausfinden, wie sie das macht.

Abends nach Sonnenuntergang beginnt die Oberfläche an den Stellen, wo gearbeitet wurde, leicht zu brodeln, und bis zum nächsten Morgen füllt sich der Boden, der noch abends Lücken aufwies, mit neuer Asphaltmasse. Wenn die Arbeiter antreten, ist der See wieder ein gleichmäßiger Tümpel, der aussieht, als hätte ihn noch nie Menschenhand berührt.

So ist der Asphalt, obgleich Sinnbild der Überkultiviertheit in den Augen der Schollenliebhaber, unveränderte und immer noch unerklärliche Natur in diesem sonst so zivilisierten Urwald.

Ein deutscher Angestellter dieser Asphalt-Gesellschaft erzählte von den »Falke«-Abenteurern, die hier auf der Insel in Port of Spain gefangengehalten wurden.

»Ja, den Engländern gefiel diese ganze Geschichte nicht. Nachdem die Besatzung freigelassen wurde, ist es einem der Offiziere gelungen, hier auf den englischen Petroleumfeldern eine Stellung zu finden. Aber als man erfuhr, daß er zu den ›Falke‹-Leuten gehörte, wurde er fristlos entlassen. Allerdings hat er später doch sein Glück gemacht, er kam nach Amerika und hat jetzt bei einer großen amerikanischen Ölgesellschaft einen einträglichen Posten.«

Im Hafen liegt der »Falke«, etwas ramponiert und umgetauft auf

einen unverdächtigen Mädchennamen (inzwischen allerdings
hatte er bei der Revolution in Havanna neue Abenteuer bestan-
den).

Ein kleiner Ausschnitt aus den Rebellionen und Revolten in
Südamerika. Die Feuerfunken, die aus den Petroleumfeldern immer wieder Kriege entfachen müssen, können nur durch eine
Wirtschaftsordnung im Keime erstickt werden, die solche Kon-
kurrenzkämpfe von vornherein ausschaltet.

Helle Lichter durchzucken den dunklen tropischen Himmel. Es
wetterleuchtet.

INHALT

I Als Arbeiterin im Schatten der Wolkenkratzer

Als Scheuerfrau im größten Hotel der Welt 5
Der kleine Teppich und seine Berufung 6
Perspektiven und Plakate 7
Der Ballsaal auf dem Dach und die Marmorsäulen 9
Wolkenkratzer ringsherum – und der Dichter im Lehnsessel 10
Die Zufriedene und die anderen 11
Die Hotelgalerie 14
Vincent Lopez spielt Jazz 14
Ein ganz kleiner Dialog zwischen zwei Stubenmädchen 15

Automat unter Automaten 16
Die Zentrale für Angestellten-Beschaffung 16
Goldene Sprüche an der Wand 16
Die Roboter 18
Automaten, Automaten 19
Manchmal bekommen die Automaten so etwas wie ein Gesicht 19
Neger und Negerinnen 21
Die Organisation der Massenabfütterungsgesellschaft 22
Die endlose Zeit 23
Candy-Girl im Schlaraffenland 24
Dienstmädchen beim Alkoholschmuggler 29
Kampf um Kleider 34

II Im Lande des Schreckens

Cayenne, ein unerwünschtes Reiseziel 38
Wildnis und Kultur 42
Ankunft im Verbrecherland 44
Das Meldeamt von Saint Laurent und einige merkwürdige
Existenzen 47
Camp de Transportation oder: Hier werden Sträflinge sortiert 59
Saint Jean, das Reich der Diebe 63
Bei der Teufelsinsel um Mitternacht 67
Cayenne 69

Teufelsinsel bei Tageslicht   74
Noch einmal Saint Laurent   78
  Erfinder und Gräber   78

III Amerikanische Provinz

Kellnerin in der »Soda-Quelle«   80
Als Arbeiterin in einer Zigarrenfabrik   85
  Tabakluft   85
  Die zwingende Maschine   87
  Schicksale   89
  Die amerikanische Carmen   90
  Maschinenstürmer auch heute   91
  Wie eine Zigarre den letzten Schliff erhält   92
  Der Aufbau eines Zigarrenkonzerns   92
  Lächle und sei glücklich   93
Kleine Aufzeichnungen unterwegs   93

IV Was ich an Amerikas Milliardärs-Küste sah

Tampa, die Stadt der Havanna-Zigarren   99
Hinter den Kulissen Palm Beachs   101
  Abenteuerinnen und Snobs   102
  Auf Damast und Blechgeschirr   103
  Berta und der tote Gast   104
Die Stadt der künstlichen Monde   105
  Die Neger beten   107
  Im Stellenvermittlungsbüro   107
  Wovon das Kreuz leuchtet   110

V Fahrt ohne Geld in den Südstaaten

Richmond, Stadt im Süden   111
  Das Haus des Senators und die lebenden Hühnchen   113
  Gähnen und Schnäpschen   115
  Sonntag in Richmond   116
  Die Universität als modernes Kloster   117
»Südliche Pinien« und der mondäne Klub   118
  Der mondäne Klub   119
  Eine Laien-Aufführung und das Leben   120
König Baumwolles Reich   121
  Ein Landstreichergesetz, die Heilsarmee und Ratten   123
  Leben in einem Fabrikdorf   124
Fahrten in Dixieland   127
  Die Stadt, in der gelyncht wurde   129
  Charleston   130

VI Entdeckungsreise in Britisch-Guayana, dem Diamantenland

Demarara, eine orientalische Stadt in Südamerika 133
Import indischer Kulis 135
Wie werde ich reich und glücklich? 136
Die Fahrt nach dem Diamantenhafen 138
Der Mann, der wegen ungebührlichen Benehmens im Urwald Strafe zahlen mußte 140
Tagelohn, Tribut, ›claim‹ 142
Die Geschichte von dem Mann, der auszog, das Gruseln zu lernen 145
Die Geschichte von dem Mann, der im Glück Unglück hatte 147
Der Totengräber des Urwalds 149
Prostitution im Urwald 150
Diamantenaufkäufer 153
Kapitäne und Correalmannschaft 156
Fahrt in den Urwald 157
Leben auf einem ›claim‹ 158

VII Haiti, die Insel der Neger-Republiken

Neger gegen Napoleone 160
USA-Marine und Wudu-Zauber 162
Ukulele, Tamtam und Arbeit 164
Port-au-Prince, die Hauptstadt 167
Proletarier am Grabe Kolumbus' 169

VIII Petroleumland

Curaçao, die Insel der einstigen Sklavenhändler 172
Besuch auf der Isla 173
Abenteuer und Abenteurer auf Curaçao 175
Sankt Bürokratius in Venezuela 178
Zwischen Curaçao und Venezuela 179
Maracaibo, eine neue Hauptstadt im Petroleumreich 181
Gespräch mit einem amerikanischen Petroleum-Sachverständigen 183
Indianer, o wie romantisch! 185
Sankt Gomez 187
Polizei, Kasematten und Rekrutenfang 190
Cumana, ein Kriegsschauplatz aus der neueren Geschichte 192
Trinidad, die Insel des Asphalts und Petroleums 193

Nachwort 197